Francine Rivers

Die Hoffnung ihrer Tochter

Über die Autorin

Francine Rivers war bereits eine bekannte Bestsellerautorin, als sie sich dem christlichen Glauben ihrer Kindheit wieder zuwandte. Danach schrieb sie 1986 ihr bekanntestes Buch, „Die Liebe ist stark“, dem noch rund 20 weitere großartige Romane folgten. Heute lebt Francine mit ihrem Mann in Nordkalifornien und genießt es, Zeit mit ihren drei mittlerweile erwachsenen Kindern zu verbringen und ihre Enkel zu verwöhnen.

FRANCINE
RIVERS

Die Hoffnung ihrer Tochter

Roman

Aus dem Amerikanischen von Eva Weyandt

GerthMedien

MIX
Papier aus verantwortungsvollen Quellen
FSC® C014496

Verlagsgruppe Random House FSC-DEU-0100
Das für dieses Buch verwendete FSC®-zertifizierte Papier *Enso Classic 95* liefert Stora Enso, Finnland.

Die amerikanische Originalausgabe erschien im Verlag Tyndale House Publishers unter dem Titel „Her Daughter's Dream". Published by arrangement with Francine Rivers in association with Browne and Miller Literary Associates, LLC, 410 Michigan Avenue, Suite 460, Chicago, IL 60605

1. Auflage 2012
Bestell-Nr. 816 699
ISBN 978-3-86591-699-0
Umschlaggestaltung: Hanni Plato
Umschlagfotos: moodboard/Corbis/ LOOK Photography, Getty Images
Satz: Die Feder GmbH, Wetzlar
Druck und Verarbeitung: GGP Media GmbH, Pößneck
Printed in Germany

Dank

Der vorliegende Roman ist in großen Teilen reine Fiktion, obwohl auch meine persönliche Familiengeschichte eingeflossen ist. In den vergangenen zwei Jahren habe ich das Manuskript immer wieder abgeändert, bis schließlich diese Familiensaga dabei herausgekommen ist. Viele Menschen haben mir geholfen, die Geschichten von Marta und Hildemara in diesem ersten Band und von Carolyn und May Flower Dawn im zweiten zu Papier zu bringen. Ihnen allen möchte ich sehr herzlich danken.

Vor allem meinem Mann Rick. Er hat alle Höhen und Tiefen mit mir durchgestanden, mich bei der Entwicklung der einzelnen Charaktere begleitet und das fertige Manuskript als Erster gelesen.

Jede Familie braucht jemanden, der sich für die Familiengeschichte interessiert. In unserer Familie ist das mein Bruder Everett. Er schickte mir Hunderte Familienfotos, mit deren Hilfe ich die Geschichte nachvollziehen konnte. Unschätzbare Hilfe bekam ich auch von meiner Cousine Maureen Rosiere. Sie beschrieb mir sehr ausführlich die Farm meiner Großeltern. In diesem Roman fand sie als Vorlage Verwendung. Mein Bruder und mein Mann ließen mich an ihren Erlebnissen in Vietnam teilhaben.

Joppy Wissink, unsere Reiseleiterin, änderte die Reiseroute, um Rick und mir Gelegenheit zu geben, die Heimatstadt meiner Großmutter in der Schweiz, Steffisburg, zu besichtigen.

Ich danke Gott für meine Mutter und Großmutter. Beim Lesen von Mamas Tagebüchern kam mir die Idee, über Mutter-Tochter-Beziehungen zu schreiben. Meine Mutter und meine Großmutter haben in ihrem Leben hart gearbeitet. Beide sind schon vor einigen Jahren verstorben, aber ich glaube, dass sie in der Ewigkeit weiterleben und sich an der Gesellschaft der jeweils anderen freuen. Eines Tages werde ich sie wiedersehen.

Francine Rivers

Januar 1951

Liebe Rosi,
Trip hat angerufen. Hildemara ist wieder im Krankenhaus. Sie ist bereits seit fast zwei Monaten dort, doch erst jetzt konnten sie sich überwinden, mir davon zu erzählen. Aber nun brauchen sie meine Hilfe. Meine süße Hildemara Rose, das kleinste, schwächste und abhängigste meiner Kinder. Von Anfang an hat sie kämpfen müssen. Und jetzt muss ich irgendwie einen Weg finden, ihr die Kraft für einen letzten Kampf zu geben.

Ich habe es nicht immer erkannt, aber vor Kurzem erinnerte mich Gott an die vielen Gelegenheiten, bei denen Hildemaras Mut ihr sehr geholfen hat. Sie hat ihren eigenen Weg im Leben gewählt und ist ihn gegen alle Widerstände (und gegen meinen Rat, wie ich hinzufügen möchte!) gegangen. Sie folgte ihrem Mann von einer Militärbasis zur nächsten, fand Wohnungen in fremden Städten, schloss neue Freundschaften. Ganz allein durchquerte sie das Land und half Bernhard und Elizabeth, auf dem Hof der Musashis auszuharren, trotz Drohungen, Brandstiftung und Steinen, die durchs Fenster flogen.

Und ich brauche Dich nicht an ihre Reaktion zu erinnern, als sie denselben Missbrauch erlebte, dem unsere liebe Elise vor so vielen Jahren zum Opfer fiel. Sie war klug genug, die Flucht zu ergreifen. Meine Tochter hat Mut!

Ich muss zugeben, dass ich Hildemara den anderen immer ein wenig vorgezogen habe. Ist das neu für Dich, meine liebe Freundin? Ich vermute, Du kennst mich besser als ich mich selbst kenne. Von dem Augenblick an, als meine erste Tochter das Licht der Welt erblickte, nahm sie einen ganz besonderen Platz in meinem Herzen ein. Niclas sagte immer, sie sähe aus wie ich, und ich fürchte, das stimmt. Wir beide wissen ja, wie wenig mein Vater von meinem gewöhnlichen Aussehen gehalten hat. Und wie Elise war sie sehr zart.

Wie könnte das Herz einer Mutter einer solchen Kombination widerstehen? Ich tat, was ich glaubte, tun zu müssen. Von Anfang an war ich entschlossen, Hildemara Rose nicht so zu verhätscheln wie Mama Elise verhätschelt und damit lebensuntauglich gemacht hat. Aber jetzt frage ich mich, ob ich richtig gehandelt habe. Habe ich zu viel von ihr gefordert und sie dadurch von mir fortgestoßen? Sie wollte nicht einmal, dass ihr Mann mich um Hilfe bittet. Erst als sie beide dachten, dass es für sie keine Rettung mehr gibt, ließ sie es zu. Jetzt wünschte ich, ich hätte mehr von meiner Mutter mit ihrem sanften und liebevollen Wesen und weniger von meinem Vater. Ja, das stimmt. Ich erkenne jetzt, dass ich etwas von seinem selbstsüchtigen und grausamen Verhalten geerbt habe. Versuch nicht, mir das auszureden, Rosi. Wir beide wissen, dass es stimmt.

Jetzt hoffe und bete ich, dass ich wieder einen Zugang zu Hildemara finde. Ich bete, dass ich noch Zeit habe, ihr zu zeigen, wie sehr ich sie liebe, wie stolz ich auf sie bin und auf das, was sie erreicht hat. Ich möchte meine Beziehung zu ihr in Ordnung bringen. Ich möchte lernen, wie ich meiner Tochter dienen kann. Ich, die ich mein ganzes Leben lang allein schon gegen die Vorstellung rebelliert habe, jemandem zu dienen!

Ich musste an Lady Daisy und unsere Nachmittage denken. Ich glaube, es wird langsam Zeit, dass ich einige dieser Erfahrungen mit Hildemara Rose teile. Ich werde all die wundervollen Süßigkeiten und Leckerbissen für Hildemara Rose backen, die ich früher Lady Daisy serviert habe. Ich werde indischen Tee kochen und ihn mit Sahne und Gesprächen verfeinern. So Gott will, werde ich meine Tochter zurückgewinnen.

Deine Dich liebende Freundin
Marta

Hildemara Rose

Kapitel 1

Hildemara lag in ihrem nass geschwitzten Nachthemd im Dunkeln. Wieder Nachtschweiß – mittlerweile hätte sie eigentlich daran gewöhnt sein sollen. Ihre Zimmergefährtin Lydia schnarchte leise. Seit sie vor sechs Wochen hier angekommen war, hatte sich Lydias Gesundheitszustand stetig verbessert, was Hildemara noch zusätzlich deprimierte. Lydia hatte in der Zeit zwei Pfund zugenommen; Hildie dasselbe an Gewicht verloren.

Zwei Monate, und noch immer keine Besserung in Sicht. Die Krankenhausrechnung stieg mit jedem Tag in schwindelndere Höhen und begrub Trips Träume unter sich. Hildies Mann besuchte sie jeden Nachmittag. Gestern hatte er so müde ausgesehen. Das war ja auch kein Wunder, denn er musste neben seiner Arbeit auch alle ihre Aufgaben übernehmen: Wäsche waschen, kochen, Charlie und Carolyn versorgen. Hildie litt schrecklich wegen der Kinder – Charlie war so oft allein und Carolyn wuchs bei einer Babysitterin auf, die nichts für sie empfand. Seit Trip sie ins Krankenhaus gebracht hatte, hatte sie ihre Kinder nicht mehr gesehen und berührt. Sie vermisste sie so, dass es richtig wehtat. Oder war es nur die Tuberkulose, die in ihren Lungen wütete und ihren Körper von innen verzehrte?

Hildie schlug die Decke zurück und schleppte sich ins Bad, um sich das Gesicht zu waschen. Wer war dieses abgezehrte, bleiche Gespenst, das sie aus dem Spiegel anstarrte? Sie betrachtete ihre scharf hervortretenden Gesichtszüge, den kalkigen Teint, die Schatten unter ihren haselnussbraunen Augen, ihre stumpfen, glanzlosen Haare. *Ich werde sterben, nicht, Herr? Ich habe nicht genügend Kraft, um gegen diese Krankheit anzukämpfen. Und jetzt muss ich auch noch Mamas Enttäuschung ertragen.*

Das letzte Mal hat sie mich einen Feigling genannt. Vielleicht sollte ich einfach aufgeben. Sie schöpfte Wasser mit den Händen und drückte ihr Gesicht hinein. *Oh Gott, ich liebe Trip so sehr. Und Charlie und die süße kleine Carolyn. Aber ich bin müde, Herr, so schrecklich müde. Ich würde lieber jetzt sterben als noch länger am Leben zu bleiben und den Schuldenberg noch mehr zu erhöhen.*

Das hatte sie Trip in der vergangenen Woche auch gesagt. Allerdings wollte sie lieber zu Hause sterben als in einem sterilen Krankenhauszimmer. Gequält hatte er das Gesicht verzogen. „Sag doch so etwas nicht. Du wirst nicht sterben. Mach dir keine Sorgen wegen der Rechnungen. Wenn deine Mutter zu uns ziehen würde, könnte ich dich nach Hause holen. Dann würdest du vielleicht …“

Sie hatte widersprochen. Mama würde nicht kommen. Sie hatte ihr noch nie geholfen, und ihr war die Vorstellung, einem anderen Menschen zu Diensten zu sein, absolut zuwider. Und genau das wäre sie dann – Zofe und Waschfrau, Kindermädchen und Köchin ohne Bezahlung. Hildie sagte, darum könne sie Mama unmöglich bitten.

Trip hatte Mama trotzdem angerufen, und am Samstag war er mit Charlie und Carolyn zu ihr gefahren, um alles zu besprechen. Heute Morgen war er zu Besuch gekommen. „Deine Mutter ist einverstanden. Ich werde mir ein paar Tage freinehmen, um alles vorzubereiten.“

Er wollte Carolyns Zimmer neu streichen und ein schönes, bequemes Bett, eine Kommode mit Spiegel und vielleicht einen Schaukelstuhl kaufen. „Charlie und Carolyn werden in dem kleinen Schlafzimmer schlafen. Du und ich, wir werden wieder zusammen sein …“

„Wir können nicht in einem Zimmer schlafen, Trip. Ich muss isoliert bleiben.“ Dass Mama wirklich bereit war, ihnen zu helfen, konnte sie gar nicht fassen. „Und ich darf nicht in die Nähe der Kinder kommen.“ Aber wenigstens könnte sie sie hören; sie könnte sie sehen. Mama würde also bei ihnen einziehen. Hildie versuchte zitternd, diese Neuigkeit zu verarbeiten. Ihr war ein wenig übel. „Ich brauche ein Krankenhausbett."

Sie gab Trip genaue Anweisungen für ihr Zimmer. Kein Teppich. Statt Vorhängen lieber ein Rollo. Je schlichter das Zimmer, desto leichter ließ es sich desinfizieren und keimfrei halten. Trip wirkte so hoffnungsvoll, dass es ihr das Herz brach. Er drückte ihr einen Kuss auf die Stirn, bevor er ging. „Bald bist du zu Hause!"

Jetzt konnte sie nicht mehr einschlafen. Anstatt sich wieder ins Bett zu legen, setzte sich Hildie in einen Sessel ans Fenster und starrte hinauf zu den Sternen. Wie es wohl sein würde, wenn Mama unter ihrem Dach lebte, sie versorgte, sich um die Kinder kümmerte und die Hausarbeit erledigte und damit Trip entlastete? Würde Mama sie verachten, weil sie nicht entschlossener kämpfte? Ihre Augen brannten; ihre Kehle zog sich zusammen bei der Vorstellung, krank und hilflos im Bett zu liegen, während Mama ihre Familie übernahm. Sie wischte die Tränen fort. Natürlich würde Mama alles besser machen als sie. Dieses Wissen schmerzte noch mehr. Mama hatte immer alles hingekriegt. Sogar ohne Papa lief die Farm wie eine gut geölte Maschine. Mama würde wundervolles Essen kochen. Mama würde Charlie Flügel verleihen. Und bestimmt würde Carolyn lesen können, bevor sie vier wurde.

Ich sollte dankbar sein. Immerhin ist sie bereit zu kommen. Damit hätte ich nicht gerechnet.

Nachdem sie sich in der Nachtluft ein wenig abgekühlt hatte, schlüpfte Hildie wieder unter die Decke. Sie wollte ja dankbar sein, während sie zusehen musste, wie ihr ihr Leben langsam entglitt. Wie sehr hatte sie dafür gekämpft, sich von Mamas Erwartungen zu befreien, ihr eigenes Leben zu führen und nicht die unmöglichen Träume ihrer Mutter auszuleben. Bevor sie die Augen zum letzten Mal schloss, würde ihr sogar das Eine, in dem sie sich ausgezeichnet hatte, genommen werden.

Mama wäre die Krankenschwester. Mama würde die Laterne tragen.

Carolyn

Kapitel 2

Carolyn war froh, dass Papa ihr erlaubt hatte, bei Oma Marta in Murietta zu bleiben, bis Oma bei ihnen einzog. Zu Hause hätte sie wieder jeden Tag zu Mrs Haversal von gegenüber gehen müssen, bis Charlie aus der Schule und Papa von der Arbeit kam. Das war schon sehr lange so, seit Mama fortgegangen war.

Aber jetzt kam Mama wieder nach Hause, und Oma würde auch bei ihnen wohnen. Darauf freute sie sich!

Carolyn spielte mit der Stoffpuppe, die Oma ihr geschenkt hatte. Oma packte Kleider in ihren Koffer sowie Bettlaken und bestickte Kissenbezüge, zwei Decken und ein Teeservice mit rosa Rosen und kleine Silberlöffelchen in eine Kiste. Den Koffer und die Kiste verstaute Oma in ihrem neuen grauen Plymouth, dann legte sie noch zwei Kissen auf den Vordersitz, damit Carolyn etwas höher saß und während der langen Heimfahrt aus dem Fenster gucken konnte. Oma erlaubte ihr sogar, die Fensterscheiben herunterzudrehen und die Hand hinauszustrecken.

Sie bogen in ihre Einfahrt ein, als Charlie gerade aus dem Schulbus stieg. „Oma!" Mit einem Aufschrei kam er angerannt. Oma holte den Hausschlüssel unter dem Blumentopf auf der vorderen Veranda hervor.

Im Haus war alles verändert. Carolyns Bett und ihre Kommode standen jetzt in Charlies Zimmer. Ein kleiner Tisch trennte Charlies von ihrem Bett. Sie ging zurück in ihr altes Zimmer und schaute zu, wie Oma ihren Koffer auf ein neues, größeres Bett wuchtete. Die rosa Wände waren jetzt hellgelb gestrichen, und neue Spitzenvorhänge hingen vor den Fenstern. Es stand auch eine große Kommode mit einem Spiegel in ihrem Zimmer, außerdem ein kleiner Tisch, eine Lampe und ein Schaukelstuhl mit geblümtem Sitzkissen.

„Hier werde ich es sehr bequem haben." Oma packte ihre Kleider aus und verstaute sie in der Kommode. Dann trat sie ans Fenster und zog die weißen Spitzenvorhänge zur Seite. „An die Nachbarn in unmittelbarer Nähe muss ich mich erst gewöhnen." Sie schüttelte den Kopf und wandte sich ab. „Aber jetzt mache ich mich wohl besser ans Abendessen. Dein Papa kommt bald nach Hause."

„Kommt Mama auch?"

„Erst in ein oder zwei Tagen." Oma öffnete die Tür zu dem kleinen Nebenzimmer. „Hier wird sie wohnen."

Carolyn blieb in der Tür stehen, während Oma in die Küche ging. Das Zimmer gefiel Carolyn nicht. Es wirkte kalt und fremd ohne einen Teppich auf dem Boden und ohne Vorhänge vor dem Fenster mit dem heruntergezogenen Rollo. Kein Sonnenstrahl drang in das Zimmer.

Carolyn rannte in die Küche. „Das Zimmer wird Mama nicht gefallen."

„Aber genau so möchte sie es haben. Es ist leicht zu reinigen."

„Mama liebt Pflanzen auf der Fensterbank. Und Blumen in der Vase." Auf Mamas Kommode standen immer gerahmte Fotos.

„Mamas Krankheit mag aber keine Keime." Oma schälte Kartoffeln.

„Was sind Keime?"

Oma lachte. „Das musst du deine Mutter fragen."

Das Abendessen war fertig, als Papa von der Arbeit nach Hause kam. Sie setzten sich an den Küchentisch. „Wann holst du sie nach Hause?" Oma stellte einen Krug mit Milch auf den Tisch und setzte sich auf Mamas Stuhl.

„Übermorgen."

„Es gibt vieles, wofür wir dankbar sein können, nicht?" Oma streckte die Hände aus, und Charlie ergriff die eine, Carolyn die andere. Papa reichte ihnen die Hände, sodass sie einen Kreis bildeten. Seit Mama weggegangen war, hatte er nicht mehr gebetet. Jetzt sprach er ein leises, ruhiges Gebet, sagte *Amen* und seufzte. Ein Lächeln umspielte seine Lippen. Oma fragte ihn nach seiner Arbeit, und Papa erzählte ein wenig von seinem Tag.

Nach dem Essen stellte Papa die Teller zusammen, aber Oma scheuchte ihn aus der Küche. „Du und die Kinder, ihr könnt spielen oder euch unterhalten oder was ihr sonst so macht. Ich kümmere mich ums Aufräumen."

Papa ging mit Charlie nach draußen, um Fangen zu spielen. Carolyn setzte sich auf die Treppe und schaute zu.

Oma badete sie. Charlie zuerst, damit er seine Hausaufgaben erledigen konnte. Während Carolyn in der Badewanne spielte, saß Oma auf dem Toilettendeckel. Nach dem Bad drückte Oma Papa ein Buch in die Hand, das er ihnen vorlesen sollte. Carolyn saß auf seiner rechten, Charlie an seiner linken Seite. Als die Geschichte zu Ende war, gab er ihnen beiden einen Kuss und schickte sie ins Bett. Oma betete noch mit ihnen.

Mitten in der Nacht wachte Carolyn auf. Sie hatte sich daran gewöhnt, bei Oma zu schlafen. Leise stieg sie aus dem Bett, schlich durch den Flur zu ihrem alten Zimmer und öffnete die Tür. Oma schnarchte so laut, dass sie mit dem Lärm, den sie machte, bestimmt alle Monster aus dem Haus vertrieb. Vorsichtig schlich Carolyn zu Charlies Zimmer zurück und kroch wieder in ihr Bett. Während sie unter die Decke schlüpfte, schaute sie zu Charlie, der auf der anderen Seite des Zimmers schlief. Mama kam wieder nach Hause! Lächelnd schlief Carolyn wieder ein.

Unmittelbar nach dem Frühstück mit Rührei, Speck und frisch gebackenen Brötchen ging Papa zur Arbeit. Nachdem Charlie zur Schule aufgebrochen war, tippte Oma Carolyn an. „Komm, wir bürsten deine Haare und binden sie zu einem Pferdeschwanz zusammen. Was meinst du?"

Sie nahm Carolyn an der Hand und führte sie in ihr Schlafzimmer. Carolyn kletterte auf ihr Bett. Während Oma ihre

Haare bürstete, beobachtete Carolyn ihre Großmutter im Spiegel. Sie mochte ihre weißen Haare und ihre gebräunten, faltigen Wangen. Oma hatte warme, grün-braune Augen, genau wie Mama.

Oma lächelte sie an. „Du siehst Elise sehr ähnlich. Das war meine kleine Schwester, und sie war sehr, sehr hübsch, genau wie du.“ Nachdem alle Knoten aus den blonden Locken entfernt waren, band sie die Haare mit einem Gummiband zusammen. „So, das sieht doch viel besser aus. Meinst du nicht?“

Carolyn blickte sie an. „Wird Mama sterben?“

„Nein. Deine Mutter wird *nicht* sterben“, erwiderte Oma lächelnd. Liebevoll strich sie über Carolyns Haare. „Sie braucht viel Ruhe. Das ist alles. Und jetzt, wo ich hier bin, kann sie wieder nach Hause kommen und du wirst deine Mutter jeden Tag sehen.“

Oma wirkte nie unsicher oder traurig wie Papa. Sie schien nie vor etwas Angst zu haben. Oma trug eine Brille, und hinter den Brillengläsern strahlten ihre klaren, warmen Augen sehr viel Zuversicht aus.

Oma wollte eine Spazierfahrt mit Carolyn machen. „Ich muss die Gegend hier kennenlernen und herausfinden, wo alles ist.“

„Was denn alles?“

„Der Supermarkt zum Beispiel. Du und ich, wir werden auf Erkundungsfahrt gehen!“ Das klang, als sei es ein großes Abenteuer. „Wir werden eine Bibliothek suchen und uns genügend Bücher für eine ganze Woche ausleihen. Und ich möchte zur Kirche fahren und den Pastor kennenlernen. Dein Papa sagte, dass ihr schon eine Weile nicht mehr zum Gottesdienst gegangen seid, aber das wird sich jetzt ändern.“

„Wird Mama mitkommen?“

„Nein. Vorerst darf sie das noch nicht.“

Oma fuhr zügig und machte Carolyn auf dieses und jenes aufmerksam, während diese alles in sich aufsog. „Sieh nur, dort drüben. Ist es zu fassen! Eine Käserei! Wir werden ein Stück guten Schweizer Käse oder Gouda einkaufen. Und dort ist ja auch eine Bank."

Oma führte sie zum Mittagessen in ein kleines Café aus. Carolyn durfte einen Hotdog essen und Cola trinken. Bevor sie nach Hause zurückkehrten, wollte Oma noch ins Kaufhaus. Sie schaute sich die Küchenutensilien an und kaufte ein paar Dinge ein. Dann ging es weiter zum Supermarkt. Oma füllte den Einkaufswagen. „Jetzt müssen wir aber nach Hause. Wir wollen doch da sein, wenn Charlie aus der Schule kommt."

Oma bog in die Einfahrt ein, als eine Meute lärmender Jungen und Mädchen aus dem Schulbus drängten. „Das passt ja genau!" Charlie kam johlend angerannt. Lachend reichte Oma ihm eine Tüte mit Lebensmitteln. „Du kannst helfen, das Auto auszuladen." Eine kleinere Tüte drückte sie Carolyn in die Hand. Sie selbst nahm auch eine Tüte und das Paket aus dem Kaufhaus. Zielstrebig wie ein Spürhund fischte Charlie die Packung mit den Keksen heraus, riss sie auf, schnappte sich eine Handvoll und verschwand nach draußen, um mit seinen Freunden zu spielen.

Amüsiert schüttelte Oma den Kopf. „Er erinnert mich an die Jungen aus meinem Sommerlager." Mit geübtem Griff riss Oma das braune Papier von dem Paket und öffnete eine große weiße Schachtel. „Sieh nur, was ich gefunden habe." Sie nahm eine kleine Spitzendecke und passende Servietten heraus. „Du, ich und Mama werden jeden Nachmittag zusammen Tee trinken und Leckereien essen. Seit Jahren habe ich das schon nicht mehr gemacht, aber ich habe alle Rezepte mitgebracht." Sie holte ein zerlesenes Buch aus ihrer Tasche und legte es auf den Tisch. Ein träumerischer Ausdruck trat auf ihr Gesicht. „Wir werden dafür sorgen, dass es ein ganz besonderes Nachhausekommen für sie wird."

Als Papa mit Mama nach Hause kam, hielt Oma Carolyn an der Hand. Mama stieg aus dem Wagen, winkte ihnen lachend zu und verschwand sofort im Haus. Carolyn rief nach ihr und wollte ihr folgen, aber ihr Vater stellte sich ihr in den Weg. „Lass deine Mutter in Ruhe. Sie muss ins Bett."

Mama ging durch den Flur in das kalte Zimmer mit dem seltsamen Bett und schloss die Tür hinter sich. Carolyn versuchte, ihr nachzugehen, doch Papa hielt sie fest und drehte sie zu sich herum. „Geh nach draußen spielen. Ich muss mit Oma reden. Sofort." Er gab ihr einen sanften Schubs.

Verwirrt setzte sich Carolyn auf die Verandastufen, bis Papa herauskam. Er ging an ihr vorbei, stieg wieder in den Wagen und fuhr davon.

Oma trat auf die Veranda. „Dein Papa muss zur Arbeit zurück. Du wirst ihn heute Abend sehen."

„Kann ich zu Mama?"

„Nein, Liebling." Sie schüttelte den Kopf und streichelte Carolyn über die Haare. „Möchtest du hier draußen bleiben oder mit in die Küche kommen und mir helfen, Mittagessen zu machen?"

Carolyn folgte Oma in die Küche.

Ihre Mutter kam nur aus dem Zimmer, um zur Toilette zu gehen. Wenn sie Carolyn im Flur stehen sah, scheuchte sie sie fort. Mama setzte sich nicht zum Abendessen an den Küchentisch und hörte sich auch nicht mit ihnen im Wohnzimmer die Radiosendungen an. Niemand außer Papa und Oma durften Mamas Zimmer betreten. Papa blieb oft den ganzen Abend in ihrem Zimmer, während Oma Carolyn und Charlie ein Buch aus der Bücherei vorlas.

Wenn Charlie in der Schule war, ging Carolyn oft nach draußen. Einmal pflückte sie Osterglocken, die Mama vor langer Zeit gepflanzt hatte. Mama liebte Blumen. Als Carolyn eine Handvoll zusammen hatte, ging sie hinein, huschte durch den Flur zu Mamas Zimmer und öffnete die Tür. Mama lag auf der Seite und schlief.

Carolyn schlich auf Zehenspitzen zum Bett. „Mama?" Sie berührte die Hand ihrer Mutter. Die öffnete die Augen. Ein Lächeln umspielte ihren Mund. Carolyn hielt ihr die Osterglocken hin. „Ich habe dir Blumen gebracht, Mama, damit es dir wieder besser geht."

Mamas Gesichtsausdruck veränderte sich. Schnell zog sie die Decke über ihren Mund. „Du sollst doch nicht in mein Zimmer kommen, Carolyn. Geh! Sofort!"

Ihre Unterlippe zitterte. „Aber ich will bei dir sein."

„Das geht aber nicht." Die Augen ihrer Mutter füllten sich mit Tränen. „Verlass das Zimmer, Carolyn. Tu, was man dir sagt."

„Mama …" Carolyn wollte ihr die Blumen geben.

Ihre Mutter zuckte zurück.

„Mama!"

Mama begann zu husten. „Verschwinde hier!", stieß sie mühsam zwischen den Hustenanfällen hervor. Als Oma im Türrahmen erschien, gestikulierte ihre Mutter wild. „Schaff sie hier raus! Schaff sie aus dem Zimmer!" Schnell zog Mama das Laken über ihren Mund und beugte sich vor. „Und pass auf, dass sie draußen bleibt!"

Oma schob Carolyn aus dem Zimmer und zog die Tür fest hinter sich ins Schloss. Verängstigt und verwirrt begann Carolyn zu weinen.

Oma nahm sie auf den Arm und ging mit ihr ins Wohnzimmer. „Beruhige dich doch! Du hast nichts falsch gemacht. Jetzt hör mal." Sie setzte sich in den Schaukelstuhl. „Deine Mama ist sehr krank. Du darfst nicht in ihr Zimmer gehen. Wenn du es trotzdem machst, muss sie wieder ins Krankenhaus. Das willst du doch nicht, oder?"

„Nein." Warum durfte sie nicht in Mamas Zimmer? Oma ging doch auch hinein. Und Papa auch. Charlie stand manchmal im Türrahmen und redete von da aus mit Mama. Warum musste sie ihr fernbleiben?

„Schsch …" Oma nahm Carolyn auf den Schoß und begann zu schaukeln. Carolyn steckte den Daumen in den Mund und lehnte sich an ihre Großmutter. „Alles wird gut werden, Liebling. Deine Mutter wird wieder gesund und dann hast du noch ganz viel Zeit mit ihr."

Danach betrat Carolyn Mamas Zimmer nie mehr. Sie blieb höchstens mal im Flur an der Wand gegenüber stehen, wenn Oma Mama ein Tablett mit Essen brachte. Dann konnte sie einen Blick auf Mama erhaschen.

Als es wärmer wurde, kam ihre Mutter häufiger aus dem Zimmer. Sie trug eine Hose und einen Pullover und setzte sich auf die Veranda, wo Oma Tee, Eiersalat und Dillsandwiches servierte oder Pekannusskekse. Carolyn wartete im Haus, bis Oma sie herausrief. Dann setzte sie sich auf den Stuhl, der so weit wie möglich von ihrer Mutter entfernt stand. Ihre Mutter zog sich den blauen Pullover eng um ihren schmalen Körper. „Es ist kalt."

Oma schenkte Tee ein. „Wir haben zweiundzwanzig Grad, Hildemara Rose. Du brauchst frische Luft."

„Irgendwie ist mir immer kalt, Mama, auch wenn die Sonne scheint."

„Ich hole dir eine Decke." Oma legte noch ein Sandwich auf Mamas Teller.

„Keine Decke, Mama. Wir sollten versuchen, uns so normal wie möglich zu verhalten."

„Normal? Die Nachbarn wissen doch alle Bescheid, Hildemara Rose. Warum, glaubst du, halten sie sich so auffällig von uns fern?" Oma lachte gepresst. „Feiglinge! Die ganze Bande."

Mama knabberte an einem kleinen Sandwich. „Du bist eine wundervolle Köchin, Mama."

„Ich habe von den Besten gelernt." Oma stellte ihre Teetasse auf die Untertasse. „Bei Rosis Mutter. Sie hatten ein Hotel. Das habe ich dir doch erzählt, nicht? Und im *Hotel Germania* hat mich Küchenchef Brennholtz unter seine Fittiche genommen. Er kehrte dann nach Deutschland zurück und geriet in den Krieg. Zuletzt war er wohl Koch bei einem hochgestellten Nazi. Nach Werner Brennholtz habe ich für die Fourniers in Montreux gearbeitet. Solange hat mir ihre französischen Rezepte verraten. Und Lady Daisys Köchin Enid hat mir beigebracht, diese Teekuchen zu backen." Oma erzählte von Lady Daisys geliebtem Park *Kew Gardens*, durch den Oma sie jeden Tag mit ihrem Rollstuhl geschoben hatte. „Das war harte Arbeit, aber es hat mir nichts ausgemacht. Ich liebe die englischen Parks. Natürlich ist es dort nicht so heiß wie in Murietta ..."

Oma und Mama redeten auch über Carolyn. „Sie braucht einen Spielkameraden."

„Die anderen Mütter wollen ihre Kinder nicht mit ihr spielen lassen."

„Ich habe nachgedacht. Vielleicht wäre es gut, wenn sie einen Hund bekäme."

„Einen Hund? Ich weiß nicht, Mama. Ein Hund bringt große Verantwortung mit sich."

„Es würde ihr nicht schaden, ein wenig Verantwortung zu übernehmen. Vielleicht wird sie dadurch selbstständiger." Oma lächelte Carolyn an. „Sie ist mein kleiner Schatten geworden."

Mama lehnte sich zurück und schloss die Augen. „Ich spreche mit Trip." Ihre Stimme klang so müde.

Am Abendbrottisch unterhielten sich Papa, Oma und Charlie über die Anschaffung eines Hundes. Papa schlug einen Cockerspaniel vor. „Der wäre klein genug, dass er im Haus leben kann, und groß genug, dass er sich nicht durch den Zaun zwängen kann."

„Du brauchst doch keinen Rassehund zu kaufen." Oma lachte leise. „Es gibt jede Menge Hunde, die keiner will. Eine Promenadenmischung reicht auch."

Charlie stöhnte laut. „Können wir nicht einen deutschen Schäferhund kaufen, Papa? Roy Rogers hat einen Schäferhund. *Bullet* rennt so schnell wie der Blitz."

Oma schien nicht überzeugt. „Und wo soll er hinrennen? Ein so großer Hund braucht viel Auslauf."

Charlie gab so schnell nicht auf. „Wir haben doch den Garten hinter dem Haus. Natürlich müsste er ausgebildet werden. Ich kenne jemanden, der mir ein paar Tipps geben kann."

Einige Tage später holte ihr Papa ein kleines Pelzknäuel mit Schlappohren und braunen Augen aus dem Wagen. Er reichte das Hündchen Carolyn, die es fest an sich drückte. „Halt ihn gut fest. Er zappelt ganz schön. Lass ihn nicht fallen." Das Hündchen begann Carolyns Gesicht abzulecken. Papa lachte. „Ich glaube, er mag dich."

Von da an spielte Carolyn fast den ganzen Tag draußen mit dem Hündchen. Sie nannten ihn *Bullet.* Wenn sie ins Haus ging, blieb er vor der Tür sitzen und jaulte, bis sie wieder herauskam. Mama setzte sich auf die Veranda, während Oma in der Küche arbeitete und Carolyn mit *Bullet,* der fröhlich kläffend um sie herumsprang, über die Wiese tollte.

Wann immer Oma sich ins Auto setzte, war Carolyn mit dabei. Manchmal fuhren sie bis zu den Erdbeerfeldern in Niles, wo Oma sich mit den japanischen Farmern unterhielt und Körbe voll Erdbeeren kaufte, um Marmelade daraus zu kochen. Dann wieder war die Käserei an der Brücke ihr Ziel. Oma ging mit ihr in den Verkaufsraum zu dem alten Griechen, der sich mit Oma über ihre europäischen Heimatländer unterhielt. Oma machte alle Besorgungen für die Familie: Sie ging einkaufen im Supermarkt, holte Ersatzteile für Reparaturen im Eisenwarenladen und kaufte Kleidung für Charlie und Carolyn im Kaufhaus. Manchmal stritt Mama deswegen mit ihr.

Sonntags besuchte Oma mit Carolyn die Kirche. Papa, Mama und Charlie blieben zu Hause. Papa sagte immer, er hätte zu arbeiten, und Charlie blieb zu Hause, weil Papa zu Hause blieb. Einmal im Monat fuhr Oma mit Carolyn zu ihrer Farm in Murietta. Während sich Oma mit den Martins unterhielt, kletterte Carolyn auf den Baum, fütterte das weiße Kaninchen mit Möhren oder beobachtete die Hühner.

Auf der Farm schlief Carolyn bei Oma im Bett. Sie brauchte dann nicht am Daumen zu nuckeln, sondern kuschelte sich an Oma und fühlte sich sicher und geborgen. Dann träumte sie von Teepartys, bei denen das weiße Kaninchen ihr Karotten aus der Hand fraß. Es stellte sich auf die Hinterbeine, trommelte mit der Pfote und sagte, morgen wolle es aber Eiscreme. Dann kicherte Carolyn im Schlaf.

Alles war gut.

Kapitel 3

1952

Es dauerte fast ein Jahr, aber Mama erholte sich tatsächlich, genau wie Oma vorausgesagt hatte. Sie verbrachte immer mehr Zeit außerhalb ihres Zimmers, setzte sich mit der Familie zum Essen an den Küchentisch und hielt sich auch im Wohnzimmer auf, aber nie rief sie Carolyn zu sich oder nahm sie in den Arm.

„Spiel doch auf dem Teppich, wo ich dir zusehen kann", sagte sie nur. Charlie baute Forts mit seinem Spielzeug; Carolyn malte in ihren Malbüchern oder saß an Oma gekuschelt da und lauschte ihren Geschichten.

Abends hörte Carolyn häufig, wie Mama und Oma miteinander redeten. Manchmal wurden sie laut. „Lass mich spülen, Hildemara."

„Ich bin nicht mehr krank."

„Beruhige dich ..."

„Ich will mich nicht beruhigen. Ich will nicht mehr zusehen, wie du Trip und meine Kinder versorgst. Ich bin jetzt wieder so weit bei Kräften, dass ich auch einen Teil der Arbeit übernehmen kann."

„Ich will doch nur helfen!"

„Du hast genug geholfen, Mama. Manchmal denke ich, du hilfst zu viel."

Einmal belauschte Caroyln Papa und Mama. „Das ist eine Sache zwischen dir und deiner Mutter. Hör auf zu meckern! Sie hat uns gerettet, Hildie. Unsere Schulden wären viel höher, wenn sie nicht gekommen wäre."

„Das bedeutet aber nicht, dass das ewig so weitergeht, Trip. Es ist *meine* Familie. Meine!"

„Das ist doch lächerlich."

„Du siehst nicht, was ich sehe. Ich verliere –"

„Das ist doch hier kein Wettstreit."

„Du verstehst das nicht!“

Carolyn bekam Angst, wenn ihre Eltern sich stritten. Sie rückte näher an Oma heran und hoffte, dass sie nie wieder fortginge.

Mama zog wieder in das große Schlafzimmer. Ein Lastwagen holte das Krankenhausbett und den Tisch mit Rädern ab. Mama schrubbte die Böden und Wände und strich das Zimmer wieder rosa. Papa räumte Carolyns Möbel hinein. Oma kaufte einen runden Flickenteppich und eine Kiste für Carolyns Spielsachen, außerdem einen geblümten Stoff, aus dem sie Vorhänge nähte.

Bullet sprang über den Zaun und setzte dem Postboten nach. Danach wurde der arme Hund an die Kette gelegt. Papa baute eine Hundehütte, die so groß war, dass auch Carolyn darin sitzen konnte.

Oma sagte, ein eigenes Zimmer sei ein großer Luxus, aber Carolyn mochte nicht allein in einem Zimmer sein. Sie hatte Angst, die Ungeheuer würden sich wieder unter ihrem Bett verstecken.

Als Oma ihren Koffer packte, sah Carolyn verwirrt zu. „Wo fährst du hin?“

„Nach Murietta.“

Carolyn verschwand in ihrem kleinen Zimmer und packte ebenfalls ihren Koffer, wie sie es immer tat, wenn sie mit Oma übers Wochenende nach Murietta auf die Farm fuhr.

„Du kannst nicht mitkommen, Carolyn.“ Oma setzte sich auf ihr Bett und nahm Carolyn auf den Schoß. „Du wirst hier bei deiner Mama bleiben.“

„Ich will mit dir fahren.“

„Du gehörst aber hierher.“

„Nein, tu ich nicht.“

Oma umarmte sie und gab ihr einen Kuss auf den Kopf. „Hoffentlich bin ich nicht zu lange geblieben.“ Sie stellte Carolyn wieder auf den Boden. „Sei ein braves Mädchen.“

„Ich liebe dich.“

Oma nahm ihr Gesicht in die Hände und gab ihr einen Kuss auf beide Wangen. „Ich liebe dich auch, Liebling. Vergiss das nie." Sie erhob sich und nahm Carolyns Hand. „Komm."

Alle standen draußen auf der Veranda. Oma verabschiedete sich, umarmte alle und gab ihnen Küsse auf beide Wangen, nur Mama nicht, weil die es nicht wollte. „Wie du meinst, Hildemara Rose." Kopfschüttelnd stieg Oma die Verandastufen hinab.

Carolyn wollte ihr folgen. Mama legte ihre Hände auf ihre Schultern und hielt sie fest. „Nein!" Carolyn wehrte sich, aber Mamas Griff wurde fester, ihre Finger gruben sich schmerzhaft in ihr Fleisch. Carolyn begann zu schreien. „Oma! *Oma!*"

Oma schaute nach hinten, setzte rückwärts aus der Einfahrt und fuhr die Straße entlang. Schluchzend schlug Carolyn um sich und wollte sich befreien. „Hör auf", sagte Mama mit gebrochener Stimme.

Papa packte Carolyn am Arm und zog sie ins Haus. Als sie wieder nach draußen laufen wollte, nahm er sie unter den Arm und trug sie schreiend und um sich tretend durch den Flur. „*Hör auf!* Du regst deine Mutter auf!"

Schimpfend legte er Carolyn übers Knie und schlug zweimal fest zu. Das tat sehr weh und vor Schreck verstummte sie. Papa warf sie auf das Bett. Mit gerötetem Gesicht und funkelnden Augen beugte er sich über sie und fuchtelte mit dem Finger vor ihrem Gesicht herum. „Wenn du dich aus dem Zimmer wagst, dann bekommst du eine Tracht Prügel, wie du sie bisher noch nie bekommen hast!" Papas Hand zitterte. „Ich will keinen Mucks mehr hören. Hast du verstanden? Keine Tränen mehr! Du denkst, du hättest es schwer? Ich habe gesehen, wie Kinder, die halb so alt waren wie du, in ausgebombten Gebäuden nach etwas zu essen gesucht haben. Sie hatten keine Mütter, die sie geliebt und sich um sie gekümmert haben. Ihre Mütter waren von den Bomben zerrissen worden! Oma ist nach Hause gefahren. Das Leben geht weiter. Wenn du deine Mutter zum Weinen bringst, dann schwöre ich, werde ich …" Er ballte die Hände zur Faust.

Papas Gesicht veränderte sich. Er fuhr sich mit der Hand über die Wangen und verließ das Zimmer.

Die Tür wurde geöffnet. Carolyn schreckte hoch. Sie steckte den Daumen in den Mund, und ihr Herz begann wild zu klopfen. Seit Papa sie aufs Bett geworfen hatte, hatte sie sich nicht mehr gerührt. Nicht einmal, als sie eigentlich dringend zur Toilette musste. Mama stand in der Tür. Sie verzog das Gesicht. „Du hattest wohl einen kleinen Unfall, nicht?“

Carolyn rutschte in die hinterste Ecke des beschmutzten Bettes. Sie zitterte am ganzen Körper.

„Ist schon gut.“ Mama stieß die Tür weiter auf, doch sie kam nicht ins Zimmer hinein. „Niemand ist böse auf dich. – Trip!“, rief sie mit zittriger Stimme.

Als sie die Schritte ihres Vaters hörte, drückte Carolyn sich noch fester an die Wand. Tränen liefen ihr über die Wangen. Mama war schon wieder aufgebracht, und Papa war bestimmt böse mit ihr. Carolyn hatte noch Papas Gesicht von vorhin vor Augen, seine Faust, und hörte noch seine Worte. Als Papa im Türrahmen erschien, atmete sie stoßweise.

„Sie muss in die Badewanne.“ Mama wischte sich die Tränen von den Wangen. „Ein schönes warmes Bad, Trip, und sprich freundlich mit ihr. Sie scheint einen Schock zu haben.“ Mama sprach mit gepresster Stimme. „Ich ziehe das Bett ab und wasche alles.“

Carolyn erinnerte sich später nicht, wie sie vom Bett ins Bad gekommen war. Papa duschte sie zuerst ab und gab dann eine Kappe voll Schaumbad in die Wanne und ließ warmes Wasser ein. Er sprach betont fröhlich mit ihr, aber er wirkte ganz und gar nicht glücklich. Seine Hände zitterten, als er sie wusch. Trotz des warmen Wassers zitterte Carolyn am ganzen Körper. Als er sie aus der Wanne hob, stand sie mucksmäuschenstill da, während er sie abtrocknete und ihren Schlafanzug anzog.

„Heute Nacht wirst du im Schlafsack schlafen. Das ist doch toll. Du wirst es schön gemütlich haben."

Sie wollte zu ihrer Oma, aber das wagte sie nicht zu sagen. Sie wollte zu *Bullet,* aber Papa würde sie bestimmt nicht in dem gemütlichen Hundehaus schlafen lassen. Sie wollte zu Charlie.

Im Wohnzimmer spielte das Radio. Papa versuchte, ihre Haare zu entwirren. „Mama kocht ein schönes Abendessen für uns. Sag ihr, wie gut es dir schmeckt." Er gab den Versuch auf, ihre Haare zu kämmen, und warf die Bürste ins Waschbecken. Das klappernde Geräusch ließ Carolyn zusammenzucken. Papa nahm sie auf den Arm und drückte ihren Kopf an seine Schulter. „Ich weiß, dass du Oma vermisst, Carolyn, aber du bist doch unser kleines Mädchen."

Sie blieb schlaff auf seinen Knien sitzen, die Hände wie tot auf ihrem Schoß. Wenn sie sich rührte, würde Papa sie dann wieder schlagen? Er stellte sie auf den Boden. „Geh ins Wohnzimmer", sagte er knapp.

Schnell rannte sie aus dem Bad. Bevor sie durch die Tür verschwand, schaute sie noch einmal zurück. Papa saß auf dem heruntergeklappten Toilettendeckel, den Kopf in den Händen vergraben.

Carolyn tat alles, was Mama und Papa ihr sagten. Sie stellte keine Fragen, sie widersprach nicht. Manchmal, wenn alle bereits zu Bett gegangen waren, schlich sie leise durch den Flur zu Charlies Zimmer und rollte sich mit ihrer Decke vor seinem Bett zusammen. In kalten Nächten ließ er sie manchmal mit ins Bett kriechen. Meist wachte sie so früh auf, dass sie in ihr eigenes Bett zurückgehen konnte und Mama nicht merkte, dass sie in Charlies Zimmer geschlafen hatte.

Jeden Sonntag ging die Familie jetzt zur Kirche. Carolyn mochte die Sonntagsschule. Die netten Mitarbeiter lasen ihnen dieselben Geschichten vor, die Oma ihnen vorgelesen hatte. Ihr gefiel der Gesang, der durch die Wände aus dem Gemeindesaal zu ihnen herüberdrang, und sie wünschte, sie wäre mit dort drüben in dem Raum mit dem langen roten Teppich, der hohen Decke und den Stufen, die zum Kreuz und den goldenen Kerzenleuchtern und den weißen, brennenden Kerzen auf dem Tisch führten.

Eines Tages nach der Kirche fuhr Papa nicht direkt nach Hause, sondern in eine andere Richtung. „Ich glaube, ich habe das Passende gefunden." Papa lächelte Mama an. Charlie spähte aufmerksam aus dem Fenster. Carolyn konnte nichts sehen.

Papa bog von der Straße ab. Der Wagen holperte und ächzte. „Da ist es."

„Seht nur, der Baum!" Charlie kurbelte seine Fensterscheibe herunter. „Kann ich draufklettern?"

Papa hielt an. „Nur zu."

„Sei vorsichtig!", rief Mama Charlie nach.

Papa lachte. „Entspann dich. Er ist ein kleiner Affe."

Mama blickte zurück, während Papa weiterfuhr. „Ein englischer Walnussbaum. Dieser eine Baum trägt bestimmt massenhaft Nüsse. Vielleicht können wir sie verkaufen und von dem Erlös einen Teil der Steuern zahlen."

Papa grinste. „Mir gefällt, dass du so praktisch denkst." Er parkte den Wagen und stieg aus. „Komm. Lass uns über das Grundstück laufen. Sag mir, was du davon hältst."

Carolyn stieg aus, nachdem ihre Eltern davongegangen waren. Sie suchte nach dem großen Baum und entdeckte ihren Bruder hoch oben in den Ästen. Charlie kletterte immer weiter. Sie schlenderte zurück und hörte, wie Mama und Papa sich unterhielten.

„Geht das denn, Trip? Ich meine, wir haben doch keine Ahnung vom Hausbau."

„Das können wir lernen. Ich habe bereits Bücher in der Bibliothek bestellt. Die Bank leiht uns das Geld für das Grundstück. Aber für einen Architekten und einen Bauunternehmer reicht es nicht. Wir werden es ganz allein schaffen müssen, Hildie."

„Du willst das wirklich, nicht wahr, Trip?"

„Du nicht? Du hast doch immer gesagt, dass du dich in der Stadt beengt fühlst. Immerzu redest du von der Farm."

„Wirklich?"

Papa ergriff ihre Hand und küsste sie. Arm in Arm spazierten sie über das Grundstück. Carolyn folgte ihnen in so großem Abstand, dass sie nicht bemerkt wurde, aber trotzdem nah genug, dass sie hörte, was sie sagten. „Stell dir das doch nur vor, Hildie. Wir könnten das Haus bauen, wo wir wollen, und einen Brunnen graben lassen. Als Erstes sollten wir eine Hütte errichten für das Werkzeug und alles Baumaterial. Dann bräuchte ich nicht immer alles mitzuschleppen. Ein paar Mal in der Woche könnten wir nach der Arbeit herkommen und mit dem Fundament beginnen, und natürlich am Wochenende. Nichts Großartiges, nur ein einfaches Haus, einen großen Raum zuerst, dann die Küche und ein Bad. Und wenn wir eingezogen sind, könnten wir nach und nach weitere Zimmer anbauen."

„Das ist furchtbar viel Arbeit, Trip."

„Ich weiß, aber wir würden es ja für uns bauen. Wie sonst sollten wir unser Traumhaus auf dem Land bekommen, wenn wir es nicht anpacken?"

„Bis zur Stadt und den Schulen ist es ziemlich weit."

„Nur zwei Meilen, und außerdem gibt es einen Schulbus. Danach habe ich mich bereits erkundigt. Charlie braucht nur bis zur Straße zu gehen. Dann wird er jeden Tag abgeholt und wieder hergebracht."

Mama schaute sich noch einmal um. Sie runzelte die Stirn. „Ich weiß nicht, Trip."

Papa drehte sie zu sich herum. „Atme doch nur mal tief durch, Hildemara." Er strich ihr über die Arme. „Hast du es denn nicht allmählich satt, in einem Haus zu wohnen, in dem du von allen Seiten von anderen Häusern eingeschlossen bist? Und von den tratschenden Nachbarn, die dich meiden wie eine Aussätzige? Wäre es dir nicht lieber, wenn deine Kinder so aufwachsen würden wie du? Auf dem Land, mit viel Platz zum

Spielen und Toben? Hier bräuchten sie nicht mehr im Schatten eines Bundesgefängnisses zu leben."

Mama bückte sich und hob eine Handvoll Erde auf. Sie schnupperte daran und zerkrümelte sie. „Riecht gut." Sie ließ die Erde durch ihre Finger rinnen. „Wir könnten zuerst ein Zelt aufbauen, auf einem Campingkocher kochen, die Lebensmittel im Kofferraum des Wagens aufbewahren und ein Toilettenhäuschen bauen."

Papa grinste. „Jetzt redest du vernünftig!"

„Wir könnten noch weitere Walnuss- und Obstbäume anpflanzen, ein paar Weinstöcke vielleicht, und dort drüben einen Gemüsegarten anlegen. Wir könnten Hühner halten …"

Papa zog sie in die Arme und küsste sie. Als er sich von ihr löste, war Mamas Gesicht gerötet. Lächelnd ergriff Papa ihre Hand. „Komm, wir überlegen uns, wo das Haus stehen soll."

Carolyn sah ihnen nach. Sie schlenderte zurück zum Walnussbaum und beobachtete, wie sich ihr Bruder von einem Ast zum anderen hangelte.

Schließlich riefen Papa und Mama nach ihnen. „Charlie! Carolyn! Kommt, ihr zwei. Es ist Zeit, zum Mittagessen nach Hause zu fahren." Carolyn kletterte auf den Rücksitz. Charlie war ein wenig außer Atem von dem schnellen Abstieg. Papa ließ den Motor an. „Wir werden hier ein Haus bauen, Kinder. Was haltet ihr davon?"

„Wir werden hier draußen wohnen?" Charlie war nicht so ganz begeistert.

„Ja."

„Aber was ist mit meinen Freunden? Wenn wir umziehen, sehe ich sie ja nie wieder."

„Du triffst sie doch jeden Tag in der Schule." Papa bog auf die Straße ab. „Und hier in der Gegend wohnen jede Menge Kinder. Ich habe eins auf einem Fahrrad und ein anderes auf einem Pferd gesehen."

„Auf einem Pferd?" Charlies Augen leuchteten auf. „Können wir ein Pferd haben?"

Papa lachte und blickte Mama an. „Vielleicht. Aber nicht sofort."

Niemand fragte Carolyn, was sie davon hielt, aus dem einzigen Haus auszuziehen, das sie je gekannt hatte. Aber Carolyn hatte sowieso keine Spielkameradinnen. Nur eines beunruhigte sie. „Wird Oma mich denn hier finden können?"

Mama und Papa wechselten einen Blick. „Natürlich. Sie kann uns jederzeit besuchen." Papa nickte. Mama starrte zum Fenster hinaus.

Jeden Freitag nach der Arbeit brach Carolyns Vater mit der Familie zum „Grundstück" auf. Sie ließen Paxtown mit seinen alten Gebäuden hinter sich und fuhren durch Wiesen und über einen Hügel mit einem Friedhof. Die *Happy Valley Road* war die erste links hinter dem Hügel. Papa hatte ein großes Zelt aufgebaut. Charlie verschwand immer sofort zum Klettern in dem großen Walnussbaum; Mama breitete ihre Schlafsäcke auf dem Boden aus, baute den Campingkocher auf und fing an, Abendessen zu kochen. Papas erstes Projekt war es, ein großes Loch zu graben und eine Toilette zu bauen. Danach errichtete er eine Hütte für sein Werkzeug und sicherte die Tür mit einem schweren Schloss.

Carolyn war sich selbst überlassen und stromerte mit *Bullet* durch die Gegend. Als der Hund einmal die Schafe eines Nachbarn jagte, schlug Papa eine Eisenstange in den Boden und befestigte eine Kette daran. Jetzt konnte sich *Bullet* nur noch im Kreis bewegen. Er lief so lange in eine Richtung, bis die Kette sich aufgerollt hatte. Carolyn führte ihn dann in die andere Richtung, bis er wieder mehr Freiraum hatte.

Innerhalb weniger Wochen kannte Charlie jeden, der in ihrer Straße wohnte. Er besuchte mit Carolyn ihren nächsten Nachbarn. Lee Dockery hatte Bienenstöcke hinter seinem Haus. „Nennt mich Dock." Er beugte sich herab und lächelte sie an. „‚Es kommt ein Mann die Treppe hoch'." Seine Finger wanderten von Carolyns Bauch über ihre Brust hoch und kitzelten sie unter dem Kinn. Sie kicherte. Er sagte, sie könnte ihn jederzeit besuchen kommen, und schenkte jedem eine Honigwabe zum Lutschen.

Ihrem Vater stand sie häufig im Weg herum, und ihre Mutter ermahnte sie, sich nicht so schmutzig zu machen. Da Charlie die meiste Zeit unterwegs war, hatte Carolyn keinen zum Spielen. Oft ging sie hinüber zu dem Stacheldrahtzaun und sah Dock zu. Die Bienen umschwärmten ihn, wenn er die Holzrahmen mit den Honigwaben aus den Stöcken zog.

„Stechen sie dich nicht?“, rief sie herüber.

„Die Bienen sind meine Freunde. Ich nehme ihnen nie mehr fort, als sie mir freiwillig geben.“

Dock lud sie in sein Haus ein und zeigte ihr, wie man den Honig aus den Waben schleuderte. Er erlaubte ihr, den Finger in die zähflüssige, süße Masse zu stippen, die durch ein Rohr in Glaskrüge floss. Er nannte sie „kleine Honigbiene“ und tätschelte ihr den Kopf, so wie sie *Bullet* tätschelte. Manchmal nahm er sie auf seinen Schoß und erzählte ihr von seiner Frau, die bereits gestorben war, und wie sehr sie sich Kinder gewünscht, aber keine bekommen hatten.

„Du siehst müde aus.“ Er drückte ihren Kopf an seine Brust, die nach Tabak und Schweiß roch, und streichelte ihre Beine unter ihrem Kleid. „Deine Mutter ruft dich.“ Dock stellte sie wieder auf den Boden. „Du musst jetzt nach Hause gehen, Honigbiene.“ Er küsste sie auf den Mund und wirkte sehr traurig. „Komm bald wieder, dann spielen wir miteinander.“

Carolyn kroch unter dem Stacheldraht hindurch und rannte durch die Wiese mit den Butterblumen.

„Warum hast du mir nicht geantwortet?“ Ihre Mutter schüttelte sie. „Wo bist du gewesen?“

„Bei Dock.“

„Dock?“

„Mr Dockery, Mama.“ Charlie antwortete für sie. „Der Bienenmann. Er schenkt uns Honigwaben.“ Er saß an dem

Campingtisch, an dem sie ihre Mahlzeiten einnahmen. „Er ist sehr nett."

Stirnrunzelnd ließ Mama sie los und richtete sich auf. Ihr Blick wanderte zu dem Nachbarhaus. „Nun gut, du lässt Mr Dockery in Zukunft in Ruhe. Er hat sicher viel Arbeit und will nicht, dass du ihm im Weg stehst."

Carolyn verschwieg ihr, dass Dock sie lieber mochte als Mama oder Papa. Er hatte gesagt, sie solle bald wiederkommen. Dann würde er mit ihr spielen.

Kapitel 4

Den Sommer über wohnte die Familie unter der Woche auch weiterhin in dem gemieteten Haus in der Nähe des Gefängnisses. Die Wochenenden verbrachten sie auf ihrem neuen Grundstück. Papa und Mama lasen Carolyn nicht mehr vor und spielten auch nicht mehr mit ihr. Ihr Vater beschäftigte sich mit den dicken Büchern, die mit der Post kamen. Er machte sich Notizen und Skizzen auf gelbe Blocks. Auf Papierrollen fertigte er mithilfe eines Lineals große Zeichnungen an, die mit vielen Zahlen versehen waren. Ihre Mutter war mit der Hausarbeit, der Wäsche und dem Garten beschäftigt. Charlie spielte mit seinen Freunden. Carolyn spielte allein. Abends ging sie immer als Erste in die Badewanne, während Charlie sich eine Rundfunksendung anhörte. Sie lag immer als Erste im Bett, machte immer als Erste das Licht aus.

Wenn sie zusammengerollt auf der Seite lag, die Stoffpuppe fest an sich gedrückt, erinnerte sich Carolyn daran, wie sie mit Oma im grauen Plymouth herumgefahren war. Wie schön war es, eine Tüte Wonderbread aufzureißen und auf dem Heimweg vom Supermarkt eine frische Scheibe zu verputzen. Oma hatte ihr immer Geschichten vorgelesen und Puzzles mit ihr gemacht. Carolyn hatte ihr in der Küche geholfen. Das alles vermisste sie sehr, auch die Teepartys am Nachmittag. Aber vor allem fehlten ihr Omas Umarmungen und Küsse. Ihre Mutter umarmte und küsste ausschließlich Papa.

Morgens zog Charlie mit seinen Freunden los, und Mama widmete sich der Hausarbeit. „Geh draußen spielen, Carolyn." Carolyn formte Schlammkekse und backte sie auf einem Brett und tat so, als würde sie sie ihrer Stoffpuppe zu essen geben. *Bullet* saß mit hoch erhobenem Kopf und gespitzten Ohren neben ihr. Manchmal leckte er Carolyns Gesicht, aber Mama mochte das nicht. Wenn er es trotzdem tat, musste Carolyn immer sofort ins Haus kommen und ihr Gesicht mit Seife waschen, die wie Feuer in ihren Augen brannte.

Sie freute sich auf den Freitagabend, wenn Papa mit ihnen hinaus zum Grundstück fuhr. Am Samstag gossen ihre Eltern Zementfundamente und mauerten Wände. Dann ging Carolyn zu Dock hinüber. Wenn sie sich mit Honig klebrig machte, badete er sie. Er drückte ihr nicht nur einfach einen Waschlappen in die Hand und forderte sie auf, sich zu waschen, sondern er wusch sie mit den Händen.

Er sagte ihr, er würde sie lieben. Und er versprach, ihr nie weh zu tun.

Sie glaubte ihm.

Am Ende des Sommers hatte ihr Vater den großen Raum fertiggestellt, und die Familie zog auf das Grundstück. Während Mama die Wände verputzte und anstrich, begann Papa mit der Arbeit an der Küche, dem Bad und zwei Schlafzimmern. Carolyn war froh, dass sie sich zunächst ein Zimmer mit Charlie teilte. Sie mochte es nicht, ganz allein zu schlafen.

Dock winkte Carolyn zu sich herüber, wenn Mama nicht hinsah, und bot ihr an, mit ihr zu spielen, während Mama im Garten arbeitete. Er hatte Halma und Mikado und gab ihr Honig, Kräcker und Milch. „Erzähl deinen Eltern nichts davon. Sie würden dir bestimmt verbieten, mich weiter zu besuchen, weil sie denken, du würdest mich stören. Aber du willst doch wiederkommen, nicht? Es gefällt dir doch bei Dock, nicht?"

Carolyn legte die Arme um seinen Nacken und sagte, sie hätte ihn lieb. Und das meinte sie auch so. Wenn Mama nach ihr rief, schickte er sie immer sofort nach Hause. Und sie hütete sich, mit irgendjemandem über Dock zu reden.

Sobald Papa nach Hause kam, machte er sich an die Arbeit. Die elektrische Motorsäge begann zu kreischen, und es roch intensiv nach Sägemehl.

„Im September kommst du in die Schule, Carolyn", sagte ihre Mutter zu ihr. „Wir fahren zum Orientierungstag. Du wirst deine Lehrerin Miss Talbot kennenlernen, und ich zeige dir, wo du in den Schulbus steigen musst."

Carolyn erzählte Dock, sie habe Angst vor der Schule. Was, wenn niemand sie mochte? Oder der Bus ohne sie losfuhr? Was, wenn …? Er nahm sie auf den Schoß und versicherte ihr, alles würde gut werden. Er sagte, er wünschte, sie wäre sein kleines Mädchen. Er würde mit ihr fortgehen, und sie bräuchte nie zur Schule zu gehen. Sie würden den Zoo in San Diego besuchen. Er würde mit ihr zum Strand fahren, und dann könnte sie im Sand spielen, solange sie wolle. „Würdest du gern bei mir leben, Honigbiene?"

„Ich würde Charlie und Oma vermissen."

„Charlie hat seine Freunde, und deine Oma kommt dich doch nur ganz selten besuchen."

Dock hatte keine Lust mehr auf Brettspiele. Er zeigte ihr andere Spiele – *geheime Spiele*, nannte er sie, und er sagte, dass Carolyn etwas ganz Besonderes sei. Er band ihr ein rotes Seidenband um den Hals und machte eine tiefe Verbeugung vor ihr. Die ersten Male hatte sie dabei ein komisches Gefühl, aber andererseits war er doch immer so nett zu ihr. Ganz allmählich überwand sie das Unbehagen und tat, was er von ihr verlangte. Auf keinen Fall wollte sie riskieren, dass er sie auf einmal nicht mehr mochte. Denn wer wäre dann ihr Freund?

Eines Tages tat er ihr bei ihren geheimen Spielen sehr weh. Sie schrie auf, und Dock drückte seine starke, raue Hand auf ihren Mund. Sie schmeckte Blut. In Panik schlug sie um sich, aber er hielt sie eisern fest. Aufgebracht befahl er ihr, sich zu beruhigen und den Mund zu halten; alles würde gut werden.

Dann begann Dock zu weinen. „Es tut mir leid, Honigbiene. Es tut mir so leid!" Er weinte so sehr, dass Carolyn Angst bekam. „Es tut mir leid. Es tut mir leid." Er wusch ihr das Blut von den nackten Beinen und zog ihr die Unterwäsche wieder an. Sein Gesicht war nass von Tränen und ganz verzerrt. „Ich kann nicht mehr dein Freund sein, Honigbiene. Und du darfst nicht verraten, dass du hierhergekommen bist. Keinem

Menschen. Niemals. Deine Mutter hat es dir verboten. Sie wird dir eine Tracht Prügel verabreichen, weil du ihr nicht gehorcht hast. Dein Vater würde mich hier wegjagen oder ins Gefängnis bringen. Und das willst du doch nicht, oder?" Sein Blick wirkte gehetzt. „Versprich mir, dass du nichts verrätst! Wir beide bekämen eine Menge Ärger, wenn jemand erführe, dass wir Freunde sind."

An diesem Abend lag sie zusammengerollt auf der Seite und nuckelte am Daumen. Innendrin tat ihr noch alles weh. Charlie im anderen Bett schlief wie ein Murmeltier. Dock kam an ihr Fenster und klopfte leise. Sie stellte sich schlafend.

Am folgenden Tag, als Dock sie zu sich winkte, zog sie den Kopf ein und gab vor, ihn nicht zu sehen.

In jener Nacht kam er wieder ans Fenster und sprach leise mit ihr. Charlie schlief und hörte nichts. Sie wollte nicht den Zoo von San Diego besuchen. Sie wollte nicht nach Mexiko fahren. „Ich komme wieder, Honigbiene. Ich liebe dich, Baby."

Am ganzen Körper zitternd kniff sie fest die Augen zu, bis er weg war. Sie wollte nicht mehr mit ihm spielen. Als alles still geworden war, nahm sie ihre Decke vom Bett, schnappte sich ihr Kissen und versteckte sich im Schrank.

Als Charlie am Morgen die Tür öffnete, begann sie zu schreien. Er zuckte zurück und schrie vor Schreck ebenfalls los.

Ihre Mutter kam angerannt. „Was ist denn los mit euch beiden?"

„Carolyn hockt im Schrank!"

„Was machst du denn im Schrank?"

„Ich hatte Angst."

„Wovor?"

Sie schüttelte den Kopf. Die Angst war zu groß.

Jede Nacht litt sie unter Albträumen. Mama und Papa waren ratlos.

„Irgendetwas muss passiert sein, Trip. Ich weiß nicht, was, aber irgendetwas stimmt nicht. Ich spüre es. Heute Nachmittag hat Miss Talbott angerufen. Sie sagte, Carolyn sei im Spielhaus eingeschlafen. Und wie es scheint, lutscht sie auch wieder am Daumen."

„Das hat sie doch seit zwei Jahren nicht mehr gemacht."

„Einige der Kinder hänseln sie deswegen. Miss Talbot hat versucht, mit ihr zu reden, aber sie meinte, Carolyn sei wie eine kleine Muschel. Sie spricht überhaupt kaum ein Wort."

Während des Abendessens behielten ihre Eltern sie ständig im Auge. Ihr Vater fragte sie, ob sie in der Schule geärgert würde. Ihre Mutter sagte, sie könnte ihnen alles erzählen, aber Dock hatte ihr ja erklärt, was passieren würde, wenn sie es tat. Als sie keine Antwort gab, fragten sie Charlie. „Hat es in der Schule irgendeinen Vorfall gegeben?"

„Wir spielen nicht auf demselben Spielplatz wie die kleinen Kinder."

„Und im Schulbus?", wollte Papa wissen. „Hat sie jemand belästigt?"

„Ich weiß es nicht, Papa."

„Nun, dann mach es dir doch zur Aufgabe, das herauszufinden." Papa hob die Stimme. „Sie ist immerhin deine Schwester! Pass auf sie auf!"

Als sie abends im Bett lagen, drängte Charlie sie: „Sag mir doch, wer dich ärgert, Carolyn. Ich werde ihn verhauen. Und dafür sorgen, dass er dich in Ruhe lässt."

Carolyn dachte daran, wie groß Dock war und wie leicht er ihren Bruder verletzen könnte. Darum zog sie die Decke über den Kopf und versteckte sich darunter.

In der Schule versuchte Miss Talbot, Zugang zu ihr zu finden. „Deine Mama sagt, dass du unter Albträumen leidest. Möchtest du mir von deinen Träumen erzählen, Liebes?"

Carolyn zuckte die Schultern und tat so, als würde sie sich nicht daran erinnern. Alle wären böse auf sie, wenn sie die Sache mit Dock verriete – Mama, Papa, Charlie. Schließlich hatte Dock wegen ihr geweint, oder etwa nicht? Sie hatte einen schlimmen Fehler begangen.

Mama und Papa unterhielten sich eines Tages über Mr

Dockery. Eine schreckliche Furcht stieg in Carolyn hoch. Ihre Kehle wurde eng, und ihr Magen krampfte sich zusammen, als würde Dock sie wieder berühren. Sie erinnerte sich an den Schmerz. Und das Blut. An jedes Wort, das er gesagt hatte. Kleine schwarz-gelbe Bienen summten um ihr Gesicht. Ein kalter Schauer lief über ihre Haut, als krabbelten die kleinen Insekten mit ihren stachligen Füßen an ihr hoch.

„Heute Morgen war ich drüben. Die ganze Einfahrt liegt voller Zeitungen. Er hat sie seit Tagen nicht mehr reingeholt."

Papa war beunruhigt und ging hinüber, um nach ihm zu sehen. Kalter Schweiß brach Carolyn aus. Als er wiederkam, erzählte er, auch die Post hätte sich neben seiner Tür angesammelt. Durch die Fenster konnte er nichts erkennen. Die Vorhänge waren zugezogen. Er ging zum Telefon. Als die Polizei eintraf, schickte Mama Carolyn nach draußen.

Am liebsten wäre sie davongelaufen, aber sie wusste nicht, wohin. Darum kletterte sie auf den Walnussbaum und beobachtete, wie ihr Vater und der Polizist die Haustür von Lee Dockerys Haus aufbrachen. Sie kamen ohne ihn wieder heraus.

Am Abend, nachdem Charlie und Carolyn zu Bett geschickt worden waren, unterhielten sich Mama und Papa im Wohnzimmer über Lee Dockery. Carolyn stand leise auf, setzte sich vor die Tür und lauschte.

„Wir haben mit den Nachbarn gesprochen. Seit Tagen hat ihn keiner mehr gesehen. Sein Truck ist fort, auch die Bienenstöcke. Er scheint in aller Eile seine Sachen gepackt zu haben und fortgefahren zu sein. Keiner hat eine Ahnung, wo er hin ist und ob er je wieder zurückkommt. Alle sagen, das sei ein seltsamer alter Vogel."

„Niemand lässt sein Haus und seinen Besitz einfach zurück. Vielleicht besucht er nur irgendwelche Verwandten."

„Er scheint keine Verwandten zu haben. Ich habe auch nie gesehen, dass er je Besuch bekommen hätte. Du etwa?"

„Charlie und Carolyn sind ein paar Mal hinübergegangen, aber ich habe sie gebeten, sich von ihm fernzuhalten."

„Warum?“

„Er hat so etwas an sich. Ich weiß nicht. Er war mir unheimlich. Trip, denkst du …“ Mama schien sehr besorgt zu sein.

„Was?“

„Ach, vermutlich ist meine Reaktion überzogen. Ich frage mich nur, ob Carolyns Verhalten vielleicht etwas mit ihm zu tun hat. Ich habe ihr zwar verboten, zu ihm zu gehen, aber was, wenn sie sich nicht daran gehalten hat?“

Carolyn hielt die Luft an. Hatten sie ihr Geheimnis gelüftet? Würde Papa Dock verfolgen und ihn erschießen, wie Dock gesagt hatte?

„Carolyn?“, lachte Papa. „Sie ist doch viel zu schüchtern.“

Mama schwieg kurze Zeit. Dann sagte sie: „Vermutlich hast du recht. Ich wünschte nur, ich wüsste, was mit ihr los ist. Trip, sie spricht kaum ein Wort mit mir. Ich weiß mir einfach keinen Rat mehr.“

Mama begann zu weinen. Carolyn kroch in ihr Bett zurück, bevor sie noch mehr Ärger bekam, als sie ohnehin schon hatte.

1953

Carolyns Albträume verfolgten sie während der Wintermonate, wurden aber seltener, als es länger hell blieb. Notfalls konnte sie zu Charlie ins Bett schlüpfen. Er schlief so fest, dass er sie erst am Morgen bemerkte.

Papa nahm sich die Zeit, eine Schaukel zu bauen. „Dann hat sie eine Beschäftigung …“ Stundenlang saß Carolyn in dem Reifensitz und drehte sich damit in eine Richtung, bis die Seile gespannt waren, dann nahm sie die Beine vom Boden und drehte sich so schnell zurück, bis ihr schwindelig wurde. Ihre Mutter stieß sie manchmal an. Einmal setzte sie sich sogar selbst auf die Schaukel und zeigte Carolyn, wie sie die Beine bewegen musste, um selbst Schwung zu holen.

In der ersten Klasse fand Carolyn eine Freundin. Susie war

neu in Paxtown und klammerte sich wie eine Klette an ihre Mutter. Miss Davenport, ihre Lehrerin, musste sie von ihrer Mutter losmachen. Miss Davenport rief Carolyn zu sich und bat sie, sich neben Susie zu setzen und ihr zu helfen, dass sie sich „nicht so fremd fühlte“. Carolyn verstand Susie nur zu gut. Sie wurden unzertrennliche Freundinnen. In jeder Pause spielten sie *Himmel und Hölle* oder kletterten auf dem Klettergerüst und wechselten sich auf den Schaukeln ab. Susie erzählte Carolyn, dass sie in Kottinger Village wohnten und dass ihr Papa Soldat in der Armee sei. Sie hätte noch zwei jüngere Brüder, und ihre Mutter sei „schwanger“. Carolyn fragte, was das denn heiße, und Susie erzählte, sie bekäme noch einen kleinen Bruder oder eine kleine Schwester.

Am Ende des Jahres erzählte Susie, ihr Vater sei „versetzt“ worden. Das bedeutete, dass sie wegziehen würden. Carolyns Albträume kehrten zurück. Dock hatte nicht sie fortgeholt, sondern Susie.

„Carolyn.“ Sie fuhr aus dem Schlaf hoch. Ihre Mutter saß auf ihrer Bettkante. Sie strich ihr die Haare aus der Stirn. „Du hast wieder Albträume?“ Als Carolyn zu weinen begann, streichelte ihre Mutter ihr Bein. Carolyn dachte an Dock und zog sich zurück. Stirnrunzelnd faltete ihre Mutter die Hände im Schoß. „Ich weiß nicht, warum sie dich wieder quälen, aber du brauchst keine Angst zu haben. Alles ist gut. Mama und Papa sind hier.“

„Susie ist fort.“

„Du wirst eine andere Freundin finden. Ganz bestimmt. Das nächste Mal wird es gar nicht mehr so schwer sein.“

Vielleicht sollte sie es gar nicht erst probieren. Zuerst war Oma weggegangen. Dann Dock. Und jetzt war auch Susie fort.

1954

„Ich tue doch, was ich kann, Hildie.“ Carolyns Vater klang zornig und müde.

„Ich sage doch gar nicht, dass du das nicht tust. Ich könnte wieder arbeiten gehen, dann haben wir das Geld für das Schlafzimmer schneller zusammen."

„Und was ist mit den Kindern?"

„Wir tun es doch für die Kinder! Sie können nicht ewig in einem Zimmer schlafen, Trip. Außerdem war Carolyn letzte Woche zu einer Geburtstagsparty eingeladen, und ich konnte sie nicht hingehen lassen, weil wir kein Geld hatten, um ein Geschenk zu kaufen. Ihre erste Geburtstagseinladung, und ich musste es ihr verbieten."

„Das wird sie nicht umbringen."

„Trip …"

„Du kannst sie nicht den ganzen Nachmittag allein lassen."

„Ich könnte doch die Nachtschicht übernehmen. Dann komme ich um sieben Uhr morgens nach Hause. Sie werden nicht einmal merken, dass ich fort war."

„Weißt du noch, was das letzte Mal geschehen ist, als du dir zu viel Arbeit aufgeladen und nicht genügend Schlaf bekommen hast?"

„Ja, Trip", unterbrach Mama ihn scharf. „Wir zahlen immer noch die Rechnungen für das Krankenhaus ab. Das erinnert mich *jeden Monat daran.*"

Sie senkten ihre Stimmen, und Carolyn schlief wieder ein. Jeden Abend stritten sie wegen derselben Sache, bis Papa endlich nachgab.

1955

Mama hatte „Wechselschicht", und ein Schlüssel wurde unter den Blumentopf neben der Haustür gelegt. „Achtet darauf, dass ihr den Schlüssel sofort wieder zurücklegt, wenn ihr die Tür aufgeschlossen habt. Sonst ist er am nächsten Tag nicht da, und dann müsst ihr draußen warten, bis Papa von der Arbeit nach Hause kommt. Charlie, wenn du weggehst, hinterlass immer eine Notiz, wo du bist. Und sei spätestens um fünf Uhr zu Hause. Carolyn, du bleibst im Haus. Du kannst mit deiner Puppe spielen oder ein Buch lesen, aber du stromerst bitte nicht draußen herum."

Papa kaufte ein Fernsehgerät. Mama jammerte über das viele Geld. Papa meinte, alle in der Nachbarschaft hätten ein Fernsehgerät. Wenn Carolyn aus der Schule nach Hause kam, schaltete sie das Fernsehgerät ein. Es ging ihr besser, wenn sie Stimmen im Haus hörte. Sie fühlte sich dann nicht so einsam.

„Ich glaube, du solltest wieder aufhören zu arbeiten, Hildie. Carolyn braucht dich."

„Es geht ihr doch besser."

„Wie bitte? Sie hockt den ganzen Nachmittag vor dem Fernsehgerät. Außer am Wochenende verlässt sie nie das Haus. Ein kleines Mädchen sollte nicht so viel allein sein. Es könnte ihr etwas zustoßen."

Was denn? Carolyn hatte Angst zu fragen.

„In zwei Wochen beginnen die Ferien, Hildemara. Wie soll das gehen? Willst du die Kinder *jeden* Tag den *ganzen* Tag allein lassen?"

„Ich habe mich für die Nachtschicht eingetragen."

„Und du denkst, das würde unsere Probleme lösen?"

„Ich weiß es nicht, Trip. Was wäre denn die Lösung?"

Er murmelte etwas vor sich hin, und Mama wurde böse. „Ich will doch nur helfen, und du kannst mir gegenüber nicht einmal höflich sein! Was ist denn aus dem Mann geworden, in den ich mich verliebt habe, der wollte, dass wir beide ein *Team* sind und uns *gemeinsam* etwas aufbauen? Wo ist er geblieben?"

„Der Krieg kam dazwischen!" Dieses Mal klang Papa nicht böse. Er sagte noch mehr, aber Carolyn konnte es nicht verstehen. „Ich denke, es gibt eine Lösung für dieses Problem."

„Welche?"

„Bring sie nach Murietta …"

Carolyn seufzte vor Erleichterung. Zum ersten Mal seit Monaten schlief sie in ihrem eigenen Bett ein.

Kapitel 5

Am ersten Ferientag lud Papa zwei Koffer in den Kofferraum seines Autos und fuhr Carolyn und Charlie zu Omas Farm in der Nähe von Murietta. Am Abend, bevor sie aufbrachen, weinte Mama.

Oma hatte einen Auflauf im Ofen, und Papas Lieblingskuchen stand auf dem Küchentisch. Nach dem Mittagessen schickte Oma Carolyn und Charlie zum Spielen nach draußen, während sie sich mit Papa unterhielt. Auf dem Weg nach draußen hörte Carolyn Oma sagen: „Wenn sie wollen, können sie den ganzen Sommer hierbleiben, aber ich habe noch einen anderen Vorschlag.“

Papa wirkte etwas fröhlicher, als er am späten Nachmittag aufbrach. Er beugte sich zu ihnen herunter, umarmte und küsste sie beide und sagte, alles würde bald besser werden. Carolyn konnte sich nichts Schöneres vorstellen, als bei ihrer Großmutter zu sein.

In den kommenden drei Wochen wechselten sich Carolyn und Charlie beim Füttern der Hühner und Hasen ab. Zum Unkrautjäten im Garten hatten beide keine Lust, aber Oma sagte, sie müssten ihren Teil zu ihrem Unterhalt beitragen. Je schneller sie ihre Aufgaben erledigten, desto schneller könnten sie tun und lassen, was sie wollten.

Charlie hatte immer gute Ideen. Sie kletterten in den Holunderbaum und pflückten die Blüten, um Limonade daraus zu machen. Sie veranstalteten eine Schatzsuche und freundeten sich mit den wilden Katzen in der Scheune an. Zwar waren sie nicht schnell genug, um die Mäuse im Heu zu erwischen, aber Charlie gelang es, ein paar Kröten zu fangen. Er hielt sie in einer Schachtel gefangen, bis Oma sie fand und ihn überredete, sie wieder freizulassen. Als es zu heiß draußen wurde, blieb Carolyn mit Oma im Haus und schaute sich Filme im Fernsehen an.

Eines Samstags kamen Mama und Papa zu Besuch. Sie wirkten entspannt und glücklich. Charlie zeigte Papa das Baumhaus. Er fragte ihn, ob sie im Walnussbaum zu Hause nicht auch so ein Haus bauen könnten. Oma reichte Carolyn Karotten und bat sie, die Hasen zu füttern. Carolyn liebte die kuscheligen weißen Tiere und ließ sich Zeit, während Mama und Oma im Schatten des großen Lorbeerbaums saßen. Nach einer Weile stand Oma auf, legte Mama die Hand auf die Schulter und ging ins Haus. Mama blieb draußen. Sie wirkte nicht besonders glücklich.

Carolyn verschwand in das kleine Waschhaus, von wo aus sie Oma und Mama belauschen konnte.

„Charlie ist richtig braun geworden, Mama."

„Er ist ja auch den ganzen Tag draußen."

„Carolyn scheint glücklicher zu sein, als ich sie seit Monaten erlebt habe."

„Hier gibt es viel für sie zu tun."

„Arbeit, meinst du."

„Arbeit ist keine Strafe, Hildemara. Sie lehrt Verantwortung. Arbeit macht dich zum Teil des Familienunternehmens."

Oma und Papa unterhielten sich beim Abendessen. „Wie lange wirst du brauchen, Trip?"

„Nicht so lange, wenn ich mir Hilfe hole."

„Schaffst du es bis zum Ende des Sommers?"

„Nein, aber spätestens bis Thanksgiving, denke ich."

Als Papa nach dem Abendessen sagte, sie müssten jetzt nach Hause fahren, fragte Charlie, ob er nicht mitkommen könnte. Er vermisste seine Freunde. Papa wuschelte ihm durch die Haare. „Noch nicht, Kumpel." Charlie vermisste Mama und Papa viel mehr als Carolyn.

Oma ließ sie nie allein. Bei ihr hatte Charlie keine Zeit, Trübsal zu blasen. Sie fuhr mit ihnen in die Bücherei und suchte Abenteuergeschichten und Bilderbücher aus. Sie holte ein Puzzle mit einem Bild der Schweizer Berge aus dem Schrank und erzählte ihnen von ihren Freundinnen Rosi und Solange, die ganz weit weg wohnten. Als sie dieses Puzzle gelegt hatten, kaufte sie ein anderes mit einer englischen Landschaft und erzählte von Daisy Stockhard und schönen Teepartys am Nachmittag und ihren Spaziergängen in den königlichen Gärten. Carolyn fragte, ob sie nicht auch Teepartys machen könnten, und Oma war sofort bereit dazu.

Manchmal fuhr Oma mit ihnen zum Lake Yosemite, wo sie ihnen das Schwimmen beibrachte. Als der Sommer halb um war, schwamm Charlie bereits bis zum Floß hinaus, doch Carolyn hielt sich immer in der Nähe des Ufers. Oma saß unter einem Sonnenschirm und las eines der großen Bücher, die sie aus der Bibliothek ausgeliehen hatte. Auf dem Heimweg aß Oma mit ihnen im *Wheeler's Truck Stop* zu Abend. Sie erzählte ihnen, ihre Mama hätte als junges Mädchen hier als Kellnerin gearbeitet und von den Lastwagenfahrern, die Obst und Gemüse über den Central Valley Highway 99 transportiert hätten, viel Trinkgeld bekommen.

„Eure Mama arbeitet hart. Ihr könnt stolz auf sie sein."

Carolyn spürte, dass Oma sehr stolz auf sie war.

Am Ende des Sommers brachte Oma Carolyn und Charlie nach Hause. Auf dem Grundstück stand ein neues Gebäude. Der Rohbau war bereits fertig. Sie stellte den Wagen zwischen dem Haus und dem Rohbau ab.

Ihre Eltern waren noch nicht von der Arbeit nach Hause gekommen. Oma holte den Schlüssel unter dem Blumentopf hervor und schloss die Tür auf. „Ihr zwei könnt drin schon mal auspacken. Ich will mir schnell das neue Haus ansehen."

Carolyn räumte in aller Eile ihre Kleider in die Schubladen, ihre Zahnbürste, Zahnpasta und die Bürste ins Bad und rannte dann los zu ihrer Oma. Ihre Großmutter stand auf der Bodenplatte aus Zement. Carolyn trat durch die Öffnung ein, die einmal die Haustür werden sollte. „Dort wird ein Panoramafenster hinkommen und ein Kamin dort drüben hin. Das da mit den beiden Fenstern ist die Küche." Sie nahm Carolyn an der Hand. „Waschmaschine und Trockner verschwinden hinter Falttüren, und dort drüben ist das Schlafzimmer und das Bad mit Badewanne und Dusche." Lächelnd blickte sie sich um. „Dein Papa leistet gute Arbeit."

„Wer wird denn hier einziehen?"

Oma strahlte sie an. „Nun, was meinst du denn?" Sie drückte Carolyn an sich.

Eine Welle der Erleichterung durchströmte Carolyn. „Es sieht aus wie dein Haus!"

„Ja, aber viel schöner. Es hat ein solides Fundament. Damals, als mein Haus gebaut wurde, hatten wir für so etwas kein Geld. Und es ist auch viel größer. Ich bekomme einen modernen Einbauherd und einen Kühlschrank in der Küche, und es ist genug Platz für einen Esstisch."

Ein Auto bog in die Einfahrt ein. Charlie kam aus dem Haus gerannt und warf sich in Papas Arme, als er aus dem Wagen ausstieg.

Papa lachte und umarmte ihn, drückte ihn an sich und wuschelte ihm durch die Haare. „Es wurde aber auch Zeit, dass du nach Hause kommst!" Er ging zu dem Rohbau hinüber. Carolyn begrüßte er mit einer schnellen Umarmung und einem Kuss, dann richtete er sich auf und blickte Oma an. „Und? Was sagst du?"

„Bis Thanksgiving wird es nicht fertig." Sie lächelte. „Aber gut Ding will eben Weile haben." Sie blickte sich erneut um. „Und für meine Begriffe sieht das sehr gut aus."

Am nächsten Morgen nach dem Frühstück kehrte Oma nach Murietta zurück. Sie wollte am Sonntag zu Hause den Gottesdienst besuchen. Carolyn kletterte auf einen alten Pflaumenbaum in der Nähe des neuen Hauses. Ihre Eltern gingen durch den Rohbau.

„Dieses Mal wird es nicht sein wie das letzte Mal, Hildie. Sie wird nicht unter unserem Dach wohnen. Sie wird ihr eigenes Reich haben."

„Ich bin schon ein wenig beunruhigt."

„Warum denn?" Papas Stimme klang verärgert. „Ich dachte, es sei alles geregelt."

„Das ist es auch. Aber Carolyn liebt sie so sehr."

„Ach so." Papa trat näher und legte den Arm um Mama. „Du wirst immer ihre Mutter sein, Hildie. Nichts wird daran je etwas ändern."

Sie legte den Kopf an seine Schulter. „Wenn ich eine bessere Mutter wäre, würde ich mir mehr Sorgen darum machen, dass sie so viel allein ist, als darum, wo ich ins Bild passe bei den vielen Veränderungen, die wir erleben. Ich möchte doch nur auch einen Platz in ihrem Leben haben."

„Schaffe dir Raum."

„Vielleicht ist es dazu zu spät."

1956

Als Oma in ihr Haus einzog, hörten Carolyns Albträume auf. Nach der Schule kam sie nicht mehr in ein leeres Haus. Jeden Tag sprang sie fröhlich aus dem Schulbus und rannte mit Charlie um die Wette die Auffahrt zu Omas Haus hinauf. Ihr Bruder war immer Erster.

Charlie ließ seine Schulbücher neben der Tür fallen, stopfte ein paar Kekse in sich hinein, trank seine Milch und raste mit dem Fahrrad los zu seinem rothaarigen Freund Mitch Hastings. Carolyn blieb zum „Nachmittagstee" bei Oma. Zum Tee gab es dreieckig geschnittene Eiersandwiches. Oma fragte sie nach ihren Erlebnissen in der Schule. Nach dem Tee gingen sie gemeinsam nach draußen und arbeiteten im Garten, zupften Unkraut in den Blumenbeeten und versetzten die Setzlinge im Gemüsegarten.

Wenn Mama nach Hause kam, trat Oma aus dem Haus und rief: „Komm doch zum Tee herüber, Hildemara. Ruh dich ein wenig aus."

Und Mama rief zurück: „Heute nicht, Mama. Ich muss unbedingt meine Tracht loswerden, duschen und mich umziehen. Und dann muss ich das Abendessen vorbereiten. Vielleicht morgen."

„Also morgen. Plane ein wenig Zeit dafür ein."

Doch es kam nie dazu, und nach einigen Wochen lud Oma sie nicht mehr ein. Wenn Mamas Auto in die Einfahrt einbog, schickte sie Carolyn nach Hause. „Du solltest deine Hausaufgaben machen, Liebling. Und vergiss nicht, deiner Mutter zu helfen."

Aber wann immer Carolyn ihre Hilfe anbot, antwortete Mama: „Du musst mir nicht helfen, Carolyn. Geh spielen. Genieß die Sonne, solange es noch geht."

Nach einer einsamen halben Stunde auf der Schaukel lief Carolyn wieder zu Oma und blieb dort, bis Papa und Charlie nach Hause kamen.

Oma ging zu Mama hinüber. Carolyn betrat eine Minute später das Haus und hörte sie und Mama streiten. „Warum schickst du sie immer fort?"

„Ich schicke sie nicht fort."

„Wie würdest du das nennen?"

„Ich musste früher immer im Haushalt helfen und hatte nie Gelegenheit, draußen zu spielen."

„Ich schicke sie nach Hause, damit sie mit ihrer Mutter zusammen sein kann, aber du wimmelst sie sofort wieder ab."

Carolyn drehte sich auf dem Absatz um und rannte nach draußen zu ihrer Schaukel. Sie beobachtete, wie Oma zu ihrem Haus zurückging. Sie wirkte so traurig. Carolyn blieb auf der Schaukel, bis Papa nach Hause kam und sie hereinrief.

Mama übernahm zusätzliche Schichten im Krankenhaus, um die Kosten für das Baumaterial zu decken. Papa hatte endlich das große Schlafzimmer fertiggestellt und am hinteren Teil des Hauses einen Raum für die Waschmaschine und den Trockner angebaut. Zu Weihnachten schenkte er Mama eine Mangel. Damit ließen sich Tischdecken, Laken, Kissenbezüge und die ganze andere Wäsche viel leichter bügeln. Die einzigen Kleidungsstücke, die sie nicht bügelte, waren die Polyesterhosen und Blümchenblusen, die sie immer nach der Arbeit trug.

Sobald Papa den Bügelraum fertiggestellt hatte, machte er sich an einen größeren Anbau für das vordere Haus. Oma kam herüber und schaute sich alles an. Stolz breitete Papa die Pläne für das Wohnzimmer vor ihr aus: Viereinhalb mal sechseinhalb Meter, eine drei Meter hohe Decke und Fenster, die zum Obstgarten vor dem Haus gingen. Er zeigte ihr die Pläne, die er gezeichnet hatte. „Dort werden wir einen Pool bauen mit einer Terrasse, hier einen Garten anlegen und dort drüben in der Ecke werden wir einen Springbrunnen haben."

Oma sah aus, als hätte sie etwas verschluckt, das gar nicht gut schmeckte. „Euer kleines privates Paradies."

„So ähnlich."

„Nun, das ist auf jeden Fall besser, als einen Schutzbunker zu bauen wie viele unserer Nachbarn."

„Um ehrlich zu sein, ich hatte tatsächlich überlegt, einen Bagger zu mieten, um einen Schutzbunker in den Berg zu graben …"

Als Oma Mama das nächste Mal zum Nachmittagstee einlud, akzeptierte sie kein Nein als Antwort.

„Aber ich kann nicht lange bleiben. Ich muss gleich das Abendessen zubereiten."

„Die Welt geht nicht unter, wenn das Abendessen mal nicht um sechs Uhr auf dem Tisch steht, Hildemara." Oma klang verärgert. Sie goss Tee in eine hübsche rosa Teetasse und bot Mama Sahne und Zucker an.

Mama starrte auf die Platte mit den Sandwiches und dem

Apfelstreuselkuchen. „Was ist das alles? Ich habe doch nicht einen Geburtstag vergessen, oder?“

„Ich wollte meiner Tochter einen typisch englischen Nachmittagstee servieren, so wie ich ihn früher immer für Lady Daisy in London gemacht habe.“

Mama lächelte sie schief an. „Das ist aber nett. Danke.“

Oma setzte sich auf die eine Seite, Carolyn auf die andere. „Wir könnten das jeden Nachmittag machen, wenn du von der Arbeit nach Hause kommst. Es wäre doch nett, wenn wir drei miteinander Tee trinken und ein wenig miteinander plaudern würden, nicht?“

„Ich kann aber nicht länger als eine halbe Stunde bleiben.“

„Wenn du einen Anheizherd hättest, könntest du das Abendessen bereits morgens vorbereiten, bevor du zur Arbeit fährst.“ Oma trank einen Schluck Tee. „Dann hättest du nach Feierabend länger Zeit zu entspannen. Du brauchtest dann nur noch ein wenig Gemüse zu dünsten und den Tisch zu decken. Carolyn könnte dir dabei helfen.“

„Du hast immer sehr aufwändig gekocht, mit Dessert, obwohl du den ganzen Tag in der Stadt gearbeitet hast. Und du hast den Weg zu Fuß zurückgelegt.“

„Bis ich das Auto bekam!“ Oma hob lachend die Teetasse an die Lippen. „Papa hielt zuerst nicht viel von der Idee, nicht?“

Mama lächelte. „Anfangs befürchteten wir, du würdest dich in diesem Ford umbringen. Du bist wie eine Verrückte gefahren.“

„Das tue ich vermutlich immer noch. Wenn ich im Auto sitze, fühle mich so frei. Und niemand kann mir dieses Gefühl nehmen.“ Sie schnitt den Kuchen auf und lächelte Mama verschmitzt an. „Es ist doch keine Sünde, die Annehmlichkeiten der modernen Technik zu nutzen: Ein Auto, eine Waschmaschine und einen Trockner. Das spart dir Zeit für anderes.“

„Es gibt immer so viel zu tun, Mama. Ich wünschte, der Tag hätte mehr Stunden.“

„Und wenn es so wäre, was würden du und Trip damit tun?“

Mama lachte auf. „Endlich das Haus fertigstellen."

Carolyn steckte den letzten Bissen Streuselkuchen in den Mund. Oma räumte ihre Teetasse und den Teller fort. „Geh doch ein wenig zum Spielen nach draußen, Carolyn."

Carolyn wollte nicht nach draußen gehen. Sie wollte bleiben und zuhören. „Kann ich das Puzzle fertig machen?"

„Ich habe es heute Morgen schon fertig gelegt. Aber auf dem Couchtisch findest du ein neues. Du kannst es herbringen und schon mal die Teile sortieren, wenn du möchtest."

Carolyn rannte los, um die Schachtel zu holen. Auf dem Tisch kippte sie sie aus und sortierte sie nach Farben, suchte die Randstücke und Eckstücke heraus, wie Oma es ihr gezeigt hatte.

Oma und Mama unterhielten sich weiter. „Du, Trip und die Kinder, ihr solltet einmal Urlaub machen."

„Wir haben kein Geld für einen Urlaub."

„Aber Geld für einen Bunker ist da."

„So, wie es im Augenblick in der Welt aussieht, haben wir von einem Schutzbunker mehr als von einem Urlaub."

„Findest du? Dann lass uns doch mal überlegen: Wie lange könntet ihr in dem Bunker überleben? Irgendwann müsstet ihr doch wieder herauskommen, und wenn die radioaktive Verstrahlung tatsächlich so lange anhält, wie behauptet wird, was hat euch dann der Bunker gebracht? Ich würde lieber auf der Stelle tot umfallen und im Himmel sein, als im Untergrund zu leben wie ein Erdhörnchen. Keine Sonne. Kein Garten. Nichts zu tun. Woher wollt ihr überhaupt die Luft zum Atmen nehmen?"

„Alle bauen Schutzbunker."

„Die Menschen sind wie die Lemminge, Hildemara Rose. Man muss nur: ‚Feuer!' schreien, und sie rennen davon." Die Angst in Amerika vor Spionen, den Russen und dem Kommunismus war groß.

„Der Bunker ist Trips Idee, Mama, nicht meine."

„Dann pflanz doch eine andere Idee in seinen Kopf ein. Ich weiß, ich weiß, der Mann ist nur glücklich, wenn er an einem

Projekt arbeiten kann. Aber er hat doch mal erzählt, dass er früher in Colorado gern gezeltet und geangelt hat. Stell dir doch nur vor, wie viel Spaß ihr haben könntet mit einem Zelt, Schlafsäcken und einigen Angelruten." Oma trank ihren Tee. „Charlie ist schon dreizehn. Er ist ständig mit seinen Freunden unterwegs. In ein paar Jahren wird aus dem Haus sein. Und Carolyn ..." Oma senkte die Stimme. „Sie braucht ihre Mutter."

„So wie ich dich gebraucht habe, Mama?" Ein Anflug von Bitterkeit schlich sich in die Stimme ihrer Mutter ein.

„Ja. Und wo war ich? Ich habe gearbeitet, immer gearbeitet. Wenn jemand das Recht hat, dir den Rat zu geben, es anders zu machen, dann ich!" Oma stellte die Tasse auf die Untertasse. „Ich bin hergekommen, um Mauern einzureißen, nicht um neue aufzubauen."

Mama wand sich. „Ich weiß nicht, was ich davon halten soll."

„Wovon?"

„Dass ich hier in deiner Küche sitze und Tee mit dir trinke."

Oma blickte sie finster an. „Seit Wochen habe ich dich jeden Tag dazu eingeladen. Aber du wolltest nicht kommen!"

„Ich habe fast mein ganzes Leben lang versucht, deinen Erwartungen gerecht zu werden und es nicht geschafft."

„Und jetzt, wo ich alt bin, willst du mich dafür bestrafen. Ist es das?"

„Ich kann deinen Ansprüchen immer noch nicht genügen, nicht? Ich bin keine gute Mutter. Trip hat zu viel zu tun, um ein guter Vater zu sein. Ich schaffe es einfach nicht, dir zu gefallen."

„Jetzt hörst du mir einmal zu, Hildemara Rose. Und hör sehr gut zu. Du hast mich nie enttäuscht, nicht ein einziges Mal. Aber auch ich habe mir nichts vorzuwerfen. Als du geboren wurdest, warst du klein und schwächlich. War das deine Schuld? Nein. Und meine auch nicht. Du hattest sehr zu kämpfen. Ich hatte Angst, du würdest den Winter nicht überleben. Als du eine Lungenentzündung bekamst, hätte ich dich beinahe verloren. Erinnerst du dich? Und die Gefahr, dich zu verlieren, bestand auch weiterhin, wenn du so geblieben wärst, wie du warst.

Ja, ich war dir gegenüber härter als den anderen gegenüber. Ich wollte, dass du stark wirst, damit niemand auf dir herumtrampeln kann. Darum habe ich dich gepiesackt und geschubst. Und Gott sei Dank hast du zurückgeschubst. Und jetzt sieh dich an!"

„Das klingt fast, als wärst du stolz auf mich." Mama schien überrascht.

„Das bin ich auch." Oma hob ihre Teetasse an die Lippen und lächelte. „Ich bin stolz auf uns beide."

Kapitel 6

Nach mehreren hitzigen Diskussionen im Elternschlafzimmer warf Papa seine Pläne für den Schutzbunker in den Müll und kaufte stattdessen einen Wohnwagen. Ein Wochenende im Monat packten Mama und Papa den Wohnwagen und fuhren mit Carolyn und Charlie los.

Carolyn stellte fest, dass sie sich auf die Wochenenden freute, auch wenn Oma sie niemals begleitete. „Jemand muss doch *Bullet* füttern und die Post hereinholen." Sie winkte ihnen nach, wenn sie losfuhren. „Bringt mir ein Souvenir mit!"

Carolyns Lieblingsplatz war Pidgeon Point. Papa parkte den Wohnwagen auf dem Landstreifen nördlich des Leuchtturms. Sie errichteten ihr Lager und aßen Spaghetti, Mais und Brot mit Butter und Schinken von Papiertellern. Nach dem Abendessen spielten sie Halma, Scrabble oder Karten. Wenn es Zeit war, schlafen zu gehen, klappte Mama den Tisch weg und zog die Sitzbänke zu einem Doppelbett für Carolyn und Charlie aus. Carolyn mochte es, mit ihrer Familie auf engstem Raum zu schlafen. Sie liebte den Klang des Nebelhorns, das alle paar Minuten tutete, und das Rauschen der Brandung ganz in der Nähe des Wohnwagens.

Während Charlie und Papa in den kleinen Gezeitentümpeln Krebse und Barsche fingen, stiegen Mama und Carolyn den steilen Pfad auf der anderen Seite des Leuchtturms hinab. Gemeinsam suchten sie am Strand nach Muscheln und interessant geformten und blank polierten Stücken Treibholz. Manchmal streckte Carolyn die Arme aus und wünschte sich, sie könne sich vom Wind tragen lassen wie die Möwen am Himmel. Sie folgte den Wellen, wenn sie sich zurückzogen, und rannte vor ihnen davon, wenn sie an den Strand zurückrollten. Mama schaute ihr lachend dabei zu.

Einmal fuhren sie über die Golden Gate Bridge und zum Strand in der Nähe der Tomales Bay. Gemeinsam zogen sie bei

Ebbe los, um Elefantenrüsselmuscheln auszugraben. Carolyns Arme waren nicht lang genug, um in die Löcher zu greifen, die sie grub, aber Charlie gelang es, eine dieser Muscheln herauszuholen. Als das Festmahl auf den Tisch kam, stürzte Carolyn nach draußen und übergab sich ins Gebüsch.

Ein anderes Mal fuhren sie nach Salt Point, eine Autofahrt von mehreren Stunden. Am nächsten Morgen beobachteten Mama, Charlie und Carolyn, wie Papa mit hohen Gummistiefeln in den Gezeitentümpeln herumstapfte und Seeohren von den Felsen abpflückte. Mama musste die Schnecken aus ihren Schalen pulen und den Muskel mit einem Klopfer weich machen. Papa lachte und meinte, auf diese Weise könne Mama all ihren Frust abbauen.

Die Seeohren schmeckten besser als die harten Elefantenrüsselmuscheln und Carolyn liebte die glänzenden, in allen Regenbogenfarben schillernden Muschelschalen. Papa hängte sie am Eingang des Hauses auf, und Oma benutzte eine sogar als Seifenschale.

Mama und Papa beschlossen, den Hausbau den Sommer über ruhen zu lassen. Stattdessen zogen sie mit dem Wohnwagen los. Nach drei langen Tagen Autofahrt durch Wüsten und Gebirge lernte Carolyn schließlich Opa Otis und Oma Marga in Colorado Springs kennen.

Opa Otis nahm sie auf seinen Schoß. „Was bist du für eine hübsche kleine Honigbiene."

Sofort erstarrte Carolyn und wand sich aus seiner Umarmung. Papa packte sie am Arm, zerrte sie hinaus in den Garten und fragte sie, was denn um Himmels willen los sei mit ihr. Wie könne sie ihren Großvater so vor den Kopf stoßen? Sie solle besser nett sein zu ihm, sonst würde sie es bereuen. Mama kam ebenfalls nach draußen und sagte ihm, er solle aufhören.

Opa rührte sie nicht wieder an. Auch Papa nicht. Sie saßen in dem kleinen Wohnzimmer und unterhielten sich leise. Oma setzte Carolyn Kekse und ein Glas Milch vor, aber sie hatte keinen Hunger und keinen Durst. Oma und Mama saßen mit ihr am Tisch und unterhielten sich, als wäre nichts geschehen. Charlie ging nach draußen zum Spielen.

Carolyn brauchte drei Tage, bis sie sich neben Opa auf das Sofa setzen konnte. Er las ihr Geschichten aus der Bibel vor. Nach einer Weile entspannte sie sich und lehnte sich an ihn. Er roch nicht wie Dock. Sein Herz schlug nicht so schnell. Seine Atmung war ruhig und entspannt. Sie mochte den Klang seiner tiefen Stimme und schloss die Augen, bis sie ein Klicken hörte. Als sie die Augen wieder öffnete, stellte Mama gerade lächelnd die Kamera wieder auf den Tisch.

Am nächsten Morgen brachen sie auf, dieses Mal nach Süden, nach Mesa Verde mit seinen steilen, schmalen Pfaden und den Ruinen auf den Klippen, dann weiter ins Monument Valley mit seinen berühmten Tafelbergen. Charlie kannte die Landschaft aus Westernfilmen und erzählte Geschichten von herumziehenden Indianern, die die Menschen skalpierten und auf Ameisenhügel legten, um sie zu foltern. Mit einem Blick auf Carolyn ermahnte Mama ihn, doch lieber von den Soldaten zu erzählen, die den Menschen zu Hilfe kamen.

Einen ganzen Tag verbrachten sie im Grand Canyon, bevor sie im Wohnwagen zu Abend aßen und sich erschöpft schlafen legten. „Für Zion haben wir keine Zeit mehr", sagte Papa zu Mama, als sie im Bett lagen. „Wir müssen weiter ins Death Valley."

Die letzte Nacht verbrachten sie in Furnace Creek, wo es schrecklich heiß war. Ganz früh am Morgen fuhren sie los durch die Sierra zum Central Valley. Der Geruch nach Sand, Mandelbäumen und Alfalfa erinnerte Carolyn an Omas Farm.

Als sie wieder zu Hause ankamen, wollte Carolyn sofort zu Oma rennen. Doch Papa forderte sie auf, zuerst beim Auspacken des Wohnwagens mitzuhelfen. Mama bat sie, ihre schmutzige Wäsche in den Waschkeller zu bringen. Und dann endlich sagte sie: „In Ordnung, du kannst gehen."

Carolyn rannte davon. Oma wartete mit ausgebreiteten Armen auf der Veranda auf sie und drückte sie fest an sich. „Es wird aber auch Zeit, dass ihr nach Hause kommt. Hier ist es ganz schön einsam gewesen.“ Oma küsste sie auf beide Wangen. Alle Postkarten, die Carolyn ihr geschickt hatte, klebten an ihrem Kühlschrank. Als ihr klar wurde, wie sehr Oma sie vermisst hatte, bot Carolyn an, das nächste Mal bei ihr zu Hause zu bleiben.

„Oh nein, auf keinen Fall. Du musst dir doch noch die ganze Welt ansehen. Wo wäre ich jetzt, wenn ich zu Hause geblieben wäre, weil ich Angst hatte, meine Mutter könnte mich vermissen?“ Sie winkte Carolyn an den Küchentisch und setzte einen Teekessel auf. „Also, wie war es? Magst du deine Großeltern?“

„Sie waren nett.“ Carolyn verschwieg ihr, dass sie Opa Otis' Gefühle verletzt und Papa böse gemacht hatte, dass sie davongelaufen und sich stundenlang versteckt und Angst gehabt hatte. Und sie erzählte auch nicht, dass Mama sich beklagt hatte, weil Papa nur zum Tanken oder zu einem schnellen Mittagessen anhielt und dann sofort weiter wollte. Oma mochte es nicht, wenn man jammerte.

Oma faltete die Hände auf dem Tisch. „Erzähl mir, was du alles gesehen hast.“

„Das hängt doch alles an deinem Kühlschrank.“

„Aber ihr habt doch unterwegs bestimmt noch anderes gesehen“, hakte Oma nach.

Eigentlich nicht. Papa war von morgens bis abends gefahren, Stunde um Stunde, während sie und Charlie auf dem Rücksitz dösten. Oft waren sie an Ortschaften vorbeigekommen, die sie sich gern angesehen hätten, aber Papa meinte, dazu hätten sie keine Zeit. Auf dem Campingplatz konnten sie sich austoben, doch wenn sie endlich da waren, war es schon fast dunkel, und sie mussten essen, duschen und ins Bett gehen. Papa war hundemüde und hatte keine Lust mehr, mit ihnen zu spielen. Schließlich war er ja den ganzen Tag gefahren. Carolyn zuckte die Achseln. Was wollte Oma von ihr hören?

„Nachdem ihr wieder zu Hause seid, kann ich ja mal zur Farm fahren und nach dem Rechten sehen.“

„Darf ich mitkommen?“

„Ich dachte, du magst nicht mehr reisen!“

Reisen mit Oma war nicht dasselbe wie Reisen mit Mama und Papa. „Bitte!“

„Du musst deine Eltern fragen.“

Sie hatten nichts dagegen. Charlie war sowieso den ganzen Tag mit seinem Fahrrad unterwegs oder vergnügte sich im Schwimmbad. Papa und Mama hatten zu arbeiten. Niemand würde sie vermissen. Mama wusch Carolyns Sachen und packte eine kleine Tasche. Gemeinsam gingen sie am Morgen zu Oma hinüber.

„Wie lange wirst du unterwegs sein, Mama?“

„Vielleicht besuche ich noch Bernhard und Elizabeth. Ihren Cousin Eddie kennt Carolyn kaum. Und bei Clotilde bin ich auch seit zwei Jahren nicht mehr gewesen. Sie hat jetzt eine Wohnung in Hollywood. Da bin ich einige Tage unterwegs. Eine Woche, zehn Tage? Wenn dir das recht ist.“

Mama biss sich auf die Lippe und blickte Carolyn an. „Ich denke, das ist okay.“

„Wir rufen dich an, Hildemara.“

„Pass gut auf sie auf.“ Mama wirkte irgendwie bedrückt. „Also dann, ihr zwei, habt viel Spaß.“ Sie drehte sich um, hob die Hand und ging zurück zum Haus.

Reisen mit Oma machte sogar noch mehr Spaß, als Carolyn gedacht hatte. Oma fuhr schnell und mit heruntergedrehten Fensterscheiben. Sie hielt zweimal an, bevor sie auch nur den Stadtrand von Tracy erreicht hatten. „Ich muss mir meine alten Beine vertreten.“

Als sie bei Onkel Bernhard eintrafen, führte er sie durch die Baumschule. Unzählige Obstbäume in riesigen Töpfen standen in ordentlichen Reihen auf dem Gelände. Ihr Cousin Eddie trottete hinter ihnen her. Er war etwa 30 Zentimeter größer als

Carolyn und hatte mehr Muskeln als Charlie. Tante Elizabeth servierte zum Abendessen Brathähnchen, Kartoffelpüree und Mais. Oma und sie schliefen im Gästezimmer.

Am nächsten Morgen wollte Oma nach Murietta aufbrechen. Alle umarmten und küssten sich. „Warte nicht wieder so lange bis zu deinem nächsten Besuch, Mama. Denkst du, du könntest Hildie und Trip dazu bewegen, einmal zu uns zu kommen? Wir haben sie schon seit Jahren nicht mehr gesehen. Charlie ist bestimmt schon halb erwachsen."

„Sie bauen."

Onkel Bernie lachte. „Nun, das wissen wir."

Nach einigen Tagen auf der Farm, wo Oma mit Hitch und Donna Martin geschäftliche Dinge zu besprechen hatte, fuhren sie weiter nach Hollywood, um Tante Clotilde zu besuchen. Sie war groß und schlank und trug eine schwarze Hose und einen weiten, weißen Pullover. Außerdem redete sie sehr schnell und lachte sehr viel.

Carolyn und Oma begleiteten sie ins Filmstudio, wo sie für die Kostüme zuständig war. Kleiderstangen reihten sich an der Wand aneinander, und ein halbes Dutzend Leute saß über Nähmaschinen gebeugt an der Arbeit. „Du musst dir das Studiogelände anschauen, Mama. Es ist fantastisch!" Gemeinsam verließen sie die Werkstatt. Clotilde kannte einfach jeden: Die Maskenbildner, Bühnenbildner, Regisseure, Beleuchter und sogar einige Filmstars, die ohne Make-up und Kostüm wie ganz gewöhnliche Menschen aussahen.

Ein Mann musterte Carolyn voller Interesse. „Ich wusste ja gar nicht, dass du eine so hübsche Nichte hast, Cloe."

„Ich auch nicht!" Tante Clotilde grinste und legte ihren Arm um Carolyns Schultern. „Seit ich sie das letzte Mal gesehen habe, ist sie sehr gewachsen. Ich habe meine Mutter gefragt, wie meine Schwester zu einem so hübschen Mädchen kommt."

Oma brummte. „Hildemara ist auch hübsch."

„Oh Mama. Das habe ich doch nicht so gemeint. Du weißt, wie sehr ich Hildie liebe, aber sieh dir Carolyn doch nur an. Sie ist eine kleine Schönheit und könnte durchaus im Film spielen."

Oma und Clotilde unterhielten sich leise bis spät in die Nacht. Am Morgen aßen sie Joghurt und frisches Obst zum Frühstück. Clotilde umarmte Oma zum Abschied. „Komm bald wieder, Mama." Oma versprach es.

Tante Clotilde strich Carolyn mit dem Finger über die Wange und lächelte. Dann gab sie ihr einen Kuss. „Grüß deine Mutter sehr herzlich von mir. Sie ist etwas ganz Besonderes. Genau wie du." Sie wickelte sich in ihren Morgenmantel, verschränkte die Arme und blickte ihnen von der Tür aus nach.

Oma fuhr nicht nach Norden. „Da wir schon mal hier sind, können wir auch gut noch ein Stückchen weiter fahren und Disneyland besuchen."

Carolyn konnte es nicht fassen. „Charlie wird sich bestimmt ärgern, dass er nicht mitgekommen ist."

„Wir werden ihm nichts verraten. Schließlich habe ich das ja nicht geplant. Wir wollen doch nicht, dass er sich ausgeschlossen fühlt."

Sie stiegen in einem Hotel ab und standen am anderen Morgen pünktlich zur Öffnungszeit vor den Toren von Disneyland. Nach der großen Rundfahrt nahm ihre Großmutter sie an der Hand und zog sie mit sich zu einer anderen Attraktion. Carolyn stockte der Atem. „Eine Rakete!"

„Wir werden sie ausprobieren. Näher können wir dem Mond nie kommen." Carolyn ließ sich von Omas Begeisterung anstecken. Sie verlor ihre Angst und konnte die Fahrt sogar genießen. Später machte Oma mit ihr noch eine Fahrt mit dem Boot und sogar mit einer Postkutsche. Im Kino sahen sie sich einen Film an und eine Ausstellung, die auf einem von Omas Lieblingsbüchern basierte, *20.000 Meilen unter dem Meer*.

Am Abend warnte Oma sie noch einmal, bevor sie Mama und Papa anrief: „Kein Wort über Disneyland. Wir möchten doch keinen verletzen." Aber Mama wollte gar nicht mit Carolyn sprechen. Oma erzählte von Tante Clotilde und der Kostümwerkstatt und dem Studiogelände. „Wir sind jetzt auf dem Heimweg. Ich fahre an der Küste entlang. Im Central Valley ist es zu heiß. In zwei, vielleicht drei Tagen sind wir zu Hause."

Pünktlich zum Abendessen kamen sie zu Hause an. Charlie prahlte damit, dass er in der vergangenen Woche jeden Tag mit seinem besten Freund Mitch Hastings auf der Kirmes gewesen war. Oma zwinkerte Carolyn zu und erzählte von Onkel Bernie, Tante Elizabeth und Tante Clotilde.

Nachdem Mama und Papa zu Bett gegangen waren, klopfte Charlie an ihre Zimmertür. „Ich wollte dich nicht neidisch machen wegen der Kirmes." Er warf sich neben sie aufs Bett und erklärte, dass Mama ihm das Geld für Eintritt und Essen gegeben hatte. „Sie hat mich jeden Morgen auf dem Weg zur Arbeit dort abgesetzt." Er blieb, bis Papa oder Mitchs Vater sie am Abend abholten. „Nach den ersten zwei Tagen war es eigentlich ganz schön langweilig." Er grinste sie verschmitzt an. „Kannst du ein Geheimnis für dich behalten?"

Carolyn war Meisterin darin, Geheimnisse zu wahren.

„Mitch und ich haben uns zu der Zuschauertribüne geschlichen und uns die Pferderennen angeschaut." Sie hatten sich mit einem Jockey angefreundet. „Er hat Mitch auf seinem Pferd reiten lassen, obwohl er das nicht durfte. Ich wollte nicht, ich hatte Angst." Charlie und Mitch hatten heimlich ein Bier getrunken und waren mit ein paar Mädchen, die sie aufgegabelt hatten, auf den Fahrgeschäften gefahren. „Und was habt Oma und du so gemacht?"

„Wir haben Onkel Bernie und Tante Elizabeth besucht."

„Wie geht es Eddie?"

„Er ist groß geworden."

„Ich dachte, ihr wolltet zur Farm fahren."

„Da waren wir auch. Und wir haben Tante Clotilde in Hollywood besucht."

„Hast du Filmstars gesehen?"

Keinen, den sie kannte. Dass Tante Clotilde gesagt hatte, sie sei so hübsch, dass sie in einem Film mitspielen könnte, verschwieg sie. Auch von dem Besuch in Disneyland und den anderen Stationen an der Küste Kaliforniens erzählte sie nichts.

„Junge, bin ich froh, dass ich zu Hause geblieben bin." Charlie streckte sich. „Es tut mir echt leid, dass du die Kirmes verpasst hast."

Carolyn konnte sich nichts Schlimmeres vorstellen, als jeden Morgen auf der Kirmes abgesetzt zu werden und dann stundenlang durch eine Menschenmenge irren zu müssen.

Kapitel 7

1961

Der Sommer, bevor Carolyn in die Highschool kam, brachte die Albträume zurück, von denen sie gehofft hatte, dass sie für immer verschwunden wären. Mama und Papa konzentrierten sich auf Charlie, der sich im kommenden Jahr in das Collegeleben stürzen würde, mit einem Stipendium, wie sie hofften. Oma redete auf Carolyn ein, ebenfalls über ein Studium am College nachzudenken. Schließlich hätte ihre Mutter ja auch eine Krankenpflegeausbildung gemacht.

Carolyn war den Sommer über allein. Manchmal kam Mitch Hastings vorbei, um ihren Bruder abzuholen. Charlie bekam sie kaum zu Gesicht. Er hatte einen Ferienjob in einem Möbelgeschäft. Selbst wenn er zu Hause war, redeten sie kaum miteinander. In aller Eile schlang er sein Essen hinunter und verschwand dann mit Mitch. Sie gingen ins Kino oder in ein Lokal. Am Ende des Sommers kam Mitch mit einem Motorrad vorbei und holte Charlie zu einer Probefahrt ab. Beim Abendessen an jenem Tag gab es für Charlie kein anderes Thema. Er wollte sich von dem Geld, das er durch seinen Job verdiente, auch ein Motorrad kaufen. Papa bat ihn, doch erst mal darüber nachzudenken. Mama meinte, Charlie solle das Geld für die Schule sparen.

Eine Woche später warf Papa Charlie die Schlüssel zu einem roten Chevy Impala, Baujahr 1959, zu. „Wenn du einen Strafzettel bekommst, bleibt dieses Baby einen Monat lang stehen."

Charlie jubelte. „Nie mehr Bus fahren!"

Am ersten Schultag der Highschool nahm Charlie Carolyn im Auto mit. Er gab ihr den Rat, sich von dem Pausenhof der oberen Klassen fernzuhalten. „Sie sind auf der Suche nach Frischfleisch, und du bist süß. Mitch findet das übrigens auch." Er grinste.

Ein seltsames Kribbeln zog sich durch ihren Magen. „Wirklich?"

Als sie auf den Schülerparkplatz fuhren, waren sie sofort von Charlies Mitschülern umringt. „Wow, Charlie! Wo hast du denn dieses Baby her? Sie ist eine Schönheit." Einer der Jungen öffnete die Motorhaube.

Ein anderer öffnete Carolyns Tür. „Hey, Charlie! Wer ist das denn?"

Charlie stieg aus dem Wagen aus. „Das ist meine kleine Schwester Carolyn, lass deine dreckigen Pfoten von ihr. Carolyn, darf ich dir die Meute vorstellen?" Dann ratterte er ein Dutzend Namen herunter. Einige von ihnen hatte sie bei ihnen zu Hause schon einmal gesehen, doch die meisten waren ihr unbekannt. Charlie ging um den Wagen herum. „Sie ist sehr schüchtern. Okay? Komm schon, Schwesterchen. Sie beißen nicht."

Einer der größeren Jungen grinste breit. „Ich hätte schon Lust dazu."

„Halt die Klappe, Brady."

Selbst in Charlies Nähe fühlte sich Carolyn gehemmt und sehr befangen. Waren alle Jungen in der Highschool so groß und vorwitzig?

Ein Motorrad bog dröhnend auf den Parkplatz ein. Mitch zog seinen Helm ab, schwang sein Bein über den Sitz und beobachtete die Gruppe.

„Hey, Mitch!" Charlie ging auf seinen besten Freund zu. Carolyns Herz machte einen Satz. Als Mitch sie begrüßte, brachte sie keinen Ton heraus. Ihr Mund war wie ausgetrocknet. Sie errötete und senkte den Kopf. Die Jungen setzten sich zum Hauptgebäude in Bewegung und sie folgte ihnen. Carolyn fiel auf, dass Charlie alle paar Meter von jemandem gegrüßt oder gefragt wurde, wie seine Sommerferien gewesen seien. Sie fühlte sich schrecklich überflüssig und unbehaglich. Wenn sie doch nur den Bus genommen hätte!

Zwei Mädchen sprachen Charlie an, und sie war vergessen.

Mitch betrat das Schulbüro und kam mit einer Karte vom Schulgelände wieder heraus. Er zeigte ihr, wo sie sich gerade befanden, sah nach, in welchen Klassenraum sie musste und erklärte ihr den Weg.

Während der Mittagspause entdeckte sie einen Tisch mit anderen Mädchen, die ebenfalls neu waren. Charlie und Mitch traten mit ihr zusammen an den Tisch. Die Mädchen starrten sie an und verstummten. Mitch ignorierte sie, aber Charlie grinste sie an, bevor er sich an Carolyn wandte. „Nach der Schule habe ich noch Footballtraining. Du musst mit dem Bus nach Hause fahren."

Die Mädchen tuschelten miteinander und sahen Charlie und Mitch nach. Noch bevor die Mittagspause vorbei war, war Carolyn klar, dass die meisten der Mädchen nur deshalb ihre Nähe suchten, weil Charlie groß und gut aussehend war und außerdem Football spielte.

Oma zuliebe gab Carolyn sich Mühe, gute Zensuren zu bekommen. Sie tat sich mit anderen Mädchen zusammen, die ebenfalls nicht zur angesagten Gruppe gehörten. Einige von Charlies Freunden sprachen sie auf den Schulkorridoren an. Carolyn ging nicht darauf ein, und schon bald konzentrierten die Jungs sich auf Mädchen, die einem Flirt nicht abgeneigt waren. Carolyn beobachtete, wie sich die Pärchen fanden.

Charlie hatte verkündet, seine Schwester sei tabu, was ihr natürlich sehr gelegen kam. Wenn ein Junge sie anschaute, fühlte sie sich unbehaglich, und ganz besonders, wenn es der Junge war, den sie bewunderte: Mitch Hastings.

1962

Im folgenden Frühjahr hatte Carolyn erreicht, was sie wollte: Niemand nahm mehr Notiz von ihr. In der Schule fühlte sie sich unsichtbar. Der einzige Junge, der sie grüßte, wenn er ihr begegnete, war Mitch. Mitten im Schuljahr wechselte er in ihr

Schulgebäude und saß auf einmal an einem leeren Pult ihr gegenüber.

Manchmal spürte sie, dass er sie anstarrte, doch wenn sie den Blick hob, kritzelte er etwas in sein Heft oder blätterte in seinem Buch. Von Charlie wusste sie, dass er nur selten mit einem Mädchen ausging, schon gar nicht mit den Mädchen, die hinter ihm her waren.

Während ihres ersten Jahres in der Highschool fragten Mama und Papa Charlie ständig, was er denn nach seinem Schulabschluss vorhabe. Doch Charlie wusste es nicht. Ihre Eltern wurden zunehmend frustrierter. „Das Schuljahr ist jetzt bald zu Ende! Du musst doch endlich deine College-Bewerbungen losschicken!"

Die Spannung stieg. Es wurde so schlimm, dass Carolyn am liebsten zu Oma gezogen wäre. Je mehr Papa und Mama Charlie drängten, desto mehr blockte Charlie.

Carolyn gegenüber machte er seinem Ärger Luft. „Ich wünschte, sie würden mich endlich in Ruhe lassen. Rate, was sie getan haben."

„Was?"

„Sie haben Mrs Vardon angerufen. Jetzt sitzt mir auch noch die College-Beraterin im Nacken. Gestern hat sie mich aus dem Unterricht geholt." Er musste sich jeden Tag in ihrem Büro melden, bis er einen Stapel College-Bewerbungen ausgefüllt und die Empfehlungsschreiben seiner Lehrer, Trainer und des Arbeitgebers von seinem Teilzeitjob kopiert hatte. „Und rate, welche Universität ganz oben auf dem Stapel lag. Berkeley!"

„Was hast du gegen Berkeley?"

„Nichts, aber ihr Football-Programm gefällt mir nicht." Er grinste sie verschwörerisch an. „Verrate es ihnen nicht, aber ich habe mich bei der USC beworben." Er hatte bereits mit dem College-Trainer gesprochen. Der hatte ihm versichert, dass er für ein Football-Stipendium qualifiziert sei.

„Ich halte dicht, bis ich den Schulabschluss in der Tasche habe. Sollen sie doch schwitzen!" Trotzig grinste er sie an. „Ich kann es kaum erwarten, Papas Gesicht zu sehen, wenn ich ihm sage, dass ich für die *Trojans* spielen werde."

Charlie zog sein Vorhaben durch. Und seine Vorhersage in Bezug auf das Football-Programm bewahrheitete sich, als die USC in seinem ersten Studienjahr am *Rose Bowl* teilnahm.

Oma meinte, sie hätte noch nie die Meisterschaftsparade gesehen, und das wolle sie jetzt ändern, da Charlie zur Mannschaft gehöre und bei dem großen Spiel dabei sei. „Nimm dir doch ein paar Tage frei und komm mit, Hildemara."

„Denkst du, ich würde nicht gern mitkommen? Aber jeder Tag, den ich freinehme, wird von unserem Urlaub abgezogen."

„Hast du etwas dagegen, wenn ich Carolyn mitnehme?"

Mama biss die Zähne aufeinander, und ihre Schultern sackten in sich zusammen. „Charlie freut sich bestimmt, wenn jemand aus der Familie beim Spiel dabei ist."

Papa konnte auch keinen Urlaub bekommen, darum fuhren Oma und Carolyn allein hin. Sie standen in der Menge und bestaunten die wundervollen, mit Blumen geschmückten Festwagen, die Musikkapellen und die Reiter. Später, beim großen Spiel, konnten sie Charlie unter den anderen Spielern auf der Bank kaum erkennen. Sein Traum war in Erfüllung gegangen. Die Nacht verbrachten sie bei Tante Cloe in ihrem Haus in Beverly Hills. Ihr Mann war in England unterwegs, und ihre Stiefkinder befanden sich im Internat.

Als Carolyn in die 11. Klasse kam, kehrte Dock in ihre Träume zurück. Manchmal, wenn sie aus dem Schlaf hochfuhr, war sie ganz außer sich. Sie wusste Bescheid darüber, was er mit ihr gemacht hatte. Schließlich hatte sie Biologieunterricht. Und im Umkleideraum hatte sie die leisen Gespräche der Mädchen über Sex belauscht. Mädchen, die „es bereits getan hatten", galten als Schlampen.

Was würden die Leute sagen, wenn sie wüssten, dass sie ihre

Jungfräulichkeit verloren hatte, als sie mit ihrem Nachbarn verbotene Spiele gespielt hatte? Sie war damals zwar erst im Kindergarten gewesen, aber sich einreden zu wollen, es wäre nicht ihre Schuld gewesen, war sinnlos. Sie wusste, dass es nicht stimmte. Schließlich war sie Tag für Tag freiwillig zu ihm gegangen, nicht? Sie hatte Dock gesagt, dass sie ihn liebte. Sie hatte ihn tun lassen, was er wollte.

Carolyn ging mit ihren Eltern zur Kirche – und mit Oma, wenn sie nicht gerade wieder auf Reisen war. Sie wusste, dass Gott existierte. Sie stellte ihn sich als alten Mann mit einem langen Bart vor, in wallenden weißen Gewändern und mit blitzenden Augen. Und er würde sie ohne Zögern verdammen und in den Feuersee werfen. Gott wusste schließlich alles, oder etwa nicht? Er sah alles. Gott wusste, warum es in ihr brodelte. Vermutlich kannte er den Grund dafür, auch wenn er ihr selbst nicht ganz bewusst war.

Der Pastor predigte über den Frieden Gottes und dass man das Richtige tun solle. Sie musste unbedingt mit jemandem reden. Als sie zu Oma hinüberging, packte die gerade ihre Sachen für eine weitere Reise. Mittlerweile war Oma häufiger unterwegs als in ihrem Cottage. Sie besuchte Onkel Bernie und Tante Elizabeth oder Tante Clotilde. Sie flog nach New York zu Tante Rikka, um bei der Ausstellung ihrer Gemälde in einer berühmten Galerie dabei zu sein. Dieses Mal wollte sie für eine Woche ihre alte Freundin Hedda Herkner in San Francisco besuchen, deren Mann an einem Herzinfarkt gestorben war.

Oma lächelte über die Schulter zurück, während sie ein Kleid zusammenfaltete und in ihren Koffer packte. „Du bist erwachsen, Carolyn. Du brauchst mich nicht."

Zwei Tage nach Omas Abreise erreichte sie im Unterricht die Nachricht, dass Präsident Kennedy in Dallas erschossen worden war. Ihre Lehrerin brach in Tränen aus. Ein paar Mädchen begannen zu weinen. Sogar einige Jungen schienen den Tränen nahe zu sein, obwohl sie sich natürlich bemühten, sich das nicht anmerken zu lassen. Alle waren zuerst wie betäubt, dann fingen sie an, Fragen zu stellen. Mrs Schaffer forderte sie auf, sich in die Aula zu begeben. Der Direktor würde sie über alles informieren.

Auch der Direktor war zutiefst erschüttert. Carolyn empfand gar nichts. Sollte sie nicht Angst haben? Andere hatten Angst. Sollte sie nicht Zorn empfinden? Andere taten es. Nachdem sie die Nachricht gehört hatte, wartete sie darauf, irgendetwas zu fühlen, *irgendetwas.*

Die Schüler wurden nach Hause geschickt. Die Eltern wussten bestimmt bereits Bescheid. Die Schüler, die mit dem Auto gekommen waren, strömten zum Parkplatz. Die anderen steuerten die Busse an, die vor der Schule warteten. Jemand hatte die amerikanische Flagge bereits auf Halbmast gesetzt. Carolyn stieg in ihren Bus ein und setzte sich in die hinterste Reihe. Sie starrte zum Fenster hinaus, während die anderen aufgeregt miteinander redeten, schluchzten und sich in geflüsterten Spekulationen über die Zukunft ergingen. Was bedeutete Kennedys Tod für Amerika? War dies das Ende des Raumfahrtprogramms? Was war mit dem Friedenskorps? Das war es dann wohl für diejenigen, die davon träumten, in fremde Länder zu gehen und die Probleme der Welt zu lösen? Damit war doch auch die Hoffnung gestorben, dass es in der Welt je besser würde.

Nacheinander stiegen die Schüler an ihren Haltestellen aus. Während sich die ersten Plätze leerten, rückte Carolyn immer weiter nach vorn. Sie konnte das Gesicht des Busfahrers im Rückspiegel sehen. Tränen liefen ihm über die Wangen. Sie trat vor und hielt sich an der Stange in der Nähe der Treppe fest. „Ich würde hier gern aussteigen, Mr Landers." Bestimmt wäre er weitergefahren, wenn sie ihn nicht daran erinnert hätte. Er hielt am Straßenrand an und öffnete die Bustüren.

Carolyn ging die lange Auffahrt hoch. Die Vögel zwitscherten. Alles sah noch genauso aus wie am Morgen. Sie wünschte, Oma wäre zu Hause, denn ihr graute davor, in ein leeres Haus zu kommen. Der Schlüssel lag unter dem Blumentopf. Sie schloss die Haustür auf. Das Haus kam ihr vor wie ein Grab – verschlossen, luftleer, still.

Sie sehnte sich nach dem Klang einer menschlichen Stimme und schaltete das Fernsehgerät ein. Alle Sender berichteten über die Ermordung. Sie sah die fröhlichen Szenen, bevor die Schüsse fielen – die Menschen hielten Willkommensschilder in die Höhe, andere standen an Fenstern und auf Dächern, der lächelnde Präsident und seine hübsche Frau im Wagen. Dann drei Schüsse. Ein Mann des *Secret Service* springt aus dem Wagen hinter dem des Präsidenten. Die Menschen in der Menge schreien und weinen; Polizisten suchen die Dächer ab, von wo die Schüsse gekommen waren. Carolyn begann zu zittern und hätte am liebsten geschrien. Doch stattdessen schaltete sie das Fernsehgerät aus und ging in die Küche.

Mama hatte die Keksdose mit Oreos aufgefüllt. Im Kühlschrank fand sie Reste vom Vortag. Ein Braten stand zum Auftauen auf der Arbeitsfläche. Das Blut sammelte sich in der Plastiktüte. Carolyn sah Jackie Kennedy vor sich in ihrem vom Blut ihres Mannes besudelten Designerkostüm.

Sie ging hinüber ins Cottage, wanderte durch Omas Blumengarten, holte schließlich den Schlüssel unter der Fußmatte hervor und schloss die Tür auf. Ohne Oma kam ihr das Cottage vor wie eine leere Muschelschale, obwohl die Sonne durch die Fenster schien. Aber es roch vertraut und wirkte gemütlich. Sie ging ins Schlafzimmer und kroch unter die Decke von Omas Bett und wünschte, sie könnte sich an Oma kuscheln, wie sie es als kleines Mädchen getan hatte. Nur bei diesen Gelegenheiten hatte sie sich als Kind wahrhaft sicher gefühlt.

Nur ein Augenblick schien vergangen zu sein, als jemand ihren Namen rief. Eine Tür wurde geöffnet.

„Carolyn." Mamas Stimme kam näher, sie klang rau vor Sorge. „Carolyn! Wir haben dich überall gesucht!"

„Ich bin hier", murmelte Carolyn mit ausgedörrtem Mund. Ihr Kopf fühlte sich seltsam an. Was tat sie in Omas Bett? Und dann erinnerte sie sich. Der Präsident war ermordet worden. Die Verzweiflung schlug über ihr zusammen.

„Hast du uns denn nicht gehört?"

„Ich habe nichts gehört." Sie fühlte sich krank. „Ich will nichts hören."

„Komm mit ins Haus, Carolyn." Sie zog ihr die Decke herunter. „Du kannst in deinem Zimmer schlafen." Mama stand in der Tür. „Aber bitte mach das Bett, bevor du herüberkommst."

Ein unerklärlicher Zorn überfiel Carolyn, und sie zog sich die Decke wieder über den Kopf. „Ich komme nicht mit! Ich schlafe heute Nacht hier!"

Mama setzte sich zu ihr auf das Bett. „Carolyn, wir sind alle tief erschüttert ..."

Carolyn rutschte von ihr weg. „Papa wird den Fernseher anschalten. Er wird die Berichterstattung sehen wollen. Und du hast ja immer was zu tun." Sie begann zu weinen. „Ich will das Attentat nicht immer wieder sehen müssen. Ich will nicht ständig davon hören!" Sie zog sich die Decke über den Kopf. „Geh einfach weg, Mama. Bitte. Lass mich schlafen und mir vorstellen, es wäre nie passiert."

Mama strich ihr über den Rücken und seufzte. „Du bist nicht die Einzige, die so empfindet." Sie erhob sich. „Geht es dir auch wirklich gut, so allein hier?"

Am liebsten hätte Carolyn sie angeschrien. Natürlich ging es ihr nicht gut. Es war ihr nie gut gegangen. Was für eine Mutter war das, die ihr kleines Mädchen jeden Nachmittag allein ließ? Eine Mutter, der ihr Kind egal war. Warum sollte ihrer Mutter jetzt wichtig sein, wie es ihr ging?

Niemand war jemals zu Hause, wenn sie heimkam. Dann konnte sie die Nacht auch im Cottage verbringen oder sonstwo. Sie brauchte keine Angst mehr zu haben, dass Dock jetzt, nach mehr als zehn Jahren, zurückkam. Und selbst er hatte sie am Ende nicht gewollt. „Ich komme schon klar, Mama. Geh weg."

„Nun, wenn du meinst ..." Ihre Mutter schien zu zögern. Etwas in ihrer Stimme weckte Carolyns Aufmerksamkeit. Sie nahm die Decke vom Kopf, aber ihre Mutter war bereits auf dem Weg zur Tür. Als sie hinter ihr ins Schloss fiel, begann Carolyn zu weinen. Sie lag in der Dunkelheit und wünschte, ihre Mutter hätte ihr widersprochen. Sie wünschte, sie hätte sich noch ein wenig zu ihr aufs Bett gesetzt.

Aber das hätte sie nur getan, wenn Carolyn ihr etwas bedeutet hätte.

Kapitel 8

1965

Während alle ihre Mitschüler das Ende ihrer Schulzeit kaum erwarten konnten, fürchtete sich Carolyn davor. Es bedeutete, dass sie von zu Hause fortgehen musste. Auf ein Studium am College hatte sie keine große Lust, aber alle schienen das von ihr zu erwarten.

Oma telefonierte herum und legte ihr Broschüren von Universitäten und Colleges und Bewerbungsformulare vor. „Krieg oder nicht, die Welt dreht sich weiter, Carolyn. Du musst deine Zukunft planen." Die UC Berkeley lag nicht weit entfernt. Sie könnte am Wochenende heimkommen. Darum bewarb sie sich dort, Oma zuliebe, außerdem am Chabot Junior College und am Heald College in Hayward.

Papa schien nicht damit gerechnet zu haben, dass Carolyn in Berkeley angenommen wurde. Oma fragte, warum um Himmels willen nicht. „Hast du geglaubt, deine Tochter sei dumm?"

Zu ihrer Abschlussfeier kam ihr Bruder nach Hause. Sie erlebte alles wie im Nebel. Papa machte Fotos. Mama kochte ein leckeres Abendessen. Oma backte eine tolle Torte. Carolyn bekam Glückwunschkarten und Geld von Onkel Bernie und Tante Elizabeth, Tante Clotilde und Tante Rikka. Charlie wurde immer unruhiger. Er wollte in die Stadt fahren und seine Freunde treffen, obwohl die meisten über den Sommer fortgefahren waren. Papa fragte, ob er noch Kontakt zu Mitch Hastings hätte. Charlie erzählte, sie würden öfter mal miteinander telefonieren. Mitchs Mutter war an Krebs gestorben; sein Vater war nach Florida gezogen und hatte wieder geheiratet. Mitch war in die Mannschaft der Ohio State aufgenommen worden und würde nicht so bald nach Paxtown zurückkehren, falls überhaupt noch einmal.

Carolyn empfand einen Stich der Enttäuschung. Vermutlich

war es dumm, sich zu wünschen, Mitch Hastings würde in ihr irgendwann einmal etwas anderes sehen als Charlies kleine Schwester.

„Was hältst du davon, wenn wir eine kleine Spazierfahrt machen, Schwesterchen?"

Mama meinte, das sei eine gute Idee und wünschte ihnen viel Spaß.

Sie fuhren in die Stadt. Charlie sagte Carolyn, er sei stolz auf sie. „Warum so trübsinnig?"

„Ich glaube, ich habe einfach Angst."

„Angst wovor?"

„Ob ich es schaffen kann."

„Natürlich schaffst du es." Charlie fuhr von der Highschool zum Ende der Main Street, drehte um und fuhr wieder zurück. Er hupte und winkte allen Menschen zu, die er kannte. Alle schienen sich an ihren Bruder zu erinnern. Er erzählte von seinen Freunden und den Lehrern am College, von den Seminaren und Spielen, den Partys und hübschen Studentinnen. Charlie, so voller Zuversicht, der vor nichts Angst hatte.

„Ich bin erstaunt, dass Papa bereit ist, dich nach Berkeley zu schicken. Das ist doch eine Brutstätte der Subversiven!"

„Er wollte doch immer, dass du dort studierst."

„Ja, aber bei dir ist das was anderes. Dieses College scheint mir nicht das Richtige für dich zu sein. Die USC ist schon schwierig genug, sogar für einen verhätschelten Footballspieler. Aber Berkeley! Mann, diese Universität frisst Menschen auf und spuckt sie wieder aus."

„Oma hat mich dazu überredet."

Er lachte. „Da wirst du den Eindruck haben, in einer anderen Welt zu leben, Carolyn." Er warf ihr einen schnellen Seitenblick zu. „Werde bloß kein Hippie."

„Du bist es doch, der seine Haare lang wachsen lässt." In den vergangenen Tagen hatte Papa mehr als eine Bemerkung darüber fallen lassen. „Darfst du das überhaupt? Ich dachte, Footballspieler müssten kurze Haare haben."

Charlie runzelte die Stirn und antwortete nicht sofort. „Football ist auch so etwas, das dich auffrisst und wieder ausspuckt. Ich kann keinen Sinn darin erkennen, wenn ich an all die Jungs denke, die nach Vietnam gehen und bei der Verteidigung unseres Landes ihr Leben lassen."

Sie starrte ihn an. Er warf ihr einen Blick zu; sein Gesichtsausdruck ließ sie aufhorchen. „Mitch hat sich zum Marinekorps gemeldet. Habe ich dir das eigentlich schon erzählt?"

Ihr Herz sank. „Du sagtest, er spielt in der Footballmannschaft der Ohio State."

„Hat er auch. Er ist ausgestiegen."

Ihr Herz begann zu klopfen. Sie starrte Charlie an. „Ich hoffe, der Krieg ist zu Ende, bevor du dein Examen am College machst."

„Das wird leider nicht so sein." Er starrte geradeaus. Jemand hupte. Dieses Mal beachtete er es nicht.

„Ich hoffe, du wirst nicht eingezogen."

„Ich werde bestimmt nicht eingezogen, Carolyn."

In seiner Stimme lag so viel Zuversicht. Sie rang die Hände. „Melde dich nicht freiwillig, Charlie. Bitte denk nicht einmal daran."

„Ich habe es bereits getan."

Sie hielt sich die Ohren zu. „Nein, das kann nicht sein! Sag doch so etwas nicht!"

Charlie bog am Ende der Main Street ab und fuhr am Kirmesgelände vorbei in Richtung Berge. „Nimm es nicht so schwer."

Nimm es nicht so schwer? Sie bekam keine Luft mehr.

„Warum nicht ich? Warum müssen immer andere die Drecksarbeit erledigen? Du musst mir helfen, Mama und Papa die Neuigkeiten beizubringen."

Sie wollte die Wagentür öffnen, doch er hielt sie zurück. „Was machst du da? Bist du verrückt?" Charlie lenkte den Wagen an den Straßenrand und stieg in die Bremsen. „Willst du uns beide umbringen?"

„Du bist derjenige, der sterben wird!“ Schluchzend riss sie sich von ihm los, sprang aus dem Wagen und rannte davon.

Charlie holte sie ein. „Carolyn!“ Er drehte sie zu sich um und nahm sie fest in die Arme. „Hey! Ich hätte nicht gedacht, dass du das so schwer nimmst.“

Sie klammerte sich an ihn und vergrub ihr Gesicht an seiner Brust. „Ich möchte nicht, dass du gehst, Charlie. Geh nicht. Bitte geh nicht.“

„Es ist zu spät. Ich kann das nicht mehr rückgängig machen, selbst wenn ich es wollte, was nicht der Fall ist.“

Das Schlimmste hatte sie noch gar nicht gehört.

„Zum Marinekorps?“ Papa erbleichte. „Zum *Marinekorps*?“

Charlie blickte ihn fest an. „Ich wollte bei den Allerbesten sein.“

„Warum hast du das getan?“, schimpfte Papa. „Weil Mitch Hastings sich freiwillig gemeldet hat?“

„Nein, Papa. Ich kann eigenständig denken. Ich tue das, um meinem Land zu dienen“, sagte er verärgert. „Ich dachte, wenigstens du würdest mich verstehen.“ Sein Blick wanderte von Papa zu Mama, und er lachte nervös. „Ihr habt mir die Liebe zu meinem Land nahegebracht, oder etwa nicht? Ihr habt mir erklärt, was es bedeutet, ein Amerikaner zu sein. *Du* hast doch auch in der Armee gedient. Warum soll ich das nicht auch tun?“

„Ich war Sanitäter, Charlie! Wir kamen, wenn der Schaden bereits angerichtet war, und wir mussten dann aufräumen. Die Marinesoldaten waren immer die *Ersten*, die *Ersten* am Strand!“ Seine Stimme brach.

Mama schlug die Hände vors Gesicht und weinte.

Charlie wurde verlegen. „Ich komme schon klar.“

„Ja. Jeder junge Mann denkt, er käme schon klar. Du hast dich freiwillig als Kanonenfutter zur Verfügung gestellt!“ Papa schob seinen Stuhl zurück und stand auf. Mama blickte Charlie an und wollte etwas sagen, doch sie brachte kein Wort über die Lippen.

„Ich tue das Richtige, Mama."

Ihre Lippen zitterten. „Das ist kein Footballspiel, Charlie."

Charlie blickte sie an. „Denkst du, ich wüsste das nicht?"

„Warum hast du denn nicht zuerst mit uns darüber gesprochen?"

„Ich brauche eure Erlaubnis nicht. Das ist mein Leben. Es ist meine Entscheidung." Seine trotzige Haltung schmolz dahin, als Mama erneut zu weinen begann. „Mama …" Er streckte die Hand nach ihr aus. Sie stand auf und ging ins Schlafzimmer.

Charlie schob seinen Stuhl zurück und warf Carolyn einen entschuldigenden Blick zu. „Ich muss hier raus. Ich wünschte nur, sie würden aufhören, mich wie ein kleines Kind zu behandeln."

„Kann ich mitkommen?"

„Dieses Mal nicht. Okay? Ich wollte mich noch mit ein paar Jungs treffen."

Carolyn blieb allein am Tisch sitzen und hörte, wie Charlies roter Impala über die geschotterte Einfahrt brauste. Wie gern wäre sie ebenfalls davongelaufen. Sie wünschte, sie könnte weggehen und mit Freundinnen zusammen sein, die verstanden, was sie empfand, die ihr vielleicht sogar halfen, die Welt ein wenig besser zu verstehen.

Doch stattdessen ging sie hinüber ins Cottage. Oma schaltete bei ihrem Anblick das Fernsehgerät aus und klopfte auf den Platz neben ihr auf der Couch.

„Charlie hat sich für das Marinekorps gemeldet."

Oma ließ scharf die Luft entweichen. „Ich wusste, dass er irgendetwas ausheckt! Er wirkte irgendwie verändert."

Carolyn legte den Kopf in Omas Schoß und weinte. „Ich will nicht, dass er geht."

Oma streichelte ihren Kopf. „Das ist nicht deine Entscheidung, Liebling. Du kannst nur dein Leben leben und musst Charlie seines leben lassen." Ihre Hand blieb auf Carolyns Kopf liegen. „Das ist eine Lektion, die ich im Laufe der Jahre lernen musste."

„Ich werde jeden Tag Angst um ihn haben."

„Nein. Du wirst zur Universität gehen und studieren und interessante Menschen kennenlernen. Du wirst deine eigenen Träume entwickeln. Du wirst so beschäftigt sein, dass du gar keine Zeit haben wirst, dir Sorgen zu machen."

„Sie werden ihn nach Vietnam schicken."

„Das wissen wir doch gar nicht."

„Das werden sie, Oma."

„Dann werden wir beten. Wir werden alle in der Kirche und alle unsere Verwandten und Freunde bitten, ebenfalls zu beten. Und wir werden ihm Briefe schreiben, damit er weiß, dass wir ihn lieben. Manchmal kann man mehr nicht tun, Carolyn. Die Menschen lieben, wie sie sind, für sie beten und sie in Gottes Händen lassen."

Carolyn war nicht sicher, ob sie Gott vertrauen konnte. Schließlich hatte Gott nichts unternommen, um sie vor Dock zu beschützen.

Kapitel 9

Den Sommer über arbeitete Carolyn in einem Lokal im Ort und servierte Burger und Milkshakes. Charlie kam jeden Tag vorbei. Erst am Ende des Sommers musste er sich in San Diego zur Grundausbildung melden. Mitch hatte die Grundausbildung bereits hinter sich und absolvierte gerade die Infanterieausbildung. Charlie besuchte ihn an seinem freien Wochenende. Als Charlie wieder nach Hause kam, verschwand er für einen ganzen Tag, ohne zu sagen, was er vorhatte.

Kurz bevor Carolyn Feierabend hatte, erschien er im Lokal und bot ihr an, sie nach Hause zu fahren. „Ich habe beschlossen, nicht mehr länger zu warten. Am Freitag fliege ich nach San Diego. Anfang der kommenden Woche beginne ich mit der Grundausbildung."

Sie ballte ihre Fäuste im Schoß und starrte zum Fenster hinaus. „Warum hast du es so eilig zu sterben, Charlie?"

„Ich habe nicht vor zu sterben. Aber ich kann es einfach nicht mehr ertragen, noch länger hier herumzuhängen und Mama weinen zu hören oder Papa zu sehen, wie er ins Fernsehgerät starrt. Es ist besser, wenn ich jetzt gehe. Wirst du mich zum Flughafen bringen?"

„Nein."

„Komm schon, Schwesterchen." Er versuchte sie zu überreden. „Ich leihe dir meinen Wagen für die nächsten vier Jahre."

„Ich will deinen Wagen nicht." Sie wollte ihren Bruder in Sicherheit wissen, doch diese Hoffnung hatte er gerade zunichte gemacht.

Er seufzte dramatisch. „Dann muss ich wohl den Bus oder ein Taxi nehmen." Sie wusste, er rechnete damit, dass sie nachgab.

Schließlich fuhr Papa Charlie zum Flughafen. Mama schloss sich im Schlafzimmer ein und kam den ganzen Tag nicht mehr heraus.

Drei Wochen später packte Carolyn ihre Sachen fürs College.

Papa erklärte, Mama wäre nicht in der Stimmung, sie zu fahren, und er müsse arbeiten. Ihre Großmutter würde sie hinbringen.

Carolyn brachte ihre Sachen ins Wohnheim. Nachdem sie alles in ihrem kleinen Zimmer verstaut hatte, schlug Oma vor, einen Spaziergang zu machen. „Ich möchte mir gern den Campus anschauen, bevor ich heimfahre." Zwei Stunden wanderten sie über das Gelände, vorbei an den Seminargebäuden, der Bibliothek und über die Plätze. „Ich hätte alles darum gegeben, an einer solchen Universität studieren zu können. Mein Vater nahm mich aus der Schule, als ich zwölf war. Er meinte, ein Mädchen brauche keine Bildung."

„Du weißt mehr als die meisten Lehrer, die ich kenne, Oma."

Oma stieß ein kurzes, freudloses Lachen aus. „Gib bitte niemals auf, nur weil jemand sagt, du könntest etwas Bestimmtes nicht erreichen. Manchmal bewirkt eine solche Aussage, dass man es umso entschlossener zu erreichen versucht."

Als sie zu dem alten grauen Plymouth zurückgingen, ergriff Oma Carolyns Hand. „Ich muss jetzt aufbrechen." Oma umarmte sie fest und strich ihr über die Wange. „Du wirst von den Besten lernen. Nutze jeden Augenblick."

„Ich werde mein Bestes tun."

„Mehr kann man nicht erwarten."

Carolyn hielt Wort. Sie besuchte jedes Seminar, machte sich eifrig Notizen und lernte bis spät in die Nacht; sie reichte ihre Aufgaben rechtzeitig ein und legte die Zwischenprüfungen mit Bravour ab.

Charlie absolvierte die Grundausbildung und kam für ein paar Tage nach Hause. Er holte Carolyn in Berkeley ab und fuhr mit ihr für einen Tag nach San Francisco. Seit sie ihn das letzte Mal gesehen hatte, hatte er sich verändert. Von der Grundausbildung erzählte er nicht viel, aber er fragte sie ausführlich nach ihren Seminaren, wie es ihr in Berkeley gefiel, und ob sie ihren Weg finden würde. Sie erwiderte, alles sei prima, einfach prima.

Sie setzten sich auf eine Bank am Fisherman's Wharf. Die vobeigehenden Mädchen starrten Charlie an. Einige Blicke erwiderte er. Carolyn neckte ihn: „Na, wünschst du dir, deine kleine Schwester wäre jetzt nicht hier?"

Er lachte und meinte, er sei jetzt wochenlang in einer Kaserne eingesperrt gewesen, und da wisse er einen solchen Anblick zu schätzen. „Was ist mit dir, Schwesterchen? Hast du Spaß?"

„Spaß? Ich habe alle Hände voll zu tun, meinen Kopf über Wasser zu halten."

„Oma erzählte, du hättest auf der Dekanatsliste der besten Studenten gestanden."

Carolyn zuckte die Achseln. Charlie richtete sich auf und musterte sie. „Du wirst es schaffen, Carolyn. Du bist hart im Nehmen."

Und was war mit ihm? Würde er es schaffen? „Ich liebe dich, Charlie. Wenn dir etwas zustoßen sollte …" Sie fragte sich, ob das Studium dann noch von Bedeutung wäre.

Er legte den Arm fest um ihre Schultern, und sie lehnte sich an ihn. Dieses Mal machte er keine Versprechungen.

Als Charlie sie an der Tür ihres Wohnheims absetzte, bat die Hausmutter sie um ein Gespräch. Es gab Streit zwischen zwei Studentinnen. „Sie scheinen mit jedem gut auszukommen. Wären Sie bereit zu einem Tausch Ihrer Mitbewohnerin?" Carolyn hatte nicht den Mut, Nein zu sagen. Die Hausmutter wirkte erleichtert.

Niedergeschlagen stieg Carolyn die Treppe hoch, holte sich eine Cola aus dem Automaten und setzte sich an den Schreibtisch, um zu lernen. Die Tür flog auf und knallte gegen den Schrank. Ohne sich zu entschuldigen trat ein Mädchen durch die Tür und warf ihre Reisetasche auf das freie Bett. „Rachel Altman." Sie reichte Carolyn die Hand. „Da wir jetzt Zimmergefährtinnen sind, nenn mich Chel." Ihre Stimme war rau, sie sprach mit einem undefinierbaren Akzent.

Verblüfft reichte Carolyn ihr die Hand. Das Mädchen hatte ein anziehendes, wenn nicht sogar schönes Gesicht, das eingerahmt wurde von langen, roten Locken, die von einem geflochtenen Stirnband aus Leder mit Perlenquasten gebändigt wurden. Sie trug eine weiße, durchsichtige Bluse mit Stehkragen, die schon beinahe unanständig war, dazu Armreifen und Perlenschnüre. Ein Macrameegürtel mit weiteren Perlen hielt die hautenge braune Cordhose, die tief auf den Hüften saß. Das Mädchen ließ sich auf das Bett fallen und probierte es aus. Ihre goldenen Armreifen klimperten. „Na ja, ist nicht gerade das Waldorf Astoria."

Sprachlos starrte Carolyn sie an. Chel musterte Carolyn von oben bis unten. Ihre Lippen verzogen sich zu einem spitzbübischen Grinsen. „Lass mich raten. Du studierst Pädagogik im Hauptfach, *Grundschulpädagogik*. Richtig?"

Carolyn nickte. „Was ist mit dir?"

„Freie Künste, Baby. Ich bin liberal, und ich liebe die Kunst. Damals schien mir das eine gute Wahl zu sein, allerdings überlege ich jetzt, auf Psychologie oder Soziologie umzusatteln. Irgendwas mit *-ologie*."

„Wie hast du mein Hauptfach erraten?"

Chel grinste verschmitzt. „Sieh dich doch nur um. Deine Notizen geordnet und abgetippt. Die Bücher sortiert. Kein Staub auf deinem Schreibtisch. Dein Bett ist gemacht. Fehlt nur noch der glänzende Apfel auf deinem Schreibtisch." Sie warf sich rückwärts auf das Bett und verschränkte ihre Hände hinter dem Kopf. „Und du trägst einen BH! Ich wette, wenn du dich schick machen willst, wählst du einen Rock, einen hübschen Pullover und eine Perlenkette." Sie fluchte und verblüffte Carolyn damit erneut. „Keine Sorge, Baby, ich beiße nicht. Zumindest keine Mädchen." Sie grinste breit. „Du wirkst ziemlich zugeknöpft.

Willst du einen Joint? Du solltest dein Gesicht sehen. Du hast noch keinen probiert, nicht?“ Sie erhob sich und ging zur Tür. „Komm, wir verschwinden hier, trinken einen Kaffee in der Studentenverbindung. Ich verspreche dir auch, dass ich mich benehme.“ Sie zerrte Carolyn vom Stuhl hoch. „Na komm schon.“

Carolyn vergaß das Lernen.

Chel redete ununterbrochen. Sie schien so voller Leben zu sein. Carolyn erzählte sie, sie sei im „Reichenghetto“ aufgewachsen, versorgt von einem gut bezahlten Kindermädchen, das sich aber nicht für sie interessierte, während ihr Papa, der sich noch weniger für sie interessierte, seine Millionen schacherte, und ihre gelangweilte, ebenfalls desinteressierte Mutter sich beim Skifahren in St. Moritz amüsierte oder zum Shoppen nach Paris flog. „Der Himmel weiß, wo sie gerade steckt, und es interessiert mich auch überhaupt nicht. Sie sind kapitalistische Schweine und verpesten die Luft, die wir einatmen.“

Sie hatte New York verlassen und war nach Berkeley gekommen, „weil Berkeley der Mittelpunkt der Welt ist, Baby. Hier passiert was. Ich will mittendrin sein. Du nicht?“

Carolyn zuckte die Achseln. „Ich habe mich immer irgendwie angepasst.“

„Eine Fähigkeit, die ich ganz offensichtlich nicht besitze.“ Als Chel loslachte, schauten alle Menschen zu ihr hin, doch das war ihr egal.

Carolyn war auf dem Campus schon einigen Freigeistern begegnet, doch nie war sie einem so nahe gekommen. Chel war ein exotischer Vogel mit einem wilden, bunten Gefieder, dem es gelungen war, aus dem Zoo auszubrechen und den Weg in Carolyns Wohnheim zu finden. Chel faszinierte Carolyn und brachte sie zum Lachen.

„Ich glaube, du und ich, wir werden sehr gut miteinander auskommen“, meinte Chel zufrieden.

Tagsüber bekam Carolyn Chel kaum zu Gesicht, aber wenn sie sich nach dem Unterricht, oder wo immer sie gesteckt hatte, abends im Zimmer trafen, unterhielten sie sich stundenlang.

Einmal brachte sie Hasch mit ins Zimmer. „Komm schon, Caro. Das wird dich nicht umbringen."

Carolyn nahm einen vorsichtigen Zug. Chel lachte sie aus. „Du musst *inhalieren*." Nach ein paar Zügen verlor Carolyn alle Hemmungen. Chel warf sich auf ihr Bett und hörte zu. Als Chel sie fragte, ob sie schon mal Sex gehabt hätte, erzählte Carolyn ihr von Dock. Da verging Chel das Lachen.

Trotz des gewaltigen Unterschieds in ihrer finanziellen Situation war ihr Hintergrund so verschieden gar nicht, fand Carolyn. Eltern, die nie da waren oder so beschäftigt mit ihren eigenen Problemen und Projekten, dass sie nichts anderes mitbekamen. Charlie allerdings hatten Mama und Papa sehr wohl wahrgenommen. Aber andererseits, Charlie war ja auch etwas Besonderes. Carolyn erzählte viel von ihrem Bruder.

„Du bist wie eine Marionette, nicht, Baby? Du tanzt allen nach der Pfeife."

Chel tanzte nach niemandes Pfeife.

Carolyn wollte sein wie sie.

1966

Einmal in der Woche bekam Carolyn einen Brief von Oma, die ihr berichtete, was es in ihrer Familie und im Ort Neues gab, was nicht viel war. Mama rief ein paar Mal im Monat an, in der Regel dann, wenn Carolyn Unterricht hatte. Die Hausmutter hinterließ Nachrichten in ihrem Fach. *Ihre Mutter hat angerufen. Sie freut sich, Sie während der Sommerferien zu Hause zu haben.* Carolyn stöhnte. Sie wollte nicht nach Hause fahren, aber sie konnte es sich auch nicht leisten, in Berkeley zu bleiben.

„Wenn du nicht nach Hause willst, Baby, dann such dir doch über die Arbeitsvermittlung einen Job. Wir nehmen uns eine Wohnung und haben jede Menge Spaß."

„Ich kann mir keine Wohnung leisten, Chel."

„Habe ich gesagt, dass du bezahlen musst?"

Chel ließ ihr keine Ruhe mit ihrer Idee, bis Carolyn nachgab. Mit Chel in Berkeley zu bleiben war vermutlich einfacher, als ihren Eltern und Oma zu erklären, warum sich ihre Zensuren so dramatisch verschlechtert hatten.

Mama und Papa hatten nichts dagegen. Das überraschte sie nicht. Warum sollten sie auch? Es interessierte sie doch nicht, ob Carolyn nach Hause kam oder nicht. Aber als auch Oma das widerspruchslos hinnahm, fragte sie sich, ob überhaupt jemand sie vermisste.

Chel meinte trocken: „Willkommen im Club."

Charlie kam während seines Urlaubs von der Infanterieausbildung an einem Nachmittag nach Berkeley. Carolyn öffnete die Tür. Charlie starrte sie verblüfft an. „Na, Berkeley hat dich ja ziemlich verändert."

„Was meinst du?"

„Dein Auftreten." Er grinste. „Was dagegen, wenn ich reinkomme? Oder willst du deinen armen Bruder draußen im Flur stehen lassen?"

Sie warf die Arme um ihn und drückte ihn. „Komm schon rein. Sieh dich um." Chel hatte die Wohnung möbliert gemietet, das beige Sofa mit ein paar bunten Kissen aufgepeppt und einen Teppich unter den Couchtisch gelegt. Die Wände hatten sie mit Postern von Venedig, Paris, London, mit Drucken von van Goghs *Sonnenblumen* und Monets *Nymphen* dekoriert. Dominiert wurde das Zimmer von Georgia O'Keefes *Grey Line.*

Charlie blickte sie leicht besorgt an. „Interessante Ausstattung."

„Schön, dass es dir gefällt." Carolyn lümmelte sich auf der Couch. „Chel bezahlt die Miete. Beziehungsweise ihr Papa. Seine Sekretärin füllt jeden Monat ihr Konto auf."

„Das hat was für sich."

„Ich glaube, ihr wäre es lieber, wenn ihre Eltern sich für sie interessieren würden."

Er fragte sie über Chel aus. „Sie ist meine erste richtig gute Freundin, Charlie." Sie wollte nicht hinter dem Rücken der

Freundin über sie reden. „Möchtest du ein Glas Wein? Wir haben Chablis und Cabernet Sauvignon da."

„Ich muss noch fahren."

Sie schenkte sich ein großes Glas ein und ging damit zur Couch. Er zog die Augenbrauen hoch. Sie prostete ihm zu. „Hast du noch nie gesehen, dass ein Mädchen ein Glas Wein trinkt?" Sie trank einen tiefen Schluck.

„Doch, schon oft. Nur nicht meine kleine Schwester."

Sie lachte. Das halbe Glas Wein hatte alle Anspannung fortgespült. Sie stellte ihm unzählige Fragen. Er erzählte von der Ausbildung und seinen neuen Waffenkameraden. „Wir werden alle zu unterschiedlichen Basen geschickt. Papa sagt, es sei ganz anders als damals während seiner Militärzeit. Sie wurden als Einheit ausgebildet und nach Übersee geschickt. Ich werde allein gehen."

Ihre Muskeln spannten sich an. „Gehst du nach Vietnam, Charlie?"

„Noch nicht."

Sie trank ihr Glas leer und überlegte, ob sie sich noch eins holen sollte. Doch sie entschied sich dagegen und lehnte den Kopf an die Sofalehne. Ihr war zum Heulen zu Mute, doch sie riss sich zusammen. Sie wollte ihn ja schließlich nicht vergraulen.

Charlie spielte an einer ihrer Haarsträhnen. „Mach dir doch nicht so viele Sorgen um mich."

Sie drehte den Kopf zu ihm um. „Machst du dir denn Sorgen um mich?" Hatte das überhaupt mal jemand gemacht?

„Seit heute schon." Er beugte sich vor und gab ihr einen Kuss auf die Wange, bevor er aufstand. „Es ist spät geworden. Ich muss jetzt aufbrechen und du musst morgen arbeiten."

Ein wenig benommen folgte sie ihm zur Tür. „Sag Mama und Papa, dass es mir gut geht." Falls sie überhaupt fragten.

Er grinste. „Ich hatte überlegt, ihnen zu erzählen, dass es in deiner Wohnung nach Hasch riecht, dass dein Kühlschrank mit Weinflaschen gefüllt ist und ein pornografisches Kunstwerk die Wand deines Wohnzimmers ziert."

„Das ist eine Blume!“

Er lachte. „Ja, klar. Nur eine Blume.“

Sie grinste. Der Alkohol hatte sie locker gemacht. „Du hast eine schmutzige Fantasie, Charlie.“

„Entspann dich. Ich werde ihnen nichts verraten. Wenn sie fragen, werde ich ihnen vorschlagen, selbst herzukommen und dich zu besuchen.“

„Als ob sie dafür Zeit hätten.“

Er umarmte sie. „Mach keinen Unsinn, okay?“, ermahnte er sie. „Ich möchte nicht, dass du später etwas bereust.“ Er ließ sie los.

Sie lehnte sich an die Tür. „Hast du während deiner Zeit an der USC Unsinn gemacht?“

„Ja, aber ich bin ein Kerl. Wir dürfen das.“

„Du Chauvinist.“

Charlie ging zum Aufzug, schaute aber noch einmal zurück. „Geh nicht zu weit, Schwesterchen.“ Er lächelte ihr traurig zu und verschwand im Aufzug.

Sie kehrte in die Wohnung zurück und goss sich noch ein Glas Wein ein. Sie weinte und fluchte und fragte sich, wie ihre und seine Zukunft wohl aussehen würde.

Kapitel 10

Nur zweimal fuhr Carolyn während der ersten Hälfte ihres ersten Studienjahres nach Hause, einmal zu Thanksgiving und dann für ein paar Tage über Weihnachten. Mamas und Papas Bemerkungen zu ihren Hüfthosen, den bestickten Blusen, der Lederjacke mit den Fransen und ihren Mokassins zeigten deutliche Missbilligung. Sie hatte ihre Haare wachsen lassen und trug sie offen.

„Wie läuft es im Unterricht? Ist der Stoff dieses Jahr schwieriger? Welche Fächer wirst du als Nächstes nehmen?"

Carolyn hatte mit Fragen gerechnet, aber jetzt fühlte sie sich wie in einem Verhör. „Mein Hauptziel im Augenblick ist, die Prüfungen zu bestehen."

„Was heißt das, sie zu ‚bestehen'?"

Und jetzt kommt's, dachte Carolyn und wappnete sich innerlich. „Beim letzten Mal habe ich es nicht auf die Dekanatsliste geschafft."

„Das wissen wir", sagte Mama grimmig.

„Ich glaube nicht, dass ich eine gute Lehrerin sein würde. Ich überlege, mein Hauptfach zu wechseln."

Papa hob den Kopf und blickte sie an. „Und was willst du wählen?"

„Na ja, vielleicht freie Kunstgestaltung. Aber ich habe das noch nicht entschieden. Ich bin noch dabei, mich selbst zu finden."

Papa starrte sie irritiert an. „Dich selbst zu finden? Was soll das denn heißen?"

Carolyn fragte sich, was ihre Eltern wohl sagen würden, wenn sie wüssten, wie oft sie ausging oder dass Chel sie dazu überredet hatte, die Pille zu nehmen. Carolyn hatte nicht vor, sich in die freie Liebe zu stürzen, aber Chel bestand auf der Pille. Bei manchen Dingen konnte sie sehr beharrlich sein. „Sag niemals nie, Baby, und besser auf Nummer sicher gehen, als dass du später etwas bereust." Chel hatte keine Ruhe gegeben, bis sie ihren Willen durchsetzte, was nie lange dauerte. Im Nachgeben war Carolyn einsame Spitze. Chel – charismatisch, lustig, klug – machte es ihr sehr leicht.

Mama und Oma gewöhnten sich an, häufiger anzurufen und nachzufragen. Sie fragten auch, wann Carolyn wieder mal zu Besuch käme. Doch Carolyn erfand immer neue Ausreden, um in Berkeley bleiben zu können.

Als Mama erzählte, dass Charlie einen Monat Urlaub hätte, ahnte Carolyn sofort, was das bedeutete. Er hatte seinen Einsatzbefehl nach Südostasien bekommen. „Er kommt nach Hause, Carolyn. Er würde sich bestimmt freuen, wenn du auch kämst."

Chel bot ihr an, sie zu fahren. „Dann brauchst du nicht den Bus zu nehmen." Mit Chels neuem roten Camaro, den sie mit dem „schlechtes-Gewissen-Geld" ihres Vaters gekauft hatte, brausten sie nach Paxtown.

Als Chel in die Einfahrt einbog, entdeckte Carolyn Oma in ihrem Blumengarten. Oma richtete sich auf, klopfte sich die Hände ab und winkte zu ihnen herüber. Chel stellte den Camaro hinter der Garage neben Charlies Impala ab. „Komm, ich stelle dir meine Oma vor." Carolyn ging zum Cottage.

Oma umarmte und küsste sie. „Das wird aber auch Zeit, dass du mal zu Besuch kommst."

Sie stellte ihr Chel vor. Oma musterte sie. „Möchten die jungen Damen vielleicht Tee?"

„Mein Lieblingsgetränk."

Als sie am Küchentisch saßen, wandte Oma ihre Aufmerksamkeit Chel zu. Sie stellte ihr unzählige Fragen. Carolyns Magen krampfte sich zusammen, und sie wartete nur darauf, dass ihre Freundin unverschämt wurde, aber Chel schien nichts dagegen zu haben. Den Fragen nach ihren Eltern ging sie geschickt aus dem Weg, stattdessen erzählte sie von ihren vielen Kindermädchen und den Privatlehrern. Sie war in einem Internat in Massachusetts gewesen, danach auf einer Schule in Frankreich.

„Ich bin natürlich rausgeflogen, aber mein Französisch ist ganz passabel."

„Je parle français également." Oma erzählte, dass sie einmal für eine französische Familie in Montreux gearbeitet und ein paar Tage in Paris verbracht hätte, bevor sie nach England und schließlich nach Montreal gegangen sei. Chel fragte nach, und ihre Großmutter vertraute ihr an, dass sie von der Schule hätte abgehen müssen, beschrieb ihren Traum, ein eigenes Hotel zu führen. Sie hätte Sprachen und Geschäftssinn lernen wollen, sagte sie und schilderte, wie sie durch ihre unterschiedlichen Stellungen ihren eigenen Weg in der Welt gefunden hätte. Sie erzählte von ihrer Pension, in der sie ihren Mann kennengelernt hatte. „Ich habe Carolyns Opa Englisch beigebracht." Und vom Leben auf der Farm in der Prärie und wie sie schließlich nach Kalifornien gekommen waren.

Chel hörte gebannt zu, genau wie Carolyn, die bisher nur Bruchstücke aus Omas Leben gekannt hatte.

„So, für heute habe ich genug geredet. Ihr jungen Damen solltet jetzt besser rüber ins Haus gehen, sonst denkt deine Mutter noch, ich hätte euch gefangen genommen." Oma brachte sie zur Tür.

„Deine Großmutter ist die interessanteste Frau, die ich je kennengelernt habe!", schwärmte Chel auf dem Weg zum Haus.

Charlie saß im Wohnzimmer vor dem Fernsehgerät. Er wirkte gelangweilt, als Carolyn hereinkam. Dann fiel sein Blick auf Chel. Nie zuvor hatte Carolyn einen solchen Ausdruck auf seinem Gesicht gesehen.

Chel stellte ihren Rucksack ab und trat ins Wohnzimmer. Sie blieb vor Charlie stehen, stützte die Hände in die Hüften und musterte ihn. „Du bist also der Superheld, von dem Caro immerzu schwärmt."

Sprachlos starrte Charlie sie an. Ein amüsiertes Lächeln umspielte seine Lippen. Chel warf Carolyn ihr katzenhaftes Lächeln zu. Dass ihre beste Freundin Charlie mochte, war nicht zu übersehen.

Carolyn umarmte Charlie und stellte die beiden einander vor. „Wir sollten unsere Sachen in mein Zimmer bringen, Chel."

Mama bereitete in der Küche das Abendessen zu. Bei Chels Anblick wurden ihre Augen groß. Carolyn hatte Chel bereits vorgewarnt, dass ihre Eltern verklemmte, konservative Republikaner seien, die zur Kirche gingen und sich den Buckel krumm schufteten.

Mit einem etwas gezwungenen Lächeln begrüßte Mama Chel. Ihr Blick wanderte zu Carolyn. Verzweiflung lag darin. „Dein Papa wird bald hier sein. Er musste in der Stadt noch etwas erledigen."

In Carolyns Zimmer warf Chel ihren Rucksack in die Ecke. Aufmerksam musterte sie die rosa Wände, die Spitzenvorhänge, die weiße Tagesdecke mit den rosa und weißen Kissen und Carolyns alte Stoffpuppe. Sie nahm sie, doch Carolyn riss sie ihr aus der Hand und stellte sie wieder auf die Kommode. „Die hat Oma für mich gemacht."

„Eine Frau mit vielen Talenten."

Sie gingen ins Wohnzimmer zurück. Als Papa in die Einfahrt bog, drückte Chel sich eine Hand auf die Brust. „Ich habe doch gar nichts getan, und trotzdem kommt die Polizei."

Charlie lachte. „Papa arbeitet für das Büro des Sheriffs."

Sie grinste ihn an. „Das weiß ich, Soldat." Verschwörerisch beugte sie sich zu Carolyn hinüber. „Denkst du, er verhaftet mich?", fragte sie flüsternd.

In den folgenden Stunden konnte Carolyn Chels schauspielerisches Talent nur bewundern. Sie kramte alle ihre Manieren wieder hervor, die ihr an der Upper East Side beigebracht worden waren, und beeindruckte Mama und Papa mit ihren breit gefächerten Ansichten über die Welt. Mama fragte sie, ob sie viel gereist sei, und Chel erzählte von einem halben Dutzend Städten in Europa, von verschiedenen Museen und historischen Stätten.

Schließlich lenkte Papa das Gespräch auf die Politik, was Carolyn überhaupt nicht behagte. Mama schien auch nicht glücklich darüber zu sein. Chel brachte klar zum Ausdruck, dass sie den Krieg in Vietnam nicht befürworten könne; auch bei den Bürgerrechten in Amerika gäbe es dringenden Veränderungsbedarf. Als Papa eine Erwiderung darauf geben wollte, wechselte Mama schnell das Thema. Papa runzelte die Stirn, er wusste genau, was Mama bezweckte.

Chel hatte es anscheinend auch gemerkt, denn sie fiel ihr in den Rücken. „Ich würde Ihre Meinung dazu wirklich sehr gern hören, Sir, und wie Sie dazu gekommen sind."

Ihr Interesse schien Papa zu erstaunen. Carolyn spürte, wie ihr Papa für einen Sekundenbruchteil über die Hippiekleidung, die wilde Haarmähne, die Quasten und Perlen am Stirnband hinweg einen Blick auf die wirkliche Rachel Altman erhaschte. Er legte alle Waffen, die er in seinem geistigen Arsenal zur Verfügung hatte, nieder und verkündete einen Waffenstillstand, indem er von seiner Zeit in Berkeley erzählte.

Charlie konnte den Blick kaum von Chel losreißen, obwohl er seine Faszination vor Mama und Papa natürlich zu verbergen suchte. Carolyn wusste aus Erfahrung, wie leicht Chel Menschen in ihren Bann ziehen konnte. Sie behexte ihre Eltern mit Geschichten, die Carolyn noch nie gehört hatte. Unwillkürlich fragte sie sich, wie viel davon der Wahrheit entsprachen.

Nach dem Abendessen half Chel, den Tisch abzuräumen. Mama protestierte. Chel schlug einen Ausflug vor. „Ich würde mir gern die Stadt ansehen, in der du aufgewachsen bist, Caro." Sie lud auch Charlie dazu ein, aber Mama und Papa wussten das zu verhindern. Vielleicht hatten sie doch mehr bemerkt, als Carolyn gedacht hatte.

Paxtown hatte sich überhaupt nicht verändert. Sie fuhren über die Main Street und gingen ins *Gay 90s*. Chel bestellte Bier und zeigte dem Kellner ihren gefälschten Führerschein so schnell, dass er ihn sich gar nicht genau ansehen konnte. Trotzdem weigerte er sich, ihr Alkohol auszuschenken. Ungerührt grinste sie ihn an. „Probieren kann man es ja mal."

Chel wollte die Kirche sehen, zu der Carolyn und ihre Familie gehörten. „Denkst du, sie ist offen?" Chel stieg aus, lief die

Treppe hoch und rüttelte an der Tür. „So fest verschlossen wie ein Grab." Die Fenster waren zu hoch, sodass sie auch nicht hineinschauen konnte. „Wo hast du dich sonst noch aufgehalten?"

Carolyn zuckte die Achseln. „Das war es eigentlich schon."

„Hier sieht es aus wie Anfang des zwanzigsten Jahrhunderts. In einer solchen Stadt kann man nicht mal niesen, ohne dass alle darüber Bescheid wissen." Sie grinste. „Kein Wunder, dass du so zugeknöpft bist."

„Manche Dinge geschehen im Verborgenen."

Chel blickte sie bedauernd an. „Ich habe die Sache mit Dock vergessen." Sie fuhr erneut über die Main Street, vorbei an der Highschool. „Hier hätte ich es nie ausgehalten."

Das Verandalicht brannte noch. Auf Zehenspitzen schlichen sie ins Haus. Chel ging zuerst ins Bad und kam in einem T-Shirt heraus, das bis zur Mitte ihrer Oberschenkel reichte. Danach putzte sich Carolyn die Zähne. Die Uhr im Flur schlug einmal. Im Flur zwischen ihrem und Charlies Zimmer hörte sie leise Stimmen. Als sie aus dem Bad kam, lehnte Charlie mit nacktem Oberkörper an seinem Türpfosten. Seine Pyjamahose hing ihm tief auf den Hüften. Ein seltsamer Ausdruck lag auf seinem Gesicht, als er sich von der Wand abstieß, ihnen eine gute Nacht wünschte und in seinem Zimmer verschwand.

Später wurde Carolyn von einem Knacken geweckt. Sie sah Chels Silhouette, die durch die Tür verschwand und sie leise wieder ins Schloss zog. Vielleicht musste sie zur Toilette. Carolyn drehte sich um und schlief wieder ein. Kurz bevor die Uhr im Flur 4:00 schlug, schlüpfte Chel wieder ins Zimmer. „Alles in Ordnung, Chel?"

Chel fuhr zusammen und fluchte leise. „Ich dachte, du schläfst."

„Wie oft bist du denn heute Nacht aufgestanden?"

„Nur einmal."

Nur einmal? „Wo warst du?" Eine Vorahnung durchzuckte sie, und sie wünschte, sie hätte nicht gefragt.

„Ich habe Charlie ein Abschiedsgeschenk gebracht."

Carolyns Nackenhaare richteten sich auf. „Du hast doch nicht …“

„Entspann dich, Caro. Ich habe ihn zuerst gefragt.“ Sie schien amüsiert. „Er hat ja gesagt.“

„Wenn meine Eltern das je erfahren …“

„Ich werde ihnen sagen, es wäre meine patriotische Pflicht gewesen.“

Carolyn stöhnte. „Du bist verrückt!“

„Vielleicht.“ Sie lachte leise. „Aber das gibt mir den Freiraum zu tun, was ich will. Du solltest es auch mal probieren.“ Sie drehte Carolyn den Rücken zu. „Wir haben auch geredet. Nicht nur-“

„Ich will gar nicht wissen, was du mit meinem Bruder getrieben hast.“

„Bist du sauer?“

„Ich weiß nicht.“

„Ich mag ihn, Caro. Und außerdem ist er bei den Marines.“ Sie lachte in sich hinein. „Wer hätte das gedacht?“ Sie ließ die Luft entweichen. „Morgen früh fahre ich nach Berkeley zurück.“

„Ich bin nicht sauer. Vielleicht sollte ich das, aber … deswegen musst du nicht wegfahren.“

„Du brauchst Zeit mit deiner Familie. Sie lieben dich.“

„Ja, wie verrückt.“

„Vielleicht merkst du das nicht, aber ich sehe es. Und ich werde den Weg frei machen.“

„Sie haben sich mehr für das interessiert, was du zu sagen hattest, als für irgendetwas, das ich je von mir gegeben habe.“

„Vielleicht ist der Grund dafür der, dass du so verschlossen bist und erst betrunken sein musst, bevor du den Mund aufmachst.“ Sie richtete sich auf und blickte Carolyn an. „Wenn du ihnen nichts bedeuten würdest, dann wären sie nicht jeden Abend nach Hause gekommen oder wären mit dir in Urlaub gefahren. Sie hätten kein Haus für deine Großmutter auf eurem Grundstück gebaut. Sag mir nicht, du würdest ihnen nichts bedeuten.“ Mittlerweile hatte sie sich für dieses Thema erwärmt. „Sie rufen dich alle paar Wochen an und fragen, wann du nach Hause kommst. Willst du wissen, wann mich mein Papa das letzte Mal eingeladen hat? Das kann ich dir nicht sagen, weil ich mich nicht daran erinnere. Vor mehr als zwei Jahren habe ich meinen Vater das letzte Mal von Angesicht zu Angesicht gesehen."

„Du bekommst doch Briefe."

„Seine Sekretärin schickt einmal im Monat einen Formbrief und legt einen Scheck bei. *Geld*, Caro, das ist es, was ich von meinen Eltern bekomme." Ihre Stimme brach. Carolyn hörte, wie sie schluckte. „Geld ist das billigste Geschenk, das man einem anderen machen kann. Wenn ich auch nur den leisesten Hinweis darauf hätte, dass meine Eltern mich lieben, dann würde ich …" Fluchend legte sie sich wieder hin. „Ich fahre nach Berkeley zurück, und du bleibst hier, und wenn nur aus dem einen Grund, dass dies das letzte Mal sein könnte, dass du deinen Bruder siehst."

Carolyn spürte, dass sie zitterte. Chel weinte. Diese Seite von ihr hatte sie noch nie zu Gesicht bekommen. „Entschuldige. Du brauchst wirklich nicht zurückzufahren."

„Hier erlebe ich, was ich mir immer gewünscht habe und was ich nie haben werde, Caro. Das kann ich nicht ertragen. Du hast es dein ganzes Leben lang gehabt und weißt es nicht zu schätzen."

Sie drehte sich um. Das Gespräch war beendet. Carolyn lag noch lange wach und überlegte, was wohl morgen früh sein würde. Was würden ihre Eltern sagen, wenn sie herausfanden, was Chel getan hatte?

Als Carolyn erwachte, war Chel bereits fort. Samt Reisetasche. Mama saß mit einer Tasse Kaffee am Tisch. „Deine Freundin ist vor einer Stunde aufgebrochen."

„Warum denn?" Hatten Mama und Papa erraten, was gestern Nacht passiert war, und sie fortgeschickt?

Mama zuckte die Achseln. „Das hat sie nicht gesagt. Sie hat sich bedankt und meinte, sie müsste nach Berkeley zurück."

Carolyn wich ihrem Blick aus. „Ist Charlie schon auf?"

„Ich glaube, er schläft mal aus."

Nach einem kurzen Augenblick der Verlegenheit, als Charlie herunterkam, wanderten die beiden gemeinsam über das Grundstück und unterhielten sich über alles Mögliche. Er hatte die Verbindung zu seinen Freunden gehalten und erzählte ihr von ihnen, obwohl sie nie zu ihrer Gruppe gehört hatte. Er berichtete vom Marinekorps und von Vietnam und es wurde deutlich, wie sehr er an das glaubte, was er tat. Vielleicht würde er später eine militärische Laufbahn einschlagen, aber eigentlich dachte er noch nicht weiter als bis nach seiner Dienstzeit. „Wie steht es mit dir, Caro?" Dass er sie so nannte wie Chel, zeigte ihr, dass er in Gedanken bei ihrer Freundin war, auch wenn er sie nicht erwähnte.

Am Sonntagmorgen ging die ganze Familie zur Kirche. Charlie trug seine Uniform und sah darin aus wie ein waschechter Marine, durchtrainiert und voller Zuversicht. Pastor Elias teilte der Gemeinde mit, dass Charlie nach Vietnam gehen würde. Nach dem Gottesdienst kamen alle auf ihn zu und versprachen, für ihn zu beten.

Carolyn beschloss, den Unterricht am Montag zu schwänzen und noch einen Tag länger zu Hause zu bleiben. Erstaunlicherweise erhoben Mama und Papa keine Einwände. Papa holte den Diaprojektor hervor, und gemeinsam schauten sie die Bilder von ihren Ausflügen zum Strand und nach Colorado an. In der Nacht träumte Carolyn von Charlie, der in seiner blauen Uniform auf einem Feld mit weißen Kreuzen stand. Als sie aus dem Schlaf hochfuhr, betete sie, dies möge kein böses Omen sein.

Am Dienstagmorgen ging sie ins Cottage hinüber, um sich von Oma zu verabschieden. Sie unterhielten sich kurz über Chel. „Bei diesem Mädchen ist Ärger vorprogrammiert."

„Du hast ihre Geschichte doch gehört, Oma. Trotz des vielen Geldes hat sie keine schöne Kindheit gehabt."

„Sie schiebt ihre Eltern als Ausrede vor, dass sie ihr Leben ruiniert. Aber sie kann sich auch entscheiden, es besser zu machen. Das liegt an ihr."

„Hast du ihr deswegen so viel aus deinem Leben erzählt?"

Oma tippte Carolyn an die Nasenspitze. „Pass gut auf dich auf, Liebling. Du musst entscheiden, wie du dein Leben gestaltest, sonst tut es ein anderer für dich. Und es könnte sein, dass dir das nicht gefällt."

Carolyn dachte über ihre Worte nach, als Charlie sie nach Berkeley zurückbrachte. Unterwegs kamen sie auf Chel zu sprechen. Abrupt wechselte Carolyn das Thema. „Ich hasse den Krieg, Charlie. Ich nehme an den Protestaktionen gegen den Krieg teil."

Seine Hände umklammerten das Lenkrad. „Wenn Papa nicht gedient hätte, wo wären wir dann heute?"

„Wir reden hier nicht über den Zweiten Weltkrieg und die Nazis. Was geht uns Vietnam an?"

„Wir können doch nicht die Augen vor dem verschließen, was in der Welt geschieht, Carolyn."

„Mir ist egal, was in der Welt geschieht! Mich interessiert, was aus *meinem Bruder* wird."

Sie sprachen erst wieder, als er vor dem Wohnhaus vorfuhr. Er zupfte ihr an den Haaren. „Werd keine Radikale."

„Werd kein Held!", rief sie und brach in Tränen aus.

Er nahm sie in die Arme. Seine Stimme klang gepresst, als er ihr versicherte, dass er heil wieder nach Hause kommen würde. Dann schob er sie von sich, stieg aus und öffnete den Kofferraum, um ihren Rucksack herauszuholen. Er beugte sich vor und gab ihr einen Kuss auf die Wange. „Und benimm dich."

Sein Lächeln erstarb, als sein Blick zur Tür des Hauses wanderte. „Sag Chel, dass ich ihr schreiben werde."

Mama und Papa übernahmen auch weiterhin die Kosten für das College und legten noch 50 Dollar im Monat als Beitrag für die Mietkosten bei. Als sich Carolyns Zensuren noch weiter verschlechterten, schlugen sie vor, sie solle wieder ins Wohnheim ziehen. Doch Chel befand, sie würde auf keinen Fall dorthin zurückkehren. Sie hätte keine Lust, sich vorschreiben zu lassen, wann sie im Bett zu liegen habe. Aber sie stimmte zu, dass die Wohnung vielleicht doch nicht so geeignet sei. In dem Haus wurden zu viele Partys gefeiert. Sie fand einen kleinen, heruntergekommenen Bungalow, der voll möbliert war und nah am Campus lag, und überredete Carolyn, mit ihr dort einzuziehen.

Carolyn schickte ihren Eltern ihre neue Adresse und die neue Telefonnummer. Mama rief an und schien wütend zu sein. „Wir schicken dir kein Geld für ein Haus. Das können wir uns nicht leisten."

„Ihr könnt euer Geld behalten. Chel und ich haben das alles durchgerechnet."

„Durchgerechnet? Wie? Sie zahlt alles?"

„Ich könnte vom College abgehen und mir einen Job suchen. Ich will gegen den Krieg protestieren."

„Um Himmels willen, Carolyn. Fang doch jetzt nicht an durchzudrehen. Wir machen uns schon genug Sorgen um Charlie in Vietnam."

„Und genau darum sind Proteste wichtiger als Unterricht!"

„Charlie glaubt an das, was er tut! Dein Vater ist Kriegsveteran. Wie kannst du dich gegen sie stellen! Wenn du ein Hippie werden willst, dann rechne nicht damit, dass wir dir das finanzieren." Damit legte sie auf.

Carolyn starrte den Hörer an. Sie protestierte doch gegen den Krieg, nicht gegen *Charlie*. Und ganz bestimmt nicht gegen Papa. Wann hatte sie je etwas gegen den Militärdienst ihres Vaters gesagt? Der Schmerz wurde wieder schlimmer und packte sie bei der Kehle; und dann kam der Zorn, kochend heiß, trotzig. Sie knallte den Hörer auf die Gabel und ging in die Küche, um sich ein Glas Rotwein zu holen. Als das Telefon erneut klingelte, war ihr klar, dass es nur ihre Mutter sein konnte. Vermutlich wollte sie noch mehr Regeln verkünden, noch mehr Forderungen stellen, noch mehr Drohungen aussprechen, damit Carolyn sich fügte.

Am ganzen Körper zitternd kippte Carolyn den Wein hinunter wie Medizin und ließ das Telefon läuten.

Kapitel 11

1967

Das kleine Haus wurde zum Treffpunkt für alle, die unzufrieden waren mit dem System. Carolyn besuchte den Unterricht nur noch, wenn sie gerade nichts anderes zu tun hatte. Ansonsten lief sie durch die Nachbarschaft, um Unterschriften für Petitionen gegen den Krieg zu sammeln, besuchte Protestversammlungen oder ging zum Blutspenden.

Als sich die Kampfhandlungen in Vietnam zuspitzten, konnte sich Carolyn überhaupt nicht mehr auf den Unterricht konzentrieren. Sie schwänzte die Prüfungen und blieb den Seminaren fern. Die Angst um Charlie ließ ihr keine Ruhe mehr und raubte ihr den Schlaf. Chel ermutigte sie, Haschisch zu rauchen, aber das half auch nicht. Nur Alkohol zeigte Wirkung, wenn sie entsprechende Mengen davon trank.

Mama rief erneut an. „Komm nach Hause."

„Du kannst mir nicht vorschreiben, was ich tun soll."

„Hast du getrunken?"

In der Nacht hatte sie kein Auge zugetan, und ihr Kopf fühlte sich an wie Watte. „Was geht es dich an, was ich tue?"

„Charlie würde sich für dich schämen!"

Die Worte schnitten tiefer als ein Messer. Nach Footballspielen in der Highschool hatte sich Charlie auch ein paar Mal betrunken. Darüber verloren Mama und Papa kein Wort, falls sie überhaupt davon wussten. „Ich engagiere mich gegen den Krieg! Ich will ihn nach Hause zurückholen. Aber in deinen Augen ist das ja nichts! Wenn du die Wahrheit wissen willst, Mama, du und Papa, ihr habt Charlie nach Vietnam geschickt. Euer ganzes Gerede von Gott und dem Heimatland."

„Hör auf damit!"

Dieses Mal legte Carolyn auf.

Einige Stunden später rief Papa an. Chel meldete sich und

hielt ihr den Hörer hin. „Es ist dein Vater." Carolyn knallte den Hörer auf die Gabel.

Ein Brief von Oma traf ein. Carolyn hatte Angst, ihn zu öffnen. Doch nachdem sie sich überwunden hatte, stand kein Wort über Mama und Papa darin, außer, dass sie wie üblich hart arbeiten. Oma erzählte von den Büchern, die sie gelesen hatte, ihrem Garten und dass sie Carolyn jeden Nachmittag vermisste, wenn sie Tee trank.

Ich hoffe, du kommst bald mal wieder nach Hause. Du fehlst mir.

Sie war vermutlich die Einzige. Carolyn antwortete ihr.

Liebe Oma,
im Augenblick kann ich nicht nach Hause kommen. Ich sammele Unterschriften für eine Petition gegen den Krieg. Chel schreibt für eine Untergrundzeitung über effektivere Protestaktionen. Im Augenblick scheint niemand zuzuhören, aber ich hoffe sehr, dass irgendwann die Wende eintritt. Es gibt Pläne, nach Washington zu marschieren, und viele von uns fordern einen Ersatzdienst für Kriegsdienstverweigerer aus Gewissensgründen. Einige unserer Freunde haben ihren Einberufungsbefehl verbrannt. Manche überlegen, nach Kanada zu gehen …

Mama fragte in einem Brief an, ob Carolyn zu Thanksgiving nach Hause kommen würde. Carolyn antwortete nicht. Einige Wochen später schrieb Mama erneut und lud sie ein, über Weihnachten zu kommen.

Carolyn konnte ihnen nicht gegenübertreten. Sie schämte sich ihres Verhaltens, aber irgendwie fühlte sie sich auch im Recht. Sie verstanden sie nicht. Charlie war in Vietnam. Sie musste für ihn eintreten. Auf die Missbilligung ihrer Eltern und die endlosen Diskussionen über ihre politischen Ansichten, den Verlust ihres Glaubens oder was sie sonst noch an ihr kritisierten, hatte sie keine Lust. Sie wollte nicht miterleben, wie sie sich um ihren Sohn sorgten und dann alles an ihr ausließen. Sie setzte sich mit ihrer ganzen Kraft für eine Beendigung des Krieges und die Schaffung einer besseren Welt ein!

Darum schrieb sie nach Hause und erklärte, sie und Chel wollten über Weihnachten zum Skifahren an den Lake Tahoe fahren. Irgendwann hatten sie das zwar mal angedacht, aber eigentlich war es eine Lüge.

Stattdessen fuhren sie nach San Francisco, dem angesagtesten Treffpunkt der Kriegsgegner in Amerika, zu einer Party in Haight-Ashbury. Trotz der Kälte flochten sie Blumen in ihre Haare und tanzten auf den Straßen zu Gitarrenmusik und Bongos.

Als sie nach Berkeley zurückkehrten, warteten zwei Weihnachtskarten auf Carolyn, eine von Mama und Papa mit 50 Dollar darin, und eine von Oma. Sie hatte nur einen Vers geschrieben.

Verlass dich auf den Herrn von ganzem Herzen, und verlass dich nicht auf deinen Verstand, sondern gedenke an ihn in allen deinen Wegen, so wird er dich recht führen. Sprüche 3,5-6.

Lebe danach, dann wirst du nichts zu bereuen haben. Ich liebe dich, mein Schatz.
Oma

Schuldgefühle durchzuckten sie, als ihr klar wurde, dass sie keinem aus ihrer Familie einen Weihnachtsgruß geschickt hatte, nicht einmal Charlie. Sie schrieb zurück:

Gott ist tot, Oma. Wenn er uns lieben würde, dann gäbe es keine Kriege und Hungersnöte. Die Menschen würden nicht an Krankheiten sterben oder mit körperlichen oder geistigen Behinderungen zur Welt kommen. Ich glaube nicht mehr an Gott.

Bevor sie ihre Meinung ändern konnte, schickte sie den Brief ab, doch dann quälten sie Schuldgefühle, weil sie so auf Oma losgegangen war, die sie doch immer bedingungslos geliebt hatte.

1968

Der eisige Januarwind brachte das chinesische Neujahrsfest. Während die Vietnamesen Tet feierten, überrannten der Vietcong und die Nordvietnamesen die Stadt Hue. Chel hatte ein Fernsehgerät gekauft, und eine ganze Gruppe von Freunden und Fremden drängte sich in ihrem Wohnzimmer, high von Haschisch und Angst, und verfolgten, wie Gebäude in die Luft flogen und verwundete amerikanische Soldaten auf Bahren durchs Bild getragen wurden. Um Carolyn herum brummten die Gespräche, doch in ihr war eine entsetzliche Kälte. War Charlie unter den Soldaten, die die Stadt zurückerobern wollten? Am liebsten hätte sie geschrien: *„Haltet den Mund! Mein Bruder geht gerade durch die Hölle, und wenn ihr ihn noch einmal einen Kindsmörder oder Kriegstreiber nennt, dann bringe ich euch um!“* Vielleicht hatte sie es laut ausgesprochen, denn plötzlich herrschte Totenstille im Raum.

„Was hat sie denn?“, brummte jemand verärgert.

„Jesus … Jesus …“, stammelte Carolyn in einem letzten verzweifelten Versuch, Charlie zu retten. *Bitte, Gott, lass ihn nicht getötet werden.* Wie von Sinnen presste sie die Hände gegen den Bildschirm.

Jemand legte die Arme um sie. „Ruhig, Baby. Er wird es überleben, Caro. Daran musst du glauben. Er wird es überstehen.“

Woran sollte sie denn glauben? Etwa an Gott? Chel hatte doch immer behauptet, Gott sei tot oder interessiere sich nicht für das, was in der Welt geschieht. Wann hatte jemals der Glaube ausgereicht?

Carolyn schwänzte ihre Arbeit. Sie klebte am Fernsehgerät, trank Wein und suchte auf dem Bildschirm nach Charlie.

Oma rief an. „Bei deinen Eltern haben zwei Offiziere geklingelt." In Carolyn ging etwas zu Bruch. Sie legte den Hörer wieder auf die Gabel und begann zu zittern. Das Telefon läutete erneut. Carolyn hörte es wie aus weiter Ferne. Da war noch ein anderes Geräusch, ein schreckliches Geräusch, als würde ein verwundetes Tier vor Schmerzen schreien. Sie hielt sich die Ohren zu und versuchte es auszublenden. Charlie!

Chel kam halb angezogen und mit wirren Haaren aus dem Schlafzimmer. Sie umklammerte Carolyns Handgelenke und zog ihre Arme herunter. Als das Geschrei lauter wurde, gab Chel ihr eine schallende Ohrfeige. Die Schreie verstummten. Carolyn sank stumm und wie betäubt in sich zusammen. Chel nahm ihr Gesicht in die Hände. „Charlie?" Unfähig zu sprechen legte sich Carolyn auf den blanken Holzfußboden und begann zu schluchzen.

Chel stieß einen markerschütternden Schrei aus und danach einen ganzen Schwall von Flüchen. Das Telefon begann erneut zu läuten. Sie schnappte sich die Schnur und riss sie aus der Wand, nahm das Telefon und schleuderte es durch die Fensterscheibe. Sie hockte sich neben Carolyn und packte sie an den Schultern. „Caro! Caro!"

Im Radio spielte ein Lied der Animals „*Wir entkommen dieser Hölle, und wenn es das Letzte ist, das wir tun …*"

„Ich habe mich so bemüht, Chel. Aber ich konnte ihn nicht retten."

Chel zündete mit zitternden Fingern einen Joint an. Mit einer Hand zog sie Carolyn auf die Beine und bot ihr das Marihuana an. „Hier, nimm einen Zug, Caro. Komm schon, Baby. Das ist besser als ein Beruhigungsmittel."

Carolyn nahm einen tiefen Zug. Sie wollte nichts mehr fühlen. Die Musik spielte weiter. „*Wir entkommen dieser Hölle …*" Zu spät, zu spät.

Chel zog sie hinter sich her. „Komm, wir verschwinden hier."

Sie packten nichts ein, sondern ließen einfach alles zurück. Das Letzte, an das sich Carolyn erinnerte, war, dass sie auf dem

Beifahrersitz von Chels rotem Camaro saß und mit ihr über die Bay Bridge fuhr. Janis Joplin sang im Radio. Mit tränenüberströmtem Gesicht grölte Chel mit.

Oh Rosi, wo fange ich nur an? Charlie ist tot, in Vietnam ums Leben gekommen, und meine süße Carolyn ist spurlos verschwunden. Der Schmerz ist zu groß, ich habe keine Tränen. Hildemara isst nicht mehr und schläft nicht mehr; sie weint nur noch. Ich habe Angst um ihre Gesundheit. Ich habe auch Angst um Carolyn. Gott allein weiß, wo sie steckt und was sie sich antut. Verliere ich jetzt alle, die ich liebe?

Seit Charlie zur Armee gegangen ist, herrschte Unfrieden in der Familie. Carolyn ist gegen den Krieg und rebellierte unbewusst auch gegen Trip. Trip nannte sie eine Verräterin und sagte, Charlie würde sich für sie schämen. Sie hat ihr Studium aufgegeben, um sich mit ganzem Einsatz für die Antikriegsbewegung engagieren zu können. Sie hat keinen Job und lebt auf Kosten ihrer reichen Freundin Rachel Altman. Nie habe ich ein Mädchen kennengelernt, das so kaputt war wie Chel.

Die Offiziere waren bei uns, um das mit Charlie zu melden. Trip und Hildemara wollten Carolyn nicht sofort Bescheid geben, doch ich hatte sie schon angerufen. Sie legte auf, ohne ein Wort zu sagen, Rosi, und als ich es noch einmal probierte, hat sie nicht mehr abgenommen. Ich nahm an, dass sie sofort nach Hause kommen würde zu ihrer Familie. Charlie hat ihr unendlich viel bedeutet.

Aber sie kam nicht. Am nächsten Tag bin ich nach Berkeley gefahren, um sie nach Hause zu holen. Im Haus herrschte ein schreckliches Chaos, das Telefonkabel war aus der Wand gerissen, das Fernsehgerät und mehrere Fenster waren zertrümmert.

Ich kann Hildemara und Trip nicht erzählen, dass ich mit Carolyn gesprochen habe. Sie denken, dass es ihr gleichgültig ist und sie deswegen nicht nach Hause kommt. Aber ich weiß, dass das Kind am Boden zerstört ist und trauert. Ich weiß nicht, wo ich meine Enkelin suchen soll. Nachts liege ich wach im Bett und bete. Wenn ich schlafe, träume ich von Elise.

Gott weiß, wo Carolyn ist, und ich erflehe seine Gnade für uns alle. Etwas anderes kann ich nicht tun.

Kapitel 12

1970

Der Sommer der Liebe neigte sich dem Ende zu, als Carolyn nach Charlies Tod mit Chel nach Haight-Ashbury floh. Alles hatte sich verändert. Haschisch regierte noch immer, aber die härteren Drogen wurden immer beliebter. Der Guru Timothy Leary empfahl LSD als bewusstseinserweiternde Droge, doch nach einer schlimmen Erfahrung, nach der Carolyn noch wochenlang unter Halluzinationen litt, entschied sie sich für Alkohol und Haschisch als Drogen ihrer Wahl. Die Tage vergingen wie in einem Nebel. Sie trank Unmengen Wein und versuchte, ihre Trauer darin zu ertränken, den Zorn fortzuspülen und die Albträume zu vertreiben, in denen sie mit ihrem Bruder durch einen Dschungel rannte.

Chel kam nach wie vor für ihren Lebensunterhalt auf und hielt auch die vielen anderen aus, die in ihr Haus kamen und wieder verschwanden, darunter viele junge Männer. Chel litt wegen ihres häufigen LSD-Konsums unter starken Halluzinationen. Schluchzend flehte sie: „Ich brauche dich, Caro. Ich brauche dich *nüchtern.*" Carolyn versuchte es, aber mittlerweile war sie abhängig vom Alkohol. Sie gaben sich gegenseitig Halt, so gut es ging, doch von allen anderen wurden sie nur ausgenutzt.

Als die Halluzinationen endlich nachließen, gingen sie, angelockt durch den Sonnenschein, zum ersten Mal seit Wochen in den Golden Gate Park. „Du warst immer für mich da, wenn ich dich brauchte, Caro, auch wenn ich nicht wusste, was ich tat. Du hast mich quer durch das Land nach Woodstock gefahren, als ich dir nicht einmal meinen Namen, geschweige denn meine Adresse hätte nennen können. Wir konnten Charlie nicht retten, aber mich hast du ganz bestimmt gerettet. Und was habe ich für dich getan?"

„Du bist meine Freundin."

„Was für eine Freundin bin ich denn?“

„Du hast mir nach Charlies Tod geholfen.“

„Ich hätte dich in Berkeley lassen sollen. Deine Eltern hätten dich nach Hause geholt.“

„Nein, bestimmt nicht.“

„Dann Oma.“

Carolyn schüttelte den Kopf. „Hier gehöre ich hin.“

Sie suchten sich eine Parkbank und setzten sich. Chel barg den Kopf in ihren Händen. „Manchmal möchte ich am liebsten Schluss machen.“ Sie lachte freudlos. „Ich habe es satt, fertig und müde zu sein. Ich habe es satt, einen verlorenen Kampf zu kämpfen.“ Sie lehnte sich zurück, die Hände schlaff in ihren Schoß gelegt. „Manchmal habe ich richtig Angst vor mir selbst, Caro.“ Sie lächelte Carolyn traurig an. „Ich glaube nicht, dass wir gut füreinander sind.“

Diese Worte verletzten Carolyn, und sie konnte sie nicht ansehen. „Werde ich dich jetzt auch verlieren, Chel?“

„Ich liebe dich, Baby.“ In einer halbherzigen Geste hob Chel die Hand. „Siehst du die Familie da drüben? Mami packt das Picknick aus, während das liebe Töchterlein mit ihrer Puppe spielt und Papa mit Sonnyboy den Drachen steigen lässt. Das wäre doch ein Motiv für eine hübsche Karte, meinst du nicht?“ Ihre Stimme verklang. Langsam ließ sie den Atem entweichen. „Und was haben wir, Caro?“

„Unsere Freundschaft.“

Chel blickte sie an. Ihre Augen waren zur Abwechslung einmal klar. Doch schnell wandte sie den Blick wieder ab. Lange Zeit sprachen sie kein Wort. „Ich habe meinen Vater angerufen.“

Erstaunt starrte Carolyn sie an. „Wann?“

„Vor einer Woche. Wie es scheint, hat er meine Mutter im vergangenen Jahr verlassen und seine Sekretärin geheiratet. Im Augenblick ist er wohl gerade auf Hochzeitsreise in Madrid. Das hat mir die neue Sekretärin erzählt.“

„Und deine Mutter?“

„Sie lebt in Paris. Glaube ich. Wer weiß? Die neue Sekretärin hatte ihre Telefonnummer nicht, oder sie hatte Anweisung, sie mir nicht zu geben. Sie sagte, mein Vater hätte mich zu seiner Hochzeit einladen wollen, aber er hätte nicht gewusst, wie er mich erreichen sollte.“ Sie stieß ein bitteres Lachen aus. „Er hätte ja nur der Spur des Geldes zu folgen brauchen. Aber es war ihm einfach nicht wichtig genug.“

„Vielleicht dachte er, dass du nicht kommen wolltest.“

„Vielleicht. Aber ich hätte gern die Gelegenheit gehabt, ihm persönlich eine Abfuhr zu erteilen.“ Sie blickte Carolyn an; ihre Augen waren dunkel vor Schmerz. „Stell dir das mal vor. Ich sagte dieser Sekretärin, ich müsste mit meinem Vater reden. Sie fragte mich, ob es sich um einen Notfall handele, und ich erwiderte, es sei ein Notfall. Darauf erwiderte sie: ‚Geben Sie mir Ihre Nummer; ich teile Mr Altman mit, dass Sie angerufen haben.‘ Bisher habe ich noch nichts von ihm gehört.“

„Vielleicht hat sie es vergessen.“

„Sie hat es nicht vergessen. Sie rief zurück und fragte mich, wie viel Geld ich brauche.“ Sie bedachte ihren Vater mit einem Schwall von Schimpfworten. Tränen liefen ihr über die Wangen. „Wenn ich im Krankenhaus läge und an einer Überdosis sterben würde, würde er seiner Sekretärin Anweisung geben, dafür zu sorgen, dass ich ein Privatzimmer und eine Privatpflegerin und einen Blumenstrauß bekomme.“ Sie zog eine verknitterte Visitenkarte aus der Tasche ihrer Jeans. „Nimm sie bitte.“

„Warum?“

„Falls mir etwas zustößt, kannst du meinem Vater Bescheid geben.“

Tief erschrocken schüttelte Carolyn den Kopf. „Dir wird nichts zustoßen, Chel.“

„Nicht, dass ich was geplant hätte, aber man weiß doch nie, wann seine Zeit kommt. Ich könnte in diesem See schwimmen gehen und ertrinken. Oder zum Meer fahren und mit Bleigewichten an den Knöcheln hineinwaten.“

„Ich mag es nicht, wenn du so verrückt daherredest.“

„Tu ich das nicht immer?“ Chel lachte auf. Sie schien jetzt wieder die Alte zu sein. Sie nahm Carolyns Gesicht in die Hände. „Ich liebe dich. Du bist besser zu mir gewesen als jede Schwester, die ich hätte haben können.“ Sie ließ die Hand sinken. „Was auch immer passiert, es ist nicht deine Schuld.“ Mit festem Griff umklammerte sie Carolyns Hand. „Denk daran. Es ist *nicht deine Schuld.*“

Voller Sorge behielt Carolyn sie in den kommenden Tagen im Auge. Chel rauchte Hasch und trank Alkohol, aber nicht übermäßig. Sie tanzte und bewegte sich im Rhythmus der Musik wie damals, als sie zum ersten Mal nach Haight-Ashbury gekommen waren. Ash, der selbst ernannte Vorsteher ihrer kleinen Kommune, behielt Chel ebenfalls im Auge, und ganz besonders, nachdem sie während des Vortrags seiner Gedichte die Musik lauter machte. Auf seine Bitte, die Lautstärke zu dämpfen, drehte sie noch mehr auf und tanzte vor ihm.

Carolyn war beruhigt und hoffte, dass alles wieder gut werden würde. Chels depressive Stimmung schien verflogen. Sie war wieder genauso wild und rebellisch wie in Berkeley. Eines Morgens machte Carolyn einen Spaziergang im Park. Sie brauchte dringend frische Luft. Zwei Stunden saß sie auf einer Parkbank im Sonnenschein, sah den Kindern beim Spielen zu und dachte an Oma, Mama und Papa. Einsamkeit machte sich in ihr breit. Um nicht zu weinen, drückte sie ihre Handballen gegen die Augen. Gedanken an Charlie ließ sie gar nicht erst zu.

Als sie zurückkam, fand sie Chels Tür im ersten Stock verschlossen vor. Carolyn legte ihr Ohr an die Tür, doch sie hörte nichts. Leise klopfte sie an. „Chel?“ Sie öffnete die Tür.

Chel lag auf ihrer Matratze. Ihr Gesicht wirkte so entspannt und heiter, dass Carolyn dachte, sie würde schlafen. Doch dann entdeckte sie das Gummiband, das wie eine Schlange gewunden auf dem Boden lag, und daneben eine benutzte Spritze. „Chel!“ Sie kniete sich auf die Matratze und umarmte ihre Freundin. „*Chel!*“ Sie schüttelte sie. Chel war schlaff, schwer. Ihren Namen schluchzend, ließ Carolyn sie los und schrie um Hilfe.

Stimmen. Schritte im Flur. „Alle Mann raus!“, befahl Ash. Die Tür wurde zugeworfen. Carolyn hörte, wie abgeschlossen wurde. Hysterisch schluchzend klammerte sie sich an Ash, bis der ihr eine Ohrfeige verpasste. „Wirst du jetzt still sein?“ Er legte seine Finger an Chels Hals und suchte nach einem Puls. Als er seine Hand fortnahm, wirkte er zornig, nicht traurig. „Diese dumme Schlampe“, fluchte er leise.

„Dir ist es doch egal, dass sie –“

„Du solltest doch auf sie aufpassen!“ Er gab ihr noch eine Ohrfeige. Sie schmeckte Blut im Mund. Grob stieß er sie zurück und drehte sich zum Fenster.

Carolyn rannte zur Tür, aber Stoner stand davor und versperrte ihr den Weg. „Was ist denn los, Baby?“

„Chel ist tot.“

„So ein Mist. Wer zahlt denn jetzt die Miete?“

Entgeistert starrte sie ihn an.

Ash trat hinter sie und hielt sie fest. „Alles wird gut werden.“ Als sie sich von ihm lösen wollte, wurde sein Griff fester. „Wir rufen einen Rettungswagen. Die werden sie ins Krankenhaus bringen. Wie hieß sie noch mal, Stoner?“

„Chel.“

Als Carolyn den Mund aufmachen wollte, gruben sich Ashs Finger in ihr Fleisch. „Chel.“ Ash sprach mit leiser Stimme. „Mehr wissen wir nicht. Sie hieß Chel.“

Stoner zuckte die Achseln. „Ja, Mann. Mehr weiß ich nicht.“

Ash legte den Arm um Carolyn, zog sie ins Zimmer zurück und knallte Stoner die Tür vor der Nase zu. Er stieß sie zu dem Bett, auf dem Chel lag. „Du wirst tun, was ich dir sage, Caro. Verstanden? Es ist deine Schuld, dass sie eine Überdosis genommen hat. Du hast behauptet, sie sei deine Freundin. Wo warst du? Du hättest sie nicht aus den Augen lassen dürfen. Ich habe dir gesagt, du sollst aufpassen!“ Er umklammerte ihr Gesicht. „Aber das hast du nicht getan, nicht? Du hast dein eigenes Ding gemacht und bist zu einem kleinen Spaziergang im Park verschwunden. Du hast Blumen in deine Haare gewunden.“ Er riss sie heraus und warf sie auf den Boden. „Und jetzt ist *sie* tot, weil *du* nicht auf sie aufgepasst hast." Er ließ sie los und trat zurück.

Sie hatte tatsächlich einmal geglaubt, diesen Mann zu lieben. Aber er hatte sie längst fallen gelassen und sich einem anderen Mädchen zugewandt.

Plötzlich versöhnlich half Ash Carolyn auf die Beine. Er streichelte ihre Wange. „Es ist halt, wie es ist." Mit leiser Stimme versuchte er sie zu trösten, sie seiner Liebe zu versichern. „Du brauchst dir keine Sorgen zu machen. Ich sorge für dich."

Als er sie küsste, empfand sie nichts als Widerwillen. Er löste sich von ihr, und seine dunklen Augen suchten ihren Blick. „Ich rufe jetzt den Rettungswagen. Komm mit mir nach unten. Sei an meiner Seite." Er öffnete die Tür. Stoner und mehrere andere warteten davor. „Wir zünden Kerzen an für unsere Schwester. Und wir werden ein Gebet für sie sprechen." Er streichelte Carolyns Arme, als wollte er versuchen, den Schmerz zu lindern.

Innerhalb von wenigen Minuten traf der Rettungswagen ein. Zwei Männer sprangen aus dem Wagen und stiegen mit einer Bahre die Treppen hoch. Als sie mit Chels Leichnam in einem schwarzen Sack aus dem Zimmer kamen, hörte sie die Sanitäter miteinander reden. „Chel. Mehr wissen sie nicht."

Einer schloss den Rettungswagen auf und öffnete die hintere Tür. „Zu schade. Hübsches Ding."

Carolyn trat an den Wagen heran.

„Machen Sie bitte Platz, Miss."

„Sie heißt Rachel Altman, geboren in New York City, und sie hat an der UC in Berkeley studiert. Dort bekommen Sie sicher weitere Informationen."

Voller Mitgefühl blickte der Sanitäter sie an. „Eine Freundin von Ihnen?"

„Meine beste Freundin."

„Wir kümmern uns um sie."

„Dann wären Sie die Ersten."

Mit gerunzelter Stirn blickte er sie an. „Geht es Ihnen gut?"

Carolyn ging davon, ohne zurückzublicken.

Es dauerte nicht lange, bis sie sich das Geld für ein Ferngespräch zusammengebettelt hatte. Carolyn betrat eine Telefonzelle und wählte die Nummer auf der Visitenkarte, die Chel ihr gegeben hatte. Sie fragte nach Mr Altman.

„Wen darf ich melden?"

„Ich bin Carolyn Arundel. Seine Tochter Rachel war meine beste Freundin. Sie ist heute gestorben. Das können Sie ihm ausrichten, oder Sie können mich mit ihm verbinden."

Kurze Zeit später meldete sich ein Mann. „Meine Sekretärin sagt, Sie hätten Neuigkeiten von meiner Tochter." Er klang verärgert. Vielleicht hatte sie ihn in einer geschäftlichen Besprechung gestört. „Machen Sie es kurz. Worum geht es dieses Mal?"

„Sie ist heute Morgen an einer Überdosis Heroin gestorben."

Stille. Dann unterdrückter Zorn. „Sehen Sie, ich bin mitten in einer wichtigen geschäftlichen Besprechung. Was für ein krankes Spiel spielt sie dieses Mal?"

„Sie wurde vor ein paar Minuten abgeholt." Carolyn nannte ihm die Adresse des Leichenschauhauses. „Ich habe den Sanitätern ihren vollen Namen genannt und gesagt, dass sie ihre Daten bei der Universität erfragen können. Aber Chel hat mich gebeten, Ihnen Bescheid zu geben, falls ihr irgendetwas zustoßen sollte. Das habe ich hiermit getan." Mit diesen Worten legte sie auf.

Sie verließ die Telefonzelle, wusste aber nicht, wo sie hingehen sollte. Im Park hatte es ihr immer gefallen – die Sonne, die Blumen. Doch sie kam nicht weit. Vor einem heruntergekommenen Reihenhaus hockte sie sich auf den Boden und begann zu schluchzen. Noch immer hatte sie Chels Stimme im Kopf: *„Es ist nicht deine Schuld, Caro. Denk daran. Es ist nicht deine Schuld."*

Carolyn hätte es so gern geglaubt.

Liebe Rosi,
Trip hat die Suche nach Carolyn jetzt aufgegeben. Mehrere Male ist er nach Berkeley gefahren, und er war bei der Polizei, doch dort wurde ihm gesagt, vielen anderen Eltern ginge es wie ihm. Auch ihre Kinder seien „ausgestiegen" und verschwunden. Viele sind in Haight-Ashbury in San Francisco untergetaucht. Trip nahm sich ein paar Tage frei, um dort nach Carolyn zu suchen. Er hat auch ihre Nachbarn und Studienkollegen gefragt, aber viele dieser jungen „Blumenkinder" empfinden eine Abneigung gegen Autoritäten, und Trip ist nun mal Polizist. Darum bin ich überzeugt, selbst wenn einer von ihnen wüsste, wo sie sich aufhält, würde er es keinem Mitglied des „Establishments" verraten, das sie so verachten.

Ich bin traurig, weil auch Hildemara Carolyn aufgegeben zu haben scheint. Sie spricht nicht von ihr, und sie kann es nicht ertragen, wenn ich es tue. Ich lade sie zum Tee ein – sie lehnt ab. Wenn sie von der Arbeit nach Hause kommt, bleibt sie im Haus, während Trip irgendetwas baut. Sonntags gehen sie zur Kirche, in der sie die zweifelhafte Ehre genießen, die einzigen Eltern in Paxtown zu sein, die einen Sohn im Krieg verloren haben.

Niemand spricht von Carolyn. Sie ist für alle töter, als Charlie es je sein könnte.

Kapitel 13

Die Zeit verging wie in einem Nebel des Elends. Da sie keinen Ort hatte, wo sie hingehen konnte, wanderte Carolyn durch den Golden Gate Park. Sie lungerte in der Nähe der Museen herum, da sie dort am ehesten etwas zu essen fand. Manche Leute schenkten ihr mitleidige Blicke. Andere starrten sie angewidert an und lenkten ihre Kinder von ihr weg. Die meisten taten so, als wäre sie gar nicht da. Die Sehnsucht nach einem Drink war übermächtig, aber sie hatte kein Geld. Wenn die Übelkeit sie überfiel und sie zu zittern begann, verkroch sie sich im Gebüsch und wünschte, sie würde sterben.

In den öffentlichen Toiletten wusch sie sich notdürftig. Zum Schlafen suchte sie sich geschützte Stellen. Ihre Lederjacke mit den Fransen schützte ihren Oberkörper vor dem Tau, doch ihr Rock war nach einer Nacht im Gras immer nass.

Gelegentlich fuhr ein Polizeiwagen vorbei. Dann verhielt sie sich ganz still; die Arme um ihre Knie gelegt, machte sie sich so klein wie möglich, wie ein Tier, das sich zwischen Rhododendron und Azaleen versteckt. Die Blumenbeete erinnerten sie an Omas Cottage.

Während der Woche fuhren jeden Morgen Schulbusse vor. Ganze Schulklassen verteilten sich bei ihren Ausflügen im Park. Einmal, als die Kinder ihr mitgebrachtes Mittagessen auspackten, schlich Carolyn näher, um zu betteln, aber eine Lehrerin sagte, sie solle die Kinder in Ruhe lassen. Also setzte sie sich mit dem Rücken an einen Baumstamm und sah zu, wie die Kinder lachten, aßen und schließlich ihre Reste wegwarfen.

Da sie zu hungrig war, um Stolz zu empfinden, wühlte Carolyn in den Abfalleimern und holte sich die Reste. Bevor ein Parkwächter sie fortscheuchen konnte, fand sie ein halb aufgegessenes Salamisandwich, eine braune Banane und eine Tüte mit Rosinen.

Ein Monat ging in den nächsten über. Sie lebte von der Hand

in den Mund. Ihr Magen war zwar die meiste Zeit leer, aber der Rest von ihr quoll über vor Scham. Sie trauerte um Chel. Schlimmer noch, die Trauer über Charlies Tod war zurückgekehrt. Als er sie schließlich in ihren Träumen verfolgte, versuchte sie, möglichst wenig zu schlafen.

Eines Abends lief Carolyn hinunter zum Strand. Während sie auf dem kalten Sand saß, wanderten ihre Gedanken zu Chel. Und auch zu Charlie. Er war jetzt immer präsent. Sie versuchte gar nicht mehr, diese Gedanken zu verdrängen. Die Sonne versank im Westen. Das Licht auf dem Wasser schmerzte in ihren Augen. Ihr Magen verknotete sich vor Hunger. Die Brandung rauschte, die Wellen klatschten auf den Strand, während die Möwen kreischend über dem Wasser kreisten. Zwei landeten ganz in ihrer Nähe und hüpften auf sie zu, doch als sie ihnen nichts anzubieten hatte, flogen sie wieder davon. Der Himmel verwandelte sich in ein wunderschönes Panorama aus Rot und Orange mit rosa Streifen.

Carolyn schloss die Augen und stellte sich vor, wie es wohl wäre, in die Brandung zu waten, so weit hinaus, dass es kein Zurück mehr gab. Sie könnte ihre Arme ausbreiten und schwerelos in der Strömung treiben, bis das warme Wasser über ihrem Kopf zusammenschlug. Sie stellte sich vor, im blauen Wasser zu versinken, Fische schwammen um sie herum, Seetang schloss sie in seine Arme.

Sand wurde ihr ins Gesicht geweht, die aufgewühlten Wellen klangen zornig, nicht mehr einladend. Das Meer war näher gekommen. Der Nebel wurde kalt. Sie stand auf und trat vor. Die Gischt schwappte ihr über die Füße. In ihren Träumen war es warm gewesen, aber dieses Wasser war eiskalt.

Nachdem der Mut sie verlassen hatte, drehte sie sich um und entdeckte einen Mann in einer Militärjacke, der auf der Ufermauer saß. Er hatte ihr das Gesicht zugewendet. Ihr Herzschlag beschleunigte sich. Charlie? Nein. Das konnte nicht sein. Charlie war tot. Wie lange saß der Mann schon dort? Er schwang sein Bein über die Mauer. In einer fließenden Bewegung warf er sich eine Reisetasche und einen Gitarrenkasten über die Schulter und setzte sich in Richtung Golden Gate Park in Bewegung.

Die Nacht brach an, und am Strand wurde es kühl. Carolyn folgte dem Mann. Die öffentlichen Toiletten waren mittlerweile geschlossen. Sie erleichterte sich im Gebüsch und wusch ihre Hände an einer Trinkfontäne. Gitarrenmusik drang zu ihr herüber, als die Sterne am Himmel sichtbar wurden. Carolyn näherte sich der Musik. Eine schwarze Plastikplane lag ausgebreitet auf dem Boden, darauf ein Schlafsack. Der Mann saß auf einem Baumstumpf und spielte mit gesenktem Kopf Gitarre. Hungrig, frierend und verzweifelt schluckte Carolyn ihre Angst hinunter und ging auf ihn zu.

Er hob den Kopf und lächelte sie an. „Ich hatte gehofft, du würdest mir nachkommen."

„Mir gefällt deine Musik."

„Danke." Sein Lächeln war freundlich. Er war jung, etwa in Charlies Alter.

„Hast du was zu essen?"

„Nicht viel, aber ich teile es mit dir." Er stand auf, wühlte in seiner Tasche und holte einen Schokoriegel hervor. Um ihn zu nehmen, musste sie näher treten. „Ist schon okay. Ich tue dir nichts." Obwohl sein Gesicht noch jung war, wirkten seine Augen alt. Eine tiefe Traurigkeit lag darin.

„Danke." Sie riss den Riegel auf und aß ihn zur Hälfte, den Rest bot sie ihm an.

„Iss nur. Du kannst auch an mein Feuer kommen, wenn du willst." Er legte den Kopf zur Seite und betrachtete sie. „Du wirkst so verloren."

„Bist du Kriegsveteran?"

„Ja." Er spielte weiter auf der Gitarre, eine melancholische, ungewöhnliche Melodie. „Ich habe mich noch nicht so ganz an das Zivilistendasein gewöhnt."

Sie dachte an Charlie und konnte ihre Tränen nicht mehr zurückhalten. „Mein Bruder ist in Vietnam gestorben."

Er hörte auf zu spielen und legte die Gitarre weg. „Erzähl mir von ihm."

Das tat sie. Aller Schmerz floss mit ihren Worten aus ihr heraus, und sie fragte sich, warum es ihr so natürlich vorkam, mit einem Fremden über das alles zu reden. Irgendetwas geschah in ihr, ein Funke, ein winziger Hoffnungsschimmer flackerte auf.

Er erzählte ihr von seinen Freunden, die er verloren hatte. Als er ihr anbot, zu ihm in seinen Schlafsack zu kriechen, dankte sie ihm und tat es. Sie fragte nicht nach seinem Namen und nannte ihm nicht ihren. Der Boden unter ihr war nicht mehr so hart. Als er den Schlafsack zuzog, seufzte sie. Er küsste sie; sie küsste ihn auch. Er war freundlich und sanft. Hinterher ließ er sie nicht los, sondern hielt sie zärtlich in seinen Armen. Er weinte, und sie weinte mit ihm.

In der Nacht wachte sie auf, gab ihm einen Kuss auf die Stirn und ging davon, um ihre Blase zu entleeren. Sie glaubte, den Weg zurück finden zu können, aber sie verlief sich. Erschöpft, verängstigt und weinend legte sie sich schließlich ins Gras. Sie musste wohl wieder eingeschlafen sein, denn sie erwachte, als jemand sie berührte. Ein Mann flüsterte ihren Namen. *Oh*, dachte sie, und Erleichterung machte sich in ihr breit, *er hat mich gefunden.* Zärtlich streichelte er ihr Haar. Sie rührte sich nicht, wollte nicht, dass er aufhörte. Kleine weiße Blumen blühten wie Sterne zwischen den grünen Grashalmen. Sie fühlte sich geborgen.

„Ich habe mich verlaufen."

„Ich weiß."

„Ich konnte dich nicht mehr finden." Sie richtete sich auf. Hinter ihm ging die Sonne auf. Prächtige Farben hüllten ihn ein. Carolyn hob die Hand an die Augen.

„Ich habe dich gefunden."

Ein Prickeln erfasste ihren ganzen Körper. Es war nicht der junge Kriegsveteran, der sie gefunden hatte. Im Gegenlicht konnte sie sein Gesicht nicht sehen, aber sie kannte seine Stimme, obwohl sie sie nie zuvor gehört hatte. Ihr Herz klopfte zum Zerspringen. Dann war er verschwunden.

Carolyn saß im Morgensonnenschein im Gras und klammerte sich an diesen einen Augenblick, in dem sie sich geliebt und geborgen gefühlt hatte, und zum ersten Mal im Leben wusste sie ganz genau, was sie tun musste.

Sie ging in eine der öffentlichen Toiletten, um sich zu waschen. Jemand hatte den Spiegel zerbrochen. Sie starrte ihr Spiegelbild an, wie ein Gemälde von Picasso, zerhackt und in ungewöhnlichen Winkeln wieder zusammengesetzt. Mit den Fingern fuhr sie durch ihre langen, verfilzten Haare, um sie ein wenig zu ordnen. Wie sollte das gehen, nachdem sie seit Wochen in denselben Kleidern herumlief, auf der blanken Erde schlief und die Abfalleimer nach Essen durchwühlte? Schließlich gab sie auf und ging wieder nach draußen. Nach einer Weile setzte sie sich auf ein Stück grünen Rasen, das sich bis zu einem kleinen Teich erstreckte.

Jesus war zu ihr gekommen und hatte ihr gesagt, was sie tun sollte. Sie glaubte nur nicht, dass sie den Mut dazu aufbrachte.

Eine junge Mutter kam mit einer Decke und einem großen Picknickkorb den Abhang herunter. Ein kleiner Junge und ein Mädchen rannten vor ihr her, jedes Kind trug ebenfalls einen kleinen Plastikkorb. Brotkrumen für die Enten. Eine Ente kam schnell auf sie zugeschwommen, acht kleine flaumige Küken folgten ihr.

„Geh nicht so nah ans Wasser, Charlie!“

Charlie. Ein scharfer Schmerz durchzuckte Carolyn. Ihr Herz begann zu pochen, als wäre es gerade wieder zum Leben erwacht. Der kleine Junge schien älter zu sein als seine Schwester. Er nahm sie an der Hand und zog sie vom Ufer weg. Beschützend.

Carolyn wäre am liebsten aufgestanden und näher herangegangen, aber sie wollte die Mutter nicht erschrecken. Sie sah fürchterlich aus, das wusste sie, eine Alkoholikerin, die nach einem Drink lechzte, eine Schlampe, die mit Fremden schlief, um sich zu wärmen, eine Obdachlose, die Abfalleimer nach Essen durchwühlte und im Gebüsch schlief. Was für eine Mutter, die bei Verstand war, würde jemanden wie Carolyn in der Nähe ihrer Kinder dulden?

Die junge Frau breitete ihre Decke aus und ließ sich nur wenige Meter von ihr entfernt nieder. Sie lächelte Carolyn an. „Ein wunderschöner Morgen, nicht?"

Es kostete Carolyn große Mühe zu antworten. „Ja." Einfach perfekt. Sie beobachtete den kleinen Jungen. „Mein Bruder hieß auch Charlie." Sie wandte ihr Gesicht ab, damit die Frau die Tränen nicht sah, die unvermittelt in ihre Augen getreten waren. Sie wischte sie fort.

„Hieß? Ist ihm etwas zugestoßen?"

„Er starb in Vietnam."

„Wann?"

„Während der Tet-Offensive." Januar 1968. Waren wirklich schon mehr als zwei Jahre vergangen?

Die Frau schwieg lange; die Hände in den Schoß gelegt beobachtete sie ihre Kinder.

Carolyn wusste, sie sollte eigentlich gehen, aber die Normalität dieser Szene faszinierte sie. Der kleine Junge und das Mädchen kamen angerannt. „Mami! Wir brauchen noch mehr Brot! Die Enten haben noch Hunger!"

Lachend öffnete die Frau eine Packung Toastbrot und reichte jedem von ihnen eine Scheibe. „Kleine Stücke, und geht nicht zu dicht ran. Sonst erschreckt ihr sie."

Carolyn erinnerte sich daran, wie Oma ihr immer erlaubt hatte, auf der Rückfahrt vom Supermarkt das Toastbrot aufzureißen und eine Scheibe zu essen. Ihr Magen krampfte sich vor Hunger zusammen, und das Wasser lief ihr im Mund zusammen. Die Kinder rannten den Abhang hinunter und warfen den

Enten das Brot hin. Carolyn legte den Kopf auf ihre angezogenen Knie und schluckte die Verzweiflung hinunter.

„Möchten Sie ein Sandwich?“ Die Dame hielt ihr eines hin. „Wir haben mehr als genug.“

Zu hungrig, um stolz zu sein, stand Carolyn auf und holte es sich. „Danke.“ Sie wollte sich wieder entfernen.

„Setzen Sie sich doch zu uns und machen Sie bei unserem Picknick mit“, lud die Dame sie ein. Sie packte ihren Korb aus und breitete Sandwiches, einen Plastikbehälter mit Kartoffelsalat, eine Tüte Chips, eine Packung Schokoladenkekse und kleine Milchpäckchen auf der Decke aus.

Carolyn setzte sich neben der Decke ins Gras und versuchte, nicht auf das Essen zu starren, als sie in ihr Sandwich mit Erdnussbutter und Marmelade biss.

„Setzen Sie sich doch auf die Decke.“ Die Dame lächelte sie erneut an. „Das ist schon in Ordnung. Das Gras ist noch ziemlich feucht, nicht?“

„Ich möchte Ihre Decke nicht schmutzig machen.“

Der Blick in den braunen Augen der Dame wurde weicher. „Kommen Sie, setzen Sie sich bitte. Leben Sie in der Nähe?“

Carolyn bemerkte das goldene Kreuz, das sie um den Hals trug. „Ich lebe schon seit einer Weile im Park.“

Sie starrte sie entsetzt an. „Warum?“

„Ich wollte nicht zu dem Ort zurückkehren, wo ich früher mal gelebt habe.“

„Und Sie können nirgendwo sonst hingehen?“

Carolyn zuckte die Achseln und schüttelte den Kopf. „Vor langer Zeit habe ich alle Brücken hinter mir abgebrochen.“ Sie leckte sich die Marmelade von den Fingern. Das Sandwich hatte sie nur halb aufgegessen. „Könnte ich bitte das Zellophan haben?“

„Haben Sie denn keinen Hunger mehr?“

„Ich hebe es mir auf. Für später.“

Die Augen der Frau schimmerten feucht. „Essen Sie es ruhig ganz auf. Ich gebe Ihnen noch welche für später, wenn Sie möchten." Sie griff in den Korb. „Ich habe mich schon gewundert, warum ich heute Morgen den Drang verspürte, mehr Sandwiches zu machen als sonst." Als sie aufblickte, traten Tränen in ihre Augen. „Bitte weinen Sie nicht, sonst fange ich auch an."

„Normalerweise sagen mir die Leute, ich solle verschwinden." Als wäre sie nicht bereits unsichtbar.

„Darf ich Sie nach Ihrem Namen fragen?"

„Caro." Nur ein Stück Information, aber das genügte.

„Ich bin Mary." Sie streckte die Hand aus. Carolyn musste näher rücken, um sie zu ergreifen. „Es ist schön, Sie kennenzulernen, Caro." Sie reichte ihr ein Milchpäckchen, dann nahm sie einen Papierteller und eine Gabel aus dem Korb, häufte Kartoffelsalat auf den Teller und reichte ihn Carolyn. „Erzählen Sie mir von sich."

Die Furcht schwand, und die Einsamkeit siegte. Carolyn erzählte Mary, dass sie eine Familie hatte, aber die würde sie bestimmt nicht mehr wollen. Sie erzählte ihr vom College, von Chel, den Protestversammlungen, dem verzweifelten Wunsch, die Welt zu verändern, bevor es zu spät war, und dann von Omas Anruf, dass es bereits zu spät war. Sie erzählte ihr von ihrem Leben in Haight-Ashbury, dem Trinken und den Drogen.

„Ein paar Monate später ist Chel an einer Überdosis gestorben." Carolyn barg ihr Gesicht in den Händen und weinte. „Entschuldigen Sie. Ich weiß gar nicht, warum ich Ihnen das alles erzählt habe."

„Ich habe gefragt, Caro. Weil es mich interessiert."

Die Kinder kamen wieder angerannt. Das Mädchen trat zu Carolyn. „Hallo."

Carolyn spürte, wie sie errötete. „Hallo."

„Wer bist du?", wollte der Junge wissen.

„Sei nicht so unhöflich, Charlie. Caro, das ist Sadie." Liebevoll strich sie über die dunklen Locken des kleinen Mädchens. „Und das ist Charlie, unser Mann im Haus." Lächelnd zwickte sie ihn in die Nase. „Caro ist unser Gast."

Das kleine Mädchen musterte sie neugierig. „Hast du darum so viele Sandwiches gemacht, Mama?"

Mary lachte. „Vermutlich." Sie klopfte auf die Decke, und die Kinder ließen sich darauf nieder. Bevor sie ihnen ihre Sandwiches reichte, sprach Mary ein Gebet.

Charlie beugte sich zu seiner Mutter und flüsterte laut: „Warum weint Caro?"

„Weil es ihr gerade nicht so gut geht."

„Du hast auch viel geweint. Ich höre dich immer noch manchmal."

„Weinen kann sehr gut tun." Sie gab ihm einen Kuss. „Iss, Schatz."

Mit ihren Brotkanten rannten die Kinder nach dem Essen wieder hinunter zum See, um sie an die Enten zu verfüttern. Sadie pflückte Gänseblümchen, während Charlie auf Froschjagd ging.

„Sie sollten nach Hause fahren, Caro."

Carolyn zog erneut die Knie an die Brust. „Ich glaube nicht, dass ich willkommen wäre."

„Ihre Eltern wollen Sie bestimmt zurückhaben. Und natürlich Ihre Großmutter."

„Ich glaube nicht."

„Glauben Sie mir, sie wollen, dass Sie leben und in Sicherheit sind, vor allem …" Sie wandte das Gesicht ab und beobachtete ihre Kinder. „An jenem Tag haben Ihre Eltern nicht nur ihren Sohn verloren, Caro. Sie haben auch Sie verloren. Ich mag mir gar nicht vorstellen, wie ich mich fühlen würde, wenn ich eins meiner Kinder verlieren würde, geschweige denn beide."

„Sie werden mir niemals vergeben."

Mary schaute sie an. „Ich bin eine Mutter, und ich kann Ihnen sagen, ganz egal, was eines meiner Kinder getan hat, ich würde immer wollen, dass es nach Hause kommt. Ich würde ihm entgegenlaufen, es in die Arme nehmen und küssen, bis es um Erbarmen fleht!" Sie lachte leise. „Lassen Sie Ihre Eltern nicht in der Unsicherheit, ob Sie noch leben oder tot sind. Das ist die schlimmste Folter."

Carolyn hatte unzählige Ausreden, nicht nach Hause zu fahren. Sie hatte keine Möglichkeit, dorthin zu kommen. Sie müsste sich das Geld für die Busfahrt erbetteln. Bis sie genügend zusammen hätte, wäre sie verhungert. Aber eigentlich hatte sie nur Angst. Was würden Mama und Papa sagen? Und Oma? Sie würden sich wünschen, sie wäre tot, wenn sie auch nur die Hälfte von dem wüssten, was sie getan hatte.

Mary räumte ihre Behälter zusammen und verstaute sie in ihrem Korb. Plötzlich schien sie es sehr eilig zu haben. Sie schüttelte die Decke aus und faltete sie zusammen, dann rief sie Charlie und Sadie herbei. Nur widerstrebend kamen sie angetrottet. „Müssen wir schon nach Hause?“

„Wir gehen nicht nach Hause. Wir bringen Caro zum Busbahnhof und kaufen ihr eine Fahrkarte, damit zu ihrer Familie fahren kann.“

Carolyn starrte sie an. Mary legte die Decke über den Korb und nahm ihn in eine Hand. Lächelnd streckte sie die andere Carolyn entgegen und half ihr hoch. Die Kinder rannten vor zu ihrem Wagen, der auf der Straße parkte.

„Warum helfen Sie mir? Warum all diese Mühe für eine völlig Fremde?“

„Mein Mann ist seit Tet vermisst. Ich weiß nicht, ob er noch am Leben ist oder tot. Vielleicht bekomme ich nie Gewissheit.“ Mit Tränen in den Augen lächelte sie Carolyn an. „Ich kann den Gedanken nicht ertragen, dass andere Menschen erleben, was ich Tag für Tag ertragen muss. Verstehen Sie denn nicht, Caro? Sie waren auch verschollen. Sie waren eine Kriegsgefangene. In Ihrem Fall ist es nur eine andere Art Krieg.“

„Aber ein ehrloser Krieg. Das ist nicht dasselbe.“

„Ach, Caro. Wie könnte eine Mutter oder ein Vater nicht wollen, dass sein Kind von den Toten wieder aufersteht?“ Sie packte Carolyns Hand und drückte sie. „Ich bete, dass Ihre Eltern Ausschau halten nach Ihnen, dass sie Ihnen entgegenlaufen, wenn Sie sie kommen sehen. Wenn sie das nicht tun, rufen Sie mich an. Dann komme ich und hole Sie ab.“

Als ihr Bus aufgerufen wurde, erhob sich Carolyn. Mary und die Kinder begleiteten sie. Carolyns Herz klopfte zum Zerspringen. Ihre Hände schwitzten. „Sie brauchen nicht zu bleiben."

„Ich gehe nicht eher, als bis Sie sicher in diesem Bus sitzen und er losgefahren ist." Sie schrieb ihre Telefonnummer auf einen Zettel und reichte ihn Carolyn.

Nachdem Carolyn einen Platz gefunden hatte, sah sie Mary, Charlie und Sadie, die draußen vor dem Bus standen und ihr zuwinkten. Sie winkte zurück.

Kapitel 14

Als Carolyn in Paxtown aus dem Bus stieg, ging sie zunächst in die öffentliche Toilette, um ihr Gesicht, die Arme und Hände zu waschen. Mit zitternden Fingern fuhr sie sich durch die verfilzten Haare und warf sie über die Schultern zurück. Sie hatte nicht einmal ein Gummiband, um sie zu einem Pferdeschwanz zusammenzubinden. In der Hoffnung, dass niemand sie erkannte, eilte Carolyn aus dem Busbahnhof und machte sich mit gesenktem Kopf auf den Heimweg. Sie spürte die Blicke der Leute auf sich. Am liebsten wäre sie davongerannt, aber dadurch hätte sie noch mehr ungewollte Aufmerksamkeit auf sich gezogen.

Zur Happy Valley Road waren es zwei Meilen. Erschöpft und verschwitzt kam sie bei Omas Cottage an. Mama und Papa waren noch nicht von der Arbeit zu Hause. In Omas Carport stand ein Wagen, den sie nicht kannte, aber niemand öffnete, als Carolyn klopfte.

Carolyn fand, dass sie das Recht verwirkt hatte, ohne Aufforderung das Haus zu betreten. Sie ging zum Haupthaus und hob den Blumentopf an. Sie bewahrten noch immer einen Schlüssel darunter auf.

Sie überlegte, ob sie hineingehen, eine lange Dusche nehmen, ihre Haare waschen und sich etwas zu essen nehmen sollte. Aber durfte sie ihr Haus überhaupt noch betreten? Sie stellte den Blumentopf wieder auf den Schlüssel und setzte sich neben die Haustür. Sie war so müde. Wenn ihre Familie sie nicht wollte, wohin sollte sie dann gehen?

Als ein Wagen die gekieste Einfahrt hochkam, fuhr sie abrupt aus dem Schlaf hoch. Die Hecke war so hoch geworden; sie konnte nicht erkennen, ob es Mama war oder Papa. Schritte knirschten über die Steine, sanfte Schritte. Mama. Carolyn erhob sich langsam und mit pochendem Herzen.

Ihre Mutter bog um die Ecke. Sie war ihr noch so vertraut in ihrer weißen Tracht und der Haube. Verblüfft blieb Mama stehen. Sie starrte Carolyn an, dann wurden ihre Augen weit. „Carolyn!“

Bevor Carolyn einen Ton herausbrachte, ließ Mama ihre Tasche fallen und stürzte auf sie zu. Carolyn zuckte zusammen, erwartete einen Schlag, doch stattdessen riss Mama sie in ihre Arme. Mit einem unterdrückten Schluchzen ließ ihre Mutter sie wieder los und trat zurück. „Ich habe dich zuerst gar nicht erkannt. Du bist so … anders.“

Anders war nicht das richtige Wort.

„Wann bist du nach Hause gekommen? Wie bist du hergekommen? Wo hast du gesteckt? Was ist passiert? Wir haben-“ Sie brach abrupt ab und ihr Blick wanderte über Carolyns Erscheinung. Sie hob die Hände. „Lass gut sein.“ Verwirrt runzelte sie die Stirn. „Warum bist du denn nicht ins Haus gegangen? Der Schlüssel …“

Carolyn wusste nicht, was sie sagen sollte.

„Ist schon gut.“ Mama schloss die Tür auf und öffnete sie. „Komm herein.“ In diesem Augenblick fiel ihr ihre Tasche ein, und sie ging zurück, um sie zu holen. Carolyn wartete vor der Tür. „Komm herein.“

Mama warf ihre Tasche auf den Frühstückstisch und zog die Klammern heraus, die ihre Schwesternhaube hielten. Sie machte sich auf den Weg zum hinteren Teil des Hauses, wohl um wie immer, wenn sie aus dem Krankenhaus kam, unter die Dusche zu gehen. Doch dann blieb sie stehen und wirbelte herum. Ängstlich sah sie sie an. „Lauf nicht wieder weg, Carolyn.“

„Das werde ich nicht tun.“

„Versprich es mir!“

„Ich verspreche es.“

Mama hatte den Atem angehalten. „Okay. Ich brauche nur ein paar Minuten.“

Ein paar Minuten reichten ihrer Mutter vielleicht schon, um ihre Meinung zu ändern und Carolyn doch wieder wegzuschicken. Und was dann?

Carolyn stand im Flur. Beim Anblick der Erinnerungswand

vor ihr stockte ihr der Atem. Charlie in seiner blauen Uniform lächelte ihr entgegen. Darüber hingen gerahmte Fotos von Charlie als Baby, Charlie als Kleinkind auf seinem Dreirad, Charlie und Mitch neben ihren Fahrrädern, Charlie und Mitch in ihren Footballtrikots, Charlie in seinem Universitätspullover, Charlie mit schwarzer Kappe und Umhang bei seiner Schulabschlussfeier, Charlie in seinem Trikot der *Trojans*, Charlie in seiner Uniform. Carolyns Kehle wurde eng. Selbst wenn sie hundert Jahre lebte, würde sie Charlies Verlust nie verwinden.

Im Flur war es warm; die Sonne schien durch das Oberlicht herein. Sie spähte ins Wohnzimmer. Alles sah noch genauso aus wie an dem Tag, an dem sie ihr Zuhause verlassen hatte: Die geschwungene beige Couch, der ovale Couchtisch aus Birkenholz vor dem Kamin an der Wand, zwei Ohrensessel mit einem Tisch, das Fernsehgerät.

„Carolyn?“

Während sie sich langsam umdrehte, wappnete sie sich innerlich für das, was jetzt kommen würde. Ihre Mutter hatte sich umgezogen und trug jetzt eine blaue Polyesterhose und eine gestreifte Bluse. Sie hatte jedes Recht, sie anzuschreien und wegzujagen. Sie starrten einander an, und beide wussten nicht, was sie sagen sollten.

Carolyn kaute auf ihrer Unterlippe herum und raffte dann all ihren Mut zusammen, um eine Frage zu stellen. „Hättest du etwas dagegen, wenn ich unter die Dusche gehe?“

Mama blinzelte. „Nein, natürlich nicht, geh nur.“ Sie wies auf die Badtür, für den Fall, dass Carolyn sich nicht mehr an den Weg erinnerte.

Nachdem sie ihre Lederjacke, den Stufenrock und die Bluse abgelegt hatte, trat Carolyn unter den heißen Wasserstrahl. Das tat so gut! Sie gab Shampoo in ihre Hände und rieb es in ihre Haare, schrubbte und wusch ihren Körper, bis das Wasser zu ihren Füßen endlich klar war. Dann blieb sie einfach unter dem Wasserstrahl stehen und ließ das Wasser auf sich herabprasseln, bis es nicht mehr heiß, sondern nur noch lauwarm war.

Nachdem sie sich abgetrocknet hatte, wickelte sie sich in das Handtuch und fand in der Schublade eine neue Zahnbürste und Zahnpasta. Wie lange hatte sie sich schon nicht mehr die Zähne geputzt? Ihr Zahnfleisch begann zu bluten.

Schließlich nahm sie ihre Sachen und ging in ihr Zimmer. Auch hier hatte sich nichts verändert. Im Kleiderschrank hingen zwei Kleider, ein Pullover, einige Röcke und Blusen, die sie in der Highschool getragen und nicht nach Berkeley mitgenommen hatte. Sie fand auch Unterwäsche, ausgeblichene Jeans und Charlies abgelegtes Highschool-Sweatshirt. Er hatte es ihr an dem Tag geschenkt, an dem er sein Abschlusszeugnis erhielt. „*Für dich, Schwesterchen.*" Seine Stimme klang ihr noch im Ohr.

Die Jeans waren ihr viel zu weit. Sie fand einen rosa Gürtel im Schrank und zog ihn bis zum letzten Loch zu. Das Sweatshirt wirkte riesig an ihr. Sie schlang die Arme um sich und dachte an Charlie.

In der obersten Schublade ihrer Kommode lagen eine Bürste und ein Kamm. Die Haare auszubürsten war eine schmerzhafte Angelegenheit. Wenn sie eine Schere zur Hand gehabt hätte, hätte sie sie abgeschnitten. Sie zitterte am ganzen Körper. Eis floss durch ihre Venen.

Charlie. Chel. Beide tot.

Sie verließ ihr Zimmer, um sich Mama zu stellen. Aus der Küche hörte sie das Klacken des Kartoffelschälers. Sie folgte dem Geräusch. Kartoffelschalen flogen ins Spülbecken. Sechs gerupfte Tauben warteten auf der Arbeitsfläche. Wurden etwa Gäste zum Abendessen erwartet? Mama schaute über die Schulter zurück. „Da bist du ja. Hat das Duschen gut getan?"

„Ja, sehr."

„Ich habe einen Braten im Ofen. Papa wird bald zu Hause sein. Es wird noch eine Weile dauern, bis wir essen können. Möchtest du jetzt schon mal was?"

„Ein Glas Milch?"

„Bedien dich."

Carolyn goss sich ein Glas Milch ein und trank es in einem Zug leer. Sie spürte Mamas Blick auf sich gerichtet.

„Du wirkst … erschöpft." Mama biss sich auf die Lippe. Sie schälte noch eine Kartoffel, dann warf sie den Kartoffelschäler ins Spülbecken, raffte die Kartoffelschalen zusammen und warf sie in ihren Komposteimer unter dem Spülbecken. „Ich weiß nicht, was ich mir dabei gedacht habe. Jetzt haben wir Kartoffeln für eine ganze Woche, schätze ich." Sie umklammerte den Rand des Spülbeckens und starrte zum Fenster hinaus. „Wo hast du die ganze Zeit gesteckt?"

„In San Francisco." Ein Schwindelgefühl erfasste Carolyn, und sie schwankte. Mama fing sie auf, bevor sie überhaupt merkte, dass sie sich bewegt hatte. „Wie wäre es, wenn du dich hinlegst und ein wenig schläfst? Ich wecke dich, wenn es soweit ist."

Wofür? Zeit, ihrem Vater gegenüberzutreten? Zeit, dass ihre Mutter den ersten Schock darüber überwunden hatte, dass ihre Tochter wie eine herumstreunende, dreckige Katze auf ihrer Türschwelle erschienen war?

„Komm mit." Mama hatte den Arm fest um Carolyns Taille gelegt. Sie führte sie in ihr altes Zimmer, ließ sie kurz los und deckte das Bett auf. „Leg dich hin, bevor du umfällst!" Nachdem Carolyn ins Bett gekrochen war, steckte Mama die Decke um ihre Schultern fest. Carolyn spürte eine kühle Hand auf ihrer Stirn. „Schlaf ein wenig."

Stimmen drangen in ihr Bewusstsein, aber sie konnte sich nicht hochrappeln. Jemand gab ihr einen Kuss auf die Stirn. Sie meinte, das Rasierwasser ihres Vaters gerochen zu haben. Noch mehr Flüstern. Dann versank sie in einer dunklen Grube und blieb dort.

Sonnenschein strömte durch das Fenster in Carolyns Zimmer. Wie lange hatte sie geschlafen? Ihr Herzschlag setzte aus, als sie Papas Stimme hörte. Am liebsten hätte sie sich wieder die Decke über den Kopf gezogen und wäre wieder eingeschlafen. Aber sie konnte sich nicht für immer verstecken.

Vorsichtig öffnete sie die Tür und schlüpfte ins Badezimmer. Ihre Eltern unterhielten sich in der Küche. Als sie fertig war, öffnete sie die Tür zu Charlies Zimmer und trat ein.

Auf seinem Bett lag immer noch die blaue Tagesdecke. Vor seinem Fenster blühten die roten Rosen. Sein Monopolybrett befand sich aufgebaut auf seinem Schreibtisch, das Spielgeld zu beiden Seiten ordentlich gestapelt, als hätten er und ein Freund gerade noch gespielt. Auf der Parkstraße und der Schlossallee standen Hotels.

Ein Banner der USC hing an der Wand. Im Bücherregal, das Papa gebaut hatte, standen immer noch Charlies Science-fiction-Romane, die er so gern gelesen hatte. Sie öffnete seinen Schrank. Darin hingen seine Hemden und Hosen. Sie drückte ein Hemd an ihr Gesicht, atmete den verblassenden Geruch ihres Bruders ein. Wenn sie die Augen schloss, konnte sie so tun, als würde er immer noch hier leben, als wäre er nur gerade mit seinem roten Impala weggefahren.

Sie drückte das Hemd an ihren Mund, um ihr Schluchzen zu unterdrücken. Wenn sie anderswo gewesen wäre, allein, wo niemand sie sehen könnte, hätte sie vielleicht geschrien und geheult wie an dem Tag, an dem sie erfuhr, dass ihr Bruder tot war. Vielleicht hätte sie sich mit einem Messer geritzt, irgendetwas getan, um Erleichterung zu finden für den Schmerz, der sich in ihr aufgestaut hatte.

Jesus. Jesus! Warum Charlie? Warum nicht ich? Er hätte so viel erreichen können. Und ich bin nichts. Sie dachte an alles, was sie in den vergangenen drei Jahren getan hatte, und fragte sich, ob ein Mensch wohl an Scham sterben könnte.

„Carolyn?" Mama stand mit blassem und angespanntem Gesicht in der Tür.

„Entschuldige." Carolyn erhob sich mit zitternden Beinen. Sie drückte Charlies Hemd an sich. Falls Mama versuchte, es ihr wegzunehmen, würde sie es festhalten und darum kämpfen.

„Das Frühstück ist fertig."

Frühstück? Hatte sie nicht gerade erst die Kartoffeln für das Abendessen geschält?

Papa saß am Küchentisch. Charlies Tod hatte ihn früh altern lassen. Seine Haare waren an den Schläfen grau geworden, und auf seiner Stirn, um die Augen und in seine Wangen hatten sich Falten der Trauer eingegraben. Sie begegnete kurz seinem Blick und senkte den Kopf. Er wollte sich erheben, schien seine Meinung dann aber zu ändern. „Setz dich", forderte er sie auf.

Mama stellte zwei Teller auf den Tisch, einen vor Papa, einen vor Carolyn. Carolyn starrte auf die Rühreier, die vier Streifen Speck, den Blaubeermuffin. Mama füllte ihr Glas mit Orangensaft. Sie konnte sich nicht erinnern, wann sie das letzte Mal Saft getrunken hatte. Nachdem Mama ihren Teller geholt hatte, setzte sie sich. Papa sprach das Tischgebet.

„Du hast sechsunddreißig Stunden geschlafen."

Carolyn hob den Kopf und sah ihren Vater an.

„Du scheinst es gebraucht zu haben." Ohne sie anzuschauen steckte er eine Gabel voll Rührei in den Mund.

„Du musst essen." Mama deutete auf den Teller.

Mit zitternder Hand nahm Carolyn die Gabel. Ihre Zähne schmerzten beim Kauen. Ihre Kehle war so ausgedörrt, dass sie einen Schluck Orangensaft trinken musste, um den Blaubeermuffin herunterzuspülen. Obwohl ihre Eltern sie nicht anstarrten, spürte sie ihre Aufmerksamkeit auf sich. Welche Gedanken gingen ihnen wohl gerade durch den Sinn? Welche Schimpfnamen hatten sie wohl für sie? *Junkie. Säuferin. Hippie. Dreckige Schlampe.*

Das stimmte alles.

Sie stellten keine Fragen; die Stille wurde unerträglich. Auf ihren Zorn, ihre Vorwürfe und die Möglichkeit, hinausgeworfen zu werden, auf all das hatte sie sich eingestellt, aber mit dieser wachsamen Spannung, dieser nervösen Vorsicht kam sie nicht klar. Jesus hatte sie nach Hause geschickt, die Fahrkarte hatte eine Frau bezahlt, die ihn liebte. Und was weiter? Was konnte sie sagen? Welche Entschuldigungen könnte sie vorbringen?

Sie brachte keinen Bissen mehr herunter. Vorsichtig legte sie die Gabel aus der Hand; den Kopf hielt sie immer noch gesenkt. Sie legte die Hände auf den Tisch, um den Stuhl zurückzuschieben. Papa legte seine Hand darüber und hielt sie am Tisch zurück. „Wir sind froh, dass du nach Hause gekommen bist, Carolyn." Seine Stimme klang rau und heiser. „Das weißt du, nicht?"

Sie hob den Kopf und blickte ihn an.

„Wir sind sehr froh, dass du wieder da bist", wiederholte er.

Sie zog ihre Hand weg und bedeckte ihr Gesicht. Mühsam unterdrückte sie ein Schluchzen. Wie lange lief sie schon leer? Seit sie aus Berkeley davongelaufen war ... oder schon viel länger? Sie hatte versucht, die Leere zu füllen, aber nichts hatte etwas gebracht – weder Alkohol noch Drogen noch Sex. All das hatte sie nur noch stärker ausgelaugt.

Doch in diesem Schlamassel gab es einen wundersamen Augenblick, an den sie sich klammerte. Eine einzige Minute in der Morgendämmerung, als die Maiblumen wie Sterne im Gras blühten und Jesus seine Hand auf ihren Kopf legte. Und ihr sagte, es sei an der Zeit, nach Hause zu gehen.

Jesus. Das würden sie ihr nie glauben, nicht in tausend Jahren. Sie würden denken, dass sie unter Drogeneinfluss eine Halluzination gehabt hätte.

Ein durchdringender Schrei kam über Papas Lippen.

„Trip!", rief Mama erschrocken.

Er zog Carolyns Stuhl zurück. Beinahe wäre sie gestürzt, doch er fing sie auf und zog sie auf seinen Schoß, nahm sie in die Arme und drückte sie fest an sich. Er weinte.

Kapitel 15

Ihre Eltern nahmen sich frei. Die Frage, warum Carolyn untergetaucht war, brannte ihnen sichtlich auf der Seele, aber sie wagten nicht, sie zu stellen. Vielleicht wollten sie warten, bis sie von sich aus damit herausrückte. In der ganzen Zeit hatte sie keinen Gedanken an ihre Eltern vergeudet, welchen Schmerz sie durchlitten haben mussten, wegen Charlie und auch wegen ihr. Sie hatte überhaupt nichts gedacht. Wie konnte sie ihnen klarmachen, dass sie es einfach nicht ertragen hätte, Charlie in einem Sarg liegen zu sehen?

„Oma besucht Rikka in New York. Deine Tante hat wieder eine neue Ausstellung. Wir haben sie gestern Abend angerufen und ihnen erzählt, dass du wieder nach Hause gekommen bist."

Was würde Oma sagen, wenn sie zurückkam?

„Ich bin ein halbes Dutzend Mal in San Francisco gewesen und habe dich gesucht", erklärte Papa. „Ich dachte, du wärst vielleicht in Haight-Ashbury."

Sie war die meiste Zeit betrunken oder bekifft gewesen. In dem ersten Monat hatte sie keinen Fuß vor die Haustür gesetzt. Kurz darauf waren sie weitergezogen. „Chel und ich haben in der Clement Street gewohnt."

„Ist sie noch dort?" Papas Stimme klang besorgt. Vielleicht dachte er, sie würde ihre Meinung wieder ändern und zurückkehren.

„Sie ist an einer Überdosis gestorben."

„Was für eine schreckliche Verschwendung." Mamas Worte fassten alles zusammen.

Sie gaben es auf, Konversation zu machen, und kümmerten sich um ihre Arbeit in Haus und Garten. Carolyn fühlte sich irgendwie überflüssig. Sie wusste nicht, was sie tun sollte. Wenn sie beim Abspülen helfen wollte, sagte Mama, sie solle ins Wohnzimmer gehen und sich ausruhen, aber Papa saß vor dem Fernsehgerät, und Carolyn wollte keine Nachrichten hören.

Der Vietnamkrieg tobte nach wie vor und war unpopulärer denn je.

Am Nachmittag legte sie sich schlafen. Selbst nach Stunden des Schlafens fühlte sie sich immer noch müde.

Mama weckte sie auf. „Papa hat Oma gerade vom Flughafen abgeholt. Geh doch hinüber und begrüße sie."

Oma stand auf ihrer Veranda und blickte Carolyn entgegen. Papa, der ihr entgegenkam, lächelte sie ermutigend an. Oma stemmte die Hände in die Hüften. „Die verlorene Tochter kommt endlich nach Hause!"

Carolyn blickte sie verständnislos an.

„Am liebsten würde ich dich windelweich prügeln, aber du siehst so aus, als hättest du bereits genug durchgemacht. Komm herein. Wir trinken Tee und reden." Oma füllte den Teekessel und stellte ihn energisch auf den Herd. Sie sprach deutsch. „Ich habe keine Kekse, nicht einmal aus dem Supermarkt. Morgen werde ich Kuchen backen. Du siehst schrecklich aus. Haben sie dir das gesagt?"

„Nein."

„So ist es aber. Du bist ja nur noch Haut und Knochen! Wovon hast du dich ernährt? Von Luft?"

„Von Abfall."

Oma runzelte die Stirn. „So siehst du auch aus. Weißt du, was du deinen Eltern und mir mit deiner Dummheit angetan hast?"

„Es tut mir leid."

„Leid. *Leid!*" Kopfschüttelnd schloss Oma die Augen und sank auf den Stuhl, als könnten ihre Beine sie nicht mehr tragen. „Das war meine Schuld. Ich hätte nach Berkeley kommen, es dir persönlich sagen und dich mit nach Hause nehmen sollen."

„Es war nicht deine Schuld, Oma."

„Erzähl mir, wo du die ganze Zeit gesteckt hast und was du gemacht hast." Sie winkte ab. „Und ich meine nicht San Francisco."

„Das willst du gar nicht hören, Oma. Wirklich nicht." Carolyn hielt nur mühsam die Tränen zurück.

Sie seufzte schwer. „Es geht mich vermutlich auch gar nichts an." Sie hob den Kopf. „Was ist aus Chel geworden?"

„Überdosis." Carolyn schluckte. „Selbstmord."

Oma schien nur mit Mühe die Tränen zurückhalten zu können. „So viele junge Menschen sterben heutzutage."

„Wo liegt Charlie begraben?" Carolyn hatte es nicht gewagt, ihre Eltern danach zu fragen.

„Eigentlich sollte er in Arlington bestattet werden, aber deine Eltern wollten ihn oben auf dem Berg haben, in der Nähe seines Zuhauses."

Carolyn dachte an Charlie und fand, dass ihre Eltern die richtige Entscheidung getroffen hatten. „Kann ich ein paar Blumen mitnehmen, wenn ich hingehe?"

„Nimm, so viele du willst. Jederzeit." Oma stand auf, goss heißes Wasser über die Teebeutel und stellte die Tassen auf den Tisch. „Nimm auch eine Flasche Wasser mit. Vielleicht musst du die Vase auffüllen."

Sie tranken Tee zusammen. Oma stellte ihre Tasse ab. „Was hast du jetzt vor?"

„Ich habe keine Ahnung."

„Du musst aber irgendetwas tun. Nur herumzusitzen ist das Schlimmste, das du dir antun kannst."

„Ich weiß."

Oma stand hinter ihr und strich ihr über die Schultern. Sie drückte Carolyns Kopf an sich und gab ihr einen Kuss auf den Scheitel. „Jeder Tag ist ein neuer Anfang, Liebling."

Carolyn bekam Mamas und Papas Gespräch am Morgen mit.

„Vielleicht sollte ich noch ein paar Tage zu Hause bleiben."

„Du kannst nicht immer auf sie aufpassen, Hildie. Außerdem ist ja deine Mutter da. Sie wird sie im Auge behalten."

Als Carolyn in die Küche trat, brach das Gespräch ab. Papa trug seine Uniform. Sie war froh, ihn darin zu sehen. In den vergangenen Tagen hatten sie sie wie einen Gast behandelt.

„Ich muss in die Stadt fahren und ein paar Lebensmittel einkaufen“, sagte Mama. „Möchtest du nicht mitkommen?“

Und die Blicke der Leute ertragen müssen? „Ich würde lieber hierbleiben.“

Als beide fort waren, streifte Carolyn durch das Haus. Nirgendwo fand sie auch nur ein einziges Bild von ihr. Es war, als hätten ihre Eltern nur ein Kind – Charlie.

Sie schrieb einen Zettel und legte ihn auf den Küchentisch, ging hinüber in Omas Garten und schnitt frische Blumen ab. Damit wanderte sie hinauf zum Friedhof. Das Tor stand offen. Carolyn war schon hier gewesen, auf Erkundungstour mit Charlie. Es dauerte eine Weile, bis sie Charlies Grab gefunden hatte. Es lag auf dem Abhang zur Stadt, eine Reihe von dem Eisenzaun entfernt. Den Grabstein zierte eine kleine amerikanische Flagge.

Carolyn kniete sich hin und entfernte die verblühten Blumen, füllte die schwarze Vase mit Wasser und stellte die frischen Blumen hinein. Während sie die gelben kalifornischen Mohnblumen und die blauen und weißen Lupinen bewunderte, die sich wie verspritzte Farbe den Abhang hinunterzogen, begann sie zu reden. Sie weinte auch. Sie erzählte ihrem Bruder, dass sie an dem Tag, an dem sie von seinem Tod erfuhr, davongelaufen sei, sie erzählte ihm von dem Kriegsveteran, den sie im Park getroffen hatte, und von Jesus, der sie am Morgen berührt hatte. Sie erzählte ihm von Mary, dem kleinen Charlie und Sadie und den Enten auf dem Teich. Und nach einer Weile erzählte sie ihm auch von Dock.

Danach fühlte sie sich besser, irgendwie gereinigt.

Oma holte die Post aus dem Kasten, als sie zurückkam. „Du bist bestimmt hungrig. Du warst stundenlang unterwegs. Komm mit ins Cottage, ich mache dir Mittagessen.“ Während sie gemeinsam über die Auffahrt gingen, sortierte sie die Post. „Deine

Mama rief an. Sie hat sich Sorgen gemacht, als du nicht ans Telefon gegangen bist.“

„Ich habe eine Nachricht hinterlassen.“

„Ich weiß. Ich habe sie gesehen und ihr gesagt, wo du bist.“

„Ich habe Charlie alle meine Sünden gebeichtet.“ Sie versuchte, es witzig klingen zu lassen.

„Er wird deine Geheimnisse bewahren.“ Sie reichte ihr einige Umschläge. „Leg die doch bitte auf den Küchentisch und dann komm rüber.“

Nach dem Mittagessen saß Carolyn auf dem Boden von Omas kleinem Wohnzimmer und starrte auf die unzähligen Puzzleteile ihres Lebens. Nichts schien zu passen. „Ich weiß nicht, was ich machen soll, Oma.“

„Du wirst erst mal richtig essen und wieder zu Kräften kommen. Und du wirst aufhören, dich mit Selbstvorwürfen zu zerfleischen. Du wirst aufstehen und einen Fuß vor den anderen setzen und dein Leben wieder in die Hand nehmen. Das müssen wir alle.“

„Bei dir klingt das so einfach.“

„Nichts ist einfach, Carolyn. Das Leben ist nicht einfach. Wir machen das Beste aus dem, was Gott uns gibt.“

„Ich habe alles total ruiniert.“

„Es geht nicht um das, was du getan hast. Es geht darum, was du von jetzt an tun wirst.“

Mama, Papa und Oma gingen mit ihr in die Kirche. Ihre Eltern wurden sehr liebevoll begrüßt, und dann wurde auch sie begrüßt, voller Neugier. Einige meinten, sie könnten sich noch an sie als kleines Mädchen erinnern.

„So schüchtern und still. Ein so hübsches kleines Ding.“

„Ich weiß noch, wie du das erste Mal in meine Sonntagsschulklasse gekommen bist. Du hast kein Wort gesprochen. Du hast dich nicht sehr verändert.“

Eine Lüge, die sie glauben wollten.

Oma schob ihren Arm durch Carolyns. „Komm, wir suchen uns einen Platz."

Carolyn fühlte sich seltsam zu Hause. Mit geschlossenen Augen hörte sie dem Chor zu. Eindringlich lauschte sie dem Gebet des Pastors, und es war, als wüsste sie bereits, was er als Nächstes sagen würde, bevor er es aussprach. Voll konzentriert verfolgte sie seine Predigt. Die Botschaft schien nach ihrem Erlebnis im Park eine ganz neue Bedeutung zu haben. Sie kannte den Einen, über den er da sprach. Das machte alles Sinn. Sie war blind gewesen, doch jetzt konnte sie sehen, sogar mit geschlossenen Augen. Sie war taub gewesen, jetzt konnte sie hören.

Nach dem Gottesdienst ging Carolyn durch das Kirchenschiff zur Eingangstür, wo Pastor Elias die Gottesdienstbesucher verabschiedete. Sehr herzlich unterhielt er sich mit ihren Eltern und Oma. Dann war sie dran. „Carolyn." Sein Lächeln erreichte nicht seine Augen.

„Das war eine wundervolle Predigt, Pastor Elias."

„Woher willst du das wissen? Du hast sie doch verschlafen." Seine Stimme klang gepresst. Dann lächelte er die Leute hinter ihr an. Sie verstand den Hinweis und ging weiter.

Carolyn ging auch weiter zur Kirche, doch sie behielt die Augen offen. Sie blickte Pastor Elias an, damit er merkte, dass sie seiner Predigt aufmerksam folgte. Im Gebäude spürte sie nichts von der Gegenwart von Jesus, obwohl sie ihn in ihren Eltern und Oma und einigen anderen Menschen erkannte, die mit ihr redeten. Auf dem Friedhof, wenn sie an Charlies Grab saß, oder auf der Schaukel, die ihr Vater damals für sie gebaut hatte, fühlte sie sich Gott näher. Und sie klammerte sich an ihre Begegnung mit Jesus im Golden Gate Park in der Morgendämmerung, als Maiblumen im Gras blühten.

Gott liebte sie, auch wenn kein anderer sie lieben konnte.

Kapitel 16

Ein Freund ihrer Eltern, der Zahnarzt war, bot Carolyn einen Job als Empfangsdame in seiner Praxis an, nachdem ihre Vorgängerin gekündigt hatte. Thelma, die Frau von Doktor Martin, arbeitete als Zahnarzthelferin. Sehr schnell fand Carolyn heraus, dass Thelma sehr neugierig war und mit Vorliebe alles weitertratschte.

Nach etwa einem Monat wurde Carolyn jedes Mal, wenn sie zur Arbeit kam, von einer heftigen Übelkeitswelle überrollt. Das Geräusch des Bohrers hatte sie noch nie gut ertragen können, doch jetzt bereitete ihr auch der Geruch in der Praxis Probleme. Sie versuchte sich durch ihre Arbeit abzulenken, nahm Telefonanrufe entgegen, erinnerte Patienten an ihre Termine, notierte Nachrichten, doch immer wieder musste sie zur Toilette rennen.

Thelma klopfte an die Tür. „Alles in Ordnung, Carolyn?"

Sie übergab sich erneut. „Ich bin gleich wieder da, Mrs Martin." Gegen die Übelkeit ankämpfend wartete sie einen Augenblick und hoffte, dass ihr Magen sich endlich beruhigte. Ihr Frühstück hatte sie bereits in die Toilette gespuckt. Jetzt war nichts mehr übrig. Sie spülte sich den Mund aus, tupfte sich das Gesicht mit einem feuchten Papiertuch ab und öffnete die Tür.

Thelma stand mit neugierigem Blick vor der Tür. „Du bist schrecklich blass."

„Es geht schon." Das Telefon läutete, und sie eilte an ihren Schreibtisch, um den Anruf entgegenzunehmen. Ein wenig wacklig ließ sie sich schnell auf ihren Stuhl sinken und nahm ihren Stift zur Hand. Thelmas Blicke bohrten sich in ihren Rücken. In aller Eile notierte sie eine Nachricht auf dem Block.

Gegen Mittag ging es ihr wieder gut. Doch am nächsten Morgen war die Übelkeit wieder da und auch am darauffolgenden Morgen. Sie fragte sich, ob sie vielleicht allergisch auf irgendeine Substanz in Doc Martins Praxis reagierte. Vielleicht auf Thelma. In der Gegenwart dieser Frau fühlte sich Carolyn äußerst unwohl, aber der Gedanke, sich eine neue Arbeitsstelle suchen zu müssen, behagte ihr überhaupt nicht.

Als sie sich auch am Samstagmorgen übergeben musste, war ihr klar, dass das nichts mit den Gerüchen und Geräuschen in der Praxis des Zahnarztes zu tun haben konnte. Aber was war es dann? Mama hörte, wie sie sich übergab, und riet ihr, eine Cola zu trinken. „Das beruhigt deinen Magen." So war es auch.

Am Sonntagmorgen musste sie während der Predigt nach draußen flüchten. Sie schaffte es gerade noch vor die Tür und erbrach sich ins Gebüsch neben dem Aufgang. Als sie beschämt nach Luft schnappte und sich aufrichtete, sah sie ihre Mutter, die auf den Stufen stand. „Ich glaube, ich sollte mich im Wagen ein wenig hinlegen, Mama."

Mama brachte sie zum Wagen. „Wie lange geht das schon so, Carolyn?"

„Zwei Wochen."

Sie erbleichte. „*Jeden* Morgen?"

Carolyn zuckte die Achseln. „Vermutlich eine Grippe oder so etwas."

„Das glaube ich nicht." Mama schien sehr bestürzt zu sein. „Als wäre nicht schon alles schlimm genug." Sie öffnete die Wagentür. „Sprich mit niemandem darüber, nicht mal mit Oma und vor allem nicht mit deinem Vater. Noch nicht."

Carolyn schlüpfte in den Wagen.

„Hoffen wir, dass du nicht schwanger bist." Mama knallte die Wagentür zu und ging zur Kirche zurück.

Carolyn kämpfte gegen eine neue Welle der Übelkeit an. Schwanger? Ash hatte über Wochen mit ihr geschlafen, aber das war viele Monate her. Bis sie das Haus in der Clement Street verließ, hatte sie die Pille genommen. An jenem Tag hatte sie alles zurückgelassen, aber warum sollte sie auch ein Verhütungsmittel nehmen, wenn sie sich von allen Menschen fernhielt, außer um zu betteln?

Der junge Kriegsveteran auf der Mauer an dem Abend, als sie Selbstmord begehen wollte. Er hatte Gitarre gespielt und ihr einen Schokoriegel geschenkt. Sie hatten miteinander geredet. Er hatte sie die ganze Nacht warm gehalten.

Sie verstand jetzt diesen Ausdruck auf dem Gesicht ihrer Mutter, verstand, warum sie am liebsten geschimpft und geweint hätte, warum sie der Meinung war, dass alles noch schlimmer werden würde.

Carolyn rollte sich auf dem Rücksitz zusammen und begann zu weinen.

Dr. Griffith bestätigte Mamas Verdacht. „Sie ist in der sechsten Woche. Ich denke, wir sollten sie auf Geschlechtskrankheiten testen."

Wie betäubt saß Papa am Tisch im Esszimmer. Er sah aus, als hätte er einen Faustschlag in den Magen bekommen. Zuerst der Schmerz, dann der Zorn. Er schlug zurück. Fest. „Weißt du denn, wer der Vater ist?" Er wartete nicht auf eine Antwort, bevor er sie beschimpfte. Mama flüsterte seinen Namen, aber er ließ sich nicht aufhalten. „Charlie würde sich schämen, dich seine Schwester zu nennen! Wie gut, dass er tot ist und nicht mitbekommt, was aus dir geworden ist." Er barg sein Gesicht in den Händen und weinte.

Charlie war ehrenhaft gestorben, ein Held, der einen Schrein verdiente. Kein Schrein für Carolyn. Nirgendwo im Haus hatte sie ein Foto von sich gefunden. Sie hatte danach gesucht. Nun, da sie die zweitschlimmste Katastrophe verursacht hatte, die Eltern erleben konnten, würde es noch schlimmer werden. „Es tut mir leid. Ich hätte in San Francisco bleiben sollen." Vermutlich wäre sie dann mittlerweile tot, aber wahrscheinlich wäre das für alle besser gewesen.

„Warum hast du nichts gesagt?"

Sie schaute Mama an. „Ich wusste es nicht." Nicht, dass das eine Entschuldigung gewesen wäre. Sie spürte, wie sich die Muskeln an ihrer Kehle anspannten, als versuche ihr eigener Körper, sie zu erwürgen. Der Schmerz wurde unerträglich. Sie drängte ihn zurück, wie sie es immer getan hatte, aber dieses Mal war es schwieriger.

Papa schob seinen Stuhl zurück. „Vielleicht hast du recht. Vielleicht wärst du besser in San Francisco geblieben. Vielleicht solltest du dahin zurückgehen."

„Trip!" Mamas Stimme brach.

„Wie sollen wir denn das Chaos richten, das sie in ihrem Leben angerichtet hat? Sag es mir!"

„Trip ..."

Er funkelte Carolyn an. „Geh mir aus den Augen!"

Carolyn stand auf und ging zur Tür. Mama rief: „*Nein!*" Sie lief Carolyn nach und packte sie am Ellbogen. „Geh nicht. Setz dich eine Weile in dein Zimmer. Ich rede mit ihm." Wie ferngesteuert drehte sich Carolyn um, geführt von der starken Hand ihrer Mutter. Trotz geschlossener Tür und Kissen über dem Kopf hörte sie ihre Eltern streiten.

In jener Nacht kam Chel in ihren Träumen zu ihr. Sie ging ins Wasser. Als ihr das Wasser bis zur Hüfte reichte, drehte sie sich um und streckte die Hand nach ihr aus. Carolyn folgte ihr. Sie schwamm durch den Seetang, spürte, wie die seidigen Strähnen sie festhalten wollten. Auf dem Grund spielte der junge Kriegsveteran Gitarre. Charlie saß neben ihm und hörte ihm zu. Chel tanzte im Wasser, ihre roten Haare trieben um sie herum.

Als sie morgens aufstand, saß Papa am Esszimmertisch. Zögernd wich sie zurück. Papa schaute sie an. „Setz dich, Carolyn." Carolyn gehorchte und stellte sich innerlich auf weitere Vorwürfe ein. Schließlich hatte sie es verdient.

Papa wirkte sehr elend. „Wir werden uns was überlegen."

Mama setzte sich zu ihnen. „Wir machen einfach weiter wie bisher. Du gehst weiter zur Arbeit. Dr. Griffith wird keinem was erzählen."

„Mama wird ein wenig herumtelefonieren und sich nach einem Heim für unverheiratete Mütter erkundigen."

Es überraschte Carolyn nicht, dass sie sie loswerden wollten, aber trotzdem tat es weh. Sie hatte sie in der schlimmsten Zeit ihres Lebens im Stich gelassen, und jetzt kam sie zurück und machte ihnen mehr Ärger, als sie verdient hatten. Welches Recht hatte sie zu erwarten, dass sie ihr durch diese Krise halfen?

„Es wird noch einige Zeit dauern, bis man etwas sieht." Papa brachte die Worte kaum über die Lippen. „Wenigstens können wir es noch eine Weile geheim halten."

Mama faltete die Hände auf dem Tisch. Ihre Knöchel traten weiß hervor. „Wir brauchen jetzt noch keine Entscheidung zu treffen." Betrübt blickte sie Carolyn an. „Möchtest du etwas sagen, Carolyn?"

Instinktiv legte Carolyn die Hände auf ihren Leib. Nur eines war ihr jetzt noch wichtig. „Mein Leben ist vollständig ..." Sie benutzte ein Wort, das ihren Eltern niemals über die Lippen gekommen wäre, das sie aber in ihrem anderen Leben ständig gehört hatte. „Aber bitte lasst es nicht an meinem Baby aus." Sie sprang auf und stürzte aus dem Zimmer.

Thelma Martin brauchte niemand die Neuigkeit mitzuteilen. „Du bist schwanger, stimmt's?"

Das war keine Frage. Thelma konnte Stoff für Klatsch und Tratsch schneller erschnüffeln als ein Bluthund die Spur eines entflohenen Strafgefangenen. Eine ihrer klatschsüchtigen Freundinnen hatte in Dr. Griffiths Wartezimmer gesessen und Mamas Gesicht gesehen, als sie aus dem Sprechzimmer kamen.

„Ich sehe Schuldbewusstsein in deinem Gesicht. Deine armen Eltern ..." Ihre Stimme triefte vor falschem Mitgefühl. „Mir tun sie sehr leid. Was sie durchmachen müssen, ist schlimm, Carolyn, aber wir können dich hier natürlich nicht mehr beschäftigen. Nicht in deinem ...", ihre Lippen kräuselten sich, „... *Zustand.* Die Leute würden denken, wir würden so etwas billigen." Thelmas Augen funkelten.

Das Telefon läutete, doch Carolyn machte keine Anstalten,

den Anruf entgegenzunehmen, sondern sie nahm ihre Tasche, riss den Pullover von der Stuhllehne und ging zur Tür.

„Wo willst du denn hin?“, fragte Thelma so laut, dass die beiden wartenden Patienten es hörten.

„Nach Hause.“

„Geh ans Telefon.“

„Sie haben mich gerade gefeuert. Gehen Sie doch selbst dran.“

„Ich meinte nicht, dass du schon *heute* gehen sollst!“

Auf dem Weg zu Charlies rotem Impala stellte sie sich vor, was Chel sagen würde. Ihre Freundin hätte gewusst, wie sie Thelma so sehr schockieren könnte, dass ihr die Worte fehlten.

Sie fuhr nach Hause und hoffte, unbemerkt ins Haus zu gelangen und sich in ihrem Zimmer einzuschließen, um nachzudenken, bevor Mama und Papa die schlechten Neuigkeiten hörten. Vielleicht hätte sie noch ein paar Stunden Ruhe, bevor das Theater losging. Bis morgen früh würde die ganze Stadt über ihr Lotterleben Bescheid wissen.

Oma rief nach ihr. Am liebsten hätte Carolyn so getan, als hätte sie sie nicht gehört. „Carolyn!“

Sie blieb stehen und schloss die Augen für eine Sekunde, fragte sich, ob Oma wohl bereits Bescheid wusste. Warum sollte sie es ihr nicht erzählen? Am besten brachte sie es gleich hinter sich, damit auch das letzte Familienmitglied sie hasste.

„Ich bin schwanger. Und nein, ich weiß nicht, wer der Vater ist. Mama und Papa wollten es geheim halten. Aber Thelma hat es herausgefunden und jetzt ist die Katze aus dem Sack. Ich bin gerade gefeuert worden. So viel dazu, dass Mama und Papa ihr Gesicht wahren und mich in ein Heim für ledige Mütter abschieben, bevor die ganze Stadt Bescheid weiß.“

Oma sagte etwas auf Deutsch.

Schluchzend sank Carolyn auf der gekiesten Auffahrt in die Knie. Die spitzen Steine bohrten sich in ihr Fleisch.

Omas starken Hände zogen sie hoch. „Das ist nicht das Ende der Welt.“

Mama und Papa sagten keinen Ton, als sie die Neuigkeit hörten. Oma brachte sie ihnen bei. Nachdem Carolyn fast den ganzen Nachmittag über der Toilettenschüssel gehangen hatte, schaffte sie es kaum, am Tisch zu sitzen. Sie aß nichts, und auch Mama und Papa war der Appetit vergangen, nachdem sie erfahren hatten, dass Thelma Martin bereits Bescheid wusste. Oder zu wissen glaubte.

Carolyn hielt den Kopf gesenkt. „Ich werde einen anderen Job finden."

„Denkst du wirklich?" Papa schleuderte seine Serviette auf den Tisch. „Wer würde dich denn jetzt noch einstellen?"

„Reiß dich zusammen, Trip!", fuhr Oma ihn zornig an.

Mama seufzte schwer. „Thelma Martin ist die größte Klatschtante in der Stadt. Zu schade, dass Carolyn ausgerechnet für sie gearbeitet hat."

Papa blickte Mama an. „Hast du etwas über diese Heime in Erfahrung gebracht?"

„Ich habe eine andere Idee, aber ich brauche noch ein wenig Zeit."

Carolyn glaubte zu wissen, was sie vorhatte. Doch sie wollte nicht noch eine größere Sünde begehen nach allem, was sie bereits getan hatte. „Ich will keine Abtreibung."

Mama und Papa starrten sie an. „So etwas würden wir doch nie vorschlagen." Mama sprach für sie beide, aber ihr schuldbewusster Gesichtsausdruck sagte Carolyn, dass sie diese Möglichkeit tatsächlich in Erwägung gezogen hatten. „Bleib einfach zu Hause, bis wir eine Lösung gefunden haben."

Oma stand vom Tisch auf und knallte die Haustür hinter sich zu.

Im Laufe der folgenden Woche gingen ihre Eltern ihrem normalen Tagesablauf nach. Sie fuhren zur Arbeit; Carolyn blieb zu Hause. Oma forderte Carolyn auf, mit ihr zum Einkaufen in die Stadt zu fahren, doch Carolyn lehnte ab. Wenn Mama nicht wollte, dass sie ihr Gesicht zeigte, dann würde sie das auch nicht tun.

Am Sonntag war Carolyn schockiert, als ihre Eltern sie aufforderten, sie zur Kirche zu begleiten. „Warum?" Das wäre ein Albtraum. Thelma Martin gehörte zu den Diakonen.

Mama blickte sie entschlossen an. „Die Leute kennen Thelma Martin. Und es gibt außer dieser bösartigen Klatschtante noch mehr Menschen in der Gemeinde." Ganz offensichtlich wollte sie etwas beweisen, und da war es ganz egal, wie Carolyn sich fühlte. „Du wirst nicht zu Hause bleiben."

Die Leute begrüßten sie. Einige bedachten sie mit mitfühlenden Blicken; anderen schien die Begegnung peinlich zu sein. Die meisten sagten gar nichts, sie nickten ihnen nur zu und zeigten die Andeutung eines Lächelns. Mama führte sie zu derselben Bank, in der sie seit Jahren saßen, die sechste Bank von vorn. Oma riet Carolyn, den Kopf hoch erhaben zu tragen. Pastor Elias trat auf die Kanzel und starrte Carolyn an, dann ließ er seinen Blick über die restliche Gemeinde schweifen.

Nach dem Gottesdienst wäre Carolyn am liebsten geflohen. Mama und Papa gingen zur Tür, wo der Pastor stand. Carolyn beobachtete, wie Thelma mit einigen Frauen tuschelte. Oma blieb stehen und funkelte sie an.

Am Ausgang wechselten ihre Eltern ein paar Worte mit Pastor Elias. Er nickte ihnen grimmig zu, schüttelte Papas Hand und tätschelte mitfühlend Mamas Schulter. Oma nahm Carolyns Hand und zog sie durch ihren Arm. Als sie zur Tür kamen, lächelte Pastor Elias Oma an, ignorierte aber Carolyn. Er streckte Oma die Hand hin, doch sie ignorierte sie ihrerseits und trat durch die Tür.

„Am liebsten würde ich Thelma Martin erschießen." Mama starrte zum Fenster hinaus.

Papa ließ den Motor an. „Sie sagt ja nichts, was nicht der Wahrheit entspricht."

An diesem Nachmittag fuhren Mama und Papa in die Stadt. Mit rot geweinten Augen kam ihre Mutter wieder zurück, aber sie war fröhlicher als in den vergangenen Tagen. Auch Papa wirkte entspannter. „Pastor Elias möchte mit dir reden, Carolyn. Montag ist sein freier Tag. Ein Uhr würde ihm passen."

Die Kirchentür stand einen Spalt offen, als Carolyn eintraf. Pastor Elias saß in seinem Büro und schrieb etwas auf einen Block. Sie klopfte leise und wartete darauf, dass sie hereingebeten wurde. Nach mehreren Minuten warf er seinen Stift auf den Schreibtisch, seufzte schwer und blickte sie an.

„Komm herein", sagte er knapp. „Setz dich." Er beugte sich vor und legte die gespreizten Finger aneinander. „Deine Eltern haben gestern mit mir gesprochen. Haben sie dir das erzählt?"

„Nein, Sir." Aber sie hatte es trotzdem gewusst.

„Wir hatten eine lange Unterredung. Ich habe deinen Vater noch nie weinen gesehen. Du hast ihnen das Herz gebrochen. Und mir auch." Er lehnte sich zurück. „Ich frage mich, ob du auch nur eine Ahnung hast, wie wir uns fühlen. Ich habe dich aufwachsen gesehen. Du hast die Sonntagsschule besucht, die Jugendgruppe. Deine Eltern haben alles getan, um ihre Tochter zu einem moralisch einwandfreien, verantwortungsbewussten Mädchen zu erziehen. Du hast uns alle enttäuscht, Carolyn, jeden Einzelnen in der Gemeinde."

„Ich habe mich selbst auch enttäuscht, Sir."

„Ach, lassen wir doch diese Spielchen, ja?", fuhr er sie an. „Ich weiß, was in Haight-Ashbury passiert und kann mir vorstellen, was du getan hast, seit du davongelaufen bist. ‚Dein eigenes Ding machen'. Nennt ihr das nicht so? Und dann bist du zurückgekommen. Ich dachte, dass du deinen Lebenswandel vielleicht bereust. Aber dann sah ich dich mit geschlossenen Augen in der Kirchenbank sitzen. Du willst die Wahrheit nicht hören, nicht wahr? Du willst nicht auf das Wort Gottes hören."

„Ich hatte die Augen zu, weil ich gebetet habe."

„Lüg mich nicht an. Ich bin nicht von gestern." Er presste die Lippen zusammen und schüttelte den Kopf. „Ich habe dich damit konfrontiert. Und du hast mich angestarrt. Offener Trotz. Von meinem Platz aus sehe ich alles. Ich sehe *dich*."

Ihr wurde immer kälter, je mehr er sich aufregte.

„Du kannst dich nach außen als Christ geben, aber ‚an ihren Früchten wird man sie erkennen'." Sein Blick wanderte nach unten und blieb bedeutungsvoll an ihrem Bauch hängen, dann wieder nach oben. Kalt starrte er sie an. „Jetzt kannst du es nicht mehr verstecken, nicht? Alle werden wissen, wer du bist."

Schlimmer konnte es gar nicht mehr werden, dachte sie, aber er war noch nicht fertig. „Als dein Bruder starb, hast du nicht einmal den Anstand besessen, zu seiner Beerdigung nach Hause zu kommen. Er war dir nicht so wichtig, dass du ihm die Ehre erwiesen hättest, die er verdiente. Du wolltest nur deinen eigenen Weg gehen. Jetzt musst du mit den Konsequenzen leben."

Sie senkte den Kopf und begann zu weinen.

„Ja, jetzt bereust du", meinte Pastor Elias müde. „Du empfindest Bedauern. Aber ich habe deine Beichte noch nicht gehört. Ich sehe keinen Beweis für Reue, für eine echte Umkehr."

Was für einen Beweis wollte er denn sehen? Sie wollte ihn danach fragen, doch ein Blick in sein Gesicht brachte sie zum Verstummen. In seinen Augen lag kein Funken Liebe oder Mitgefühl. Er war der einzige Pastor, den sie kannte, aber als sie in seinem Gesicht nach Jesus suchte, konnte sie ihn nicht finden.

Die Uhr an der Wand tickte.

„Nun, Carolyn? Hast du irgendetwas zu sagen? Oder denkst du, dass schon wieder alles gut werden wird?"

Was sollte sie sagen? Sie hatte gesündigt, sie bezahlte dafür und würde ihr Leben lang dafür bezahlen.

Pastor Elias lachte ungeduldig auf. „Dann geh. Geh deinen Weg. Ich werde für deine Eltern beten, aber nicht für dich. Ich überlasse dich deinen Irrwegen. Soll der Satan dich richten."

Carolyn saß in Charlies Impala und hielt das Lenkrad umklammert. Sie brauchte einen Drink. Nein, nicht nur einen, eine ganze Flasche, und es war egal, ob es Wein oder Whisky war. Sie brauchte so dringend einen Drink, dass sie zu zittern begann und ihr der kalte Schweiß ausbrach. Sie sehnte sich nach einem Joint. Sie wollte LSD. Vergessen!

Das Einzige, was sie davon abhielt, in den Supermarkt zu fahren und Alkohol zu kaufen, war das Kind unter ihrem Herzen.

Als Carolyn das Haus betrat, stand Mama in der Küche und bereitete das Abendessen vor. Papa stand neben ihr und unterhielt sich mit ihr. Mama blickte über die Schulter zurück. „Hast du mit dem Pastor gesprochen?“, fragte sie hoffnungsvoll.

„Ja.“

Papa presste die Lippen aufeinander. „Ich hoffe, du hast dir seine Worte zu Herzen genommen.“

„Das habe ich.“ Sie würde nie wieder einen Fuß in eine Kirche setzen.

Carolyn ging in ihr Zimmer und schloss die Tür. Sie hoffte auf eine Atempause, doch Papa klopfte an ihre Tür und bat sie, ins Wohnzimmer zu kommen. Sie hätten ihr etwas zu sagen. Mit bleischweren Beinen ging sie hinüber.

Papa saß in seinem Ohrensessel. Mama hatte die Hände in ihrem Schoß gefaltet. „Wir haben einen Ort gefunden, wo du bleiben kannst, bis das Baby zur Welt kommt.“ Sie wirkte sehr erleichtert. „Jasia Boutacoff ist eine alte Freundin von mir. Wir haben gemeinsam die Schwesternausbildung gemacht. Sie wohnt im San Fernando Valley. Ich habe mit ihr telefoniert und ihr die Situation geschildert. Sie sagte, sie würde sich freuen, wenn du kommen und bei ihr bleiben würdest. Sie wird gut für dich sorgen, Carolyn.“ Sie lächelte sogar ein wenig, als hätte es besser gar nicht kommen können. „Was meinst du?“

Papas Gesicht verfinsterte sich. „Was sie meint, ist egal. Es ist die beste Lösung.“

Mama fasste sich schnell wieder. „Bei Boots bist du gut aufgehoben.“

„Boots?“

„Das ist Jasias Spitzname.“

Papas Finger gruben sich nicht mehr in die Lehne seines Sessels. „Charlies Wagen gehört jetzt dir. Ich habe ihn auf dich umgemeldet.“ Papa blickte zu Mama. „Boots hat dir eine Wegbeschreibung gegeben, nicht?“

„Ja.“ Mama nahm eine Karte und einen Zettel mit der Beschreibung vom Tisch und hielt sie ihr hin. „Sie sagte, du würdest es problemlos finden. Ihre Telefonnummer steht da unten.“

Mit zitternden Fingern nahm Carolyn die Karte und die Wegbeschreibung entgegen. Sie brauchten nichts mehr zu sagen. Sie verstand auch so. Ihre Eltern konnten es kaum erwarten, sie loszuwerden.

Liebe Rosi,
ich dachte, alles würde wieder in Ordnung kommen zwischen Carolyn und ihren Eltern. Trip war weicher geworden, und auf beiden Seiten konnte ich den Willen erkennen, die Kluft zu überbrücken. Trotz der Umstände hätte dieses Baby sie in Liebe verbinden können.

Trip und Hildemara haben Carolyn zu diesem Pastor geschickt. Etwas schien danach in dem armen Mädchen zerbrochen zu sein. Sie wollte mir nicht erzählen, was der Mann gesagt hatte, aber ich kann es erraten. Solange dieser frömmelnde Heuchler auf der Kanzel steht, werde ich keinen Fuß mehr in diese Kirche setzen!

Und als wäre das nicht schon schlimm genug, musste ich heute Morgen erfahren, dass Hildemara Carolyn fortgeschickt hat. Sie und Trip fanden, dass Carolyn in Südkalifornien unter Fremden „besser dran“ wäre als in Paxtown, „wo sie nur grausam ins Gerede“ gekommen sei. Ich fragte Hildemara Rose, ob ihr die Meinung anderer Leute tatsächlich wichtiger wäre als die Gefühle ihrer Tochter. Sie erwiderte, sie wüsste, wie es wäre, ausgestoßen zu sein, und das würde sie ihrer Tochter nicht antun.

Ich bin in Yosemite. Ich brauchte frische Luft, einen Spaziergang in den Bergen. Mein Herz ist gebrochen, Rosi. Ich wollte, dass mein Mädchen stark wird, nicht hartherzig …

Kapitel 17

Windböen fegten über den Altamont-Pass. Die Augusthitze staute sich in Charlies Wagen, obwohl sie die Fensterscheiben heruntergedreht hatte. Sie wandte sich nach Süden und fuhr weiter, immer schneller, doch dann fragte sie sich, warum sie sich eigentlich so beeilte. Schließlich wartete eine Fremde auf sie. Bereits nach kurzer Zeit ragten die Techapi-Berge vor ihr auf, an ihren Hängen wanden sich die Weinberge hoch wie eine graue Schlange, die halb verborgen lag in Smog und Dunst.

Gegen 17:00 Uhr, mitten im Berufsverkehr, erreichte sie San Fernando Valley. Sie hatte auch früher schon im Berufsverkehr gesteckt, aber so etwas wie das hier hatte sie noch nie erlebt – sechs Fahrspuren, Stoßstange an Stoßstange, ständig wechselten die Autos die Spuren und zwängten sich zwischen andere Fahrzeuge, rot aufleuchtende Rücklichter, ungeduldiges Hupen, wenn man ein paar Sekunden zögerte, bevor man weiterfuhr. Adrenalin strömte durch Carolyns Adern. Bohrende Kopfschmerzen plagten sie, die zunehmend stärker wurden. Ihre Finger, die das Lenkrad umklammert hielten, waren verkrampft. Aber sie fand die richtige Ausfahrt und fuhr auf die richtige Schnellstraße auf.

Für 15 Kilometer brauchte sie eine Dreiviertelstunde. Endlich lag Caoga Park vor ihr. Vollkommen erschöpft steuerte sie ein Einkaufszentrum an und kaufte sich zum ersten Mal an diesem Tag etwas zu essen, frittierte Hühnerteile. Auf keinen Fall wollte sie ausgehungert bei Jasia Boutacoff eintreffen und sich sofort aufs Essen stürzen. Während des Essens las sie noch einmal die Wegbeschreibung durch und lernte sie auswendig, bevor sie wieder ins Auto stieg und die letzte Etappe zum Topanga Canyon zurücklegte.

Das braune, zweistöckige Gebäude mit den roten Dachziegeln stand am Ende einer Sackgasse. Dahinter ragten die Berge der Wüste auf. Carolyn parkte den Wagen, öffnete den Kofferraum, nahm ihre Reisetasche heraus und warf sie sich über die Schulter. Das Grundstück wirkte sehr gepflegt, gleichmäßig beschnittene Wachholderbäume und viele Bodendecker. Zwei große Terracottatöpfe mit Ligusterpflanzen und zwei lustige Tonfrösche standen zu beiden Seiten der großen Haustür.

Carolyn hatte kaum geläutet, als die Tür schon aufgerissen wurde. „Sind Sie Jasia Boutacoff?"

„Nenn mich Boots, Liebes." Die große, schlanke Frau lächelte sie herzlich an. Graue Strähnen zogen sich durch ihre schwarzen Haare. „Und du bist Carolyn." Sie winkte sie herein. „Komm rein. Draußen ist es heißer als in der Hölle."

Die Kühle der klimatisierten Räume traf Carolyn wie eine Eiswand, aber das war ihr nur recht nach den vielen Stunden im überhitzten Auto. Es roch ganz wundervoll nach Essen. Der Flur war mit dunklen Holzdielen ausgelegt und mit Bauernschränken ausgestattet, an den Wänden waren Keramikleuchter angebracht. An der Decke hing ein großer mexikanischer Stern aus mattiertem Glas. Ein Bogengang führte in ein Esszimmer, das mit seinem Sideboard im Landhausstil, dem gusseisernen Kronleuchter über dem Esstisch und acht blauen Stühlen sehr gemütlich wirkte.

„Du bist nach der langen Fahrt doch bestimmt total fertig." Boots nahm Carolyns Tasche. „Ich zeige dir dein Zimmer. Wenn du möchtest, kannst du dich ein wenig frisch machen und dann zu mir ins Wohnzimmer kommen." Sie führte sie durch einen Flur. Ohne Luft zu holen sprach sie weiter. „Als ich dich das letzte Mal gesehen habe, warst du sechs Monate alt. Dein Papa hat dir die Windeln gewechselt." Sie lachte. „Er musste dabei würgen. Manchmal sind Männer so hilflos."

Carolyn erhaschte einen Blick in das geräumige Wohnzimmer mit einem geschwungenen weißen Kamin und großen Schiebetüren zum Garten. Boots redete wie ein Wasserfall, bis sie die Tür zu einem großen Schlafzimmer öffnete. Ein ausladendes Bett dominierte das Zimmer, ein brauner, flauschiger Teppich lag auf dem Boden, an der Wand stand eine Kommode, ein bequemer Sessel mit Fußhocker am Fenster, daneben zwei kleine Beistelltische mit Marmorplatte. Darauf lagen mehrere Bücher, unter anderem auch eine Bibel. Ein Aquarell von einem Sonnenblumenfeld hing an der einen Wand, ihm gegenüber ein Gemälde von einer italienischen Küste.

Boots hievte Carolyns Reisetasche auf das Bett und öffnete den Kleiderschrank. „Hier kannst du deine Sachen unterbringen." Hinter einer der großen Spiegeltüren kam ein luxuriöses Marmorbad mit einer großen Badewanne, einer separaten Dusche und einer abgetrennten Toilette zum Vorschein. „Das ist dein Bad." Ein kuscheliger Bademantel hing über dem Schminkhocker. Zwei Waschbecken, Spiegel an den Wänden. Noch nie in ihrem Leben hatte Carolyn solch ein luxuriöses Bad gesehen.

„Ich freue mich so, dass du hier bist, Carolyn. Du sollst es bequem haben. Wenn du etwas brauchst, sag es mir. Ich möchte, dass du dich wie zu Hause fühlst."

Überwältigt von dem herzlichen Empfang brach Carolyn in Tränen aus.

„Ach, Liebes." Boots drückte sie an sich und rieb ihr über den Rücken. „Keine Sorge. Alles wird gut werden. Es wird genau so kommen, wie Gott es möchte. Ich weiß, das ist nicht dein Zuhause, aber ich werde alles tun, dass du dich hier zu Hause fühlst. Du bist nicht das erste Mädchen, das ein Baby bekommt. Du bist nicht allein. Glaub mir." Sie löste sich von ihr, nahm Carolyns Gesicht in die Hände und beugte sich ein wenig vor, um ihr in die Augen zu sehen. „Du bist die Tochter einer meiner ältesten und liebsten Freundinnen, und ich habe Hildie versprochen, gut auf dich aufzupassen."

Sie ließ Carolyn los. „Wie wäre es, wenn du dich jetzt frisch machst und auspackst? Wenn du fertig bist, komm ins Wohnzimmer. Vor dem Abendessen haben wir noch Zeit, ein wenig zu plaudern."

Carolyn ging davon aus, dass sie, bis das Baby zur Welt kam, keinerlei Kontakt zur Außenwelt haben würde, doch am nächsten Morgen bei einem üppigen Frühstück belehrte Boots sie eines Besseren. „Ich habe für heute Nachmittag ein paar Freundinnen eingeladen. Sie waren mir während einer schwierigen Zeit ein großer Trost. Du wirst sie mögen, und sie werden dich lieben."

„Ich hatte nie viele Freunde."

„Hildie sagte, eine Freundin hätte dir sehr viel bedeutet." Boots blickte sie an.

Was hatte ihre Mutter Boots sonst noch erzählt?

„Ich weiß, was du jetzt denkst. Deine Mutter hat mich angerufen, weil sie dich nicht zu Fremden schicken wollte. Sie weiß, dass auch mein Leben nicht so ganz geradlinig verlaufen ist. Als wir uns kennenlernten, war ich ein Party-Mädchen. Sie ist immer den geraden und schmalen Weg gegangen, aber ich habe mich mit jedem neuen Assistenzarzt eingelassen, der ans Krankenhaus kam. Keiner war gut genug für mich. Es dauerte sehr lange, bis mir klar wurde, dass ich mich selbst mehr geliebt habe als jeden anderen. Und unterwegs fand ich genügend Gelegenheiten – und Ausreden –, mich sinnlos zu betrinken."

Boots führte ihr Glas Orangensaft an die Lippen. „Mir wäre nie in den Sinn gekommen, dass ich Gefahr lief, Alkoholikerin zu werden." Sie stellte das Glas wieder auf den Tisch. „Niemand bringt freiwillig ein solches Elend in sein Leben, und es ist viel mehr als nur Willenskraft nötig, um damit aufzuhören." Vollkommen entspannt lächelte Boots Carolyn an. „Durch die Gnade Gottes schleppte mich jemand zu meinem ersten Treffen der Anonymen Alkoholiker. Man sprach dort von einer höheren Macht. Ich nenne ihn Jesus. Er ist die Liebe meines Lebens geworden. Und ich fand Freunde, die mir halfen. Einige davon wirst du kennenlernen. Seither besuche ich die Treffen."

„Die Damen, die heute kommen?"

„Nur eine, aber jede von ihnen hat ihre Tiefen erlebt." Sie streichelte Carolyn über die Hand. „Die Sache ist, jeder von uns hat seine Kämpfe auszufechten, manche größere und manche kleinere. Und einige von uns bringen sich selbst in Schwierigkeiten."

Carolyn hatte sich in große Schwierigkeiten gebracht, und sie hatte auch ihre Eltern mit hineingezogen. Sie wusste nicht, wie sie sich und das Baby ernähren sollte. Das College hatte sie nicht zu Ende gebracht, und eine Ausbildung konnte sie auch nicht vorweisen. Würde sie als Kellnerin oder Verkäuferin genug verdienen, um sich eine kleine Wohnung zu nehmen? Und dann die Arzt- und Krankenhausrechnungen! Wenn sie ihr Baby behielt, müsste sie sich eine Arbeit suchen. Sie brauchte jemanden, der auf das Kind aufpasste. Würde ihr Kind in einer heruntergekommenen Gegend aufwachsen müssen? Natürlich könnte sie es zur Adoption freigeben, aber allein beim Gedanken, ihr Kind fremden Menschen zu überlassen, es nie mehr wiederzusehen, wäre sie am liebsten in Tränen ausgebrochen. Angesichts dieser vielen Entscheidungen wurde die Sehnsucht nach Alkohol oder Drogen übermächtig.

„Ich verstehe."

Sie hatte nicht gemerkt, dass sie diese letzten Worte laut ausgesprochen hatte. Beschämt schloss sie die Augen.

„Du brauchst nicht für alles schon heute eine Lösung zu finden, Liebes."

„Ich weiß gar nicht, ob ich auch nur eine einzige Lösung für meine Probleme finde."

„Immer eins nach dem anderen."

Carolyn hatte wenig Übung darin, einem Menschen zu vertrauen, noch dazu einer Frau, die sie erst so kurz kannte, aber in Boots' Gegenwart fühlte sie sich wohl. Sie fühlte sich sicher. Seit sie das Haus in der Clement Street verlassen hatte, kämpfte sie gegen ihre Sucht an. Wenn sie Geld gehabt hätte, hätte sie sich, als sie im Park lebte, mit Alkohol und Drogen betäubt. Doch dafür hatte ihr das Geld gefehlt, und sie hatte auch jetzt keins. Aber die Versuchung hatte nicht nachgelassen. Nur das Baby hinderte sie daran, ihr nachzugeben.

„Kann ich dich irgendwann mal zu einem Treffen der Anonymen Alkoholiker begleiten?"

„Komm doch gleich heute Abend mit."

Mama rief einmal in der Woche an. Sie fragte Carolyn, wie es ihr ging. „Gut." Sie fragte, wie sie mit Boots zurechtkam. „Großartig." Sie fragte, ob Carolyn etwas brauche. „Nein." Dann wollte sie mit Boots sprechen.

Manchmal kam auch Papa ans Telefon, aber nicht oft, und wenn, dann auch nicht lange. Oma rief nie an. Sie schrieb Briefe, berichtete ihr, wo sie überall gewesen war, was in ihrem Garten wuchs. Niemals fragte sie Carolyn, ob sie schon eine Entscheidung in Bezug auf das Baby getroffen hätte.

Dr. Connor, der Mann von einer von Boots' vielen Freundinnen, untersuchte Carolyn und meinte, das Baby hätte einen kräftigen Herzschlag. Innerhalb von zwei Monaten nahm sie zehn Pfund zu, weil Boots so wundervoll kochte. Morgens, bevor die Hitze sie im Haus hielt, machten sie gemeinsam einen Spaziergang. Manchmal gingen sie auch am Abend noch mal nach draußen. Außerdem wollte Boots ihr unbedingt alle möglichen Sehenswürdigkeiten zeigen. Sie besuchten den Zoo in Los Angeles, den Santa Monica Pier, Malibu. Als Boots einen Ausflug nach Disneyland vorschlug, erzählte Carolyn ihr von ihrer Reise mit Oma. Jetzt brauchte sie sich ja keine Gedanken mehr darüber zu machen, dass sie vielleicht Charlies Gefühle verletzte.

Zweimal in der Woche besuchten sie die Treffen der Anonymen Alkoholiker. Carolyn hörte zu, gab aber nichts von sich preis. Niemand drängte sie.

Eines Morgens klopfte Boots in aller Frühe an ihre Tür. „Wir gehen an den Strand, bevor es zu voll wird." Bei Sonnenaufgang hatten sie den Strand erreicht. Jogger liefen am Wasser entlang.

„Komm mit." Boots stieg aus und marschierte mit einem Korb und einer Decke über den Sand. Als sie eine geeignete

Stelle erreicht hatte, stellte sie alles ab, streifte ihre Schuhe von den Füßen und ging weiter zum Wasser. Carolyn folgte ihr. Am Rande des nassen Sandes blieb Boots stehen. Die Hände in die Hüften gestemmt hob sie ihr Gesicht und schloss die Augen. „Hör doch nur. Es gibt doch nichts Schöneres als das Rauschen der Wellen, nicht? Es ist so beruhigend."

Gemeinsam liefen sie am Wasser entlang, ohne ein Wort zu sagen. Boots schien sich um die Decke und den Korb keine Gedanken zu machen. Als sie umkehrten, hob sie einen kleinen Stock auf und drehte ihn wie einen Gummiknüppel in der Hand. „Du wirst aufgefressen von Schuldgefühlen und Angst, Carolyn. Das muss aufhören." Sie blieb stehen und rammte den Stock in den nassen Sand. „Schreib jede Sünde, die du je begangen hast, hier in den Sand. Lass alles heraus." Sie kehrte zu ihrem Korb zurück, breitete die Decke aus und ließ sich darauf nieder. „Nimm dir Zeit!", rief sie und legte sich hin, die Hände hinter dem Kopf verschränkt.

Carolyn schaffte es kaum, ein paar Worte zu schreiben, bis eine Welle kam und sie fortwusch. Sie schrieb mehr, und die Wellen kamen erneut und wuschen ihre Worte weg. Sie schrieb und schrieb, und jedes Mal nahmen die Wellen ihr Bekenntnis mit. Sie wusste nicht, wie lange sie in den Sand geschrieben hatte, bis sie endlich fertig war. Ihre Füße waren taub vom kalten Wasser. Sie warf den Stock in die Brandung und beobachtete, wie er fortgeschwemmt wurde. Zum ersten Mal seit Wochen hatte sie nicht das Gefühl, als säße jemand auf ihrem Brustkorb und nehme ihr die Luft zum Atmen.

„Fertig?", rief Boots.

„Für den Augenblick."

Boots trat neben sie. „Du kannst jederzeit wiederkommen." Sie lächelte sie an und blickte dann hinaus auf das Meer. Surfer ritten auf den flachen Wellen. „Ich habe dem Rauschen der Wellen gelauscht und hörte Jesus, Carolyn. Er sagte, er sei gekommen, um uns zu erlösen, nicht zu verdammen. Er hat unsere Sünden auf sich genommen. Er hat dich frei gemacht. Gott ist wie diese Wellen, Liebes. Er wäscht unsere Sünden fort. Er bietet dir das Geschenk der Gnade an und den heiligen Geist, der in dir wohnt, und außerdem das ewige Leben. Entscheidungen stehen an, doch die größte Entscheidung ist, ob du an ihn glaubst oder nicht. Bitte ihn, in dein Leben zu kommen, dann wird er sich um alles andere kümmern."

Seite an Seite standen sie am Meer und blickten über das Wasser hinweg. Carolyn spürte eine leise Bewegung – Engelsflügel. Unwillkürlich legte sie ihre Hände auf ihren Bauch. Boots bemerkte die Bewegung und wandte sich zu ihr um. „Bewegt es sich?" Und zum ersten Mal seit Monaten begann Carolyn zu lachen. Es klang ganz seltsam in ihren Ohren. Boots stimmte in ihr Lachen ein.

Während den Sitzungen der Anonymen Alkoholiker pochte Carolyns Herz zum Zerspringen. Ihre innere Anspannung nahm zu. Sie saß auf ihren Händen, hielt den Kopf gesenkt, hörte zu und nahm in sich auf, was gesprochen wurde.

Eines Abends dauerte die Stille so lang, dass ihr der Schweiß ausbrach. Jetzt war sie an der Reihe, das wusste sie, aber sie glaubte, keinen zusammenhängenden Satz über die Lippen bringen zu können.

Trotzdem atmete sie tief durch und gestand, dass sie angefangen hätte zu trinken, um den Stress am College in Berkeley besser zu ertragen. Als ihr Bruder nach Vietnam geschickt wurde, trank sie noch mehr, und dann fing sie an, gemeinsam mit ihren Freunden Haschisch zu rauchen und gegen den Krieg zu protestieren.

Alle hörten ihr aufmerksam zu. Niemand verurteilte sie. Nach dem Treffen kamen einige zu ihr und erzählten ähnliche Geschichten.

„Das erste Mal ist immer am schwersten", meinte Boots auf dem Heimweg.

Es dauerte noch einen ganzen Monat, bis sie über Charlie reden konnte. In dem Jahr nach seinem Tod war sie entweder betrunken oder von Drogen betäubt gewesen. „Ich erinnere mich nur noch bruchstückhaft daran, das meiste würde ich am liebsten ganz vergessen …" Sie weinte, als sie von Chel erzählte.

Mama rief erneut an. Carolyn war nicht in der Lage, mit ihrer Mutter zu reden, doch Boots nahm ihr das ab. „Sie trägt schon einen schönen Basketball vor sich her." Boots machte Fotos von Carolyn. Im Dezember schickten Mama und Papa Geld. Oma auch. Carolyn bedankte sich bei ihnen. Boots fuhr mit ihr zum Einkaufen. Während sie durch die Geschäfte liefen, nahm Boots einen Pullover zur Hand. „Du meine Güte! Das ist aber ein stolzer Preis!" Sie faltete den Pullover wieder zusammen und legte ihn zurück. Als sie nicht hinschaute, kaufte Carolyn ihn für sie.

Am Weihnachtsmorgen packte Boots ihr Geschenk aus. Tief gerührt nahm sie den roten Kaschmirpullover aus der Schachtel. „Du hast doch bestimmt dein ganzes Weihnachtsgeld für ihn ausgegeben."

„Er gefällt dir doch, nicht?"

Boots legte den Pullover wieder in die Schachtel. „Und wie. Aber jetzt hör mir zu. Deine Eltern haben mir jeden Monat Geld geschickt. Ich wollte nie etwas haben, doch sie haben darauf bestanden. Und jetzt gehst du hin und kaufst so etwas. Eigentlich sollte ich ihn ins Geschäft zurückbringen."

„Bitte nicht."

„Schon gut. Das mache ich nicht." Ihre Augen schimmerten feucht. „Aber ich werde für dich eine Baby-Party veranstalten."

Oma und Mama mussten leider absagen. Das Wetter verhinderte die lange Reise nach Süden. Oma litt unter einer schlimmen Erkältung, und Mama wollte sie im Auge behalten.

Sechs von Boots Freundinnen kamen mit Geschenken vorbei, von denen die meisten für Carolyn waren und nicht für das Baby. Ein pfirsichfarbenes Kostüm mit einer beigen Bluse, beige Pumps und eine passende Tasche. „Für Vorstellungsgespräche."

Ein Jogginganzug, um „nach dem Baby wieder fit zu werden". Ein klassischer Kamelhaarmantel. Nur Boots schenkte ihr Geld.

Boots Freundinnen waren wirklich sehr nett, doch ihre Einstellung war klar: Adoption war die beste Lösung. Carolyn war klar, dass ihr nicht mehr viel Zeit blieb. Sie weinte jetzt häufiger als während der ersten Monate, und sie träumte, in einem Schlafsack auf einer schwarzen Plastikplane im Golden Gate Park zu schlafen. Als sie aufwachte, erinnerte sie sich an Jesus mit seiner liebevollen Stimme, seiner Hand auf ihrem Kopf, den winzigen, sternförmigen Blumen im Gras und wie der frühe Morgen aufzog.

Schließlich stellte Mama die gefürchtete Frage. „Hast du schon eine Entscheidung getroffen? Was wirst du tun?"

Carolyn nahm zur Kenntnis, dass ihre Mutter nicht gefragt hatte, was sie tun *wollte*. Ihre Augen brannten. Sie schluckte und wischte sich die Tränen von den Wangen. „Ich denke schon." Ihr Baby weggeben. Alle schienen es für das Beste zu halten, außer Boots, die sie immer wieder beruhigte, alles würde sich finden. Aber Carolyn sah keinen Ausweg. Hatte sich etwa für Chel alles geregelt?

„Du kannst bei mir bleiben, solange du willst, Carolyn. Wenn du das Baby behalten willst, werden wir eine Lösung finden."

Carolyn schämte sich. Nachdem sie Berkeley verlassen hatte, war Chel für ihren Lebensunterhalt aufgekommen. Sie wollte nicht länger auf Kosten anderer leben. Das war nur eine andere Art der Flucht vor der realen Welt. Irgendwann musste sie erwachsen werden, die Konsequenzen ihres Handelns tragen, egal, wie schmerzlich das war. Und wäre ihr Baby bei anderen Leuten, die nicht so verkorkst waren wie sie, nicht besser dran? Bei Leuten, die dem Kind ein Heim und Liebe bieten könnten? In etwa drei Wochen würde es zur Welt kommen. Sie musste jetzt endlich aufhören zu träumen.

Sie suchte die Adoptionsagentur auf. Man versprach ihr, die Papiere auszustellen. Auf dem Heimweg zu Boots' Haus weinte sie.

Am folgenden Morgen machte Carolyn einen langen Spaziergang. Sie hatte das Gebet um Gelassenheit auswendig gelernt und sagte es sich jetzt immer wieder vor.

„Gestern Abend ist ein Paket für dich gekommen“, berichtete Boots ihr beim Frühstück. „Als du gestern so aufgebracht nach Hause gekommen bist, habe ich das ganz vergessen. Ich habe es auf dein Bett gelegt.“

Boots hatte den Karton bereits aufgeschlitzt. Carolyn nahm eine Kiste heraus, die in rosa-blaues Papier eingepackt war. Auf der Karte stand in Mamas ordentlicher Handschrift:

Papa und ich hoffen, dass dir das hilft, deine Entscheidung zu treffen. Wir lieben dich.

Sie hatten ihr einen Baby-Autositz geschickt.

Meine liebste Carolyn,
ich habe ein ruhiges Weihnachtsfest mit Bernhard, Elizabeth und Eddie verlebt. Im Augenblick bin ich in Truckee, genieße die schneebedeckten Berge und erinnere mich an die langen Spaziergänge in den Alpen mit meiner Freundin Rosi. Sie ist in all den Jahren meine treue Freundin geblieben. Sie kennt alle meine Fehler und Schwächen und liebt mich trotzdem. Möge Boots Dir eine solche Freundin sein.

Ich habe keine Eile, nach Hause zurückzukehren. Dort sitze ich doch nur allein in meinem Cottage. Deine Mutter macht Überstunden im Krankenhaus. Wenn Dein Papa nach Hause kommt, geht er sofort an die Arbeit, um die Veranda zu renovieren. Rikka hat mich für den Frühling nach New York City eingeladen. Dort wird wieder eine Ausstellung ihrer Werke stattfinden.

Ich bete viel für Dich und mein erstes Urenkelkind. Gott möge Dir Frieden geben für Deine Entscheidung, wie immer sie auch ausfallen möge. Ich liebe Dich. Daran wird sich nie etwas ändern. Und ich werde auch Dein Kind lieben, egal was geschieht. Das Leben verläuft manchmal in seltsamen Windungen und Kurven,

Carolyn. Was mich betrifft, so kann ich sagen, dass ich alles an Jesus abgebe und darauf vertraue, dass er es am Ende gut macht. Was immer Du jetzt auch denkst, Gott hat uns versprochen, dass alles, was geschieht, zu unserem Besten dient und dass er uns zu dem Menschen formen wird, der wir nach Gottes Willen sein sollen. Liebe ihn einfach. Stütze Dich auf ihn. Und denk daran, dass er Dich zuerst geliebt hat und immer lieben wird. Genau wie ich.
In Liebe, Deine Oma

1971

Die Wehen setzten in der Nacht zum 6. Februar ein. Boots blieb an Carolyns Seite. Als Carolyn ihr Neugeborenes im Arm hielt, begann sie zu weinen. Es war Liebe auf den ersten Blick. Ihre Tochter passte ganz genau in ihren Arm. Gott hatte ihr dieses Kind geschenkt in der Nacht, als sie ihr Leben beinahe weggeworfen hätte. Ein greifbarer Beweis seiner Gnade.

Boots' Augen schimmerten feucht. „Nun, leider kannst du sie nicht Charlie nennen, nicht?"

„Sie heißt May Flower Dawn." Das klang zwar schrecklich hippiemäßig, aber es war ihr egal. Den einzigen anderen Namen, der gepasst hätte, konnte sie ihr nicht geben: Epiphania – göttliche Erscheinung.

Sie hatte das Baby empfangen in der Nacht, bevor sie Jesus sah, und dieses Kind würde für sie immer ein unverdientes Geschenk von Gott sein.

Alle paar Tage rief Mama an, um sich nach ihr zu erkundigen. „Alles ist bereit." Nach einem Monat verlor sie die Geduld. „Es wird Zeit, dass du nach Hause kommst, Carolyn. Boots hat schon genug für dich getan."

Auf der Heimfahrt schlief May Flower Dawn die meiste Zeit.

Carolyn machte alle paar Stunden Rast, um sie zu stillen und die Windeln zu wechseln. Als sie zu Hause eintraf, kamen Mama und Papa nach draußen. Auch Oma kam aus ihrem Cottage. Noch bevor Carolyn aussteigen konnte, hatte ihre Mutter bereits die Beifahrertür geöffnet und May Flower Dawn aus dem Autositz genommen. Ihre Eltern hatten aus Charlies Zimmer ein Kinderzimmer gemacht. Die Wände waren lindgrün gestrichen, und Mama hatte luftige weiße Gardinen aufgehängt. Papa hatte neue Rollos angebracht und ein weißes Kinderbett aufgestellt. Oma hatte ein Mobile mit Disneyfiguren besorgt. Außerdem hatte Papa das Bücherregal weiß gestrichen. Charlies Science-fiction-Bücher waren verschwunden, und an ihrer Stelle lagen zwei Stapel Windeln, Vaseline, Babypuder, Babyshampoo, Seife und drei Kinderbücher im Regal.

Mit May Flower Dawn im Arm öffnete ihre Mutter die Schranktür. „Deine Großmutter hat ohne Ende genäht, seit sie weiß, dass sie eine Urenkelin hat."

„Du doch auch", meinte Oma von der Tür aus.

Sie hatten sogar einen Schaukelstuhl gekauft. Mama ließ sich darin nieder. Sie legte May Flower Dawn auf ihren Schoß. „Sie ist wunderschön." Als May Flower Dawn zu weinen begann, legte Mama sie an ihre Schulter.

Carolyn trat vor und streckte die Arme nach ihr aus. „Sie hat Hunger."

Nur widerstrebend, wie es schien, ließ sie sich das Baby abnehmen. Carolyn wartete, bis ihre Eltern und ihre Großmutter das Zimmer verlassen hatten, bevor sie sich auf Charlies Bett setzte, um ihr Baby zu stillen. Erneut sah sie sich im Zimmer um. Sie wollte alles in sich aufnehmen, was ihre Eltern und ihre Oma für sie getan hatten.

Vielleicht war *sie* ihnen gleichgültig, aber Carolyn zweifelte keine Sekunde daran, dass sie May Flower Dawn liebten und wollten.

Kapitel 18

Carolyn saß am Esszimmertisch, Papa vor Kopf, Mama ihr gegenüber mit May Flower Dawn in den Armen. Während sie Carolyns Baby leise beruhigte, übernahm Papa das Reden. „Das ist hier keine Freifahrt. Wenn du hier leben willst, musst du bestimmte Bedingungen erfüllen." Er faltete die Hände auf dem Tisch. „Wir erwarten, dass du das College zu Ende bringst und dein Examen machst. Und wir erwarten, dass du arbeitest und Miete bezahlst."

Panik kroch in ihr hoch. „Wie soll das gehen?"

„Du hast dich selbst in diesen Schlamassel gebracht, und du wirst dich auch selbst wieder herausholen. Wir stellen uns Folgendes vor …"

„Du hast noch zwei Monate, um dich auszuruhen und das Baby zu versorgen." Mama sprach, ohne den Kopf zu heben. „Bis dahin wird unser kleines Mädchen hier die wichtigsten Vorteile des Stillens genossen haben." Als May Flower Dawn Mamas Daumen umklammerte, empfand Carolyn einen Stich Eifersucht. „Dann springe ich ein."

„Du springst ein?"

„Deine Mutter gibt ihren Beruf auf, um sich um deine Tochter zu kümmern."

„Ich habe euch nicht darum gebeten-"

„Nein, du hast uns nicht darum gebeten, aber was dachtest du denn, Carolyn?" Seine Augen wurden dunkel vor Zorn. „Dachtest du, du könntest dich weiterhin von anderen Menschen aushalten lassen, jetzt, wo du ein Kind hast?" Seine Stimme klang gepresst. „Wir können nicht für den Rest unseres Lebens für dich aufkommen. Du musst lernen, für dich selbst zu sorgen."

Mama hob den Kopf. „Trip …"

Papa schaute sie und das Baby in ihren Armen an. Seine Schultern sackten in sich zusammen. Sein Blick wanderte zu

Carolyn zurück. „Wir wollen dich doch nicht bestrafen, Carolyn. Wir möchten dir helfen, dein Leben wieder in den Griff zu bekommen. Du musst das College beenden. Berkeley steht natürlich außer Frage, darum haben wir für dich eine Bewerbung für das staatliche College in Hayward ausgefüllt. Du brauchst sie nur noch zu unterschreiben. Am College gibt es eine Arbeitsvermittlung. Dort wird man dir helfen, einen Job zu finden, der in deinen Unterrichtsplan passt."

Mama blickte sie traurig an. „Es wird nicht leicht werden."

„Das Leben ist nicht leicht." Papa presste die Lippen aufeinander. „Wir werden nicht immer da sein und die Scherben zusammenfegen können. Du musst in der Lage sein, auf eigenen Beinen zu stehen. Ohne eine Ausbildung wirst du nicht viel erreichen können. Wir haben versucht dir zu sagen-"

Mama räusperte sich.

May Flower Dawn begann zu weinen, zuerst ein leises Wimmern, dann lauter. Carolyn hätte es ihr am liebsten gleichgetan. „Gib sie mir, Mama."

Mama erhob sich und schüttelte den Kopf. „Sie beruhigt sich schon wieder. Du und Papa, ihr müsst reden." Sie zog sich mit dem Baby ins Schlafzimmer zurück, schloss die Tür und ließ Carolyn mit ihrem Vater allein im Esszimmer. Er hatte ihr noch nicht alle Regeln erklärt.

„Du wirst uns Miete zahlen. Nicht viel und natürlich erst, wenn du einen Job hast, aber danach wollen wir achtzig Prozent von dem, was du verdienst. Für Unterkunft und Verpflegung und als Abtrag für das Geld, das wir Boots geschickt haben. Und natürlich für die Krankenhausrechnung."

Die volle Last dessen, was er von ihr erwartete, legte sich wie eine Ladung Steine auf ihre Schultern. Wie lange würde es dauern, bis sie ihre Schulden beglichen hätte? Zehn Jahre? Zwanzig? Bis dahin wäre May Flower Dawn bereits erwachsen. Sie hörte das Baby weinen. Am liebsten hätte sie sich ihre Tochter geschnappt und wäre davongelaufen.

„Entschuldige mich." Carolyn erhob sich.

„Wo willst du hin?“

„Sie hat Hunger.“

Sie klopfte nicht an die Schlafzimmertür, sondern trat einfach ein. „Sie muss gestillt werden, Mama.“

Mama lächelte. „Setz dich neben mich, ich gebe sie dir dann.“

Gab es jetzt für alles Bedingungen? Vielleicht war das schon immer so gewesen. Die Regeln, die sie zu erfüllen hatte, um geliebt zu werden, hatte sie irgendwie nie begriffen. Als Mama keine Anstalten machte, sich von dem breiten Doppelbett zu erheben, gehorchte Carolyn. Mama reichte ihr May Flower Dawn, blieb aber neben ihr sitzen.

Mama legte die Hand auf Carolyns Knie. „Ich weiß, du glaubst uns vielleicht nicht, aber Papa und ich tun das nicht, um dir das Leben schwer zu machen, sondern um dir zu helfen, wieder auf die Beine zu kommen.“

Carolyn blickte ihrer Mutter in die Augen und entdeckte Mitgefühl. Sie sah auch Schmerz, und sie wusste, dass sie ihn verursacht hatte. „Ich weiß, Mama.“

Doch sie kannte auch den Preis, den sie verlangten: May Flower Dawn.

Ihre Eltern hatten ihre Forderungen nicht schriftlich niedergelegt. Trotzdem war es ein bindender Vertrag, und Carolyn zermarterte sich das Gehirn deswegen. Sie sah keinen Ausweg und hatte nicht das Gefühl, einen suchen zu dürfen. In den folgenden sechs Wochen überlegte sie, welche Möglichkeiten sie hatte, um allein für sich und ihre Tochter zu sorgen. Wenn sie zu Boots zurückging, würde sie eine Freundschaft zerstören, die schon mehr als 30 Jahre bestand. Das wollte sie weder ihrer Mutter noch Boots antun.

Darum unterschrieb Carolyn die Bewerbung fürs College, setzte May Flower Dawn in den Kindersitz und fuhr nach Hayward. Die Kurse, die sie bereits in Berkeley absolviert hatte, würden ihr angerechnet. Das war doch schon mal was; trotzdem würde sie noch zweieinhalb Jahre bis zum Examen brauchen. Nebenher müsste sie noch arbeiten. Wenn sie nur die Hälfte der Kurse belegte, dauerte es fünf Jahre.

War das zu schaffen? Sie sprach bei der Arbeitsvermittlung vor. Man versicherte ihr, ihr noch vor Semesterbeginn eine Stelle vermitteln zu können.

Die Zeit verging viel zu schnell. Sie klammerte sich an jeden Augenblick mit May Flower Dawn, nahm sie in die Arme, spielte mit ihr, beobachtete sie im Schlaf. Als Mama ihren letzten Tag im Krankenhaus hatte, weinte Carolyn.

Die erste Woche der Trennung von May Flower Dawn war schrecklich. Ihre Milch schoss ein, wenn es an der Zeit gewesen wäre, sie zu stillen, und der Schmerz war entsetzlich. Bis sie nach Hause kam, hatte ihre Mutter May Flower Dawn bereits das Fläschchen gegeben, sie gebadet, ihr die Windeln gewechselt und sie schlafen gelegt. Carolyn blieb nichts weiter zu tun, als eine Dusche zu nehmen und zuzusehen, wie ihre Milch durch den Abfluss floss.

Sie bekam einen Job in der Bibliothek. Zum Mindestlohn arbeitete sie 25 Stunden in der Woche. Am Ende des Monats reichte sie ihren Gehaltsscheck an ihren Vater weiter. Sobald die Krankenhausrechnung und das Geld für Boots abgezahlt waren, kämen die Collegegebühren und Bücher an die Reihe. Ihr Vater gestand ihr ein Taschengeld von 25 Dollar zu. Was sie davon nicht für Benzin verbrauchte, wanderte auf ein Sparkonto.

Angesichts der aussichtslosen Situation wurde in Carolyn wieder die Sehnsucht nach einem Drink wach. Betrunken würde sie zumindest den Schmerz und die Einsamkeit nicht so empfinden. Zutiefst erschrocken über dieses heftige Verlangen suchte sie sich eine Gruppe der Anonymen Alkoholiker in Hayward. Es tat gut, Leute zu haben, die sie verstanden, einen Ort, an dem sie aus den Erfahrungen anderer Hoffnung schöpfen konnte. Aber es kostete sie eine weitere Stunde am Tag, eine Stunde, die sie mit May Flower Dawn hätte verbringen können.

Beschäftigt mit Unterricht, Arbeit und den AA-Treffen verpasste Carolyn jeden wichtigen Meilenstein in May Flower Dawns erstem Lebensjahr. Carolyn war nicht dabei, als ihre kleine Tochter sich zum ersten Mal umdrehte, als sie lernte, ein Spielzeug zu greifen, sich aufsetzte oder zu krabbeln begann. Sie hörte sie nicht *Mama* sagen. Mama und Papa gewöhnten es sich an, ihre Tochter Dawn zu rufen, und wenn sie Trost brauchte oder etwas haben wollte, verlangte sie nicht nach Carolyn. Sie wollte „Granny".

1974

Schließlich hatte Carolyn genug von ihrem Job in der Bibliothek. Mit einem Teil ihrer Ersparnisse kaufte sie sich ein Kostüm und bewarb sich für eine Teilzeitstelle im Maklerbüro von Myrna Wegeman, einer attraktiven, ehrgeizigen und erfolgreichen Geschäftsfrau, die sie auch tatsächlich einstellte und deutlich besser bezahlte. Nach wie vor konnte Carolyn abends und am Sonntag lernen, doch für die dreijährige Dawn blieb kaum Zeit. Mama und Papa beklagten sich nicht, und Dawn vermisste sie nicht.

Da Myrna ständig neue Häuser ins Verkaufsangebot bekam, drückte sie Carolyn eine teure Kamera in die Hand und schickte sie los, um Fotos von diesen Objekten zu machen. Carolyn sah sich die Häuser aus jedem Blickwinkel genau an, bevor sie die Fotos knipste. Myrna war begeistert.

„Für die Immobilien, die Sie fotografiert haben, interessieren sich mehr Leute als für die, die ich fotografiert habe. Sie haben Talent für diese Arbeit. Haben Sie schon mal daran gedacht, Immobilienmaklerin zu werden?"

Je mehr Carolyn sich für Myrna engagierte, desto mehr verlangte sie von ihr. Als Myrna sie bat, auch am Sonntagnachmittag zu arbeiten und bei Hausbesichtigungen zugegen zu sein, forderte Carolyn doppelten Stundenlohn. Nur widerstrebend erklärte sich Myrna dazu bereit.

Doch dieses Mal stieß Carolyn zu Hause auf Widerstand. Mama war mit den Überstunden nicht einverstanden. „Du bist doch auch so kaum zu Hause."

Auch Papa gefiel das Ansinnen nicht. „Deine Mutter könnte dann und wann mal eine Pause vertragen."

Ich auch!, hätte Carolyn am liebsten geantwortet. Freizeit kannte sie nicht, und sie wagte auch gar nicht, darum zu bitten. „Ich kann May Flower Dawn doch mitnehmen." Die Vorstellung, ihre Tochter einen ganzen Nachmittag nur für sich zu haben, begeisterte sie, doch Mama lehnte diesen Vorschlag ab.

„Vielleicht sollte sie Dawn wirklich mitnehmen, Hildie. Dann sieht Carolyn mal, wie anstrengend es ist, sich um ein Kind zu kümmern."

Mama warf Papa einen vernichtenden Blick zu. „Das klingt ja beinahe so, als wäre es harte Arbeit. Ich bin gern für Dawn da. Sie ist mir überhaupt keine Last!"

Papa gab auf und versuchte, auf Carolyn einzuwirken. „Lass dir doch ruhig Zeit. Du brauchst dich nicht so zu beeilen. Deine Schulden werden doch immer weniger."

Ihre Eltern schienen sich keine Gedanken darüber zu machen, dass sie bereits so viel Zeit mit May Flower Dawn verloren hatte.

An einem Sonntag kam Oma noch vor der Kirche herüber. Sie gehörte jetzt zu einer Gemeinde in einer Nachbarstadt. Mama hatte einmal dazu eine Erklärung abgegeben. „Oma kann es nicht ertragen, mit Thelma Martin im selben Gebäude zu sein. Ich kann das verstehen. Aber ich lasse mich von Klatsch und Tratsch nicht vertreiben."

Niemand lud Carolyn mehr ein, mit in den Gottesdienst zu gehen. Und schon gar nicht Pastor Elias.

Oma stellte ihre Handtasche auf den Küchentisch. „Wann hast du das letzte Mal mehr als eine Stunde mit deiner Tochter verbracht?"

„Ich habe keine Stunde Zeit, Oma. Ich habe Unterricht. Ich muss lernen und außerdem noch arbeiten gehen."

Oma beobachtete, wie Carolyn sich Notizen machte. „Deine Eltern tun, was sie für richtig halten. Sie setzen sich nach Kräften für dich und May Flower Dawn ein."

Carolyn schaute von ihrem Lehrbuch auf. „Ich weiß. Ich beklage mich ja auch gar nicht. Aber so ist es eben." Sie blätterte eine Seite um und versuchte sich auf ihre Arbeit zu konzentrieren. „Entschuldige bitte. Ich möchte dich nicht ignorieren, aber ich muss noch ein paar Stunden lernen. Später habe ich noch eine Hausbesichtigung." Sie spürte, dass Oma sie anstarrte. Wie lange hatten sie schon nicht mehr auf ihrer Veranda Tee miteinander getrunken?

„Vielleicht solltest du einfach mal aussprechen, was du empfindest, Carolyn."

„Was ich empfinde?" Carolyn stieß ein freudloses Lachen aus. Es auszusprechen würde nichts ändern, sondern alles nur viel schlimmer machen! Frustriert hielt Carolyn im Schreiben inne und blickte sie an. „Du brauchst gar nichts zu sagen. Ich weiß es doch bereits. Bis ich auf eigenen Beinen stehen kann, wird Dawn mir nicht mehr gehören."

„Hier geht es doch nicht um Besitz."

„Vielleicht nicht, aber so stellt es sich mir dar. Mit jedem Tag, der vergeht, verliere ich an Boden." Auch wenn sie nur wenig Zeit mit ihrem Kind verbrachte, sie liebte die Kleine und wollte nichts lieber, als sie wieder im Arm zu halten. Warum sonst arbeitete sie so hart? Sie wollte ihr Leben zurück, ein Leben, das sich um May Flower Dawn drehte.

Oma umklammerte ihr Handgelenk. Ihre Augen blitzten. „Ich habe mich um dich gekümmert, als du ein Kleinkind warst. Du *brauchtest* mich. Erinnerst du dich? Aber das ändert nichts an der Tatsache, dass deine Mutter immer noch deine Mutter ist!"

„Ja, ich erinnere mich." Carolyn legte ihre Hand über die von Oma. „Aber ich lernte, dich mehr zu lieben als sie, nicht?"

Omas Blick flackerte. Ein seltsamer Ausdruck trat auf ihr Gesicht. Sie nahm ihre Tasche und erhob sich. „Trotzdem hast du sie geliebt." Schweigend verließ sie den Raum.

Liebe Rosi,
ich erkenne jetzt viel deutlicher, welches Übel ich aus dem Wunsch zu helfen heraus angerichtet habe. Du weißt doch, dass ich bei Hildemara einzog, als sie an Tuberkulose erkrankt war. Ich wollte helfen, doch am Ende habe ich alles übernommen. Ich entwickelte so viel Zuneigung zu Carolyn, dass ich gar nicht gemerkt habe, welchen Schaden ich bei meiner Tochter angerichtet habe.

Jetzt muss ich zusehen, wie Carolyn genauso leidet, wie Hildemara vermutlich gelitten hat. Das Mädchen arbeitet so hart, um ihr Leben wieder in den Griff zu bekommen und sich die Liebe ihrer Eltern zu verdienen. Trip hat einen Plan für sie erarbeitet, wie sie wieder „auf die Beine kommen" kann. Sie wollen ihr wirklich helfen, genau wie ich damals nur helfen wollte. Aber wegen diesem Plan hat Carolyn jetzt keine Zeit mehr für ihr Kind, keine Zeit mehr, Teil der Familie zu sein. Ich sehe Carolyn nur noch selten. Wir wechseln kaum mehr als einen Gruß, und wir haben schon gar keine Zeit, eine Tasse Tee miteinander zu trinken. Wie kann ich das aufhalten, ihr Mut machen? Ich habe keine Antworten.

Noch nie habe ich Hildemara so glücklich erlebt (abgesehen von ihren Klagen, weil Carolyn nicht mehr zur Kirche geht). Ich verstehe ihre Gefühle, weil ich dasselbe empfand, als ich mich um Carolyn kümmerte. Der Verlust meiner Tochter setzte mir viel weniger zu, solange ich meine Enkeltochter mit meiner Liebe überschütten konnte. Und genau das ist das Dilemma. Hatte ich das Recht, Carolyns Zuneigung auf mich zu ziehen, so wie Hildemara das jetzt mit May Flower Dawn tut? Hildemara ist in ihrem Element. Sie tut alles, was eine Mutter für ihr Kind tun würde. Natürlich beklagt sich Carolyn nicht darüber. Sie hat schon immer alles mit sich selbst ausgemacht. Gestern überraschte sie mich, als sie sagte, ihre Mutter hätte nie Zeit für sie gehabt, doch nun hätte sie alle Zeit der Welt für May Flower Dawn. Sie sagte das nicht voller Bitterkeit, sondern eher resigniert.

Seither denke ich über Carolyns Worte nach. Ich frage mich, ob Hildemara dasselbe in Bezug auf mich empfunden hat …

Kapitel 19

1976

Die Zeit verging viel zu schnell. Hildemara hatte Dawn im Kindergarten angemeldet und blieb als ehrenamtliche Helferin dabei. In ihrem letzten Collegejahr arbeitete Carolyn mehr als je zuvor. Myrna drängte sie dazu, die Lizenz als Immobilienmaklerin zu erwerben. „Ich habe mehr Klienten, als ich bewältigen kann, und Sie haben doch bereits gelernt, Exposés zu schreiben und den Papierkram zu erledigen." Dafür hatte Myrna gesorgt. „Sie würden sehr viel mehr Geld verdienen als jetzt."

Dies war ein weiteres Ziel, das die wenige Zeit auffraß, die Carolyn zur Verfügung hatte. Am liebsten hätte sie das College geschmissen, doch davon wollte Papa nichts hören. „Der Immobilienmarkt ist starken Schwankungen unterworfen. Den Collegeabschluss kann dir niemand nehmen."

Die letzten Monate waren extrem anstrengend, doch dann hatte sie es endlich geschafft. Sie erzählte es Papa, da sie wusste, dass es ihn mehr interessierte als Mama. Doch die Sache hatte einen Haken.

„Was soll das heißen, du gehst nicht zu deiner Abschlussfeier?"

Carolyn zuckte die Achseln. „Das ist doch nicht wichtig. Ich bekomme mein Zeugnis zugeschickt."

„Aber wir wären so gern bei der feierlichen Überreichung deines Zeugnisses dabei. Denkst du nicht, du wärst uns das schuldig?"

Am liebsten hätte sie ihn daran erinnert, dass sie ihm und Mama bereits alles gegeben hatte, was sie gefordert hatten – und dazu die Eine, die sie im Leben am meisten liebte: May Flower Dawn. „An diesem Tag findet die Prüfung für meine Lizenz als Immobilienmaklerin statt." Sie hatte sich bereits erkundigt. Das Immobiliengeschäft war immer noch eine Männerwelt. Ihr

Examen würde ihr nicht mehr bringen als einen untergeordneten Job in einer großen Firma mit einem niedrigen Anfangsgehalt. Sie hatte keine Zeit mehr zu vergeuden.

„Ist dir die Feier denn nicht wichtig, Carolyn?" Ihr Vater wirkte beunruhigt. „Du hast so hart dafür gearbeitet. Ich hätte gedacht, dass du dich darauf freust, den Hut und das Gewand zu tragen und aller Welt dein Abschlusszeugnis zu zeigen."

Aller Welt? Machte er Witze? Zorn breitete sich in ihr aus. „Dir ist das viel wichtiger, als es mir je gewesen ist."

„Warum hast du denn nichts gesagt?"

„Und was wäre gewesen, wenn ich das getan hätte? Ich hätte *alles* getan, um nicht wieder auf der Straße zu landen. Nun habe ich alles gemacht, was du und Mama von mir verlangt habt, und ihr seid immer noch nicht zufrieden."

Papa fuhr zusammen, als hätte sie ihm ins Gesicht geschlagen. Sie musste sich auf die Zunge beißen, damit sie ihre Worte nicht zurücknahm.

Mit ihrer Lizenz als Immobilienmaklerin trat Carolyn vor Myrna und kündigte zum nächsten Ersten. „Sie *kündigen*?" Myrna konnte es nicht fassen. „Nach allem, was ich für Sie getan habe?"

Carolyn bedankte sich bei ihr. „Sie haben mir mehr über das Geschäft beigebracht, als ich in all meinen Seminaren gelernt habe. Sie haben an mich geglaubt und mir das Gefühl gegeben, dass ich noch viel mehr erreichen kann." Sie wollte im Valley arbeiten, in der Nähe von May Flower Dawn. Sie wollte mehr Zeit für ihre Tochter haben.

Myrna ließ sich nicht besänftigen. „Sie sind mir etwas schuldig dafür, dass ich Sie so gefördert habe!"

Carolyn hatte genug. Sie wollte nicht hören, wie viel sie Myrna verdankte – oder allen anderen. Sie hatte fünf Jahre lang geschuftet, um ihre Schulden abzuzahlen! „Es tut mir leid, dass Sie das so sehen. Ich hatte gehofft, wir könnten in Freundschaft auseinandergehen." Zum Teufel mit den zwei Wochen Kündigungsfrist. Sie marschierte zur Tür.

Myrna kam hinter ihrem Schreibtisch hervor und rief ihr zu, sie solle noch eine Minute warten. „Können wir nicht darüber reden?"

Carolyn blickte sich nicht einmal um, als sie durch die Tür verschwand und sie fest hinter sich ins Schloss zog. Sie hatte bereits einen Job in einem Immobilienbüro in Paxtown ergattert. Auch in den East Bay Hills boomte das Immobiliengeschäft, und Ross Harper war bereit gewesen, sie einzustellen, trotz der Gerüchte, die über sie im Umlauf waren. Myrna Wegeman genoss einen gewissen Ruf. „Wenn Sie drei Jahre bei diesem Drachen überlebt haben, dann wird die Arbeit bei mir ein Zuckerschlecken für Sie sein."

Jetzt brauchte sie nicht mehr im Morgengrauen aufzustehen und nach Hayward zu fahren. Sie hatte keine Abendseminare mehr. Sie brauchte nicht mehr in jeder freien Minute zu lernen. Endlich konnte sie ein wenig durchatmen. Sie würde sich im Valley nach Leuten umsehen, die bereit waren, einer jungen, unerfahrenen Maklerin ihre Immobilie anzuvertrauen. Und sie würde ihnen dann den perfekten Käufer vermitteln.

Die Zweihundertjahrfeier Amerikas stand an. Carolyn konnte sich die Zeit nehmen, das Feuerwerk und die Feier auf dem Festplatz mitzuerleben. Die inzwischen fünfjährige May Flower Dawn hatte Angst vor den Explosionen und den hellen, herabstürzenden Lichtern. Als Carolyn sie an sich drücken wollte, schrie sie umso lauter nach „Granny" und wollte sich nicht beruhigen lassen.

Eine Woche später verkaufte Carolyn ihr erstes Haus und konnte von der Provision den letzten Rest ihrer Schulden abzahlen. Es war ein erhebender Augenblick für sie, als sie Papa den Scheck überreichte.

„Allen Widrigkeiten zum Trotz." Seine Augen schimmerten feucht. „Du hast es geschafft, Carolyn." Er strahlte sie an. „Ich bin so stolz auf dich."

Nie hatte sie erwartet, solche Worte aus seinem Mund zu hören, nicht in einer Million Jahren. „Es gibt einige Kaufinteressenten für eine andere Immobilie", stammelte sie. „Wenn alles gut geht, dann habe ich genug Geld, um mir eine eigene Wohnung zu nehmen." Ihr Blick wanderte zum Wohnzimmer hinüber, wo May Flower Dawn mit ihren Barbiepuppen spielte, während Mama ihr eine Geschichte vorlas.

Mama legte das Buch auf den Tisch und kam zu ihnen. „Worüber redet ihr zwei?"

Papa zeigte ihr den Scheck. „Sie ist schuldenfrei."

Mama hielt den Scheck in beiden Händen und starrte ihn an. Keine Glückwünsche kamen über ihre Lippen. Carolyn richtete sich ein wenig gerader auf. „Ich habe Papa gerade gesagt, dass ich mit May Flower Dawn ausziehe, wenn ich den anderen Abschluss unter Dach und Fach habe."

„Ausziehen?" Mama hob den Kopf und erbleichte.

„Sie wird ja in der Nähe bleiben." Papa schien nichts dabei zu finden und Mamas schmerzvollen Blick auf das Kind, das auf dem Wohnzimmerteppich spielte, nicht bemerkt zu haben. Carolyn dagegen schon, und sie begriff nur zu gut. Dass *sie* auszog, machte ihrer Mutter nichts aus. Aber dass sie May Flower Dawn verlieren sollte, das war eine andere Geschichte.

Als Carolyn am nächsten Tag von der Arbeit nach Hause kam, wollten ihre Eltern mit ihr sprechen. Mamas gerötete Augen sagten ihr, dass es Probleme gab. „Wo ist May Flower Dawn?"

Mama wischte sich die Tränen von den Wangen. „Sie ist bei Sandy."

„Sandy?"

„Ihre Freundin aus dem Kindergarten."

„Nette Familie", fügte Papa hinzu. „Sie gehören zu unserer Kirche."

Carolyn wusste gar nichts über die Kinder in May Flower

Dawns Gruppe. Das würde sich bald ändern. „Ihr wolltet mit mir reden?“

Papa lächelte. „Eigentlich wollten wir dir etwas geben.“ Er schob ein Sparbuch über den Tisch. Als sie es nicht anrührte, deutete er mit dem Kopf darauf. „Nur zu. Sieh es dir an. Es gehört dir.“

Sie nahm es und fragte sich gleichzeitig, welcher Haken wohl wieder dabei war. Entschlossen legte sie es auf den Tisch zurück und schob es von sich fort. „Ich brauche kein Darlehen. Gerade heute habe ich ein tolles Haus hereinbekommen. Wenn es verkauft wird, bekomme ich eine gute Provision. Ich habe mich in ein kleines Haus auf der Vineyard Avenue verliebt-“

Mama unterbrach sie. „Das ist kein Darlehen, Carolyn. Das Geld gehört dir.“

„Jeder Penny.“ Papa schob das Sparbuch wieder zu ihr hin. „Das ist das Geld, das du uns monatlich für die Miete bezahlt hast.“

Fassungslos starrte Carolyn ihre Eltern an. Sie traute dieser freundlichen Geste nicht und überlegte, ob sie ihren Panzer fester schnüren sollte. „Ich verstehe nicht ...“

Papa beugte sich vor. „Wir wussten, dass du nach deinem Examen Geld brauchen würdest, um dir ein Nest zu bauen. Darum haben wir das Geld für die Miete von Anfang an für dich zurückgelegt.“

Carolyn blickte ihre Mutter an. Eine Vielzahl an Emotionen spiegelten sich in ihrem Gesicht. War ihr bewusst, dass dieses Geschenk Carolyn in die Lage versetzte, ihr May Flower Dawn wegzunehmen? Mamas trauriges Lächeln zeigte, dass es ihr sehr wohl bewusst war; ihre Worte bestätigten es. „Das sollte ausreichen, um eine Anzahlung auf dieses Haus zu leisten, das dir so gefällt.“

„Falls ich den Besitzer zum Verkauf überreden kann.“ Mit zitternden Fingern nahm Carolyn das Sparbuch an sich. „Danke.“

Carolyn hatte keine Probleme damit, ihren Vater zu umarmen und sein Hemd mit ihren Tränen zu durchtränken. Ihre

Mutter zu umarmen erwies sich als sehr viel schwieriger. Mama versteifte sich und wandte ihr Gesicht ab. Carolyn verstand den Hinweis und zog sich verletzt zurück. Schmerz stand in den Augen ihrer Mutter. Sie ergriff Carolyns Hand und tätschelte sie. „Alles wird gut."

Carolyn vergeudete keine Zeit. Sie suchte die Zieglers auf, denen das niedliche Haus gehörte, und fragte nach, ob sie vielleicht an einem Verkauf interessiert wären. Sie hatte mit Widerstand gerechnet, doch überraschenderweise erfuhr sie, dass die Zieglers bereits seit Längerem über einen Verkauf nachdachten. „Unsere Tochter liegt uns in den Ohren, dass wir zu ihr und ihrer Familie nach Ohio ziehen sollen. Sie besitzt ein großes Haus am See mit einer Einliegerwohnung."

Alles ging recht schnell über die Bühne. Mrs Ziegler fragte telefonisch bei Carolyn nach, ob sie vielleicht an einem Teil ihrer Möbel interessiert sei. „Für viele unserer Möbelstücke werden wir keinen Platz mehr haben." Nur ihr Schlafzimmer wollten sie mitnehmen. Carolyn übernahm das Sofa, die Wippstühle, Bücherregale, eine Esszimmergarnitur, einen großen Couchtisch aus Mahagoni, zwei Stehlampen und das Kaminbesteck aus Messing. Von der Provision eines weiteren Hausverkaufs erstand sie für May Flower Dawn ein französisches Bett mit einem Baldachin, eine weiße Kommode, einen Schreibtisch und zwei passende Beistelltische.

Jede freie Minute nutzte Carolyn, um das Haus für ihre Tochter vorzubereiten. Sie wusch die Wände und strich sie neu, hängte neue Gardinen und Rollos auf, ließ den Parkettboden im Wohnzimmer abschleifen und neu versiegeln und kaufte ein Perserteppichimitat. Die Schlafzimmer ließ sie mit Teppichboden auslegen.

Mama hatte ihr May Flower Dawns Lieblingsfarben verraten. Die Wände im Zimmer ihrer Tochter strich sie rosa mit einer weißen Bordüre, sie kaufte rosa Bettwäsche und Decken und eine dunkelrote Tagesdecke. Sie hängte weiße Spitzenvorhänge auf und kaufte neue Barbiepuppen mit sechs Kleidersets zum Wechseln.

Jeden Abend arbeitete Carolyn bis tief in die Nacht. Alles sollte perfekt sein, wenn ihre Tochter und sie einzogen. Ungefähr einen Monat nach dem Hauskauf war alles fertig. „Jetzt ist es so weit, Mama. Ich möchte es für euch beide so leicht wie möglich machen. Wollt ihr May Flower Dawn herbringen oder soll ich sie bei euch abholen?"

„Papa und ich bringen sie zu dir. Wir möchten uns gern anschauen, was du aus dem Haus gemacht hast."

Als ihre Eltern eintrafen, beobachtete Carolyn das Gesicht ihrer Tochter in der Hoffnung, einen Anflug von Begeisterung darin zu erkennen. Doch May Flower Dawn wirkte zutiefst verstört. Sie klammerte sich an die Hand ihrer Großmutter und mied Carolyns Blick. Mama lächelte gezwungen.

Sie redete mit unnatürlich fröhlicher Stimme und begeisterte sich für das schöne Haus, in dem Dawn jetzt leben würde. „Was für ein hübsches Zimmer. Deine Mutter hat es in deinen Lieblingsfarben gestrichen, Liebes."

„Ich will nicht hier wohnen, Granny", jammerte May Flower Dawn mit leiser Stimme.

„Das ist jetzt dein Zuhause, Dawn."

„Ich will bei dir und Opa bleiben."

Jedes Wort bohrte sich in Carolyns Herz. Mama war todtraurig. Papa wirkte grimmig und auch ein wenig verärgert. „Wir gehen jetzt besser, Hildie. Sofort."

„Gib mir noch eine Minute mit ihr."

Carolyn hätte am liebsten geschrien: *Du hattest sie fünf Jahre lang, und ich habe dir wochenlang Zeit gegeben, um sie vorzubereiten!* Doch sie schluckte ihren Schmerz und ihren Zorn hinunter und verließ schweigend mit Papa das Zimmer.

„Du kannst nicht erwarten, dass sich Dawn so schnell an die neue Situation gewöhnt, Carolyn."

Sie gab sich Mühe, fair zu sein. „Vermutlich wird es auch für Mama sehr schwierig."

„Du hast ja keine Ahnung."

Mama kam allein aus dem Haus. Tränen liefen ihr über die Wangen. „Wenn du uns brauchst, ruf einfach an."

In aller Eile stieg sie in den Wagen und barg ihr Gesicht in den Händen. Carolyn blickte ihnen nach, bevor sie ins Haus zurückging. May Flower Dawn lag zusammengerollt auf ihrem neuen Bett und weinte.

Carolyn setzte sich auf die Bettkante und legte ihrer Tochter die Hand auf die Schulter. „Ich liebe dich doch auch, das weißt du doch."

„Warum kann ich nicht bei Granny und Opa wohnen?"

„Weil ich deine Mama bin. Du gehörst zu mir."

Mit geröteten Augen und tränennassem Gesicht blickte sie Carolyn an. „Du hast mich doch nie gewollt."

Ein scharfer Schmerz durchzuckte Carolyn. „Das stimmt nicht, May Flower Dawn. Ich habe dich immer gewollt, vom ersten Augenblick an, als ich wusste, dass du unterwegs bist. Alles, was ich getan habe, war für dich." Sie blickte in die blauen Augen ihrer Tochter und wusste, dass sie ihr nicht glaubte.

„Mein Name ist *Dawn.*"

„Dein Name ist May Flower Dawn Arundel."

Die Lippen ihrer Tochter zitterten. „Die *Mayflower* war ein Schiff."

„Du wurdest nicht nach einem Schiff benannt."

„Opa sagt, es ist ein Hippie-Name."

So sahen es ihre Eltern wohl. Die Erinnerung an ihre Missbilligung schmerzte. „May … Flower … Dawn. Drei einzelne Wörter, und jedes hat eine ganz besondere Bedeutung."

„Mir gefällt der Name Dawn."

Sollte sie erklären, wie sie auf diesen Namen gekommen war? Vielleicht war es besser, nicht zurückzublicken. Andere Fragen könnten aufkommen, zum Beispiel wer ihr Vater war. „Also gut, dann also Dawn."

„Kann ich Granny und Opa besuchen?“

„Natürlich, jederzeit.“ Sie gab sich Mühe, sich nicht anmerken zu lassen, wie sehr sie das verletzte. „Wir wohnen ja schließlich nicht auf dem Mond.“

Dieses Versprechen konnte die Situation nur kurz entspannen. Nachts hörte Carolyn ihre Tochter weinen – und jede weitere Nacht auch. Dawn mochte nicht, was sie kochte. Wenn sie ihre Tochter dann fragte, was sie denn gern aß, zuckte sie nur die Achseln. Carolyn war klar, dass es nicht um das Essen ging, sondern um sie, die es zubereitete.

Es gab auch andere schwerwiegende Probleme.

Carolyn holte Dawn von der Schule ab und nahm sie mit ins Büro, wo sie den Nachmittag verbrachte. Hausaufgaben brauchte sie noch nicht zu machen, und beim Malen hatte sie wenig Ausdauer. Ihre Tochter lief durch das Büro und stand allen im Weg. Als sie einmal aus Versehen einen Stapel Akten auf Ross' Schreibtisch umstieß, rief er Carolyn in sein Büro.

„Sie müssen eine andere Lösung für Ihre Tochter finden, Carolyn. Sie kann nicht den ganzen Nachmittag hier sein.“

Carolyn erinnerte sich nur zu gut daran, wie es war, nachmittags in ein leeres Haus zu kommen. Das war der Grund gewesen, warum sie auf Docks Annäherungsversuche eingegangen war. „Sie braucht nur ein wenig Zeit, um sich daran zu gewöhnen, Ross.“

„Nein. Ein Kind sollte nicht den ganzen Nachmittag in einem Büro hocken. Es sollte draußen mit seinen Freunden herumtoben.“

Carolyn bat um ein paar Tage Zeit, um eine Lösung zu finden. Sie rief ihre Großmutter an. „Oma, ich weiß nicht, was ich tun soll.“

„Natürlich weißt du es. Bitte deine Mutter, sie nachmittags zu nehmen.“

„Dann liefere ich ihr May Flower Dawn wieder aus.“

„Nein, du teilst sie nur mit ihr.“

Carolyn war den Tränen nahe. Teilen? Wie viel Zeit hatte

Mama in den vergangenen fünf Jahren mit ihrer Tochter verbracht? „Du verstehst das nicht."

„Ich verstehe es besser, als du denkst, Carolyn." Ihre Stimme klang traurig und müde. „Mach kein Tauziehen daraus."

Als Carolyn den Hörer auflegte, barg sie ihr Gesicht in den Händen und weinte. Schließlich beruhigte sie sich wieder. May Flower Dawn stand in der Tür, verängstigt und aufgebracht. Carolyn wischte sich die Tränen aus dem Gesicht. „Also gut. Du bekommst deinen Willen."

Carolyn hisste die Friedensfahne und rief ihre Mutter an. Mama wirkte sehr erleichtert und erfreut. „Natürlich! Ich kann sie nach der Schule abholen und sie kann hierbleiben, bis du Feierabend hast. Und wenn du Hausbesichtigungen hast, kannst du sie auch sonst jederzeit zu uns bringen. Ich habe sie doch gern hier!"

Sie hatte May Flower Dawn kaum einen Monat gehabt, als sie sie erneut verlor. Danach verlief das Leben glatt. Zumindest Mama und Dawn waren glücklich.

Kapitel 20

1977

Sieben Jahre waren vergangen, seit Carolyn San Francisco verlassen hatte und nach Hause gekommen war. Sieben Jahre, in denen sie ihr altes Leben hinter sich gelassen und sich ein neues aufgebaut hatte. Sie hatte gehofft, mit der Zeit würde es leichter werden, die Leute würden ihre Vergangenheit vergessen und sie respektieren.

In der Stadt gab es nur eine Bank, und so war es unvermeidlich, dass Carolyn häufig jemandem begegnete, der ihre Geschichte kannte. An diesem Tag war diese Person ausgerechnet Thelma Martin. Sie betrat die Bank kurz nach Carolyn und stellte sich hinter sie in die Schlange vor dem Bankschalter. Sie spürte Thelmas bohrenden Blick im Rücken. Seit Carolyn die Zahnarztpraxis verlassen hatte, hatten sie kein Wort mehr miteinander gesprochen. Carolyns Muskeln verspannten sich, während sie sich darauf konzentrierte, sich bloß nicht umzudrehen. Diese Frau hatte in Paxtown mehr Gift versprüht als jeder andere, und noch immer schien es ihr große Genugtuung zu bereiten, Carolyns Geschichte jedem zu erzählen, der sie hören wollte.

Ein neuer Schalter machte auf, und Carolyn beeilte sich, ihr Geld einzuzahlen. „Kann ich sonst noch etwas für Sie tun, Miss Arundel?"

Carolyn bedankte sich, stopfte ihr Scheckbuch in die Tasche und eilte zur Tür. Dort prallte sie mit einem Mann zusammen, der gerade hereinkam. Der Mann hielt sie am Arm fest, damit sie nicht stürzte.

„Entschuldigen Sie." Mit hochrotem Gesicht trat sie einen Schritt zurück. „Es tut mir leid."

„Carolyn?"

Verwirrt blickte sie auf. Sie hatte diesen großen, breitschultrigen, rothaarigen Fremden in der Stadt noch nicht gesehen, aber irgendwie kam er ihr bekannt vor. Als sie in seine grünen Augen blickte, beschleunigte sich ihr Herzschlag. Sie versuchte ihn einzuordnen. Hatte sie in Haight-Ashbury mit ihm geschlafen? Sie hoffte nicht, aber wann immer sie Thelma Martin mit ihrem missbilligenden Blick sah, waren die Erinnerungen an diese schreckliche Zeit sofort wieder präsent.

„Mitch Hastings." Er lächelte sie an. „Erinnerst du dich jetzt an mich? Dein Bruder und ich sind zusammen Fahrrad gefahren, bis er seinen roten Impala bekam."

Sie hatte den Impala gefahren, bis Papa meinte, er sei nicht mehr verkehrstüchtig. Nur ungern hatte sie sich von ihm getrennt, und noch mehr ärgerten sie die Raten für den neuen Gebrauchtwagen.

Beim Anblick seines Lächelns machte sich ein seltsames Kribbeln in ihrem Bauch breit. Das allein weckte in ihr den Wunsch, die Flucht zu ergreifen. Thelma Martin kam geradewegs auf die Tür zu. „Wie schön, dich wiederzusehen, Mitch." Carolyn reichte ihm nicht die Hand. „Ich muss los." Sie trat um ihn herum und eilte zu ihrem Wagen.

„Warte mal." Ohne Mühe holte er sie ein und lief neben ihr her. „Warum so eilig?"

„Ich muss zurück zur Arbeit."

„Kann ich dich anrufen?"

„Tut mir leid." Sie stieg in ihren Wagen ein. Wenn er sich nicht von der Stelle rührte, würde sie ihm über die Füße fahren. Als sie zurücksetzte, blickte sie ihn an. Schnell schlug sie das Lenkrad ein und schoss aus der Parklücke. Im Rückspiegel sah sie, dass Mitch sich nicht von der Stelle gerührt hatte. Er wirkte amüsiert. Thelma Martin kam auf ihn zu. Bestimmt empfand sie es als ihre Bürgerpflicht, Mitch über ihre Vergangenheit aufzuklären.

Kurz nachdem sie im Maklerbüro eingetroffen war, läutete das Telefon. Ross' Frau Candace nahm das Gespräch entgegen. „Ja. Sie ist gerade zur Tür hereingekommen. Einen Augenblick, bitte." Sie lächelte Carolyn an. „Anruf auf Leitung zwei. Er hat eine schöne Stimme."

„Carolyn Arundel. Wie kann ich Ihnen helfen?"

„Du kannst mich heute Abend zu meinem Klassentreffen begleiten." Mitch Hastings vergeudete wirklich keine Zeit.

Sie konnte sich nichts Schlimmeres vorstellen als ein Klassentreffen in Paxtown – egal von welchem Jahrgang. „Nein, danke."

„Ich weiß, es ist ein wenig kurzfristig. Wenn ich gewusst hätte, dass du wieder in der Stadt bist, hätte ich mich früher mit dir in Verbindung gesetzt." Er lachte leise. „Es war Vorsehung, dass wir heute aufeinandergeprallt sind."

Thelma hatte ihm bestimmt von ihrer Vergangenheit erzählt. Er war nicht der erste Mann, der mit ihr ausgehen wollte, um zu sehen, wie weit er bei ihr gehen konnte. „Ich war doch gar nicht in deiner Klasse."

„Wir gehen nicht mehr zur Highschool. Der Altersunterschied interessiert keinen."

Und was sollte das heißen? „Versuch es bei einer anderen." Damit legte sie auf.

Als sie May Flower Dawn am Nachmittag abholte, erzählte ihre Mutter, dass Mitch Hastings zu einem Besuch vorbeigekommen sei. „Welch eine Freude für meine müden Augen! Ich habe ihn seit Jahren nicht mehr gesehen." Sie wirkte sehr erfreut, aber auch ein wenig lauernd. „Er sagte, er hätte dich in der Stadt gesehen."

„Wir sind miteinander zusammengestoßen."

„Hat er dir gesagt, dass er jetzt Finanzplaner ist?"

„Wir hatten ungefähr eine Minute Zeit, uns zu begrüßen, Mama. Ich musste zur Arbeit zurück."

„Er hat Dawn lustige Geschichten von Charlie erzählt und uns alle zum Lachen gebracht. Er wohnt in Healdsburg, in Alexander Valley, glaube ich. Das Klassentreffen hat ihn in die Stadt geführt. Er meinte, er hätte dich gefragt, ob du ihn begleiten möchtest, aber du hättest abgelehnt. Wenn du deine Meinung noch ändern willst, ich habe seine Nummer. Er ist im Hotel abgestiegen. Wir könnten Dawn ja über Nacht hier behalten …"

„Nein, danke."

„Ich habe Mitch immer gemocht. So ein netter junger Mann, Carolyn. Warum gehst du nicht mit? Du arbeitest immer nur. Es würde dir doch nicht schaden, auch mal ein wenig Spaß zu haben."

Carolyn musste sich auf die Zunge beißen, um ihrer Mutter nicht zu erzählen, dass Thelma Martin ihn zuerst in die Finger bekommen und das Wasser vergiftet hatte. Und wer wusste schon, wie Mitch Hastings wirklich war? Mama hatte doch gerade gesagt, dass sie ihn seit Jahren nicht gesehen hatte. Carolyn war erschrocken über die Gefühle, die sein Anblick in ihr ausgelöst hatte.

„Ich brauche nicht noch mehr Komplikationen in meinem Leben." Sie zog Einsamkeit dem Gefühl vor, ausgenutzt zu werden. Einige frühere Freunde ihres Bruders lebten noch in der Gegend. Wenn sie aus heiterem Himmel bei ihr anriefen, wusste sie genau warum. Sie hörte ihren verführerischen Tonfall, in dem sie ihr viel Spaß versprachen. Dass sie solche Einladungen immer ablehnte, hatte ihren Ruf nicht verbessert. Welcher Mann gibt schon gern zu, dass er einen Korb bekommen hatte? Für sie war es besser zu lächeln und die Leute in dem Glauben zu lassen, dass alles genau so war, wie Menschen wie Thelma Martin es ihr unterstellten. Sie ging mit keinem Mann aus. In Bezug auf Männer traute sie sich selbst nicht. Sie brauchte nur ein wenig zurückzudenken. Warum sollte sie weiteren Verletzungen Tür und Tor öffnen?

Am Montag rief Mitch erneut an. „Wie wäre es mit Mittagessen?"

„Ich dachte, du wärst nur zum Klassentreffen gekommen."

„Ich habe beschlossen, noch ein paar Tage hierzubleiben."

Carolyns Körper reagierte auf die Wärme in seiner Stimme, was ihre Wachsamkeit erhöhte. „Nun, dann noch viel Spaß. Ich habe zu tun."

„Du musst doch irgendwann mal etwas essen."

„Ich habe mir ein Sandwich mitgebracht."

Ross drehte sich um und blickte sie mit gerunzelter Stirn an. Zum Glück läutete sein Telefon und lenkte ihn ab. Candace war in die Mittagspause gegangen und konnte das Gespräch nicht entgegennehmen.

Mitch räusperte sich leise. „Habe ich dich irgendwie verletzt, Carolyn?"

„Nein. Das ist es nicht." Als erneut ein Telefon zu läuten begann, blickte Ross sie an. „Entschuldige bitte, aber es kommt ein anderes Gespräch herein. Ich kann jetzt nicht reden." Sie legte auf und hoffte, er würde es endlich begreifen und sie in Ruhe lassen.

Jemand wollte ein Haus in Paxtown Heights besichtigen. „Ich kann Ihnen das Haus sofort zeigen, wenn Sie möchten." Sie schrieb die Adresse des Kaufinteressenten auf, schnappte sich ihre Schlüssel und ging zur Tür. Erst am frühen Nachmittag kehrte sie ins Büro zurück.

Ross deutete auf ihren Schreibtisch. „Mitch Hastings hat noch einmal angerufen. Er möchte eine Ihrer Immobilien draußen an der Foothill Road besichtigen."

Sie verstaute ihre Handtasche in der untersten Schublade ihres Schreibtischs und knallte sie zu. „Warum haben Sie das nicht übernommen?"

Er grinste sie wissend an. „Er hat nicht nach mir gefragt."

„Sein Interesse ist doch vorgeschoben, Ross. Er besitzt bereits ein Haus irgendwo in Sonoma County."

Ross lehnte sich auf seinem Schreibtischstuhl zurück. „Ach ja?"

Candace mischte sich in das Gespräch ein. „Manche Leute investieren ihr Geld eben in Immobilien."

„Wer nicht wagt, der nicht gewinnt." Ross lächelte. „Gehen Sie schon."

Vor Wut schäumend holte Carolyn ihre Tasche aus der Schublade und machte sich wieder auf den Weg. Auf dem Weg ins Hotel probte sie, was sie ihm sagen wollte. Mit klopfendem Herzen wartete sie an der Rezeption, während der Portier in seinem Zimmer anrief und ihm mitteilte: „Eine Dame wartet im Foyer, Mr Hastings." Er wartete die Antwort ab und legte auf. „Er kommt sofort."

Als Mitch herunterkam, öffnete sie den Mund, um ihre einstudierte Rede loszulassen, doch er legte ihr die Hand auf den Rücken und dirigierte sie in den Speisesaal, nicht zur Eingangstür. Sie wehrte sich. „Man sagte mir, du wolltest ein Haus an der Foothill Road besichtigen."

„Ross meinte, du hättest vor der anderen Hausbesichtigung noch keine Gelegenheit gehabt zu essen."

„Ich habe keinen Hunger."

„Doch, hast du. Dein Magen hat gerade geknurrt."

Der Oberkellner schien sie bereits erwartet zu haben. „Gleich hier entlang." Er führte sie zu einem kleinen Tisch mit Blick auf den Garten.

Mitch schob ihr den Stuhl zurecht. „Wir können ja während des Essens reden."

Sie konnte sich nicht weigern, ohne Aufsehen zu erregen. Darum nahm sie die angebotene Speisekarte und gab vor, sie zu studieren. „Also, was möchtest du über das Haus wissen?"

„Später."

Da sie zu nervös zum Essen war, bestellte sie einen kleinen Salat. Mitch wählte ein Steak. Ihre Handflächen begannen zu schwitzen, als er sie mit seinen grünen, strahlenden Augen über den Tisch hinweg anblickte. Jetzt war der richtige Zeitpunkt, die Regeln festzulegen. „Ich gehe nicht mit Klienten aus."

„Kein Problem."

„Und ich mag keine Spielchen."

„Keine Spielchen beabsichtigt. Mir fiel nur nichts anderes ein, um dich dazu zu bringen, dich mit mir zu treffen."

„Vielleicht wärst du nicht mehr interessiert, wenn du die Fakten kennen würdest."

„Dann erzähl sie mir."

Also gut. Besser jetzt als später, wenn der Schmerz größer wäre. „Während Charlie in Vietnam war, verbrannte ich meinen

BH, rauchte Hasch und protestierte in Berkeley gegen den Krieg – nicht, dass ich damit etwas bewirkt hätte. Als wir erfuhren, dass Charlie ums Leben gekommen war, verschwand ich nach Haight-Ashbury. Du hast gehört, was dort los war? Ich habe alles mitgemacht. Ich weiß nicht mehr, mit wie vielen Typen ich geschlafen habe. Ich war zu high, als dass es mich interessiert hätte. Dann starb meine beste Freundin an einer Überdosis Heroin. Ich verließ die Kommune und lebte im Golden Gate Park. Ich schlief in öffentlichen Toiletten, auf Parkbänken und unter Büschen. Ich ernährte mich aus Mülltonnen. Meine Tochter, May Flower Dawn, hast du ja bereits kennengelernt, nicht wahr? Willst du wissen, wie ich an sie gekommen bin? Eines Abends war mir kalt. Ein Fremder bot mir an, seinen Schlafsack mit mir zu teilen. Mein Baby ist das Einzige in meinem Leben, das ich *nicht* bereue."

Sie warf die Serviette auf den Tisch. Mitch packte ihr Handgelenk, bevor sie aufspringen konnte. „Das ist Vergangenheit, Carolyn. Jeder von uns tut Dinge, die er später bereut."

„Die er *bereut*? So nennst du das? Lass mich los."

„Erst, wenn du mir dieselbe Zeit zugestehst."

Sie hielt den Atem an, fürchtete, er könnte ihren wilden Pulsschlag an ihrem Handgelenk spüren. „Bitte lass mich los." Sein Griff lockerte sich so weit, dass sie ihm ihre Hand entziehen konnte.

Seine Lippen verzogen sich zu einem Lächeln. „Bitte lauf nicht davon."

In weniger als zwei Minuten gab er ihr eine Kurzfassung seines Lebens. Nach einer leichten Verletzung während eines Spiels, die ihn zwang, mit dem Football zu pausieren, brach er sein Studium ab und meldete sich zum Marinekorps. „Vielleicht hatte Charlie die Idee von mir. Damals wussten wir beide noch nicht, was wir vom Leben erwarteten, außer dass wir *mehr* wollten. Ich wollte nicht mehr nur Bier trinken, Mädchen nachstellen und Football spielen."

Er hatte gehofft, einen Sinn im Leben zu finden, wenn er sich für eine Sache engagierte. So war es auch eine Zeit lang. „Als Charlie getötet wurde, war ich gerade im Dschungel. Ich habe noch zwei Pflichtrunden absolviert, bevor ich meinen Abschied nahm, dann ging ich ans College zurück. Ich habe mein Examen an der Ohio State abgelegt und fand anschließend einen guten Job in Miami."

Sein Vater und seine Stiefmutter waren bei einem Autounfall in Key West ums Leben gekommen. Er erbte ihr Haus in Vero Beach. „Ich habe das Geld investiert und bin mit dem Motorrad losgefahren, um mir Amerika anzusehen."

Carolyn entspannte so weit, dass sie ihren Salat essen konnte. „Was hat dich wieder nach Kalifornien geführt?"

Sein Blick ruhte eindringlich auf ihr, und es war, als überlege er intensiv, bevor er antwortete. „Im Herzen bin ich einfach Kalifornier. Healdsburg erinnerte mich an Paxtown vor zwanzig Jahren. Ich kaufte ein Ranchhaus mit etwas Land in Alexander Valley, pflanzte einen Weinberg an und stieg in die Vermögensverwaltung ein." Er lachte. „Mein Portfolio hat beeindruckt."

Danach sprachen sie viel über Charlie, und Mitch erzählte von ihren gemeinsamen Abenteuern. Er brachte Carolyn zum Lachen, was sie schon lange nicht mehr getan hatte.

Sein Blick liebkoste ihr Gesicht. Sie versuchte, die starke Anziehungskraft, die er auf sie ausübte, zu ignorieren. Er lächelte, als wüsste er genau, was sie gerade empfand. Ihr Herz klopfte zum Zerspringen. Um sich abzulenken, sah sie auf ihre Armbanduhr. Mit einem entsetzten Aufschrei schob sie ihren Stuhl zurück. „Ich habe noch einen Termin!" Sie schnappte sich ihre Tasche. „Entschuldige, dass ich so überstürzt aufbreche, Mitch. Danke für das Essen und für die Reise in die Vergangenheit."

„Warte." Er beglich schnell die Rechnung und erhob sich. „Ich begleite dich noch zu deinem Wagen." Als sie das Hotel verließen, nahm er ihre Hand. „Wie wäre es mit einem Abendessen und einem Kinobesuch heute Abend?"

Sie entzog ihm ihre Hand. „Ich kann nicht …"

„May Flower Dawn kann gern mitkommen."

Sie schloss ihren Wagen auf. „Es war nett, mit dir zu reden, Mitch, aber …“

Mitch drehte sie zu sich um. „Sieh mich an, Carolyn.“ Er strahlte Stärke aus, Zuversicht und Selbstbewusstsein. Und wieder spürte sie die Anziehungskraft zwischen ihnen. „Du hast mich gefragt, was mich nach Kalifornien zurückgeführt hätte. *Du* warst es. Ich liebe dich, seit ich fünfzehn war.“ Er lachte freudlos. „Du warst elf. Charlie wusste damals nichts davon. Er fand es heraus, als du in der neunten Klasse warst. Ich habe eine Stunde geschwänzt, um mit dir zusammen in der Bibliothek zu lernen.“

„Mitch …“

Er strich mit seinen Fingern sanft durch ihre Haare; sein Blick hielt sie fest. „Die Sache ist, ich bin nie über dich hinweggekommen. Als ich nach Ohio ging, wollte ich einen Schlussstrich ziehen. Ich rechnete nicht damit, dich je wiederzusehen, aber du bist mir nie aus dem Kopf gegangen. Und dann beschloss ich, zurückzukommen und herauszufinden, wo du abgeblieben bist.“

Als er sich vorbeugte, dachte sie, er wolle sie küssen. Sie hielt die Luft an. Er hielt inne. „Nur ein Abendessen, okay? Das ist alles, worum ich dich im Augenblick bitte.“ Sein Atem liebkoste ihr Gesicht. „Sag ja.“

„Ja.“

„Gott sei Dank.“ Seine Hand glitt über ihren Hals, ihre Schultern und sank dann herunter. Er lächelte. Seine Augen strahlten vor Wärme. „Wir gehen irgendwo hin, wo es ruhig ist, damit wir reden können.“

„Wie wäre es, wenn ich Abendessen mache und du zu mir kommst?“ Kaum waren die Worte über ihre Lippen gekommen, hielt sie erschrocken inne. Wie hatte sie einen solchen Vorschlag machen können? Was hatte sie sich dabei gedacht? Schlimmer noch, was mochte er jetzt denken?

„Perfekt. Um wieviel Uhr?“

Natürlich konnte sie die Einladung jetzt nicht mehr zurückziehen. „Halb sieben?“

Er öffnete ihr die Wagentür. „Ich werde da sein."

Sie schaffte es noch rechtzeitig zu ihrem Termin. Als sie May Flower Dawn abholte, fragte Mama, ob sie eine Tasse Tee trinken wolle, bevor sie nach Hause fuhr. Ihre Mutter wirkte überrascht und hocherfreut, als sie zustimmte. Carolyn hatte noch nie gut mit ihrer Mutter reden können, doch heute hatte sie das Gefühl, sie sollte einen Versuch wagen. Sie setzten sich ins Wohnzimmer, während May Flower Dawn ihre Barbies zusammensuchte und in ihr Zimmer räumte. Die Puppen, die Carolyn ihr gekauft hatte, rührte sie nicht an.

„Hast du was von Mitch gehört?" Mama trank einen Schluck Tee.

„Er rief im Büro an und wollte ein Haus besichtigen."

„Hat er vor, wieder nach Paxtown zu ziehen?"

„Nein, das war nur ein Vorwand."

Ihre Mutter lachte. „Er scheint ein Nein schlecht akzeptieren zu können." Ein Schatten flog über ihr Gesicht, und Carolyn fragte sich, was sie jetzt wohl dachte. Auf keinen Fall sollte ihre Mutter einen falschen Eindruck bekommen.

„Wir haben viel über Charlie geredet. Ich habe ihn für heute Abend zum Abendessen eingeladen."

„Warum lässt du Dawn nicht hier schlafen?"

„Ich möchte nicht, dass Mitch einen falschen Eindruck bekommt."

Ihre Mutter stellte ihre Tasse ab und blickte sie an. „Ich bin sicher, seine Absichten sind ehrenhaft, Carolyn. Und falls nicht, kannst du immer noch Nein sagen."

Carolyn musste unwillkürlich lachen. „*Ehrenhaft*. Ich weiß nicht, was das heutzutage noch bedeutet."

Ihre Mutter runzelte die Stirn. „Er war Charlies bester Freund, Carolyn. Er vermisst deinen Bruder. Vermutlich will er nur mal mit jemandem reden, der ihn auch geliebt hat."

Wenn das nur alles wäre. Sie wollte nicht zu viel verraten, damit ihre Mutter nicht darüber spekulierte, was sie sonst noch taten, außer über Charlie zu reden.

Mama lachte. „Dawn hat mir gerade erzählt, sie würde gern einmal mit dem Bus zur Schule fahren. Wenn sie hier übernachtet, könnte sie das morgen mal ausprobieren."

„Ich weiß nicht, Mama."

„Bitte!", rief May Flower Dawn aus dem Flur.

Ihre Tochter bat sie nur selten um etwas. Wie könnte Carolyn ihr diesen Wunsch abschlagen?

Allein zu Hause beschloss Carolyn, das Abendessen abzusagen. Sie rief im Paxtown Hotel an und bat darum, zu Mitchs Zimmer durchgestellt zu werden. Das Telefon läutete zehn Mal, bis der Portier sich wieder meldete und sagte, es täte ihm leid, aber Mr Hastings scheine nicht da zu sein. In Panik suchte Carolyn in ihrem Kühlschrank nach Zutaten für ein Abendessen. Sie bereitete einen Hackbraten vor, legte zwei Kartoffeln in den Backofen und machte einen Salat. Gerade hatte sie den Tisch gedeckt, als ein Motorrad vorfuhr. Ihr Pulsschlag beschleunigte sich. Ihr Herz wäre wohl in den Himmel geflogen, wenn es nicht in ihrer Brust festgesessen hätte.

Die Türglocke läutete. Schnell wischte sie sich die Hände ab, setzte ein fröhliches Lächeln auf und öffnete die Tür. „Hallo, Mitch. Komm doch herein." Ihre Stimme klang unnatürlich. Mitch sah umwerfend gut aus in seiner schwarzen Bomberjacke aus Leder, dem blauen Freizeithemd, der Jeans mit dem schwarzen Ledergürtel und seinen Stiefeln. In einer Hand hielt er eine Flasche Rotwein, in der anderen einen Strauß Lilien. Sie öffnete die Tür weiter und winkte ihn herein. „Kann ich deine Jacke nehmen?"

„Du nimmst besser zuerst den Wein und die Blumen."

Sie errötete. „Natürlich."

Sobald seine Hände frei waren, zog Mitch die Jacke aus, warf sie auf das Sofa und folgte ihr in die Küche. „Das riecht aber gut hier."

„Wirklich?“ Sie erklärte ihm, was es zu essen gab. „Entschuldige bitte. Kein tolles Essen.“

„Hast du einen Korkenzieher? Ich mache die Weinflasche auf.“

Sie suchte in ihrer Schublade herum, bis sie einen Dosenöffner fand, an dem sich auch ein Korkenzieher befand. „Hier.“ Seine Finger berührten ihre, und der Korkenzieher fiel ihr aus der Hand. „Entschuldige.“

Musste er sie so ansehen? Ihr Herz klopfte zum Zerspringen. Sie arrangierte die Lilien in eine Vase und brachte sie ins Esszimmer. Anschließend nahm sie ein Weinglas aus dem Schrank und stellte es auf den Tisch.

„Nur ein Glas?“

„Ich bin trockene Alkoholikerin. Und Ex-Junkie.“

Er verzog das Gesicht. „Entschuldige.“

„Ich werde mir Mühe geben, nicht trübsinnig dabeizusitzen, während du dir den Wein schmecken lässt.“ Das sollte ein Witz sein, aber die Worte klangen ziemlich platt. „Das Essen ist erst in einer Dreiviertelstunde fertig. Wir setzen uns am besten so lange ins Wohnzimmer.“ Sie deutete auf das Sofa, wo seine Jacke lag.

Mitch nahm Platz und beobachtete sie. Nervös nahm sie seine Lederjacke und fragte sich dann, was sie damit machen sollte. Eigentlich sollte sie sie aufhängen, doch sie besaß keine Garderobe. Ihr Schlafzimmer wäre eine Möglichkeit, doch den Gedanken verwarf sie sofort wieder. Schließlich gab sie auf und legte sie wieder über die Sofalehne.

Sie setzte sich auf einen der Wippstühle, mit steifem Rücken, die Hände im Schoß gefaltet. „Also, worüber sollen wir uns unterhalten?“

„Sag mir doch zuerst mal, warum du so nervös bist.“

„Ich habe noch nie einen Mann zum Abendessen eingeladen.“ Sie zog ihren Rock über die Knie. „Willst du über Charlie reden?“

„Leistet uns May Flower Dawn Gesellschaft?“

„Nein. Sie übernachtet bei meinen Eltern." Sie spürte, wie sie errötete, als sie überlegte, wie ihre Worte wohl bei ihm ankommen würden. „Das war nicht meine Idee."

Sein Mund verzog sich. „Davon bin ich überzeugt. Ich wette, du warst es, die heute Nachmittag im Hotel angerufen hat. Du wolltest den Abend absagen."

Dann war er also da gewesen. „Warum bist du nicht ans Telefon gegangen?"

„Was meinst du wohl?"

Der Ausdruck in seinen Augen ließ keinen Raum für Spekulationen. Bilder von anderen Männern, die scharf auf sie gewesen waren, blitzten in ihr auf. Dock zuerst. Als sie den Gedanken schnell beiseiteschob, tauchte Ash aus der Grube ihrer Erinnerungen auf, gut aussehend, charismatisch … und vollkommen weggetreten. Noch mehr Schmerz. Mehr Scham. Mit wie vielen anderen hatte sie geschlafen, die ihren Körper wollten, die sich aber für sie als Person weniger interessierten als für das Wetter? Und nach dem Hurrikan war sie zu einem Ödland geworden, wie Abfall, der an Land gespült worden war. Und jetzt saß Mitch Hastings, Charlies bester Freund, auf dem Sofa in ihrem Wohnzimmer. In seinen Augen brannte ein Feuer, und er fragte sie, was sie dachte.

Sie stand auf. „Ich bin wirklich eine schlechte Gastgeberin. Ich habe dir nicht einmal etwas zu trinken angeboten. Du kannst Cola, Eistee, Limo und natürlich Wasser haben. Vielleicht möchtest du ja auch schon ein Glas Wein trinken."

„Nichts, danke."

Sie ließ sich erneut in den Sessel sinken. Und was nun? Verzweifelt suchte sie nach einem Gesprächsthema, doch ihr fiel nichts ein. Zum Glück kam Mitch ihr zu Hilfe. „Du hast Charlie erwähnt. Nach der Highschool haben wir uns geschrieben, und wir hielten auch Briefkontakt, als er zum Militär gegangen ist. Er hat mir viel von dir erzählt."

„Das kann ich mir vorstellen."

„Er hat dich sehr geliebt, Carolyn, und sich Sorgen um dich gemacht."

Sie drückte ihren Rücken gegen die Lehne und hob die Schultern. „Seine blöde, verklemmte kleine Schwester, die Hippie geworden war." So viel Grund zum Trauern. „Mama und Papa sagen, er hätte sich für mich geschämt."

„So etwas hat er nie erwähnt. Schließlich hast du dich doch nur für die Beendigung des Krieges engagiert. Er meinte, du wolltest ihn retten. Aber deine Freundschaft mit dieser Rachel hat er kritisch gesehen. Sie schien einen schlechten Einfluss auf dich zu haben."

Sie schnaubte. „Charlie ist ihr doch nur einmal begegnet."

„Ja, und genau das hat seine Sorge geweckt. Sie ist wohl mitten in der Nacht in sein Zimmer gekommen."

Sie errötete. „Ich weiß. Sie hat es mir anschließend erzählt."

„Er hat sich große Vorwürfe gemacht wegen dem, was passiert ist. Sie war wohl total high, und er hat das ausgenutzt."

Carolyn lachte leise. „Es war wohl eher andersherum, Mitch."

„Wie auch immer, Charlie mochte sie. Sehr sogar. Er meinte, sie hätte so etwas an sich gehabt …"

„Chel war eine Sirene." Wie Janis Joplin, ihr Idol, die ein knappes Jahr nach ihr an einer Überdosis Drogen gestorben war.

„Sie haben sich geschrieben. Er wollte sie wiedersehen."

„Wirklich?" Und jetzt waren beide tot. Sie wollte Mitch alles erklären. „Niemand kann Chel die Schuld geben an dem, was ich getan habe, Mitch. Manche Menschen finden einfach immer einen Weg, um ihr Leben zu ruinieren. Und das konnte ich wirklich gut."

„Du hast dein Leben aber auch wieder in die richtigen Bahnen gelenkt, Carolyn. Dazu braucht man Mut."

Ganz bewusst lenkte Mitch das Gespräch auf andere Dinge, und es gelang ihm, das Alltägliche interessant klingen zu lassen. Sie fragte ihn nach seinen Reisen. Er erzählte von seiner Fahrt quer durch das Land auf seiner Harley, von den interessanten Menschen, die er getroffen hatte und was er an Sehenswertem besichtigt hatte. Carolyn entspannte sich und genoss es, ihm zuzuhören.

Schließlich war das Essen fertig, und sie setzten sich an den Tisch. Sie goss ihm ein Glas Wein ein und stellte die Flasche weg, bevor sie sich ihm gegenüber an den Tisch setzte. Er fragte, ob es in Ordnung wäre, wenn er ein Tischgebet sprechen würde. Verblüfft stimmte sie zu, und als er fertig war, fragte sie, wann er denn Christ geworden wäre.

„Das bin ich immer gewesen, aber ich bin nicht in eure Kirche gegangen." Überall im Land hatte er auf seinen Reisen Gottesdienste besucht und sich ganz bewusst Gemeinden unterschiedlicher Denominationen angesehen. „Das Gute am Christsein ist, dass man überall Geschwister findet. Du erkennst sie sofort, wenn du ihnen begegnest."

Wie es in einer Gemeinde war, konnte sie nicht aus eigener Erfahrung sagen, aber sie hatte wirkliche Annahme in der Gruppe der Anonymen Alkoholiker gefunden. Diese Menschen zeigten Interesse an ihr. Sie waren zwar nicht im christlichen Jargon zu Hause, doch sie hatten ihren eigenen Jargon und einfache Leitsätze, die ihnen durch den Tag halfen. *Das Wichtigste zuerst. Denk nach! Nimm es nicht zu schwer. Lass los und überlass es Gott.* Dort spürte sie die Gegenwart von Jesus. Niemand blickte von einer Kanzel auf sie herab und sagte ihr, dass sie nicht willkommen war. Sie konnte sagen: „Ich heiße Carolyn, und ich bin Alkoholikerin" und hörte als Antwort: „Willkommen, Carolyn." Dort wurde sie nicht abschätzig angeschaut, dort wurde ihr nicht gesagt, sie solle erst wiederkommen, wenn sie Beweise für ihre Reue vorweisen könne. Wenn sie nicht diese Gruppe in ihrer Nähe gefunden hätte, wäre sie schon lange gescheitert.

Mitch schien ihr Essen zu schmecken, denn er langte tüchtig zu. „Wie war es in Haight-Ashbury?"

Sie erzählte ihm vom Hasch und dem Alkohol, den ständigen Partys, der Verwirrung und der Angst, von Woodstock und der langen, entsetzlichen Fahrt nach Hause mit der völlig weggetretenen Chel auf dem Rücksitz. Sie erzählte ihm von Ash; die sexuellen Übergriffe und Vergewaltigungen im Drogenwahn verschwieg sie aber lieber. Über ein paar Dinge sprach sie nur mit Gott und ihrem toten Bruder.

„Hast du ihn geliebt?" Was sie für Ash empfunden hatte, konnte sie nicht Liebe nennen. „Nein. An dem Tag, an dem Chel starb, habe ich erkannt, was für ein Mensch er tatsächlich war. In gewisser Weise hat ihr Tod mich befreit."

„Aber du bist immer noch nicht frei von alledem, nicht?" Mitgefühl war in seinen Augen zu lesen. „Du schleppst immer noch eine Wagenladung Schuld und Scham mit dir herum."

Sie erhob sich und fing an, den Tisch abzuräumen. Mitch half ihr und wollte unbedingt das Geschirr spülen. Sie trocknete ab und räumte das Geschirr in den Schrank. Danach würde er sich bestimmt verabschieden, nahm sie an. Doch er wollte gern noch eine Tasse Kaffee trinken. Sie entschuldigte sich, dass sie kein Dessert gemacht hatte, aber das hatte sie einfach vergessen. Nicht einmal Eiscreme oder Kekse hatte sie im Haus.

Er grinste. „Wir könnten ja eine kleine Fahrt auf meiner Harley machen. In Walnut Creek gibt es ein Eiscafé."

Sie stellte sich vor, wie sie hinter ihm auf seiner leistungsstarken Maschine saß, ihren Körper an seinen gepresst, die Arme um seine Taille gelegt. „Ich glaube, besser nicht."

Mit zwei Bechern setzten sie sich wieder ins Wohnzimmer. Sie fragte ihn noch eingehender nach seinen Reisen, nach den Gemeinden, die er besucht hatte, den Pastoren. Er lachte. „Oh, es gab einige, die mir angesichts meiner Harley und der schwarzen Lederjacke am liebsten die Tür vor der Nase zugeknallt hätten, aber meistens fühlte ich mich willkommen." Er warf einen Blick auf die Uhr auf dem Kaminsims. „Es ist spät geworden. Ich sollte mich jetzt besser verabschieden."

Sie erhob sich und staunte darüber, wie schnell die fünf Stunden vergangen waren. Ob es wohl zu aufdringlich war, ihn noch einmal einzuladen? „Wann fährst du nach Healdsburg zurück?"

„Morgen früh."

„Oh." Unerwartete Tränen brannten ihr in den Augen. „Es war auf jeden Fall sehr schön, dich wiederzusehen, Mitch."

„Danke für das Essen. Es war ein toller Abend." Mitch lächelte sie an und zog seine Lederjacke über. „Ich komme wieder, Carolyn."

Große Erleichterung durchströmte sie, als sie ihn zur Tür begleitete. Er hatte gesagt, er sei nie über sie hinweggekommen. Auch wenn sich das sicher geändert hatte, wusste sie zumindest, dass sie jetzt einen Freund hatte.

Mitch legte seine Hand an den Türgriff, um die Tür zu öffnen, doch dann ließ er ihn wieder los und drehte sich zu ihr um. Unsicherheit spiegelte sich auf seinem Gesicht. „Hättest du etwas dagegen, wenn ich etwas täte, wovon ich schon so viele Jahre geträumt habe?"

„Was?"

„Dich küssen."

Sie schnappte nach Luft, rührte sich aber nicht. Zögernd hob er seine Hand, gab ihr die Gelegenheit, Nein zu sagen. Er legte die Hand behutsam an ihre Wange, beugte sich langsam vor. Sie konnte es sich immer noch anders überlegen. Sobald seine Lippen sich auf ihre legten, reagierte ihr Körper in einer Weise, wie sie es nie für möglich gehalten hatte. Er hob den Kopf und blickte ihr in die Augen. „Schön."

Er küsste sie gleich noch einmal. Sie kam näher, ihre Hände glitten unter seine Lederjacke. Leise stöhnend legte er seine Arme um sie und zog sie an sich. Sie wusste nicht, wie lange sie dort standen, eng aneinandergeschmiegt, aber sie wünschte sich, es würde nicht aufhören.

Schließlich trat Mitch einen Schritt zurück. „Besser als alles, was ich mir je vorgestellt habe." Er lachte heiser und küsste sie hinter das Ohr. „Schön zu merken, dass dein Herz genauso schnell schlägt wie meins."

Ein Prickeln lief über ihr Rückgrat. Seine Hände strichen über ihren Rücken, und instinktiv drängte sie sich ihm entgegen. Er löste sich von ihr. „Ich muss jetzt los." Dieses Mal öffnete er die Tür.

„Mitch …" Sie brauchte nicht mehr zu sagen.

„Wenn ich bleiben würde, könnte ich nicht mehr aufhören. Und dann bereust du es vielleicht. Ich möchte nicht, dass du Reue empfindest, wenn wir verheiratet sind.“ Damit verließ er das Haus.

Sie trat auf die Veranda. „Was hast du gesagt?“

„Du hast mich schon verstanden.“ Grinsend setzte er den Helm auf. „Ich rufe dich morgen an.“ Noch einmal winkte er ihr zu, schwang sein Bein über den Sitz und startete das Motorrad.

Ihr Herz dröhnte lauter als seine Harley.

Kapitel 21

Mitch rief jeden Abend an, nachdem May Flower Dawn im Bett war. Manchmal redeten sie bis weit nach Mitternacht. Jedes Wochenende kam er zu Besuch, aber nicht auf seiner Harley, sondern mit einem Auto, damit sie auch Carolyns Tochter auf ihre Ausflüge mitnehmen konnten. Er schlug Aktivitäten vor, die ihnen allen Spaß machten: Wandern in den Bergen, ein Ausflug nach San Francisco ins Steinhart-Aquarium, Ausritte, ein Baseballspiel. Carolyn bot immer an, am Freitagabend zu kochen, doch Mitch wollte lieber in ein Restaurant gehen. „In der Öffentlichkeit muss ich meine Finger von dir lassen." Er besuchte die Gottesdienste in Walnut Creek und lud sie dazu ein. Doch sie lehnte immer ab und versicherte ihm, sie hätte eine Gemeinschaft, zu der sie gehörte. Jeden Mittwochabend besuchte sie die Treffen der Anonymen Alkoholiker, und sie las in der Bibel, die Oma ihr vor Jahren geschenkt hatte. Der Sonntag war ihr Ruhetag, und Ruhe bedeutete für sie, zu Hause zu bleiben und im Garten zu arbeiten, während alle anderen zur Kirche gingen, auch May Flower Dawn.

„Jemand hat dich sehr verletzt, nicht?"

Sie zuckte die Achseln. Warum sollte sie ihm erzählen, dass der Pastor, den sie ihr ganzes Leben lang kannte, gesagt hatte, sie sei nicht gut genug, um das Haus Gottes zu betreten; dass Thelma Martin immer noch Diakonin in der Gemeinde war und Pastor Elias von der Kanzel regierte?

Mitch lud sie und May Flower Dawn für ein Wochenende nach Alexander Valley ein. Carolyn stimmte zu. Er gab ihr eine Wegbeschreibung, und sie packten einen kleinen Koffer und fuhren los.

Sie hatte ein Häuschen mit einem Weinberg erwartet, doch als sie die gepflasterte Auffahrt hochfuhr und vor einem großen Herrenhaus im spanischen Stil stand, schnappte sie nach Luft. Mitch kam heraus, um sie zu begrüßen. Er öffnete ihre Wagentür, half ihr beim Aussteigen, küsste sie und runzelte die Stirn. „Was ist los?"

„Das." Sie deutete auf das Haus.

Dawn starrte es mit offenem Mund an. „Wohnst du hier?"

„Ja. Kommt rein. Ich führe euch herum." Er ergriff Carolyns Hand.

Sein Wohnzimmer war so groß wie ihr ganzes Haus. Das Schlafzimmer war nicht viel kleiner. Außerdem gab es noch ein halbes Dutzend Zimmer mit jeweils einem Bad, eine Küche, um die ihn jeder Chefkoch beneiden würde, und ein Solarium mit Schiebetüren zu einer Veranda, die in einen in Stufen angelegten Garten führte, mit einem Swimmingpool und einer Gartenlaube. Zwei lateinamerikanische Gärtner waren bei der Arbeit, und zweifellos arbeiteten sie jeden Tag hier. Vier Angestellte kümmerten sich um den Weinberg, und einige andere Leute waren für die Weinkellerei zuständig.

„Wir können uns die Weinkellerei später ansehen, wenn du möchtest."

Carolyn war das recht. Sie hatte bereits genug gesehen. Er führte sie ins Haus zurück und fragte Dawn, ob sie im Fernsehraum ein Videospiel spielen wolle. „Du hast Videospiele?"

Mitch erklärte Dawn das System und das Spiel und ließ sie dann allein. Carolyn stand in der Küche und bewunderte die Ausstattung. Er berührte ihren Arm. „Möchtest du eine Cola? Limonade?" Er lächelte sie neckend an. „Oder vielleicht Wasser?"

„Im Augenblick würde ich gern ein großes Glas Whisky trinken, und zwar in einem Zug." Sie sank auf einen Hocker und bewunderte die Granitarbeitsplatte und die Einbauschränke aus Kirschholz, den mit mexikanischen Fliesen belegten Boden.

„Ich habe dir doch erzählt, dass ich mit Investitionen gut verdient habe, Carolyn."

„Das war leicht untertrieben, würde ich sagen. Bist du sicher, dass sich hier nicht noch eine Frau und zwölf Kinder verstecken? Das Haus wäre groß genug."

Lächelnd stellte er ein großes Glas Limonade vor sie hin. „Ich habe mir eine Familie gewünscht. Und ich plane gern voraus. Aber ich wollte immer nur eine Frau. Dich." Sein Blick ruhte voller Wärme auf ihr. „Wir werden wundervolle Babys machen und viel Spaß dabei haben."

Gegen die Hitze ankämpfend, die in ihr aufstieg, schüttelte sie den Kopf. „Ich weiß nicht, Mitch. Ich habe nicht deine Zuversicht."

„Doch, die hast du." Er trat um die Arbeitsplatte herum, drehte sie auf dem Hocker zu sich um und legte seine Hände um ihr Gesicht. „Du wusstest es, bevor ich dich hierher eingeladen habe." Er küsste sie. „Ich lasse dich nicht mehr vom Haken."

1978

Sechs Monate lang telefonierten sie jeden Abend miteinander und trafen sich jedes Wochenende. An einem Abend im Mai schließlich teilte Mitch Dawn während des Abendessens mit, dass er ihre Mutter heiraten wolle. „Was hältst du davon?"

„Will sie dich denn heiraten?"

„Ich denke schon." Er blinzelte Carolyn zu. „Aber ich habe ihr noch keinen Antrag gemacht." Er blickte wieder Dawn an. „Zuerst wollte ich deine Erlaubnis einholen."

„Ich denke, das geht in Ordnung." Dawn schien die Vorstellung amüsant zu finden, und ganz eindeutig hatte sie keine Ahnung, wie sehr eine Heirat auch ihr Leben verändern würde. Carolyn fragte sich, ob sie ihr erklären sollte, dass sie dann Granny und Opa verlassen müsste. Sie würden wegziehen und sie nur noch gelegentlich sehen. Ob May Flower Dawn so bereitwillig ihre Zustimmung gegeben hätte, wenn ihr diese Konsequenzen bewusst wären?

„Vielleicht sollten wir später darüber reden." Carolyn warf Mitch einen flehenden Blick zu. „Allein."

Doch sobald sie allein waren, hatten sie anderes zu tun als zu reden. „Wie gut, dass du Dawn mitgebracht hast."

„Unsere Anstandsdame schläft seit einer Stunde."

Er legte seinen Finger auf ihre Lippen. „Führe mich nicht in Versuchung. Wir sollten ein Datum festlegen, Carolyn. Wie viel Zeit brauchst du, um die Hochzeit vorzubereiten?"

Ihr brach der kalte Schweiß aus. „Warum fahren wir nicht einfach nach Reno?" Eine kirchliche Trauung setzte voraus, dass ein Pastor bereit war, die Trauung durchzuführen, sie müsste ein weißes Kleid tragen, sie bräuchte Brautjungfern, Blumen, Musik, Orgel- oder Klaviermusik, eine Gemeinde, die an der Trauung teilnahm, einen Empfang nach der Trauung.

„Ich habe es eilig, Carolyn, aber so eilig nun auch wieder nicht. Jede Frau wünscht sich doch eine schöne Hochzeit, und du wirst eine bekommen."

„Wenn das die Bedingung ist, dann lautet meine Antwort Nein."

„Nein? Du liebst mich doch, oder?"

„Was hat Liebe damit zu tun? Was soll ich denn tragen, Mitch? Schwarz? Wer wäre mein Trauzeuge? Denkst du, meine Eltern würden die Rechnung für meine Hochzeit übernehmen wollen? Und wer würde kommen?" Gegen die Tränen ankämpfend schob sie ihn fort.

Mitch drehte sie zu sich um. Seine Augen waren dunkel vor Schmerz. „Ich könnte hundert Leute aufzählen, die kommen würden."

„Alle *deine* Freunde." Sie hatte keine Freunde. Die Leute von den Anonymen Alkoholikern waren anonym. Sie kannte nur die Vornamen.

„Auch deine. Du hast mehr, als dir klar ist. Ich wette, Candace wäre nur zu gern deine Trauzeugin. Dawn wäre Teil der Hochzeitsgesellschaft. Und ich werde die Feier bezahlen."

„Nein."

Er streichelte ihre Arme. „Wir halten es klein – Familie und Freunde. Deine Großmutter, deine Eltern, Tanten, Onkel,

Cousinen und Cousins … Sie werden gern kommen wollen, Carolyn. Du kannst nicht die Menschen ausschließen, die du liebst. Nur in einem werde ich nicht nachgeben: Ich möchte, dass mein Pastor die Trauung vollzieht. Wenn du nicht in eine Kirche möchtest, okay. Wir könnten uns auch hier trauen lassen, im Pavillon. Wie wäre es mit August, kurz bevor Dawn in die Schule kommt?“ Er hielt sie an den Schultern fest. „Was sagst du?“

Als sie ihn anblickte, wurde ihr klar, dass der Mai der Monat der Wunder war. Mai, der Monat, in dem Jesus sich im Golden Gate Park zu ihr ins Gras gesetzt, liebevoll ihren Namen gesagt und sie nach Hause geschickt hatte. Damals hatte sie nicht gewusst, dass sie ein Kind erwartete, doch Gott wusste es. „Das klingt perfekt, Mitch.“ Sie legte ihre Hand an seine Brust und spürte seine Wärme, seine Kraft, den gleichmäßigen Schlag seines Herzens. Gott hatte ihr einen Mann an die Seite gestellt, dem sie vertrauen konnte. Trotzdem forderte es Mut, die Worte auszusprechen. „Ich liebe dich.“

„Ich weiß.“ Seine Lippen verzogen sich zu einem spöttischen Lächeln. „Aber ich liebe dich schon viel länger.“

„Du hast kein gutes Geschäft gemacht, Mitch.“

„Doch, das habe ich. Und sag so etwas nie wieder.“ Er sah sie an, als wäre sie das Kostbarste auf der Welt. „Ich bekomme die Frau, die ich mir gewünscht habe. Ich habe das Gefühl, als hätte ich dich schon mein Leben lang geliebt.“

Sie wusste, dass er es genau so meinte.

Die Hochzeit fand an einem strahlend schönen Tag statt. Carolyns Vater führte sie ihrem Mann zu, Mama und May Flower Dawn saßen in der ersten Reihe auf Klappstühlen. Dawn wollte kein Blumenmädchen sein, darum verzichtete Carolyn ganz darauf. Mitchs Pastor vollzog die Trauung in Anwesenheit von Mitchs engen Freunden und Carolyns Verwandten. Sie war erstaunt, dass wirklich alle gekommen waren, sogar Tante Rikka aus New York. Und Boots. Mitch hatte einen Fotografen beauftragt, die Hochzeitsfotos zu schießen. Ein Partyservice sorgte für die Bewirtung beim Empfang.

Oma tätschelte Carolyn die Wange, bevor sie mit Mama und Papa wieder nach Hause fuhr. „Du hast dich tapfer geschlagen. Ich bin stolz auf dich." Mitch beugte sich vor und bekam von ihr einen Kuss. „Pass gut auf mein Mädchen auf."

In aller Heimlichkeit hatte er eine Hochzeitsreise vorbereitet. Carolyn hatte keine Ahnung davon. May Flower Dawn würde mit Granny und Opa nach Hause fahren. Mitch erinnerte Dawn daran, dass das Alexander Valley jetzt ihr Zuhause sei, und er und ihre Mutter würden sie in 10 Tagen abholen. Danach wirkte Dawn weniger trotzig. Mitch begleitete die letzten Gäste nach draußen, während die Leute vom Partyservice ihre Sachen einpackten. Innerhalb von wenigen Stunden waren Haus und Garten wieder makellos aufgeräumt und still.

Mitch ergriff Carolyns Hand und führte sie ins Schlafzimmer. Eine beklemmende Furcht kroch in ihr hoch, während die alten Erinnerungen wieder wach wurden. Mitch spürte es. Er drängte sie nicht und nahm sich Zeit. Trotzdem war ihm klar, dass sie nicht dasselbe Vergnügen empfunden hatte wie er. Doch er fragte nicht, hielt sie einfach nur in seinen Armen. Völlig erschöpft schlief sie in seinen Armen ein.

Mit Küssen und einer Tasse Kaffee weckte er sie um halb drei morgens. „Zeit aufzustehen."

„Wo fahren wir hin?"

„Nach Hawaii. Eine Limousine holt uns ab."

„Was? Ich habe doch gar nichts gepackt!"

„Das hat deine Mutter übernommen. Und was du nicht hast, kaufen wir dort."

Liebe Rosi,
Carolyn und Mitch sind verheiratet. Ich freue mich so für sie! Die Hochzeit war wunderschön und fand im Garten von Mitchs herr-

lichem Haus in Alexander Valley statt. Das Haus erinnert an eine toskanische Villa. Zypressen säumen die Auffahrt, hinter dem Haus liegt sein Weinberg, und sein Garten mit dem Pool und einem Pavillon ist einfach unglaublich. Bernhard war voll des Lobes. Ich war gleichermaßen beeindruckt.

Ich erinnere mich noch an Mitch als dürren, sommersprossigen Rotschopf, der mit Charlie herumradelte und immer neue Streiche ausheckte, und später als schlaksigen jungen Mann, der nur Augen für Carolyn hatte, obwohl sie seine Zuneigung nie bemerkte. Jetzt hat er sich zu einem gut aussehenden und selbstbewussten Mann entwickelt, der immer wusste, was er wollte: Carolyn. Meine Gebete für sie wurden erhört. Mitch betrachtet sie als ein Geschenk Gottes und wird sie entsprechend behandeln.

Carolyn bat May Flower Dawn, ihr Blumenmädchen zu sein, aber das Kind lehnte ab. Sie saß in der ersten Reihe und schmollte. Hildemara unternahm keinen Versuch, ihr unhöfliches Verhalten zu korrigieren. Am liebsten würde ich beide übers Knie legen. Dawn wird bei Hildemara und Trip bleiben, bis Carolyn und Mitch von der Hochzeitsreise nach Hawaii zurückkehren. Hildemara weiß, dass sie May Flower Dawn loslassen muss. Zumindest sagt sie das. Ich frage mich, ob das stimmt.

Ich habe versucht, mit Hildemara über unsere Vergangenheit zu reden, aber sie hat das nicht zugelassen. Ich kann nichts weiter tun, als ihr den Olivenzweig hinzuhalten und zu hoffen, dass sie ihn irgendwann annimmt.

Ach, Rosi, wenn ich zurückblicke, wünschte ich, ich hätte vieles anders gemacht …

Kapitel 22

Mama und Papa begrüßten sie bei ihrer Rückkehr nach einer wunderschönen Woche auf Hawaii. Während Papa mit Mitch ins Wohnzimmer ging, zog Mama Carolyn in die Küche. Sie wirkte besorgt.

„Was ist los, Mama? Wo ist Dawn?"

„In ihrem Zimmer. Wir haben ihr alles erklärt, aber sie versteht es nicht so ganz." Sie bot Carolyn eine Tasse Tee oder Kaffee an. „Dies ist das einzige richtige Zuhause, das sie kennt."

Und was ist mit meinem Haus?, hätte Carolyn sie am liebsten gefragt. *Zählt das nicht?* „Sie will nicht mitkommen. Ist es das, was du mir zu sagen versuchst?"

„Sie ist erst sieben, Carolyn."

„Sie ist meine Tochter."

„Das weiß ich. Es fällt ihr nur so schwer, sich an all diese Veränderungen zu gewöhnen."

Mamas gerötete Augen verrieten Carolyn, dass nicht nur ihre Tochter Probleme damit hatte. „Das tut mir leid, aber ich denke, je eher wir aufbrechen, desto besser."

„Wollt ihr nicht mal zum Abendessen bleiben?"

„Hat sie gepackt?"

May Flower Dawn klammerte sich an ihren Großvater. Nachdem sie von ihm gelöst und auf dem Rücksitz angeschnallt worden war, schrie sie eine Stunde lang. Carolyn und Mitch versuchten sie zu beruhigen. Es half nicht. Als sie schließlich auf dem Rücksitz einschlief, nahm Mitch Carolyns Hand. „Lass ihr Zeit."

Mitch brachte ihre Sachen ins Haus. Carolyn packte Dawns Kleider in den Schrank und den Rest in ihre Kommode. Die Puppen und Puppenkleider ließ sie in der Kiste; Dawn sollte sie selbst am nächsten Morgen auspacken.

Gehorsam zog sich Dawn um, doch als sie sie ins Bett bringen wollte, begann sie wieder zu weinen. „Ich will nach Hause!"

„Das hier ist dein Zuhause."
„Ich will zu *Granny*!"
Tief verletzt beugte sich Carolyn herunter und gab ihrer Tochter einen Kuss. „Es tut mir leid, May Flower Dawn. Du musst schon mit deiner *Mutter* vorlieb nehmen."

Kapitel 23

Hellwach und todtraurig lag Dawn zusammengerollt in ihrem wunderschönen neuen Bett. Ihre Mutter hatte das Licht ausgeschaltet und die Tür zugemacht. Ein kleines Nachtlicht im Bad war die einzige Lichtquelle in der Dunkelheit. Obwohl sie schon 7 ½ Jahre alt war, fühlte sich Dawn in dem großen, dunklen, stillen Zimmer nicht so ganz wohl. Im Gegensatz zu dem Bungalow ihrer Mutter auf der Vineyard Avenue stand Mitchs Haus am Ende einer langen, von Zypressen gesäumten Auffahrt und lag weitab von der Straße. Man hörte weder Autos noch sah man ihre Scheinwerfer. Dawn wollte nicht in diesem Haus wohnen, so weit von Granny und Opa entfernt. Ihre Mutter würde keine Zeit für sie haben. Sie würde ihre Schulfreundinnen nie wieder sehen. Granny sagte, sie und Opa würden bald zu Besuch kommen, aber was bedeutete „bald"? Morgen? Nächste Woche?

Dawn wischte sich die Zornestränen ab. Anfangs hatte sie Mitch gemocht, aber jetzt war sie nicht mehr so sicher. Der sanfte Wind und das Mondlicht warfen beängstigende Schatten auf ihr Fenster. Dawn kroch tief unter ihre Decke und weinte sich in den Schlaf.

Am folgenden Morgen kam Mama freudestrahlend in ihr Zimmer. „Das Frühstück ist gleich fertig."

Dawn missfiel es, dass ihre Mutter so fröhlich war, wo es ihr so schlecht ging. „Ich habe keinen Hunger."

„Ich mache Speck und Waffeln."

Dawn schob ihr Kinn vor und ließ sich von ihrem Lieblingsfrühstück nicht in Versuchung führen. „Ich werde nichts essen, bis du mich nach Hause bringst." Ein Gefühl des Triumphs machte sich in ihr breit, als sich das Gesicht ihrer Mutter verdüsterte.

„Du bist hier zu Hause, Dawn. Wenn du in Hungerstreik gehen möchtest, auch gut. Wenn du herüberkommen und dich zu uns setzen möchtest, noch besser. Du kannst entscheiden, ich werde dich zu nichts zwingen." Leise zog ihre Mutter die Tür hinter ihr ins Schloss.

Dawn starrte vor sich hin, außer sich vor Zorn. Nach endlosen Minuten war ihre Mutter immer noch nicht zurückgekommen. Dawn warf ihre Decke zurück und ging in das rosa-grün-weiße Bad. Ihre Haare waren ganz zerzaust. Granny hatte sie ihr jeden Morgen gebürstet. Ihre Kleider lagen auf dem Boden, wo sie sie hingeworfen hatte. Granny hätte sie aufgehoben und für sie zusammengefaltet. Ihre Mutter erwartete immer, dass sie alles selbst tat! Bestimmt würde sie sie auch noch zwingen, Geschirr zu spülen!

Als Dawn sich der Küche näherte, hörte sie Mama reden. „Eine private christliche Schule ist doch zu teuer, Mitch. Sie ist meine Tochter. Ich kann dir doch nicht zumuten, Schulgeld zu zahlen-"

„Stopp. Was mein ist, ist jetzt auch dein. Erinnerst du dich? Du musst das in deinen Kopf bekommen, Carolyn. Wir sind Partner."

„Sie wird eine öffentliche Schule besuchen. Ich weiß nicht, ob ich sie in einer christlichen Schule haben möchte."

„Warum nicht?"

Die Antwort ihrer Mutter war so leise, dass Dawn sie nicht verstehen konnte. Dawn bog um die Ecke und betrat die Küche.

Mitch grinste. „Hey, guten Morgen, Schlafmütze." Dawn funkelte ihn an. Seine Augenbrauen hoben sich. „Ups, mir scheint, du bist kein Morgenmensch."

Ihre Mutter blickte sie kühl an. „Ich dachte, du hättest keinen Hunger."

„Ich werde nichts essen, wenn du es nicht möchtest. Ich kann auch wieder in mein Zimmer gehen und hungern!"

Mitch begann zu lachen. „Du gibst dir wirklich Mühe, ein Stachelschwein zu sein, nicht?"

„Ein was?"

„Ein Stachel- … ach, egal." Er erhob sich, zog einen Stuhl heraus, und verneigte sich. „Wir niederes Volk würden uns freuen, wenn Ihre Majestät uns mit ihrer Anwesenheit beehren würde." Mit einer ausladenden Geste forderte er sie auf, auf dem Stuhl Platz zu nehmen.

Dawn rührte sich nicht vom Fleck und kämpfte gegen die Tränen an. Mitch war immer nett zu ihr gewesen. Sie wollte, dass er sie mochte. Er sollte sie nicht für ein Stachel-was-auch-immer halten.

Sein Gesichtsausdruck wurde weicher. „Entspann dich, Dawn. Setz dich zu uns." Mitch schob ihr den Stuhl zurecht, nachdem sie Platz genommen hatte. Er strich ihr über die Schulter, bevor er sich wieder auf seinen Platz setzte. Mama legte zwei Scheiben knusprigen Speck und eine goldbraune Waffel auf ihren Teller, aber Dawn war der Appetit vergangen. Sie hielt den Kopf gesenkt und blinzelte die Tränen fort. Mitch und Mama hatten ihr Frühstück bereits beendet. Sie hatten nicht mal auf sie gewartet.

Mitch seufzte. „Ich denke, ich lasse euch beide mal lieber allein." Er räumte sein Geschirr ab, während Mama alles in den Geschirrspüler stellte. „Kommst du klar?", fragte Mitch liebevoll. Dawn blickte auf und merkte, dass er nicht mit ihr gesprochen hatte. Er hatte den Arm um Mamas Taille gelegt. Mama zuckte die Achseln. Er küsste sie. Dawn verzog das Gesicht und wandte den Blick ab. Mitch kam zum Tisch und gab Dawn einen Kuss auf den Kopf. „Bis später."

Mama schenkte sich noch eine Tasse Kaffee ein und kam an den Tisch zurück. „Stimmt was nicht mit der Waffel?"

Grannys Waffeln waren dunkler und knuspriger. „Sie ist schon in Ordnung, denke ich." Sie knabberte an den Ecken.

Ihre Mutter seufzte. Sie legte die Hand um ihre Kaffeetasse. „Eigentlich wollte ich noch ein paar Tage warten, bevor ich dich zur Schule schicke. Doch jetzt denke ich, je eher du neue Freunde findest, desto eher lebst du dich hier ein."

„Ich will in meine alte Schule gehen, zu meinen Freundinnen!"

„In deiner neuen Schule wirst du neue Freundinnen finden. Iss auf, dann fahren wir hin. Vielleicht kannst du ja schon heute den Unterricht besuchen."

Angst kroch in Dawn hoch. „Das wird dann genauso sein wie damals, als Susan neu in die Klasse kam." Die Mädchen hatten die Köpfe zusammengesteckt und miteinander getuschelt und sie zum Weinen gebracht. Zuerst war das ein Spiel gewesen, ein Spiel, bei dem Dawn sich nicht wohl gefühlt hatte, aber sie hatte sich nicht gegen die Mehrheit stellen wollen. „Niemand wollte ihre Freundin sein."

Ihre Mutter erhob sich und blickte sie an. „Nun, hoffen wir nur, dass die Menschen, die du in Healdsburg kennenlernst, netter sind als die ‚Freundinnen', die du in Paxtown hattest."

Es war, als hätte ihre Mutter ihr eine Ohrfeige gegeben.

Mamas Gesichtsausdruck wurde weicher. „Ich weiß, das Leben ist nicht leicht, May Flower Dawn. Glaube mir, ich weiß das. Ich könnte dir einen französischen Zopf flechten und dir helfen, einen Rock auszusuchen und-"

„Ich will nicht aussehen wie du!" Sie stürzte zur Tür. „Und nenn mich nicht May Flower Dawn. Das ist ein dummer Hippiename. Ich heiße *Dawn*."

Am Abend rief Granny an. Dawn schüttete ihr Herz aus und gestand, wie traurig sie darüber war, dass sie so weit von ihr entfernt leben musste. Granny meinte, sie wäre auch traurig darüber, dann fragte sie, wie es ihr in der zweiten Klasse gefiele. „Hast du schon eine Freundin gefunden?"

Tatsächlich waren mehrere Mädchen auf sie zugekommen und wollten sich mit ihr anfreunden. Dawn war erstaunt gewesen, wie nett sie waren.

Am nächsten Abend rief Granny wieder an – und am darauffolgenden Abend auch. Nach ein paar Wochen musste Dawn zugeben, dass es ihr Spaß machte, zusammen mit ihren Freundinnen im Bus zur Schule zu fahren. Nach der Schule zu Hause auszusteigen war schwieriger. Granny wartete nicht auf sie. Sie hatte Dawn immer einen Imbiss vorgesetzt, dann Brettspiele mit ihr gespielt oder Fernsehen geschaut. Mama sagte ihr, sie solle draußen spielen oder mit ihren Barbies. „Du hast den ganzen Tag im Klassenzimmer gesessen. Ich möchte nicht, dass du den Rest des Nachmittags vor dem Fernseher verbringst."

Jeden Abend rief Granny an, wenn Mama anfing, das Geschirr abzuräumen. Nach einer Weile ging Mama schon gar nicht mehr ans Telefon. Dawn rannte dann in ihr Zimmer und nahm das Gespräch entgegen. Wenigstens hatte sie ein eigenes Telefon. Das war ein Vorteil von Mitchs Haus.

Als sie Grannys Stimme hörte, wusste Dawn, dass etwas nicht in Ordnung war. „Was ist los, Granny?" Ihr Herz begann zu pochen. „Ist Opa krank?"

„Nein, Opa geht es gut." Granny schniefte. „Alles ist gut."

„Nein, das stimmt nicht. Ich merke das doch." Irgendetwas hatte ihre Großmutter zum Weinen gebracht.

„Ich werde dich jetzt nicht mehr jeden Abend anrufen, Liebes. Wir telefonieren jetzt nur noch einmal in der Woche."

„Warum? Bist du böse auf mich?"

„Nein! Natürlich nicht. Es ist nur … deine Mutter meint-"

„Sie ist so gemein!" Jetzt fing auch Dawn an zu weinen. „Ich will nach Hause! Bitte komm und hol mich ab!"

„Schatz, das geht nicht. Ich liebe dich, aber sie ist deine Mutter." Granny schniefte erneut. „Sie und Mitch lieben dich sehr,

Dawn. Ich muss jetzt Schluss machen. Ich rufe in einer Woche wieder an."

Dawn marschierte durch den Flur in die Küche, wo ihre Mutter gerade den letzten Teller in den Geschirrspüler stellte. „Du bist schuld, dass Granny weint!"

Mama drehte sich zu ihr um. „Das tut mir leid, aber-"

„Es tut dir überhaupt nicht leid! Du hast ihr verboten, mich anzurufen!", schrie Dawn, die Hände zu Fäusten geballt. „Und ich hasse dich! Ich wünschte, du wärst tot, sodass ich nach Hause fahren und bei Granny leben könnte!"

Ihre Mutter erbleichte, ihre Haut hatte die Farbe von Asche. Sie öffnete den Mund, doch kein Laut kam über ihre Lippen. Ihre blauen Augen füllten sich mit Tränen, und sie wandte sich ab.

Dawn floh in ihr Zimmer. Sie empfand keinen Triumph, sondern fühlte sich elend.

Jemand klopfte an ihre Tür. Erschöpft vom Weinen setzte sich Dawn auf. Sie rechnete damit, dass ihre Mutter Vergeltung üben wollte. Als die Tür geöffnet wurde, verspannte sie sich. Mitch stand im Türrahmen. Er wirkte tief betroffen. „Darf ich reinkommen?"

Sie zuckte die Achseln und tat so, als wäre es ihr egal. Ihre Handflächen wurden feucht. Ob ihre Mutter ihm wohl von ihrer Auseinandersetzung erzählt hatte?

Mitch durchquerte das Zimmer und setzte sich auf ihren Schreibtischstuhl. „Also, Stachelschweinchen. Geht es dir jetzt besser, nachdem du dir alles von der Seele gebrüllt hast?"

Er hatte sie Stachelschweinchen genannt, also war er enttäuscht von ihr. Schuldgefühle krochen in ihr hoch und ließen ihr Gesicht rot anlaufen. Sie beschloss zu lügen. „Ich weiß gar nicht, was du meinst."

„Ich war in meinem Arbeitszimmer. Ich habe jedes Wort

gehört, das du gesagt hast. Nicht *gesagt*, geschrien hast du wie eine verwöhnte Zweijährige, die ihren Willen nicht bekommt."

„Sie hat Granny gesagt, sie dürfe mich nicht mehr anrufen."

„Das ist jetzt schon die zweite Lüge, die du mir aufgetischt hast, es sei denn, deine Großmutter hätte dich angelogen."

„Granny lügt niemals!"

„Und wie wäre es dann jetzt mit der Wahrheit?"

Dawn zupfte an ihrem Rock, ihre Augen schwammen in Tränen. „Ich will nach Hause."

„Granny ist nicht die Einzige, die dich liebt. Sie ist nicht die Einzige, die weint. Deine Mutter liebt dich auch."

Sie barg ihr Gesicht in den Händen und schluchzte. Mitch blieb eine Weile schweigend sitzen. Schließlich stand er auf, stellte den Stuhl zurück und trat zu ihr. Sie schämte sich zu sehr, um den Kopf zu heben. „Deine Mutter liebt dich, Dawn, und ich auch." Er gab ihr einen Kuss auf den Scheitel. „Vielleicht könntest du uns eine Chance geben."

Dawn schlief nicht gut in dieser Nacht. Am nächsten Morgen nahm sie all ihren Mut zusammen und ging in die Küche, um sich zu entschuldigen.

Ihre Mutter stand am Spülbecken. Dawn blieb in der Tür stehen und biss sich auf die Lippe. Sie wusste nicht, was sie tun sollte. „Wo ist Mitch?"

Ihre Mutter hob leicht den Kopf. „Er ist zur Arbeit gegangen." Wie ferngesteuert drehte sie sich um, nahm den Deckel von der Bratpfanne und gab eine Portion Rührei auf einen Teller. Anschließend stellte sie ihn auf den Tisch, goss ein Glas Orangensaft ein und zog sich wieder zurück.

Dawn pickte an ihrem Frühstück. Das Loch in ihrem Bauch hatte nichts mit Hunger zu tun. Sie wusste nicht, wie sie das Schweigen brechen sollte. Ihre Mutter trat wieder ans Spülbecken und starrte zum Fenster hinaus, die Arme um sich gelegt.

Hatte auch sie Bauchschmerzen? Nach einigen Minuten verschwand sie im Wäscheraum hinter der Küche und fing an, die Wäsche zu sortieren.

Dawn warf ihr unberührtes Rührei in den Müll, spülte ihren Teller und ihr Besteck ab und räumte alles in den Geschirrspüler. Innerlich zitternd trat sie an die Tür des Wäscheraums. Sie schluckte. „Kann ich mit dir reden?“ Ihre Stimme klang gepresst.

Ihre Mutter hielt in der Bewegung inne. Sie blickte nicht auf. „Wenn du reden möchtest, ruf Granny an, wenn du von der Schule nach Hause kommst.“

Dawn fühlte sich schrecklich. Dass sie gesiegt hatte, bedeutete ihr nichts. Sie hätte sich gern entschuldigt; sie hasste ihre Mutter nicht; sie war nur so zornig gewesen. Wenn sie die Worte nur zurücknehmen könnte, aber sie hingen immer noch in der Luft wie ein fauler Gestank. *Mama,* wollte sie rufen. *Mama, es tut mir leid.* „Ich … ich …“, stammelte sie, doch die Worte kamen nicht an dem harten, heißen Klumpen in ihrer Kehle vorbei.

Kapitel 24

Sobald sie von der Schule nach Hause kam, rief Dawn Granny an. „Mama sagte, ich darf dich anrufen."

„Ich weiß, Süße. Deine Mutter hat mit mir gesprochen. Allerdings hat sie mir nicht erklärt, was sie dazu gebracht hat, ihre Meinung zu ändern. Weißt du es?"

Dawn wusste es, aber sie wollte es nicht sagen. „Sie sagte, sie wüsste, dass ich dich liebe." Das zumindest stimmte.

„Oh Gott, ich habe schon befürchtet … Ach, egal. Erzähl mir doch von deinem Tag, Liebes. Ich will alles wissen. Mit wem hast du gespielt?"

Dawn wollte Granny nicht sagen, dass es der schlimmste Tag ihres Lebens war. Ihre Lehrerin musste ihre Frage zweimal wiederholen, bevor Dawn klar wurde, dass sie antworten sollte. Alle hatten gelacht. In der Pause hatte sie weinend in der hintersten Kabine der Mädchentoilette gehockt. Auf dem Heimweg saß sie ganz hinten im Bus und überlegte, wie es wohl sein würde, wenn sie nach Hause kam, aber Mama verhielt sich ganz normal und fragte sogar, wie Dawns Tag gewesen sei. Dawn brachte nur ein Wort heraus. „Gut." Ihre Mutter seufzte und meinte, sie könne jetzt Granny anrufen.

„Du bist heute Abend ziemlich schweigsam, Liebes."

Dawn wusste nichts zu erzählen. „Ich muss jetzt Hausaufgaben machen, Granny." Das stimmte.

„Und ich muss Papas Abendessen vorbereiten. Ich rufe dich morgen wieder an. Ich liebe dich, Schatz."

„Ich liebe dich auch." Dawn legte auf und barg ihren Kopf in ihren Armen.

Als Mitch nach Hause kam, steckte er den Kopf in ihr Zimmer, um sie zu begrüßen. „Hast du dich schon entschuldigt?"

Sie zuckte die Achseln. „Ich habe es versucht."

Später rief Mitch sie zum Abendessen. Er erzählte fröhlich von seinem Tag. Mama hörte ihm aufmerksam zu. Sie schaute auch mehrmals in Dawns Richtung, reichte die Schüsseln herum, fragte, ob Dawn noch Milch wollte, noch Kartoffelbrei. Aber wann immer Dawn sie anblickte, wandte Mama sich ab, ohne sie anzusehen.

Als Mama anfing, den Tisch abzuräumen, wollte Dawn ihren Teller in die Küche bringen. Mama streckte die Hand danach aus. „Ich mache das schon."

Mama brachte das Geschirr zum Spülbecken. Dawn blickte Mitch an und hoffte, er könnte die Situation irgendwie entspannen. Er lächelte sie traurig an, schob seinen Stuhl zurück und ging zu ihrer Mutter. Liebevoll legte er den Arm um ihre Schultern und flüsterte ihr etwas ins Ohr.

Dawn fühlte sich ausgeschlossen und verschwand aus der Küche.

Ohne mit ihr darüber zu reden meldete Mama Dawn zum Fußballtraining an. „Deine Freundinnen spielen doch auch, nicht? Mitch wird dein Trainer sein."

„Co-Trainer", stellte Mitch klar. „Joaquin Perez ist der Trainer. Er weiß alles, was es über Fußball zu wissen gibt." Er grinste Dawn an. „Wir werden es beide von der Pike auf lernen."

Am ersten Trainingstag entdeckte sie vier Klassenkameradinnen: Torie Keyes, Tiffany Myers, Leanne Stoddard und Susan Mackay. Sie spielten bereits seit dem Kindergarten Fußball.

Nach einigen Trainingsstunden machte der Trainer Dawn zur Stürmerin. „Du bist ein Naturtalent." Mama erlaubte Dawn, ihre Freundinnen zu sich einzuladen. Schon bald spielten sie auf dem großen Rasen hinter dem Haus Fußball.

Dawns Tage waren ausgefüllt. Sie ging mit Mitch zur Kirche, doch ihre Mutter kam nie mit. Sie blieb allein zu Hause. Mitch meinte, Mama wäre gern allein mit Gott, und Gemeinschaft fand sie zweimal in der Woche bei den Treffen der Anonymen Alkoholiker in Santa Rosa.

Dawn ließ ihren Rucksack in ihrem Zimmer fallen, zog sich zum Fußballtraining um und machte sich auf die Suche nach Mitch. „Mitch! Wo bist du? Wir müssen los!"

„Wir sind hier!"

Sie fand Mitch und Mama im Wohnzimmer. Mitch strahlte über das ganze Gesicht. Ihre Mutter schien sich irgendwie unbehaglich zu fühlen. „Was ist los? Wir kommen zu spät zum Training."

„Setz dich, Dawn. Wir haben dir etwas zu sagen." Er gab Mama einen Kuss auf die Schläfe. „Nur zu. Sag es ihr."

„Von dir nimmt sie es bestimmt besser auf."

Mitch lachte, und seine Augen strahlten. „Wir bekommen ein Baby! In ungefähr sechs Monaten wirst du einen kleinen Bruder oder eine kleine Schwester haben. Was hältst du davon?"

Dawn wusste nicht, was sie sagen sollte. „Das ist toll." Aber stimmte das auch?

„Ich glaube, sie befindet sich noch im Schock." Mitch küsste Mama erneut und erhob sich. Er legte die Hände auf Dawns Schultern. „Du wirst dich an den Gedanken gewöhnen." Er drehte sie um. „Lass uns fahren."

„Wohin?" Im Augenblick wusste sie gar nichts mehr.

„Zum Fußballtraining!"

Mitch erzählte die gute Nachricht Trainer Joaquin. Ein paar der Spielerinnen bekamen es mit. Schon bald wussten alle, dass Dawns Mutter schwanger war. Dawn schwebte zwischen Verlegenheit und Sorge. Wo wäre nach der Geburt des Babys ihr Platz in der Familie?

„Oh, wow, ich bedaure dich", meinte Torie. „Es ist schon schlimm genug, wenn man einen Bruder oder eine Schwester hat, die etwas jünger oder älter ist als du, aber acht Jahre Altersunterschied … Das Baby wird der Star sein und du nur der Babysitter."

Kurz nach Ende der Fußballsaison rief Granny an und wollte ihre Mutter sprechen. Dawn spürte, dass irgendetwas passiert war. Sie reichte das Telefon an ihre Mutter weiter und blieb in der Nähe, um zuzuhören.

„Was? Wann? Warum hast du uns nicht früher verständigt?" Mama schien ziemlich erschüttert zu sein. „Wir kommen sofort. … Warum? … Ist er wirklich so eigensinnig? Dann am Wochenende." Sie schwieg erneut und hörte zu. Sorge spiegelte sich in ihren Gesichtszügen. „Am Wochenende. Für zwei Tage." Sie legte auf.

Auf Dawns Fragen hob sie beruhigend die Hand. „Opa hatte einen leichten Herzinfarkt, aber es geht ihm gut. Er bleibt noch zwei Nächte im Krankenhaus, nur zur Sicherheit."

Dawn begann zu weinen. Starben Menschen nicht an Herzinfarkten? Ihre Mutter legte die Arme um sie. Dawn versteifte sich bei dieser unerwarteten Gefühlsregung. Mama ließ sie los und trat zurück.

„Er wird eine Weile zu Hause bleiben", fügte Mama hinzu. „Bettruhe. Wir werden ihn am Wochenende besuchen. Granny möchte, dass du dann dort bleibst."

Opa wirkte eher missgelaunt als krank, als Dawn ins Haus gestürzt kam. In einem karierten Schlafanzug mit Morgenrock und ausgelatschten Pantoffeln an den Füßen saß er im Wohnzimmer im Sessel. Als er aufstehen wollte, schimpfte Granny, sie würde ihn sofort ins Bett stecken, wenn er das täte. Fröhlich grinste er Dawn an. „Granny trägt ihre Schwesternhaube. Der Himmel erbarme sich meiner. Komm auf meinen Schoß und gib mir einen Kuss!"

Mama war aufgefallen, dass Omas Wagen nicht draußen stand. Granny berichtete, sie sei wieder unterwegs. „Sie kam nach Hause, um nach Trip – ich meine, Papa – zu sehen und beschloss dann, Onkel Bernie und Tante Elizabeth zu besuchen."

Mama und Mitch stellten Opa Fragen, aber Granny antwortete für ihn. Opa funkelte sie böse an. „Ich bin noch am Leben. Ich kann sehr gut für mich selbst sprechen. Es ist nicht so schlimm, wie sie es darstellt."

Granny warf ihm einen bösen Blick zu. „Es war schlimm genug."

Grannys Lippen zitterten. Opa nahm ihre Hand, drückte einen Kuss darauf und schlug vor, sie solle doch schon mal mit den Vorbereitungen für das Abendessen anfangen.

Mama bot ihre Hilfe an, doch Granny meinte, sie schaffe das allein, doch dann bat sie Dawn, den Tisch zu decken. Opa küsste Dawn auf die Wange, bevor sie von seinem Schoß sprang. Mitch und Opa unterhielten sich leise. Mama sagte keinen Ton. In der Küche strich Granny über Dawns Haare. „Seit du zu Hause bist, sieht Opa schon viel besser aus."

Opa war zu müde, um beim Abendessen am Tisch zu sitzen. Dawn ging mit, als Granny ihn nach dem Essen ins Schlafzimmer brachte und ihm in das Krankenhausbett half, das sie ausgeliehen hatten. Dann brachte sie ihm ein Tablett mit seinem Essen. „Wie wäre es, wenn ich auch für dich ein Tablett zurechtmache, Liebes? Du bist bessere Medizin für Opa als alles, was der Doktor ihm verschreiben kann." Granny setzte sich zu Mitch und Mama an den Tisch.

Während sie gemeinsam zu Abend aßen, fragte Opa Dawn, wie es ihr in Alexander Valley gefiel. Mittlerweile fühlte sie sich recht wohl dort, und sie erzählte ihm von ihren Freundinnen und dass Mitch ihr Co-Fußballtrainer war. Sie liebte Fußball. Ob er wissen wolle, wie viele Tore sie schon geschossen habe? Sechsundzwanzig! Mitch brachte ihr auch Schwimmen bei. Sie übte jeden Tag im Pool im Garten. Opas Augenlider fielen zu, und er schlief ein, während sie noch redete. Sie gab ihm einen Kuss auf die Wange, dann verließ sie das Schlafzimmer.

Aus der Küche drang Grannys Stimme zu ihr herüber. „Nun, du könntest sie doch fragen, nicht? Das Schuljahr ist doch schon fast zu Ende. Sie würde nichts verpassen."

„Wir hatten nicht vor, Dawn hier zu lassen, Hildie."

„Ich habe schon zu Carolyn gesagt-"

„Wir sprachen über dieses Wochenende, Mama. Zwei Tage, nicht den ganzen Sommer."

Dawn betrat die Küche, als Mama gerade aufstand und den Tisch verließ. Mitch warf Granny einen verärgerten Blick zu, schob seinen Stuhl zurück und folgte Mama ins Wohnzimmer. Mama nahm ihren Pullover, zog ihn an, dann nahm sie ihre Handtasche. Sie redeten leise miteinander. Dawn fragte Granny, was denn los sei. Granny schwieg; es handele sich nur um ein kleines Missverständnis, und sie brauche sich keine Sorgen zu machen.

Mama stand in der Tür. „Wir übernachten im Paxtown Hotel. Morgen früh kommen wir wieder, Dawn."

Granny schien sauer zu sein. „Ihr wollt jetzt fahren? Was ist denn mit dem Nachtisch? Ich habe Schokoladenkuchen gemacht. Das ist doch dein Lieblingskuchen!"

„Es ist *Dawns* Lieblingskuchen." Mama wandte sich Dawn zu. „Wir sehen uns morgen." Sie ging zur Tür.

Mitch sagte, er käme sofort nach. Er beugte sich über sie und flüsterte Dawn ins Ohr: „Sei klug. Ergreife keine Partei."

„Es sieht deiner Mutter ähnlich, einfach davonzulaufen!" Granny stellte die Teller zusammen und ging in die Küche. Sie fragte Dawn, ob sie ein Brettspiel spielen wolle. Seit sie zu Mitch gezogen waren, hatte Dawn keine Brettspiele mehr gespielt. Es gab zu viel anderes zu tun. Als sie nicht sofort zustimmte, fügte Granny hinzu: „Wir könnten auch fernsehen."

Granny sah nach Opa und gesellte sich dann zu ihr ins Wohnzimmer. Sie redete und redete und konnte sich nicht richtig auf den Film konzentrieren. Sie und Opa würden Dawn so sehr vermissen, sagte sie. Wäre es nicht schön, wenn sie länger bleiben könnte als das Wochenende? Wann gab es denn Ferien? Sie hätte doch keine Pläne für den Sommer, oder? Ob sie sich noch daran erinnerte, wie gut es ihr auf der Kirmes gefallen hätte? Und da das Baby bald auf die Welt kam, hätte ihre Mutter doch viel zu tun: Arzttermine, das Kinderzimmer vorbereiten, einkaufen, solche Dinge. Sie hätte doch gar keine Zeit für Dawn, nicht so wie Granny und Opa. Sie hätten alle Zeit der Welt für sie.

Dawn wusste, was Granny wollte. Vielleicht sollte sie tatsächlich für den Sommer herkommen. Granny schien so sicher zu sein, dass Opa dann schneller gesund würde. Sie liebte Granny und Opa, aber dies war nicht mehr ihr Zuhause. Sie wollte bei Mama und Mitch in Alexander Valley sein. Sie wollte da sein, wenn ihre kleine Schwester oder ihr kleiner Bruder zur Welt kam. Aber wie könnte sie das Granny klarmachen, ohne ihre Gefühle zu verletzen?

Mama und Mitch kamen am Morgen zurück. Granny sagte, das Frühstück sei gleich fertig, aber Mitch meinte, sie hätten bereits im Hotel gefrühstückt. Granny schien verletzt zu sein. Sie sagte, sie hätte gedacht, Dawn wollte den Sommer bei ihnen verbringen. Mama sagte, das überrasche sie nicht. Mitch fragte: „Willst du das, Dawn?“

„Granny sagte, Opa würde schneller gesund, wenn ich hier wäre.“

Er blickte Granny finster an. „Dem kann natürlich niemand widersprechen, ohne herzlos zu sein.“

Grannys Gesicht färbte sich dunkelrot. „Ich wollte keinen Druck ausüben-“

„Es stimmt vermutlich sogar, Mitch“, meinte Mama ruhig. „Papa wird es besser gehen, wenn Dawn hier ist. Aber sie hat noch zwei Wochen Schule. Ich lasse sie jetzt nicht hier.“

„Das ist in Ordnung.“ Granny lächelte erleichtert. Sie drückte Dawn an sich. „Wir haben den ganzen Sommer zusammen.“

„Einen Monat, Mama. Nicht den ganzen Sommer.“

„Was ist mit der Kirmes?“

Mama wandte sich an Dawn. Zum ersten Mal seit Monaten hielt sie ihrem Blick stand. „Einen Monat oder den ganzen Sommer, Dawn?“

Mitch mischte sich ein. „Dein kleiner Bruder oder deine Schwester wird Mitte Juli zur Welt kommen, schon vergessen?“

„Ich …“ Dawn blickte von Mama zu Granny und schließlich zu Mitch. „Äh …“ Sie fühlte sich hin- und hergerissen. „Ich …“ Am liebsten wäre sie in Tränen ausgebrochen. Egal wie sie sich entschied, einer wäre verletzt und verärgert.

„Einen Monat“, entschied Mitch schließlich. Er lächelte Granny an. „Ich vermisse sie sonst zu sehr. Sie bleibt erstmal, bis das Baby da ist. Dann kann sie entscheiden, wo sie den Rest des Sommers verbringen möchte. Ist das für alle akzeptabel?“ Fragend blickte er Mama an. Sie nickte.

Granny schnaubte. „Ich habe wohl nichts dazu zu sagen.“

„Ich glaube, du hast schon viel zu viel dazu gesagt“, rief Opa, der in der Tür stand.

Dawn genoss die Zeit mit Granny und Opa, aber Ende Juni kehrte sie auch gerne wieder nach Hause zurück. Mitch kam, um sie abzuholen. Ihre Freundinnen hatten sie angerufen und ihr gesagt, dass sie ihnen fehle. Als sie fragte, wie es Mama ging, sagte er: „Sie platzt aus allen Nähten.“

Sie lebte sich schnell wieder ein und verbrachte Stunden am Telefon mit Torie und Tiffany. Jeden Tag ging sie schwimmen, und sie ging zu Torie zum Reiten, die ein Pferd besaß. Doch von ihrem Wunsch nach einem eigenen Pferd war Mama nicht so begeistert. „Ich kann mir einfach nicht vorstellen, dass du jeden Tag einen Stall ausmistest.“

„Dawn!“ Mitch weckte sie mitten in der Nacht auf. „Das Baby kommt. Komm, steh auf und zieh dich an. Ich habe bereits mit Tiffs Eltern gesprochen. Sie erwarten uns.“ Auf dem Weg ins Krankenhaus setzte er sie bei Tiffany ab. Mama keuchte und schnaufte und sagte, sie sollten sich besser beeilen.

Zwei Tage später brachte Tiffanys Mutter sie wieder nach Hause. Dawn stürmte ins Haus und ließ ihre Reisetasche fallen. „Ich bin wieder zu Hause! Wo seid ihr?“

Mitch erschien in der Schlafzimmertür, den Finger auf die Lippen gelegt. Mama saß in einem neuen Schaukelstuhl am Fenster und hielt das anbetungswürdigste Wesen in den Armen, das Dawn je gesehen hatte.

„May Flower Dawn, darf ich dir deinen Bruder Christopher

Charles Hastings vorstellen?“ Noch nie hatte Dawn einen solchen Ausdruck auf dem Gesicht ihrer Mutter gesehen. Sie war bezaubert, verliebt, und ihre Lippen hatten sich zu einem weichen Lächeln verzogen. Sie hielt das Baby so fest an sich gedrückt, als wäre es das kostbarste Juwel auf dieser Erde.

Mitch legte die Hand auf Dawns Schultern. „Und? Was hältst du von deinem kleinen Bruder?“

Sie schaute das Baby erneut an, und ihre Lippen zitterten. „Er ist sooo niedlich.“ Sie trat einen Schritt vor. „Darf ich ihn halten?“

Diese Vorstellung schien Mama zu alarmieren. „Noch nicht. In ein paar Tagen.“ Sie musterte Dawns Gesicht und wirkte erleichtert. Ganz zärtlich strich sie dem Baby über die weiche Wange. „Ich glaube, deine Schwester mag dich.“ Sein winziger Mund bewegte sich.

„Oh-oh.“ Mitch lachte. „Er hat schon wieder Hunger.“ Sie schob Dawn aus dem Zimmer, damit ihre Mutter das Baby stillen konnte.

Dawn beschloss, nicht zu Granny und Opa zurückzukehren. Sie wollte in Alexander Valley bei Mama, Mitch und ihrem kleinen Bruder bleiben. Christopher faszinierte sie. Er hatte so niedliche kleine Ohren, und seine Haut war so weich. Sie mochte es, wenn er ihren Finger umklammerte und festhielt. Mitch ließ sie ihn einmal halten, aber Mama nahm ihn ihr nach ein paar Minuten wieder ab.

Einmal schlich sie ins Elternschlafzimmer und beobachtete ihn beim Schlafen in seiner Wiege. Sie berührte seine Hand und bemerkte, wie er zusammenzuckte, wie sich seine Finger öffneten und um ihren Daumen wieder schlossen. Sie beugte sich vor und drückte ihm einen Kuss auf die Stirn. Er roch so gut.

Granny und Opa kamen Ende August. Mama ließ Granny Christopher nicht halten, nicht eine Minute. Allerdings durfte

Opa ihn einmal halten. Mama lächelte. „Ich muss kurz verschwinden. Kommst du mit ihm klar?"

Opa nickte, sein Blick hing wie gebannt an seinem Enkel. Tränen rannen über seine Wangen, als er die Hand an Christophers Wange legte und ihn küsste. „Du siehst genauso aus wie Charlie ..."

Granny und Opa kamen zu Thanksgiving wieder und blieben vier Tage. Mama entspannte sich erst wieder, als sie abreisten. Mitch lud sie zu Weihnachten ein. Mama lud auch Oma ein, doch die sagte, Tante Cloe hätte darauf bestanden, dass sie nach Hollywood käme. Zufällig bekam Dawn ein Gespräch zwischen Mitch und Mama in der Küche mit. „Sie hat irgendetwas vor, aber sie rückt nicht mit der Sprache heraus."

Beim Abendessen am Heiligabend verkündete Opa, er ginge jetzt in Pension. Es sei an der Zeit. Auf keinen Fall wolle er einen zweiten Herzinfarkt riskieren. Außerdem arbeite das Gesetz jetzt gegen die Polizeibeamten.

„Wir haben überlegt, ob wir nicht umziehen sollen", meinte Granny.

„Umziehen?" Dawn starrte sie an. „Aber ihr liebt doch Paxtown!"

„Ja sicher, aber unsere Familie lieben wir mehr. Wir bekommen dich doch nur ein paar Mal im Jahr zu Gesicht."

Das stimmte nicht. Sie kamen zu jedem Feiertag, und in den Ferien fuhr Dawn auch immer zu ihnen.

Mama legte Messer und Gabel aus der Hand. „Was ist mit Oma?"

„Sie kann gern mitkommen." Granny säbelte an einem Stück Truthahn herum, als wäre es Leder. „Aber sie will nicht."

Opa legte seine Hand auf Grannys. „Ich habe dir gesagt, du sollst das Thema nicht anschneiden, Hildie." Er blickte Mama an. „Wir haben noch keine Entscheidung getroffen. Wir wollten nur fragen, ob es in Ordnung wäre, wenn wir in eure Nähe ziehen würden."

Dawn konnte Grannys Gesichtsausdruck nicht ertragen. „Das wäre doch toll, Mama! Nicht?" *Sag doch etwas!* Mama öffnete den Mund, doch es kamen keine Worte über ihre Lippen.

Mitch ergriff das Wort. „Ich fände es schön, euch beide in unserer Nähe zu haben. Ihr seid schließlich die letzten Eltern, die ich noch habe."

„Danke, Mitch", sagte Opa. Granny entspannte sich ein wenig. Opa blickte sie an und sein Gesichtsausdruck wurde weicher. Dann wanderte sein Blick zu Mama. „Wir vermissen dich mehr, als du ahnst, Carolyn."

Mama schauderte. Dawn meldete sich zu Wort. „Ihr könntet gleich nebenan wohnen!"

Opa lachte. „Das wird wohl nicht gehen, Liebes. Diese Gegend können wir uns nicht leisten."

Grannys Anspannung fiel von ihr ab. „Healdsburg scheint mir eine hübsche kleine Stadt zu sein."

Christopher wurde unruhig in seinem Hochstuhl. Mama sprang auf, hob ihn heraus, nahm ihn in die Arme und drückte ihn an sich, während Opa redete.

„Ich hatte an etwas weiter draußen gedacht. Auf keinen Fall wollen wir euch auf der Pelle hängen."

Mitch goss ein Glas sprudelnden Apfelcidre ein. „Während ihr euch umschaut, könnt ihr bei uns wohnen. Wir haben genügend Platz."

Als Dawn am nächsten Morgen in die Küche kam, saß ihre Mutter am Tisch und rieb sich die Stirn, während sie ins Telefon sprach. „Mir wäre wohler, wenn du mitkommen würdest." Als sie Dawn sah, stand sie auf und ging ins Wohnzimmer. „Wir haben Platz genug. Du könntest bei uns wohnen. Mitch würde … Warum nicht? Was interessiert es sie?"

Mama telefonierte mit Oma. Dawn gab Cornflakes in eine Schale und blieb in der Küche, um zuzuhören.

„Denk bitte darüber nach, Oma. Bitte!", flehte Mama.

Ihre Mutter liebte Oma. Dawn verstand nicht, warum. Granny hielt sich von ihr fern, also machte Dawn es genauso.

Liebe Rosi,
meine Tochter kann einfach nicht loslassen. Sie hat beschlossen, das große Haus und das Grundstück (einschließlich meines Cottages) zu verkaufen und in die Nähe von Carolyn und Mitch zu ziehen. Am liebsten würde sie unmittelbar neben May Flower Dawn wohnen, obwohl ich denke, dass Trip das nicht zulassen würde. Was ich tun werde, weiß ich noch nicht. Ich hatte gehofft, meinen Lebensabend hier verbringen zu können. Doch ich hätte eigentlich damit rechnen müssen, als Trip seine Pensionierung beantragte.

Ich weiß noch nicht, wo ich jetzt wohnen will. Hildemara meinte, ich könne mit ihnen kommen, aber das würde so aussehen, als billigte ich ihr Vorhaben. Sie verschwendet keinen Gedanken daran, welche Auswirkungen ihr Umzug auf Carolyns knospende Beziehung zu Dawn haben wird. In Wahrheit glaube ich, dass Hildemara ein wenig eifersüchtig ist, obwohl sie das natürlich nie zugeben würde.

Bernhard und Elizabeth hätten gern, dass ich zu ihnen ziehe. Clotilde hat mir eine Wohnung im Norden Hollywoods angeboten. Rikka hat mich eingeladen, einen Teil des Jahres in ihrer Wohnung in Soho zu leben. Sie hat einen großen Freundeskreis, alles Künstler und Paradiesvögel, die kein anderes Thema haben als ihre Fantasieflüge. Zwei Wochen, länger halte ich das nicht aus. Dann kehre ich gern wieder nach Kalifornien zurück.

So sehr ich meine Kinder liebe, ich kann gut allein sein. Warum denken sie nur, ich bräuchte jemanden, der für mich sorgt? Meine Haare sind vielleicht grau geworden, ich trage eine Brille und leide unter bestimmten Einschränkungen, aber ich bin noch nicht altersschwach. Ich habe immer noch Träume. Sie behaupten, ich sei eigensinnig. Vielleicht ist das so.

Ich vermisse das Central Valley. Ich vermisse die Hitze, den Duft nach Sand, Obstgärten und Weinbergen. Ich vermisse es, Blumen auf Niclas' Grab zu legen. Merced liegt sehr zentral. Ich kann mir ein kleines Haus dort leisten. In einer Stunde wäre ich im Yosemite-Park und könnte die Berge genießen. Wer weiß? Vielleicht könnte ich nach all den Jahren doch endlich zum College gehen …

Kapitel 25

1980

Grannys und Opas Haus ließ sich leicht verkaufen. Ihre Möbel wurden bei einem Umzugsunternehmen eingelagert, während sie sich nach einem neuen Haus umsahen. Sie wohnten so lange in der kleinen Wohnung hinten in Mitchs und Mamas Haus. Dawns Zimmer lag dazwischen. Nachmittags und abends vereinbarte Granny Termine mit dem Immobilienmakler, so konnte Dawn sie zu den Hausbesichtigungen begleiten.

Granny gefiel ein Haus in Healdsburg. Sie erzählte von dem hübschen Gästezimmer mit eigenem Bad, den schönen Häusern in der Straße, dem kleinen Garten, der nicht so viel Arbeit machen würde. Und außerdem lag es ganz in der Nähe von Dawns Schule. „Du könntest bei uns zu Mittag essen!"

Opa schaute Dawn im Rückspiegel an und sagte kein Wort, bis sie Alexander Valley erreichten. „Geh schon mal ins Haus, Dawn. Granny und ich haben noch etwas zu besprechen, bevor wir nachkommen." Fast eine Stunde blieben die beiden im Auto sitzen. Als Granny schließlich ins Haus kam, marschierte sie schnurstracks zum Gästetrakt. Opa ließ sich im Wohnzimmer in einen Schaukelstuhl sinken.

Mitch zog die Augenbrauen in die Höhe. „Alles in Ordnung?"

„Wir werden morgen ein wenig herumfahren und uns die Gegend anschauen." Mama kam ins Wohnzimmer, Christopher auf dem Arm. Opa blickte sie traurig lächelnd an. „Healdsburg ist eine hübsche kleine Stadt, aber ich würde lieber irgendwo an der Küste wohnen, falls wir uns das leisten können."

Opa fand genau das Haus, das er sich vorgestellt hatte, am Ufer des Russian River in Jenner mit Blick auf das Meer. Er meinte, es würde ein wenig Arbeit brauchen, aber dafür hätten sie einen unbezahlbaren Ausblick. Granny sprach sich vehement gegen den Kauf aus, doch am Ende setzte sich Opa durch.

Kurz vor Christophers erstem Geburtstag verblüffte Mitch Dawn, indem er sie fragte, ob er sie adoptieren dürfe.

Ihr Stiefvater war der coolste Typ, den sie kannte, und sie liebte ihn, aber sie war hin- und hergerissen und bat ihn um etwas Zeit, um darüber nachzudenken. Das gefiel ihrer Mutter nicht, aber Dawn wollte keine übereilte Entscheidung treffen und irgendwelche Gefühle verletzen. Sie fuhr übers Wochenende zu ihren Großeltern und besprach sich mit ihnen. Sie hoffte, sie würden ihr ihren Segen geben.

Opa sagte nicht viel dazu. „Das ist deine Entscheidung, Schatz." Granny schwieg zu dem Thema, bis zum nächsten Morgen, als sie darauf bestand, mit Dawn einen Spaziergang am Strand zu machen. Seit Monaten waren sie nicht mehr am Strand gewesen, darum war Dawn klar, dass Granny ihr etwas zu sagen hatte.

Auf dem Weg zum Strand erinnerte Granny Dawn daran, dass Mitch nicht ihr Vater sei; dass Opa in den ersten fünf Jahren ihres Lebens für sie da gewesen sei, Opa hätte sie in den Schlaf gewiegt, Opa hätte ihr Geschichten vorgelesen, Opa hätte mit ihr gespielt. Natürlich sei er verletzt gewesen, als Dawn ihm von Mitchs Angebot erzählt hätte. Wie könnte es anders sein? Und sicher würde er seine Gefühle verbergen und sagen, es sei Dawns Entscheidung, aber meinen würde er genau das Gegenteil! Außerdem sei Dawn die letzte Arundel in der Familie. Natürlich würde sie eines Tages heiraten und den Namen ihres Mannes annehmen, aber bis dahin bedeutete es ihnen sehr viel.

Dawn wollte ihre Großeltern nicht verletzen, und sie wusste, Mitch würde es verstehen. Als sie nach Hause kam, teilte sie Mitch mit, sie fühle sich geehrt, doch sie würde lieber alles so lassen, wie es sei.

Mitch wirkte enttäuscht, akzeptierte ihre Entscheidung aber. Er gab ihr einen Kuss auf die Wange. „Mach dir keine Sorgen deswegen."

Ihre Mutter stand schweigend und mit kaltem Blick dabei. Sie wollte etwas sagen, doch dann presste sie die Lippen aufeinander und verließ wortlos das Zimmer. Mitch folgte ihr und schloss die Schlafzimmertür hinter ihnen. Erst dann begann ihre Mutter zu sprechen, aber Dawn konnte kein Wort verstehen.

Am nächsten Morgen versuchte Dawn mit ihr zu reden. Sie wollte erklären, dass es nichts mit Mitch zu tun hatte. Sie liebte Mitch. „Es tut mir leid, wenn du sauer bist, Mama. Ich wollte nur niemanden verletzen."

„Du wolltest *Granny* nicht verletzen. Wen du sonst verletzt, ist dir ziemlich egal."

„Mitch schien kein Problem damit zu haben."

„Sie sind deine *Groß*eltern, Dawn! Reicht das denn nicht?"

„*Sie* sind immer für mich da gewesen."

Ihre Mutter fuhr herum. „Und darum verletzt du Mitch, um dich an mir zu rächen?"

„Nein."

Mama drehte sich um und konzentrierte sich auf Dawns Pausenbrot. Sie brauchte gar nicht zu sagen, dass sie Dawn nicht glaubte; ihre Haltung sagte alles.

„Können wir darüber reden, Mama?"

„Warum? Du hast deine Entscheidung getroffen. Alles wird so sein, wie Granny es will. Wie immer." Sie steckte das Sandwich in eine Plastiktüte und legte es in die Papiertüte. „Du solltest lieber deine Sachen holen, sonst kommst du zu spät zum Bus."

1985

Dawn schwankte zwischen überschwänglicher Freude, Zorn und Traurigkeit. Sie hatte das Siegtor beim letzten Meisterschaftsspiel ihrer Junior Highschool geschossen, und Mama war nicht auf der Zuschauertribüne. Mitch war gekommen. Ihr Stiefvater gab sich immer große Mühe, sie zu unterstützen. Hätte Mama denn nicht wenigstens ein einziges Mal kommen können – zumal dies das letzte und wichtigste Spiel in Dawns Leben war? Aber natürlich hatte Mama wieder mal eine Ausrede. Mama war nicht mal bei der Party zum Saisonende aufgetaucht.

Als Dawn und Mitch in die Küche kamen, saß Mama mit Chris am Tisch. Mama lächelte über irgendetwas, das Chris gesagt hatte. Sie blickte auf. „Wie war es?"

„Dawn hat das Siegtor geschossen. Ich habe alles auf Video."

„Das ist ja toll! Herzlichen Glückwunsch, Dawn. Chris' Spiel hat mit Verspätung begonnen. Wir sind gerade erst nach Hause gekommen. Er wollte noch zu Burger King."

Mitch fuhr Christopher durch seine roten Locken. „Wie war es bei euch, Tiger?"

„Wir haben verloren." Ihrem kleinen Bruder, mit seinen 6 Jahren immer noch zum Anbeißen süß, konnte nichts die Laune verderben. „Können wir uns Dawns Spiel ansehen?"

Chris und Mitch verzogen sich ins Wohnzimmer, während Mama die Überreste ihrer Mahlzeit zusammenräumte. „Du wirkst verärgert."

„Nein, Mama. Warum sollte ich?"

„Wohin gehst du?"

„In mein Zimmer."

„Siehst du dir denn nicht das Video vom Spiel an?"

„Ich habe zufällig mitgespielt, schon vergessen? Das Video anzuschauen ist nicht dasselbe wie dabei zu sein."

Ihre Mutter sah sie an. „Du hattest ein großartiges Spiel. Mitch war dabei. Und Granny und Opa waren da."

„Warum sollte wichtig sein, dass Granny und Opa da waren? Es wäre nett gewesen, wenn du und Chris wenigstens eines meiner Spiele miterlebt hättet."

„Nun, Chris hatte doch auch ein Spiel. Seine Mannschaft brauchte ihn."

„Er ist doch noch so klein. Sie spielen doch nur zum Spaß! Hätte nicht *ich* mal an erster Stelle stehen können, wenigstens für ein paar Stunden?"

„Du hast lange Zeit an erster Stelle bei mir gestanden, Dawn. Nicht dass es irgendjemanden interessiert hätte, dich schon gar nicht."

Dawn gab auf. Sie stürmte aus der Küche, durch den Flur und knallte ihre Zimmertür hinter sich zu. Aufgebracht warf sie sich auf ihr Bett und weinte. Jemand klopfte an die Tür. Dawn schrie: „Geh weg!"

Manchmal wünschte sie, ihre Mutter würde sie anschreien, anstatt einfach wegzugehen – oder in diesem kühlen, kontrollierten Tonfall zu antworten. Manchmal fragte sich Dawn, wie sie ihre Mutter so vermissen konnte, wo sie sie doch nie besonders geliebt hatte.

Kapitel 26

1986

Nach neun Monaten auf der neuen Schule hatte sich Dawn immer noch nicht richtig eingelebt. Die Highschool war ein kompletter Reinfall. Vom Fußballstar der Junior Highschool war sie zur Außenseiterin und Geächteten abgestiegen. Die Mädchen, die seit der zweiten Klasse ihre Freundinnen gewesen waren, hatten sich nach Schulbeginn neue Gruppen gesucht. Torie Keyes ging jetzt mit dem mexikanischen Mädchenschwarm. Dawn traf sie jeden Tag im Schulkorridor, um Juan Alvarez geschlungen wie ein Brötchen um einen Hotdog. Susan Mackay ließ sich einen Männerhaarschnitt verpassen, trug Männerhemden und schwarze Hosen und outete sich als Lesbe. Zwei andere Freundinnen aus dem Fußballteam, Tiffany Myers und Leanne Stoddard, hingen immer noch miteinander ab. Sie rauchten Hasch hinter den Schulgebäuden. Falls Dawn Lust hatte, eine große Party zu besuchen, wo es Alkohol, Drogen und Sex im Überfluss gab, brauchte sie nur Tiff und Lee zu fragen. Sie würden wissen, wo was stattfand.

Dawn kritzelte Achten auf ihren Block. In einer Woche würden die Sommerferien beginnen, und endlose Langeweile wartete auf sie. Sie würde drei Monate zu Hause festhängen und hätte nicht einmal Christopher zur Gesellschaft. Ihr kleiner Bruder hatte eine Armee von kleinen Freunden und somit jede Menge Möglichkeiten, sich zu beschäftigen. Außerdem hatte Mama ihn zum Schwimmunterricht angemeldet und nicht nur bei einem, sondern bei vier verschiedenen Gemeindeveranstaltungen. Warum? Weil er vier „beste Freunde“ hatte, die in unterschiedliche Gemeinden gingen, und er wollte niemanden bevorzugen. *Es muss schön sein, so beliebt zu sein, und natürlich die Vorteile des ersten und einzigen Sohnes zu genießen.*

Noch ärgerlicher war, dass Mama, die nie zur Kirche gegangen war, jetzt bei den Ferienbibelschulen der Kirche mithalf. Auf diese Weise nahm sie Anteil an Chris' Leben. Manchmal erinnerte sie Dawn an eine Bärenmutter, die Angst hatte, jemand könnte ihr Christopher wegnehmen und ihm etwas antun.

Dawn warf den Stift auf ihr Pult und rieb sich die Stirn. Wenn sie über ihre Mutter nachdachte, bekam sie immer Kopfschmerzen. Das war ironischerweise ihre einzige Gemeinsamkeit. Nach einem Streit mit ihr zog Mama sich immer ins Schlafzimmer zurück und legte sich Kompressen auf die Stirn oder ging zu einem Treffen der Anonymen Alkoholiker.

Aber sie stritten nicht oft. Wenn man mit jemandem streiten wollte, musste man etwas für ihn empfinden. Dawn schien ihrer Mutter vollkommen gleichgültig zu sein.

Mitch hingegen nahm sich Zeit für sie. Einmal im Monat gingen sie miteinander aus. Das letzte Mal hatten sie sich für keinen Film entscheiden können und aßen stattdessen in einem Restaurant zu Abend. Er erzählte den ganzen Abend von Onkel Charlie. Sie liebte es, wenn er von Onkel Charlie erzählte. Er schien sehr cool gewesen zu sein. Er und Mitch hatten jede Menge Sachen angestellt, über die sie lachen musste.

„Und was war mit Mama? Hatte sie auch Ärger?"

„Sie war ein braves Mädchen."

„Ja, richtig. Sie hat nie etwas falsch gemacht."

„Nein."

„Damit hat sie gewartet, bis sie nach Haight-Ashbury gegangen ist."

Mitch reagierte nicht.

„Hat sie mal mit dir über diese Jahre gesprochen?"

Er schüttelte den Kopf.

„Und du hast nicht gefragt?" Als er sie nur stumm anblickte, hakte sie nach. „Solltest du nicht über so was Bescheid wissen?"

„Deine Mutter hat in weniger als einer Minute eine Lebensbeichte abgelegt, als es mir das erste Mal gelang, sie zum Mittagessen einzuladen. Sie riss die Kruste von alten Wunden auf, und nein, ich werde ihr Vertrauen nicht missbrauchen und dir irgendetwas erzählen."

„Hat sie was über meinen Vater gesagt? Weiß sie überhaupt, wer es war?“

Mitch legte seine Serviette auf den Tisch und winkte den Kellner heran.

Dawn ließ den Kopf hängen. „Entschuldige.“ Mit Tränen in den Augen blickte sie ihren Stiefvater an. „Ich möchte noch nicht gehen, Mitch. Bitte. Ich benehme mich auch.“

Mitch erklärte dem Kellner, sie hätten gern die Dessertkarte. Dawn schaute sich die Speisekarte an, hatte aber keinen Appetit mehr. War es denn so verkehrt, dass sie es wissen wollte? „Ich scheine sie an Dinge zu erinnern, die sie lieber vergessen will.“

Mitch legte die Speisekarte beiseite. „Du solltest dich mal in Ruhe mit ihr hinsetzen und ihr deine Fragen stellen, Dawn.“

„Sie erzählt mir ja nie etwas. Wann immer ich auch nur eine Andeutung mache, wechselt sie sofort das Thema oder sagt, sie müsse zu einer Sitzung. Anscheinend weckt schon allein ein Gespräch mit mir in ihr den Wunsch nach einem Drink.“

„Ich werde mich da nicht einmischen.“

„Manchmal denke ich, Mama und ich sprechen nicht einmal dieselbe Sprache.“

Dawn versuchte sich in ihre Mutter hineinzuversetzen. Was würde sie empfinden, wenn sie ein uneheliches Kind hätte, den lebendigen Beweis dafür, wie sehr sie ihr Leben vermasselt hatte? So schmerzlich es auch sein mochte, die Vergangenheit wieder heraufzubeschwören, Dawn wollte endlich etwas über ihren biologischen Vater erfahren. Nicht dass Mitch nicht ein toller Papa wäre; er war der beste. Aber sie hatte eben nicht seine Gene.

Dawn rieb ihre Schläfen und starrte auf die Uhr an der Wand. Noch 15 Minuten bis Unterrichtsschluss. Vielleicht sollte sie ihre Mutter fragen, ob sie sich zu Ferienkursen anmelden könnte; dann hätte sie wenigstens etwas zu tun. Sie hatte bereits bei McDonalds nach einem Job gefragt, aber das ging erst, wenn sie 16 war. Wenn sie nichts anderes vorhatte, würden Granny und Opa erwarten, dass sie den Sommer wieder bei ihnen verbrachte, so wie den vergangenen Sommer und den Sommer davor und jeden Sommer. Sie liebte ihre Großeltern sehr, aber drei Monate bei ihnen ohne Beschäftigung waren sehr anstrengend.

Natürlich hatten sie Bücher, jede Menge, die meisten über Hausbau vom Fundament bis zum Dach, über Umbauarbeiten, Reparaturen, Klempner- und Elektroinstallationen und so weiter. Granny sammelte Kochbücher. Dawn hätte nichts dagegen gehabt, kochen zu lernen, aber sie hatten nur eine „Küchenzeile", wie Opa es nannte, und Granny stand gern allein an Herd und Spülbecken. Im vergangenen Sommer war Dawn vor Langeweile so verzweifelt gewesen, dass sie Grannys Garten unterhalb des Hauses vom Unkraut befreit hatte.

Die Glocke läutete und riss Dawn aus ihren Gedanken. Sie stopfte ihren Block in ihren Rucksack, warf ihn sich über die Schulter und ging zur Tür. Wenn sie in diesem Sommer zu Hause bleiben wollte, musste sie es bald sagen. Sie würde betteln, falls das nötig wäre. Sollte Mama Nein sagen, würde sie Mitch und Christopher um Hilfe bitten. Sie konnten bei ihrer Mutter mehr erreichen als sie.

Das Abendessen war beinahe vorüber, als Dawn all ihren Mut zusammennahm und sagte, sie wolle den Sommer zu Hause verbringen. Mama blickte sie verblüfft an. „Aber du bist im Sommer doch immer bei deinen Großeltern."

„Ja, aber dieses Jahr würde ich lieber zu Hause bleiben."

„Was hält Granny davon?"

„Ich habe es ihr noch nicht gesagt." Dawn wich dem Blick ihrer Mutter aus und lächelte Christopher an. „Vielleicht kann ich dir helfen, auf den kleinen Mann aufzupassen, wenn du Hausbesichtigungen hast."

„Hausbesichtigungen sind nur am Wochenende, und dann ist Mitch da."

So viel zum Thema Vertrauen.

„Was hast du denn in den Ferien vor?“ Mitch schnitt ein Stück Roastbeef ab und steckte es sich in den Mund.

Sie klimperte mit den Wimpern. „Du könntest mir Autofahren beibringen.“

Er lachte. „Auf keinen Fall! Außerdem bist du noch gar nicht alt genug.“

„Ich könnte doch lernen, einen Traktor zu fahren.“

„Und meinen Weinberg zerstören? Ha!“

„Ich kann Mama bei der Wäsche und beim Kochen helfen.“

Mama tat noch einen Löffel Kartoffelbrei auf Christophers Teller. „Deine Großeltern werden sehr enttäuscht sein. Sie rechnen damit, dass du kommst.“

„Ich könnte sie ja ein Wochenende im Monat besuchen. Es ist ja nicht so, als wollte ich gar nicht mehr zu ihnen.“

Mitch warf ihrer Mutter einen Blick zu. „Es wäre doch schön, den Sommer mit unserem Stachelschweinchen zu verbringen. Sie wird nicht mehr allzu lange hier sein. Noch drei Jahre, dann geht sie aufs College.“

„Ich will keinen Streit, Mitch. Du weißt doch, wie meine Mutter ist.“

Mitch legte seine Serviette auf den Tisch. „Ich komme zu spät zur Ältestensitzung.“ Er beugte sich vor und gab Dawn einen Kuss auf die Wange. „Ich freue mich auf den Sommer mit dir, Stachelschweinchen.“ Ihre Mutter küsste er auf den Mund. „Du auch, nicht?“ Er küsste sie erneut und fuhr Christopher durch seine rotbraunen Locken. „Und heute Abend gibt's kein Trödeln beim Zubettgehen. Noch ist Schule.“

Ihre Mutter schickte Christopher ins Bad und räumte das Geschirr zusammen. „Du hast ja kaum etwas gegessen“, sagte sie mit einem Blick auf Dawns Teller.

„Ich hatte keinen Hunger. Ehrlich, ich kann dir im Haushalt helfen, Mama. Das Geschirr spülen, die Wäsche waschen.“

„Das wäre schön.“ Mama stand am Spülbecken. „Also gut, wir machen es so.“ Sie drehte sich um und blickte Dawn an. „Unter einer Bedingung.“

„Alles, was du willst."

„*Du* musst es deinen Großeltern beibringen."

Dawn lächelte sie flehentlich an. „Ich hatte gehofft, du würdest mir dabei helfen."

„Keine Chance." Ihre Mutter spülte die Teller ab, bevor sie sie in die Spülmaschine räumte. „Sie würden mir nicht glauben, wenn ich ihnen sage, dass du lieber hierbleiben möchtest, als zu ihnen zu fahren."

Dawn schob den Anruf zwei Tage vor sich her. Dann tat sie es endlich.

„War das die Idee deiner Mutter? Will sie dich zwingen, den ganzen Sommer zu Hause zu bleiben?", sagte Granny misstrauisch.

„Nein." *Sag es einfach, Dawn!* Sie ließ langsam den Atem entweichen. „Ich bin noch nie einen Sommer zu Hause gewesen, Granny."

Stille.

„Aber du kommst doch an den Wochenenden, nicht?"

Dawn biss sich auf die Lippe. „Nicht jedes Wochenende, Granny."

Wieder Stille.

„Wir wollten mit dir in den Yellowstone-Park fahren. Opa wird auch nicht jünger. Das wird vermutlich das letzte Jahr sein, wo wir so eine Reise noch machen können."

Granny verstand es wirklich, die Schrauben anzuziehen. „Du und Opa, ihr werdet bestimmt eine tolle Zeit haben." Sie zupfte an ihrer Bettdecke herum. „Ich liebe dich, Granny. Ich rufe bald wieder an", sagte sie und legte schnell auf, bevor Granny ihr noch mehr Schuldgefühle einreden konnte.

„Alles in Ordnung?" Mama stand mit wachsamem Gesichtsausdruck in der Tür, die Hände in den Taschen ihrer Schürze vergraben.

„Alles bestens."

„Gut." Lächelnd nahm ihre Mutter die Hände aus den Taschen. „Komm mit in die Küche. Du kannst meine Kochbücher durchsehen und überlegen, was du morgen Abend kochen möchtest."

„Morgen Abend? Aber ich kann doch gar nicht kochen."

„Kochen ist leicht. Du brauchst dich nur genau an die Anleitung zu halten."

Panik setzte ein.

Ihre Mutter nahm mehrere Kochbücher von einem Regal, einen Block und einen Stift aus einer Schublade und legte alles auf den Küchentisch. „Such dir aus, was du kochen möchtest, mach eine Liste mit den Zutaten, dann kaufe ich morgen ein, was du brauchst." Ihre Mutter hängte sich die Tasche über die Schulter.

„Wirst du mir nicht helfen?"

„Ich kann nicht. Heute ist doch diese Feier in Chris' Schule." Sie nahm eine Schüssel Kartoffelsalat aus dem Kühlschrank.

„Mama?"

Ihre Mutter blieb in der Tür stehen und blickte sie an. Dawn hätte am liebsten gesagt, dass sie nicht zu Hause geblieben war, um allein zu sein, sondern um Zeit mit ihrer Mutter zu verbringen. Die Stille zog sich hin, die Worte blieben ihr im Hals stecken.

Der Gesichtsausdruck ihrer Mutter wurde weicher. „Schau nicht so ängstlich, Dawn. Du wirst gut ohne mich klarkommen."

Dawn hörte, wie sich das Garagentor öffnete und schloss. Sie schlug das Kochbuch auf und blätterte lustlos einige Seiten um. Schließlich schob sie das Buch beiseite, legte den Kopf auf ihre Arme und weinte.

Kapitel 27

Zwei Wochen zu Hause kamen ihr vor wie ein ganzes Jahr. Christopher hatte einen prall gefüllten Terminkalender, Mama fungierte als Chauffeur, während Dawn zu Hause herumhing, die Wäsche machte und das Abendessen plante und zubereitete. Wenigstens hatte sie an diesem Tag Gesellschaft. Christopher war ausnahmsweise einmal zu Hause, und Mama traute ihr zu, dass sie auf ihn aufpasste.

Dawn und ihr Bruder vergnügten sich im Garten, Chris schwamm im Pool, Dawn lag auf der Liege und rieb ihre Beine mit Sonnencreme ein. Sie behielt ihren kleinen Bruder immer im Auge. Christopher trat am tiefen Ende auf der Stelle, spuckte und strich sich die Haare aus dem Gesicht. Sie warf die Tube mit Sonnencreme beiseite und sprang auf. „Soll ich dich rausfischen?“

„Nein!“ Er schwamm weiter.

Dawn wartete am Ende des Pools auf ihn. Als er sich am Beckenrand festhielt, tippte sie ihm auf den Kopf. „Das reicht jetzt, Christopher.“ Sie hielt sein Handgelenk fest. „Du machst das toll. Aber du solltest jetzt mal eine Pause machen. Du bist viermal hin und her geschwommen. Wenn du noch mal losschwimmst, muss ich dich herausfischen und eine Mund-zu-Mund-Beatmung bei dir machen.“

„Igitt!“ Er ließ sich von ihr aus dem Wasser ziehen. Christophers nasse Füße platschten über den glatten Beton. Sie schnappte sich ihr Handtuch von der Liege und rubbelte seine Haare trocken. „Mit sechs konnte ich nicht einmal einen Schwimmzug machen.“

„Wenn ich sechs Runden ohne Pause schaffe, kann ich das Seepferdchen machen. Und dann kann ich tauchen lernen.“ Ihr kleiner Bruder breitete sein Handtuch auf der Liege aus und legte sich auf den Bauch. „Dawn, kommst du morgen mit zur Ferienbibelschule?“

„Ich bin zu alt für so was, Kumpel."

„Du könntest doch Helferin sein."

„Und was tun? Kräcker und Apfelsaft verteilen? Die Kinder zur Toilette bringen?"

„Komm doch mit. Bitte." Er legte die Hände aneinander und warf ihr einen Hundeblick zu. „Ich soll jemanden einladen."

„Ein Kind vom Kindergarten bis zur fünften Klasse, Chris!"

„Es sind auch welche von der Highschool dabei. Sie haben eine Band! Sie helfen bei den Kursen und spielen draußen mit uns."

„Dann scheint ihr ja genug Helfer zu haben."

„Ich habe den Jungs von der Band erzählt, dass ich eine Schwester habe. Und dass du hübsch bist."

„Danke."

„Ich habe gesagt, dass ich dich morgen mitbringe."

Als sie ihn ärgerlich anfunkelte, schob er schmollend die Lippe vor. Er konnte so süß sein. „Bekommst du dafür Extrapunkte oder so etwas?"

„Nein. Aber wenn du mitkommst, kannst du die Wäsche nicht waschen, und Papa braucht keine rosa T-Shirts mehr zu tragen." Er grinste sie an.

„Okay. Das reicht jetzt!" Dawn sprang auf, packte ihn an einem Arm und einem Bein und ging mit ihm zum Schwimmbecken. „Zeit für weitere Runden!" Er kreischte vor Vergnügen, als sie ihn hin und her schwang und schließlich ins tiefe Becken warf. Schnell kam er wieder hoch, über das ganze Gesicht strahlend, und rief ihr zu, sie solle das noch mal machen.

Die Ferienbibelschule der Cornerstone Church fand in einem großen Lagerhaus mit Metallrolltoren in einem Industriegebiet statt. Ehrenamtliche Helfer hatten zwei große Zelte auf dem verlassenen Parkplatz aufgebaut. Das Ganze erinnerte eher an einen Zirkus als an eine Gemeindeveranstaltung.

Christopher nahm Dawns Hand. „Wir müssen zuerst in die Kapelle gehen!“ Er zog sie in einen großen Raum mit Basketballkörben zu beiden Seiten. Keine Bänke, nur Klappstühle. Bunte Banner hingen an den Wänden: *Glaube. Hoffnung. Freude. Liebe.* Das größte war dunkelrot. In goldenen Buchstaben stand darauf: *Allmächtiger Gott, ewiger Vater, wundervoller Rat, Friedefürst. Jesus, König der Könige.*

Mama lachte. „So habe ich auch geguckt, als ich zum ersten Mal hier war. Das war nicht das, was ich erwartet hatte.“ Sie hielt ein Tablett mit Muffins in den Händen und deutete zu einer Tür. „Die Küche ist da hinten.“

„Nein, Mama. Dawn muss mit mir kommen.“ Christopher zog sie zu den Kindern hinüber. „Komm mit! Es fängt gleich an. Meine Gruppe ist da drüben.“

Dawns Herzschlag beschleunigte sich, als sie Jason Steward erblickte, den bestaussehenden Jungen der Schule, der zusammen mit vier anderen Teenagern auf einer erhöhten Plattform stand. Sie trugen schwarze Jeans und grellgelbe T-Shirts, auf denen in roten Buchstaben die Worte standen: *Jesus ist Herr*. Kim Archer, eine hübsche Brünette, die Cheerleaderin war, und ein anderes Mädchen, Sharon irgendwas, kannte Dawn flüchtig vom Sportunterricht. Beide schienen recht nett zu sein. Einer der Jungen stöpselte seine Gitarre in den Verstärker ein, während der andere sein Schlagzeug ausprobierte.

Jason fing ein Handmikrofon auf, das ihm ein Mann von vor der Bühne zuwarf. „Guten Morgen, alle zusammen“, rief er durch das Mikro.

Die Kinder antworteten: „Guten Morgen!“

Er lachte. „Könnt ihr das nicht lauter?“ Er legte seine Hand an sein Ohr. „Ich kann euch kaum verstehen!“ Der Gitarrenspieler spielte einen durchdringenden Akkord, der alle dazu brachte, noch einmal „guten Morgen“ zu brüllen. Jason rief: „Dies ist der Tag, den der Herr gemacht hat!“ Wieder ein lauter Akkord, mehr Gebrüll. „Lasst uns freuen und fröhlich sein! Ich will euch hören! *Guten Morgen!*“

Dawn hätte sich am liebsten die Ohren zugehalten.

„Das ist schon besser! Kommt schon, Leute! Lasst uns den Herrn loben!“

Der Schlagzeuger spielte einen wilden Trommelwirbel. Jason und Sharon sangen, Kim spielte Keyboard. Diese Musik hätte Dawn eher in einem Rockkonzert erwartet, nicht in einer Ferienbibelschule.

Hundert Kinder plus Gruppenleiter und Helfer klatschten in die Hände und sangen die Lieder mit, die mit einem Overheadprojektor an die Wand geworfen wurden. Christopher zog sie hinter sich her. „Hey, Jason! Ich habe meine große Schwester mitgebracht!“

Dawn wäre am liebsten im Erdboden versunken. Sie befreite sich von Christopher. Zu spät. Jason Steward blickte sie an und grinste breit während des Singens.

„Was machst du denn da?“

„Das ist Jason Steward! Er hat gesagt, ich soll dich mitbringen! Ist er nicht cool?“

„Ich bringe dich um.“

„Bleib hier!“ Christopher packte sie erneut an der Hand. Dawn riss sich los und suchte nach einem Fluchtweg. Doch sie war gefangen in der Menge der Kinder, und es gab keinen Ausweg. Christopher begann zu klatschen und zu singen. Dawn konzentrierte sich auf den Text der Lieder und sang mit.

Gleich am ersten Tag in der Highschool war ihr Jason aufgefallen. Wer hätte ihn auch übersehen können? Er sah einfach umwerfend aus mit seinen schwarzen Haaren, den braunen Augen und der olivfarbenen Haut. Irgendwie schien er eine Mischung aus Europäer, Lateinamerikaner und Asiate zu sein. Als sie auf ihn aufmerksam wurde, stand er mit einer Gruppe Jungen im Flur. Sein Lachen war ansteckend. Später hatte sie ihn an einem Picknicktisch unter den Bäumen gesehen, wo er mit seinen Freunden zu Mittag aß.

Auf dem Weg zum Englischunterricht begegnete sie ihm jeden Tag. Einmal hatte er sie dabei ertappt, wie sie ihn anstarrte, und er hatte gelächelt. Vor Verlegenheit wäre sie am liebsten im Erdboden versunken. Danach verhielt sie sich unauffälliger.

Sie beobachtete ihn nur noch heimlich dabei, wie er und seine Freunde sich während der Mittagspause Bälle zuwarfen. Jason Steward war zu allen gleichermaßen freundlich – den Außenseitern, den Beliebten und sogar zu den Trotteln. Während des ganzen Jahres hatte er nur selten einmal allein irgendwo gestanden, und sie hatte nie den Mut aufgebracht, ihn mal zu grüßen.

War ihr Gesicht immer noch rot?

Nach einigen Liedern reichte Jason das Mikrofon an Pastor Daniel Archer weiter, der mit ihnen betete, einige Informationen weitergab und die Kinder dann in ihre Gruppen entließ.

„Ich gehe und helfe Mama."

„Nein, bitte nicht!" Christopher packte erneut ihre Hand. „Du musst mit in meine Gruppe kommen."

„Was bin ich denn? Dein Vorzeige-Heide?"

„Ich habe Jason versprochen, dass du mithelfen würdest."

Sie ließ sich von ihrem Bruder ins blendend helle Sonnenlicht führen und durch das Tor im Zaun. „Komm mit!" Er zerrte sie hinter sich her. Als er Jason hinter sich erblickte, ließ er sie los und begann zu strahlen. „Hallo, Jason!"

Dawn schluckte und schubste Christopher an. „Du musst doch zu deiner Gruppe. Wo ist sie?"

„Warte auf Jason."

Am liebsten hätte sie ihn erwürgt. „Los doch."

Jason holte sie ein. „Hallo." Er lächelte sie an, und sie spürte, wie sie erneut rot anlief.

„Hallo …" Sie schickte ein oberflächliches Lächeln in seine Richtung. „Und tschüs." In aller Eile folgte sie ihrem Bruder in das Zelt. Mit klopfendem Herzen blieb sie hinten stehen, während sich Christopher ein Teppichstück schnappte und nach vorne rannte, um sich zu den anderen Jungen und Mädchen seines Alters zu setzen. Seine Guppenleiterin stand vor einer Flanelltafel. *Oh Mann. Oh Mann.*

Jason betrat das Zelt und stellte sich genau neben sie. „Hey. Christopher sagte, er würde heute seine Schwester mitbringen. Du gehst auf die Healdsburg High, nicht? Ich habe dich da schon gesehen."

„Ja." Vermutlich hatte er bemerkt, wie sie ihn peinlich anstarrte. Sie blickte kurz hoch, dann richtete sie ihren Blick krampfhaft auf Christophers Hinterkopf.

„Chris hat mir aber deinen Namen nicht verraten."

„May Flower Dawn Arundel." Sie errötete schon wieder. Was war in sie gefahren, dass sie ihren vollen Namen genannt hatte? „Aber ich werde Dawn genannt."

„Ich bin Jason." Er trat vor sie und hielt ihr die Hand hin. „Prima, dich kennenzulernen, Dawn. Danke, dass du bereit bist, mir zu helfen." Seine Finger schlossen sich um ihre Hand, und ihre Haut begann zu prickeln. Neugierig blickte er sie an. „Arundel? Nicht Hastings?"

Nachdem er ihre Hand losgelassen hatte, atmete sie wieder leichter. „Nein, Christopher ist mein Halbbruder."

„Er ist ein toller Junge."

„Er hat seine lichten Momente." Sie schluckte. „Hm, ich weiß eigentlich gar nicht so genau, was ich machen soll."

„Hilf mir doch am besten, die Bastelsachen zurechtzulegen." Er deutete auf zwei lange Tische mit Bastelpapier auf der linken Seite des Zeltes. „Heute basteln die Kinder brennende Dornbüsche." Während die Leiterin mit beachtlicher Dramatik die Geschichte vorlas, wie Mose in die Wüste floh, stellte Jason die Tabletts mit dem Bastelmaterial zurecht. „Sie sollen Zweige aufkleben. Das wird der Busch. Dann wird Farbe darauf getropft und mit den Strohhalmen durch Blasen verteilt, als Flammen."

„Clever."

Seine dunklen Augen funkelten amüsiert. „Ja, morgen geht es um die Plagen in Ägypten. Dann werden grüne Papierfrösche gebastelt. Kommst du wieder zum Helfen?"

„Mal sehen, wie es heute läuft." Sie würde auf jeden Fall

wiederkommen. Aber sie wollte nicht zu eifrig wirken. Sorgfältig verteilte sie Zweige und ein Stück Papier an jeden Platz.

Jason legte Farbe, Pinsel und Strohhalme zurecht. „Christopher hat mir erzählt, dass er später mal in einer Rockband singen will."

„Letzte Woche wollte er Astronaut werden; gestern wollte er noch sein Seepferdchen machen, damit er Tiefseetaucher werden kann."

Jason lachte. „In seinem Alter war ich genauso."

Sie brauchten knapp fünf Minuten, um das Bastelmaterial auf den Tischen zurechtzulegen. „Für den Augenblick sind wir fertig." Er stellte einen Klappstuhl für sie und einen für sich auf und ließ sich darauf nieder. Die Hände hinter dem Kopf verschränkt blickte er sie an und lächelte herzlich. „Was ist mit dir?"

Sie waren sich so nahe, dass sie die goldenen Punkte in seinen Augen erkennen konnte. „Was soll mit mir sein?"

„Weißt du schon, was du mit deinem Leben machen willst?"

„Ich habe keine Ahnung. Spaß haben, schätze ich." Hätte sie etwas Blöderes und Oberflächlicheres von sich geben können? „Du bist nächstes Jahr fertig, richtig? Vermutlich hast du deine Zukunft schon genau geplant."

„Ich habe ein paar Ideen. Meine Mama möchte, dass ich Ingenieur werde. Pastor Daniels meint, ich solle Pastor werden. Vielleicht gibt es ja einen Weg, beides zu machen."

„Wie soll das denn gehen?" Das waren sehr gegensätzliche Berufe.

„Man kann viel für Gott tun, ohne in einer Kirche zu arbeiten. Gott braucht Arbeiter in allen möglichen Bereichen. Ich habe ihn gebeten, mir zu zeigen, welche Richtung ich einschlagen soll. Und das wird er auch tun, davon bin ich überzeugt."

Noch nie hatte sie erlebt, dass jemand so selbstverständlich über Gott sprach. Allerdings verstand sie nicht so richtig, was Gott mit Jasons Entscheidung zu tun haben sollte. Hatte er keinen freien Willen? „Warum sollte Gott interessieren, was du machst? Ich meine, möchte er nicht, dass wir selbst entscheiden? Das wurde mir beigebracht. Es liegt an uns herauszufinden, was uns glücklich macht."

Er legte den Kopf zur Seite. „Na ja, sicher, Gott möchte, dass wir glücklich sind. Aber es geht doch um viel mehr."

„Wirklich? Was meinst du?" Jason Steward war wirklich ganz anders, als sie gedacht hatte.

„Gott hat jedem von uns ganz besondere Fähigkeiten und Talente geschenkt. Er hat einen Plan für uns, und er schenkt deinem Leben einen Sinn."

„Meinem Leben? Da bin ich nicht so sicher."

„Du kannst aber sicher sein. Es beginnt mit einer persönlichen Beziehung zu ihm. Und diese Beziehung wird Einfluss haben auf das, was du willst, was du tust und glaubst."

Das Gespräch wurde ihr unangenehm. *„Persönlich* ist nicht unbedingt ein Wort, das ich in Bezug auf Gott wählen würde."

Jason erhob sich. „Hey, denk doch einfach mal drüber nach. Wenn du die Tür öffnest und ihn hereinlässt, wird sich dein ganzes Leben verändern. Ich verspreche es dir."

Vielleicht hatte er darum Christopher gebeten, sie mitzubringen. Um sie zu bekehren. Gott war Dawn ziemlich egal, aber sie wollte, dass Jason weiter mit ihr sprach. „Und du hast das erlebt?"

Seine Augen strahlten. „Ja." Er warf einen Blick zurück. „Und da kommen sie schon." Er stellte seinen Stuhl wieder an den Tisch, während Christopher und seine Freunde hereinstürmten und sich einen Platz suchten. Dawn half ihrem Bruder bei seinem Projekt, dann kümmerte sie sich um einige andere Kinder. Jason stellte sie der Leiterin, Mrs Preston, vor, die meinte, Christopher sei ein tolles Kind, und sie freue sich, ihn in ihrer Gruppe zu haben. Als hätte Dawn das nicht schon tausendmal gehört.

Die brennenden Dornbüsche waren schnell fertiggestellt. Mrs Preston rief die Kinder zusammen und ging mit ihnen nach draußen, wo andere Helfer mit ihnen spielen würden.

Jason blieb neben Dawn stehen. „Gehst du zur Kirche?"

„Natürlich", antwortete sie und nannte ihm ihre Gemeinde. Auf die Frage nach der Jugendgruppe zuckte sie die Achseln und erwiderte, in einer Gemeinde mit knapp hundert Mitgliedern, die sich überwiegend aus älteren Leuten zusammensetzte, gäbe es nicht viele Jugendliche.

„Dann komm doch mal mit zu uns. Wir treffen uns heute Abend um halb acht. Wir hängen ab, spielen Basketball, essen was und lesen gemeinsam in der Bibel. Versuch es doch mal. Vielleicht gefällt es dir ja."

„Ich muss erst meine Mutter fragen." Mama war vielleicht nicht damit einverstanden, aber eigentlich dürfte sie keine Einwände erheben. Schließlich brachte sie ja auch Christopher zur Ferienbibelschule.

„Brauchst du eine Mitfahrgelegenheit?"

Ihr Herz machte einen Satz. Wollte er ihr anbieten, sie abzuholen, wenn sie Ja sagte? „Wir wohnen in Alexander Valley."

„Ich kann dich mit jemandem bekannt machen, der in der Nähe wohnt."

„Okay."

Ein durchdringender Pfiff drang vom Parkplatz herüber. Jason winkte. „Ich muss wieder rein und alles vorbereiten für den Abschluss. Danke für deine Hilfe, Dawn. Ich hoffe, wir sehen uns heute Abend … und morgen."

Sie hielt Ausschau nach Jason, als sie mit Christophers Gruppe wieder in die Lagerhalle kam. Er stand auf der Bühne und unterhielt sich mit den beiden Mädchen aus seiner Band. Pastor Daniel forderte die Kinder auf, schnell ihre Plätze einzunehmen. Dann fragte er, ob jemand einen Gast mitgebracht hätte. Dawn hielt Christopers Hand fest, damit er sich nicht meldete.

Schließlich warf er Jason das Mikrofon zu, der zum Singen alle wieder aufstehen ließ. Nach einigen Liedern sprach Jason ein kurzes Schlussgebet und rief: „Wir sehen uns morgen wieder!"

Dawn packte Christophers Hand und ging zu Mama, die mit mehreren anderen Frauen an der Wand stand und wartete. Sie kam ihnen entgegen und lächelte Dawn an. „Ich sehe, du hast es überlebt."

„Es war ganz okay." Sie wollte nicht zu begeistert klingen, damit Mama sich nicht fragte, warum. „Ich habe versprochen, morgen wieder mitzuhelfen. Einer der Jungen hat mich zur Jugendgruppe heute Abend eingeladen."

Ihre Mutter warf ihr einen schnellen Blick zu. „War das eine Verabredung?"

„Nein. Er sagte nur, ich solle doch zur Jugendgruppe kommen. Er meinte, es würde mir bestimmt gefallen."

„Mir wäre es lieber, wenn du nicht gehen würdest."

Dawn schnaubte. „Warum nicht?" Christopher konnte alles tun, was er wollte, aber wenn sie einmal um etwas bat, lautete die Antwort Nein?

„Du bist doch in einer Gemeinde."

„Christopher auch, aber du hast ihn trotzdem zu der Ferienbibelschule hier angemeldet."

„Weil es in unserer Gemeinde keine gibt."

„Es gibt auch keine Jugendgruppe."

„Die Ferienbibelschule ist in drei Tagen zu Ende, Dawn."

„Ich will mich ja nicht dieser Gemeinde hier anschließen, Mama. Ich wollte mir nur die Jugendgruppe ansehen. Ich wäre gern mit Leuten meines Alters zusammen, die zur Kirche gehen."

„Ich werde darüber nachdenken."

Kapitel 28

Die Jugendgruppe bestand aus knapp 20 Teenagern, vorwiegend Mädchen, die zusammenstanden und sich unterhielten, während die Jungen Basketball spielten. Jason hatte noch einen anderen Gast eingeladen, Tom Barrett. Nachdem er vorgestellt worden war, lud Jason ihn zum Basketballspiel ein. Kim Archer, die Tochter des Pastors, kümmerte sich um Dawn, holte ihr einen Klappstuhl vom Stapel und stellte ihn in ihre Runde. Einige von den Mädchen kannte Dawn bereits, zumindest ihre Namen: Sharon, Pamela, Linda und Amy hatte sie in der Schule mal gesehen, aber sie erinnerten sich bestimmt nicht an sie.

„Hallo", begrüßte Sharon sie. „Wir hatten doch zusammen Sport. Dawn rennt schneller als alle anderen."

Dawn nahm auf ihrem Stuhl Platz. „Ich habe sechs Jahre lang Fußball gespielt. Der Trainer ließ uns vor jedem Training einen Kilometer rennen."

Pam drehte ihre Haare zusammen und steckte sie mit einer Klammer hoch. „Warum bewirbst du dich nicht für unsere Mannschaft? Wir könnten dich gut gebrauchen."

„Ich wollte mal eine Pause machen. Etwas anderes ausprobieren."

„Zum Beispiel?"

„Lernen."

„Ach, jetzt weiß ich, wo ich dich schon mal gesehen habe." Das war Linda. „In der Bibliothek. Du hast in der hintersten Reihe am Fenster gesessen."

„Ja, genau."

Die Mädchen unterhielten sich über die Schule und wie ihre Sommerferien liefen. Dawn warf immer wieder schnelle Blicke zu Jason hinüber, der immer noch mit den Jungs Basketball spielte. Sharon wollte in der nächsten Woche zu einem Familientreffen am Lake Tahoe fahren. Linda hatte einen Job in einer

Pizzeria in der Nähe des Einkaufszentrums. Amy beneidete sie um diesen Job. Sie half einer Mutter von drei Kindern. Beinahe wäre sie gar nicht zur Jugendgruppe gekommen, weil sie so schrecklich müde war, und am nächsten Tag musste sie um halb sieben schon wieder bei den Johnsons sein. Kim war für die Gemeindesekretärin Mrs Carson eingesprungen, die ihre Mutter in einer Pflegeeinrichtung unterbringen musste. Sie hatte den Telefondienst übernommen.

„Und was ist mit dir, Dawn?", fragte Kim. „Was machst du im Sommer?"

Dawn löste ihren Blick von Jason. „Nicht viel. Ich habe noch keinen Führerschein, und wir wohnen draußen in Alexander Valley." Sie zuckte die Achseln. „Ich kümmere mich um die Wäsche und koche für die Familie. Bisher ist niemand gestorben."

Pam lachte. „Meine Mutter sagte, du hättest heute bei der Ferienbibelschule geholfen."

„Ach, ich habe bloß die Bastelutensilien verteilt."

„Danke trotzdem. Du hast mich gerettet, sonst wäre ich auch mit eingespannt worden." In einer übertriebenen Geste schüttelte sie sich.

Der Basketball rollte in ihre Richtung. „Hey, meine Damen!", rief Jason. „Erspart ihr uns ein paar Schritte?"

Dawn stand auf und schoss den Ball so, dass er genau in Jasons Händen landete. „Guter Schuss!" Er grinste und dribbelte den Ball über das Spielfeld, gab ihn an Tom ab, der zwei Schritte machte, sprang und ihn sauber über die Köpfe der anderen in den Korb warf. Jason und Tom zeigten sich den hochgereckten Daumen.

Sharon lachte, während Dawn wieder Platz nahm. „Also, wir alle wissen, warum du heute Abend gekommen bist."

„Wie?" Dawn gab sich ahnungslos.

„Jason Steward." Sharon streckte ihre langen, in einer Jeans steckenden Beine von sich. „Willkommen im Club. Jede von uns hatte mal irgendwann ein Auge auf ihn geworfen."

Als sie hinüberschaute, beobachtete Jason sie gerade. Schnell wandte er den Blick ab. Er hob die Hand und forderte Tom auf, ihm den Ball zuzuwerfen.

Als Pastor Daniel hereinkam, bildeten die Jugendlichen einen Kreis mit ihren Stühlen. Alle außer Dawn hatten ihre Bibeln mitgebracht, sogar Tom Barrett. Kim ließ Dawn mit in ihre hineinschauen. Der Pastor forderte sie auf, Abschnitte aus dem Buch Daniel vorzulesen. Darin ging es um eine kleine Gruppe junger Leute, die mutig in einer Welt für ihren Glauben eingestanden hatten, in der Gott keine Rolle spielte. Er forderte sie heraus, in ihrem Umfeld etwas Positives zu bewirken, ob in der Schule, beim Einkaufen, beim Babysitten.

Nach dem Gespräch hingen sie noch ein wenig herum, knabberten Chips, verputzten die Reste der Muffins von der Ferienbibelschule, tranken alkoholfreie Getränke und redeten. Jason war mit Tom nach draußen verschwunden und sie unterhielten sich mit ein paar Jungs auf dem Parkplatz. Mittlerweile war Dawns Mutter gekommen, um sie abzuholen.

Pamela lief ihr nach. „Es war schön, dass du heute Abend gekommen bist. Ich würde gern deine Mutter kennenlernen."

„Klar, komm mit." Dawn öffnete die Wagentür. „Mama, das ist Pamela. Pam, meine Mutter, Carolyn Hastings."

Pam beugte sich vor, um ihr die Hand zu geben. „Schön, Sie kennenzulernen, Mrs Hastings. Wir wohnen im Norden von Healdsburg. Ich könnte Dawn nächste Woche zur Jugendstunde abholen."

Mama schien nicht ganz überzeugt. „Das ist nett von dir, aber-"

„Ich habe seit zwei Jahren den Führerschein und noch nie einen Strafzettel bekommen. Meine Mama sagt, ich fahre wie eine alte Dame. Sie können sie fragen, wenn Sie Christopher morgen zur Ferienbibelschule bringen."

Mama lächelte höflich. „Ich nehme dich beim Wort, Pam."

Dawn stieg in den Wagen ein und schloss die Tür. „Sie scheint sehr nett zu sein. Wie gut kennst du sie?"

„Nur flüchtig. Sie spielt in der Fußballmannschaft unserer Schule."

„Und, wie war es?"

„Ganz gut. Wir haben über den Propheten Daniel gesprochen." Dawn lehnte sich zurück. Ihre Mutter fuhr vom Parkplatz. „In der Geschichte steckt viel mehr, als man denkt. Ich kannte nur das mit der Löwengrube. Alle hatten eine Bibel dabei. Ich weiß nicht mal, wo meine ist. Das war ein bisschen blöd."

„Es tut mir leid, wenn sie dir das Gefühl gegeben haben, ihren Ansprüchen nicht zu genügen."

„Nein, Mama." Auf keinen Fall sollte sie eine falsche Vorstellung bekommen. „So war das ganz und gar nicht. Seit ich in der zweiten Klasse bin, gehe ich mit Mitch zum Gottesdienst, aber ich weiß all das nicht, was diese Jugendlichen wissen."

„Granny und Opa haben dir doch biblische Geschichten vorgelesen, als du klein warst, nicht?"

„Ja. Die Baby-Version mit vielen Bildern. Pastor Daniel hat eine Geschichte, die vor tausenden Jahren geschrieben wurde, so lebendig gemacht, als ginge es um aktuelle Ereignisse. So habe ich das bei unserem Pastor nie gehört."

„Boots hat mir eine Bibel geschenkt, als ich bei ihr gewohnt habe."

„Grannys Freundin? Die vor ein paar Jahren an Krebs gestorben ist?"

„Ja. Sie war auch meine Freundin. Sie hat mein Interesse für den Glauben geweckt."

„Ich wusste gar nicht, dass du eine Bibel hast, geschweige denn darin liest."

„Doch, ich verbringe jeden Morgen meine Zeit mit Gott und lese in der Bibel. In der Abgeschiedenheit meines Zimmers, damit ich über das nachdenken kann, was ich lese."

„Aber du gehst nie zur Kirche."

Mama hielt den Blick stur auf die Straße gerichtet.

„Warum nicht?"

Ihre Mutter zog eine Schulter in die Höhe. „In der Kirche fühle ich mich nicht wohl."

„Ist Boots zur Kirche gegangen?"

„Zu Weihnachten und Ostern. Wie ich fühlte sie sich bei den Treffen der Anonymen Alkoholiker mehr zu Hause."

„Die Anonymen Alkoholiker sind nicht dasselbe wie eine Gemeinde, Mama."

„Woher willst du das wissen?"

Dawn wollte sie nicht kritisieren. Dies war das erste Mal, dass ihre Mutter mit ihr über persönliche Dinge gesprochen hatte. Das wollte Dawn nicht zerstören. „Stimmt – wenn ich so drüber nachdenke, vielleicht ist es doch so ähnlich."

„Für mich ist es sogar besser." Sie lächelte Dawn an. „Bei den Anonymen Alkoholikern wissen wir, dass wir alle Sünder sind. Keiner trägt eine Maske."

Pam holte Dawn von da an jeden Mittwoch zur Jugendstunde ab. Sie sprachen über eine Lektion aus der Bibel und unterhielten sich dann noch eine Weile miteinander, bis Pastor Daniel sie hinauswarf und mit Kim nach Hause fuhr. Für Dawn, Sharon, Linda und Amy war der Abend dann noch nicht zu Ende. Sie gingen noch in ein mexikanisches Schnellrestaurant nebenan, futterten Nachos und quatschten über Jungs, Filme, Kleider, Make-up und den neusten Diättrick. Tom Barrett wollte gern mit Dawn ausgehen. Auch Steven Dial fragte sie nach einem Date. Dawn erfand Ausreden und hoffte auf einen Anruf von Jason. Aber sie wartete vergeblich. Sie trafen sich immer in der Jugendstunde, aber er schenkte ihr wenig Beachtung.

Pastor Daniel begann eine neue Reihe über das Thema Sex. Er erklärte ihnen, dass Gott sich das so gedacht hatte, dass ein Mann und eine Frau ein Leben lang zusammenblieben und dass

Sex in einer solchen geschützten Beziehung am besten und schönsten genossen werden könne. Dass es ein kostbares Geschenk sei, das man nicht einfach dem Erstbesten anvertraute, sondern dem Partner, mit dem man sein Leben verbringen wollte. „Ich weiß, das ist nicht leicht in einer Welt, in der sexuelle Freizügigkeit propagiert wird. Aber es ist wunderschön!"

Jasons Blick flog einmal kurz zu ihr herüber, aber sie schaute weg.

Am folgenden Mittwoch war Jason nicht da.

„Der kann nicht mehr kommen", erzählte Kim. „Er hat in Raley einen Job bekommen, wo er nachts die Regale auffüllen und die Böden wischen muss."

„Oh, das ist ja toll für ihn." Dawn gab sich betont begeistert. „Dann kommt er also gar nicht mehr?"

„Nicht bis zum Ende der Ferien. Er muss sich das Geld fürs College verdienen."

Sie empfand einen Stich der Eifersucht. Sie mochte Kim, sehr sogar, aber sie schien für ihren Geschmack etwas zu gut über Jason Bescheid zu wissen. „Nun, dann grüß ihn schön, wenn du ihn siehst."

„Er kommt ab und zu mal vorbei und redet mit meinem Papa." Sie warf Dawn ein wissendes Lächeln zu. „Wenn du ihn sehen willst, musst du zum Gottesdienst kommen."

„Das geht nicht."

Kim zog die Augenbrauen in die Höhe. „Warum nicht?"

„Ich habe mit meiner Mutter einen Deal gemacht. Ich begleite Mitch auch weiterhin in seine Gemeinde, und dafür erlaubt sie mir, zur Jugendstunde zu euch zu kommen."

„Oh." Kim blickte sie mitfühlend an. „Dann wirst du ihn wohl nicht mehr sehen, bis die Schule wieder anfängt." Die Neugier gewann die Oberhand. „Du sagtest, dass du mit Mitch in die Kirche gehst. Geht deine Mama denn nicht mit?"

Dawn schüttelte den Kopf. „Nein."

„Warum nicht?"

„Ich habe keine Ahnung. Meine Großmutter hat mir erzählt,

dass sie früher regelmäßig hingegangen ist, aber dann hat sie von heute auf morgen aufgehört."

Jason ging ihr nicht mehr aus dem Kopf. Der Gedanke, ihn erst in der Schule wieder zu sehen, deprimierte sie.

„Warum so trübsinnig, Stachelschweinchen?", fragte Mitch beim Abendessen. „Die Spaghetti und der Salat sind sehr lecker. Du entwickelst dich zu einer hervorragenden Köchin."

Dawn zuckte die Achseln und stocherte in ihrem Essen herum. „Um Nudeln zu kochen, Soße darüberzugeben und einen Kopfsalat zu zerrupfen braucht man keine großen Fähigkeiten."

Er lachte. „Vielleicht solltest du dich größeren Herausforderungen stellen. Versuch es doch morgen mal mit der französischen Küche."

Sie seufzte. „Den Rest des Sommers zu überstehen wird Herausforderung genug sein."

Stirnrunzelnd hob Mama ihr Glas an die Lippen. „Da Christopher jetzt zwei Wochen lang keine Veranstaltungen hat, dachte ich, wir könnten nach Merced fahren und Oma besuchen." Sie trank einen Schluck und stellte ihr Glas ab, ohne Dawn anzublicken. „Wir sind dann rechtzeitig für das Camp wieder da."

Christophers ausgelassene Fröhlichkeit bekam einen Dämpfer. Er stöhnte und suchte nach Ausflüchten. Er wollte mit seinen Freunden spielen und schwimmen, und bei Oma gab es nur den Gartenschlauch. Er wollte …

Mama warf ihm einen finsteren Blick zu. „Still jetzt, Christopher."

Mitch lehnte sich auf seinem Stuhl zurück. „Warum fährst du dieses Jahr nicht mit Dawn?"

„Sie wollte doch den Sommer über zu Hause bleiben."

„Granny hat angerufen", verkündete Christopher. „Sie und Opa kommen her, um Dawn übers Wochenende abzuholen."

Dawns Herz sank. Das hatte sie total vergessen. „Du könntest doch dieses Mal hinfahren. Granny und Papa würden sich bestimmt freuen, wenn du das Wochenende bei ihnen verbringst. Oder auch eine ganze Woche bleibst."

„Zum Strand! Cool!" Strahlend wandte sich Christopher an Mama. „Darf ich, Mama?"

„Nein." Das klang so barsch, dass Christopher nicht mehr wagte nachzuhaken. Dawn fragte sich, warum es in Ordnung war, dass sie den ganzen Sommer dort verbrachte, ihre Mutter Christopher aber nicht erlauben wollte, auch nur eine Nacht bei den Großeltern zu schlafen. Das machte doch keinen Sinn. Schließlich waren sie doch auch seine Großeltern.

Mitch ergriff das Wort. „Christopher kann mit mir zu Hause bleiben. Nimm Dawn mit. Ihr zwei seid lange nicht mehr allein unterwegs gewesen."

Dawn hätte am liebsten geschnaubt. Sie waren *noch nie* zusammen unterwegs gewesen.

Mitch blickte Christopher an. „Was hältst du von einer Männerwoche?" Er blinzelte ihm zu. „Pizza vom Lieferservice, Steakhouse, ein Dutzend Filme ausleihen. Wir könnten auch mal Golf spielen. Was sagst du, Kumpel? Hast du Lust, mit dem lieben alten Papa zu Hause zu bleiben?"

„Ja!" Christopher drehte sich zu Mama um, schob seine Unterlippe vor und ließ sie pathetisch zittern. „Bitte, Mama." Er wartete nicht erst ab, ob seine Schauspielkünste wirkten, sondern sprang auf, legte seine Arme um ihren Hals und drückte ihr drei oder vier Küsse auf die Wange.

Mitch lachte. „Wie könntest du dem Jungen das abschlagen?"

Mama verdrehte die Augen; ihre Mundwinkel zuckten verdächtig. „Okay, Christopher, okay …" Sie lachte.

Manchmal, wenn Dawn die drei beobachtete, fühlte sie sich total ausgeschlossen. Sie war ein Kuckucksei.

„Du musst mir nur eines versprechen, Mitch."

Mit warmem Blick schaute er Mama an. „Alles, was du willst."

„Bitte nimm ihn nicht auf deiner Harley mit."

„Ach, Mama!", jammerte Christopher.

Dawn biss sich auf die Lippe. Ihre Mutter wollte also für eine Woche nach Merced fahren. Dass sie bereit war, Christopher bei

Mitch zu Hause zu lassen, bedeutete noch lange nicht, dass sie ihre Tochter mitnehmen würde. Dawn erinnerte sich, wie Mama und Oma nachmittags auf der von Glyzinien umrankten Veranda in Paxtown Tee getrunken hatten. Granny hatte sich nie zu ihnen gesetzt, und wenn Dawn mal dazugekommen war, hatte das Gespräch gestockt. Mama und Oma schienen immer Gesprächsstoff zu haben. Und Mama gehörte zu den zurückhaltendsten Menschen, die Dawn kannte; sie sprach mit kaum jemandem außer mit Mitch, und dann auch meist leise und hinter geschlossenen Türen.

Nachdem Christopher ein Dutzend Ideen entwickelt hatte, was sie in dieser Woche alles unternehmen könnten, und Mama und Mitch damit zum Lachen brachte, ergriff Dawn das Wort. „Kann ich denn nun mit dir nach Merced fahren, Mama?“

Sie hielt den Atem an, während ihre Mutter darüber nachdachte.

„Ich denke, es wird Zeit, dass du mal mitkommst.“

Kapitel 29

Mama wollte in aller Frühe aufbrechen. Dawn packte Shorts und Tops, Sandalen und Toilettenartikel in eine Reisetasche und stellte ihren Wecker auf 5:00 Uhr. Auf keinen Fall wollte sie riskieren, dass Mama ohne sie losfuhr. Hellwach lag sie in ihrem Bett und dachte an Jason. Er war jetzt sicher bei der Arbeit, stapelte Dosen in die Regale oder wischte die Böden des Supermarkts. Vielleicht ließ er sich mit einer Kollegin ein, die ein paar Jahre älter und reifer war als er, ein Mädchen, das ihm viel Spaß versprach und wusste, wie es ging. Dawn drehte sich auf die Seite und schluchzte in ihr Kissen. Sie hoffte, dass Jason Pastor Daniel gut zugehört hatte, dass er vor so einer Verführerin davonlaufen würde wie Joseph vor Potiphars Frau …

Wie gerädert zog sich Dawn am Morgen an und ging mit ihrer Reisetasche in die Küche. Mama saß mit einer Tasse Kaffee und nachdenklichem Gesichtsausdruck am Tisch. Erstaunt blickte sie auf. „Ich wollte dich gerade wecken."

„Ich habe den Wecker gestellt. Ich hatte Angst, dass du ohne mich losfährst."

Ihre Mutter lachte leise auf. „Das hätte ich nicht getan. Möchtest du Frühstück, bevor wir aufbrechen?"

„Ich würde lieber unterwegs frühstücken. Geht das?"

Mitch kam in Pyjamahose und T-Shirt aus dem Schlafzimmer. Seine roten Haare standen wie bei einem kleinen Jungen in alle Richtungen ab. Mamas Blick wurde weicher, und ihre Augen strahlten. „Ich wollte dich nicht ohne einen Kuss fahren lassen."

Dawn verdrehte die Augen. „Ich gehe schon mal ins Auto." Sie schnappte sich ihre Reisetasche. In den acht Jahren, die Dawn Mitch jetzt schon kannte, hatte sich eines nicht geändert: Er konnte immer noch nicht die Hände von ihrer Mutter lassen. Es wäre schön gewesen, wenn Jason in Bezug auf sie auch so empfinden würde. Allein schon bei dem Gedanken an ihn wurde ihr ganz heiß.

Mama folgte ihr nach draußen. „Ich dachte, wir könnten uns Zeit lassen und über Landstraßen fahren. Kannst du Karten lesen?“

„Nicht wirklich.“

Mama faltete eine Landkarte von Kalifornien auf. „Wir sind hier. Achte einfach auf die gelben Straßen. Wir werden dieser kleinen schwarzen Linie nach Calistoga folgen und treffen dann auf den Highway 29 durch Yountville und Napa.“ Sie fuhr mit dem Finger die Route entlang. „Hier stoßen wir auf den Highway 12 und fahren dann nach Osten durch Rio Vista.“

„Toll.“ Dawn versuchte die Karte zu verstehen. „Bist du diesen Weg schon mal gefahren?“

„Ja, aber du noch nicht.“

„Mit mir als Navigatorin könnten wir in Sacramento landen.“

„Du schaffst das schon.“

Christopher hatte Mama vermutlich ein Ohr abgeschwatzt, wenn sie gemeinsam unterwegs waren. Doch Dawn war nicht nach Reden zu Mute. Sie dachte an Jason und überlegte sich Möglichkeiten, ihn zu treffen, bevor die Schule wieder anfing. Durch das Autofenster bewunderte sie die Hecken aus blühenden Rosen. Mitch hatte auch Rosenbüsche um seinen Weinberg herum gepflanzt. Er hatte ihr erklärt, sie lockten die Bienen zur Befruchtung an, würden aber auch Krankheiten sehr früh anzeigen und die Weinbauern so frühzeitig warnen, damit sie Präventivmaßnahmen ergreifen könnten, um ihre Weinstöcke zu schützen.

Die Straße führte sie durch Napa und bog dann nach Süden auf den Highway 12 ab. Dawn achtete genau auf die Straßenschilder. „Dort geht es zur Autobahn 80.“ Die Straße schlängelte sich durch die Berge und traf schließlich auf die Autobahn. Dawn erinnerte Mama an die Ausfahrt Rio Vista.

Mama lächelte, als sie die Ausfahrt nahm. „Das hast du gut gemacht.“

Dawn empfand eine unverhältnismäßige Freude über das Lob. „Danke.“ Sie strahlte ihre Mutter an. „Jetzt kann ich mich entspannen, richtig? Wir sind auf der Straße nach Lodi.“

„Oh Gott, ich sitze wieder in Lodi fest.“

Dawn starrte sie an und fragte sich, was um alles in der Welt ihre Mutter meinte.

„Das war ein bekannter Song von Creedence Clearwater.“ Mama zuckte die Achseln. „Ist lange her.“

Die Straße verengte sich und führte sie durch eine Hügellandschaft. Ein Transportflugzeug des Militärs startete von der Flugbasis in Travis und flog über sie hinweg. Dawn beugte sich vor und beobachtete, wie es einen weiten Bogen flog. „Vermutlich Start- und Landeübungen“, erklärte ihre Mutter ihr, ohne den Blick von der Straße zu nehmen.

„Seid ihr mit Christopher nicht letztes Jahr zu einer Flugschau nach Travis gefahren, als ich in Jenner war?“

„Wir dachten, dass du dich nicht dafür interessierst.“

Dawn war gar nicht gefragt worden, aber das jetzt zu äußern, hätte die Mauer zwischen ihnen nur noch verstärkt. Sie überquerten ein Sumpfdelta und kamen nach Lodi, wo sie ein kleines Schnellrestaurant fürs Frühstück fanden. Dawn bestellte Waffeln und Rührei mit Speck.

„Du hast Omas Stoffwechsel geerbt, dass du das alles essen kannst, ohne zuzunehmen.“ Mama bestellte eine kleine Schale Obst und eine Tasse Kaffee.

Dawn spielte mit der Speisekarte und stellte sie schließlich in den Ständer. „Hat Papa dir beigebracht, Landkarten zu lesen?“

„Nein. Das habe ich mir selbst beigebracht.“ Mama legte die Hände in den Schoß wie ein Schulmädchen. „Ich bin einmal von Kalifornien nach Bethel im Bundesstaat New York und wieder zurück gefahren.“

Dawn starrte sie verblüfft an. „Ganz allein?“ Ein solches Abenteuer schien nicht zu ihrer Mutter zu passen.

„Ich war nicht allein.“

„Was war denn in Bethel, dass du da hinwolltest?“

„Woodstock.“

Verwirrt dachte Dawn an den kleinen gelben Vogel aus einem Charlie Brown-Cartoon. „Woodstock?“

Ihre Mutter schien amüsiert. „Ja. Das war ein großes Rockkonzert."

Dawn lachte ungläubig auf. „Du bist Tausende Meilen quer durch das Land gefahren, um ein Rockkonzert zu besuchen?"

Mama steckte eine Haarsträhne hinter ihr Ohr. „Ich, Chel und unzählige andere Leute aus dem ganzen Land. Das war nicht nur irgendein Rockkonzert. Es war *das* Ereignis."

Chel, was für ein seltsamer Name. „War Chel ein Junge?" Ihr Vater vielleicht?

„Nein. Rachel Altman. Sie war meine beste Freundin."

„Oh." Aber warum hatte ihre Mutter nie von ihr gesprochen? Warum hatte sie diesen Namen noch nie gehört? Dawn spielte mit dem Besteck. „Wie war es?" Sie blickte auf. „Woodstock, meine ich."

„Toll. Zumindest die Musik."

Mit ihrer Mutter zu reden war ein bisschen so, als würde man versuchen, angebrannte Spagetti aus einem Topf zu kratzen. „Und was war nicht toll daran?"

„Na ja, es regnete wie verrückt. Die Wiese verwandelte sich in Matsch. Es gab keinerlei Unterkünfte. Die wenigen Toiletten waren überfüllt. Das Essen ging aus." Sie zuckte die Achseln. „Die Organisatoren hatten mit knapp zweihunderttausend Besuchern gerechnet. Doch am Ende waren es fünfhunderttausend."

„Fünfhunderttausend?" Dawn versuchte, sich so viele Menschen auf einer Wiese vorzustellen, aber es gelang ihr nicht.

„Alle waren gekommen, um die Musik und das Leben zu feiern." Mamas Blick wanderte in die Ferne. „Wir redeten von Frieden und Liebe, dabei war es längst zu spät. Wir waren ja so naiv."

Naivität gehörte nicht zu den Fehlern, die Granny Mama vorgehalten hatte.

Die Kellnerin brachte ihr Frühstück. Mama dankte ihr und packte ihr Besteck aus der Papierserviette aus. Genauso gut hätte sie ein Schild *„Ruhe bitte"* aufstellen können. Dawn ignorierte es. „Du hast noch nie von Chel erzählt, Mama.“ Nicht dass das überraschend war. Ihre Mutter hatte ja nie etwas erzählt! Jetzt, wo Dawn einen Namen aus der Vergangenheit ihrer Mutter kannte, wollte sie mehr erfahren.

„Nicht?“ Mama schaute nicht hoch. „Ich dachte, Granny hätte sie vielleicht erwähnt.“

„Nein.“ Falls Granny sie doch erwähnt hatte, so erinnerte sich Dawn nicht an sie. „Hast du noch Kontakt zu ihr? Ich meine, wenn ihr die besten Freundinnen wart und so …“

„Nein.“ Es klang endgültig. Ende des Gesprächs. Ihre Mutter spießte ein Stück Melone auf. „Welche Fächer wirst du in diesem Schuljahr wählen?“

„Englisch, Geometrie, Sozialkunde, Sport, Biologie.“ Sie würde sich dieses Jahr auch mit der menschlichen Anatomie und Physiologie beschäftigen.

„Was ist mit Spanisch? Wenn du zum College gehen willst, brauchst du eine Fremdsprache.“

„Spanisch natürlich auch. Das hatte ich vergessen. Allerdings bin ich nicht besonders scharf darauf, aufs College zu gehen.“

Mama blickte auf. „Was möchtest du denn stattdessen machen?“

„Ich möchte heiraten, Kinder bekommen, Hausfrau werden.“ Dawn lachte. „Das ist kein erstrebenswertes Ziel, nicht? Alle erwarten von mir, dass ich einen Beruf anstrebe.“ Dawn steckte sich eine Gabel voll Rührei in den Mund. Sie freute sich, dass sie ihre Mutter schockiert hatte. Wenigstens hatte sie ihr eine Reaktion entlockt.

Als sie wieder im Auto saßen, gähnte Dawn. „Ich bin so müde.“ Ihr Blick wanderte zur Karte. „Ich habe heute Nacht kaum geschlafen.“

„Ich wäre nicht ohne dich gefahren.“

Dawn hatte gehofft, sich auf der ganzen Strecke mit ihrer Mutter unterhalten zu können, doch das Schweigen zog sich hin. Dann konnte sie auch ein wenig schlafen, damit die Zeit schneller umging. Als sie einschlief, meinte sie zu spüren, wie ihre Mutter ihr ganz sanft die Haare aus dem Gesicht strich.

Dawn erwachte, als der Wagen anhielt. „Wir sind da!“, rief Mama fröhlich. Sie standen vor einem kleinen Haus mit einer Garage. Dawn stieg aus und holte ihre Reisetasche aus dem Kofferraum. Neugierig blickte sie sich um. Alte Ulmen säumten den Straßenrand. Die Häuser waren alle von gleicher Bauart, unterschieden sich nur durch die Farbe und die Gartenanlage voneinander. Omas Haus war gelb gestrichen, die Fenster weiß abgesetzt und die Haustür knallrot. Rote, gelbe und weiße Rosen blühten in ihrem Vorgarten. Ein gepflasterter Weg führte zu den Eingangsstufen und einer winzigen Veranda.

Die Haustür wurde von einer verschrumpelten alten Dame mit weißen Haaren und einer Brille geöffnet. Sie trug ein blaues Kleid mit weißen Punkten und einem weißen Kragen. „Das wird wieder mal ein brütend heißer Tag.“

Mama eilte die Stufen hoch und umarmte Oma. Dawn empfand eine ungewohnte Scheu in ihrer Nähe. Omas Hände wirkten auf Mamas Rücken wie Vogelklauen. „Wie schön, dass du da bist, Liebling. Und ich sehe, du hast auch jemand ganz Besonderen mitgebracht.“

Mama richtete sich auf und wandte sich um. Ihre Augen funkelten vor Tränen. „Dawn wollte gern mitkommen.“

„Tatsächlich?“ Oma lächelte Dawn an. „Kommt doch herein, drinnen ist es schön kühl.“

Ein Ventilator stand auf einem Hocker in der Küchentür und wirbelte die drückende Luft durch das kleine, einfach möblierte Wohnzimmer. An der Wand hing in einem Goldrahmen ein Bild von schneebedeckten Bergen und grünen Wiesen. Neben dem Fenster stand ein Lehnstuhl mit einer weißen Häkeldecke über der Armlehne. Daneben ein Beistelltisch mit einer Leselampe. Bücher stapelten sich darauf.

Oma deutete in den kleinen Flur. „Carolyn, du kannst das vordere Schlafzimmer nehmen." Mama verschwand mit ihrem Koffer in dem besagten Zimmer. „Dawn, das andere Zimmer befindet sich hinter der Küche, rechts die Stufen hinunter. Du kannst auf der Couch schlafen."

Dawn trat um den Hocker mit dem Ventilator herum und ging in die Küche. Ihr gefielen die gelben Wände mit der weißen Bordüre und den bunten Vorhängen. Ein alter Gasherd und ein kleiner Kühlschrank standen rechts von ihr, an der hinteren Wand drei rote Vinylstühle und ein Tisch mit einer blau-weißkarierten Tischdecke. Durch das Panoramafenster blickte man in einen großen Garten mit einem grünen Rasenstück und Zitronen-, Orangen- und Limettenbäumen.

Das Zimmer dahinter erinnerte an eine Bibliothek. Über die hintere Wand zogen sich Bücherregale, die mit unzähligen Büchern gefüllt waren. Dawn stellte ihre Reisetasche neben der Schlafcouch mit den Häkelkissen ab und vertiefte sich in Omas Büchersammlung. Die Bücher waren auf den einzelnen Regalböden nach Themen sortiert: Die alte Geschichte Ägyptens, babylonische, assyrische, chinesische, europäische und britische Geschichte, amerikanische Geschichte, Biografien. Auf mehreren Regalen fand sie Bücher über Landwirtschaft, Betriebswirtschaft und Buchführung. In einem Regal standen klassische Romane, die Dawn von der Leseliste zur Vorbereitung aufs College kannte.

Der Garten lockte sie. Sie trat auf die Veranda und atmete tief den süßen Duft von Glyzinien, Rosen und Steinkraut ein, der sich mit dem Duft von frisch gemähtem Gras mischte. Bienen summten in den Rosen, die an den Verandapfosten hochrankten. Zwei weiße Korbstühle mit grün-weiß gestreiften Kissen und eine gelb-weiße Schaukel luden zum Verweilen ein. Rote, dunkelrote und rosa Fuchsien rankten aus Hängetöpfen herab.

Das Küchenfenster wurde hochgeschoben. „May Flower Dawn!", rief Oma. „Eistee oder Limonade?"

Wie lange war es her, dass jemand sie May Flower Dawn genannt hatte? Nur Mama rief sie manchmal so, aber nicht sehr oft.

„Limonade bitte." Sie kam ins Haus zurück. Mama saß am Küchentisch mit einem Glas Eistee vor sich. Sie wirkte vollkommen entspannt und glücklich. Ihre blauen Augen strahlten. „Es ist so schön, hier zu sein, Oma."

Omas Hand zitterte, und sie verschüttete etwas von der Limonade, die sie vor Dawn hinstellte. „So ein Mist. Sei froh, dass ich nicht alles über dich gegossen habe. Mein Zittern ist schlimmer denn je."

„Was hat der Arzt dazu gesagt?", wollte Mama wissen.

„Er meinte, ich würde eben alt." Sie schnaubte. „Als ob ich das nicht wüsste. Schließlich sehe ich mich jeden Morgen im Spiegel, wenn ich mein Gebiss einsetze." Sie runzelte die Stirn. „Aber lassen wir das. Kuchen jetzt oder nach dem Abendessen?"

Mama lachte. „Wie wäre es mit jetzt *und* nach dem Abendessen?"

„Das ist mein Mädchen!" Oma blinzelte Dawn zu. „Immer noch eine Leidenschaft für Süßes. Wie ist es mit dir, Miss May Flower Dawn?"

Nur Dawn, hätte sie am liebsten gesagt, doch sie hielt sich zurück. Noch nie hatte sie ihre Mutter so fröhlich erlebt, und das wollte sie nicht verderben. „Kuchen geht immer."

„Gute Antwort."

Mama forderte Oma auf, sich hinzusetzen; sie würde den Kuchen holen. Ächzend ließ sich Oma auf einem Stuhl nieder. Während Mama den Kuchen aufschnitt, fragte Oma nach Christopher und Mitch. Noch nie hatte Dawn ihre Mutter so redselig erlebt. Und noch nie hatte sie etwas so Gutes wie Omas Kuchen gegessen. Grannys schmeckte nicht annähernd so gut.

„Und was ist mit dir?", fragte Oma schließlich Dawn. „Was passiert in deinem Leben?"

„Nicht viel." Dawn zuckte die Achseln. „Abgesehen davon, dass ich mich in einen tollen Jungen verguckt habe, den ich in der Jugendgruppe kennengelernt habe." Sie konnte kaum glauben, dass sie das ausgeplaudert hatte. Oma war doch praktisch eine Fremde für sie.

„Und du hast ihn zurückgelassen, um mich alte Schachtel zu besuchen? Ich fühle mich geschmeichelt."

„Leider nimmt Jason kaum Notiz von mir." Dawn stellte die leeren Teller zusammen und brachte sie zum Spülbecken. „Hättest du etwas dagegen, wenn ich mich ein wenig auf deine Veranda setze? Es ist so schön draußen, und deine Schaukel ist sehr verlockend."

Oma winkte ab. „Fühl dich wie zu Hause."

Dawn streckte sich auf der Schaukel aus und stieß sich mit einem Fuß ab. Verträumt bewunderte sie die roten, orangen und goldenen Blüten der Kletterrosen an dem Rankgitter über sich. Sie hatte nicht gewusst, was sie hier erwartete, aber es gefiel ihr. Granny meinte, Oma könne unnahbar und sehr kühl sein, sie sei eine Frau, die Perfektion erwarte, aber bisher hatte Dawn davon nichts gemerkt. Vielleicht hatte das Alter Oma weicher gemacht? Falls ihre Urgroßmutter so großen Wert auf Perfektion legte, warum verstanden sie und ihre Mutter sich dann so gut? Mama hatte doch gegen alle moralischen Gesetze verstoßen und Granny damit das Herz gebrochen.

Da das Küchenfenster einen Spalt offen stand, hörte Dawn Mama und Oma im Haus reden. Auch wenn sie nicht verstehen konnte, was gesagt wurde, das Gemurmel und gelegentliche Gelächter zeigten ihr, wie gut die Beziehung der beiden war und wie sehr sie sich mochten.

So war es immer gewesen. Granny hatte erzählt, ihr Club hätte nur zwei Mitglieder gehabt, und jeder Versuch, ihm beizutreten, sei sinnlos gewesen. Aber heute hatte Oma Dawn herzlich willkommen geheißen. Sie schien sich aufrichtig gefreut zu haben, dass sie mitgekommen war. Damit hatte Dawn nicht wirklich gerechnet. Die Tür öffnete sich, und Oma trat heraus. „Hast du was dagegen, wenn wir uns zu dir setzen?"

Dawn grinste sie an. „Solange ich nicht von der Schaukel vertrieben werde."

„Du bleibst, wo du bist. Ich muss den Rasensprenger umstellen." Sie ging in den Garten und zog den Schlauch weiter.

Mama kam mit zwei beschlagenen Gläsern Limonade nach draußen. Eins stellte sie auf den Tisch in der Nähe der Schaukel. „Ich dachte, du hättest vielleicht gern noch ein Glas." Sie nahm auf einem der weißen Korbstühle Platz. „Es ist heiß hier draußen, nicht? Wie in einer Sauna."

„Nun, was denkst du, Dawn?" Nachdem Oma den Rasensprenger richtig eingestellt hatte, kam sie auf die Veranda zurück.

„Worüber?"

Oma ließ sich in dem zweiten Korbstuhl nieder. „Dass du mit deiner Mama hergekommen bist."

„Ich bin sehr froh darüber."

„Gut." Omas Mund verzog sich zu einem Mona Lisa-Lächeln.

Kapitel 30

Am Abend saßen sie zusammen in Dawns Zimmer und sahen sich eine Quizshow an. Oma konnte jede Frage in jeder Kategorie schneller beantworten als die Kandidaten. Verblüfft fragte Dawn, ob sie nie versucht hätte, sich für die Show zu bewerben. „Du hättest ein Vermögen machen können, Oma!"

„Das hätte vor dreißig Jahren vielleicht Sinn gemacht, als das Geld noch knapp war, aber jetzt habe ich mehr, als ich brauche. Was sollte ich mit einem Vermögen anfangen? Es meinen Kindern vermachen und damit ihr Leben ruinieren? Oder schlimmer noch, es meinen Enkeln und Urenkeln geben und ihnen damit jeden Anreiz nehmen, etwas aus ihrem Leben zu machen? Es sind die schwierigen Zeiten, wenn man kaum genug zum Leben hat, auf die man, wenn man so uralt ist wie ich, voller Zuneigung zurückblickt."

„Granny sagt, alle Eltern hätten den Wunsch, ihren Kindern zu helfen."

Oma schaltete die Lautstärke herunter, als ein Werbeblock eingespielt wurde. „Dieser Wunsch ist manchmal ganz verkehrt. Natürlich ist es schön, wenn man leicht durchs Leben kommt. Aber was bewirkt es auf Dauer?" Sie legte die Fernbedienung aus der Hand. „Nimm zum Beispiel deine Granny. Sie war ein kränkliches Baby. Wenn ich sie gehätschelt hätte, wäre sie schwach geblieben. Aber jetzt ist sie stark. Sie hat eigene Träume entwickelt und sie verwirklicht."

Dawn zuckte zusammen. „Oh! Ich habe vergessen, dich von ihr zu grüßen."

Oma brummte. „Wenn du das nächste Mal mit ihr redest, sag ihr, ich würde mich mehr über einen Anruf von ihr freuen als über einen Gruß."

Mama strich Oma über die Hand, gab ihr einen Kuss auf die Wange und stand auf. „Ich gehe ins Bett."

„Schlaf so lange du willst, Carolyn. Du bist im Urlaub."

Mama wünschte Dawn eine gute Nacht und stieg die Stufen zur Küche hoch. Oma rutschte zur Seite, damit Dawn mehr Platz auf dem Sofa hatte. „Sag mir, wenn du schlafen möchtest."

„Wann gehst du denn normalerweise ins Bett?"

„Das hängt davon ab, was im Fernsehen kommt. Was in letzter Zeit übrigens nicht viel ist. Normalerweise lese ich noch ein wenig, aber im Augenblick muss ich mir erst wieder ein neues Buch suchen."

Dawn warf einen Blick zur hinteren Wand und lachte leise. „Du liebst Bücher."

„Hast du was gefunden, das dich interessiert?"

„Im nächsten Jahr muss ich *Ivanhoe* lesen."

„Du *musst*?" Oma stand auf und nahm das Buch aus dem Regal. „Das Buch wäre kein Klassiker, wenn es nicht den Respekt und das Herz von vielen Generationen gewonnen hätte." Sie legte Dawn das Buch auf den Schoß. „Lies fünfzig Seiten. Wenn es dich dann nicht gepackt hat, stell es weg. Wenn es dir aber gefällt, nimm es als Geschenk mit nach Hause."

In kameradschaftlichem Schweigen sahen sie sich die Quizsendung weiter an. Als sie um 22:00 Uhr zu Ende war, zappte Oma durch die Kanäle und tat ihre Meinung zu den einzelnen Sendungen kund. „Wiederholung. Blöd. Die Kopie einer besseren Show. Müll. Noch mehr Müll. Ich gebe es auf!"

Sie schaltete das Fernsehgerät aus und legte die Fernbedienung auf den Schrank. Zu Hause konnte Dawn sich immer ein Video einlegen, wenn im Fernsehen kein Film lief, der sie interessierte, aber Oma besaß keinen Videorecorder, geschweige denn Videofilme zur Auswahl.

Oma rappelte sich hoch und ging zur Küche. „Wie wäre es mit einem Kakao? Nachdem es jetzt ein wenig abgekühlt hat, könnten wir draußen sitzen und uns an den Sternen freuen."

Dawn setzte sich in einen der Korbstühle und hörte fasziniert zu, wie ihre Urgroßmutter ihr die Sternbilder erklärte und die dazugehörigen Mythen erzählte.

„Woher weißt du das alles, Oma?"

„Ich interessiere mich dafür. In meiner Bibliothek findest du auch *Bulfinch's Mythology*, falls dich *Ivanhoe* nicht fesselt." Sie winkte ab. „Es gibt so viel Interessantes auf der Welt." Die Grillen zirpten Liebeslieder, während Dawn ihren Kakao trank und Oma zuhörte.

Schließlich seufzte sie. „Deine Mutter freut sich sehr darüber, dass du mitgekommen bist."

„Ich musste betteln, dass sie mich mitnimmt", gestand Dawn. „Sie zieht Christophers Gesellschaft vor."

„Christopher hat nie zu ihr gesagt: ‚Ich hasse dich. Ich wünschte, du wärst tot, sodass ich nach Hause gehen und bei Granny leben könnte.'"

„Was?", fragte Dawn schockiert.

„Oh, das ist schon lange her. Ihr wart gerade nach Alexander Valley gezogen. Deine Mutter meinte damals, sie könnte es verstehen. Immerhin hattest du mehr Zeit mit deiner Großmutter verbracht als mit ihr. Und deine Großmutter hatte sich ihr ganzes Leben um dich herum aufgebaut."

Dawn hörte keine Verurteilung in Omas Stimme, trotzdem war sie den Tränen nahe. Sie hatte schon sehr lange nicht mehr daran gedacht. Damals hatte sie sich geschämt und wollte sich entschuldigen. Doch ihre Mutter hatte gesagt, wenn sie reden wolle, könnte sie ja mit Granny reden. Granny hatte sie nichts von diesem Vorfall erzählt. Sie hatte sich zu sehr geschämt. „Manchmal sagen Menschen Dinge, die sie nicht so meinen."

„Damals hast du es durchaus so gemeint." Oma tätschelte ihre Hand. „Ich habe auch schon oft Dinge gesagt, die ich bedaure, Liebes. Das geht uns allen so."

„Granny hat mich immer geliebt."

„Deine Mutter auch."

Dawn hätte es gern geglaubt. „Nicht so wie Granny."

„Und warum ist das wohl so? Was meinst du?"

Warum nicht ehrlich sein? Vielleicht erfuhr sie ja von Oma die Wahrheit. Niemand wollte über die Vergangenheit reden.

„Weil ich nicht geplant war, schätze ich. Ich war einer in einer langen Reihe von Fehltritten, die sie begangen hat."

„Hat sie dir das so gesagt?"

„Sie redet nicht viel mit mir."

„Deine Mutter redet generell nicht viel mit anderen Menschen, außer mit Mitch."

„Mit dir hat sie den ganzen Nachmittag geredet." Das sollte nicht ärgerlich oder eifersüchtig klingen. „Ich habe sie noch nie so redselig erlebt, nicht einmal bei Mitch."

„Bei mir fühlt sie sich sicher."

Dawn blickte sie an und wartete darauf, dass sie weitersprach. „Bei mir braucht deine Mutter nicht jedes Wort auf die Goldwaage zu legen. Sie kann offen sagen, was sie denkt, ohne Angst haben zu müssen, dass ich sie dann weniger liebe." Eine ganze Weile schaute Oma schweigend in die Sterne, dann sprach sie weiter. „Jeder von uns macht Fehler. So lernen wir. Ich bin ziemlich sicher, dass deine Mutter zu ihren Fehlern steht. Doch ich bin genauso sicher, dass sie *dich* nicht als einen davon betrachtet."

„Vermutlich wäre sie immer noch in Haight-Ashbury, wenn sie nicht mit mir schwanger geworden wäre."

Oma runzelte die Stirn. „Also, ich weiß nicht, wie du so etwas annehmen kannst. Erst *nachdem* sie nach Hause gekommen war, hat sie von ihrer Schwangerschaft erfahren."

„Granny sagte, sie sei schwanger nach Hause gekommen."

„Ja. Das stimmt auch. Aber sie wusste noch nichts davon. Deine Mutter erfuhr es am selben Tag wie deine Großmutter."

Dawn versuchte, sich an das zu erinnern, was Granny ihr erzählt hatte. „Vielleicht habe ich das falsch verstanden."

Oma entspannte sich wieder. „Da wärst du nicht die Erste."

Dawn kaute auf ihrer Unterlippe herum. „Weißt du, wer mein Vater ist?"

„Ich habe nie gefragt. Du denn?"

„Ja", antwortete Dawn frustriert, „aber sie wechselt immer sofort das Thema."

„Dann solltest du vielleicht mal überlegen, wann und wie du gefragt hast.“

„Ich will doch nur die Wahrheit wissen, Oma. Habe ich nicht ein Recht, das zu erfahren?“

„Das ist ja alles schön und gut, aber was würdest du mit dieser Wahrheit tun, wenn du sie erfahren würdest?“

Oma sprach in Rätseln! „Ich verstehe nicht.“

Oma rappelte sich aus dem Korbsessel hoch. „Dann hast du ja etwas, worüber du nachdenken kannst, nicht?“ Sie nahm ihre leere Tasse, wünschte ihr gute Nacht und verschwand im Haus.

Beim Frühstück am nächsten Morgen erzählte Oma von ihren anderen „Kindern“. Beim Gedanken, dass Granny, die bereits über 60 war, immer noch als Kind betrachtet wurde, musste Dawn unwillkürlich lachen. Onkel Bernhard hatte endlich die schon lange überfällige Auszeichnung für seine Kreuzung von Limonen-, Zitronen- und Orangenbäumen bekommen. Das Geschäft blühte, und sein Sohn Ed kümmerte sich jetzt um den Verkauf, die Kundenbetreuung und die Werbung. Auf diese Weise konnte sich Bernie ganz auf seine Züchtungen konzentrieren.

In Hollywood kursierten Gerüchte, dass Tante Clotilde für einen Oscar nominiert werden sollte. „Die Kostüme, die sie für einen Science-fiction-Film entworfen hat, waren wohl nicht von dieser Welt“, witzelte Oma.

Tante Rikka wohnte immer noch in ihrer Wohnung in Soho. „Sie sagt, dort habe sie gutes Licht für ihre Malerei. Im Augenblick konzentriert sie sich auf Porträts der Jünger Jesu. Natürlich nicht die echten, sie nimmt dafür irgendwelche Leute, die so aussehen, wie sie sich die Jünger vorstellt. Gerade hat sie eines von einem Ganoven aus der Bronx fertiggestellt, der von Kopf bis Fuß tätowiert ist. Es heißt *Simon, der Eiferer*. Und sie hat einen Polizisten überredet, für sie als *Matthäus, der Zöllner*

Modell zu stehen. Ich habe keine Ahnung, wer diese Porträts kaufen soll, aber das ist ihr egal. Sie sagt, sie hätte genug verdient, um eine Weile lang das malen zu können, was sie wolle. Falls ihr das Geld ausginge, könne sie immer noch ein paar Metallteile zusammenlöten, einen ausgefallenen Namen dafür erfinden und das Kunstwerk in der Galerie ausstellen, die ihre Arbeiten liebt. Ein Freund von ihr hat ein Pissoir auf ein Holzscheit gestellt und es dann für zweihunderttausend Dollar verkauft!" Oma schüttelte den Kopf. „Die Leute machen sich zum Narren! Was sie alles als Kunst bezeichnen!"

Mama fuhr mit Omas Einkaufsliste in den Supermarkt. Dawn blieb bei Oma. Als Mama durch die Tür verschwunden war, grinste Oma Dawn an. „Passe ich jetzt auf dich auf oder du auf mich?" Sie stand aus ihrem Lehnstuhl auf. „Ich muss die Blumen gießen. Möchtest du mich in den Garten begleiten? Wir könnten uns gegenseitig im Auge behalten."

Dawn machte es sich auf der Schaukel gemütlich. „Du hast vier Kinder, Oma, und alle sind so unterschiedlich."

„Sie sind sich ähnlicher, als du denkst." Oma goss die blauen und roten Petunien. „Alle vier waren sehr klug und sahen sehr gut aus. Und sie fanden ihre von Gott gegebenen Talente. Clotilde und Rikka sind Künstlerinnen, Bernhard und Hildemara interessierten sich mehr für die Wissenschaft."

Dawn legte einen Arm hinter ihren Kopf. „Ich glaube nicht, dass ich ein besonderes Talent besitze."

Oma richtete sich auf und funkelte sie an. „Woher willst du das wissen? Du hast doch noch gar nichts ausprobiert. Außer Fußball, worin du, wie deine Mutter sagt, sehr gut bist."

„Ja, ich fürchte nur, dass es keine Profi-Frauenfußballmannschaften gibt."

Oma ließ sich auf einem der Korbstühle nieder. „Vermutlich weißt du schon sehr genau, was du mit deinem Leben tun willst."

Heiraten. Kinder bekommen. Nach Mamas Reaktion darauf traute sie sich nicht, das auszusprechen. „Ich bin doch erst fünfzehn. Woher soll ich das wissen?"

„Mit fünfzehn hat deine Granny ein halbes Dutzend Bücher über Florence Nightingale gelesen. Ich bin mit fünfzehn von zu Hause fortgegangen. Ich wusste, was ich wollte, oder glaubte es zumindest zu wissen, und unternahm Schritte, um meinen Traum zu verwirklichen."

Dawn konnte sich nicht vorstellen, jetzt schon von zu Hause fortzugehen, geschweige denn, ihr Land zu verlassen. Wie hatte Oma das bloß geschafft? „Und was wolltest du, Oma?" War sie davongelaufen wie Mama? Vielleicht war ihre Bindung aneinander deswegen so stark.

„Ich wollte etwas aus meinem Leben machen. Mein Vater war der Meinung, Bildung für ein Mädchen sei eine Verschwendung von Zeit und Geld. Mit zwölf musste ich die Schule verlassen und arbeiten gehen, immer die niedersten Arbeiten. Er hat mir nichts zugetraut, schickte mich auf eine Hauswirtschaftsschule in Bern, wo ich lernen sollte, Dienstmädchen zu sein. Das war nicht, was ich wollte, doch ich fand Wege, für mich einen Nutzen aus der Ausbildung zu ziehen. Eines Tages wollte ich ein großartiges Gasthaus wie das *Hotel Edelweiß* besitzen."

„Das *Hotel Edelweiß*?"

„Das Hotel der Eltern meiner Freundin Rosi. Soweit ich weiß, befindet es sich immer noch im Familienbesitz."

„Und du musstest diesen Traum aufgeben?"

„Nicht ganz. Ich besaß eine Weile eine Pension in Montreal und habe später mit meinem Mann eine große Farm aufgebaut, auf der Mandeln und Weintrauben angebaut wurden. Wenn mein Vater mich besser behandelt hätte, wäre ich vermutlich in Steffisburg geblieben und hätte ihn für den Rest meines Lebens bedient." Sie schnaubte und schüttelte den Kopf.

Dawn wollte heiraten und Kinder bekommen. Im Vergleich zu dem, was Oma, Granny und Mama gemacht hatten, die immerhin eine erfolgreiche Immobilienmaklerin geworden war, war das vielleicht kein hochgestecktes Ziel. In knapp drei Jahren würde Dawn 18 werden. Sie brauchte einen umsetzbaren Plan für ihre Zukunft, bis sich ihre Träume erfüllten, falls das überhaupt je passierte. „Die Vorstellung, auf eigenen Beinen zu stehen, erschreckt mich.“ Dieser Gedanke hatte nichts Anziehendes für sie.

„Vielleicht, weil es dir zu gut geht“, gluckste Oma. „Ein schönes, großes Zimmer in einem wunderschönen Haus mit Swimmingpool, und du brauchst dich um nichts zu kümmern. Warum solltest du fortgehen wollen? Die Leute, die ich geliebt habe, haben mich fortgeschickt. Meine Mutter sagte, ich solle fliegen. Rosi wartete ungeduldig darauf, dass ich Abenteuer erlebte. Sogar meine Arbeitgeber, Solange und schließlich auch Lady Daisy, schickten mich fort. Sie haben mich geliebt, aber um meinetwillen haben sie ihre eigenen Wünsche zurückgestellt. Menschen machen dich entweder klein oder verleihen dir Flügel. Deine Granny musste ich aus dem Nest schubsen. Wenn ich das nicht getan hätte, wäre sie vermutlich immer noch allein und lebte auf der Farm in dem Glauben, sie müsste sich um mich kümmern.“ Bei der Erinnerung daran wirkte sie verärgert. „Ich liebe jedes meiner Kinder, und ich habe sie nach bestem Wissen und Gewissen erzogen. Bestimmt war ich nicht immer die Mutter, die sie sich gewünscht haben.“ Sie seufzte leise. „Ich habe wirklich versucht, die Kluft zu deiner Granny zu überbrücken, aber …“ Sie schüttelte den Kopf. „Es ist leichter, eine Mauer zu errichten als eine Brücke zu bauen.“

„Bedauerst du es eigentlich, dass du deinen Traum nie verwirklichen konntest, Oma?“

„Ich kann mich nicht beklagen. Manchmal gehen unsere Träume auf eine Art und Weise in Erfüllung, wie wir es uns nie vorgestellt hätten. Ich hätte nie gedacht, dass ich einmal heiraten, geschweige denn Kinder bekommen würde. Bildung wünschte ich mir mehr als alles andere. Ich habe zwar kein Hochschuldiplom, aber ich spreche drei Fremdsprachen, und ich habe mehr gute Bücher gelesen als die meisten Collegeabsolventen. Es ist gut, dass Gott sich nicht durch unsere eigenen Vorstellungen begrenzen lässt. Sein Plan mit uns ist unvorstellbar viel größer. Wenn du so alt bist wie ich, wirst du die

Möglichkeit haben, dein Leben zu überdenken und zu erkennen, dass Gottes Plan viel besser war als dein eigener."

„Jason spricht genauso über Gott wie du."

Oma zog die Augenbrauen in die Höhe. „Und wie genau?"

„Als ob Gott sich für uns interessieren würde."

„Und du glaubst das nicht?"

„Na ja, ich weiß nicht …"

„Hier draußen ist es zu heiß für eine philosophische Diskussion." Oma fächelte sich Luft zu. „Lass uns reingehen."

Dawn folgte Oma ins Haus. Sie setzten sich an den Küchentisch, der Ventilator blies auf höchster Stufe. „Je älter ich werde, desto mehr vermisse ich die Alpen. Aber vielleicht ist es auch nur die Hitze."

„Bist du noch mal dort gewesen?"

„Einmal, mit vierundachtzig. Rikka fuhr mit mir und malte die alte lutherische Kirche, die Schule, die ich besucht hatte, das Thuner Schloss. Mir wurde damals dort ein Job angeboten."

„In einem Schloss?" Dawn war beeindruckt.

Oma schnaubte verächtlich. „Als Dienstmädchen, das einen Hungerlohn bekam für die große Ehre, dort arbeiten zu dürfen." Sie schnaubte erneut. „Ich habe abgelehnt."

„Davon wusste ich ja gar nichts. Du solltest das alles mal aufschreiben."

Oma stemmte sich hoch, nahm ein altes Tagebuch mit Ledereinband aus einer Küchenschublade und warf es vor Dawn auf den Tisch. „Rosi schenkte mir das zum Abschied, bevor ich Bern verließ. Sie forderte mich auf, meine Abenteuer dort hineinzuschreiben." Oma lachte. „Ich rechnete nicht damit, welche zu erleben. Darum notierte ich nützliche Informationen darin, Dinge, die mich meinem Ziel näherbrachten. Und schließlich schrieb ich auch von meinen ‚Abenteuern'."

Dawn klappte das Tagebuch auf. Omas Schrift war klein und gestochen scharf wie die Unabhängigkeitserklärung. Sie hatte jede Seite optimal ausgenutzt. Alles war auf Deutsch geschrieben. „Kannst du mir was daraus vorlesen?"

Oma stemmte ihre Hände in die Hüften. „*Ivanhoe* ist viel interessanter, besonders für ein Mädchen mit romantischen Neigungen. Jason, so heißt er, ja? Ist er derjenige, den du heiraten willst?“

Dawn errötete. „Das kann ich nur hoffen.“ Um ihre Verlegenheit zu überspielen, schenkte sie ihrer Oma ein zufriedenes Grinsen. „Ich habe *Ivanhoe* vergangene Nacht ausgelesen.“

„Tatsächlich? Na, bist du ein kluges kleines Mädchen!“ Oma schien hocherfreut. „Dann nur zu und lies mein Tagebuch. Nur der erste Teil ist auf Deutsch. Schon recht bald habe ich versucht, mein Englisch zu verbessern. Auf jeden Fall wird es dir beim Einschlafen helfen.“

Dawn blätterte die Seiten durch. „Hast du auch Rezepte für geheime Liebestränke oder einen Rat, wie man das Herz eines Jungen gewinnt?“

Oma lachte. „Da bist du ganz auf dich allein gestellt, mein Mädchen. Ich war nur mit einem einzigen Mann zusammen, und er war derjenige, der um mich geworben hat. Aber du findest Ratschläge, wie man Zäune flickt und Brücken baut. Nicht dass das zu meinen Talenten gehört hätte.“

Kapitel 31

Am Abend blieb Dawn lange auf und las noch in dem zerfledderten Tagebuch, nachdem Mama und Oma bereits zu Bett gegangen waren. Die ersten Seiten auf Deutsch schienen Listen und Rezepte zu sein. Nach der Überschrift „Tee mit Lady Daisy" hatte Oma es mit Englisch probiert. Einem Rezept für ein Sandwich mit Hühnerbrust folgten Informationen, wie Leinen gewaschen, Silber poliert und Holzböden gereinigt wurden. Manchmal fand sie eine Zeile, die nicht zu den anderen zu passen schien.

Nicht mehr lange, und ich vergesse, warum ich nach England gekommen bin. Will ich so hoffnungslos werden wie Miss Millicent?

Eine Seite hatte sie mit Informationen zum Fruchtwechsel gefüllt und mit Anweisungen, wie Mandelbäume und Weinstöcke zu beschneiden waren.

Heute habe ich ein Auto gekauft. Niclas ist gar nicht glücklich darüber. Ich schon!

Es folgten weitere Rezepte, außerdem eine Liste mit „Aktivitäten für ein Sommerlager". Die letzten beiden Seiten waren mit Bibelversen vollgeschrieben.

Verlass dich auf den Herrn von ganzem Herzen, und verlass dich nicht auf deinen Verstand, sondern gedenke an ihn in allen deinen Wegen, so wird er dich recht führen. Sprüche 3,5-6

Um den Bibelvers hatte Oma eine Bordüre aus Weinranken gezeichnet. Die zweite Bibelstelle stand allein auf einer ganzen Seite.

Als ich ein Kind war, da redete ich wie ein Kind und dachte wie ein Kind und war klug wie ein Kind; als ich aber ein Mann wurde, tat ich ab, was kindlich war. Wir sehen jetzt durch einen Spiegel ein dunkles Bild; dann aber von Angesicht zu Angesicht. Jetzt erkenne ich stückweise; dann aber werde ich erkennen, wie ich erkannt bin. Nun aber bleiben Glaube, Hoffnung, Liebe, diese drei; aber die Liebe ist die größte unter ihnen. 1. Korinther 13,11-13

Dawn blätterte die letzte Seite um.

Ich habe die Sehnsucht meiner Mutter gelebt und bete, dass ich der Hoffnung meiner Tochter Flügel verliehen habe.

Nach einem großen Zwischenraum schrieb sie:

Ein verhätscheltes Kind wächst zu einem Krüppel heran.

Der letzte Eintrag setzte den Schlusspunkt unter das Tagebuch:

Ich habe gelebt und geliebt, so gut ich es vermochte, und auf Gottes Versprechen vertraut, seine Kinder nie zu verlassen. In ihm leben und atmen wir. In ihm werden wir uns eines Tages wiedersehen. In ihm sind wir eins. In diesem Leben vermögen wir nicht vollkommen zu lieben. Im nächsten werden wir es können, das verspricht uns Gott. Ich klammere mich an diese Hoffnung. Ich klammere mich an diesen Traum.

Auf dem Heimweg nach Alexander Valley verfiel Mama wieder wie gewöhnlich in Schweigen. Dieses Mal machte es Dawn nicht so viel aus, nicht nach dieser Woche mit Oma. „Kann ich nächsten Sommer wieder mitkommen?"

Mama lächelte, den Blick auf die Straße gerichtet. „Dann hat es dir also gefallen?"

„Sehr sogar.“ Sie wollte nicht wieder ausgegrenzt oder zurückgelassen werden. „Christopher und ich könnten ja draußen auf Omas Rasen zelten.“

„Das würde ihm bestimmt Spaß machen.“

Immerhin, ihre Mutter hatte nicht gesagt, dass sie nicht mitkommen konnte. „Oma weiß mehr als jeder andere, den ich kenne.“ Sie lächelte ihre Mutter neckend an. „Sogar als Mitch.“

Mama lachte leise. „Sie ist ja auch um einige Jahrzehnte älter.“

Dawn genoss ihre neue Nähe. „Können wir auf dem Heimweg noch im Schreibwarenladen vorbeifahren? Ich möchte Oma gern ein kleines Geschenk machen.“

„Woran denkst du?“

„Ein Diplom.“

In Santa Rosa legten sie einen Zwischenstopp ein. „Ich suche etwas, das wie ein echtes Diplom aussieht. Sieh mal, so etwas hier. Damit können wir bezeugen, dass Marta Waltert die Universität der Rückschläge *magna cum laude* abgeschlossen hat.“

Mama lachte. „Das wird ihr gefallen!“

Nachdem sie das Diplom und einen Rahmen erstanden hatten, schrieb Dawn noch einen Zettel und legte ihn in die Schachtel, bevor sie es in einem Päckchen nach Merced schickte.

Liebe Oma,
in einer Woche habe ich von Dir mehr gelernt als in den vergangenen zehn Jahren in der Schule. Ich hoffe, ich darf Dich bald wieder besuchen.
In Liebe, Dawn

Zehn Tage später traf ein Päckchen von Oma ein. Dawn öffnete es am Küchentisch. Mama sah ihr dabei zu. „Ein in Leder gebundenes Tagebuch! Genau wie das, das ihre Freundin Rosi ihr geschenkt hat.“ Dawn fuhr mit der Hand über den wundervoll geprägten braunen Ledereinband. Als sie es aufschlug, flatterte ein Zettel zu Boden. Mama hob ihn auf und reichte ihn ihr.

Wenn Du in einer Woche mehr von mir gelernt hast als in zehn Schuljahren, dann hast du nicht richtig aufgepasst! Öffne deine wunderschönen blauen Augen und sieh Dir die Welt um Dich herum an! Öffne Deine niedlichen muschelförmigen Ohren und hör zu! Und mach Dich daran, Deinen Traum zu verwirklichen.

Danke für das Diplom. Ich habe es an die Wand in meinem Schlafzimmer gehängt, wo ich es jeden Abend bewundern und für das liebe Kind beten kann, das es geschickt hat.

In Liebe, Oma

Liebe Rosi,
Carolyn hat dieses Jahr May Flower Dawn mitgebracht. Ich hatte die Hoffnung, meine Urenkelin jemals richtig kennenzulernen, schon aufgegeben. Sie war so ein widerspenstiges Kind, so von sich überzeugt und von Hildemara verwöhnt, so kritisch Carolyn gegenüber – nicht, dass das allein ihre Schuld war. Normalerweise bringt Carolyn Christopher mit, aber dieses Mal wollte Dawn sie gern begleiten. Für mich ist das ein Wunder. Ich dachte nicht, dass sie mich mögen würde.

Dawn hat sich in einen jungen Mann „verguckt“, der kaum weiß, dass sie existiert, wie sie sagt. Ich bezweifle das. Dieses Mädchen ist eine Schönheit – lange blonde Haare, blaue Augen, tolle Figur. Ich war zuerst ganz fassungslos. Sie ist Elises Ebenbild. Zum Glück hat sie ein anderes Temperament. May Flower Dawn und ich hatten mehrere schöne, lange Gespräche miteinander. Sie ist lernfähig. Ich mag sie sehr. Sie könnte das Beste von Hildemara Rose und Carolyn in sich tragen, und vielleicht auch ein wenig von mir. Nicht zu viel, hoffe ich.

Dawn hat mir ein Geschenk geschickt. Nach dem Diplom, das sie ausgestellt hat, habe ich die „Universität der Rückschläge“ magna cum laude *absolviert. Ich habe gelacht und geweint, als ich es auspackte, und weinte noch mehr, als ich ihren netten Zettel las. Sie möchte wiederkommen. Ich bin so froh! Wage ich zu hoffen, dass sie es ist, die meine Tochter zu mir zurückbringt?*

Ach, wie gern würde ich Hildemara, Carolyn und May Flower Dawn auf meiner Veranda Tee servieren. Stell Dir das nur vor, Rosi! Vier Generationen von Frauen endlich vereint. Wir könnten den Duft der Sommerrosen einatmen und reden. Ach, wie mir das gefallen würde …

Kapitel 32

Drei Wochen später rief Granny an. Als Oma sich nicht meldete, war ihre Nachbarin hinübergegangen, um nach ihr zu sehen. Oma saß in ihrem Lehnstuhl, ganz friedlich, und sah aus, als würde sie schlafen. Alexis de Tocquevilles *Demokratie in Amerika* lag aufgeschlagen auf ihrem Schoß.

Der Trauergottesdienst fand in einer Methodistenkirche in Merced statt. In den ersten beiden Reihen saßen dicht gedrängt die engsten Angehörigen, die anderen Bänke füllten ihre Freunde. Die Hitze in der nicht klimatisierten Kapelle war kaum zu ertragen. Onkel Bernie und Tante Elizabeth waren da, Ed, Granny und Opa, Tante Cloe und ihr Mann Ted und Tante Rikka mit einem Freund namens Melvin. Alle waren gekommen. Dawn saß neben Mama in der Bank hinter Granny und Opa. Mitch saß auf der anderen Seite neben Mama. Er hatte seinen Arm um sie gelegt, als müsse er sie stützen. Christopher saß neben Mitch und lehnte sich an ihn.

Dawn hatte noch nie einen Menschen verloren, und sie empfand eher Bedauern als Trauer. Sie hatte Oma sehr gemocht und gewünscht, sie hätte mehr Zeit mit ihr verbringen können. Aber die Tiefe der Trauer ihrer Mutter erschreckte sie. Nach Grannys Anruf mit der traurigen Nachricht hatte Mama drei Tage lang geweint. Seit einer Woche hatte sie nichts mehr gegessen. Jetzt saß sie mit wachsbleichem Gesicht und tränenüberströmten Wangen in der Bank, während der Pastor über den Himmel und die Hoffnung sprach, die der Glaube schenkt.

Granny drehte sich zu Mama um. Ihr Gesichtsausdruck war angespannt, beinahe ärgerlich. Dawn hatte ihr Gespräch mit Mama im Büro des Pastors vor dem Trauergottesdienst mitbekommen. „Kommst du klar, Carolyn?“, hatte sie ungeduldig gefragt.

„Es wird schon gehen, Hildie.“ Opa legte den Arm um Grannys Taille. „Komm jetzt. Wir müssen hineingehen.“

„Nein.“ Granny trat zur Seite und starrte Mama an. „Wenn du dich nicht zusammenreißen kannst, Carolyn, dann solltest du vielleicht hierbleiben und dich ausweinen.“

Mama schnappte nach Luft, als hätte sie eine Ohrfeige bekommen. Mitchs Gesicht verdüsterte sich. Noch nie hatte Dawn ihn so wütend gesehen. „Es ist keine Schande, um einen Menschen zu trauern, den man geliebt hat!“

„Absolut keine Schande.“ Opa nahm Granny fest am Arm. Grannys Gesicht fiel in sich zusammen, bevor sie sich abwandte.

Mitch wirkte tief betrübt und stieß das erste Schimpfwort aus, das Dawn je von ihm gehört hatte. Er nahm Mama in die Arme und redete ihr beruhigend zu. Christopher war verwirrt und traurig. Dawn legte den Arm um ihn und sagte ihm, alles würde wieder gut werden, obwohl sie sich fragte, ob das wohl stimmte.

Jetzt, während des Trauergottesdienstes, betrachtete sie das verweinte Gesicht ihrer Mutter und wäre am liebsten ebenfalls in Tränen ausgebrochen. Sie ergriff Mamas Hand. Sie war eiskalt. Während der Predigt des Pastors dachte sie an das, was Granny gesagt hatte. „Deine Mutter hat sich immer abseits gehalten, sogar als kleines Mädchen. Sie träumte sich in ihre eigene Welt hinein. Stundenlang hat sie draußen mit dem Hund gespielt.“

Dawn hatte das so interpretiert, dass ihre Mutter sich nur für sich selbst interessiert hatte, dass sie keinen gebraucht hatte. Aber Oma hatte sie doch eindeutig sehr geliebt.

Mitch beschloss, kurz nach Beginn der Nachfeier aufzubrechen. „Sie kann nicht mehr“, sagte er zu Opa.

„Wir müssen noch bleiben“, meinte Opa. „Morgen früh wird das Testament verlesen. Wie es scheint, hat Oma ein paar gute Investitionen getätigt.“

Auf der Heimfahrt starrte Mama stumm zum Fenster hinaus. Tränen liefen ihr über die bleichen Wangen. Mitch wirkte besorgt. Christopher legte den Kopf in Dawns Schoß und schlief die meiste Zeit. Dawn wusste nicht, was sie tun sollte, außer zu beten. *Gott … Gott …* Doch auch jetzt kamen keine Worte.

Während der letzten beiden Ferienwochen verrichtete Mama ihre täglichen Pflichten wie ein Roboter. Nicht einmal Christopher konnte mit seinem fröhlichen Geplauder und seinem Repertoire an Witzen ihre Stimmung aufhellen. Als Granny anrief, floh Dawn zu ihren Großeltern. Opa fragte sie, wie es ihrer Mutter ginge.

Granny legte sofort los. „Du weißt sehr gut, wie es ihr geht, Trip. Ich habe dir doch erzählt, dass ich vor ein paar Tagen angerufen habe, und Mitch sagte, ihr sei nicht danach, mit mir zu reden."

„Vielleicht geht es ihr ja jetzt schon besser."

„Sie will nicht mal mit mir reden!"

„Sie redet mit niemandem, Granny." Mit den Tränen kämpfend verzog sich Dawn in das blaue Zimmer hinter der Küche und schloss die Falttür aus Holz. Sie hörte ihre Großeltern mit leisen Stimmen am Küchentisch reden. Opa hob die Stimme.

„Warum bist du so wütend darüber, dass Carolyn trauert? Dein Zorn darüber ist viel größer als die Trauer über den Tod deiner Mutter."

Dawn hörte Granny aufschluchzen und dann schnelle Schritte, die sich ins Schlafzimmer entfernten. Als sie die Tür öffnete, sah sie Opa am Küchentisch sitzen. Er starrte hinaus auf den Fluss. Sie setzte sich neben ihn, und er lächelte sie traurig an. „Frauen. Man kann nicht mit ihnen leben, aber auch nicht ohne sie." Er ließ die Luft aus seinen Lungen entweichen. „Es wäre alles längst nicht so schlimm, wenn deine Granny und Oma sich schon vor Jahren ausgesprochen hätten."

„Worum ging es denn?"

Er kratzte sich am Kopf. „Nichts, was sich jetzt noch in Ordnung bringen lässt."

Wieder zu Hause ließ Dawn Mama in Ruhe und wanderte allein durch den Garten und den Weinberg. Mitch hatte im vergangenen Frühling begonnen, einen neuen Verkostungsraum zu bauen und half tatkräftig dabei mit. Vielleicht suchte er auch nur eine Tätigkeit außer Haus, damit Mama in Ruhe trauern konnte.

Erhitzt und müde kam Dawn ins Haus zurück. Ihre Mutter saß mit einer Tasse dampfendem Tee am Küchentisch. Dawn setzte sich zu ihr. „Kann ich irgendetwas für dich tun, Mama?" Sie hatte bereits die Wäsche gewaschen und gefaltet. Die Vorbereitungen zum Abendessen hatten noch Stunden Zeit.

„Das braucht seine Zeit." Mama legte die Hände um ihre Tasse. „Ich wünschte, du hättest sie besser gekannt."

„Ich auch. Das ist meine Schuld." Dawn litt mit ihrer Mutter. Sie litt auch mit Granny. Eigentlich sollten sie sich gegenseitig trösten. Stattdessen sprachen sie nicht einmal miteinander. „Möchtest du über Oma reden? Würde dir das helfen?"

Mama hob den Kopf und lächelte traurig. „Vielleicht solltest du darüber nachdenken, Psychotherapeutin zu werden."

Dawn lachte leise und begann dann zu weinen. Wütend über ihren Ausbruch barg sie das Gesicht in den Händen. „Entschuldige. Ich wünschte nur, ich könnte dir und Granny irgendwie helfen. Sie hat das ganze Wochenende geweint."

„Wirklich?"

Dawn wischte sich die Tränen von den Wangen. „Sie lächelte und tat so, als wäre alles in Ordnung, und dann verschwand sie in die Garage und weinte."

Mama rieb sich die Schläfen. „Du bist ihr ein großer Trost."

„Was ist mit dir, Mama?" Dawn spürte, wie schwer es ihr fiel, am Tisch sitzen zu bleiben. Ihre Mutter beugte sich vor und drückte sich Handballen auf die Augen. Wollte sie verhindern, dass sie erneut in Tränen ausbrach?

„Ich werde nicht davonlaufen", flüsterte sie rau. „Ich werde nicht davonlaufen …"

Das waren seltsame Worte, aber Dawn wollte nicht alles noch schlimmer machen, indem sie fragte, was sie meinte. „Christopher braucht dich, Mama.“ Vielleicht riss das sie aus ihrer Verzweiflung.

Mühsam hob ihre Mutter den Kopf und starrte sie an. „Und du nicht.“

„Doch, ich auch.“ Dawn musste das jetzt einfach aussprechen. Sie schob ihre Hand über den Tisch und hob einladend die Finger an in der Hoffnung, ihre Mutter würde begreifen. Stumm und blass starrte ihre Mutter auf ihre Hand. Dawn wartete, zählte die Sekunden. Als sie die Hoffnung gerade aufgeben wollte, schob ihre Mutter ihre Hand über den Tisch und umklammerte Dawns Finger. Der erste Lebensfunke trat wieder in die Augen ihrer Mutter, als sie einander festhielten.

Kapitel 33

„Du hast Post." Mama kam mit zwei Umschlägen in Dawns Zimmer. Dawn legte Jane Austens *Stolz und Vorurteil* zur Seite und riss den größeren Umschlag zuerst auf. Die Jugendgruppe hatte ihr eine Beileidskarte geschickt und geschrieben, sie hofften, dass sie bald wieder zur Jugendstunde kommen würde. Sogar Pastor Daniel hatte unterschrieben. Im zweiten Umschlag steckte eine Karte von Jason.

Liebe Dawn,
Kim hat mir vom Tod Deiner Urgroßmutter erzählt. Es tut mir leid, dass Deine Familie so einen Verlust erlitten hat, und ich hoffe, dass Du Trost findest bei Gott. Wir sehen uns sicher, wenn die Schule wieder anfängt. Wenn Du reden möchtest, höre ich Dir gern zu.
Herzliche Grüße,
Jason

Den Rest des Nachmittags war sie gedanklich mit Jasons Brief beschäftigt. Wartete er darauf, dass sie ihn anrief? War das eine Einladung? Wenn ja, zu welcher Art von Beziehung? Zu einer Freundschaft oder mehr?

Sie brauchte den ganzen Abend und den größten Teil des folgenden Tages, um den Mut zu finden, seine Telefonnummer herauszusuchen. Ihr Herz klopfte zum Zerspringen, als sie die Zahlen eintippte. Doch dann schreckte sie zurück und legte nach dem zweiten Läuten auf. Mindestens ein halbes Dutzend Mal nahm sie den Hörer zur Hand, bis sie schließlich den Mut hatte, es noch einmal zu probieren.

Eine Frau meldete sich. Stammelnd fragte Dawn, ob sie Jason sprechen könne. Die Stimme der Frau wurde eiskalt. „Wer spricht da, bitte?"

„Dawn Arundel."

„Einen Augenblick." Dawn hörte unterdrückte Stimmen. Die

Zeit zog sich endlos hin, und Dawn war nervlich am Ende. War es ein Fehler gewesen, Jason anzurufen? Vielleicht hatte er ja nur höflich sein wollen.

„Dawn?“ Beim Klang seiner Stimme beschleunigte sich ihr Pulsschlag. Seit Wochen hatte sie nicht mehr mit ihm gesprochen.

„Hallo.“ Bei der Anspannung, die sie in dieses eine Wort gelegt hatte, zuckte sie selbst zusammen. Schnell atmete sie tief durch und versuchte sich zu beruhigen. „Ich wollte mich nur bei dir für deine Karte bedanken.“ Als er nichts sagte, fragte sie sich schon, ob das Gespräch vielleicht unterbrochen worden war. „Jason?“

„Ich bin noch dran. Warte einen Augenblick.“ Erneut gedämpfte Stimmen. Dann meldete er sich wieder. „Wie geht es dir?“

„So lala, denke ich. Besser als meiner Mutter. Omas Tod hat sie schwer getroffen. Sie standen sich sehr nahe.“

„Kam er unerwartet? Ihr Tod, meine ich. Deiner Großmutter. Ich meine, deiner Urgroßmutter.“

Er schien ja noch nervöser zu sein als sie. Das gefiel ihr irgendwie. „Sie war schon über neunzig. Also nicht ganz unerwartet.“

„Oh. Ja. Blöde Frage.“

„Das meinte ich nicht. Meine Mama und ich waren in diesem Sommer eine Woche bei Oma. Sie war wirklich richtig cool.“ Dawn verdrehte die Augen. Sie redete totalen Blödsinn.

Jasons Mutter sagte etwas. Er bat Dawn, eine Sekunde zu warten.

„Dawn?“

„Ja?“

„Ich muss Schluss machen. Ich habe noch etwas zu erledigen, bevor ich heute Abend zur Arbeit muss.“

„Okay.“ Hitze stieg in ihr hoch. „Tschüs.“ Sie unterbrach die Verbindung und warf den Hörer aufs Bett. Sie hätte nicht anrufen sollen. Wie sollte sie ihm gegenübertreten, wenn die Schule wieder anfing?

Kim rief später am Abend an. „Hat Jason sich bei dir gemeldet?“

„Nein“, erwiderte Dawn vorsichtig. „Warum sollte er?“

„Na ja, keine Ahnung, aber vor einer Stunde rief er an und fragte nach deiner Nummer.“

„Tatsächlich?“

Kim kicherte. „Papa dachte, Jason wollte mit mir ausgehen. Ich habe es nicht übers Herz gebracht, ihm zu sagen, dass er nur deine Nummer haben wollte.“

„Dein Papa mag mich wohl nicht besonders.“

„Doch, das ist es nicht“, widersprach Kim schnell. „Es ist nur so, dass Jason genau die Art von Junge ist, den sich mein Vater als Schwiegersohn wünscht. Kommst du wieder in die Jugendstunde? Jason sagte, am Mittwoch hätte er frei.“

Als Jason dann doch nicht auftauchte, zuckte Kim die Achseln. „Vermutlich hatte er zu tun.“

Am ersten Schultag machte sich Dawn besonders sorgfältig zurecht. Sie wollte Jasons Aufmerksamkeit auf sich lenken und einen bleibenden Eindruck bei ihm hinterlassen. Als sie zum Frühstück hereinkam, lehnte sich Mitch auf seinem Stuhl zurück und grinste sie trocken an. „Wer ist das Opfer?“

Sie errötete. Verärgert zog sie einen Stuhl heraus und setzte sich. „Ich weiß nicht, was du meinst.“

„Ach, Stachelschweinchen. Ich sehe Ärger auf uns zukommen.“ Mitch warf seine Serviette auf den Tisch und erhob sich. Er gab Mama einen Kuss auf die Wange. „Auf dem Heimweg kaufe ich ein Gewehr.“ Lachend verließ er die Küche.

Mama blickte Dawn mit hochgezogenen Augenbrauen an.

Dawn hielt ihrem Blick stand. „Was ist?“ Sie hatte eine Jeans ausgewählt, die wie eine zweite Haut saß, und ein rosa T-Shirt mit V-Ausschnitt, das ihre Bräune gut zur Geltung brachte. Ihre Haare hingen ihr offen über die Schultern, und sie hatte einen

Hauch Lidschatten und Lipgloss aufgelegt. Das war doch keine große Sache, oder?

„Du siehst sehr hübsch aus. Mehr wollte ich nicht sagen."

Als der Bus in die Schuleinfahrt einbog, erblickte Dawn Jason auf dem Schülerparkplatz zusammen mit Tom und Kim. Dawn warf sich den Rucksack über die Schulter und stieg aus dem Bus aus.

„Dawn! Warte!" Kim holte sie ein. Jason blieb mit Tom zurück, doch sein Blick hing an Dawn. Gefiel ihm ihr Aussehen? Sein Gesicht zeigte keine Regung. Er winkte ihr nicht einmal zu. „Er hat sich ein Auto gekauft!"

Dawn riss ihren Blick von Jason los. „Wer?"

„Jason! Wer sonst? Er hat Tom und mich zur Schule mitgenommen." Auf dem Weg ins Schulgebäude redete sie wie ein Wasserfall. Dawn wünschte, sie würde in Windsor wohnen und nicht in Alexander Valley. Dann würde Jason ihr vielleicht auch anbieten, sie mitzunehmen.

Jason und Tom traten kurz nach ihnen durch die Tür. Sie hatte ihnen den Rücken zugewandt und machte sich an ihrem Spind zu schaffen. Jeder Nerv war angespannt, als Jason näher kam.

„Hallo, Dawn", sagte er leise. Sie warf einen kurzen Blick über die Schulter zurück, ohne seinen Blick zu suchen, und winkte ihm, wie sie hoffte, beiläufig zu.

Danach sah sie Jason erst in der Mittagspause wieder. Er saß mit Kim und Tom an einem Tisch in der Cafeteria. Matt Cavanaugh kam zu ihr und versperrte ihr die Sicht. „Ich glaube nicht, dass ich dich hier schon mal gesehen habe. Ich heiße Matt. Und du bist …?" Seine Frage hing in der Luft.

„Dawn Arundel. Ich war auch im vergangenen Jahr schon hier."

Er grinste sie an. „Wie konnte ich dich übersehen?"

„Vielleicht warst du zu sehr damit beschäftigt, beim Football Punkte zu werfen."

Er lachte fröhlich. „Wo sitzt du zum Mittagessen?"

Sie schaute sich um und musste feststellen, dass sich die leeren Plätze an Jasons Tisch bereits gefüllt hatten. Sharon blickte sie fragend an. „Draußen, denke ich." Als sie zur Tür ging, rechnete sie nicht damit, dass Matt ihr folgte.

Er erreichte die Tür vor ihr und öffnete sie für sie. „Du kannst dich zu mir in den Bereich für die älteren Schüler setzen."

Joe Hernández und zwei andere Schüler gesellten sich zu ihnen. Sie übertrafen sich gegenseitig in ihren Versuchen, mit Dawn zu flirten. Das gab ihr ein Gefühl der Macht, doch gleichzeitig musste sie schmunzeln. Schnell aß sie ihr Mittagessen auf und entschuldigte sich, um in der Cafeteria zu verschwinden. Sharon, Steven, Pam, Linda und Amy saßen noch am Tisch. Kim, Tom und Jason waren bereits gegangen.

„Wo hast du gesteckt?", fragte Sharon.

„Ich habe mit Matt zusammen gesessen."

„Wenn du nach Jason suchst, er, Kim und Tom sind zum Schülerbibelkreis in eines der Schulgebäude gegangen. Ich weiß aber nicht genau, welches."

Auf dem Weg zum Spanischunterricht erspähte sie Jason im Flur, doch er schenkte ihr kaum einen Blick, als er an ihr vorbeiging.

Die nächsten paar Tage verliefen ähnlich, nur dass es ihr gelang, Matt und seinen Freunden aus dem Weg zu gehen. Jason war mit Tom und Steven zusammen unterwegs und manchmal mit Kim. Er unternahm keinen Versuch, mit Dawn zu reden. Wenn sie sich hinsetzte, stand er auf und verließ den Mittagstisch. Sie war nicht die Einzige, der das auffiel.

„Was ist denn los mit dir und Jason?" Sharon ging auf dem Weg zum Unterricht neben ihr her. Dawn hatte gerade wieder eine quälende Mittagspause verbracht, in der sie sich fragte, warum Jason ihr so entschlossen aus dem Weg ging.

Sie zuckte die Achseln. „Ich muss noch meine Bücher holen."

Der Spanischunterricht wollte kein Ende nehmen. Dawn konnte sich einfach nicht auf die Konjugation der Verben konzentrieren. Ständig wanderte ihr Blick zur Uhr. Als die Schulglocke endlich läutete, ging sie zum Biologieunterricht, doch im Klassenzimmer merkte sie, dass sie ihr Buch vergessen hatte. Schnell eilte sie zu ihrem Spind und suchte das Buch heraus, das sie brauchte. Als sie sich umdrehte, prallte sie gegen Jason. Ihr Herz machte einen Satz, und sie trat verlegen einen Schritt zurück. „Entschuldige. Ich habe dich nicht gesehen."

„Meine Schuld. Können wir reden?"

Jetzt wollte er auf einmal reden? Nachdem er fast einen Monat so getan hatte, als würde sie nicht existieren? „Ich bin spät dran." Sie trat um ihn herum, doch er verstellte ihr den Weg.

„Ich habe versucht, dich anzurufen."

„Wann?"

„Nachdem du mich angerufen hast."

„Danke, dass du mich daran erinnerst."

„Einmal bin ich so lange in der Leitung geblieben, dass ich deine Stimme auf dem Anrufbeantworter gehört habe. Ich habe keine Nachricht hinterlassen."

Sie blickte ihn an. „Warum nicht?"

„Der Mut hat mich verlassen." Ein Muskel in seinem Gesicht zuckte.

„In deinem Brief stand, wenn ich reden wollte, würdest du zuhören. Das war wohl nur so eine Floskel." Sie ging um ihn herum und rannte in ihre Klasse. Gerade als die Schulglocke läutete, setzte sie sich an ihren Platz.

Dass Jason nach Unterrichtsschluss auf sie warten würde, hatte sie nicht erwartet.

„Würdest du mit mir nach Schulschluss etwas trinken gehen? Dann könnten wir reden. Ich habe ein Auto und könnte dich heimfahren."

Nachdem er sie so viele Wochen lang mehr oder weniger ignoriert hatte, konnte sie seiner plötzlichen Zugänglichkeit kaum trauen. Trügerische Hoffnungen und falsche Schlussfolgerungen würden ihr nur noch mehr Schmerz bereiten. „Ich weiß, dass du ein Auto hast. Kim hat mir erzählt, dass du sie jeden Tag abholst."

Seine Augen flackerten, doch dann lächelte er und wirkte erleichtert. „Ich habe auch Tom mitgenommen. Aber sie und Tom haben beschlossen, doch lieber mit dem Bus zu fahren. Der Heimweg dauert dann nämlich länger."

Sie starrte ihn an, wusste nicht so genau, was er meinte. „Willst du damit sagen, sie … mögen sich?"

„Ja. Erstaunt dich das? Tom ist ein guter Typ."

„Das weiß ich, aber Kim ist die Tochter des Pastors, und Tom ist … ist Tom Christ?"

„Wir drei lesen in jeder Mittagspause gemeinsam in der Bibel. Tom ist außerdem mit Pastor Daniel im Gespräch. Er will sich taufen lassen."

Bibellesen in der Mittagspause? War Jason deswegen immer so schnell vom Tisch aufgestanden? Vielleicht hatte es gar nichts mit ihr zu tun gehabt.

Die Schulglocke läutete zum ersten Mal. Jason nahm ihre Bücher. „Ich begleite dich zu deiner Klasse."

Amüsiert setzte sie sich neben ihm in Bewegung. „Du weißt doch gar nicht, wo ich hin muss."

„Du hast jetzt Algebra, nicht, und deine Klasse liegt auf demselben Flur wie meine Klasse für Trigonometrie." Er brachte sie bis zur Tür. „Gehst du mit mir nach der Schule etwas trinken?"

„Ja."

Sein Blick wurde warm. „Warte nach dem Unterricht auf mich. Wir holen deine Sachen und fahren los." Er verschwand in die andere Richtung.

Dawn konnte das Ende des Unterrichts kaum erwarten. Jede Minute war eine Tortur. Als endlich die Schulglocke läutete, klappte sie ihr Buch zu, suchte ihre Sachen zusammen und ging zur Tür.

Ein paar Minuten später entdeckte sie Jason, der sich winkend den Weg durch den Strom der Schüler bahnte. Er lächelte sie an. Ein Kribbeln erfasste Dawns Körper.

„Wie war Algebra?"

„Eine Qual."

Auf dem Weg zum Schülerparkplatz erspähte Dawn Kim und Tom, die Hand in Hand liefen. „Wieso habe ich das nicht mitbekommen?"

Jason lachte, als er Dawn die Wagentür aufhielte. „Vermutlich warst du mit anderen Dingen beschäftigt."

Jason. Er hatte ihre Gedanken beherrscht. Jeden Tag, von morgens bis abends … und die ganze Nacht. Sie glitt in den weißen Honda und bewunderte die beige Innenausstattung. Jason warf seinen Rucksack in den Kofferraum und setzte sich auf den Fahrersitz. Sie lächelte. „Er ist gut in Schuss."

„Ich habe den Wagen von einer alten Dame gekauft. Sie ist schon über achtzig und kann nicht mehr Auto fahren." Er ließ den Motor an. „Der Wagen ist noch keine zehntausend Kilometer gelaufen und scheckheftgepflegt." Er legte den Arm auf ihre Rückenlehne, setzte rückwärts aus der Parklücke und reihte sich in die Autoschlange ein. „Meine Mutter ist gar nicht begeistert davon."

„Warum?"

„Ich habe meine Ersparnisse angeknabbert." Er bog auf die Prince Street ab. „Sie war ganz schön sauer. Aber ich arbeite noch immer fünfmal in der Woche von fünf bis neun als Packer. Das wird gut bezahlt."

„Du könntest dich doch um ein Stipendium bewerben und am Junior College in Santa Rosa studieren. Dann hättest du noch zwei Jahre Zeit zum Sparen." Sie wollte gar nicht daran denken, dass er in weniger als einem Jahr weggehen würde.

„Meine Mutter will unbedingt, dass ich zur Universität von Kalifornien gehe."

„Auf welchen Campus? Berkeley? Davis?" Beide lagen so nah, dass Jason an den Wochenenden nach Hause kommen konnte.

„Berkeley. Die Brutstätte der Radikalen." Er bog auf den Parkplatz eines McDonald's ab und fragte sie, ob sie auch etwas essen wollte. Sie hatte tatsächlich Hunger, lehnte aber ab. Er sollte sein Geld nicht für einen Burger ausgeben. Mit zwei Cola und einer großen Portion Pommes frites kam er zurück.

Jason fuhr zum Memorial Beach. Sie liefen über das Gras und setzten sich ans Ufer oberhalb des Russian River. Er bestand darauf, die Pommes frites mit ihr zu teilen. Sie redeten über die Schule und die Erwartungen ihrer Lehrer. Er fragte sie, wie ihr Sommer gewesen sei, und sie erzählte von Oma.

„Du kannst dich glücklich schätzen." Sehnsüchtig blickte er über den Fluss hinweg. „Ich habe meine Großeltern nie kennengelernt."

„Wohnen sie so weit entfernt?"

Er knüllte die leere Tüte zusammen und warf sie in den Abfalleimer. „In San Diego." Er legte seine Arme um seine angezogenen Knie. „Sie sprechen nicht mit meiner Mutter."

„Warum nicht?"

Jason drehte den Kopf und blickte sie ernst an. „Sie hat mich bekommen." Als sie ihn verblüfft anstarrte, stand er abrupt auf und ging hinunter zum Wasser. Dawn erhob sich ebenfalls, klopfte ihre Jeans ab und folgte ihm. Jason stopfte die Hände in seine Taschen. „Ich dachte, das solltest du wissen."

Dawn trat näher, ihre Hand streifte seinen Arm. „Meine Mutter kam aus einer Kommune in Haight-Ashbury nach Hause und fand einen Monat später heraus, dass sie ein unerwartetes Geschenk mitgebracht hatte. Arundel ist der Mädchenname meiner Mutter."

Jason starrte sie an. „Das hätte ich nicht gedacht."

„Damit geht man halt nicht hausieren, nicht? Hast du deinen Vater kennengelernt?"

„Einmal, als ich fünf oder sechs war. Wir sind ihm zufällig im Park begegnet. Er starrte mich an, und ich fragte, warum. Mama erzählte mir, er sei mein Vater. Ich rannte zu ihm hin. Seine Freunde lachten." Er lachte trocken auf. „Er sagte mir, ich solle verschwinden. Ein paar Wochen später zogen wir um. Seither habe ich ihn nicht mehr gesehen und nichts mehr von ihm gehört." Er legte den Kopf zur Seite. „Was ist mit dir?"

Sie schüttelte den Kopf. „Ich habe keine Ahnung, wer mein Vater ist."

„Hast du gefragt?“

„Ein- oder zweimal. Meine Mutter will mir nichts erzählen.“

„Vielleicht sind die Erinnerungen zu schmerzlich.“

„Oder sie weiß einfach nicht, wer er ist.“

Er verzog das Gesicht. „Autsch.“

„Na ja, sie war ein Hippie. Freie Liebe und all das …“ Sie hob die Schultern. Warum sie Jason das alles erzählte, konnte sie nicht sagen. Darüber sprach sie sonst mit niemandem.

Jason drehte sich zu ihr um und ergriff ihren Arm. „Dawn, ich wollte-“ Ein Auto überquerte die Brücke. Sofort ließ er sie wieder los. Mit grimmigem Blick sah er auf seine Uhr. „Ich fahre dich jetzt besser nach Hause. Ich muss zur Arbeit.“

Langsam erklommen sie den sandigen Abhang und liefen im Schatten der Redwoodbäume den Pfad entlang. Beide hatten es nicht eilig.

„Wann machst du denn Hausaufgaben, Jason?“

„Tagsüber in der Bibliothek. Und ich stehe früh auf.“ Er hielt ihr die Wagentür auf. „Ich habe nicht viel freie Zeit, aber die, die ich habe, würde ich gern mit dir verbringen. Was hältst du davon?“ Eindringlich musterte er ihr Gesicht.

Sie strahlte. „Das würde mir sehr gefallen.“

Kapitel 34

Jason holte Dawn jeden Morgen an der Bushaltestelle ab und begleitete sie zu ihrem Spind und zur ersten Unterrichtsstunde. Zusammen mit den anderen von der Jugendgruppe aßen sie zu Mittag, dann trafen sie sich am Nachmittag nach Unterrichtsschluss in der Bibliothek, setzten sich an einen kleinen Tisch gegenüber und machten ihre Hausaufgaben. Wenn sie Schwierigkeiten mit ihren Matheaufgaben hatte, rückte er seinen Stuhl neben sie und erklärte ihr flüsternd ihre Aufgaben. Wenn seine Schulter ihren Arm streifte, beschleunigte sich ihr Herzschlag. Doch sie genoss die köstliche Folter, ihm so nahe zu sein. Wenn er sie anblickte, studierte sie die goldenen Punkte in seinen Augen, die schwarze Tiefe seiner Pupillen.

Dawn war enttäuscht, aber nicht überrascht, als Jason verkündete, sie könnten nicht mehr gemeinsam lernen. „Ich muss mich konzentrieren und meine Noten verbessern."

In der Schule waren sie jeden Tag zusammen, und in seinen Pausen auf der Arbeit rief er sie abends an. Manchmal rief er sie auch an, wenn er nach Hause kam, aber seine Mutter erlaubte ihm keine langen Telefonate. Dawn hörte ihre Stimme: „Du brauchst deinen Schlaf, Jason." „Du musst morgen früh um halb fünf aufstehen, um deinen Bericht fertigzustellen." „Du triffst sie doch in der Schule. Mach endlich Schluss."

Manchmal rief er später noch mal an. „Mama schläft. Jetzt können wir reden." Und das taten sie dann auch, manchmal zwei Stunden lang.

Pastor Daniel kam zu Besuch. Jason fluchte am Telefon. „Mama hat ihn vermutlich angerufen. Er sagte, Rebellion gegen Gott könne ein Leben ruinieren."

„Du hast doch nicht gegen Gott rebelliert."

„Das habe ich ihm gesagt, aber er hat auch nicht ganz unrecht. Ich bin nicht mehr da, wo ich noch vor einem Jahr stand. Wegen der Arbeit kann ich nicht mehr an den Jugendstunden teilnehmen, und ich lese auch nicht mehr jeden Tag in der Bibel wie früher. Und ich bete nicht mehr wie früher. Abgesehen von meinen Hausaufgaben kann ich an nichts anderes mehr denken als an dich."

„Vielleicht haben wir beide ein Problem." Dawn drehte sich um. „Wir bringen unsere Bibeln zur Schule mit und suchen uns ein nettes ruhiges Plätzchen, wo wir in Ruhe darin lesen können. Denkst du, das würde helfen?"

Er gab ein heiseres Lachen von sich. „Wenn ich mit dir zusammen bin, kann ich mich auf nichts anderes konzentrieren."

Der Klang seiner Stimme streichelte ihre Sinne, und sie wusste, ihm ging es nicht anders. Der Gedanke, dass sie ihn erregte, weckte ebenfalls Leidenschaft in ihr. Sie mochte es, wenn ihr Herzschlag sich beschleunigte, das Kribbeln in ihrem Bauch. „Ich wünschte, du wärst hier, Jason."

„Stell dir vor, ich wäre es."

„Dawn?"

Dawn fuhr zusammen. „Christopher!", zischte sie verärgert. „Du hast mich zu Tode erschreckt!"

Ihr kleiner Bruder stand in seinem Schlafanzug in der Tür. „Ich habe schlecht geträumt."

Am liebsten hätte sie ihn in sein Bett zurückgeschickt, aber er wirkte so durcheinander, dass sie ihm die Arme entgegenstreckte. „Da wir gerade von Träumen reden, ich glaube, mein kleiner Bruder hatte gerade einen schlechten." Sie rutschte für ihn zur Seite. „Wenn das passiert, kommt er gern in mein Bett." Christopher kletterte in ihr Bett und kuschelte sich an sie.

„Glücklicher Christopher." Er wünschte ihr eine gute Nacht und legte auf. Sie stellte das Telefon in die Station auf ihrem Nachttisch zurück.

„Du liebst Jason, nicht?" Christopher drückte sich an sie.

„Mehr als jeden anderen."

„Mehr als Granny und Opa? Mehr als Mama und Papa und mich?"

„Das ist eine andere Art der Liebe, Chris. Sie verdrängt nicht die Liebe für andere Menschen.“ Sie strich ihm eine Haarsträhne glatt, die sie in der Nase kitzelte, und drückte ihm einen Kuss auf den Kopf. „Jetzt schlaf weiter.“

Zu Thanksgiving kamen Granny und Opa. Mama und Granny verhielten sich wie Fremde, die sich höflich begegnen. Oma wurde mit keinem Wort erwähnt. Noch bevor auch nur der Tisch gedeckt war, verkündete Granny, sie erwarte die Familie Weihnachten in Jenner. Mama erwiderte, sie werde darüber nachdenken. Granny betonte, sie hätte schon alle Zimmer vorbereitet und geschmückt. Mama und Mitch könnten mit Christopher die untere Wohnung nehmen.

„Ich habe unten einen hübschen kleinen Baum mit Kugeln und Lichtern aufgestellt.“ Dawn würde natürlich wie immer im blauen Zimmer schlafen.

Mama verteilte unbeirrt das Besteck und gab keinen Ton von sich.

„Nun, Carolyn?“

„Ich sagte, ich würde darüber nachdenken.“

„Ich weiß, was das bedeutet.“ Granny stand am Tisch und spielte mit dem Besteck, das Mama sorgfältig verteilt hatte. „Warum fragst du nicht Dawn, was sie möchte?“

Dawn hasste es, in ihren Streit hineingezogen zu werden. Sie wollte ihrer Großmutter nicht sagen, dass sie lieber zu Hause bleiben würde. Jason musste zwar während der Weihnachtsferien arbeiten, aber sie wollte trotzdem zu Hause sein für den Fall, dass er Zeit fand, sie zu treffen.

„Es ist nicht Dawns Entscheidung.“ Mama legte das letzte Besteck zurecht und ging ins Esszimmer. Dawn hörte ihr Telefon läuten. Sie hatte bewusst den Klingelton lauter gestellt, damit sie es nicht überhörte. Schnell entschuldigte sie sich, rannte durch den Flur und warf die Tür ins Schloss, bevor sie den Hörer abnahm.

„Hallo!"

„Du klingst ganz außer Atem. Bist du gerannt?", fragte Jason.

„Hier ist der Teufel los. Granny und Mama schleichen umeinander herum, und ich stehe genau in der Mitte."

„Wir sind heute Abend bei den Archers zum Essen eingeladen."

Oh-oh. „Vermutlich will Pastor Daniel mit dir reden."

„Wie kommst du darauf?"

„Weil er mich gestern Abend nach der Jugendstunde beiseitegenommen hat." Pastor Daniel hatte in den vergangenen Stunden ausführlich über Beziehungen gesprochen. Er sagte, wenn jemand fest zu stehen glaube, solle er zusehen, dass er nicht falle. Manchmal blickte er sie direkt an. Gestern Abend hatte Pastor Daniel sie abgefangen, als sich die Jugendlichen nach dem Treffen zerstreuten. Sharon warf ihr einen besorgten Blick zu und erklärte, sie würde im Wagen warten.

Pastor Daniel kam gleich zur Sache. „Georgia hat mir erzählt, dass du und Jason euch häufig seht."

Dawn spürte, wie sie errötete. Sie hatte Jasons Mutter nur einmal gesehen. Dass Georgia Steward sie nicht besonders mochte, hatte sie sofort gespürt. „Wir sehen uns in der Schule. Das ist alles." Pastor Daniel antwortete nicht, aber Dawn spürte, dass er auf mehr wartete. „Und wir telefonieren miteinander." Das wusste er offensichtlich bereits.

„Ich wollte dich nicht verärgern, Dawn."

„Ich bin nicht verärgert." Was erwartete er von ihr? „Wir haben nichts Unrechtes getan."

„Das habe ich auch gar nicht gesagt. Ihr gehört zu unserer Jugendgruppe, und ihr beide liegt mir am Herzen. Kommst du nächste Woche?"

Sie zwang sich zu lächeln. „Sicher." Nachdenklich blickte sie ihm nach. Er hatte ihr keine Vorwürfe gemacht, trotzdem empfand sie Schuldgefühle. Hatte er nicht erst letzte Woche einen Bibelvers vorgelesen, in dem Jesus sagte, über eine Sünde nachzudenken sei, als würde man diese Sünde begehen? Nun, dann sündigte sie ununterbrochen. Nicht ein Tag verging, an dem sie sich nicht vorstellte, wie es wohl wäre, mit Jason zu schlafen.

„Was hat Pastor Daniel gesagt?"

„Er sagte, er hätte gehört, dass wir uns treffen. Ich habe den Eindruck, er hält mich für eine Art Delilah, die den großen Samson in Versuchung führt."

Jason lachte nicht. „Vermutlich hat Mama ihn auf mich angesetzt. Neulich sagte sie zu mir, sie hätte den Eindruck, dass ich mein Ziel aus den Augen verlieren würde."

„Und das ist meine Schuld?"

„Das hat sie nicht gesagt. Sie hat mich nur daran erinnert, dass ich nicht vergessen soll, wo ich in fünf Jahren sein will. Dieses Gespräch haben wir schon hundert Mal geführt, auch bevor ich dich kennengelernt habe."

Dawn hörte die Stimme von Jasons Mutter im Hintergrund. „Mach Schluss, Jason. Wir müssen los. Du kannst ja in der Schule mit ihr reden ..." *Bla, bla, bla.*

„Ich muss Schluss machen, Dawn. Kann ich dich morgen anrufen?"

„Keine Ahnung." Ihre Stimme klang gepresst. *„Kannst* du?" Damit legte sie auf.

Mama hatte Truthahn mit vielen Beilagen vorbereitet, aber Dawn war der Appetit vergangen. Sobald alle fertig waren, begann Mama, den Tisch abzuräumen. Mitch, Opa und Christopher gingen ins Familienzimmer, um Football zu schauen. Granny half beim Tischabräumen. „Du bist heute Abend so still gewesen."

„Ich habe über einiges nachzudenken." Dawn stellte die Teller zusammen und ging damit in die Küche. Sie wollte nicht über Jason oder über ihre Mutter reden. Unwillkürlich fragte sie sich, ob er einen schönen Abend mit Kim erlebte. Mit Pastor Daniels Tochter wäre seine Mutter bestimmt einverstanden. Mama stellte sich so vor das Spülbecken, dass Granny keinen Platz hatte, irgendetwas abzuspülen. Der Geschirrspüler an der gegenüberliegenden Wand stand weit offen.

Granny fragte, ob sie helfen könnte. Mama schlug vor, sie solle sich zu Opa, Mitch und Christopher setzen, in ein paar Minuten wäre alles fertig.

„Was ist mit den Kuchen? Ich könnte doch schon mal den Kuchen aufschneiden“, beharrte Granny.

Am liebsten hätte Dawn die beiden angebrüllt. Warum konnte Mama nicht nachgeben und Granny nicht den Mund halten?

Die Türglocke läutete. Erleichtert verkündete Dawn, sie würde öffnen gehen, und floh aus der Küche.

„Mach die Tür nicht einfach so auf“, rief Granny ihr nach. „Sieh zuerst durch den Spion.“

Jason stand vor der Tür. In seinem marineblauen Sportjackett und den grauen Hosen sah er aus wie einem Modejournal entstiegen. Die Krawatte hatte er gelockert und den obersten Knopf geöffnet. Ihr Magen krampfte sich zusammen. Er wirkte sehr aufgebracht. „Jason!“, hauchte sie. „Ich dachte, ihr wärt heute Abend bei den Archers.“

„Stimmt. Ich bin abgehauen.“ Er trat näher. „Dawn, ich-“

„Bitte ihn doch herein“, sagte Mitch, der unbemerkt hinter ihr aufgetaucht war. „Hey, Jason.“ Er streckte ihm die Hand hin. „Komm doch ins Familienzimmer. Dawns Großeltern sind zu Besuch.“

Jason wich zurück. „Entschuldigung. Ich wollte Sie nicht stören. Ich hätte zuerst anrufen sollen.“

„Ich bin froh, dass du gekommen bist“, sagte Dawn schnell.

„Wir sind bereits mit dem Essen fertig, sonst hättest du gern mitessen können.“ Mitch legte ihm die Hand auf die Schulter und dirigierte ihn ins Familienzimmer. „Dawn? Kommst du? Du kannst ihn mit allen bekannt machen.“

Jasons Eintreffen lenkte Granny von ihrem Versuch, Mama zu helfen, ab. Opa gab ihm die Hand. Mitch forderte Jason auf, Platz zu nehmen, und Dawn ließ sich neben ihm nieder. Ihre Nerven waren zum Zerreißen gespannt, als Opa ihn wie ein

Polizeibeamter mit Fragen bombardierte. Granny ermahnte ihn, sein Verhör einzustellen. Mitch schien die Situation zu genießen. Mama kam aus der Küche und setzte sich. Sie hörte zu und beobachtete, sagte aber keinen Ton.

Dawn warf Mitch einen flehenden Blick zu. Wie lange mussten sie noch hier sitzen bleiben und Konversation machen? Viel lieber hätte sie sich mit Jason zurückgezogen, damit er ihr erzählen konnte, warum er gekommen war.

Christopher rettete sie, als er darauf bestand, dass Jason sich seine neuste Lego-Schöpfung ansah. Dankbar folgte Dawn den beiden und setzte sich auf Christophers Bett, während Jason sich auf den Boden hockte und die Burg mit den Rittern bewunderte. Ihr kleiner Bruder schnatterte fröhlich über König Artus und Sir Lancelot, Galahad, Gawain und Parzival. Jason blickte sie fragend an, und Dawn verdrehte die Augen. „Mama liest ihm gerade ein Buch über die Ritter der Tafelrunde vor."

„Willst du es sehen?" Christopher sprang auf.

Jason richtete sich auf. „Vielleicht ein anderes Mal, Chris. Ich wollte eigentlich mit deiner Schwester reden."

Dawn führte ihn durch den Flur. „Wir können uns in die Bibliothek setzen." Die Doppeltür stand offen. Jason trat ein und schloss sie leise hinter sich. Beeindruckt wanderte sein Blick über die Bücherregale, die bunten Vasen und Tontöpfe, die im Raum verteilt standen. Mit schmerzlich verzogenem Gesicht drehte er sich um. „Ich vergesse immer wieder …"

Sie trat auf ihn zu und genoss seine Nähe. Er hatte die Archers und seine Mutter sitzen lassen und war an Thanksgiving den ganzen Weg nach Alexander Valley gefahren, um sie zu sehen. Das bedeutete doch etwas, nicht? „Was vergisst du?"

Er schüttelte den Kopf. „Eigentlich sollte es keine Bedeutung haben, aber das stimmt nicht." Sein Blick glitt erneut durch den Raum, und sie begriff.

„Es bedeutet wirklich nichts." Dawn stellte sich unmittelbar vor ihn. „Entschuldige bitte, dass ich am Telefon so kurz angebunden war." Sie senkte die Stimme. „Ich war verärgert."

„Ich weiß."

„Möchtest du dich setzen?"

„Nein." Seine Hand glitt über ihren Arm. Er ergriff ihre Hand und spielte mit ihren Fingern. Als sie ihn anblickte, ließ er los und trat zurück. Niedergeschlagen nahm er auf der Couch Platz und stützte die Arme auf seine Knie.

Dawn setzte sich neben ihn. „Was ist passiert?" Sie legte die Hand auf seinen Arm.

„Wir waren kaum fünf Minuten da, als Pastor Daniel mich in sein Büro bat. Dann schloss er auch noch die Tür hinter sich, und ich wusste, dass etwas im Busch war. Er machte genau da weiter, wo Mama auf der Hinfahrt aufgehört hatte, und ich sah rot. Ich fragte ihn, ob Mama ihn gebeten habe, mit mir zu sprechen. Er erklärte, sie würde sich Sorgen machen. Dann erzählte er mir, wie er seine Frau kennengelernt hat. Ich kenne die Geschichte doch schon. Sie haben sich erst geküsst, als sie verlobt waren. Ich wollte das nicht alles noch mal hören." Er fuhr sich mit den Fingern durch die Haare. „Ich hab's verbockt."

„Was hast du gesagt?"

Er blickte sie düster an. „Ich fragte ihn, wo denn das Vertrauen auf den Herrn bliebe, und bin aus dem Haus gestürmt."

„Und deine Mutter?"

„Sie ist noch da." Er verzog das Gesicht. „Ich kann mir vorstellen, was sie sagt." Er sprang auf, als könnte er keine Sekunde mehr still sitzen. „So etwas habe ich noch nie gemacht. Ich weiß auch nicht, was in mich gefahren ist. Ich muss zurück und mich entschuldigen." Er trat ans Fenster und sah hinaus. „Wenn sie erfahren, dass ich zu dir gefahren bin, dann macht das alles nur noch schlimmer."

Seine Worte trafen sie wie ein Faustschlag in den Magen. „Ich schätze, sie mögen mich nicht besonders."

Jason drehte sich zu ihr um. „Sie wollen uns nur schützen."

„Nicht *uns*, Jason." Sie blinzelte die Tränen fort. „*Dich*. Sie denken, ich sei nicht gut genug für dich."

Jemand klopfte an die Tür und schob sie auf. Mitch hielt den Telefonhörer in der Hand. „Deine Mutter möchte mit dir reden, Jason."

Jasons Gesicht verfinsterte sich, als er den Hörer nahm und erneut ans Fenster trat. Mitch schob beide Schiebetüren auf und winkte Dawn zu sich heran. „Lass die Türen offen."

Dawn funkelte ihn an. „Wir machen doch nichts!"

Sein Blick verengte sich. „Vielleicht nicht, aber die Emotionen kochen mir hier drin ein wenig zu hoch."

Jason kam zurück und reichte Mitch das Telefon. „Vielen Dank, Mr Hastings."

„Alles in Ordnung?"

„Nur ein paar Dinge zu klären." Mit gepresster Stimme sagte Jason, er müsse jetzt gehen. Er entschuldigte sich bei Mitch für die Störung und ging ins Wohnzimmer, um sich von Mama, Granny und Opa zu verabschieden. Frustriert und besorgt wegen dem, was seine Mutter wohl gesagt haben mochte, begleitete Dawn ihn zur Haustür. „Sehe ich dich am Wochenende?"

Er ergriff ihre Hand. Nachdem sie nun geschützt waren vor den Blicken der anderen, ließ er seine Maske fallen. „Ich bezweifle es. Vermutlich bekomme ich Hausarrest."

„Und das ist meine Schuld."

„Nein, das stimmt nicht. Das hat sich schon seit langer Zeit zusammengebraut. Und es hat nichts mit dir zu tun, Dawn." Er beugte sich vor und flüsterte: „Darf ich dich küssen?" Sie sagte Ja. Seine Lippen waren fest und warm, sie strichen vorsichtig über ihre. Als er sich aufrichtete, schnappte sie zitternd nach Luft. Sie starrten einander an, dann trat er näher und küsste sie erneut. Seine Arme legten sich um sie, und sie spürte seinen Herzschlag.

Als Schritte ertönten, fuhren sie leise keuchend auseinander, schockiert über die Macht ihrer Gefühle. Er starrte sie an, mit hochrotem Kopf und dunklen Augen. „Ich rufe dich an." Eilig trat er durch die Tür und zog sie hinter sich ins Schloss.

Dawn drehte sich um. Ihre Mutter stand im Bogengang. „Alles in Ordnung?"

Mit klopfendem Herzen und weichen Knien zuckte Dawn die Achseln. „Nein. Nicht wirklich.“ Zumindest noch nicht, aber das würde sich ändern. Ekstase und Triumphgefühle erfassten sie. Als Jason sie zum zweiten Mal geküsst hatte, hatte sie gewusst, dass weder seine Mutter noch Pastor Daniel einen Keil zwischen sie treiben konnten.

Kapitel 35

Jason meldete sich nicht. Sie sah ihn erst am Montagmorgen in der Schule wieder. Er war zu den Archers gefahren und hatte sich entschuldigt. Ja, er hatte tatsächlich Hausarrest bekommen. Zwei Wochen. Kein Telefon, kein Ausgehen mit Freunden. *Freunde* bedeutete sie, das war Dawn klar.

Jeden Morgen, wenn Dawn aus dem Schulbus stieg, wartete Jason auf sie, und sie gingen gemeinsam zu ihren Spinden und weiter zum Unterricht. Sie trafen sich, wann immer es ihre Stundenpläne zuließen. Während der Mittagspause saßen sie nicht mehr mit ihren Freunden zusammen, sondern blieben für sich. Er küsste sie nicht mehr, aber manchmal hielt er ihre Hand, wenn sie über das Schulgelände wanderten. Mittwochs besuchte Dawn noch immer zusammen mit Sharon die Jugendstunde, aber sie achtete kaum auf das, was Pastor Daniel zu sagen hatte. Sie ging hin, um mit ihren Freunden zusammen zu sein, nicht, um seine Belehrungen anzuhören. Kim und Tom saßen zusammen, berührten sich aber nicht, und Kim fuhr nach den Treffen immer noch mit ihrem Vater nach Hause, während sich die anderen Jugendlichen, auch Tom, im Taco Bell oder bei McDonald's trafen, um noch ein bisschen zu plaudern. „Weiß Pastor Daniel eigentlich, dass du mit Kim befreundet bist?", fragte Steven.

„Ja, das weiß er." Tom zuckte die Achseln. „Er ist ziemlich cool damit umgegangen."

„Cool? Wie das?"

„Er lud mich zu einem Baseballspiel ein. Wir haben fast die ganze Zeit geredet."

Steven lachte. „Du meinst, *er* hat geredet."

„Nein. Er fragte mich, ob ich Kim lieben würde. Ich bejahte die Frage. Er erklärte mir, die Liebe zwischen Mann und Frau sei eine wunderschöne Sache, aber sie sei auch sehr zerbrechlich. Ein einziger Fehler könne ein ganzes Leben ruinieren." Alle wussten, was er meinte, aber kaum einer glaubte ihm.

Die zwei Wochen kamen Dawn vor wie zwei Jahre, aber endlich hob Jasons Mutter den Hausarrest auf. An diesem Abend rief Jason an. Er rief in den Pausen auf der Arbeit an. Er rief an, wenn er nach Hause kam, wenn er seine Hausaufgaben beendet hatte. Oft redeten sie bis nach Mitternacht. Sie machte sich Sorgen um ihn. Er schien immer so müde zu sein. Manchmal sagte sie, er solle nicht anrufen, sondern lieber zu Bett gehen, sie würden sich ja am Morgen wieder sehen. Er erwiderte, er höre kurz vor dem Einschlafen so gern den Klang ihrer Stimme, obwohl sie manchmal über Dinge redeten, die beide bis tief in die Nacht wach hielten.

Die Weihnachtsferien standen vor der Tür, und Dawn ging mit Sharon, Amy und Kim einkaufen. Kim wählte eine Bibel für Tom aus und eine Silberkette mit einem Kreuz aus Nägeln. Dawn kaufte für Jason ein goldenes Armband, in dem *Für immer* eingraviert war.

Am letzten Schultag vor den Weihnachtsferien fuhr Jason mit ihr zur Dry Creek Road und stellte den Wagen auf dem verlassenen Besucherparkplatz ab. Es begann zu regnen, und der Regen trommelte auf das Dach des Honda und lief in Strömen über die Windschutzscheibe. Er ließ den Motor laufen und die Heizung eingeschaltet, obwohl das gar nicht nötig war. Das Wissen, dass sie allein waren, und die Begierde, die sie beide kaum noch in Zaum halten konnten, hielten sie warm. Da sie es kaum erwarten konnte zu sehen, ob ihm ihr Geschenk gefiel, bestand sie darauf, dass er ihres zuerst öffnete. Nachdem er es ausgepackt hatte, nahm er das Armband aus der Schachtel und sie legte es ihm um. „Jetzt kann jeder sehen, dass du zu mir gehörst."

Jason überreichte ihr eine kleine weiße Schachtel mit einem roten Geschenkband. Er wirkte sehr nervös. „Ich hoffe, es gefällt dir."

Sie erwiderte, ihr würde alles gefallen, was er ihr schenkte, schnappte aber leise nach Luft, als sie das zarte goldene Armband erblickte. Ganz vorsichtig strich sie mit dem Finger über das kleine Herz mit der weißen Perle. Sie bat ihn, es ihr anzulegen. Während er es tat, hielt sie den Blick auf sein Gesicht gerichtet. „Es ist wunderschön, Jason. Ich werde es nie mehr abnehmen." Als er den Kopf hob, beugte sie sich mit geöffneten Lippen zu ihm.

Die Fenster beschlugen. Der Regen trommelte fester und schneller auf das Dach, als versuche er, mit ihrem Herzschlag Schritt zu halten. Seinen Namen murmelnd krallte sie sich in sein Hemd. Er drückte sie gegen den Sitz. Sie wollte ihn mehr spüren, schob seine Jacke zur Seite und eine Hand unter seinen Pullover. Seine Haut war weich, die Muskeln vom schweren Heben hart. Seine Hand glitt unter ihren Oberschenkel, umklammerte ihn, zog sie tiefer in den Sitz. Sie stieß einen leisen Schrei aus, als ihr Kopf gegen die Armstütze prallte.

Abrupt zog sich Jason zurück. „Hast du dir wehgetan?"

„Ja." Ihre Stimme klang rau. Sie rieb sich den Kopf, während er ihr half, sich aufzurichten.

„Entschuldige bitte."

„Nicht schlimm." Als sie sich wieder zu ihm herüberbeugte, zog er sich zurück.

„Wir müssen aufhören." Er rutschte zur Seite und presste die Augen zusammen, dann öffnete er sie wieder. „Wir sollten jetzt besser heimfahren."

„Wir haben uns doch nur geküsst, Jason. Das ist noch nicht falsch, oder?"

„Nein, aber ich wollte mehr."

Sie schluckte und blickte ihm in die Augen. „Ich hätte dich nicht aufgehalten."

„Darum müssen wir jetzt heimfahren." Er löste die Handbremse und legte den Rückwärtsgang ein.

Sie drückte ihren Handballen an ihre Augen und schluchzte.

Jason blieb stehen, zog die Handbremse wieder an und legte den Arm um sie. „Wein doch nicht. Es ist meine Schuld. Ich hätte nicht mit dir hierherfahren sollen. Ich bin schuld, dass es außer Kontrolle geraten ist." Er hob ihr Kinn an und küsste sie sanft. „Es tut mir leid, Dawn. Es wird nicht mehr vorkommen."

Sie glaubte ihm, doch das schmerzte und frustrierte sie umso mehr. „Du bist immer so gut, Jason. Immer bist du gut. Und ich will nichts anderes als dich."

Jason strich ihr sanft über den Arm. „Das ist nicht das, was Gott für uns möchte, Dawn."

Schon wieder Gott. „Manchmal redest du, als ob er auf dem Rücksitz sitzen würde."

„Er ist noch viel näher. Er ist in uns."

Uns. Vielleicht war das das eigentliche Problem. Der Heilige Geist lebte tatsächlich in Jason. Daran zweifelte sie nicht. Aber … was war mit ihr?

Granny rief an und versuchte Mama zu überreden, zum Weihnachtsessen nach Jenner zu kommen. Da sie bei Mama nichts erreichte, rief Granny Mitch in seinem Büro an. Dawn hörte den Schluss des Gesprächs. „Ich werde mit ihr reden, Hildie. Sicher, das verstehe ich, aber …" Er rieb sich die Stirn.

Dawn setzte sich auf den Stuhl vor seinem Schreibtisch und formte mit dem Mund *Nein* und schüttelte den Kopf.

„Was ist los mit Trip? Wenn es etwas Ernstes ist, wird Carolyn darauf bestehen, dass ihr beide herkommt." Er warf Dawn einen gequälten Blick zu. Dawn beugte sich vor. Mitch schüttelte den Kopf und formte die Worte: *Alles in Ordnung.* Erleichtert legte sie den Kopf an die Lehne des Stuhls.

Granny zog mal wieder die emotionalen Schrauben an. „Ich werde mit ihr reden. Wenn sie einverstanden ist, wird sie dich anrufen, okay? Mehr kann ich nicht versprechen. Ich liebe dich auch."

Nachdem er aufgelegt hatte, lächelte Mitch sie trocken an. „Und wie war dein Tag?"

„Fahren wir über Weihnachten nach Jenner?"

„Du hast ja gehört, was ich gesagt habe. Vielleicht. Wir werden sehen. Deine Mutter entscheidet."

„Dann fahren wir bestimmt. Ich bin erstaunt, dass sie so lange stillgehalten hat."

„Du scheinst dich nicht darüber zu freuen."

„Was ist los mit Opa?"

„Er möchte nicht nach Alexander Valley kommen, sondern lieber zu Hause bleiben."

Dawn verzog sich in ihr Zimmer, ließ den Rucksack fallen, warf sich auf ihr Bett und starrte zur Decke. Jason hatte gehofft, während der Ferien mit ihr ausgehen zu können, doch das hing von seinen Arbeitszeiten und den Plänen seiner Mutter ab.

Mittlerweile hatte Mitch Mama vermutlich von Grannys Anruf erzählt. Sie beschloss, in die Küche zu gehen. Vielleicht konnte sie ihre Mutter ja dazu bringen, bei ihrem Nein zu bleiben und darauf zu bestehen, dass Granny und Opa dieses Jahr herkamen.

„Na ja, ich könnte ja wenigstens was mitbringen ..." Mama saß am Küchentisch und telefonierte.

So viel zu dieser Idee. Dawn kehrte in ihr Zimmer zurück und warf sich erneut aufs Bett.

Beim Abendessen verkündete Mama, sie würden zum Weihnachtsessen nach Jenner fahren. „Wir werden erst um sechs Uhr essen, nicht schon um vier."

„Dann müssen wir dort übernachten", schloss Mitch. „Bis wir die Geschenke ausgepackt haben, ist es nach zehn. Bei dem Wetter ist es nicht ratsam, dann noch zurückzufahren."

„Bei dem Wetter sollten sie lieber herkommen", meinte Dawn. „Du weißt doch, was um diese Jahreszeit in Jenner los ist. Wenn es einen richtigen Sturm gibt, kann es passieren, dass wir dort festsitzen."

„Zu spät, Stachelschweinchen." Mitch schenkte ihr ein Lächeln. „Deine Mama hat zugesagt, und das war auch gut so. Granny meinte, es sei vermutlich das letzte Jahr, in dem sie das Familientreffen ausrichten könnte, und es liegt ihr sehr am Herzen." Er blickte Mama an. „Sie will den Stab an dich weitergeben."

„Hat sie das gesagt?“, fragte Mama hoffnungsvoll.

„Nicht ausdrücklich, aber das ist nur noch eine Frage der Zeit.“

„Es geht nicht um Zeit, Mitch.“ Mama wirkte niedergeschlagen. Sie blickte Dawn an. „Du solltest für ein paar Tage packen. Sie wollen sicher Silvester mit dir feiern.“

Dawns Herz sank. „Vielleicht kann Christopher ja dieses Jahr mal dort bleiben.“

„Nein, das geht nicht. Außerdem hast du sie seit mehr als zwei Monaten nicht mehr am Wochenende besucht.“

Bevor Dawn protestieren konnte, ergriff Mitch das Wort. „Wenn Jason dich so dringend sehen möchte, kann er dich ja dort besuchen.“

Weihnachten verlief genau so, wie Dawn erwartet hatte. Als Mama ihre Hilfe anbot, verhielt sich Granny wie ein Pitbull, der sein Territorium verteidigt. Nur Dawn war in der Küche zugelassen, „damit sie lernt, später einmal einen eigenen Haushalt zu führen“. Manchmal fragte sich Dawn, ob Granny Mama nur aus dem Weg haben wollte, damit alles wieder so war wie früher, als sie klein war und Granny auf sie aufpasste.

Nach vielen Stunden Arbeit war das Abendessen in weniger als 30 Minuten verspeist. Mama bestand darauf, das Geschirr zu spülen. „Du hast gekocht; ich spüle.“ Bevor Opa und Mitch einschreiten konnten, war der schönste Streit im Gange. Mitch unterbrach ihn, indem er verkündete, er würde helfen, und sobald das Geschirr gespült und weggeräumt sei, würden sie die Geschenke auspacken.

Opa nahm Granny am Arm und führte sie ins Wohnzimmer, wo sie sich widerwillig niederließ und nervös auf die geschlossene Küchentür starrte. Sie konnte einfach nicht untätig herumsitzen. Opa schlug vor, einen ihrer alten Weihnachtsfilme einzulegen.

„Wie wäre es mit *Ben Hur*?“, schlug Dawn vor, da sie wusste, dass es einer ihrer Lieblingsfilme war.

„Für *Ben Hur* ist nicht genug Zeit“, brummte Opa.

„Können wir uns den *Grinch* ansehen?“, schlug Christopher vor.

„Den haben wir nicht“, erwiderte Granny.

„Und *A Christmas Story*?“, versuchte es Christopher erneut. „Der, in dem sich der Junge ein Gewehr wünscht.“

„Ein Luftgewehr“, korrigierte Dawn ihn.

„Den haben wir auch nicht“, erklärte Granny.

„Wie wäre es mit *Hatari*?“ Der Vorschlag kam von Opa. „*Hatari* haben wir.“

„Das ist kein Weihnachtsfilm.“

Als Opa den Kopf zurücklegte und tief seufzte, stand Granny auf. „Aber wir könnten ein wenig Weihnachtsmusik auflegen.“

Nachdem Mama und Mitch aus der Küche ins Wohnzimmer gekommen waren, entspannte sich die Situation ein wenig. Mama wirkte gelassener. Mitch hielt ihre Hand. Auf der Couch legte er den Arm um sie und zog sie fest an sich. Christopher verteilte die Geschenke. Papa stellte einen großen Karton für das Geschenkpapier auf. Christopher bat darum, draußen im Wohnzimmer schlafen zu dürfen, damit er sich an den bunten Weihnachtslichtern an dem Baum und am heruntergebrannten Feuer im Kamin freuen konnte. Mitch war von dieser Idee begeistert und flüsterte Mama etwas ins Ohr, das sie erröten ließ.

„Wie soll der Weihnachtsmann denn ins Wohnzimmer kommen, wenn du dort schläfst?“, neckte Opa Christopher.

„Er kommt ja gar nicht. Wir haben doch schon alle Geschenke ausgepackt.“ Christopher grinste. „Außerdem, Opa, wie soll er denn durch den Kamin kommen, wenn das Feuer brennt?“

Alle lachten, sogar Granny, die den blauen Samtmorgenrock mit der bestickten Borte trug, den Mama ihr geschenkt hatte. Immerzu strich sie mit der Hand darüber.

Mitch erhob sich und zog Mama mit hoch. Sie wünschten allen eine gute Nacht. Granny lächelte und nickte und sagte, sie sollten morgen ruhig ausschlafen, dann blickte sie Mama nach. Ein gequälter und sehnsüchtiger Ausdruck lag auf ihrem Gesicht.

Lange nachdem Granny und Opa zu Bett gegangen waren und Christopher es sich mit seinem Schlafsack auf dem Wohnzimmerboden gemütlich gemacht hatte, lag Dawn noch wach in ihrem Bett.

Jason hatte nicht angerufen.

Mama, Mitch und Christopher luden alles in den Wagen und fuhren nach dem Frühstück am nächsten Morgen nach Hause. Dawn blieb bei Granny und Opa in Jenner. „Wir werden viel Spaß miteinander haben", freute sich Granny. Dawn wollte sie nicht enttäuschen. Während Opa vor dem Fernsehgerät saß, backte Granny einen Kuchen. Dawn saß am Küchentisch und erzählte von Jason. Sie zeigte Granny das Armband, das er ihr geschenkt hatte, allerdings behielt sie ein paar Kleinigkeiten, die während des Geschenkeaustauschs passiert waren, lieber für sich.

„Deine erste Liebe." Granny lächelte. „Das ist ein wichtiges Ereignis."

„Er ist auch meine letzte Liebe, Granny."

„So war es für mich und Opa. Er war der erste Mann, mit dem ich ausging, und der einzige, den ich je geliebt habe." Sie schob den Kuchen in den Ofen. „Ich glaube, bei Oma war es auch so. Treue liegt wohl bei uns in der Familie. Sie hat nur eine Generation übersprungen."

Dawn verstand die Anspielung auf Mamas Hippie-Jahre sehr wohl, ignorierte sie aber. „Wie war mein Urgroßvater?"

Granny setzte sich zu ihr an den Tisch. „Er war toll. Groß, blond, gut aussehend. Mindestens einen Kopf größer als Mama. Und so stark wie ein Bär. Er hob mich in die Luft, als würde ich nicht mehr wiegen als eine Feder. Er hat hart gearbeitet. Mama natürlich auch, aber mein Vater hat mehr Freude am Leben gehabt. Er hat sich nicht so viele Gedanken gemacht wie Mutter. Bei der Arbeit auf der Obstwiese schmetterte er fröhliche Lieder. Meine Mutter hat nie gesungen, außer in der Kirche. Und er besaß die Geduld Hiobs, vor allem mit Mama. Sie hat sich über alles so leicht aufgeregt, und alles musste nach ihrem Kopf gehen."

Dawn unterdrückte ein Lächeln und dachte, dass diese Beschreibung genau auf Granny zutraf, aber das würde sie natürlich nicht hören wollen. „Hast du Fotos von ihm?"

„Nur wenige. Eins steht im Schlafzimmer auf meiner Kommode. Es wurde aufgenommen, als Bernie zum College ging. Bernie hat später Abzüge davon gemacht. Damals waren Fotografen sehr teuer, und das Geld war immer knapp. Rikka hat Porträts von Papa und Mama gemalt und sie rahmen lassen. Sie liegen vermutlich draußen in der Garage in einem der Kartons."

Dawn folgte Granny ins Schlafzimmer. Sie nahm das Foto von der Kommode und setzte sich auf das Bett ihrer Großeltern, um es zu betrachten. Oma, mit dunklen, kurz geschnittenen Haaren, stand hoch aufgerichtet, die Schultern gestrafft, das Kinn vorgestreckt und den Blick geradeaus gerichtet, die Lippen zu einem angespannten Lächeln verzogen. Sie starrte direkt in die Kamera, als wäre es ihr gar nicht recht, fotografiert zu werden. Opa dagegen wirkte sehr entspannt, ein Lächeln auf den Lippen. Auffallend gut aussehend in seinem dunklen Anzug mit weißem Hemd und Krawatte stand er hinter Oma, den Kopf ihr zugeneigt. Dawn stellte sich vor, dass er den Arm um ihre Taille gelegt hatte und sie festhielt. „Opa war wirklich ein attraktiver Mann."

„Blonde Haare, blaue Augen." Granny räumte die Handtücher weg und kam aus dem rosa-schwarz gefliesten Bad. Sie nahm das Foto und betrachtete es lächelnd. „Bernie hat sein Aussehen geerbt. Alle Mädchen in der Schule waren hinter ihm her. Cloe und Rikka sehen ihm auch ähnlich." Sie stellte das Foto wieder auf die Kommode zurück. „Ich komme eher nach Mama."

Kapitel 36

Zwei Tage nach Weihnachten rief Jason an. „Wir sind gerade aus LA zurückgekommen." Als sie fragte, ob er in Hollywood oder in Disneyland gewesen sei, sagte er nein. Seine Mutter hatte gewollt, dass er sich sämtliche Unis der Gegend ansah.

„Ich dachte, du solltest nach Berkeley gehen."

„Berkeley steht nicht mehr zur Debatte." Er wechselte das Thema, bevor sie nach dem Grund fragen konnte. „Wann kommst du nach Hause?"

„Am Neujahrstag." Sie drehte Granny den Rücken zu, die gerade die Küche betrat, und senkte die Stimme. „Ich vermisse dich, Jason."

„Hätten deine Großeltern etwas dagegen, wenn ich dich besuchen würde?"

Jubelnd vor Freude erzählte sie Granny und Opa, ihr Freund würde zu Besuch kommen. Sie war so aufgeregt, dass sie nicht still sitzen konnte. Schnell tauschte sie ihren Jogginganzug gegen enge Jeans und einen rosa Pullover. Sie legte auch einen Hauch Make-up auf. Vielleicht könnten sie, nachdem sie kurz mit Granny und Opa geplaudert hatten, zum Strand gehen.

Wie lange dauerte es noch, bis er eintraf? Die Fahrt dauerte nur 40 Minuten, und jetzt waren schon 45 Minuten vergangen. Sie saß am Küchentisch und beobachtete die Autos, die um die Kurve kamen, bevor sie weiterfuhren zu dem jetzt unter Wasser stehenden Wohnwagenpark, dem Zweizimmer-Motel und dem Restaurant am Fluss.

Es begann wieder zu regnen. Den Strandspaziergang konnten sie vergessen.

Eine Stunde verging, dann noch eine. „Vielleicht ist die Straße gesperrt", meinte Papa, während er am Küchentisch ein Sandwich aß. „Vielleicht findet er kein Telefon, um dir Bescheid zu geben."

Endlich entdeckte sie seinen Wagen. Er fuhr langsam und

bog dann in ihre Einfahrt ein. Sie rannte durch die Hintertür nach draußen, um das Tor zu öffnen. Dann wartete sie unter der Holzpergola, bis er geparkt hatte. Ihr Herz klopfte zum Zerspringen. Sie strahlte ihn an, als er aus dem Wagen ausstieg. „Ich hatte schon Angst, du würdest irgendwo festhängen!"

„Ich wollte nicht mit leeren Händen kommen." Als er sich in den Wagen beugte und einen in Folie verpackten Weihnachtsstern und eine Schachtel Pralinen vom Rücksitz nahm, spannte sich sein Pullover über den Schultern und betonte seine Muskeln. Sie wollte nach den Pralinen greifen, doch er zog sie zurück und grinste sie an. „Für deine Großeltern, nicht für dich!" Sie lachte. Er betrachtete das Haus, dann beugte er sich vor und hauchte ihr einen Kuss auf die Wange. „Ich glaube nicht, dass ich lange bleiben kann. Auf der Straße lagen lauter heruntergefallene Äste, und kurz hinter Guernville stand Wasser auf der Fahrbahn."

„Wenn die Straße gesperrt wird, musst du eben hier übernachten."

„Meine Mama wird von dieser Idee aber nicht begeistert sein."

Es begann zu schütten. Der Regen trommelte auf das Dach und lief an den Fensterscheiben im Wohnzimmer herunter. Opa wollte schnell noch einige Holzscheite hereinholen für den Fall, dass der Strom ausfiel. Jason bestand darauf, ihm das abzunehmen.

„Netter junger Mann", sagte Opa.

„Und er sieht auch sehr gut aus", fügte Granny hinzu.

Dawn war zufrieden. Wenigstens hatte sie die Billigung ihrer Familie.

Granny schlug ein frühes Abendessen vor, damit „Jason noch mit uns essen kann, bevor er wieder nach Hause fährt". Jason war so fasziniert von Opas Geschichten aus dem Zweiten Weltkrieg, dass Dawn in die Küche ging, um Granny zu helfen, einen grünen Salat, Truthahnauflauf, Dressing und Soße vorzubereiten. Um 15:00 Uhr setzten sie sich zum Essen an den Tisch.

Eine Stunde später hatte sich der Himmel verfinstert. Der Regen ließ nicht nach. Jason warf Dawn einen entschuldigenden Blick zu und meinte, er müsse jetzt leider aufbrechen. Opa wollte sich zuerst bei der Polizei nach dem Zustand der Straßen erkundigen und nachfragen, ob die Straße nach Guerneville noch befahrbar sei.

Das war sie nicht. Opa erklärte Jason den Weg über Bodega und Sebastopol zum Highway nach Norden.

Granny protestierte. „Es ist schon dunkel und das ist bei dem Regen doch viel zu weit. Außerdem kennt er die Küstenstraße nicht. Jason sollte lieber bei uns übernachten." Sie schlug vor, seiner Mutter Bescheid zu geben, damit sie sich keine Sorgen machte. Dawn schickte Granny mit Opa ins Wohnzimmer; sie wollte sich um den Abwasch kümmern. Ausnahmsweise erhob Granny keine Einwände. Vielleicht begriff sie, wie verzweifelt Dawn sich wünschte, mit Jason allein zu sein, und wenn auch nur für ein paar Minuten, bevor seine Mutter darauf bestand, dass er in seinen Wagen stieg und nach Hause kam, trotz des Wetters.

Jason seufzte. „Sie wird ausrasten."

„Es ist ja nicht so, als hättest du den Sturm bestellt, Jason."

„Nein, aber sie meinte, es sei keine gute Idee, hierherzufahren."

Dawn fragte sich, ob sie das Wetter gemeint hatte oder den Besuch bei ihr. Jason tippte die Telefonnummer ein. Anscheinend hatte seine Mutter neben dem Telefon gesessen, denn es hatte kaum geläutet, als Jason schon sagte: „Hallo, Mama."

Dawn gab Spülmittel in das alte Spülbecken, drehte das heiße Wasser auf und gab vor, sich auf den Abwasch zu konzentrieren.

„Die Straße ist gesperrt. Ich muss hier übernachten." Er hörte kurz zu. „Für den anderen Weg brauche ich zwei Stunden, und mein Tank ist nur noch halb voll. …" Jason wandte sich ab. Die Ellbogen auf die Knie gestützt, die Schultern angespannt, beugte er sich über den Hörer und brummte: „Du meine Güte, Mama, willst du lieber, dass ich über eine Klippe ins Meer stürze –"

Offensichtlich unterbrach ihn seine Mutter. Dawn ließ noch etwas kaltes Wasser nachlaufen und griff nach den Gläsern.

„Schön zu erfahren, wie sehr du mir vertraust." Jason wurde immer ärgerlicher. „Wir sind doch nicht allein hier, Mama. Dawns Großeltern sind dabei, und es ist ein kleines Haus. Zwei Aufpasser, reicht das?" Er hörte erneut kurz zu. „Okay. Entschuldige, aber-" Er richtete sich auf und schnaubte. „Ja, ich habe verstanden. Gleich morgen früh. Okay, okay. Ja! Ich nehme die andere Route, falls die Straßen immer noch gesperrt sind. Ich verspreche es."

Er legte auf und drehte sich zu Dawn um, nur mäßig triumphierend. „Brauchst du Hilfe beim Abwasch?"

„Sicher." Sie lächelte. Er würde die ganze Nacht hierbleiben! „Die Geschirrtücher liegen in der Schublade."

Als er neben sie trat, blickte sie auf und schmolz innerlich dahin. Während des Abwaschs verriet er ihr, wie sehr er ihren Großvater mochte. Eines Tages, wenn sie verheiratet wären, würden sie jeden Abend so nebeneinanderstehen und Geschirr spülen.

Sie hatten gerade alles weggeräumt, als Granny mit dunkelroter Bettwäsche und einem Flanellschlafanzug in die Küche kam. „Hier ist ein Schlafanzug von Opa für dich, Jason. Dawn kann dir unten das Bett beziehen."

Jason starrte sie verwirrt an. „Unten?"

„In der Einliegerwohnung. Wir drehen die Heizung auf, damit du nicht zu sehr frierst. Dort unten hast du es schön gemütlich."

„Bitte machen Sie sich keine Mühe. Ich kann doch auf der Couch schlafen."

„Unsinn." Granny drückte Dawn die Bettwäsche in die Arme. „Unsere Gäste sollen es bequem haben." Damit zog sie sich ins Wohnzimmer zurück.

Dawn ging zur hinteren Tür. „Komm mit, ich zeige dir, wo du schläfst." Er hielt ihr die Tür auf. Sie rief ihren Großeltern zu, sie seien gleich zurück.

Die eisige Luft in der unteren Wohnung traf Dawn wie ein Schlag, als sie mit Jason herunterkam. Grannys kleiner Schreibtisch stand in der Ecke, ein alter Lehnstuhl im hinteren Zimmer dem großen Doppelbett gegenüber.

Jason lümmelte sich in dem geblümten Sessel und sah zu, wie Dawn das Bett bezog. Sie arbeitete schnell und effizient. „Du scheinst genau zu wissen, wie man ein Bett bezieht."

Sie lachte, überglücklich darüber, dass er hier übernachtete. Es war ein aufregender Gedanke, dass er hier unten schlafen würde, nur wenige Meter von ihr getrennt. „Granny hat mir beigebracht, wie das geht. Sie war früher Krankenschwester." Während sie das obere Laken ausbreitete, warf sie ihm einen Seitenblick zu. Sein Gesichtsausdruck ließ sie nach Luft schnappen.

Jason stand auf und half ihr, die Decke über das Bett zu breiten. Sie sprachen keinen Ton. Schließlich bezog sie noch das Kissen, legte es auf das Bett, zog die Decke darüber und steckte sie ordentlich unter der Matratze fest.

Sie standen sich zu beiden Seiten des Bettes gegenüber und starrten einander an. Jason trat um das Bett herum und ergriff ihre Hand. „Darf ich dich noch mal küssen?"

Zitternd blickte sie ihn an. „Ich wünsche mir schon die ganze Zeit, du würdest es tun."

Den Kopf zur Seite gelegt, flüsterte er: „Ich hatte Angst, deine Großeltern würden einen falschen Eindruck bekommen …" Als sich seine Lippen auf ihre legten, trat sie näher, legte ihre Arme um seinen Hals und drückte sich an ihn. Sein leises Stöhnen entzündete ein Feuer in ihr. Seine Hände glitten bis zu ihrer Taille und den Hüften und wieder nach oben, schlossen sie fest ein.

Schließlich löste er sich von ihr. „Ich glaube nicht, dass ich hier unten viel Schlaf bekomme. Ich werde wach liegen, an die Decke starren und daran denken, dass du direkt über mir bist."

Als er sie erneut küsste, schmiegte sich ihr Körper an seinen, und sie hörte, wie er nach Luft schnappte. Beide zitterten, als

Jason sie schließlich von sich schob. „Wir sollten besser wieder nach oben gehen, bevor sich deine Großeltern fragen, was wir hier unten treiben."

Granny und Opa blieben länger auf als gewöhnlich. Als Opa sich schließlich zurückzog, verabschiedete sich auch Jason und bedankte sich für alles. Dawn wünschte ihm von der Couch aus eine gute Nacht und blickte ihm nach, als er durch die Hintertür verschwand. Durch das Glas blickte er sie noch einmal an, bevor er die Treppe zu seinem Zimmer hinunterstieg.

Granny blieb in der Tür stehen. „Bleibst du noch auf, Dawn?"

„Ich bin noch nicht müde. Vielleicht schaue ich noch ein wenig fern."

„Dreh das Thermostat herunter, wenn du ins Bett gehst." Granny wünschte ihr eine gute Nacht und schloss die Tür zu ihrem Schlafzimmer. Dawn wickelte sich in eine Häkeldecke. Sie drehte die Lautstärke herunter und schaltete auf einen anderen Kanal. Schließlich hörte sie Opas lautes Schnarchen. Sobald sein Kopf das Kissen berührte, schlief er ein. Kurz darauf schnarchte auch Granny.

Dawn wartete noch eine Viertelstunde, bevor sie das Fernsehgerät ausschaltete und den Thermostat herunterdrehte. In aller Eile duschte sie und streifte ihr Nachthemd über. Dann schlug sie die Decke zurück und stopfte zwei Kissen darunter, für den Fall, dass Granny aufwachen und das Bedürfnis empfinden sollte, nach ihr zu sehen.

Sie zog die Falttür zu und öffnete ganz leise die Hintertür. Bevor sie sie leise hinter sich zuzog, vergewisserte sie sich noch einmal, dass sie nicht verschlossen war. Dann schlich sie auf Zehenspitzen die Holzstufen hinunter. Die Regentropfen drangen wie eisige Pfeilspitzen durch ihr Baumwollnachthemd. Ein sanfter Lichtschein drang durch das schmale Fenster oberhalb der Tür zur Einliegerwohnung. Sie zögerte. Dann, zitternd vor

Kälte, stieß sie die Tür auf. Sie quietschte, und ihr Herz machte einen Satz.

Als sie ins Zimmer trat, knipste Jason die Nachttischlampe an. „Was machst du denn hier?“ Er warf die Decke zurück und stand auf.

Jason sah so komisch aus in Opas Schlafanzug. Dawn kicherte nervös. „Ich konnte nicht schlafen.“

„Schsch … du solltest besser gehen, bevor sie –“

„Hör mal!“, flüsterte sie und deutete zur Decke. Opa schnarchte so laut, dass sie ihn hier unten hören konnten. Sie grinste ihn an. „Beide schlafen tief und fest. Sie werden nichts mitbekommen.“

„Du zitterst ja.“ Er legte die Arme um sie. „Und du bist ganz nass!“

„Es regnet.“ Tief atmete sie seinen Duft ein. Er stieg ihr zu Kopf. „Ich friere.“ Es war ein schönes Gefühl, seine Arme um ihren Körper zu spüren. Sein Herz klopfte schneller. „Im Bett ist es wärmer.“

„Keine gute Idee.“

„Wir machen doch nichts.“ Sie legte die Arme um ihn. „Wir werden uns nur unterhalten.“

Jason schlüpfte mit ihr unter die Decke, drückte sie an sich und fragte, ob ihr jetzt wärmer wäre. Sie schüttelte den Kopf und presste ihren Körper noch fester an seinen. Sein Atem beschleunigte sich. Sie unterhielten sich tatsächlich, eine kleine Weile. Dann küssten sie sich. Es dauerte nicht lange, bis ihnen warm wurde, und sie schlugen die Decke zurück. Nagende Zweifel machten sich in Dawn breit, als die Leidenschaft zunahm.

Und schließlich erfasste sie Furcht. Zu spät. Bei dem unerwarteten Schmerz schrie sie leise auf. Jason hielt inne, keuchte eine Entschuldigung. Sie sagte: „Ist schon gut, ist schon gut.“ Doch sie beide wussten, dass es nicht gut war. Schlimmer noch, sie konnten nicht mehr zurück.

Das war nicht so, wie sie es sich vorgestellt hatte.

Als es vorbei war, saß Jason auf der Bettkante, den Kopf in die Hände gestützt. Dawn zog sich die Decke bis zum Kinn. Stumm, erstarrt und mit Tränen in den Augen war ihr übel vor Reue. Was hatte sie getan?

Jason schwieg so lange, dass sie es nicht mehr aushalten konnte. „Ich liebe dich." Darum hatte sie es getan. „Ich liebe dich, Jason." Sie klang wie ein verängstigtes Kind, das Angst vor Strafe hatte.

„Ich liebe dich auch", erwiderte Jason gepresst. Tränen schwangen in seiner Stimme mit, und Reue.

Beschämt warf Dawn die Decke zurück und floh zur Tür. Jason holte sie ein, legte seine Arme um sie und zog sie fest an sich. „Es ist meine Schuld", flüsterte er in ihre Haare. Sein Atem ging stockend. „Ich hätte nach Hause fahren sollen."

„Ich wünschte, du hättest es getan", erwiderte sie gepresst und mit zitternder Stimme, durch seine Reue verletzt, beschämt durch ihr eigenes Verhalten.

Natürlich bestand Granny darauf, dass Jason frühstückte, bevor er aufbrach. Jason blickte kurz auf, als Dawn aus ihrem Zimmer kam. Dunkle Ringe lagen unter seinen Augen. Vermutlich hatte er genauso wenig geschlafen wie sie. Dawn spürte, dass es Jason große Mühe kostete zu lächeln und sich normal zu verhalten, sich mit ihren Großeltern zu unterhalten, als wäre in der vergangenen Nacht nichts geschehen.

Granny und Opa saßen am Tisch und plauderten unbefangen, Jason gab zerstreute Antworten, und sie konnte nichts anderes denken als: *Ich hatte gestern Nacht Sex mit Jason, in dem Bett, in dem Mama und Mitch vor ein paar Tagen geschlafen haben. Granny und Opa schliefen unmittelbar über uns. Sie haben mir vertraut. Sie haben Jason respektiert. Was würden sie von uns denken, wenn sie es wüssten?* Kalte Schauer liefen ihr über den Rücken. Und was, wenn Jason Pastor Daniel beichtete, was sie getan hatten? Wenn er es Tom erzählte und Tom es Kim verriet?

Mit solcher Scham und solchen Schuldgefühlen hatte sie nicht gerechnet. Jason ging es noch schlechter als ihr, das spürte sie. Er beeilte sich nicht, aber er zögerte das Frühstück auch nicht hinaus, wie er es vielleicht getan hätte, wenn sie gestern Nacht in ihrem Zimmer geblieben wäre.

„Ich mache mich jetzt besser auf den Weg." Jason verabschiedete sich und bedankte sich. Dawn folgte ihm zu seinem Wagen. Sie stand unter der Pergola, die Arme um sich selbst geschlungen, und fürchtete das, was er sagen könnte. Jason gab ihr einen flüchtigen Kuss auf die Wange, wie er es bereits bei seiner Ankunft am Vortag getan hatte. Nur seine Augen waren verändert. „Das Laken ist …" Er zuckte zusammen. „Sie werden es merken."

Dawn errötete. „Ich ziehe das Bett ab und wasche die Wäsche." Zum Glück hatte Granny ihnen dunkelrote Bettwäsche gegeben und keine weiße, sonst hätte sie niemals die Spuren ihrer Sünde wegwaschen können.

Sünde!

Dieses Wort bohrte sich in ihr Herz wie ein Speer und verletzte sie. *Wir haben gesündigt. Ich habe gesündigt.*

„Es tut mir leid, Jason." Sie presste die Lippen zusammen. Tränen liefen aus ihren Augen.

Er trat näher, seine Hand an ihre Taille gelegt, und flüsterte ihr ins Ohr: „Ich liebe dich. Daran wird sich nichts ändern."

Aber es hatte sich bereits etwas verändert.

Kapitel 37

1987

Bis die Schule anfing, hörte Dawn nichts mehr von Jason. Am ersten Schultag nach den Ferien stand er wartend an der Bushaltestelle. Gemeinsam gingen sie zu ihren Spinden. „Wir müssen reden."

„Du hättest anrufen können." Verletzt und zornig lief sie weiter.

„Ich konnte nicht. Als ich nach Hause kam, hatte ich einen Riesenkrach mit meiner Mutter."

Alles Blut wich aus ihrem Kopf, und Furcht erfasste ihren ganzen Körper. „Hast du es ihr erzählt?"

„*Nein!*" Er sah sich um, dann beugte er sich zu ihr herüber, während sie das Schloss vor ihrem Spind öffnete. „Wie lange dauert es, bis wir wissen, ob du …?" Vor Verlegenheit wusste er nicht aus noch ein. Sie blickte ihn an und zeigte ihm ihre Angst und ihre Verletzung. Er runzelte die Stirn. „Alles wird gut werden."

Als Jason ihre Hand ergriff, verflocht sie ihre Finger mit seinen und hielt ihn fest. Sie hatte Angst, seine Liebe könnte genauso schnell zu Ende sein, wie sie gekommen war. Tag für Tag warf er ihr diesen fragenden Blick zu, und sie schüttelte den Kopf. Nach drei Wochen sagte er, er würde einen Schwangerschaftstest besorgen. „Diese Woche klappt es vermutlich nicht. Bill arbeitet in meiner Schicht, und falls er das mitbekommt, wird er es Mama verraten." In höchster Erregung fuhr er sich durch die Haare.

Am Samstagmorgen weckte Mama Dawn auf. „Deine Großeltern werden in einer Stunde hier sein."

Dawn setzte sich auf und rieb sich die Augen.

„Alles in Ordnung mit dir?"

Angst schoss durch ihren Körper. Wusste ihre Mutter Bescheid? Hatte sie irgendeine besondere Wahrnehmungsgabe, dass sie es erraten konnte? „Mir geht's gut."

Sie duschte, zog sich an und band sich ihre Haare zu einem Pferdeschwanz. Ein Auto hupte laut, und sie zog die Vorhänge zurück. Granny und Opa kamen in zwei Autos, Opa in einem weißen Buick und Granny in ihrem schwarzen Sable. Als Dawn die Haustür öffnete, klimperte Granny mit den Schlüsseln. „Der Sable gehört dir."

Opa grinste. „Herzlichen Glückwunsch zum sechzehnten Geburtstag!"

„Was?" Dawn starrte ihn an. „Ihr macht doch Witze, oder?"

„Natürlich nicht." Granny ergriff ihre Hand, drückte ihr die Schlüssel hinein und schloss ihre Finger darum. „Mit so etwas macht man keine Scherze."

Dawn schrie auf und warf die Arme um Granny und dann um Opa. „Danke, danke!"

Mitch, Christopher und Mama erschienen in der Tür und fragten, was denn los sei. Dawn rannte nach draußen und strich über den frisch polierten Lack des Sable. „Sie haben ihn mir geschenkt!", rief sie, und zum ersten Mal seit Wochen war sie wieder glücklich. „Ich habe einen fahrbaren Untersatz!"

Mamas Augen weiteten sich. „Ihr hättet zuerst mit mir darüber reden sollen."

Granny runzelte die Stirn. „Wir tun das nicht nur für Dawn, sondern auch für dich, Carolyn. Christopher treibt Sport, hat Musikunterricht und ist in der Kindergruppe in der Gemeinde. Dawn kann nicht immer mit dem Bus fahren. Sie braucht einen Wagen. Jetzt hat sie einen."

Mamas Gesicht rötete sich. „Die Entscheidung lag nicht bei euch." Sie wandte sich zu Mitch um, der neben ihr stand. Er blickte sehr grimmig.

Dawn wollte die Freiheit, die der Wagen ihr bot, unbedingt haben. „Du brauchst mich nicht mehr nach Jenner zu fahren, Mama. Jetzt kann ich ganz allein hinfahren."

Granny strahlte. Opa tätschelte Dawns Schulter. „Der Wagen ist generalüberholt. Es ist ein guter Wagen, Carolyn."

„Ich weiß, Papa. Das ist nicht –"

„Für dieses Baby werden in der nächsten Zeit keine Reparaturen anfallen. Die Papiere liegen im Handschuhfach, Dawn. Der fährt locker noch hunderttausend Kilometer. Und er hat einen niedrigen Spritverbrauch."

„Er ist toll, Opa." Sie gab ihm einen Kuss auf die Wange und umarmte ihre Großmutter. „Ich freue mich so!"

Mama verschwand im Haus. Grannys Gesichtsausdruck verdüsterte sich. „Ach, um Himmels willen, Carolyn …" Sie trat um Dawn herum und folgte ihr.

Opa wirkte jetzt besorgt. „Vielleicht waren wir ein wenig zu voreilig."

„Ja", erwiderte Mitch ernst. „Das wart ihr. Aber jetzt ist es zu spät, das rückgängig zu machen, nicht?"

Dawn ging ebenfalls in die Küche. Sie fürchtete sich vor dem Streit, der sich zusammenbraute. Granny hatte die Hände um die Lehne eines Küchenstuhls gelegt. Mama stand am Spülbecken und schälte Kartoffeln.

„Es tut mir leid, wenn das ein Fehler war." Das klang ärgerlich, nicht so, als ob sie Bedauern empfände.

„Darf ich etwas sagen?", bat Dawn. Die schwelende Angst der vergangenen drei Wochen ließ sie noch sensibler auf die Zwistigkeiten zwischen ihrer Mutter und ihrer Großmutter reagieren. „Ich möchte den Wagen wirklich sehr gern haben, Mama, aber ich werde ihn natürlich erst fahren, wenn ich den Führerschein habe und du und Mitch davon überzeugt seid, dass ich eine gute Fahrerin bin."

Mama drehte sich langsam um und blickte sie an. „Was ist mit der Versicherung und dem Benzin?"

„Wir werden ihre Versicherung übernehmen und ihr einen bestimmten Betrag für das Benzin zur Verfügung stellen, da ihr das ja offensichtlich nicht vorhabt."

Rote Flecken traten auf die Wangen ihrer Mutter. „Nein, das haben wir tatsächlich nicht vor, und ihr werdet es auch nicht tun." Sie blinzelte beim Sprechen, als sei sie selbst über ihre Worte überrascht.

Alles wurde nur noch schlimmer, und Dawn stand wieder mal zwischen den Fronten. „Ich habe etwas gespart, Granny, und ich kann vielleicht nach der Schule im Java Joe arbeiten." Als Granny sie verständnislos anblickte, erklärte sie: „Das ist ein Coffeeshop in der Nähe der Schule." Voller Eifer blickte sie zwischen ihnen hin und her. „Das würde mir Spaß machen. Es wäre gut für mich."

„Wir reden später darüber, Dawn." Mama wandte ihnen beiden den Rücken zu und konzentrierte sich wieder auf das Kartoffelschälen.

Granny zog einen Stuhl unter dem Tisch hervor und ließ sich darauf nieder. „Ich hätte erst fragen sollen. Es tut mir leid, Dawn, aber vielleicht ..."

Mama legte die Hände auf das Spülbecken. „Dawn kann den Wagen behalten." Ihre Stimme klang erschöpft und niedergeschlagen.

Dawn stand zwischen den beiden Frauen, die sie auf der Welt am meisten liebte, und hätte am liebsten losgeheult. Grannys Kopf fuhr hoch. „Wäre es nicht schön, wenn wir zusammen Tee trinken würden?" Als sie und Mama Oma in Merced besucht hatten, hatte sie jeden Tag denselben Vorschlag gemacht. Mama wandte sich um, murmelte eine gepresste Entschuldigung und verließ die Küche.

„Sie hat Omas Tod noch nicht verwunden", erklärte Dawn in die Stille hinein.

Grannys Schultern sackten in sich zusammen. „Das wird sie vermutlich nie."

Mitch, Opa und Christopher führten beim Abendessen die Unterhaltung, während alle Frauen schwiegen. Als Mama aufstand, um den Tisch abzuräumen, schlug Mitch vor, ins Familienzimmer zu gehen. Opa ließ Granny, die still und abwesend wirkte, nicht aus den Augen. Nach einer Weile rief Mama alle in die Küche. Sie hatte einen Kuchen gebacken, ihn mit rosa Blumen verziert und mit Zuckerguss darauf geschrieben: *Herzlichen Glückwunsch zum 16. Geburtstag, May Flower Dawn.*

„Yeah, Schokokuchen!“ Dawn zwang eine Fröhlichkeit in ihre Stimme, die sie nicht empfand. „Mein Lieblingskuchen.“ Sie lächelte ihre Mutter an und bedankte sich. Mama beugte sich vor und gab ihr einen Kuss auf die Wange, so wie Jason es an dem Morgen getan hatte, bevor Dawn alles zwischen ihnen verändert hatte. „Du wirst erwachsen, Dawn.“

Vielleicht mehr, als sie ahnten.

Christophers Geschenk öffnete sie zuerst. Mit hochgezogenen Augenbrauen blickte sie ihn an. „Ein Fußball? Und der ist wirklich für mich?“

„Du hast früher sehr, sehr gut gespielt.“ Er grinste spitzbübisch. „Du könntest es mir beibringen.“

„Danke, Sportsfreund.“ Sie zerzauste ihm die Haare und drückte ihn.

Mama und Mitch schenkten ihr eine Perlenkette und Perlenohrstecker. „Perlen als Zeichen der Unschuld.“ Mitchs Hand lag auf ihrer Schulter.

„Perlen sind auch ein Zeichen für den Schritt ins Frausein.“

Dawn konnte den Kopf nicht heben aus Angst vor dem, was ihre Eltern in ihren Gesichtszügen lesen könnten. Sie war nicht mehr unschuldig, und sie fühlte sich noch nicht als Frau. Vorsichtig strich sie über die glänzenden Perlen und schluckte die Tränen herunter, die ihre Kehle zusammenschnürten. „Sie sind wunderschön. Danke.“

Als sie an diesem Abend im Bett lag, bekannte sie Gott ihre Sünde und flehte ihn an, er möge doch verhindern, dass sie ein Baby bekam. Ein leises Klopfen ertönte an der Tür. Sie fuhr zusammen. Mama kam herein. Sie setzte sich auf Dawns Bett. „Was ist los, Dawn? Bist du traurig, weil Jason deinen Geburtstag vergessen hat?“

„Er weiß gar nichts davon.“ Sie hatte ganz vergessen, es ihm zu sagen. Die Sorge und Angst hatten sie so fest im Griff gehabt, dass sie gar nichts anderes denken konnte.

„Möchtest du über das reden, was dich beschäftigt? In den vergangenen Wochen bist du nicht du selbst gewesen.“

„Mir geht es gut." *Eine Lüge.* „In letzter Zeit geht mir nur so vieles durch den Kopf." *Das stimmte.* „Ich weiß auch nicht, was mit mir los ist." *Noch eine Lüge.* Nachdem sie Gott um Vergebung gebeten hatte, kamen sie ihr nicht mehr so leicht über die Lippen.

„Ich mache mir Gedanken über die Zukunft." Das zumindest stimmte. Am liebsten hätte sie ihren Kopf wieder im Kissen vergraben und geweint, aber das ging nicht, jetzt, wo ihre Mutter auf dem Bett saß. Dawn spürte die Hand ihrer Mutter durch die Decke.

„Du wirst doch erst in zwei Jahren achtzehn. Dir bleibt noch genügend Zeit, Entscheidungen zu treffen."

Dawn lachte rau. „Ich weiß." Eine hatte sie bereits getroffen. Eine schlechte.

Ihre Mutter drückte ihren Fuß. „Du kannst mit mir reden, das weißt du, oder?" Sie wartete einen Augenblick. „Über alles." Sie wartete erneut. Sekunden verstrichen. Schließlich seufzte sie leise und stand auf. „Gute Nacht, May Flower Dawn." In der geöffneten Tür blieb sie stehen. „Wenn du nicht mit mir reden magst, Granny ist ja auch noch da." Leise zog sie die Tür hinter sich ins Schloss.

Nach zwei weiteren Tagen fieberhafter Gebete der Reue und Keuschheitsgelübden erhörte Gott ihre Gebete.

Am folgenden Morgen wartete Jason an der Bushaltestelle auf sie. Ein unsicheres Lächeln umspielte seine Lippen. „Alles in Ordnung?"

„Alles ist großartig!"

Zum ersten Mal küsste Jason sie vor allen anderen. Er nahm ihre Hand, als sie gemeinsam das Schulgebäude betraten. Die Tür, die sie geöffnet hatten, war vergessen.

Mitch und Mama waren von der Idee, dass Dawn einen Teilzeitjob annahm, sehr angetan. Der Geschäftsführer des Coffeeshops, Dennis Bingley, stellte sie ohne zu zögern ein. Sie brauchte nicht einmal eine Bewerbung einzureichen. „Die Jungen werden Schlange stehen, wenn sie dich sehen.“ Sie arbeitete montags bis freitags von 15:00 bis 17:00 Uhr. Jason fuhr sie immer in die Stadt, bestellte einen Kaffee und ließ sich an einem der kleinen Tische in der hinteren Ecke nieder, wo er dann Hausaufgaben machte. Die Jungen standen tatsächlich Schlange, aber sie schenkte ihnen keine Beachtung. Wann immer sie einen der Tische abräumte und sauber wischte, blieb sie bei Jasons stehen. Mitch holte Dawn dann auf dem Heimweg ab.

Nach sechs Wochen und vielen Fahrstunden mit Mitch fühlte sich Dawn bereit für die Fahrprüfung. Sie bestand ohne Probleme und fuhr mit dem Sable nach Hause. Zu ihrer Überraschung erlaubte ihr Mama, mit dem Auto zur Schule zu fahren. Dawn meinte, sie würde mit Sharon abwechselnd zur Jugendstunde fahren, aber zur Schule wollte sie auch weiterhin mit dem Bus fahren und das Geld lieber für die Versicherungsprämie und mögliche Reparaturen sparen.

„Und Jason fährt dich weiterhin zur Arbeit.“ Mitch grinste sie mit einem Ausdruck an, der besagte, dass sie ihnen nichts vormachen konnte. Sie gestand, dass auch das ein Grund für ihre Entscheidung sei.

Am ersten Samstag nach ihrer Fahrprüfung fuhr sie zum Wohnwagenpark in Windsor. Der große Wohnwagen wirkte alt, aber gepflegt. Auf einer kleinen, von einer grün-weiß gestreiften Markise überdachten Veranda standen Blumentöpfe. Ein Kiesweg führte zur Tür. Jason, in Sweathose und einem ärmellosen T-Shirt, öffnete ihr die Tür, bevor sie auch nur Gelegenheit hatte zu klopfen. Barfuß kam er heraus und bewunderte ihren Wagen. Eine ältere Dame von gegenüber öffnete ihre Fliegengittertür. „Eine Freundin, Jason?“

„Wir wollen zusammen lernen“, rief er zurück. „Wie geht es Ihnen heute Morgen, Mrs Edwards?“

„Ich kann nicht klagen.“ Sie ließ sich in dem Schaukelstuhl auf ihrer kleinen Veranda nieder.

Jason öffnete die Tür, und Dawn betrat ein mit Teppich ausgelegtes Wohnzimmer mit einer durchgesessenen grünen Couch, zwei passenden Sesseln und einem Couchtisch vor einem alten Schrank mit einem Fernsehgerät. Beige Vorhänge vor dem Fenster. „Es muss dir sehr eng vorkommen", meinte Jason grimmig.

„Nein, ich finde, es ist gemütlich." Auf einem kleinen Tisch lagen Bücher, ein aufgeschlagener Aktenordner und Papiere ausgebreitet. „Du bist beim Lernen."

„In jeder freien Minute." Er zog sie in seine Arme. „Aber ich brauchte sowieso mal eine Pause." Er küsste sie. Ein sanfter, vorsichtiger Kuss führte zum nächsten und noch einem.

Atemlos löste sie sich von ihm. „Wo ist deine Mutter?"

„Arbeitet. Bis Mittag."

„Vielleicht sollte ich besser gehen." Als er sie nicht losließ, überlegte sie, ob sie die Worte laut ausgesprochen oder nur gedacht hatte. Er fragte, ob sie sein Zimmer sehen wolle. Natürlich wollte sie. Die Dinge liefen schnell aus dem Ruder; nicht, dass einer von ihnen den Versuch gemacht hätte aufzuhören, bis schließlich an die Tür geklopft wurde. Jason löste sich von ihr und stand auf. „Das ist bestimmt Mrs Edwards." Es klopfte erneut, lauter dieses Mal. „Wenn ich nicht aufmache, denkt sie, es wäre etwas im Gange."

Sie denkt, es wäre etwas im Gange? Na sowas! Dawn hätte am liebsten hysterisch gelacht. „Warte!" Sie verschwand im Bad und lehnte sich gegen die Tür. In aller Eile richtete sie ihre Kleider und fuhr sich mit den Fingern durch die Haare. Sie hörte Mrs Edwards Stimme.

„Ich glaube nicht, dass es deiner Mutter gefällt, wenn du ein Mädchen hier hast, wenn sie nicht da ist."

Jason sagte, sie würden sich nur unterhalten. „Und wo ist sie dann? Sie sitzt nicht auf dem Sofa."

Dawn spülte und ließ das Wasser rauschen, bevor sie aus dem Bad kam. Überrascht blieb sie stehen. „Oh, hallo." Mrs Edwards murmelte etwas zu Jason und stieg die Stufen hinunter. „Was hat sie gesagt?"

Er lachte kurz. „Sie meinte, ich solle mich ja benehmen."

Errötend ergriff Dawn ihre Tasche. In dieser Hinsicht hatten sie beide in der vergangenen Zeit wirklich keine Glanzleistungen vollbracht. „Ich verschwinde besser."

Jason begleitete sie zu ihrem Wagen. Er wollte nicht, dass sie ging. Sie blieben noch eine Weile vor dem Wagen stehen und unterhielten sich. Mrs. Edward saß in ihrem Schaukelstuhl und beobachtete sie. Jason fragte, ob Dawn den Hilfseinsatz der Jugendgruppe nach Mexiko mitmachen wolle. Sie sagte, sie hätte es sich fest vorgenommen. Mama und Mitch und ihre Großeltern hätten ihr das Geld dafür geschenkt. „Außerdem nehme ich was von meinem eigenen Geld", fügte sie stolz hinzu. „Was ist mit dir?"

Er sagte, er wisse es noch nicht genau, aber er hoffe, dass er mitkönne. Bevor Dawn in ihren Wagen stieg, winkte sie Mrs Edwards zu und rief, es sei nett gewesen, sie kennenzulernen.

Am folgenden Samstag brachte Dawn ihren Rucksack mit Büchern mit, und sie lernten auch tatsächlich eine Weile. Eine Stunde, bevor Georgia Steward von der Arbeit kommen sollte, fuhr sie nach Hause. Am Samstag danach machten sie sich nicht einmal die Mühe, ein Buch auch nur aufzuschlagen.

Kapitel 38

Am folgenden Samstag stand Georgia Stewards weißer Van mit der roten Aufschrift *Georgias Haushaltsdienste* hinter Jasons weißem Honda. Enttäuscht ging Dawn davon aus, dass sie und Jason an diesem Tag dann eben einfach nur lernen würden. Zumindest konnten sie zusammen sein. Sie schnappte sich ihre Büchertasche und stieg aus ihrem Wagen aus. An diesem Morgen saß Mrs Edwards nicht auf ihrer Veranda, doch ihre Vorhänge bewegten sich, daher wusste Dawn, dass die alte Dame sie beobachtete. Verärgert stieg Dawn die Stufen hoch und klopfte an die Tür. Sie rechnete damit, dass Jason ihr aufmachen würde.

Doch seine Mutter stand vor ihr. „Hallo, Dawn."

„Hallo." Dawn zwang trotz der Kälte, die Georgia ausstrahlte, ein Lächeln auf ihr Gesicht. „Ich wollte mit Jason lernen."

„Komm rein." Georgia hielt ihr die Tür auf. Die Vorhänge waren zurückgezogen, und die Sonne schien ins Innere des Wohnwagens. Die Tür zu Jasons Zimmer war offen. Sein Wagen stand in der Einfahrt. Wo steckte er? „Setz dich." Georgia schloss die Tür.

Dawns Körper spannte sich an. Sie stellte ihre Büchertasche ab und nahm am Tisch Platz. „Wo ist Jason denn?"

Georgia setzte sich ihr gegenüber und faltete die Hände. „Er ist heute unterwegs."

„Unterwegs?" Dawns Herzschlag beschleunigte sich. Warum hatte er ihr nicht Bescheid gesagt? Unter dem prüfenden Blick seiner Mutter fühlte sie sich zunehmend unwohl.

„Er und Pastor Daniel sind zum Angeln gefahren. Er hat das auch erst heute Morgen erfahren."

Dawn hätte am liebsten die Flucht ergriffen. „Dann sollte ich wohl wieder fahren." Sie griff nach ihrer Büchertasche.

„Noch nicht", bestimmte Georgia knapp.

Dawn ließ die Tasche stehen und sank wieder auf den Stuhl. Ihre Knie unter dem Tisch begannen zu zittern. „Ist was?"

Georgias Gesicht verzog sich verächtlich. „Das könnte man so sagen, nicht?“ Ihre Knöchel traten weiß hervor. „Ich wusste, was los war, als Jason aus Jenner zurückkam. Er konnte mir nicht in die Augen sehen. Einen Monat lang hat er geschwitzt, und ich dachte, ihr beide hättet eure Lektion gelernt. Und dann erzählte mir Mrs Edwards gestern, dass du jeden Samstag herkommst … um zu *lernen*.“

„Wir lernen ja auch.“

Georgia holte aus ihrer Tasche die zerknüllte Verpackung eines Kondoms und legte sie wortlos auf den Tisch.

Dawn spürte, wie sie erbleichte. Sie hob den Blick. „Ich liebe ihn. Und er liebt mich.“

Georgias Gesicht wurde knallrot, und ihre Augen blitzten. „Du weißt gar nichts über Liebe! Du bist ein verwöhntes, selbstsüchtiges kleines Mädchen, das haben will, was es sich in den Kopf gesetzt hat, und zwar sofort.“ Sie beugte sich vor. „Deine *Liebe* hat mit einem Handstreich die Chancen meines Sohnes, diesem Wohnwagenpark zu entkommen, zunichtegemacht. Seine Noten sind in den Keller gegangen. Er hat nicht mehr die Qualifikation für die UC Berkeley – oder für ein Stipendium in Stanford. Dieses Auto hat den größten Teil seiner Ersparnisse aufgefressen. Er liest kaum noch in der Bibel, und früher war seine Beziehung zu Gott für ihn *das Wichtigste in seinem Leben*!“

Dawn fuhr zusammen, als Georgia abrupt aufsprang und vom Tisch zurücktrat. Nach kurzer Zeit fuhr sie mit angespannter Stimme fort. „Wenn du schwanger wirst, wird Jason zu dir stehen. Aber ich möchte dir mal vor Augen stellen, wie dieses Leben dann aussehen würde.“ Sie setzte sich wieder, beherrschter dieses Mal, und ihre Augen waren wie aus Eis. „Jason muss seinen Traum vom College aufgeben. Er muss sich einen Job suchen, um dich und dein Kind zu ernähren. Und was für ein Job wird das sein, ohne Hochschulabschluss? Minimaler Lohn. Dann verdient er, wenn er acht Stunden arbeitet, kaum genug, um einen Wohnwagen wie diesen mieten zu können.“ Ihr Blick schweifte verächtlich durch den Raum. „Also muss Jason sich einen zweiten Job suchen, was dir natürlich nicht gefällt, weil du ihn kaum noch zu Gesicht bekommst. Er muss immerzu arbeiten, um euch dreien ein Dach über dem Kopf und das Essen auf dem Tisch zu finanzieren. Und dann kommen ja noch die Nebenkosten und Arztrechnungen dazu. Natürlich fühlst du dich einsam. Du musst dich ganz allein um das Baby kümmern: Windeln wechseln, stillen, in der Nacht aufstehen. Du bist erschöpft. Dir wird bald alles zu viel. Das Baby ist deine einzige Gesellschaft. Wenn Jason dann endlich nach Hause kommt, beklagst du dich darüber, dass er nie zu Hause ist. Es macht keinen Spaß mehr, mit ihm zusammen zu sein. Er macht dich nicht glücklich."

Dawn begann zu weinen.

„Tränen nützen bei mir nichts, Kleine."

„Warum hassen Sie mich so sehr?" Dawn schlang ihre Arme um sich und kämpfte um Selbstbeherrschung.

„Ich hasse dich nicht. Ich mag dich nur nicht. Warum sollte ich auch? *Du ruinierst das Leben meines Sohnes!*" Georgia schien den Tränen nahe zu sein. „Er ist verrückt nach dir. Das kann jeder sehen. Er liebt dich so sehr, dass er nicht mehr richtig denken kann. Du hast ihm seine Träume genommen, seine Unschuld und jetzt bist du auch noch dabei, seine Zukunft zu zerstören." Sie atmete frustriert durch.

Dawn konnte den Kopf nicht heben.

„Sieh mich an, Dawn." Als sie den Kopf hob, starrte Georgia sie an. „Ich sehe vor mir ein außergewöhnlich hübsches sechzehnjähriges Mädchen ohne Charakter und Substanz. Du hast Jason nichts zu bieten, und du bist zu dumm und zu selbstsüchtig, um zu erkennen, wie viel Schaden du anrichtest. Das ist keine Liebe. Nicht im Entferntesten. Du denkst, du könntest deine romantischen Tagträume ausleben. Du denkst, Märchen hätten immer ein Happyend, nicht? Du weißt gar nicht, wie sehr du dich irrst."

Georgia schien endlich fertig zu sein. „Kann ich jetzt gehen?", fragte Dawn mit zitternder Stimme.

„Bitte. Und wag es nicht, noch herzukommen, es sei denn, *ich* habe dich eingeladen."

Dawn sprang auf und eilte zur Tür.

„Eins noch." Georgia saß immer noch mit abgewandtem Gesicht am Tisch. „Bestimmt wirst du geradewegs zu Jason rennen und ihm erzählen, was ich zu dir gesagt habe … oder das davon, was deinen Zwecken dient." Sie drehte den Kopf und blickte Dawn an. Ihre Augen glänzten vor ungeweinten Tränen. „Aber denk daran: Eines Tages wird Jason aufwachen. Und dann wird er selbst die Wahrheit erkennen."

Dawns erster Impuls war, zu Granny zu fahren und sich bei ihr auszuweinen, aber diese Idee verwarf sie sofort wieder. In Grannys Augen konnte Dawn kein Unrecht tun; sie ergriff immer ihre Partei. Wenn Granny wüsste, dass sie Jason unten in der Einliegerwohnung verführt hatte, wäre sie tief verletzt. Vielleicht käme ihr der Gedanke, dass Dawn die Art von Mensch war, der das wilde Leben von Haight-Ashbury gefallen könnte, genau wie ihrer Mutter.

Was hatte Pastor Daniel Jason im Augenblick zu sagen? Hörte er dasselbe, was Georgia Steward zu ihr gesagt hatte? *Dieses Mädchen ist nicht gut genug für dich. Sie hat dir nichts zu bieten. Sie ist selbstsüchtig, verwöhnt, verdorben und vermutlich nicht einmal Christin. Was denkst du dir nur dabei, Jason? Warum willst du mit ihr zusammen sein?*

Eine Stunde lang fuhr sie ziellos durch die Gegend, dann kehrte sie nach Hause zurück. Ihre Mutter war zu einer Hausbesichtigung unterwegs, Mitch und Christopher waren zum Bowlen gegangen. Dawn verschwand in ihrem Zimmer. Sie zog sich aus und nahm eine lange, heiße Dusche und schrubbte ihre Haut, bis sie ganz rot war, doch das Gefühl der Unreinheit blieb. In der Ecke der Dusche hockend schluchzte sie sich die Seele aus dem Leib, während das Wasser auf ihren Körper prasselte. Als sie schließlich aus der Duschkabine stieg und sich abtrocknete, fühlte sie sich keinen Deut besser. Sie schlüpfte in ihren Jogginganzug und legte sich ins Bett. Den Rest des Tages blieb sie liegen und dachte über das nach, was Jasons Mutter gesagt hatte.

„Dawn?" Mama klopfte an die Tür. „Das Abendessen ist gleich fertig."

„Ich habe keinen Hunger." Als Mama die Tür öffnete, zog sich Dawn die Decke über den Kopf.

„Bist du krank?"

Liebeskrank. Krank vor Scham. „Lass mich einfach in Ruhe, Mama. Bitte." Halb hoffte sie, ihre Mutter würde dieses Mal nachfragen, doch sie verließ das Zimmer und schloss leise die Tür hinter sich.

Stunden später öffnete sich die Tür erneut, und ein Lichtschein vom Flur drang herein. Dieses Mal kam Mama ins Zimmer. Das Licht ließ sie ausgeschaltet. Sie setzte sich auf das Bett, sagte aber kein Wort.

Nach 15 Minuten konnte Dawn das Schweigen nicht mehr aushalten. „Würdest du mich hassen, wenn ich dir sagte, dass Jason und ich Sex hatten?", fragte sie flüsternd.

„Nein." Keine Fragen, nur eine feste Antwort, dann wieder Stille.

Dawn setzte sich langsam auf und drückte das Kissen fest an ihre Brust. Wie gut, dass es dunkel war im Zimmer, so konnte sie die Enttäuschung ihrer Mutter nicht sehen. „Ich bin heute Morgen zu ihm gefahren. Er war nicht da. Seine Mutter hatte mir einiges zu sagen."

Als Mama immer noch keine Fragen stellte, erzählte Dawn weiter, langsam, mühevoll, bis alles in einer Flut von Tränen hervorgebracht war. Als Dawn fertig war, drückte sie ihr Gesicht in das Kissen, das vom vielen Weinen bereits durchnässt war. Sie spürte die Hand ihrer Mutter auf ihrem Kopf.

„Worte können schärfer sein als ein Schwert, Dawn." Mama fuhr mit den Fingern sanft durch Dawns Haare. „Manchmal liegt Wahrheit darin, manchmal nicht. Denk über das nach, was Jasons Mutter zu dir gesagt hat. Wenn es stimmt, solltest du entscheiden, was du tun willst. Und wenn es nicht stimmt, dann musst du versuchen, es loszulassen." Sie zog die Hand weg.

Dawn krümmte sich zusammen. Ihre Mutter erhob sich und steckte die Decke um sie herum fest, als wäre sie wieder ein kleines Mädchen. Dann beugte sie sich herab, gab Dawn einen Kuss und flüsterte: „Und versuch zu vergeben."

Jason rief am Sonntagabend an. Er entschuldigte sich, dass er nicht da gewesen sei. „Pastor Daniel hat mich abgeholt und ist mit mir an die Küste gefahren. Ich wusste gar nichts davon. Er stand einfach vor der Tür."

Sie sagte, es sei okay. Sie und seine Mutter hätten geredet. Er wollte wissen, worüber. Sie antwortete, nichts Wichtiges, nur Smalltalk. *Kein Charakter, keine Substanz. Nichts zu bieten …*

„Dawn …" An seinem Tonfall merkte sie, was kam. „Ich denke, wir sollten uns vielleicht eine Weile nicht mehr sehen."

Auf den Schmerz, den seine Worte verursachten, war sie nicht vorbereitet. Sie presste die Lippen aufeinander, um nicht aufzuschreien. Am liebsten hätte sie ihn angefleht, es sich noch mal zu überlegen. Sie wollte ihn daran erinnern, dass sie sich doch liebten. Doch stattdessen hörte sie Georgias Stimme: *Eines Tages wird Jason aufwachen. Und dann wird er die Wahrheit erkennen …*

„Ist das für dich in Ordnung?" Jasons Stimme klang unsicher. Wollte er, dass sie Nein sagte? Wollte er, dass sie es ihm ausredete? Und falls sie das tat, was dann?

Du wirst sein Leben ruinieren … Das ganze Wochenende hatte sie über das nachgedacht, was Jasons Mutter gesagt hatte, und die schreckliche Wahrheit in ihren Worten erkannt. Nur eines stimmte nicht: Sie liebte Jason tatsächlich.

In der vergangenen Nacht hatte sie von Oma geträumt. Es war beinahe eine Vision gewesen. *„Wenn du weißt, was du im Leben erreichen willst, May Flower Dawn, dann mach dich daran, deine Träume zu verwirklichen. Manchmal kommt es nicht so, wie du es geplant hast. Vertraue Gott, dann wird am Ende alles noch besser werden."*

Dawn wusste, was sie wollte. Sie wollte Jasons Frau sein. Sie wollte mit ihm leben. Doch jetzt hatte sie alles kaputt gemacht. Was hatte sie denn in sein Leben gebracht? Sünde, Reue, Furcht, Scham.

„Dawn? Bist du noch dran?"

Sie atmete durch. Ihre Kehle war eng vor Schmerz und Tränen. „Ich denke, du hast recht."

Sie ging in die Küche und erzählte Mama und Mitch, sie und Jason hätten Schluss gemacht. Sie fragte, ob sie in ein unabhängiges Lernprogramm wechseln könnte, sodass sie für den Rest des Schuljahrs außerhalb der Schule den Stoff mithilfe eines Mentors erarbeiten konnte. Den Grund für ihren Wunsch brauchte sie nicht zu erklären. Mama sagte, sie würde am Montagmorgen in der Schule anrufen und alles tun, um ihr das zu ermöglichen.

Dawn blieb auch den Jugendstunden fern, bis Kim und Sharon ihr versicherten, Jason könnte wegen seines Jobs ohnehin nicht mehr kommen. „Ich sehe Jason eigentlich nur noch sonntags im Gottesdienst", erzählte Kim ihr. „Er kommt mit seiner Mama. Aber er meidet uns und redet nicht mehr mit Papa."

Einen Monat, nachdem Jason mit ihr Schluss gemacht hatte, fand Dawn, als sie nach Hause kam, eine Nachricht von Jason auf ihrem Anrufbeantworter vor. „Ich liebe dich, Dawn." Seine Stimme ließ allen Schmerz und alle Sehnsucht, die sie so mühsam unterdrückt hatte, wieder lebendig werden. Er räusperte sich, als fiele ihm das Sprechen schwer. „Ich werde dich immer lieben." *Klick.* Sie setzte sich auf ihr Bett, spielte die Nachricht immer wieder ab und überließ sich ihrem Elend.

Der Hilfseinsatz in Mexiko während der Osterferien stand an. Sie wusste nicht, was sie tun sollte. Die finanzielle Seite war geregelt, Mitch und ihre Großeltern hatten ihr die Reise spendiert. Aber wenn Jason mitfuhr, wollte sie lieber zu Hause bleiben. Sie könnte es nicht ertragen, in seiner Nähe zu sein. Sharon fragte, warum sie sich noch nicht entschieden hätte, und Dawn gestand ihr, in welchem Zwiespalt sie sich befand. Sharon rief am folgenden Tag an. „Ich habe mit Jason geredet. Er wird nicht mit nach Mexiko fahren, weil er arbeiten muss."

Aber Pastor Daniel wollte vielleicht nicht, dass sie mitkam. Sie zweifelte nicht daran, dass Georgia Steward mit ihm gesprochen hatte. Vielleicht wollte er nicht, dass so jemand zu seinem Team gehörte. Dawn musste das unbedingt wissen, so oder so, doch sie brauchte ein paar Tage, bis sie den Mut aufbrachte, ihn anzurufen.

Ihre Frage schien Pastor Daniel zu überraschen. „Natürlich möchte ich dich dabeihaben!"

Vielleicht wusste er nicht alles. Vielleicht hatte Georgia diese Information ja für sich behalten. „Ich wollte nichts als selbstverständlich voraussetzen, Pastor Daniel."

„Gott liebt dich und kann dich gebrauchen, ganz egal, ob du Fehler gemacht hast, Dawn." Seine ruhigen Worte machten alle Illusionen, dass Jasons Mutter vielleicht doch nicht mit ihm geredet hatte, zunichte. Sie zeigten ihr aber auch, dass Pastor Daniel keine Steine warf.

Obwohl sie in der Jugendstunde ausführlich darüber gesprochen hatten, wie ein solcher Einsatz ablief, hatte Dawn nicht geahnt, was sie erwartete. Von Armut zu hören oder Berichte darüber im Fernsehen zu sehen war nicht dasselbe, als diese Verhältnisse hautnah zu erleben, zu riechen, zu schmecken. Sie fuhren durch

Straßen, in denen die Hütten dicht an dicht standen und der Müll auf den Straßen verrottete. Manche Menschen lebten in Behelfsunterkünften, die man nicht einmal Hütte nennen konnte. Doch am meisten überraschten Dawn die Menschen: Sie lächelten und riefen ihnen bei ihrer Ankunft ein fröhliches Willkommen zu. Kinder rannten neben dem Bus her, winkten begeistert und riefen irgendwas auf Spanisch.

Früh am ersten Morgen machten sie und die anderen sich daran, ein kleines Haus für die Familie Gutierrez zu bauen. Dawn hatte bald Blasen an den Händen, ihr Rücken schmerzte, und sie stank wie ein Maurer. Als Pastor Daniel meinte, sie solle mal eine Pause machen, setzte sie sich in den Schatten und beobachtete einige Kinder, die mit einem alten Fußball spielten. Beim Hausbau war sie vielleicht keine große Hilfe, aber Fußball spielen, das konnte sie. Dawn gesellte sich zu den Kindern und zeigte ihnen ein paar Tricks, die sie in der Fußballmannschaft gelernt hatte. Bald war sie von Kindern umringt, sobald sie nicht am Bau arbeitete.

Am letzten Abend, als das Haus fertiggestellt war, bestanden Señor und Señora Gutierrez darauf, das ganze Team zum Abendessen einzuladen. Übrig gebliebene Bretter wurden als Tischplatten auf Sägeböcke gelegt. Señora Guttierez und ihre Tochter Maria kochten einen großen Topf Bohnen und bereiteten Hähnchen-Enchiladas mit Käse vor. Señor Gutierrez stand tief bewegt am Kopf des Tisches und sagte in gebrochenem Englisch, wie viel es ihm bedeutete, nun ein richtiges Haus für seine Familie zu haben. Señora Gutierrez und ihre fünf Kinder sprachen ihnen ebenfalls schüchtern ihren Dank aus.

Dawn ging nach draußen, hockte sich an die Wand und brach in Tränen aus. Pastor Daniel kam heraus und setzte sich neben sie. „Was bewegt dich?“

„Mein Zimmer ist größer als das ganze Haus dieser Familie.“ Sie barg ihr Gesicht in den Händen. Hatte sie jemals Dankbarkeit empfunden für all das Gute, das sie erlebte? Soweit sie sich erinnerte, war das nicht geschehen. Und die Familie Gutierrez hatte nicht aufgehört, ihnen zu danken, seit sie hier angekommen waren.

„Ich denke, sie haben alles, was sie besitzen, für dieses Abendessen ausgegeben." Und was hatte sie jemals einem anderen Menschen geschenkt?

„Wahrscheinlich. Sie sind stolz und froh, das tun zu können. Für sie ist die Möglichkeit, etwas zurückzugeben, ein Segen." Er stand auf und lächelte sie an. „Komm wieder rein, wenn du so weit bist."

Dawn blieb noch eine Weile sitzen. Diese Menschen arbeiteten so hart und konnten kaum für ihren Lebensunterhalt aufkommen. Sie wünschten sich für ihre Kinder ein besseres Leben. Sie musste an Georgia Steward denken: *„Deine Liebe hat mit einem Handstreich Jasons Chancen, diesem Wohnwagenpark zu entkommen, zunichtegemacht."* Dawn lehnte den Kopf an die Wand, die sie zusammen mit den anderen errichtet hatte. Stimmte das? Nicht ganz, aber doch zu Teil. Das tat weh. Doch Jason hatte noch immer die Möglichkeit, sich ein besseres Leben zu schaffen. Und sie auch.

Als ihr Team am folgenden Morgen aufbrach, ließen sie die restlichen Lebensmittelvorräte, die Wasserflaschen, alles Baumaterial und einiges an Werkzeug dort. Sobald sie die Grenze passiert und die lange Fahrt nach Anaheim angetreten hatten, wo sie als Belohnung für ihre harte Arbeit einen ganzen Tag in Disneyland verbringen wollten, schliefen alle ein, bis auf Pastor Daniel, Mr Jackson auf dem Beifahrersitz und Dawn hinten im Bus. Sie starrte zum Fenster hinaus und betete.

Wer bin ich, Gott? Wer soll ich nach deinem Willen sein? Oma sagte, deine Pläne für uns seien besser als die, die wir selbst für uns schmieden. Meine Pläne haben mir Sünde, Schmerz, Reue und Angst gebracht. Gott, ich möchte eine Frau mit Charakter werden, stark im Glauben. Ich möchte kein selbstsüchtiges, verwöhntes kleines Mädchen mehr sein, das nichts zu bieten hat. Verändere mich, Herr, bitte verändere mich.

Pastor Daniel sah sie im Rückspiegel an und lächelte.

Wieder zurück zu Hause stiegen die Jugendlichen aus dem Bus und fingen an, ihre Sachen auszuladen. Einige begrüßten ihre wartenden Eltern. Dawn hatte ihren Wagen auf dem Parkplatz der Kirche abgestellt. Während sie mit dem Finger über den verstaubten Kofferraum strich, stellte sie sich vor, was Opa sagen würde, wenn er den Wagen sah, und beschloss, auf dem Heimweg noch durch die Waschanlage zu fahren. Sie verstaute ihre Reisetasche. Als sie den Kofferraum zuklappte, stand Pastor Daniel neben dem Wagen. „Danke, dass du mitgekommen bist, Dawn."

„War mir ein Vergnügen."

„Du hast härter gearbeitet als alle anderen im Team." Er lächelte sie neckend an. „Ich wusste gar nicht, was in dir steckt."

Ihre Lippen verzogen sich zu einem betrübten Lächeln. „Ich auch nicht."

Vielleicht war es ein Anfang.

Als sie ihren Wagen auf den letzten Platz in Mitchs Garage abstellte, stürmte Christopher auf sie zu, um sie zu begrüßen. Mitch nahm ihr die Reisetasche ab und erzählte, dass Mama zu einer Hausbesichtigung unterwegs sei. „Du wirkst ziemlich erschöpft, Stachelschweinchen."

„Ich bin völlig fertig." Dawn schlang die Arme um seine Taille. „Danke für mein großes, wunderschönes Zimmer und das schöne Haus, den Garten, den Pool und das gute Essen auf dem Tisch und dafür, dass du mich liebst, auch wenn ich manchmal unausstehlich bin-"

„Wow!" Mitch lachte. „Was ist denn mit dir passiert?" Er legte den Arm um ihre Schultern und führte sie zur Haustür. „Sehr gern geschehen, Dawn. Du scheinst im guten alten Mexiko sehr hart gearbeitet zu haben. Wie wäre es, wenn du dich ein wenig hinlegst?" Sie dankte ihm und ging durch den Flur zu ihrem Zimmer. Mitch rief ihr hinterher: „Ach, übrigens, du errätst nie, wer mich in meinem Büro besucht hat."

„Wer denn?“

„Jason. Er ist mehr als eine Stunde geblieben.“

Allein seinen Namen zu hören beschleunigte ihren Herzschlag. „Hat er nach mir gefragt?“

„Klar. Er hatte einige Fragen. Entscheidungen in Bezug auf seine Zukunft stehen an, und er wägt alle Möglichkeiten gegeneinander ab. Ich soll dich grüßen.“

Das Lernen half Dawn, sich abzulenken. Einmal in der Woche traf sie sich in der Schule mit ihrer Mentorin, lieferte Hausaufgaben ab und schrieb Tests.

In der Jugendstunde gab es für Amy, Sharon und Pam kein anderes Thema als den bevorstehenden Abschlussball. Kim und Tom würden ihn zusammen besuchen. Steven hatte Pam gefragt. Sharon hegte immer noch die Hoffnung, dass der von ihr umschwärmte Tomás Perez sie einladen würde. Amy befürchtete, dass sie sich, falls überhaupt ein Junge sie auffordern sollte, ihn zu begleiten, kein Kleid leisten könnte. Dawn fragte sich, ob Jason wohl hinging und mit wem, doch sie erkundigte sich nicht.

Nach dem Abschlussball drehten sich die Gespräche um die Abschlussprüfungen, Sommerjobs und Collegepläne. Die Hälfte der Jugendlichen beendete in diesem Jahr die Highschool. Sharon und Kim wollten am College studieren. Amys Vater hatte einen besseren Job in Dallas angeboten bekommen. Jetzt, wo so viele ihrer Freundinnen fortgingen, fragte sich Dawn, ob sie im kommenden Jahr überhaupt noch zur Jugendstunde gehen sollte. Sie fühlte sich als Außenseiterin, wieder einmal am Rand stehend, kein Teil der Gruppe mehr. Über das, was in der Schule passierte, hatte sie keine Informationen mehr, und es interessierte sie auch nicht. Jason würde auch aufs College gehen. „Irgendwo in Südkalifornien“, erzählte Sharon ihr. „Aber ich habe vergessen, welches College. Und den Sommer über arbeitet er auf dem Bau. Unten in San José, glaube ich, bei einem Freund von Pastor Daniel.“

Jason Steward verschwand aus ihrem Leben. Welche Pläne Gott auch immer für sie haben mochte, Jason gehörte ganz offensichtlich nicht dazu. Sie glaubte, dass es keinen größeren Schmerz geben konnte, bis Granny an einem heißen Morgen im August anrief und sagte, dass Opa gestorben sei.

Kapitel 39

Die Nachricht von Opas Tod versetzte Mama in helle Aufregung. Sie mussten *sofort* nach Jenner fahren, sagte sie. Dawn bestand darauf, sie zu begleiten. Mitch rief die Eckhards an und fragte, ob Christopher ein paar Tage bei ihnen bleiben könnte. Auf dem Weg nach Jenner setzten sie ihn bei seinem Freund ab.

Wie betäubt saß Dawn auf dem Rücksitz. Bei ihrem Eintreffen fanden sie Granny im Wohnzimmer. Mit bleichem Gesicht und geröteten Augen deutete sie auf die geschlossene Doppeltür zum Schlafzimmer. Mama wich zurück und prallte gegen Mitch. Er packte sie an den Schultern und flüsterte ihr etwas ins Ohr.

Mit weichen Knien betrat Dawn als Erste das Schlafzimmer. Sie weigerte sich zu glauben, dass Opa tot war. Er schien nur zu schlafen. Sie trat näher und legte ihm die Hand auf die Stirn. Er war so kalt, und er atmete nicht. Hinter sich spürte sie einen warmen Körper. Mitch. „Er sieht sehr friedlich aus, nicht, Schatz? Er ist jetzt bei Gott." Schluchzend ließ sie sich in seine Arme sinken.

Grannys Stimme ertönte aus dem Wohnzimmer. „Er sagte, er sei müde und gab mir einen Gutenachtkuss. Als ich zu Bett ging, schnarchte er. Und als ich heute Morgen aufwachte, war es so still." Sie weinte. „Es war zu still. Und da wusste ich es."

Mitch schob Dawn ins Wohnzimmer zurück. In Mamas Gesicht arbeitete es. Ihre Finger spielten mit ihrem Rock. Mit wachsbleichem Gesicht, die Augen riesig, drehte sie den Kopf zum Schlafzimmer, rührte sich aber nicht. Dawn setzte sich neben sie auf die Couch. Sie sahen einander nicht an. Sie berührten sich nicht. Mitch schien als Einziger im Raum in der Lage zu sein, klar zu denken. „Hast du alles Nötige in die Wege geleitet, Hildie?"

„Ich habe euch angerufen." Granny putzte sich die Nase.

Mitch kniete sich neben sie hin und legte seine Hand auf ihre. „Ich meine wegen des Leichnams."

Sie schauderte. „Nein. Ich bin noch nicht bereit, ihn herzugeben."

„Du wirst dich bei der Trauerfeier von ihm verabschieden können …"

„Es wird keine Trauerfeier geben!", unterbrach Granny ihn. Sie schien fest entschlossen zu sein. Ihre Hand flatterte wie ein verwundeter Vogel. „Wir kennen hier doch keinen." Jenner lag zu weit entfernt, um sonntags zu ihnen in den Gottesdienst zu kommen, und sie hatten sich keiner anderen Gemeinde angeschlossen.

Mama zitterte, ihre Hände klammerten sich in den Stoff ihres Rockes. „Du kannst die Trauerfeier doch in Paxtown halten, Mama." Ihre Stimme klang wie betäubt. „Mitch könnte Pastor Elias anrufen. Opa gehörte früher doch zu den Ältesten. Er würde bestimmt gern die Trauerfeier halten."

Granny betupfte ihre Augen. „Pastor Elias ist vor fünf Jahren in den Ruhestand gegangen. Er und Janice sind nach Silverton in Oregon gezogen. Glaube ich. Ich erinnere mich nicht mehr. In den vergangenen Jahren haben wir uns nicht einmal Weihnachtsgrüße geschickt."

„Deine Freunde leben in Paxtown. Die MacPhersons, Dr. Griffith, Doc und Thelma Martin", zählte Mama mit dumpfer Stimme auf.

Granny funkelte sie an. „Als ob sich jemand von denen noch an uns erinnern würde."

Mama hob tief betrübt den Kopf. „Ist das meine Schuld?" Es klang so, als glaubte sie, es wäre so.

„Nein! Habe ich das etwa behauptet? Habe ich das? Thelma Martin war nie meine Freundin."

„Hildie", sagte Mitch leise.

Granny begann wieder zu weinen. „Früher *hatten* wir Freunde dort, Carolyn. Aber jetzt sind wir seit acht Jahren fort. Das Leben geht weiter. Menschen ziehen fort. Menschen *sterben*." Sie begann zu schluchzen.

Mit großen Augen starrte Mama Mitch an. Sie erinnerte

Dawn an ein verängstigtes kleines Mädchen, erstarrt in ihrem Sessel, das Angst hat, sich zu bewegen. Jemand musste etwas unternehmen! Dawn floh in die Küche, nahm das Telefonbuch und blätterte aufgeregt die Seiten um. Während sie sich die Tränen wegwischte, suchte sie die Nummer der Cornerstone Church heraus und tippte sie in Grannys altes Telefon.

Kim meldete sich. Anscheinend hatte sie mal wieder Dienst im Gemeindebüro. Dawn plapperte drauflos und merkte dann, dass das, was sie redete, keinen Sinn machte. Sie begann zu weinen. Pastor Daniel kam ans Telefon. „Was ist los, Dawn?" Gegen die Tränen und die aufsteigende Hysterie ankämpfend berichtete sie ihm, ihr Großvater sei gestorben, und sein Leichnam liege noch in seinem Bett, und Granny wolle keine Trauerfeier, und Mitch wolle im Leichenschauhaus anrufen und ihn abholen lassen, und sie könne den Gedanken nicht ertragen, dass dies das Ende sein solle und-

„Ich bin schon unterwegs", unterbrach Pastor Daniel sie.

Mitch rief trotzdem im Leichenschauhaus an, sobald sie aufgelegt hatte. Dawn ging nach draußen und behielt die Straße im Auge. Als sie Pastor Daniels blauen Chevy entdeckte, lief sie zum Tor. Er stieg aus dem Wagen aus und nahm sie in den Arm. „Hat er Jesus gekannt, Dawn?" Sie nickte und durchtränkte sein Hemd mit ihren Tränen. „Dann weißt du doch, wo er jetzt ist."

„Das hilft mir nicht."

„Doch, irgendwann tut es das, glaub mir."

Sie führte ihn ins Haus und machte ihn mit Granny bekannt. Er setzte sich zu ihr und unterhielt sich mit ihr. Mama verschwand nach draußen und blieb auf der Veranda stehen. Mitch trat zu ihr, legte die Arme um sie und drückte sie an sich. Dawn setzte sich auf die Couch, steckte die Hände zwischen ihre Knie und wusste nicht, was sie tun sollte. *Jesus. Jesus.* Etwas anderes konnte sie nicht denken und beten. Nur seinen Namen, immer und immer wieder.

„Hol doch bitte deine Mutter und deinen Stiefvater herein, Dawn, ja?"

Als sie ins Zimmer traten, führte Pastor Daniel sie ins Schlafzimmer, wo sie sich um Opas Bett stellten. Pastor Daniel hielt Grannys Hand und sprach über Jesus, seinen Tod und seine Auferstehung und das Versprechen, das er uns gegeben hatte, ein Versprechen, das niemals gebrochen würde. Mama blickte ihn unverwandt an. Granny beruhigte sich ein wenig.

Pastor Daniel blieb, bis Opas Leichnam abgeholt worden war. Er war es auch, der sich Opas Ehering geben ließ. Er sagte, wenn Granny wolle, würde er gern wiederkommen. Ob sie bei den Hastings wohnen würde?

Granny schüttelte den Kopf. Mitch beugte sich vor. Er hielt Mamas Hand, doch die andere legte er auf Grannys. „Komm doch mit uns nach Hause, Hildie."

„Nein." Granny umklammerte die Armlehnen ihres Sessels, wie um sie wissen zu lassen, dass sie sich nicht aus ihrem Zuhause holen lassen würde. „Ich bleibe genau hier."

„Du solltest nicht allein sein, Hildie."

Granny funkelte Mitch an und schob eigensinnig ihr Kinn vor. „Das ist mein Heim. Ich werde mich jetzt wohl an das Alleinsein gewöhnen müssen, nicht?"

Dawn merkte, dass Mitch innerlich zerrissen war. Er würde sich bestimmt gut um Mama kümmern, die genauso verzweifelt zu sein schien wie bei Omas Tod. Aber Granny sollte wirklich nicht allein sein.

Als Pastor Daniel sich erhob, nahm Dawn seinen Platz ein. „Ich bleibe hier."

Dennis Bingley gab ihr Urlaub. Im Lauf der nächsten Woche weinte Dawn beinahe genauso viel wie Granny. Sie schlief nicht im blauen Zimmer, sondern bei Granny. Einmal, als Granny im Lehnstuhl eingeschlafen war, schlich Dawn nach unten und setzte sich auf das Bett, in dem sie sich Jason hingegeben hatte. Damals hatte sie aus anderen Gründen geweint als jetzt. Wenn sie Jesus gefolgt wäre und nicht ihren eigenen Wünschen, dann müsste sie jetzt nicht so viel Reue empfinden.

Am sechsten Morgen erwachte Dawn, als Granny ihr die Haare aus dem Gesicht strich. Sie lag neben ihr und zeigte die Andeutung eines Lächelns. „Du bist ein sehr liebes Mädchen. Weißt du das?"

„Kommst du denn klar, Granny?"

„Ja. Das muss ich auch, denn du musst heute nach Hause fahren."

Dawn nahm ihre Hand und drückte sie. „Ich rufe dich jeden Abend an und komme nächstes Wochenende wieder her."

„Das ist schön." Grannys haselnussbraune Augen füllten sich mit Tränen. „Der Tod gehört zum Leben dazu. Trotzdem kam es so unerwartet. Du musst zu Hause anrufen. Vielleicht holt deine Mutter dich ja ab", meinte sie hoffnungsvoll.

Mitch kam, um Dawn nach Hause zu holen. Auf dem Heimweg fragte er, wie es gewesen sei. Sie sagte, Granny würde eine schwere Zeit durchmachen, aber sie sei zu eigensinnig, um den Gedanken, zu ihnen zu ziehen, auch nur in Erwägung zu ziehen. „Wie geht es Mama?"

„Sie hat sich wieder in sich zurückgezogen. Das braucht Zeit. Ein Gutes hat es auf jeden Fall."

Wie konnte Opas Tod etwas Gutes bringen? „Was denn?"

„Sie hat mich gebeten, sie morgen in deine Gemeinde zu begleiten."

1988

Das letzte Highschooljahr war sehr hart, da Dawn neben ihren Aufgaben für die Schule schon einige Collegekurse belegte; auch das ermöglichte ihr das unabhängige Lernprogramm. Ihr blieb keine freie Minute. Neben den Seminaren in Santa Rosa und ihren Hausaufgaben für die Schule arbeitete sie noch 20 Stunden die Woche im Coffeeshop. Wenn sie tatsächlich mal ein freies Wochenende hatte, fuhr sie nach Jenner. Am Sonntagmorgen brach sie dann früh genug auf, um mit Mama, Mitch und Christopher zum Gottesdienst zu gehen.

Nur widerstrebend, aber ohne Protest hatte Mitch seine alte Gemeinde aufgegeben. Er war froh, dass Mama endlich eine Gemeinde gefunden hatte, in der sie sich wohlfühlte. Christopher war überglücklich, dass er jetzt mehr Zeit mit seinem Freund Tim verbringen konnte. Die Leute nahmen ihre ganze Familie mit offenen Armen auf; sogar Georgia Steward kam und reichte Mitch die Hand. Mama umarmte sie kurz. Dawn begrüßte sie mit kühler Höflichkeit.

Kim warnte Dawn rechtzeitig vor, wenn Jason nach Hause kam. An diesen Sonntagen blieb Dawn dann lieber zu Hause. Erst zu Thanksgiving, als Dawn anbot, Granny am Samstagnachmittag nach Jenner zurückzubringen, sprach Mama das Thema an.

„Du kannst Jason doch nicht ewig aus dem Weg gehen, Dawn."

Weihnachten ließen Mama, Mitch und Granny keine Ausrede gelten. Sie bestanden darauf, dass sie mit der Familie gemeinsam den Gottesdienst besuchte. Dawn willigte ein, fuhr aber mit ihrem eigenen Wagen hin.

Jason saß mit seiner Mutter in der dritten Reihe. Dawn und ihre Familie hatten in der Mitte auf derselben Seite einen Platz gefunden. Sie gab sich wirklich Mühe, sich auf die Predigt von Pastor Daniel zu konzentrieren, doch ihr Blick wanderte immer wieder zu Jason hinüber. Seine Haare waren kürzer geschnitten, und seine Statur hatte sich verändert.

Unmittelbar nach dem Gottesdienst erhob sich Dawn und eilte zum Ausgang. Kim hielt sie auf und begrüßte sie. Sie wirkte verwirrt, als Dawn sich schnell entschuldigte und zur Tür drängte, wo Pastor Daniel die Gottesdienstbesucher verabschiedete.

„Das war eine gute Predigt, Pastor Daniel." Er reichte ihr die Hand und hielt sie fest und fragte, warum sie es so eilig habe, nach draußen zu kommen. „Sie wissen doch, warum. Jason ist da.“ Er lächelte sie traurig an und ließ sie los.

Ohne stehen zu bleiben marschierte sie zu ihrem Wagen. Erst als sie in ihrem Wagen saß und den Zündschlüssel ins Schloss gesteckt hatte, atmete sie auf. Jason stand mit seiner Mutter an der Tür. Als er zu ihr hinüberblickte, ließ sie den Motor an, setzte rückwärts aus der Parklücke und legte schnell den Vorwärtsgang ein. Sie blickte ein letztes Mal in den Rückspiegel, bevor sie auf die Straße bog und nach Hause fuhr. Jason stand mit seinen alten Freunden zusammen.

Als sie das Haus betrat, läutete das Telefon. Sie legte ihre Tasche auf ihren Schreibtisch und ließ sich auf dem Bett nieder, während ihr Anrufbeantworter ansprang und ihre Ansage abspulte. „Hier spricht Dawn. Schade, dass ich deinen Anruf verpasse. Hinterlass doch eine Nachricht nach dem Piepton.“ Es wurde keine Nachricht gesprochen. Ihr Herz klopfte heftiger, je länger sich die Stille hinzog. Der Anrufbeantworter klickte. Jetzt konnte sie wieder Luft holen. Das Telefon läutete erneut. Der Anrufbeantworter sprang an. Wieder die lange Stille.

Du hast Jason nichts zu bieten. Sie hatte nicht vergessen, was Georgia Steward gesagt hatte. Das meiste davon war wahr.

Das Telefon läutete zum dritten Mal. Schluchzend hielt sie sich die Ohren zu. Einige Tage später fuhr Dawn Granny nach Hause. „Dieser junge Mann, mit dem du befreundet warst. Jason, wie hieß er noch gleich?“

„Steward.“

„Er war Weihnachten in der Kirche.“

Dawn konzentrierte sich auf die Straße. Granny musterte sie eindringlich. „Als du aufgestanden und nach draußen gegangen bist, ließ er dich keine Sekunde aus den Augen. Ich glaube, er wollte dir nachgehen, doch die Leute haben ihn aufgehalten.“

„Er hat eine Menge Freunde.“ Ihre Stimme zitterte leicht. Sie schob ihre Sonnenbrille höher.

„Du auch, Dawn“, sagte Granny leise. Sie fragte nicht weiter nach Jason.

Mama und Mitch finanzierten ihr eine weitere Missionsreise nach Mexiko. Da sie in der Schule vier Jahre Spanischunterricht gehabt hatte, stellte Pastor Daniel den Kontakt zu einer anderen Gemeinde her, die eine Ferienbibelschule in Tijuana plante.

Nach ihrem mörderischen Arbeitspensum für die Schule war der Einsatz in Mexiko beinahe eine Erholung für sie. Und obwohl sie die Kinder liebte, war ihr am Ende der Woche klar, dass sie für den Beruf der Lehrerin nicht geeignet war. Sie sprach mit Granny über diese Erkenntnis, und Granny erzählte ihr von ihrer Zeit als Krankenschwester.

Im Herbst schrieb sich Dawn am Junior College in Santa Rosa ein. In der Mitte des Semesters beschloss sie, auf einen Abschluss in der Krankenpflege hinzuarbeiten. Mama schien von der Idee nicht überrascht zu sein und meinte, Granny würde sich bestimmt freuen, dass Dawn in ihre Fußstapfen treten wollte. Mitch sagte, Dawn könne später immer noch ins Immobiliengeschäft einsteigen oder etwas anderes machen, wenn die Krankenpflege ihr doch nicht zusagte, worauf Dawn erwiderte, sie wolle nach dem Junior College noch ein vierjähriges Studium anschließen.

Mama schien über diese Ankündigung ein wenig erschrocken zu sein. „Dann gehst du von zu Hause weg!"

Mitch beugte sich vor und küsste sie. „Du hast ja noch Christopher. Und mich." Er richtete sich auf. „Bei deinen Noten, Dawn, kannst du studieren, wo du möchtest. Wie wäre es denn mit der UC Berkeley? Sie ist nicht zu weit von zu Hause entfernt."

Die UCB war eine hervorragende Universität, aber Dawn war klar, dass der Konkurrenzkampf dort sie auffressen würde. Die UC Davis lag zu nah, die UC San Diego zu weit entfernt. Ihre

Mentorin hatte an der *California Polytechnic State University*, kurz „Cal Poly“ studiert und hielt sehr viel von dieser Hochschule. Dawn informierte sich über ein Dutzend Hochschulen, die alle gut waren, aber einige zu teuer. Irgendetwas drängte sie zur Cal Poly. Vielleicht war es der Standort – eine halbe Tagesfahrt von zu Hause entfernt, nah an der Küste. Wenn sie gefragt wurde, warum sie ausgerechnet dort studieren wolle, stellte sie gern die Gegenfrage: „Warum nicht?“ Sie konnte es nicht richtig erklären.

Kapitel 40

1990

Alle ihre Freunde kamen in diesem Sommer vom College nach Hause, außer Sharon, die in Santa Rosa einen Ferienjob angenommen hatte. Nach den Gottesdiensten hatten sie Zeit, sich über das auszutauschen, was sich in ihrem Leben ereignete. Die meisten hatten Sommerjobs im Einkaufszentrum oder in den verschiedenen Geschäften in Healdsburg oder Windsor gefunden.

Kim rief Dawn an. „Wir wollen uns mittwochabends wieder als Gruppe treffen. Das wird besser als früher."

„Wer kommt?"

„Alle außer Jason. Er hat in diesem Sommer irgendein Training."

„Dann bin ich dabei, wenn ich Zeit habe." Um nicht zweimal am Tag nach Healdsburg fahren zu müssen, hatte sie den Job im Java Joe aufgegeben und eine Stelle in einem Coffeeshop in der Nähe des Junior Colleges angenommen. Dadurch sparte sie Zeit und Geld.

Am nächsten Mittwochabend traf sich die alte Jugendgruppe bei den Archers zu Hause. Kim und Tom hatten sich verlobt. Amy hatte 25 Pfund abgenommen und sich blonde Strähnchen in ihre Haare färben lassen. Steven war in die Höhe geschossen und überragte Dawn nun um einiges.

Kims Mutter trat ins Zimmer und verkündete, sie würde sich mit ihren Freundinnen aus der Kirche zu einem Damenabend treffen. „Kaffee ist fertig, und es gibt heißes Wasser für die, die lieber Tee trinken. Jede Menge Kekse und Popcorn stehen bereit." Sie drohte Kim mit dem Zeigefinger. „Du trägst die Verantwortung. Falls sich das hier zu einer wilden Party ausweitet, liegt dein Kopf auf dem Block. Einen schönen Abend, Kinder." Damit zog sie die Tür hinter sich ins Schloss.

Sie machten es sich im Wohnzimmer gemütlich und redeten über die guten alten Zeiten. Zwei Stunden vergingen, bevor sie anfingen zu überlegen, welches Buch der Bibel sie sich für den Sommer vornehmen wollten. Tom schlug das Hohelied Salomos vor, was ihm erstaunte Blicke und spöttische Bemerkungen einbrachte.

Die Mehrheit war gegen das Hohelied und schlug die Sprichwörter vor. „Darin findet man richtig praktische Tipps." Pam grinste. „Und Gott weiß, dass wir die brauchen, wenn wir in einer Kultur, die von Gott nichts wissen will, Christen sein wollen."

„Aber dann sollten wir Kapitel 31 auslassen." Kim grinste Tom an und flüsterte Dawn und Pam zu: „Ich habe keine Lust, mir anzuhören, was ich als perfekte Ehefrau alles zu tun und zu lassen habe."

Grinsend legte Tom den Arm um ihre Schultern und zog sie an sich. „Na, so was, Schatz. Bist du es nicht, die mich immer wieder daran erinnert, dass die Bibel von Gott inspiriert ist und geeignet ist zur Lehre, zum Tadel, zur Korrektur, zur Unterweisung …" Er schrie auf. „Sie hat mich gezwickt!"

Während die anderen lachten, blätterte Steve seine Bibel durch. „Die Sprichwörter sind zu umfangreich. Das schaffen wir nie in der Zeit."

Amy griff in die Schale mit Popcorn. „Wie wäre es mit dem Philipperbrief? Nur vier Kapitel und jede Menge Ermutigung." Sie stimmten ab und entschieden sich dafür.

Als Dawn später im Bett lag, dachte sie über ihre Beziehung zu Gott nach. Obwohl sie jetzt wusste, dass es für sie keine Zukunft mit Jason geben würde, hegte sie immer noch den Traum, später einmal Ehefrau und Mutter zu sein, so Gott es wollte. Dass es in der Bibel eine Beschreibung der perfekten Ehefrau gab, hatte sie nicht gewusst. Schnell schob sie die Decke zur Seite, schaltete ihre Nachttischlampe an und schlug ihre Bibel auf. Das Kapitel 31 aus den Sprichwörtern deprimierte sie. Wie konnte eine Frau all das leisten, was da stand? Natürlich war diese Frau nicht von Anfang an so gewesen. Ihre Kinder waren in einem Alter, dass sie ihre Mutter gesegnet nennen konnten, und ihr Mann hatte sich als Leiter Ansehen erworben. Sie stand Dienstboten vor.

Dawn barg ihr Gesicht in den Händen. *Herr, mein Wunsch ist es, ein besserer Mensch zu werden, eine Frau, die einem Mann, der dich liebt, eine gute Ehefrau ist. Ich weiß jetzt, dass es nicht gut war, Jason so nahe zu kommen. Darf ich trotzdem hoffen, dass du einen Mann und Kinder für mich vorgesehen hast?*

Ich liebe dich.

Diese Antwort kam aus ihrem Inneren. Nichts war umsonst, nicht einmal der Schaden, den sie angerichtet hatte. Hatten Scham und Schuldgefühle sie nicht auf einen neuen Weg geführt?

Ich werde nie vollkommen sein, Herr. Ich werde nie gut genug sein für einen Mann wie Jason.

Lass dir an meiner Gnade genügen, denn meine Kraft ist in den Schwachen mächtig.

Sie holte das in Leder gebundene Tagebuch aus der Schublade, das Oma ihr geschenkt hatte, und notierte: *Wie eine gute Ehefrau sein sollte.* Doch sie beschrieb Wesenszüge, die eher Gott gefielen als einem Mann.

Pam rief an und fragte Dawn, ob sie Lust hätte, mit ihr einkaufen zu gehen. „Wir könnten ein bisschen bummeln gehen und dann irgendwo einen Kaffee trinken."

Irgendetwas war da im Busch. Pam hasste Einkaufsbummel. Dawn machte einen Terminvorschlag, und sie vereinbarten, sich am Eingang eines bestimmten Geschäfts zu treffen.

Als sie ihre Freundin über den Parkplatz kommen sah, begann Dawn zu lachen. Pam sah aus, als stünde ihr eine Wurzelbehandlung bevor. „Was genau suchen wir, Pam?"

„Ich weiß es nicht. Du bist doch diejenige, die immer gern

einkaufen geht.“ Pam zuckte die Achseln. „Ich brauche deine Hilfe. Du siehst immer aus wie aus einem Modejournal, so geschmackvoll gekleidet. Ich bin sozusagen mit Steve verabredet.“

„Was heißt denn *sozusagen* verabredet?“ Dawn wusste, dass Steve Pam zum Abschlussball eingeladen hatte, als Freunde, aber bisher war ihr nicht aufgefallen, dass noch etwas anderes zwischen ihnen lief.

„Abendessen.“

„Klingt ernst.“

„Ach, sei still. Ich wünschte, ich hätte nie …“

Dawn nahm sie am Arm und zog sie ins Geschäft. „Hat er gesagt, wo ihr hinfahrt?“

„Hat er nicht. Keine Ahnung, was er vorhat. Ich meine, vielleicht will er bloß zu MacDonald's.“ Mit einem Anflug von Panik im Gesicht blickte sie sich um.

„Du hättest ihn doch fragen können.“

„Das habe ich ja! Er sagte nur, wir würden eine Stunde brauchen, um hinzukommen.“

„Nun, dann ist es auf jeden Fall nicht McDonald's. Vermutlich ein schickes Restaurant. Also kannst du nicht in Jeans und T-Shirt gehen.“

Pam verdrehte die Augen. „Erschieß mich am besten.“

Dawn lachte. „Entspann dich. Wir werden viel Spaß haben!“ Sie nahm einige Kleidungsstücke von den Ständern. „Fang mal hiermit an. Die Umkleidekabine ist da hinten.“ Sie zeigte ihr den Weg. „Ich suche weiter und komme dann zur Begutachtung.“

Pam starrte verwirrt auf die etwa sechs verschiedenen Outfits auf den Bügeln. „Was zuerst? Und wie kombiniert?“

„Diesen Rock, dieses Top. Jetzt los!“

Nachdem sie sich umgezogen hatte, stellte Pam sich in Modelpose auf. „Wie wäre es damit?“

„Nicht schlecht, aber auch nicht toll. Aus damit. Versuch das hier.“ Dawn hängte noch mehr Kleidungsstücke an den Haken und nahm die, die sie bereits verworfen hatten, wieder mit.

Nach einer Stunde hatte Pam genug und flehte ein Ende der Tortur herbei.

Dawn traf ihre Wahl. „Den schwarzen Rock, die Tunika mit dem roten Gürtel. Das sieht toll an dir aus. Wie ist es mit Schuhen?"

„Schuhe?", fragte Pam voller Entsetzen.

Dawn ignorierte ihre Proteste, drückte ihrer Freundin die Kleidungsstücke in den Arm, die sie kaufen sollte, nahm selbst die anderen und gab sie der Verkäuferin zurück. Entschlossen dirigierte Dawn Pam zu den Schuhregalen. Sie wählte mehrere Paare aus, die gut zum neuen Outfit passten. Pam fand tausend Gründe, sie nicht anzuprobieren – zu hoher Absatz, zu rot, zu ausgefallen, zu viel Glitzer.

„Du machst wohl Witze!" Pam griff nach einem Paar roter Ballerinas ohne Absatz. Dawn riss sie ihr aus der Hand und stellte sie ins Regal zurück. Pam griff erneut danach, und Dawn schlug ihr auf die Hand. Sie lachten wie kleine Mädchen und einigten sich schließlich auf schwarze Pumps mit einem kleinen Absatz.

„Langweilig, aber okay." Dawn schüttelte angewidert den Kopf. „Hast du Nylonstrümpfe? Ohne Laufmaschen?"

Pam sank in sich zusammen. „Ich kaufe auf dem Heimweg welche. Ich verspreche es!"

In einem Café wählten sie einen Platz am Fenster. Pam bestellte Apfelkuchen, Dawn ein Stück Karamelltorte. Sie machten es sich gemütlich und unterhielten sich über das College. Pam studierte an der Arizona State Sport.

„Wie viele College-Bewerbungen hast du losgeschickt?"

Dawn überlegte, ob sie darauf antworten sollte. „Nur eine."

„Nur eine? Du weißt doch, dass es unklug ist, alles auf eine Karte zu setzen. Welches College?"

„Die Cal Poly."

„Warum ausgerechnet die? Ich dachte, das sei eine technische Hochschule."

„Sie hat einen guten Ruf im Bereich Technik und Wissenschaft. Ich habe mich für die Ausbildung zur Krankenschwester angemeldet."

„Ist Jason nicht auch dort?"

„Jason?" Dawn stockte der Atem.

„Jason Steward." Pam lächelte sie trocken an. „Tu doch nicht so, als hättest du ihn vergessen."

„Nein, aber ich dachte, er wäre zur UCLA gegangen."

„Er hat sich beworben, aber kein Stipendium bekommen."

„Oh." Dawn spürte, wie ihr alles Blut aus dem Gesicht wich.

Pam runzelte die Stirn. „Ich bin nicht ganz sicher, wo er hingegangen ist. Man hört und sieht ja nichts mehr von ihm." Sie zuckte die Achseln. „Vielleicht auch San Diego", sagte sie und wechselte das Thema.

Jason … Dawns Gedanken wurden in einen Strudel bittersüßer Erinnerungen hinabgezogen. Schnell bat sie Gott um seinen Segen für Jason und ließ ihn wieder los.

Mama und Mitch setzten sich mit Dawn zusammen. Sie boten an, ihr die letzten beiden Collegejahre zu bezahlen. Die ersten beiden Jahre hätten sie ja nichts gekostet, und sie wollten, dass Dawn sich während der letzten beiden Jahre ausschließlich auf das Studium konzentrieren könne und nicht noch nebenher arbeiten müsse.

Mitch ließ keinen ihrer Einwände gelten. „In den vergangenen drei Jahren hast du nichts anderes getan als gelernt und gearbeitet, Dawn. Du hast ja gar kein Leben mehr."

„Ich gehe zur Kirche. Und zur Jugendgruppe."

„Zwei Stunden in der Woche."

„Alle arbeiten doch. Du arbeitest, Mama arbeitet."

„Du bist neunzehn. Du solltest auch Zeit haben, dein Leben ein wenig zu genießen."

Mitch reichte ihr eine Kreditkarte. Jeden Monat würden sie eine bestimmte Summe auf ihr Konto überweisen für Schulgeld,

Bücher und eine kleine Wohnung, außerdem die Lebenshaltungskosten wie Essen und Benzin. Sie könnte davon sogar noch die Versicherung ihres Wagens zahlen.

Dawn war überwältigt und den Tränen nahe. „Das ist doch nicht nötig, Mitch."

Mitch verzog die Lippen zu einem Lächeln. „Das Geld ist nicht von mir, Stachelschweinchen, sondern von deiner Mutter."

Mama schüttelte den Kopf. „Nicht, Mitch."

Er ignorierte ihren Einwand. „Seit unserer Hochzeit hat sie die Provisionen für ihre Hausverkäufe angespart, um dir dieses Geschenk zu machen. Wenn du ablehnst, dann lege ich dich übers Knie, das schwöre ich dir."

„Mama … ich …"

Mama zuckte die Achseln. „Ein Auto konnte ich dir ja nicht schenken."

Dawns Lippen bebten. „Das ist doch viel mehr wert als ein Auto."

„Es tut mir weh, wenn ich sehe, wie hart du arbeitest." Mama stand abrupt auf, ging zur Küchentheke und holte einige Papiere. „Du brauchst eine Wohnung. Ich habe hier eine Liste von Apartmenthäusern, in denen möblierte Wohnungen angeboten werden." Sie legte sie auf den Tisch. „Die, die dem Campus am nächsten liegen, sind markiert. Bis du die passende Wohnung gefunden hast, kannst du im Hotel wohnen. Ich habe hier auch eine Liste von Hotels." Sie erhob sich und umklammerte die Lehne eines Stuhls. „Jetzt gehst du also fort." Ihre Augen füllten sich mit Tränen.

„Sie kommt doch in den Ferien nach Hause." Mitch legte den Arm um Dawns Schultern. „Nicht?"

Das klang eher wie ein Befehl als wie eine Frage. „Natürlich." Sie blickte ihre Mutter an. „Und ihr werdet mich doch hoffentlich auch mal besuchen."

Anfang August fuhr Dawn nach San Luis Obispo. Auf der Fahrt hörte sie im Radio Berichte über die irakische Invasion in Kuwait. Die ersten amerikanischen Truppen wurden nach Saudi-Arabien verlegt. Mitch hatte ihr erzählt, dass viele hochrangige Militäroffiziere Veteranen des Vietnamkriegs seien. Dieser Krieg würde schnell und entschlossen geführt werden. Dawn dachte an ihren Onkel Charlie, den sie nie kennengelernt hatte und der in Vietnam gefallen war, und schaltete das Radio aus.

Der Himmel war am nächsten Morgen, als sie aufstand, verhangen. Sie ließ ihre Sachen im Motel und machte sich auf die Suche nach einem erschwinglichen möblierten Zimmer in der Nähe des Campus. Auf keinen Fall wollte sie das Geld, das ihre Mutter ihr geschenkt hatte, verplempern.

Nach drei Tagen unterschrieb sie einen Mietvertrag für ein kleines Studio. Es war ausgestattet mit einer Küchenzeile, einem kleinen Tisch und zwei Stühlen. Wohnzimmer und Schlafzimmer waren durch eine Schiebetür getrennt. Auf einer Seite standen eine Couch, ein Sessel und ein Couchtisch mit einer Hängelampe darüber, auf der anderen Seite ein großes Bett mit zwei einfachen Nachttischen und zwei billigen Lampen. Im Vergleich zu ihrem schicken Zimmer in Alexander Valley war es beengt und düster, aber sie dachte an die Verhältnisse in Mexiko und war dankbar.

Sobald das Telefon angeschlossen war, rief sie Mama an und teilte ihr die neue Nummer mit. Dann telefonierte sie mit Granny und erzählte von ihrer Wohnung und der Stadt. „Morgen werde ich eine der Kirchen besuchen."

„Du klingst ein bisschen einsam, Schatz."

„Ein wenig vielleicht. Aber ich werde mich daran gewöhnen, auf mich selbst gestellt zu sein."

Während der nächsten Tage unternahm Dawn lange Spaziergänge über den Campus. Sie machte sich mit den Hauptgebäuden vertraut, der Bibliothek und der Cafeteria. Der Campus war umgeben von sanften, mit Eichen bewachsenen Hügeln. In der Ferne erhob sich der Bishop Peak. Während Dawn auf einer Bank saß und die anderen Studenten beobachtete, überlegte sie, ob Gott sie tatsächlich hier haben wollte oder ob sie ihr Gefühl vielleicht getäuscht hatte.

Sobald sich Dawn auf dem Campus einigermaßen zurechtfand, erkundete sie die nähere Umgebung. Sie fuhr zu den Pazifikstränden, den Bergen, Wäldern und nahe gelegenen Seen. Einen Nachmittag verbrachte sie in der berühmten alten Missionsstation, schlenderte durch den Garten mit seiner Fontäne und der Statue von Pater Junípero Serra. In der Kapelle betete sie, Gott möge sie in der vor ihr liegenden Zeit führen.

Sie vereinbarte einen Termin mit Mrs Townsend, einer Mentorin am College, die ihr half, ihren Stundenplan sinnvoll zusammenzustellen. Sie wollte effektiv studieren und keine Zeit vergeuden. Mrs Townsend blickte sie skeptisch an. „Wenn Sie merken, dass Sie sich zu viel aufgebürdet haben, können Sie auch jederzeit einen Kurs auslassen."

Der Unterricht begann, und die ersten Wochen kamen ihr vor wie ein endloser Marathon aus Vorlesungen, Lesen und Lernen. Ein nicht enden wollender Strom von Studenten zog von Gebäude zu Gebäude. Dawn war überwältigt von der Masse an Leuten. Im Junior College in Santa Rosa hatte es fast genauso viele Studenten gegeben, doch irgendwie war alles überschaubarer gewesen.

In ihrer kleinen Wohnung konnte sie nicht so gut lernen, darum gewöhnte sie sich an, in der Bibliothek zu arbeiten. Sie liebte den Geruch der Bücher, die leisen Schritte und unterdrückten Stimmen. Zwischen den Regalreihen fühlte sie sich mehr zu Hause als in ihrer Wohnung.

Wieder einmal war sie zum Lernen in die Bibliothek gegangen. Um die Mittagszeit begann ihr Magen zu knurren und erinnerte sie daran, dass sie seit dem Frühstück nichts mehr zu sich genommen hatte. Ein schneller Blick auf die Uhr zeigte ihr, dass ihr noch knapp eine Stunde bis zur Chemiestunde blieb. Die Zeit reichte nicht aus, um sich in der Mensa vor der Essensausgabe anzustellen. So beschloss sie, ihre Sachen zusammenzupacken und schnell im Bibliothekscafé eine Tasse Kaffee zu trinken und ein Stück Kuchen zu essen. Das war besser als gar nichts.

Sie hatte gerade den letzten Bissen ihres Blaubeermuffins in den Mund gesteckt und die Hälfte des Kaffees getrunken, als Jason Steward zu Tür hereinkam. Bei seinem Anblick blieb Dawn beinahe das Herz stehen.

Sie starrte ihn an und versuchte, ihre Gefühle unter Kontrolle zu bekommen. Jason sah noch besser aus, als sie ihn in Erinnerung hatte. Der kurze Haarschnitt stand ihm sehr gut. Er war braun gebrannt und durchtrainiert, war größer und hatte breitere Schultern als früher. Zwei junge Männer und ein hübsches Mädchen mit schulterlangen dunklen Haaren und einem fröhlichen Lächeln waren in seiner Begleitung. War sie seine Freundin? Ein scharfer Schmerz durchschnitt Dawns Herz. Sie hatte gehofft, dass sie über ihn hinweg war.

Während die vier ihre Wahl trafen, bezahlten, die Sachen entgegennahmen und sich auf der anderen Seite des Raums niederließen, beobachtete Dawn Jason. Er redete, lachte über etwas, das einer der Jungen sagte. Dem Mädchen schob er den Stuhl zurecht. Er hatte Dawn den Rücken zugewandt, doch einer seiner Freunde schaute sie an und lächelte. In den vergangenen Wochen hatte sie dieses Lächeln bei einigen anderen jungen Männern bemerkt. Normalerweise ging es einem Versuch voran, ein Gespräch mit ihr zu beginnen oder sie um ihre Telefonnummer zu bitten. Dawn wandte den Blick ab, um ihn nicht zu ermutigen.

Einige Sekunden später sah sie erneut hinüber. Jason hatte sich auf seinem Stuhl halb umgedreht und starrte sie an. Fassungslosigkeit machte sich auf seinem Gesicht breit. Eine Flut von Gefühlen überrollte Dawn. Ihr Lächeln fühlte sich steif an, ihre Beine waren wie Pudding. Als Jason sich wieder wegdrehte, wurde ihr heiß und gleichzeitig kalt. Er sagte etwas zu den anderen und erhob sich. Das Mädchen blickte an ihm vorbei zu Dawn.

Dawn versuchte vergeblich, tief durchzuatmen, um ihren

Herzschlag zu beruhigen, und sah Jason entgegen, der quer durch den Raum auf sie zukam. Er schien ganz und gar nicht glücklich darüber zu sein, sie zu sehen. Vor ihrem Tisch blieb er stehen und umklammerte die Lehne eines Stuhles. „Was machst du denn hier?"

Warum war er so böse auf sie? Er hatte doch schließlich Schluss gemacht! „Ich trinke Kaffee."

„Das meine ich nicht. Ich meine, hier auf dem Campus."

„Ich mache hier eine Krankenpflegeausbildung."

Seine Augen flackerten auf. „Du hättest doch woanders hingehen können."

Seine letzte Nachricht auf ihrem Anrufbeantworter klang ihr noch in den Ohren. *Ich liebe dich, Dawn. Ich werde dich immer lieben.* Eine Welle des Schmerzes ging durch ihren ganzen Körper. Immer wieder hatte sie sich diese Nachricht angehört, tagelang, wochenlang, bis sie schließlich alles an Gott abgegeben und die Nachricht gelöscht hatte. *Jesus, was hat das für einen Sinn?* Wenn sie gewusst hätte, dass Jason hier studierte, hätte sie sich nie um einen Studienplatz beworben. Sie wusste nicht, was sie sagen sollte, darum rettete sie sich in Höflichkeitsfloskeln. „Schön, dich wiederzusehen, Jason." Sie redete, als wären sie nur flüchtige Bekannte gewesen, kein Liebespaar.

„Ach." Das klang zweifelnd.

Sie blinzelte und wünschte, ihr Herzschlag würde sich beruhigen. „Wie geht es dir?"

„Gut." Er klang sarkastisch. „Mir geht es großartig." Er nickte mit dem Kopf zu seinen Freunden am anderen Tisch. Das Mädchen beobachtete aufmerksam ihren Austausch. Jason trat zur Seite und versperrte ihr den Blick. Er fragte Dawn nicht, ob er sie vorstellen solle. Dawn spürte seine Feindseligkeit fast körperlich.

„Ich habe lange gebraucht, um über dich hinwegzukommen, Dawn. Ich weiß nicht mal, warum ich überhaupt mit dir rede."

Was konnte sie darauf erwidern? Sie war nicht über ihn hinweg, würde nie über ihn hinwegkommen. Erst jetzt wurde ihr das klar. *Ach, Herr, warum?* Betroffen senkte sie den Blick und legte ihre Hände um ihre Kaffeetasse. Sie wusste nicht, was sie sagen sollte.

„Du trägst das Armband, das ich dir geschenkt habe."

Sie betrachtete die Goldkette mit dem zarten Herz und der kleinen Perle. „Ich habe es nie abgenommen."

Er sah aus, als hätte er einen Schlag in den Magen bekommen. „Ich versteh's nicht."

„Was verstehst du nicht?"

„Ich habe angerufen, Dawn. Du hast nie zurückgerufen. Ich habe dir eine Nachricht hinterlassen. Kein Wort von dir. Nicht eins. Kannst du mir das mal erklären?"

„Du kennst doch den Grund, Jason."

„Ach ja?", schnaubte er. „Warum klärst du mich nicht auf?"

Sie hatte nicht vorgehabt, ein öffentliches Bekenntnis abzulegen, aber sie konnte auch nicht den Mund halten. „Wir sind zu weit gegangen, Jason. Und vor drei Jahren war das nicht richtig." Ihre Augen brannten. „Ich …" Sie schluckte, bevor sie weitersprechen konnte. „Ich wollte mit Gott ins Reine kommen."

Jason betrachtete ihr Gesicht, dann drehte er sich einfach um und ging davon. Außer sich vor Schmerz beobachtete Dawn, wie er sich wieder zu seinen Freunden setzte. Erzählte er ihnen, wer sie war, was sie füreinander gewesen waren, was er jetzt von ihr hielt? Das dunkelhaarige Mädchen lehnte sich zurück und blickte erneut zu ihr hinüber. Auch einer der Jungen schaute zu ihr herüber, schob seinen Stuhl zurück und stand auf, bis Jason etwas zu ihm sagte, das ihn anscheinend dazu brachte, sich wieder hinzusetzen.

Warum saß sie immer noch hier und quälte sich mit Reue und Schuldgefühlen? Die Vergangenheit ließ sich nicht mehr ändern. Was sie getan hatte, konnte sie nicht mehr ungeschehen machen. Und was Jason jetzt über sie dachte, darauf hatte sie auch keinen Einfluss.

Dawn suchte ihre Sachen zusammen, warf den Pappbecher und ihre Serviette in den Müll und verließ das Café. Ihre Kehle brannte vor Tränen, als sie die Treppe hinuntereilte und sich von der Bibliothek entfernte.

Oh Gott, ich habe dich wohl missverstanden. Warum bin ich nur hierhergekommen? Das ist der letzte Ort, wo ich sein sollte! Oh, der Ausdruck auf seinem Gesicht … ich dachte, ich hätte das überwunden. Sie wischte sich die Tränen weg und ging weiter. *Du bist meine erste Liebe, Jesus, meine Liebe für immer. Aber es tut weh, Herr. Ich wünschte, du hättest Arme, um mich zu halten.*

Kapitel 41

Dawn lernte auch weiterhin jeden Nachmittag in der Bibliothek, aber nach der Begegnung mit Jason mied sie das Café. Jeden Morgen stand sie früh auf, setzte sich an den Tisch am Fenster und las in der Bibel. Manchmal hatte sie das Gefühl, durch ein finsteres Tal zu wandern. Ihr Herz war gebrochen. Jeden Tag fürchtete sie, Jason zu begegnen, und die Kälte in seinem Blick könnte sie nicht ertragen.

Das Lernen hielt den Schmerz in Schach. Drei Jahre lang hatte sie sich damit über Wasser gehalten. Sie würde es auch noch einmal schaffen. Bestimmt verfolgte Gott mit alledem eine bestimmte Absicht. Sie betete unablässig. Manchmal, wenn sie allein in ihrer Wohnung saß, sprach sie laut mit Gott: *Was soll ich tun mit meinem Leben?* Nie könnte sie die Frau aus Sprichwörter Kapitel 31 sein. Aber vielleicht wollte Gott sie auf dem Missionsfeld haben. Bestimmt gab es Dutzende von Organisationen, die an Krankenschwestern Bedarf hatten. Vielleicht könnte sie in einem Indianerreservat oder in Afrika oder dem Fernen Osten arbeiten. *Irgendwo weit weg, Herr, am besten am anderen Ende der Erde.*

Jede Nacht träumte sie von Jason, und morgens wachte sie weinend auf. Sie flehte Gott an, die Träume aufhören zu lassen.

Tag für Tag konzentrierte sie sich bewusst auf den Unterricht, machte sich Notizen, erledigte die Aufgaben, so gut sie konnte. Gott hatte einen Plan für sie. Sie würde darauf vertrauen, dass Gott alles gut machte.

Oma hatte ihr erzählt, sie hätte eigene Pläne geschmiedet und dann festgestellt, dass Gottes Pläne für sie viel besser gewesen seien. Sie suchte nach Gottes Verheißungen und schrieb sie in das ledergebundene Tagebuch, das Oma ihr geschenkt hatte.

Ich habe nie aufgehört, dich zu lieben. Ich bin dir treu wie am ersten Tag … Denn mein Plan für euch steht fest: Ich will euer Glück und nicht euer Unglück. Ich habe im Sinn, euch eine Zukunft zu schenken, wie ihr sie erhofft.

Ich will das glauben, Herr. Hilf mir dabei.

Nach einiger Zeit fand sie eine Gemeinde, die ihrer zu Hause sehr ähnlich war und in der sie sich sofort wohlfühlte, weniger verletzlich, als wenn sie allein gegen Einsamkeit und Trauer ankämpfen musste.

Bei ihrem zweiten Besuch entdeckte sie Jason in der dritten Reihe. Wenn der Gottesdienst nicht schon begonnen hätte, wäre sie gegangen.

Gott, warum tust du mir das an?

Beim Gebet neigte Jason nicht nur den Kopf, er sank förmlich vornüber. Dawn empfand Dankbarkeit. Sie hatte ihm vielleicht seine Unschuld genommen, aber wenigstens hatte sie nicht seinen Glauben zerstört. Als sich die Gemeinde zum Singen erhob, überragte Jason die anderen in seiner Nähe. Er stand da wie ein Soldat, die Schultern gerade, den Kopf hoch aufgerichtet. Dawns Kehle war wie zugeschnürt, und sie konnte keinen Ton hervorbringen.

Am Ende des Gottesdienstes wollte Dawn so schnell wie möglich den Gemeinderaum verlassen, aber Jason hatte sich bereits erhoben. Aus Angst, er könnte sie sehen, wandte sie den Kopf ab, während er zum Ausgang schritt. Andere Gemeindemitglieder begrüßten ihn, verwickelten ihn in Gespräche. Sie beugte sich vor, als wollte sie ihre Handtasche aufheben, als er an ihrer Reihe vorbeiging, dann blieb sie sitzen und sah ihm nach, wie er durch die Tür verschwand. Erst als der Gottesdienstraum sich geleert hatte und die Band ihre Instrumente wegpackte, erhob sich Dawn.

Am Montag musste sie sich zum Aufstehen und zum Bibellesen zwingen. Nur mit Mühe schaffte sie es zum Unterricht, und sie konnte kaum die Augen offen halten. In aller Eile trank sie eine Tasse Kaffee, bevor sie zu ihrem Kurs über die Geschichte der Krankenpflege aufbrach. Zum Mittagessen ging sie in die

Mensa. Der nächste Kurs würde erst in zwei Stunden beginnen. Ihr blieb also genügend Zeit, um noch in der Bibliothek ein wenig zu lernen.

Nach einer Stunde war sie vollkommen erschöpft. Sie massierte ihre Stirn und wünschte, der Kaffee hätte gegen die Kopfschmerzen geholfen.

Seit zwei Monaten lebte sie jetzt in San Luis Obispo; es kam ihr vor wie zehn Jahre. Sie wusste nicht, ob sie hierbleiben konnte. Vielleicht sollte sie ihr Studium an einem anderen College fortsetzen. Vielleicht war es ein Fehler gewesen, herzukommen, aber sie war so sicher gewesen, dass Gott sie hierhergeführt hatte. Dass sie noch mehr Schmerz, noch mehr schlaflose Nächte, noch mehr Verwirrung erleben würde, damit hatte sie nicht gerechnet. Wenn sie die Uni wechselte, würde sie wenigstens nicht jeden Tag Angst haben müssen, Jason über den Weg zu laufen.

Jemand zog einen Stuhl unter dem Tisch hervor und setzte sich zu ihr. Sie hatte keine Lust, ihren Tisch zu teilen. Schnell suchte sie ihre Notizen zusammen, steckte sie in ihre Mappe und beugte sich vor, um ihren Rucksack hochzunehmen.

„Ich habe dich gesucht."

Ihr Herz setzte aus und begann gleich darauf mit doppelter Geschwindigkeit zu schlagen.

Jason legte die Arme auf die Tischplatte. „Wie geht es dir?"

Warum jetzt, Herr? Ich weiß nicht mehr, was du willst. Sie lächelte Jason halbherzig an. „Ich komme klar." Die alte Anziehungskraft war wieder da, als er sie ansah. Sie erhob sich, stellte den Rucksack auf den Tisch und fing an, ihre Bücher einzupacken.

„Du siehst müde aus, Dawn."

„Ich habe nicht besonders gut geschlafen."

„Ich auch nicht." Er beugte sich vor und sprach mit leiser Stimme. „Wollen wir irgendwo hingehen? Reden?"

Sie erkannte das Funkeln in seinen Augen, und ihr wurde heiß. Nur zu gut erinnerte sie sich daran, wie es zwischen ihnen gewesen war. Grund genug, den Rückzug anzutreten. *Sofort.* „Ich habe Chemie."

„Ich bin jetzt beim Militär, weißt du."

„Sehr witzig, Jason."

Jason packte ihren Arm und hielt ihn fest. „Ich bin wirklich beim Militär, Dawn." Als sie ihren Arm zurückzog, fiel seine Hand herunter. „Ich bekomme so die Ausbildung bezahlt. Wenn ich fertig bin, muss ich sechs Jahre im aktiven Dienst bleiben."

Schuldgefühle überfielen Dawn. „Oh nein, und das ist meine Schuld!" Sie dachte an den Irak und Kuwait und die jungen Männer, die dort Dienst leisten mussten. Mitch hatte prophezeit, die Auseinandersetzungen würden noch hitziger werden. Was bedeutete das für Jason? Musste er nach seinem Examen in den Krieg ziehen? Und alles nur, weil sie ihn vom Lernen abgehalten und er deshalb kein Stipendium bekommen hatte! Georgia Steward hatte jedes Recht, sie zu hassen. „Es tut mir leid, Jason." Eine Entschuldigung reichte nicht aus. Ihre Augen schwammen in Tränen. „Es tut mir so leid." Sie trat zurück. „Ich war wirklich das Schlimmste, das dir je passiert ist." Sie wandte sich ab.

Jason hielt sie erneut fest. „Wartest du bitte mal eine Minute?"

Sie entwand sich seinem Griff. „Du hattest alles so gut geplant, bis ich es vermasselt habe. Jetzt wärst du mit einem Stipendium in Berkeley, wenn wir nicht ..." Sie brach ab, wirbelte herum und reihte sich halb rennend in den Strom der Studenten ein.

Vom Chemieunterricht bekam sie kaum etwas mit. Sie machte sich zwar Notizen und versuchte, den Stoff zu verstehen, aber sie konnte an nichts anderes denken als daran, dass Jason in die Armee eingetreten war. Er hatte Ingenieur werden wollen – vielleicht sogar Pastor. Jetzt war er Soldat und würde in irgendeinem gottverlassenen Kriegsgebiet Gräben ziehen und womöglich sterben. Was hatte sie nur angerichtet!

Als Dawn nach dem Unterricht den Klassenraum verließ, lehnte Jason draußen an der Wand. Er stieß sich ab und holte sie ein. „Wir müssen reden."

„Ich glaube, deine Intuition damals war ganz richtig, Jason. Wir müssen einander loslassen."

„Bitte, Dawn." Er nahm ihre Hand und presste sie an seine Brust. Sie spürte seinen Herzschlag, schnell und fest. Er beugte sich zu ihr. „Ich bin beinahe umgefallen, als ich dich da plötzlich im Café sitzen sah. Es ist noch nicht vorbei, Dawn. Zwischen uns wird es nie vorbei sein, glaube ich."

Ein Schauer überlief sie. Ohne nachzudenken trat sie näher und legte ihre Arme um seine Taille. Als sie sich an ihn presste, hörte sie ihn nach Luft schnappen, dann spürte sie seine Arme um sich. „Ich liebe dich, Dawn. Und ich werde dich immer lieben." Dawn spürte die Wärme seiner Hand an ihrem Rücken. Sein Atem ging stoßweise. „Bist du für heute fertig mit dem Unterricht?"

„Ja."

„Dann suchen wir uns doch einen Ort, wo wir allein sein und reden können. Ich wohne mit mehreren Kumpels zusammen. Was ist mit dir?"

Als er zurücktrat, beobachtete sie, wie seine Pupillen ganz weit wurden, so wie damals, wenn seine Mutter zur Arbeit gegangen und sie zum Wohnwagen gekommen war. Dieser Blick hatte ihr damals den Verstand geraubt. Noch immer löste er ein heftiges Kribbeln in ihrem Magen aus.

„Ich wohne allein." Sie spürte die Hitze, die er ausstrahlte, oder war es ihre eigene?

„Es ist so lange her, Dawn." Jason ergriff ihre Hand. „Lass uns gehen."

Etwas in Dawn warnte sie. Und da sie Gott jetzt so lange kannte, hörte sie hin und gehorchte. „Nein." Sie entzog ihm ihre Hand und rührte sich nicht von der Stelle. „Wir sollten nicht miteinander allein sein, nicht mit unserer Geschichte." Und nicht in dem Zustand, in dem sie sich gerade befand. Wenn sie allein waren und er sie berührte, würde sie alles vergessen, was sie gelernt hatte. Die vergangenen drei Jahre hatten Jason offensichtlich verändert, und sie musste herausfinden, wie sehr.

Er verstand sie nicht. Während seine Hände über ihre Arme strichen, schenkte er ihr ein Lächeln, das ihr Inneres zum Schmelzen brachte. „Okay. Wir setzen Regeln fest. Küssen ja, aber kein Petting, kein –"

Dawn schüttelte den Kopf. „Ich bin nicht stark genug, Jason, und ich bin nicht bereit, dass alles wieder von vorn losgeht."

Jason ließ scharf die Luft entweichen. „Also gut." Er nahm ihre Hand und verschränkte seine Finger mit ihren. „Dann mach einen Vorschlag."

„Wir bleiben irgendwo in der Öffentlichkeit, wo wir uns benehmen müssen."

Er lachte. „Dann sollten wir vielleicht einfach auf die Wiese vor dem Hauptgebäude gehen." Als er sie dieses Mal anlächelte, sah er wieder genauso aus wie der Jason, an den sie sich erinnerte.

Kapitel 42

Jeden Morgen trafen sich Dawn und Jason vor dem Unterricht und oft auch zwischen den einzelnen Kursen auf dem Campus, und sie gingen zusammen zum Mittagessen in die Mensa. Jeden Abend telefonierten sie miteinander, bis sie die Augen nicht mehr offen halten konnten.

Jason stellte sie seinen Freunden vor: Dod Henson, Jack Kohl und Alice Jeffries, dem hübschen dunkelhaarigen Mädchen, die Dods Freundin war. Sie hatten alle nicht viel für den Glauben übrig, und sie schienen ziemlich überrascht, als sie erfuhren, dass Jason Christ war.

„Wann ist das denn passiert?“, wollte Dod wissen, und Jason erklärte, er sei schon lange Christ, aber in letzter Zeit hätte er sich davon tatsächlich nicht viel anmerken lassen. Er sei wütend auf Gott gewesen, sagte er und lachte. Sie fuhren in die Stadt und unterhielten sich bei chinesischem Essen oder bei Hamburgern. Samstags lernten Dawn und Jason gemeinsam in der Bibliothek. Sonntags gingen sie zum Gottesdienst.

Ein Monat verging wie im Flug, und Jason wollte ihren „Monatstag“ mit etwas Besonderem feiern. Dawn schlug ein Picknick am Strand vor und brachte ein Brathähnchen, Kartoffelsalat und selbst gebackene Kekse mit. Sie aßen an einem Tisch; der Wind wehte kalt vom Meer herüber. Die Reste verstauten sie auf dem Rücksitz seines weißen Honda. Jason warf sich eine Decke über die Schulter, nahm Dawns Hand und schlug vor, noch ein wenig spazieren zu gehen. In einer kleinen windgeschützten Bucht breitete er die Decke aus.

Dawn hatte zu der Predigt, die sie am Morgen gehört hatten, einige Fragen. Jasons Ansichten schienen weitaus mehr Substanz zu haben als damals mit 17. Fröstelnd legte Dawn die Arme um ihre angezogenen Knie und erzählte Jason von dem Tag, an dem sie ihn in der Kirche gesehen hatte. „Du kamst spät. Ich habe gesehen, wie du gebetet hast.“

Jason legte sich auf den Rücken und verschränkte die Arme hinter seinem Kopf. „An diesem Tag war ich zum ersten Mal wieder in der Kirche, seit ich hergezogen bin."

Dawn starrte ihn verblüfft an. „Kim sagte, du seist zu Hause regelmäßig im Gottesdienst gewesen."

„Ja", erwiderte er. „Weil Mama darauf bestand. Bist du deswegen nicht mehr hingegangen? Weil ich da war?"

Sie starrte auf das Meer hinaus. Möwen ließen sich vom Wind tragen, stürzten halb herab und segelten dann wieder nach oben. „Es tat zu weh, dich zu sehen."

Jason streichelte ihre Hüfte. „Nach diesem Überraschungsausflug, den Pastor Daniel und meine Mutter sich ausgedacht hatten, wollte ich ihn nicht wiedersehen."

„Was hat er denn an jenem Samstag zu dir gesagt?"

Jason verzog das Gesicht. „Dass ein Mann die Menschen, die er liebt, schützen müsse und dass ich dich in Gefahr brächte. Ich will gar nicht alles wiedergeben, aber Daniel erklärte mir, das, was wir täten, sei nicht das, was Gott im Sinn hätte. Ich wusste ja, dass er recht hatte, und das war natürlich genau das Problem. Ich wollte es einfach nicht hören, und ich wollte viel lieber zu dir, aber –"

„Deine Mutter war da, als ich kam."

„Ja, das weiß ich, aber ihr hattet euch sicher nicht viel zu sagen."

„Oh, deine Mutter hatte so einiges zu sagen."

„Was?" Er sprang auf und fuhr sich mit den Händen durch die Haare. „Ich habe dich doch damals gefragt, worüber ihr gesprochen hättet, und du hast geantwortet, nichts Wichtiges! Jetzt klingt das aber anders. Hat das, was sie gesagt hat, diese Mauer zwischen uns aufgebaut?"

Dawn hatte drei Jahre Zeit gehabt, über das nachzudenken, was Georgia Steward ihr an den Kopf geworfen hatte. „Sie hat mir die Wahrheit gesagt."

„Darauf wette ich." Sein Gesicht verfinsterte sich. „Jedenfalls ihre Version." Er fluchte.

„Setz dich, Jason. Bitte."

Er kam ihrer Aufforderung nach, mit angespanntem Körper und zusammengebissenen Zähnen, die Fäuste geballt. „Als ob meine Mutter das Recht gehabt hätte, Steine zu werfen. Schließlich bin ich ein uneheliches Kind."

„Ja, wer hätte also besser die Gefahr erkennen können, die uns drohte, als sie? Deine Mutter hat einfach nur die Wahrheit ausgesprochen, Jason. Und Gott hat mir durch ihre Worte die Augen geöffnet für das, was *er* wollte. Ich betrachte das als Segen. Wir beide schulden Pastor Daniel und deiner Mutter großen Dank."

„Denkst du das wirklich? Und was ist mit dem Schmerz, den sie uns zugefügt haben?"

„Schmerz formt den Charakter, und nicht sie haben uns Schmerz zugefügt. Das waren wir selbst. Ich weiß, was ich an diesem Abend in Jenner getan habe. Ich *wollte* dich, und alles andere war mir egal. Ich habe nicht darüber nachgedacht, wie hoch der Preis dafür wäre. Aber wenn ich jetzt zurückschaue, sehe ich Gottes Gnade darin, wie sich alles entwickelt hat."

Jasons Blick wurde weicher. „Du bist nicht mehr dasselbe Mädchen wie früher, Dawn."

„Das hoffe ich doch."

„Gott hat dich gefunden." Jason zog sie auf sich. „Und ich möchte dich auch wiederfinden." Er grub seine Finger in ihre Haare und küsste sie genau wie früher, wenn sie allein in seinem Zimmer waren. „Du schmeckst immer noch wie der Himmel auf Erden." Er rollte sie auf den Rücken und küsste sie erneut. „Willst du mich heiraten?"

Dawn lächelte und klopfte ihm den Sand vom Pullover. „Ich glaube, die Antwort kennst du bereits. Natürlich will ich dich heiraten!"

Freude und Entschlossenheit spiegelten sich in seinen Augen. „Wir heiraten in den Weihnachtsferien."

Sie lachte. „In zehn Tagen ist doch schon Thanksgiving."

„Ich weiß, und bisher hatte ich eigentlich nicht vor, nach Hause zu fahren."

„Du meinst es ernst!"

„Ja, ich meine es ernst." Er stand auf und zog sie mit hoch. „Wir fahren zusammen mit meinem Wagen nach Hause. Heute Abend rufe ich meine Mutter an, damit sie sich darauf einstellen kann. Und dann frage ich Pastor Daniel, ob er noch einen Termin für eine Hochzeit frei hat." Er schüttelte die Decke aus. „Du solltest auch besser deinen Eltern Bescheid geben, bevor sie es von jemand anderem erfahren."

Dawn schnappte nach Luft. „Bestimmt werden sie uns vorschlagen, bis nach dem Examen zu warten."

„Das dauert noch zwei Jahre – vielleicht auch drei. Ich glaube nicht, dass wir so lange warten können." Jason hielt in der Bewegung inne. „Sag was." Er runzelte die Stirn. „Du willst doch nicht warten, oder?"

„Nein." Freude sprudelte in ihr hoch. Gott hatte ihr ihren Herzenswunsch erfüllt! Sie lachte. „Nein, Jason, ich will nicht warten." Außer sich vor Glück warf sie sich ihm in die Arme.

Jason berichtete, seine Mutter hätte zu ihren Plänen nicht viel gesagt. Pastor Daniel wollte in seinem Terminkalender nachsehen, und sie könnten dann alles besprechen, wenn Jason und Dawn zu Thanksgiving nach Hause kämen. Da Jason mit Widerstand rechnete, sammelte er auf der langen Fahrt nach Norden Argumente. Trotz ihrer Ängste riet Dawn ihm, erst mal zuzuhören und nicht mit der Tür ins Haus zu fallen. „Deine Mutter und Daniel lieben dich, Jason. Sie wollen das Beste für dich."

Er schaute sie an. „Hier geht es um *uns*, Dawn, nicht um *mich.*" Er runzelte die Stirn. „Du hast mir gar nicht viel von der Reaktion deiner Eltern erzählt. Wenn Mitch und deine Mama dir raten zu warten, wirst du dann auf sie hören?"

„Ich werde sie auf jeden Fall anhören, ohne sie zu unterbrechen." Sie steckte ihre Hände unter ihre Oberschenkel. „Hier geht es nicht um das, was *wir* wollen, Jason. Es geht um Gott. Wir wollen uns auf das konzentrieren, was *er* will. Okay? Du hast mir vor Jahren gesagt, Gott wisse alles besser als wir."

Jason warf ihr ein entschuldigendes Lächeln zu. „Ich schätze, das brauchte ich jetzt."

Als sie bei Dawn zu Hause vorfuhren, kamen Mitch und Mama heraus, um sie zu begrüßen. Der inzwischen elfjährige Christopher kam aus dem Haus geflitzt, umarmte Dawn und sprudelte hervor, wie sehr er sie vermisst habe und dass er es gut fände, dass sie heiraten würde, und das würde ja wohl bedeuten, dass Jason bei ihnen einziehen würde, und ob Jason denn nicht hereinkommen und sich die Stadt anschauen wollte, die er mit seinen Legos gebaut habe. Alle lachten. Jason war spürbar erleichtert über die herzliche Begrüßung.

Mama machte eine Ankündigung, die sie beide ernüchterte. „Jason, du und deine Mutter, ihr seid zu Thanksgiving bei uns zu Gast." Sie blickte Dawn an. „Und Granny kommt natürlich auch. Sie rief mich an, unmittelbar nachdem du ihr von deiner Verlobung erzählt hast."

Dawn wand sich innerlich. Kein Wunder, dass ihre Mutter so still gewesen war, als sie ihr die große Neuigkeit mitgeteilt hatte.

Dawn öffnete die Tür, als Jason und seine Mutter eintrafen. Georgia Stewards Lächeln war genauso gezwungen wie Dawns, als Dawn sie ins Haus bat. Seine Mutter ging voraus, und Jason stahl sich einen Kuss von Dawn. Mitch und Mama begrüßten sie im Wohnzimmer. Es gab kleine Häppchen und Apfelcidre. Mitch brachte einen Trinkspruch aus, und Granny war richtig aufgedreht und konnte es kaum erwarten, die Hochzeit zu planen. „Wir müssen uns beeilen, wenn wir alles bis Weihnachten vorbereiten wollen! Dawn braucht ein Brautkleid. Wir müssen einen Fotografen suchen, Blumen bestellen, die Einladungen drucken."

Nachdenklich und schweigsam verschwand Mama in der Küche. Georgia folgte ihr und fragte, ob sie ihr helfen könne.

Jason ergriff Dawns Hand. „Können wir einen Spaziergang machen?"

Nachdem sie vom Haus aus nicht mehr zu sehen waren, nahm Jason sie in die Arme und küsste sie. „Du wirkst wie das berühmte Reh im Scheinwerferlicht."

„Ein Brautkleid, Hochzeitseinladungen, Fotograf, Blumen …"

„Ich habe gar nicht gefragt, wie du dir unsere Hochzeit vorstellst. In Weiß und mit vielen Gästen?"

„Ich glaube, das ist eher Grannys Traum, weil sie und Opa das nicht hatten. Und auch für meine Mama hat sie keine große Hochzeit ausrichten können."

„Und was willst du?"

„Dich!"

„Mich hast du ja schon." Er küsste sie erneut, drückte sie an sich. „Vielleicht sollten wir allen den Ärger und die Arbeit ersparen und einfach durchbrennen", flüsterte er ihr ins Ohr.

Beim Abendessen gab es keinen Mangel an Gesprächsstoff. Sogar Georgia öffnete sich, als Mitch sie nach ihrem Geschäft fragte. Es blühte und gedieh, berichtete sie. Sie habe zwei Mädchen eingestellt und sei auf der Suche nach einem dritten. Christopher gab kaum ein Wort von sich; er konzentrierte sich auf den Truthahn und die Beilagen. Mama bot an, gemeinsam mit Georgia die Hochzeit zu planen. „Wir müssten dann nur wissen, was ihr zwei euch vorgestellt habt."

„Am liebsten eine kleine Feier", erwiderte Dawn mit unsicherem Lächeln. „Nur enge Freunde und die Familie."

„Was ist mit Blumen?" Georgia führte ihr Glas an die Lippen und blickte sie über den Rand hinweg an.

„Weihnachtssterne." Sie könnten dann gleich als Weihnachtsdekoration in der Kirche stehen bleiben.

Georgia stellte vorsichtig ihr Glas ab. „Und dein Brautstrauß?"

„Gardenien duften so wundervoll“, bemerkte Granny. „Und Rosen … oder weiße Orchideen …“

„Ich möchte fünf langstielige weiße Rosen.“

Granny blickte sie verblüfft an. „Das ist doch kein Brautstrauß, Dawn!“

„Vielleicht nicht.“ Dawn beugte sich vor und gab Granny einen Kuss auf die Wange. „Aber genau das möchte ich.“

Pastor Daniel saß an seinem Schreibtisch, als Jason und Dawn am Freitagmorgen das Büro betraten. Händchen haltend setzten sie sich auf die Couch. „Ihr zwei seht aus, als würdet ihr vor einem Erschießungskommando stehen. Ich dachte, ihr wärt gekommen, um über eure Hochzeit zu reden.“

Jason richtete sich auf, gewappnet für eine Auseinandersetzung. „Versuchen Sie gar nicht, uns von unseren Plänen abzubringen. Wir wollen so schnell wie möglich heiraten.“

Dawn hatte so eine Ahnung, was Pastor Daniel in Bezug auf ihre überstürzten Hochzeitspläne denken könnte. „Ich bin übrigens nicht schwanger, Pastor Daniel.“

Jason warf ihr einen überraschten Blick zu. Seine Hand schloss sich fester um ihre, und sie sah den Pastor wieder an. „Und wir schlafen auch nicht miteinander und werden es auch vor der Hochzeit nicht tun.“

Pastor Daniel errötete. „Wow! Bei unserem letzten Gespräch habe ich bei dir, Jason, wohl einen ziemlich gesetzlichen Eindruck hinterlassen. Ich hoffe, ihr beide verzeiht mir.“

Dawn lächelte. „Das tun wir. Sie hatten ja recht. Ich bin dankbar, dass Gott uns die Möglichkeit gegeben hat, das selbst zu erkennen. Und eine zweite Chance.“ Sie wandte sich lächelnd zu Jason um.

Jasons Griff lockerte sich. „Sie erwähnten Arbeitsmaterial, das wir vor der Hochzeit durcharbeiten sollten.“ Auf dem Weg von San Luis Obispo hierher hatte er den Verdacht geäußert, Pastor

Daniel oder seine Mutter würden sich vielleicht eine Hinhaltetaktik ausdenken.

Pastor Daniel nahm zwei Arbeitsbücher aus einem Regal und legte sie vor sie auf seinen Schreibtisch. „Ihr könnt sie mitnehmen." Er beugte sich vor und faltete seine Hände auf dem Schreibtisch. „Es sind jede Menge Bibelstellen drin und Fragen, über die ihr gemeinsam nachdenken könnt. Das ist eine Vorbereitung auf die Fragen und Probleme, die im Laufe eurer Ehe vielleicht aufkommen könnten, nicht nur im ersten Jahr, sondern auch später." Pastor Daniel lächelte Dawn herzlich an. „Ich habe verfolgt, wie deine Beziehung zu Jesus im Lauf der vergangenen drei Jahre gewachsen ist." Dann wandte er sich an Jason. „Bei dir bin ich nicht so sicher. Irrst du noch herum?"

„Nicht mehr. Ich bin zurückgekehrt und habe vor zu bleiben." Jason ließ Dawns Hand los und nahm die beiden Arbeitsbücher. „Danke, Pastor Daniel."

„Ich hatte gehofft, dass alles so kommt."

„Tatsächlich?", fragte Jason zweifelnd.

„Was hältst du davon, wenn wir morgen eine Fahrradtour machen und noch ein wenig reden?"

Jason war einverstanden. Pastor Daniel lehnte sich auf seinem Stuhl zurück und lächelte sie verschmitzt an. „Ihr werdet das erste Paar sein, das sich in unserer Gemeinde kennengelernt hat und dann auch heiratet. Dezember ist ein schöner Monat für eine Hochzeit."

Dawn lachte. „Was ist mit Kim und Tom?"

Pastor Daniel schmunzelte. „Ach, die heiraten erst im Juni."

Als Dawn nach Hause kam, blinkte das Licht an ihrem Anrufbeantworter. In der Erwartung, dass es Kim oder Pam oder einer ihrer anderen Freunde war, hörte sie die Nachricht ab. Doch es war Georgia Steward mit einer Einladung zum Kaffeetrinken am Samstagnachmittag. „Wir haben einige Dinge miteinander zu klären, Dawn." Ihre Stimme klang kühl und distanziert. „Wenn dir drei Uhr nicht passt, ruf mich doch bitte an, damit wir einen anderen Termin suchen können."

Dawn sank auf ihr Bett. Was hatte Jasons Mutter ihr wohl dieses Mal zu sagen? Befürchtete sie, diese Hochzeit würde wieder irgendetwas für Jason zerstören? Dass sie vielleicht schwanger sein könnte?

Dawn hätte am liebsten eine Ausrede erfunden, um sich vor dem Gespräch zu drücken. Wie sollte sie Georgia gegenübertreten, nach allem, was sie ihr das letzte Mal an den Kopf geworfen hatte? *Gott, hilf mir. Was soll ich tun?*

Die Vernunft siegte. In ein paar Wochen würde Georgia Steward ihre Schwiegermutter sein. Georgia mochte sie vielleicht nicht, aber um Jasons willen mussten sie irgendwie Frieden schließen. Dawn wollte nicht zwischen Mutter und Sohn stehen. Den ganzen Nachmittag betete sie für diese Begegnung.

Jason rief am Abend an. Da er die Einladung seiner Mutter nicht erwähnte, wurde Dawn klar, dass Georgia ihm nichts davon erzählt hatte. Das war kein gutes Zeichen.

Jason sagte, er hätte eine tolle Idee für ihre Flitterwochen. Ihnen blieben nur wenige Tage, weil Weihnachten ja vor der Tür stand. „Es ist zwar nicht das Ritz, aber ich denke, es wird dir gefallen." Es sollte eine Überraschung werden.

„Ich werde begeistert sein, was immer es ist."

Unfähig zu schlafen, setzte sich Dawn an ihren Schreibtisch und las bis weit nach Mitternacht in ihrer Bibel. Sie barg das Gesicht in den Händen und betete, Georgias Abneigung gegen sie möge sich legen. Als sie schließlich zu Bett ging, träumte sie, sie trüge bei der Hochzeit ein scharlachrotes Brautkleid und Georgia säße in einem schwarzen Kleid weinend in der ersten Reihe.

Kapitel 43

Dawns Magen zog sich zusammen, als sie ihren Wagen hinter Georgias Van parkte. Mrs Edwards spähte wie eh und je durch die Vorhänge ihres Wohnwagens. Georgia öffnete die Tür, beugte sich vor, um ihrer Nachbarin zu winken, und bat Dawn hinein. Errötend stieg Dawn die Stufen zu der kleinen Veranda hoch. Ein Blick über die Schulter bestätigte ihr, dass Mrs Edwards noch immer mit angehaltenem Atem am Fenster stand, um Zeugin dieser Begegnung zwischen Georgia und dem Mädchen zu sein, das Jason verführt hatte.

Eine kleine Topfblume stand auf dem Tisch, auf dem Dawn und Jason früher ihre Bücher ausgebreitet hatten, bevor sie sich in sein Zimmer verzogen. Georgia holte das Geschirr aus der Küche. Dawn rieb ihre feuchten Handflächen an ihrem dunklen Rock.

„Möchtest du Kaffee, Dawn, oder trinkst du lieber Tee?“

„Ich nehme das, was Sie trinken, Madam.“

Georgia lachte kurz auf. „*Madam* klingt, als wäre ich eine alte Frau. Nenn mich Georgia. Ich bin Kaffeetrinkerin. Milch oder Zucker?“

„Nein, danke.“

Georgia brachte das Holztablett mit den Kaffeetassen und einem Teller voll selbst gebackener Schokoladenkekse ins Wohnzimmer und stellte es auf dem niedrigen Tisch ab. „Setz dich doch. Du machst mich ganz nervös.“ Sie deutete auf das Sofa. „Wir beide wissen, dass dieses Gespräch nötig ist. Also sollten wir es hinter uns bringen, meinst du nicht?“

Dawn nahm ihre Kaffeetasse. Sie klapperte auf der Untertasse, und aus Angst, den Kaffee zu verschütten, stellte sie sie lieber ab.

Georgia räusperte sich. „Das ist für uns beide nicht leicht, Dawn. Ich wollte mit dir allein sprechen, weil ich gern ein paar Dinge klären wollte.“ Georgia schloss kurz die Augen und atmete einmal tief durch, bevor sie Dawn erneut anblickte. „Als du das letzte Mal hier warst, habe ich schreckliche Dinge zu dir gesagt." Sie wandte das Gesicht ab. „Hinterher war mir klar, dass ich dadurch die Beziehung zu meinem Sohn gefährdet hatte. Es wäre ein Leichtes für dich gewesen, darauf hinzuwirken, dass mein Sohn mich hasst."

„Ich habe ihm nichts von dem Gespräch erzählt."

„Oh, Liebes, das weiß ich doch. Nachdem ihr beide Schluss gemacht hattet, fragte er, ob ich mit dir gesprochen hätte. Ich wollte wissen, ob du das behauptet hättest – und deutete damit natürlich an, dass ich es nicht getan hätte. Er sagte, du wärst einfach ohne ein Wort der Erklärung von der Schule abgegangen und würdest ihn nicht mehr zurückrufen."

Georgia hielt ihre Tasse fest umklammert und starrte in den Kaffee. „Als Jason sagte, ihr wolltet euch für eine Weile nicht mehr sehen, meinte er ein paar Wochen. Aber du bist gänzlich aus seinem Leben verschwunden. Ich habe gesehen, wie er gelitten hat. Eines Nachts hörte ich ihn schluchzen, und einmal schlug er die Faust durch die Wand. Und ich habe auch gesehen, wie du gelitten hast."

„Ich konnte nicht …" Dawn schluckte und setzte erneut an. „Ich wusste, wenn wir uns weiter treffen, würden wir wieder –"

Georgia hob die Hand. „Ich bin noch nicht fertig, Dawn. Bitte lass mich zu Ende reden."

Als sie sich wieder unter Kontrolle hatte, sprach sie leise weiter. „Ich habe dich beobachtet. Ich hörte genau hin, was die Leute über dich sagten. Drei Jahre lang. Du hast in der Kirche gesessen und an Pastor Daniels Lippen gehangen. Ich habe erfahren, wie gut du in der Schule vorankamst, und du hast sogar während des letzten Jahres der Highschool bereits Collegekurse belegt. Du bist zu Missionseinsätzen gefahren. Daniel meinte, er hätte noch nie erlebt, dass Gott im Leben eines Menschen so deutlich wirken würde wie in deinem. Du hast den Blick auf Jesus gerichtet und ihn nicht mehr abgewandt. Aber während ich zusehen konnte, wie dein Glaube wuchs, erlebte ich mit, wie Jason zu kämpfen hatte. Als ich dann hörte, dass du an die Cal

Poly gegangen bist, habe ich mehr als je zuvor in meinem Leben gebetet."

Dawn ließ den Kopf hängen. Sie konnte sich vorstellen, wie eindringlich Georgia Steward gebetet hatte. Vermutlich fürchtete sie, dass das Mädchen, das ihrem Sohn so viel Leid zugefügt hatte, ihm schon wieder nachstieg.

Georgias Augen funkelten. „Neulich hat sich Jason bei mir bedankt. Als ich ihn fragte, wofür er mir dankte, sagte er, du hättest ihm erzählt, ich sei so nett zu dir gewesen." Sie lächelte beschämt. „Er entschuldigte sich dafür, dass er angenommen hatte, ich hätte etwas in der Art zu dir gesagt, was ich tatsächlich gesagt hatte." Sie schüttelte den Kopf. „Und ich weiß, dass alles, was du getan hast, nur aus Liebe zu meinem Sohn geschah. Auch dass du mir vergeben hast." Ihre Stimme brach.

Dawn merkte, dass nicht nur sie unter Schuldgefühlen gelitten hatte. „Aber Sie hatten recht in Bezug auf mich."

„Oh, nein, ich habe mich grundlegend geirrt. Ich hätte nicht falscher liegen können. Als ich dich anschaute, sah ich mich mit fünfzehn – arrogant, selbstsüchtig, trotzig. Ich wollte alles haben, und zwar sofort. Die Meinung anderer war mir egal. Aber du warst gar nicht so. *Du* hast zugehört. *Du* hast bereut. Als ich schwanger wurde, brach meine Welt auseinander. Mein Freund ließ mich sitzen und suchte sich ein anderes Mädchen und meine Eltern warfen mich hinaus. Nach Jasons Geburt lebte ich auf der Straße. Ich brauchte fünf Jahre, um aus der Gosse zu kommen, in die ich mich selbst gebracht hatte. Ich weiß gar nicht mehr, was ich alles getan habe, um Brot auf unseren Tisch zu bringen. Und dann besaß ich die Dreistigkeit, über dich herzufallen, weil ich mich dir überlegen fühlte. Alles, was ich zu dir gesagt habe, galt dem Mädchen, das *ich* gewesen bin. Ich habe dich überhaupt nicht gesehen."

Dawn zitterte innerlich. Sie hatte so intensiv für diese Begegnung gebetet, und jetzt spürte sie, wie die Wärme von Gottes Antwort sie erfüllte. „Aber Sie hatten doch recht mit dem, was Sie gesagt haben, Georgia." Als Georgia zu einer Erwiderung ansetzte, hob Dawn die Hand. „Jetzt lassen Sie mich mal reden. Wenn Sie nett mit mir geredet hätten, hätte ich vielleicht nicht zugehört. Sie mussten mich mit der Wahrheit konfrontieren, damit sie mich erreichte. Ich bin dankbar, dass Sie das getan haben. Gott hat Ihre Worte gebraucht, um mich zu sich zu ziehen. Vielleicht wäre auch Ihr Leben anders verlaufen, wenn Ihnen jemand das gesagt hätte, was Sie mir gesagt haben." Als sie hergekommen war, hatte sie Angst gehabt, sie würde kein Wort über die Lippen bringen, aber jetzt ging es ganz leicht und sie empfand eine Zuneigung zu Jasons Mutter, die sie verblüffte.

Georgia amtete hörbar aus. „Nur um eins klarzustellen: Ich bin sehr froh, dass du meinen Sohn heiratest."

„Ich auch."

Sie lachten gemeinsam.

„Nun, nachdem nun alles geklärt ist …" Georgia beugte sich vor und hob den Teller. „Nimm dir einen Keks. Und lass uns darüber reden, wie ich helfen kann, eine wunderschöne Hochzeit auszurichten."

Seit Dawn ihrer Familie erzählt hatte, dass sie und Jason heiraten würden, drängte Granny sie, mit ihr ein Brautkleid kaufen zu gehen. Dawn fühlte sich nicht berechtigt, ein weißes Kleid zu tragen, aber sie wollte Granny nicht den Grund dafür erklären. Sie wusste nicht, was sie tun sollte, bis ihre Mutter ihr das blassrosa Kleid anbot, das sie selbst bei ihrer Hochzeit mit Mitch getragen hatte. „Es könnte dir passen", meinte sie zurückhaltend. „Wenn du es möchtest."

„Sehr gern." Sie spürte, wie sich ihre Mutter leicht versteifte, als sie sie umarmte. Manchmal fragte sich Dawn, warum ihre Mutter solche Schwierigkeiten hatte mit körperlicher Zuneigung von ihr. Bei Christopher und Mitch war das ganz anders.

Am Hochzeitsmorgen waren viele Helferinnen zur Stelle, um die Kirche mit den Weihnachtssternen zu schmücken, die

Georgia gebracht hatte, und pünktlich um 11:00 Uhr war die Kirche gut gefüllt mit Menschen, die diese Hochzeit miterleben wollten. Dawn sah Jasons Blick auf sich gerichtet, als Mitch sie zum Altar führte. Granny und Mama schenkte sie jeweils eine weiße Rose. Als Pastor Daniel sie zu Mann und Frau erklärte, brach die Gemeinde in Jubelrufe und Beifall aus. Auf dem Weg nach draußen schenkte Dawn auch Georgia eine weiße Rose und gab ihr einen Kuss auf die Wange. Zwei Rosen waren noch übrig; eine wollte sie in die Menge werfen und eine behalten.

Während die Fotos gemacht wurden, richteten weitere Helfer den Gemeindesaal her. Der Caterer baute das Büfett auf. Eine dreistöckige Hochzeitstorte thronte auf dem mittleren Tisch, auf zwei Tischen an der Wand stapelten sich die hübsch verpackten Geschenke. Jason und Dawn saßen am Kopf der Hochzeitstafel und pickten an den Leckerbissen. Danach schnitten sie die Torte an und fütterten sich gegenseitig. Schließlich begann die Musikgruppe zu spielen, die Mitch für diesen Anlass engagiert hatte.

Jason drückte Dawn beim Hochzeitswalzer fest an sich. „Können wir jetzt verschwinden?“, flüsterte er ihr ins Ohr. Seine Hand lag auf ihrem Rücken. „Wir haben doch brav den Kuchen angeschnitten und unseren Tanz getanzt.“

Sie lachte leise. „Der Empfang dauert noch mindestens eine Stunde.“

Mitch tippte Jason auf die Schulter. „Jetzt ist Papa an der Reihe.“ Breit grinsend nahm er Dawn in die Arme. „Du scheinst es nicht erwarten zu können, dich mit Dawn aus dem Staub zu machen, Jason. Aber mit deinem Honda könnt ihr nicht in die Flitterwochen fahren. Der ist zu dreckig.“

Jason verzog das Gesicht. „Ich werde –“

„Nichts wirst du.“ Mitch lachte. „Carolyn wird dir den Schlüssel von meinem Wagen geben.“

„Danke, Mitch.“ Jason trat vor. „Kann ich jetzt meine Frau zurückhaben?“

„Nicht so schnell. Erst die Pflicht. Tanz mit deiner Mutter

und dann mit deiner Schwiegermutter. Dawn muss ihre Rose noch in die Horde alleinstehender Mädchen werfen. Und du musst diesem Wolfsrudel, das du deine Freunde nennst, noch ihr Strumpfband zuwerfen. Dann gehört das Stachelschweinchen dir, für den Rest deines Lebens, Kumpel."

Lachend stieß Dawn ihn in die Rippen.

Es war eine lange Fahrt im Dunkeln, doch schließlich erreichten sie Fort Bragg und trugen sich als „Mr und Mrs Steward" ins Gästebuch der Harbor Lite Lodge ein. Die Suite war größer als Dawns Wohnung. Das Feuer in dem kleinen Kamin brannte. Sie öffnete die Verandatür und trat hinaus auf den kleinen Balkon über dem Noyo River. Es nieselte leicht, und Nebel wallte um die Warnleuchten auf den Docks.

Jason legte seine Hände um ihre Taille und zog sie an sich. „Endlich sind wir allein." Er küsste ihren Nacken, und ein warmer Schauer lief über ihren Körper. „Und verheiratet."

Nachdem sie zwei Nächte und zwei Tage lang ihre Suite nur zum Essen verlassen hatten, kehrten Dawn und Jason nach Alexander Valley zurück, um zusammen mit ihren Familien Weihnachten zu feiern.

„Wartet nur, bis ihr das seht!" Christopher sprang fröhlich vor ihnen her zu ihrem Schlafzimmer und riss die Tür auf. Dort waren alle Hochzeitsgeschenke gestapelt und warteten darauf, ausgepackt zu werden.

Jason stellte ihre beiden kleinen Koffer neben der Tür ab und starrte den Berg an. „Du meine Güte!"

Mama spähte ins Zimmer. „Willkommen zu Hause, ihr zwei." Ihre Augen leuchteten. „Wie es scheint, habt ihr viele Freunde, die euch helfen wollten, einen Hausstand zu gründen."

Mitch, der hinter ihr stand, schob sie ins Zimmer. „Keine Panik. Sobald ihr alles ausgepackt habt, sucht euch aus, was ihr braucht, und lasst den Rest hier für später."

1991

Bereits nach kurzer Zeit wurde Jason und Dawn klar, dass Dawns Wohnung nicht zum Lernen geeignet war. Die beiden kleinen Tische boten nicht genügend Platz für ihre Bücher und Hefte. Sie fanden langsam zu einem Rhythmus, stießen aber auch auf Unterschiede. Dawn las gern ganz früh morgens in der Bibel, bevor die Sonne aufging, und Jason, der eher eine Nachteule war, hielt abends seine stille Zeit.

Gemeinsam gingen sie zum Campus. Sie aßen zusammen zu Mittag, und jede freie Minute verbrachten sie in der Bibliothek, um zu lernen. Samstags kochte Dawn und wusch die Wäsche. Sonntags besuchten sie den Gottesdienst, danach machten sie lange Spaziergänge, fuhren zum Strand oder unternahmen etwas mit Dod und Alice, ihren engsten Freunden auf dem Campus. Manchmal gesellte sich Jack Kohl zu ihnen, wenn er gerade wieder eine neue Freundin hatte.

Sie redeten viel über den Irakkrieg. Die alliierten Bodenkräfte trafen in Kuwait auf irakische Streitkräfte. Nach vier Tagen unterschrieben die Iraker ein Waffenstillstandsabkommen und zogen sich aus Kuwait zurück. Der Vormarsch auf Bagdad kam zum Stillstand. Jason und Dod hielten nichts von den U.N.-Vereinbarungen. Auch als der Irak ein dauerhaftes Waffenstillstandsabkommen unterschrieb, sahen sie Probleme kommen. „Saddam Hussein betrachtet sich als zweiten Nebukadnezar. Er ist noch nicht fertig. Sie haben ihm gerade die Zeit gegeben, Kräfte zu sammeln für den nächsten Schlag."

Kapitel 44

Das Leben ging seinen Gang, und es gab viele Glücksmomente. Die einzige dunkle Wolke waren die herannahenden Semesterferien, in denen Jason in Fort Lewis in der Nähe von Washington eine zweimonatige Militärübung absolvieren sollte. Wie Dawn die Zeit seiner Abwesenheit überstehen sollte, wusste sie nicht. Sie müsste sich eine Beschäftigung suchen, sonst würde sie im Elend versinken. Da es nach wie vor ihr Ziel war, ihr Studium so schnell wie möglich abzuschließen, meldete sie sich für einen Sommerkurs in Psychologie an.

In der Woche vor den Abschlussprüfungen hatte Dawn Schlafstörungen. Eines Morgens stand sie in aller Frühe auf und schob leise die Falttür zwischen dem Wohnzimmer und ihrem Schlafzimmer zu. Sie schaltete die Hängelampe über ihrem Küchentisch an, schlug ihre Bibel und ihr Arbeitsbuch auf. Sie und Jason waren jetzt seit fünf Monaten verheiratet, und sie hatte noch nicht alle Lektionen durchgearbeitet. Sie hatte sich viel Zeit genommen für die einzelnen Lektionen, über jede Frage intensiv nachgedacht und Gott gebeten, ihr die Bereiche zu zeigen, in denen sie sich verändern müsste.

Als die Sonne aufgegangen war und durch ihr Küchenfenster schien, hörte sie ein leises Klicken. Erschrocken fuhr sie zusammen. Jason stand mit einer Kamera in der Hand in der Schlafzimmertür. „Perfekt." Grinsend legte er die Kamera auf den Couchtisch.

„Du hast mich fotografiert?" Sie saß in Morgenrock und Pantoffeln am Küchentisch. Er küsste ihren Hals. „Die Sonne auf deinen Haaren – wunderschön; ich konnte einfach nicht widerstehen. Du siehst aus wie ein Engel, der sich in Gottes Wort Leitlinien holt für den Tag." Er richtete sich auf und legte die Hand auf ihre Schultern. „Für die Zeit in Fort Lewis wollte ich einfach ein solches Foto von dir haben."

Als Dawn nach ihrer letzten Prüfung in die Wohnung zurückkam, stach ihr sofort Jasons Uniform ins Auge, die an einem Haken an der Wand hing. Sie brach in Tränen aus. Sie waren doch erst fünf Monate verheiratet, und morgen früh würde er fort sein. „Zwei Monate“, murmelte sie. „Zwei Monate!“

In dem Kurs sollten Führungskompetenzen entwickelt werden, außerdem ging es um Teamwork, Navigation, Schusswaffengebrauch und taktisches und sportliches Training. Einiges davon klang in ihren Ohren unheimlich und gefährlich. Doch er beruhigte sie. Zum Glück war der Irakkrieg im März zu Ende gegangen. So Gott wollte, würde Jason während seiner Dienstzeit nicht an aktiven Kriegshandlungen teilnehmen müssen. Dawn konnte sich nicht vorstellen, wie sie damit umgehen sollte, wenn es anders kam.

Jason hatte ihr erzählt, die Geschichten ihres Großvaters aus dem Zweiten Weltkrieg hätten ihn veranlasst, über eine Ausbildung zum Reserveoffizier nachzudenken. Nach ihrer Trennung hatte sich dieser Wunsch bei ihm verstärkt. Er hatte Mitch aufgesucht und ihn nach dem Vietnamkrieg und seinen Erfahrungen gefragt.

Mitch hatte ihm erklärt, das Militär hätte viel zu bieten, und Männer mit Führungsqualitäten würden immer gebraucht. Sein Mentor in der Schule hatte ihm geraten, sich an den Rekrutierungsoffizier an der Cal Poly zu wenden. Von ihm erfuhr er, dass die Armee ihm die Ausbildung am College finanzieren würde, wenn er sich für sechs Jahre verpflichtete. Daraufhin hatte Jason sich entschlossen, dieses Angebot anzunehmen. Ohne mit seiner Mutter oder Pastor Daniel darüber zu reden unterschrieb er den Verpflichtungsvertrag.

Dawn warf ihren Rucksack auf das Bett. Jason hatte diese Entscheidung getroffen, ohne Gott um Rat gefragt zu haben. Doch das war jetzt auch egal. Der Mensch plante, aber Gott wendete alles zum Guten. Das glaubte sie von ganzem Herzen.

Ihr war einfach nicht bewusst gewesen, was diese Verpflichtung alles nach sich zog.

Jason nahm sie in die Arme. „Noch bin ich ja da."

„Du wirst mit dem Fallschirm abspringen, Jason."

„Ja." Er schien sich darauf zu freuen.

Sie trat zurück und blickte ihn an. „Du kannst es gar nicht erwarten, nicht?"

„Ich will dich nicht anlügen."

„Ich weiß." Sie hatte seine Gespräche mit Dod und Jack mitbekommen. In Wahrheit freuten sich alle drei auf die Ausbildungszeit, als wäre es ein großes Abenteuer!

„Ich benehme mich lächerlich", seufzte sie. Wäre es ihr etwa lieber gewesen, wenn er Trübsal blasen und sich wünschen würde, er brauchte diese Pflichtübungen beim Militär nicht zu durchlaufen? Sie griff nach seiner Reisetasche und begann zu packen. „Ich komme schon klar. Ich werde mich zu beschäftigen wissen."

„Und ich melde mich, wann immer es geht."

Jason rief an und berichtete, er sei gut in Fort Lewis angekommen. Nach weniger als einer Minute wollte ein anderer telefonieren. Danach wartete sie vergebens auf einen Anruf von ihm. Der kam erst, bevor er ins Luftübungslager umzog, obwohl Dawn nach wie vor nicht verstehen konnte, warum ein Ingenieur mit dem Fallschirm abspringen können musste. Doch sie vergeudete nicht ihre kostbare Zeit damit, ihn danach zu fragen. Sie unterhielten sich fünfzehn Minuten, bis er auflegen musste, damit der Nächste telefonieren konnte. Um nicht in Traurigkeit zu versinken, konzentrierte sich Dawn auf ihren Psychologiekurs. Während sie ihre Notizen von einer Vorlesung über Missbrauchssymptome durchging, musste sie aus irgendeinem Grund an ihre Mutter denken. Dawn wurde klar, dass sie kaum etwas über die Vergangenheit ihrer Mutter wusste, nur das, was Granny ihr erzählt hatte.

Warum war ihre Mutter so viele Jahre nicht zur Kirche gegangen? Warum konnte sie keinerlei Zärtlichkeit ertragen, außer von Mitch oder von Christopher? Sobald Granny auf sie zuging, zog sich Mama zurück. Was war der Grund für die Spannungen zwischen ihnen? Während Dawn darüber nachdachte, erkannte sie, dass ihre Mutter Probleme mit Beziehungen hatte, insbesondere oberflächlichen Beziehungen. Sie tat gern etwas für andere, hielt sich aber sonst lieber zurück. Sie beobachtete alles aus der Distanz, versuchte aber nie, Teil einer Gruppe zu werden. Für Dawn wirkte es, als hätte sie sich hinter einem Schutzwall verschanzt und hielte das Tor zur Außenwelt fest verschlossen.

Was könnte die Ursache dafür gewesen sein? Vielleicht die Jahre in Haight-Ashbury? Dawn wusste kaum etwas über diese Zeit im Leben ihrer Mutter. Granny sagte, die Vergangenheit solle lieber vergessen bleiben, und Mama redete nie darüber. Wann immer jemand die turbulenten Sechziger erwähnte, verstummte sie gänzlich.

Vielleicht sollte sie sie einmal fragen …

Dawn versuchte es bei einem ihrer wöchentlichen Anrufe zu Hause. Wie üblich blieb Mama kaum fünf Minuten am Telefon und überließ es dann Christopher, ihr die Neuigkeiten aus der Familie zu berichten. Dieses Thema anzuschneiden, daran war gar nicht zu denken.

Dawn fragte Granny, wie Mama als kleines Mädchen gewesen sei. „Wunderschön." Grannys Stimme klang sehnsüchtig. „Still. In unserer Straße wohnten keine anderen kleinen Mädchen ihres Alters, aber sie hat immer gern für sich allein gespielt."

„Hat sie irgendwann einmal ein seltsames Verhalten an den Tag gelegt?"

Granny lachte. „Das Problem bei der Beschäftigung mit der Psychologie ist, dass du jetzt anfängst, bei allen, die du kennst, alle möglichen Neurosen zu vermuten. Deine Mutter war ein ganz normales Kind, vielleicht ein wenig stiller als andere."

„Dann hat Mama also nie Albträume gehabt oder am Daumen genuckelt …?"

„Ach, es gab eine Zeit, da ist sie immer in Charlies Zimmer geschlichen und hat bei ihm im Bett oder auf dem Boden davor geschlafen. Sobald ich das merkte, habe ich dem ein Ende gesetzt."

„Und sie hat sich damit abgefunden, ohne zu weinen, ohne Widerworte?"

Stille. „Sie fing an, in ihrem Schrank zu schlafen. Aber wirklich, Dawn, du misst dem zu große Bedeutung bei."

„Kann sein, Granny, aber ich bin einfach neugierig."

„Wir haben dann ein Nachtlicht im Bad brennen lassen. Danach schien es besser zu gehen. Vielleicht war es auch Oma."

„Oma?"

„Etwa um diese Zeit ist sie zu uns gezogen", erklärte sie brüsk. „Wie auch immer, auf jeden Fall ist deine Mama danach in ihrem eigenen Bett geblieben."

Aus einem Impuls heraus rief Dawn ihre Mutter an diesem Abend an und fragte sie, ob sie sich daran erinnere, als Kind Albträume gehabt zu haben.

„Warum fragst du?"

„Ich mache einen Psychologiekurs und es interessiert mich einfach."

„Ach so. Na ja, ich nehme an, alle Kinder träumen mal schlecht, oder nicht?"

„Granny sagte, du seist in Onkel Charlies Zimmer geschlichen und hättest dort geschlafen."

„Tatsächlich?"

„Und als sie das unterbunden hätte, hättest du in einem Schrank geschlafen."

Stille.

„Mama?"

„Was ist der Grund für diese Befragung?"

Dawn zuckte zusammen. Mama hätte genauso gut *Verhör* sagen können. „Wir haben im Psychologiekurs viel über Kindesmissbrauch gehört."

„Ich wurde nie missbraucht, May Flo-", sie brach ab. „Dawn."

„Eines Tages müssen wir einmal über meinen Namen reden." Dawn gab sich Mühe, ihre Stimme beiläufig klingen zu lassen. Als ihre Mutter nicht reagierte, entschuldigte sie sich dafür, dass sie so persönliche Fragen gestellt hatte. „Ich war einfach neugierig."

Die Zurückhaltung ihrer Mutter verstärkte ihre Neugier noch zusätzlich.

Dawn saß am Küchentisch und ordnete ihre Notizen. Schließlich klappte sie ihren Ordner zu und starrte zum Fenster hinaus. Sie hatte genug gelernt. Im Augenblick wollte sie nicht weiter über Psychologie nachdenken oder neue Theorien aufstellen, warum ihre Mutter so war, wie sie war. Wahrscheinlich würde Dawn nie mehr über sie erfahren, als sie bereits wusste. Und es ging sie ja auch gar nichts an.

Ihr Problem war, dass sie viel zu viel Zeit hatte. Sie brauchte eine Beschäftigung, etwas anderes als Vorlesungen, lernen und in der Wohnung herumhängen und darauf warten, dass Jason anrief. Sie musste endlich aufhören, die Tage bis zu seiner Heimkehr zu zählen. Ihr Blick wanderte über die nackten Wände, die abgewetzte beige Couch und den langweiligen Couchtisch auf dem beigen Teppich. Das Leben ohne Jason war genauso farblos wie die Wohnung.

Diese Wohnung brauchte ein wenig Zuwendung. Sie brauchte *Farbe!*

Dawn schnappte sich ihren Schlüssel und die Handtasche und verließ die Wohnung. In der Stadt kaufte sie erst mal ein Dutzend Frauenmagazine. An der Pinnwand in einem Coffeeshop entdeckte sie eine Anzeige: Garagenverkäufe waren groß in Mode gekommen. So etwas hatte sie sich schon immer mal ansehen wollen. Vielleicht könnte sie zwischen dem Müll ein paar Schätze ausgraben. Auf dem Heimweg ging sie noch schnell in ein Geschäft für Malereibedarf und nahm einen Farbkatalog mit.

„Wenn Sie ausziehen, müssen die Wände wieder weiß gestrichen werden", teilte ihr Mr Cooper, der Verwalter, mit, als sie ihm erklärte, was sie vorhatte. „Sonst müssen wir Ihre Kaution einbehalten."

Nach dem Psychologiekurs ging Dawn in die Bibliothek und suchte sich Bücher über Innenraumgestaltung heraus, notierte sich ein paar Ideen und fuhr anschließend zur Wohnung zurück, um alles auszumessen und die Möblierung aufzuzeichnen.

Am Samstagmorgen fuhr Dawn nach Santa Maria in der Hoffnung, die Erste beim Garagenverkauf zu sein ... diese Hoffnung erfüllte sich leider nicht. Eine große Menschenmenge drängte sich bereits um die Artikel dieses privaten Flohmarkts auf der Suche nach noch brauchbaren Kleidungsstücken, Elektrogeräten, Werkzeug, Spielzeug und vollkommen nutzlosem Schnickschnack. Für 20 Dollar erstand Dawn zwei zusammenpassende Stühle mit hoher Rückenlehne und dunkelrotem Bezug. Ganz vorsichtig verstaute sie sie in ihrem Wagen und setzte dann ihre Suche fort. Sie kaufte noch zwei Talavera-Teller, einen alten, abgetretenen Teppich und eine Glasschüssel voller Muscheln.

Immer noch auf der Suche nach etwas Besonderem wanderte sie danach zwischen den Tischen hindurch. Eine Schachtel mit alten Landkarten und eine mit Postkarten begeisterte sie. Außerdem kaufte sie noch drei gerahmte Poster mit Bergmotiven. Auf dem Weg zu ihrem Auto entdeckte sie noch zwei himmelblaue Decken und ein etwas verblichenes gelb-blaues Tischtuch mit rosa Pfingstrosen und Stiefmütterchen darauf.

Mr Cooper sah sie kommen und lachte. „Wenn die Katze nicht da ist, tanzt die Maus auf den Tischen. Brauchen Sie Hilfe beim Ausladen dieses Krams?"

Sie lachte und konnte es kaum erwarten, sich an die Arbeit zu machen. „Ja, bitte." Sie zog den Teppich durch das hintere Fenster. „Und das sind übrigens meine *Schätze*."

Im Laufe der folgenden Woche strich Dawn die Wand im Wohnzimmer buttergelb an und legte eine der blauen Decken auf das Sofa und steckte sie fest. Mit der anderen Decke überzog sie die beiden großen Rückenkissen, rollte den Teppich aus und stellte die beiden Stühle und den Couchtisch in die Mitte. Da sie ohne Nähmaschine klarkommen musste, schlug Dawn bunte Tücher um billige Kissen, steckte sie fest und arrangierte sie auf dem Sofa.

Die Bilder, die zur Wohnung gehörten, nahm sie von den Wänden. In die beiden Rahmen steckte sie die Landkarten von Monterey und Washington. Den Mittelpunkt bildete eine bunte Collage aus den alten Postkarten von verschiedenen Nationalparks. Die beiden Keramikteller hängte sie in der Küche auf. Über den Tisch breitete sie die Tischdecke mit dem Provence-Muster und zum Schluss kam die Glasschüssel mit den Muschelschalen auf den Couchtisch und ein Strauß gelber Rosen in einen limonengrünen Wasserkrug daneben.

Mit verschränkten Armen bewunderte sie ihr Werk. Außergewöhnlich, fand sie, und sofort kamen ihr weitere Ideen, wie sie ihr Heim noch schöner machen könnte. Eine Palme in der Ecke wäre nett, und ein paar hübsche Deckchen für die hässlichen Beistelltische. Die Lampenschirme könnten ausgetauscht werden …

Sie unterbrach den Strom der Gedanken, die durch ihren Kopf flossen. Das Wohnzimmer wirkte jetzt warm und gemütlich. Sie musste noch ein Kapitel in ihrem Psychologiebuch lesen und sich Notizen dazu machen. Jason würde erst in fünf Tagen nach Hause kommen.

Während sie ihre Notizen durchging, wanderten ihre Gedanken ab. Sie hatte eine tolle Idee für ihr Schlafzimmer.

Jason stieg die Stufen der Gangway des kleinen Jets herunter, in dem 20 Passagiere Platz hatten. Am liebsten hätte sie sich sofort in seine Arme geworfen, doch man hatte sie gewarnt, dass beim Militär eine öffentliche Zurschaustellung von Gefühlen nicht erwünscht sei. Jason hatte das offensichtlich vergessen. Als sie wieder zu Atem kam, bemerkte sie Dod Henson und Jack Kohl und rief ihnen einen Gruß zu. Jason ergriff ihre Hand.

Am Gepäckband warteten sie auf Jasons Gepäck. Mit seiner freien Hand strich Jason ihr über die Wange. „Und was hast du so angestellt, während ich fort war?"

„Ich war beschäftigt."

„Wie läuft dein Psychologiekurs?"

„Gut, aber ich habe noch eine andere Leidenschaft entdeckt."

„Und welche?"

Sie grinste ihn spitzbübisch an. „Wart's ab."

Als er ihre Wohnung betrat, blieb er verblüfft stehen. „Wow! Hast du einen Innenarchitekten engagiert?"

„Nein. Das habe ich ganz allein gemacht. Für das alles habe ich weniger als hundert Dollar ausgegeben. Was hältst du davon?"

„Toll." Er betrachtete die Landkarten an der Wand. „Wo hast du nur die Ideen her?"

„Frauenzeitschriften, Garagenverkäufe ..."

Er trat durch die Schiebetür ins Schlafzimmer. „Ich bin beeindruckt." Verblüfft starrte er zur Decke, wo sie über dem Bett einen Ring mit einem Moskitonetz angebracht hatte. Grinsend wandte er sich zu ihr um. „Das erinnert mich an das Zelt eines Paschas. Hast du im Schrank ein paar Haremsmädchen versteckt?"

„In dieser Wohnung ist nur für ein Mädchen Platz, Jason." Sie trat näher und machte den obersten Knopf seines Hemdes auf. Während sie sich langsam nach unten arbeitete, hielt sie seinen Blick fest. „Und lass dir nicht einfallen, noch eins in dein Leben zu holen."

Jason riss sie in seine Arme und warf sie auf das Bett. „Auf keinen Fall, es sei denn, wir bekommen eine Tochter."

Kapitel 45

1992

Als Dawn mit ihrer praktischen Ausbildung begann, musste sie feststellen, dass ihr die Arbeit im Krankenhaus überhaupt nicht zusagte.

Die Betten zu machen und die Bettpfannen zu wechseln bereitete ihr ebenso wenig Probleme, wie die Patienten zu waschen und umzubetten, Blutdruck zu messen und die Werte einzutragen. Doch wenn es darum ging, einen Verband zu wechseln, musste sie die Luft anhalten. Beim Anblick von mehr als ein paar Spritzern Blut tanzten ihr Punkte vor den Augen.

Die Krankenpflege war nicht ihre Berufung. Das war das Problem. Sie beobachtete die anderen Schwesternschülerinnen und merkte, dass sie ihre Arbeit liebten, während sie jede Minute verabscheute. Sobald sie das Krankenhaus betrat, spannte sich ihr ganzer Körper an aus Angst, sie könnte vielleicht im Notfall nicht richtig handeln.

Jason scherzte: „Du hättest Kunst oder Innenarchitektur studieren sollen."

Zu spät. Mama, Mitch und Christopher kamen zusammen mit Granny zu ihrer Graduierungsfeier. Georgia traf bereits einen Tag früher ein. Sie fand die Wohnung „umwerfend" und nahm die Einladung an, auf dem Sofa zu übernachten, anstatt in einem Hotel abzusteigen.

„Ich glaube, du hast deine Berufung verfehlt", meinte Georgia, und die anderen stimmten ihr zu.

Na toll. Genau das, was sie jetzt hören wollte.

Jason saß voller Stolz im Publikum, als Dawn ihr Zeugnis entgegennahm. Er hatte noch ein Jahr vor sich, da er den Masterabschluss anstrebte.

Christopher bat Dawn und Jason, doch für den Sommer nach Hause zu kommen. Alle anderen schlossen sich seiner Bitte an.

Georgia erzählte, Kim und Tom wären in der Zeit auch zu Hause. „Sie ist schwanger."

Dawn konnte es kaum erwarten, mit Jason eine Familie zu gründen.

Granny tätschelte Jasons Arm. „Du bist vor Opas Tod das letzte Mal in Jenner gewesen." Dawn errötete und senkte den Kopf in der Hoffnung, dass niemand es bemerkt hatte. Granny sprach schnell weiter. „Ihr zwei könntet unten in der Einliegerwohnung bleiben, solange ihr wollt. Ihr könnt Ausflüge an die Küste machen, Spaziergänge am Strand. Eine Woche … oder auch einen Monat."

Mama blickte Dawn an. „Es wäre schön, wenn ihr auch zu uns kommen würdet."

„Und vergiss nicht, dass du auch eine Mutter hast, Jason."

Unter dem Tisch legte sich Jasons Hand auf Dawns Oberschenkel. „Wie schön, dass man so gefragt ist." Er lächelte sie verschmitzt an. „Im Prinzip bräuchten wir zwei Monate lang keine Miete zahlen."

Dawn und Jason verbrachten die ersten zwei Wochen bei Georgia. In der ersten Nacht fühlte sich Dawn sehr unbehaglich. Es war ungewohnt, in Jasons altem Bett zu schlafen und Georgia im Zimmer gegenüber zu wissen, nur getrennt durch den schmalen Flur. Sie und Jason waren gehemmt, unterhielten sich nur flüsternd und berührten sich kaum.

Nach der Zeit bei Georgia fuhren sie nach Alexander Valley, um Mama, Mitch und Christopher zu besuchen. Während des Abendessens plapperte Christopher fast ununterbrochen und verschwand kurz danach, um bei einem Freund zu übernachten. Dawn bestand darauf, das Geschirr zu spülen. Das Telefon läutete. Mama nahm das Gespräch entgegen. An ihrem Gesichtsausdruck merkte Dawn, dass Granny am anderen Ende war.

„Sie sind gerade angekommen … ich weiß nicht. Sie haben nichts gesagt. Sie waren zwei Wochen bei Georgia." Sie hörte einen Augenblick zu, ihre Schultern sackten herab. „Sie wollen Freunde besuchen und anderes erledigen. … ja. Ich weiß." Sie blickte Dawn an und formte lautlos mit dem Mund die Worte: *Granny möchte mit dir sprechen.*

Dawn trocknete sich die Hände ab und nahm das Telefon. Mama ging ins Wohnzimmer, wo Mitch und Jason sich ein Golfturnier im Fernsehen anschauten. Mitch sagte etwas, und Mama setzte sich neben ihn. Er legte den Arm um sie, und sie lehnte sich an ihn.

Granny wollte wissen, wann Dawn und Jason denn nun endlich nach Jenner kämen. Dawn erklärte, sie würden frühestens in drei Wochen kommen, und hatte ein schlechtes Gewissen dabei. Granny gab sich keine Mühe, ihre Enttäuschung zu verbergen. „Ich möchte gern so lange wie möglich bei Mama, Mitch und Christopher bleiben, Granny."

„Ach so. Na ja. Das verstehe ich natürlich." Ihr Tonfall ließ auf etwas anderes schließen. „Sie sind ja zu dritt und ich bin allein."

Schuldgefühle nagten an Dawn. „Wir könnten ja am Samstag zu Besuch kommen."

„Ich mache ein schönes Mittagessen."

Als Dawn Jason davon erzählte, bedachte Mitch sie mit einem seltsamen Blick. Mama reagierte nicht und konzentrierte sich auf den Bildschirm.

Später am Abend, als sie im Bett lagen, legte Jason den Arm um sie. „Was läuft denn zwischen deiner Mutter und deiner Großmutter?"

„Ich bin nicht sicher, aber ich fürchte, ich bin der Zankapfel."

„Wie das?"

„Mama kam schwanger aus Haight-Ashbury zurück. Granny musste ihre Stelle im Krankenhaus aufgeben, um sich um mich zu kümmern."

„Irgendwie habe ich den Eindruck, dass ihr das gar nichts

ausgemacht hat." Er strich mit dem Finger über ihre Stirn. „Was hat deine Mama gemacht, während deine Großmutter dich versorgt hat?"

„Sie ging zur Schule, hat gearbeitet. Ich glaube, sie hat versucht, ihr Leben wieder in den Griff zu bekommen."

„Sie hat sich einen guten Mann gesucht, der ihr dabei hilft."

„Mitch hat *sie* ausgewählt. Soweit ich weiß, ist meine Mutter nie mit einem Mann ausgegangen, bis er auf seinem Motorrad in die Stadt kam. Er war Onkel Charlies bester Freund. Einmal hat er mir erzählt, er sei schon seit der Highschool in Mama verliebt gewesen."

„Das kommt mir irgendwie bekannt vor." Jason beugte sich vor und küsste sie.

Als er den Kopf hob, strich sie mit den Fingern durch seine kurzen Haare. „Mitch ist der einzige Mensch, den Mama an sich heranlässt." Sie seufzte. „Mütter und Töchter sollten sich eigentlich nahestehen. Mama und Granny lieben sich, aber sie können nicht miteinander reden. Ich weiß nicht, wer diese Mauer aufgerichtet hat oder warum. Ich wünschte nur, ich könnte sie irgendwie einreißen."

Sie kuschelten sich aneinander wie zwei Löffel in einer Schublade. Jason legte seinen Arm um sie. „Bitte am besten Gott, das für dich zu tun."

1993

Auch Jasons Examen wurde groß gefeiert. In schwarzer Kappe und Gewand nahm Jason sein Bachelor- und Masterzeugnis entgegen. Das vergangene Jahr war schwierig gewesen, aber Dawn machte sich keine Illusionen darüber, dass noch schwierigere Zeiten vor ihnen lagen.

Jason erzählte der Familie, wie sich die nächste Zeit gestalten würde. Er war nach Fort Sill in Oklahoma beordert worden. Dort warteten drei Monate Infanterie-Grundausbildung auf ihn. Daran schloss sich ein Training in Fort Leonard Wood im Bundesstaat Missouri an. Nach dieser Zeit könnte er sich dann für die Luftwaffe, die Ranger oder eine Spezialeinheit bewerben.

Dawn saß schweigend dabei. Granny ergriff das Wort und riet Dawn, ihre Stelle im Krankenhaus aufzugeben und zu ihr nach Jenner zu kommen, bis Jason irgendwo fest stationiert würde.

„Das kann Monate dauern“, meinte Mama leise.

Granny wirkte verärgert. „Es ist nicht schön, durch das ganze Land zu hetzen. Ich habe das schließlich hinter mir.“ Sie wandte sich an Dawn. „Du ziehst dann in ein Zimmer in der Nähe der Basis und wartest darauf, dass er ein freies Wochenende hat. Du wirst einsam und traurig sein.“

Jason runzelte die Stirn, als hätte er diesen Aspekt seiner Arbeit noch gar nicht bedacht.

Mama unterbrach sie. „Dawn sollte das selbst entscheiden.“

„Ich habe ja gar nicht gesagt, dass sie es nicht entscheiden soll. Ich denke, nur, es wäre für Dawn besser, wenn sie Zeit mit ihrer Familie verbringen würde.“

Dawn mischte sich ein, bevor die Situation eskalieren konnte. „Ich habe bereits entschieden, was ich tun werde.“

Jason blickte sie verblüfft an. „Tatsächlich?“

„Ja.“ Sie lächelte ihn an und versuchte, ihm mehr Zuversicht zu vermitteln, als sie empfand. „Wo du hingehst, da will ich auch hingehen.“ Sie blickte Mitch, Mama, Christopher, Granny und Georgia an. „Ich liebe euch alle sehr, aber Jason ist mein Mann.“

„Aber …“, stammelte Granny.

„Und wenn ich in einem Zelt leben muss, Granny, das ist mir egal. Ich gehöre zu Jason.“

Ein paar Sekunden Stille konnten einem vorkommen wie eine Ewigkeit.

„Also dann.“ Jasons Augen funkelten. Er ergriff ihre Hand und küsste sie.

Grannys Schultern sackten in sich zusammen. „Zum Glück ist kein Krieg."

„Was, Hildie?" Mitch grinste sie an. „Denkst du, Dawn könnte sich sonst ein Gewehr umhängen und Jason in die Schlacht folgen?"

Alle lachten, auch Granny, wenn auch nicht ganz so fröhlich. „Eigentlich sollte mich das nicht überraschen. Schließlich ist Dawn meine Enkelin." Sie erzählte, dass sie sich während des Zweiten Weltkriegs beinahe dem Sanitätskorps angeschlossen hätte, aber Trip hatte dafür gesorgt, dass sie nicht genommen wurde.

„Wie hat er das geschafft?", wollte Christopher wissen.

„Indem er mich geschwängert hat!"

Wieder fröhliches Gelächter am Tisch. Georgia zwinkerte Dawn zu. „Na, das ist doch mal eine gute Idee."

Dawn machte von ihrer zweiwöchigen Kündigungsfrist in der Klinik Gebrauch. Man bot ihr einen Bonus an, wenn sie blieb, bis ein Ersatz für sie gefunden wäre. Nachdem sie mit Jason darüber gesprochen hatte, erklärte sich Dawn bereit, noch einen Monat zu bleiben. Jason ließ seinen Honda in der Werkstatt überholen, packte dann seine Sachen hinein und brach nach Oklahoma auf. Dawn sollte entscheiden, was von ihren Sachen sie mitnehmen, verkaufen oder verschenken wollte, bevor sie ihm nach Fort Sill folgte.

Bis zu Jasons Aufbruch hatte Dawn keinerlei Bedenken in Bezug auf ihre Entscheidung. Doch sobald er fort war, lag Dawn nachts wach und quälte sich. Wie war sie nur auf die Idee gekommen, sie könnte allein quer durch das Land fahren? Was war, wenn der Motor überhitzte oder streikte? Was, wenn sie auf der Fahrt durch die Einöden von Arizona oder New Mexiko nicht mehr weiterkam, weil ihr das Benzin ausgegangen war? Wo sollte sie wohnen, wenn sie Lawton erreichte?

Dawn barg ihr Gesicht in den Händen und begann zu beten. Ihre Gedanken wanderten zu Abraham und Sarah. Gott hatte von Abraham verlangt, sein Land, seine Verwandten und das Haus seines Vaters zu verlassen und in ein Land zu gehen, das Gott ihm zeigen würde. Und er war aufgebrochen, ohne Fragen zu stellen, genau wie Jason. Vielleicht hätte sie wie Sarah mit ihm gehen sollen, anstatt zurückzubleiben und ihm später zu folgen.

Herr, hilf mir. Nimm mir meine Angst.

Sie musste an Oma denken. *Sie* hatte keine Angst gehabt, war mit 15 von zu Hause fortgegangen und allein in die große weite Welt aufgebrochen. Oma hatte in Montreux gelebt, war dann nach Frankreich gezogen und weiter nach England. An Bord eines Schiffes hatte sie den Atlantik überquert und in Montreal in Kanada einen Neuanfang gewagt. Kurz nach der Hochzeit ging ihr Mann fort, um auf den Weizenfeldern zu arbeiten. Sie blieb allein zurück mit ihrer Pension, um dann mit einem Baby ihrem Mann nachzureisen. Dann brachte sie in einer Hütte mitten im Nirgendwo Granny zur Welt, ganz allein, ohne Krankenhaus, ohne Arzt, und nicht einmal eine Hebamme war da, um ihr zu helfen. Später packte sie wieder ihre Sachen und ging mit ihrem Mann und drei Kindern nach Kalifornien, wo sie in einem Zelt lebten, bis sie endlich ein eigenes Haus hatten.

Der Gedanke an ihre Urgroßmutter dämpfte ihre Angst. Granny hatte immer gesagt, Oma sei hart gewesen, aber das hatte Dawn während dieser letzten Woche in Merced nicht feststellen können. Sie hatte vielleicht eine raue Schale, aber der innere Kern war so weich, dass Dawn wünschte, sie hätte mehr Zeit mit ihr verbracht, hätte sie besser kennengelernt. Und immerhin floss Omas Blut in ihren Adern.

Gott hatte seinen Kindern kein Herz voller Angst gegeben, sondern der Kraft, der Liebe und der Disziplin. Sie würde sich mit Landkarten eindecken, ihre Route festlegen und die Etappen hinter sich bringen, eine nach der anderen. Warum sollte sie sich Sorgen machen?

Bevor sie aufbrach, telefonierte Dawn mit ihrer Mutter. Beinahe hoffte sie, Mama würde ihr anbieten, sie zu begleiten. Doch stattdessen erzählte sie von Oma. „Sie liebte lange Fahrten und war immer neugierig auf Neues. Sie wäre begeistert gewesen von der Reise, die vor dir liegt."

Dawn kritzelte auf einem Notizblock herum und warf einen neuen Köder aus. „Diese lange Fahrt ohne Gesellschaft macht mir ein wenig Angst."

„Ich weiß. Ich habe das auch einmal gemacht."

„Du hattest aber eine Freundin dabei."

„Die halb bewusstlos war von Drogen und Alkohol."

„Oh."

„Du brauchst ja nicht allein zu fahren, Dawn. Du könntest doch Granny fragen, ob sie mitkommt."

Dawns Herz sank. Sie rieb sich über die Stirn. „Ich denke, ich fahre lieber allein. Vermutlich sollte ich endlich erwachsen werden und es nicht länger hinausschieben."

„Du bist zu einer großartigen jungen Frau herangewachsen, May Flower Dawn."

Das leise vorgebrachte Lob trieb Dawn die Tränen in die Augen. „Findest du wirklich, Mama?" Sie fühlte sich wie ein Baby und hätte am liebsten geweint.

„Ja, das tue ich. Ich bin stolz auf dich."

Am liebsten wäre Dawn damit herausgeplatzt, dass sie sich wünschte, ihre Mutter würde mitkommen. Sie wünschte sich Zeit mit ihr, damit sie reden könnten. Sie wollte ihre Mutter endlich richtig kennenlernen, bevor sie durch einen halben Kontinent voneinander getrennt wären. „Ich bin ziemlich nervös wegen der Fahrt."

„Das ist verständlich, aber du wirst nicht allein sein, Dawn. Du bist niemals allein. Gott ist bei dir. Er geht vor dir her und hält dir den Rücken frei. Er geht mit dir und wohnt in dir. Hör auf ihn."

„Ich bin froh, dass ich endlich zu Gott gefunden habe."

„Ich glaube jetzt seit vierundzwanzig Jahren an Jesus, Dawn. Doch den Menschen zu vertrauen habe ich nie gelernt. Ich werde für dich beten. Wie auch Georgia und viele andere. Auch Granny, das weißt du. Ich fände es schön, wenn du mich abends anrufst und mir erzählst, wie weit du am Tag gekommen bist. Du brauchst auch nicht lange zu reden."

„Jason bestand darauf, dass ich mich jeden Tag bei jemandem melde."

„Das ist gut."

Als sie auflegte, packte Dawn die letzten Sachen ein, ging zu Bett und hoffte darauf, gut schlafen zu können, bevor sie am nächsten Morgen aufbrach. Aber ihre Gedanken kamen nicht zur Ruhe.

24 Jahre. Das hatte ihre Mutter doch gesagt, nicht? Das wäre dann etwa um den Zeitpunkt, als sie schwanger geworden war. Vielleicht war es die Not und die ungewollte Schwangerschaft, die ihre Mutter in die Knie gezwungen hatten. Eine verzweifelte Kapitulation.

Dawn sehnte sich nach der offenen Zuneigung, die ihre Mutter Christopher zeigte. Aber wenigstens wusste sie jetzt, dass ihre Mutter stolz auf sie war. Sie konnten besser miteinander reden. Am besten mit ihr verstanden hatte sie sich während der schlimmsten Zeit nach der Trennung von Jason. Mama hatte gespürt, dass sie um Jason trauerte. Als sie in jener Nacht in Dawns Schlafzimmer kam und sie ihr alles gebeichtet hatte, hatte Mama kein Wort der Verurteilung oder Enttäuschung von sich gegeben. Was sie gesagt hatte, half Dawn, eine andere Richtung einzuschlagen: *Prüfe dich; nimm für dich an, was wahr ist, und tu, was richtig ist. Und wenn andere dich verletzen, vergib ihnen.*

Vielleicht würden sie eines Tages in der Lage sein, sich zusammenzusetzen und richtig zu reden. Vielleicht konnten sie eines Tages zum Anfang zurückkehren, in die Tiefe gehen und gemeinsam aus dem Schmerz der Vergangenheit aufsteigen.

Kapitel 46

Früh am Samstagmorgen machte sich Dawn auf den Weg. Ihre Kamera lag griffbereit neben ihr. Die erste Etappe führte sie von Atascadero im Norden nach Shandon und weiter nach Südosten ins Central Valley. Zuerst reihte sich eine Obstplantage an die andere. An einer Raststätte machte sie Pause und kaufte einige Schokoladenriegel und ein paar Postkarten. Dann ging es weiter. Bevor sie auf den Highway 99 in Richtung Süden auffuhr, bewunderte sie die rosa, roten und weißen Rosenbüsche in der Nähe von Wasco.

Das Mittagessen nahm sie in einem kleinen Straßencafé in Bakersfield ein. Während des Essens studierte sie die Landkarte. Später am Nachmittag besichtigte sie ein Museum an der Route 66. Danach war es zu heiß draußen, und sie verließ den Wagen nicht mehr. Als die Dunkelheit hereinbrach, konnte sie am Horizont einen Lichtschimmer erkennen: Las Vegas. Nach kurzer Suche fand sie das Hotel, in dem sie ein Zimmer reserviert hatte.

Sie warf ihre Reisetasche auf den grünen Bettüberwurf und griff sofort zum Telefon. Mama meldete sich beim zweiten Läuten und klang erleichtert, als sie hörte, dass es Dawn war. „Alles gut gelaufen heute?“

In weniger als einer Minute fasste Dawn zusammen, was sie gesehen hatte.

„Ist es ein gutes Hotel?“

„Ja, es ist nett und sauber. Ich schau mal, ob es noch etwas zu essen gibt.“

„Dann machen wir jetzt Schluss; ich wollte dich nicht aufhalten.“

Dawn merkte, wie kurz angebunden sie geklungen haben musste. „Ich wollte nicht …“ Warum war es so viel leichter, mit Granny zu reden als mit ihrer Mutter?

„Genieß dein Abendessen, Dawn. Wir reden dann in zwei Tagen wieder. Melde ein R-Gespräch an.“

Nach einem guten Essen zu einem vernünftigen Preis kehrte sie ins Hotel zurück und schrieb an Jason.

Ich wünschte, ich könnte malen wie Tante Rikka. … Ich habe ein Exemplar von On the Road *von Jack Kerouac gekauft. Vielleicht schürt das meine Begeisterung für diese Reise …*

Am nächsten Tag nahm sie sich mehrere Stunden Zeit, um den Hoover-Damm zu besichtigen. Danach fuhr sie ohne Unterbrechung bis nach Hurricane in Utah, checkte in einem Hotel ein und nahm ein kleines Abendessen in einem nahe gelegenen Restaurant ein, bevor sie sich bei Granny meldete. Doch Granny ließ sich nicht wirklich auf ein Gespräch ein, sondern sorgte sich um die Kosten für dieses Ferngespräch. Als sie immer wieder davon anfing, beendete Dawn das Gespräch.

Am folgenden Morgen brach sie früh auf, um sich den Zion Nationalpark anzuschauen. Abends wollte Mama alles darüber wissen, aber Dawn war zu müde, um lange zu reden. Außerdem wollte sie noch einen Brief an Jason schreiben, bevor sie zu Bett ging.

Dies wird nur ein kurzer Brief, mein Liebling. Ich vermisse dich so. Ich wünschte, du könntest diese Reise mit mir zusammen machen. Ich will mir ja gern Zeit lassen. Denn in Lawton sitze ich am Ende doch nur allein in einer Wohnung und weine den ganzen Tag …

Je weiter sie kam, desto größer wurde ihre Einsamkeit. Sie nahm einen Tag nach dem anderen und verdrängte jeden Gedanken daran, wie viele Kilometer noch vor ihr lagen. Jason musste drei Monate in der Kaserne wohnen. Nur am Wochenende würden sie sich sehen.

Es war schon seltsam, dass ihre Mutter versuchte, ihre abendlichen Gespräche in die Länge zu ziehen, Granny dagegen konnte sie nicht schnell genug loswerden. Je länger sie darüber nachdachte, desto ungewöhnlicher erschien es ihr. An einem Abend rief sie zuerst Granny an, dann Mama.

„Jason hat sich heute Nachmittag gemeldet. Er nannte mir die Namen von zwei Apartmentgebäuden, die du dir ansehen sollst, wenn du in Lawton angekommen bist. Beide liegen in der Nähe der Basis." Dawn notierte sich die Adressen. „Hast du den Grand Canyon gesehen?"

Dawn warf sich auf ihr Bett. „Ich bin in einem Hotel am südlichen Ausläufer abgestiegen." Sie lachte. „Eine Riesenhorde mit Kameras bewaffnete japanische Touristen ist mir zuvorgekommen. Ich musste eine Stunde warten, um etwas sehen zu können."

Mama hatte viele Fragen. Dawn beantwortete eine nach der anderen.

„Willst du morgen noch bleiben, um dich noch ein wenig umzuschauen?"

„Wahrscheinlich nicht. Ich habe keine Ruhe. Ich hoffe, morgen bis Monument Valley zu kommen." Dawn hörte Mitchs Stimme im Hintergrund. „Will er mich sprechen?" So lange hatte sie noch nie mit ihrer Mutter telefoniert.

„Er will nur wissen, ob du den Ölstand und den Reifendruck überprüft hast, und du sollst unbedingt noch einmal volltanken, bevor du die langen Strecken durch die Wüste fährst."

„Sag ihm, dass ich daran gedacht habe."

Der folgende Tag zog sich endlos in die Länge. Das Monument Valley wollte nicht enden. Aus Angst, der Wagen könnte überhitzen, schaltete sie die Klimaanlage aus und drehte die Scheibe herunter.

Granny ließ sie am Abend fünf Minuten erzählen, dann wünschte sie Dawn eine gute Nacht. Dawn legte auf und schrieb einen langen Brief an Jason.

Die Ausfahrt zum Mesa Verde-Nationalpark lag vor ihr. Dawn überschlug schnell, wie lange sie für die Fahrt und die Besichtigung der Ruinen und des Museums brauchen würde. *Vergiss es!* Sie fuhr weiter nach Durango. Sie war nun lange genug unterwegs. Sie wollte Jason endlich nahe sein. Vielleicht schaffte sie es ja, bis zum Wochenende Lawton zu erreichen.

Darum stornierte sie die Reservierungen in Pagos Springs und Albuquerque und fuhr weiter nach Amarillo im Bundesstaat Texas. Abgesehen von einigen wenigen Toilettenpausen und Tankstopps, bei denen sie auch Reifendruck und Ölstand überprüfte und eine hastige Mahlzeit zu sich nahm, fuhr sie, ohne sich durch Sehenswürdigkeiten ablenken zu lassen, ihrem Ziel entgegen: Jason Steward in Lawton.

Am folgenden Nachmittag kam Dawn vollkommen erschöpft in Lawton an, checkte in einem Best Western ein und rief ihre Mutter an. „Ich bin angekommen."

„Ich habe mich schon gefragt, wie lange es wohl dauert, bis du schnurstracks nach Lawton weiterfährst. Wirst du Jason sehen können?"

„Vermutlich nicht, aber wenigstens bin ich jetzt da. Wenn er sich bei dir meldet, gib ihm folgende Nummer ..."

Nach dem Gespräch stellte Dawn sich unter die Dusche. Der heiße Wasserstrahl massierte ihre schmerzenden Muskeln. Dann zog sie eine Jogginghose und eins von Jasons T-Shirts an und schlief auf der Tagesdecke ein. Als sie aufwachte, schaute sie auf die Uhr und stellte fest, dass sie fünf Stunden geschlafen hatte. Die Sonne ging gerade unter.

Das Telefon in ihrem Hotelzimmer läutete. „Du bist schon hier?" Jason senkte die Stimme. „Wie nah?"

„Fünf Minuten vom Tor entfernt."

Er lachte leise. „Du warst nicht im Mesa Verde-Nationalpark?"

„Ich habe ihm im Vorbeifahren zugewunken."

„Durango?"

„Bin durchgefahren."

„Aber du wolltest dir doch das Land anschauen."
„Ich bin nur an einem Naturwunder interessiert: Dir."

Jasons alter Honda stand auf dem Hotelparkplatz, als Dawn von der Wohnung zurückkam, die sie angemietet hatte. Er verließ gerade das Büro und wirkte ein wenig verärgert.

Sie drehte die Fensterscheibe herunter. „Hey, Süßer!" Breit grinsend marschierte er auf sie zu und riss die Wagentür auf. Sie stieg aus und warf sich in seine Arme. „Ich habe eine Wohnung für uns gefunden. Gerade eben habe ich unsere Sachen eingeräumt. Alles in Weiß und Beige …"

„Vergeude nicht Zeit und Geld damit, die Wohnung schön herzurichten, okay? Wir bleiben nur zwei Monate hier, dann geht es weiter nach Missouri."

Sie schloss die Augen. Eine weitere lange, einsame Fahrt lag vor ihr, aber daran durfte sie jetzt nicht denken. Dies war der Weg, den Jason gewählt hatte. Gott hatte sie wieder zusammengeführt, damit sie ihn gemeinsam gehen konnten. Ihr Magen begann laut zu knurren. Sie verzog das Gesicht. „Ich bin so hungrig, dass ich für nichts garantieren kann."

„Dann sollten wir dich besser füttern." Dawn packte ihre Sachen und checkte am folgenden Morgen aus. Jason folgte ihr in seinem alten Honda und stellte ihn neben ihrem Wagen ab. „Hübscher Wohnkomplex." Die Wohnung gefiel ihm, wobei im Vergleich zur Kaserne sogar das schäbigste Hotelzimmer das reinste Shangri-la gewesen wäre. Während Dawn die Bettwäsche aus einer Kiste holte und das Bett bezog, erzählte Jason von der Ausbildung, den Jungs, die er in der Kaserne kennengelernt hatte, und seinen Ausbildern. Dawn räumte die Töpfe und Pfannen ein, während Jason ihren Computer auf dem Küchentisch aufbaute.

„Wir sind eingezogen." Jason legte seine Füße in den Stiefeln auf den Couchtisch und die Arme auf die Rückenlehne der Couch.

Dawns Blick wanderte zum Küchentisch mit dem Computer und dem Drucker. Überall Kabel. „Nicht sehr heimelig."

„Aber funktional. Und wir können am Couchtisch essen." Er grinste sie an, als sie bedeutungsvoll auf seine Stiefel starrte. „Oder ausgehen."

Sie setzte sich und kuschelte sich an ihn. „Wir brauchen Lebensmittel." Durch die Glastür blickte sie zur Veranda. Ihr Heim brauchte Farbe und interessante Blickfänge. Zwei Stühle und ein kleiner Tisch mit einer Topfpflanze würden die Veranda aufpeppen. Ein paar Kissen und ein einfacher Schrank für die Kabel, ein gerahmtes Bild und ...

Jason umfasste ihren Kopf. „Ich höre förmlich, wie sich die Räder drehen."

Am Montagmorgen erwachte Dawn allein und mit geröteten Augen, weil sie sich am Abend zuvor in den Schlaf geweint hatte. Jason war geblieben, so lange es ging, bevor er zur Kaserne zurückmusste, aber nachdem er durch die Tür verschwunden war, blieb eine schmerzende Leere zurück. Erst in fünf Tagen würde sie ihn wiedersehen. Sie erinnerte sich an das, was Granny erzählt hatte. Ihre Großmutter hatte damals den ganzen Tag herumgesessen, gewartet und sich einsam gefühlt und sich gefragt, wann sie ihren Mann wiedersehen würde.

Während sie an der Küchentheke stand und ihre Eier verzehrte, starrte sie auf den Tisch. Es gab keinen Platz zum Schreiben und Bibellesen, und der Computer war ein Schandfleck. Die Wohnung kam ihr vor wie ein beigefarbenes Grab. Kurz entschlossen steckte sie ihre Bibel, ihr Tagebuch und einen Notizblock in den Rucksack und machte sich auf den Weg zur Cameron University, nur wenige Straßenzüge entfernt.

In der Universitätsbibliothek fühlte sie sich heimischer. Sie suchte sich einen ruhigen Tisch zum Lesen. Unter anderen Menschen fühlte sie sich nicht so einsam, und die Stille tat ihr gut.

Sie suchte sich Bücher über Innenarchitektur heraus und notierte sich ein paar gute Anregungen. In den örtlichen Tageszeitungen fand sie eine Liste mit anstehenden Garagenverkäufen.

In der Militärbasis füllte sie die Formulare für ihren Ausweis aus, danach besuchte sie die Grabstätten der berühmten indianischen Krieger Geronimo und Satanta und des Häuptlings der Komantschen, Quanah Parker.

Auf dem Rückweg zur Wohnung besorgte sie in einem Baumarkt einen Computertisch, einen Schraubenzieher und einen kleinen Hammer. Der Laden bot auch Workshops für Heimwerker an, doch leider fanden die Kurse überwiegend am Samstag statt. Ihre Frage, ob es denn keinen Kurs unter der Woche gäbe, wurde verneint, aber der Angestellte zeigte ihr ein Regal mit Heimwerkerbüchern.

Am Abend rief Jason an. „Und, was hast du heute angestellt?"

„Lawton und die Basis erkundet. Hier ist aber wirklich viel los." Sie erzählte ihm von den Indianerkriegen und den Chiricahua-Apatschen. „Wusstest du, dass Geronimo in Fort Sill begraben liegt?"

Als sie abends dann allein in ihrem Bett lag, starrte Dawn zur Decke hoch. Tagsüber wusste sie sich zu beschäftigen und das Alleinsein zu verdrängen, doch wenn es draußen dunkel wurde und der Wind um das Haus pfiff, fiel die Einsamkeit über sie her und ließ sich nicht mehr vertreiben. Sie stellte sich vor, wie Jason in einer Kaserne voller Soldaten auf seiner Pritsche lag und drückte sein Kissen fest an sich.

Sieben Wochen später packte sie wieder zusammen und folgte Jason erneut.

Liebe Granny,
Jason und ich sind jetzt in eine Unterkunft auf dem Gelände von „Fort Lost in the Woods" in Missouri gezogen. Man hatte Jason mitgeteilt, dass er „eine Weile" bleiben würde, aber das kann in der Armee alles bedeuten, von ein paar Wochen bis hin zu ein paar Jahren. Wo Jason gebraucht wird, da gehen wir hin.

Auf verschneiten Straßen zu fahren ist ein Erlebnis. Um diese Jahreszeit würde ich nicht quer durch das Land fahren wollen! Dafür müsste es schon einen guten Grund geben! Wir freuen uns auf eine weiße Weihnacht. Allerdings werden wir euch alle schrecklich vermissen.

Wir haben uns in Devils' Elbow, Hooker und Gospel Ridge (sind diese Namen nicht einfach herrlich!) nach einer Wohnung umgeschaut, dann aber beschlossen, doch lieber auf der Basis zu wohnen. Es wurde gerade ein kleines Haus mit zwei Schlafzimmern und einem Bad frei. Unser Haus grenzt an das von Ricardo und Alicia Martinez mit dem kleinen Lalo, ihrem süßen zweijährigen Sohn. Alicia hat mit ihm draußen einen Schneemann gebaut.

Jason hat seinen alten Honda verkauft. Von dem Geld haben wir uns ein gebrauchtes Schlafzimmer, einen „antiken" Esstisch und zwei Stühle angeschafft. Und wir haben uns ein neues Sofa und ein Fernsehgerät gegönnt, das wir jetzt schnell abzahlen wollen, nachdem ich einen Teilzeitjob im FLW-Krankenhaus gefunden habe …

Kapitel 47

1994

Dawn rechnete noch mal nach und gab sich Mühe, sich nicht zu große Hoffnungen zu machen. Als sie vor einem Jahr in dieses kleine Haus gezogen waren, hatte Jason ihre Pille aus dem Medizinschrank genommen und sie grinsend in den Mülleimer geworfen. Sie war außer sich vor Freude gewesen, und sie hatte damit gerechnet, sofort schwanger zu werden. Nach sechs Monaten versuchte sie, sich nicht mehr zu sehr zu freuen. Einmal hatte sie eine Schwangerschaft vermutet, doch der Test war negativ ausgefallen. Doch in den vergangenen zwei Wochen hatte sie langsam wieder zu hoffen gewagt. Es war an der Zeit, es Jason zu erzählen.

Jason kam wie jeden Tag zum Mittagessen nach Hause. Er legte seine Kappe auf den Tisch im Flur, küsste sie und blickte sie stirnrunzelnd an. „Du bist heute so schrecklich blass."

„Mir geht es gut. Mich … beschäftigt da nur etwas, das ist alles." Sie strich Mayonnaise auf eine Scheibe Brot, Senf auf eine andere, legte zwei dicke Scheiben Mortadella, Tomaten, rote Zwiebeln und Salat darauf.

Jason wartete. „Nun?"

„Ich habe mich gefragt, ob du mir wohl heute Abend etwas mitbringen könntest." Sie legte Jasons Sandwich auf einen Teller und stellte ihn in den Kühlschrank.

Lachend stand er auf und holte ihn wieder heraus. „Das scheint mir ratsam, denn offensichtlich bist du heute nicht so ganz bei dir. Was ist los?"

„Nun, vielleicht sollten wir noch einmal einen Schwangerschaftstest machen."

„Wirklich? Oh … okay. Machen wir. Heute Abend wissen wir Bescheid." Er stellte seinen Teller auf den Tisch und belegte ein Sandwich für sie. „Warte nur, bis meine Mutter das hört."

„Erzähl keinem Menschen davon, Jason." Beide Seiten der Familie wären außer sich vor Freude. Georgia und Granny machten seit Jasons Examen und seinem Dienstantritt immer wieder Andeutungen. Dawn wollte lieber warten, bis sie sicher war.

Jason drehte sich um und küsste sie. Sie entspannte sich in seinen Armen, und er drückte sie fester an sich, seine Hände strichen über ihren Rücken und blieben auf ihren Hüften liegen. Als er sich von ihr löste, lächelte er sie an. „Das ändert nichts an unseren Gefühlen."

„Hast du gedacht, das wäre so?"

„Mir kam der Gedanke." Er legte den Arm um sie. „Vielleicht solltest du aufhören zu arbeiten."

„Darüber reden wir, wenn wir das Ergebnis haben."

Abends brachte Jason eine kleine Plastiktüte aus der Apotheke mit. Dawn verschwand damit im Bad. Als sie herauskam, saß Jason auf der Bettkante, den Kopf gesenkt, die Hände zwischen die Knie gesteckt. Sie wartete, bis er den Kopf hob.

„Und?" Er starrte sie eindringlich an.

„Welches Ergebnis wünschst du dir, Jason?"

Er runzelte die Stirn. „Das, das Gott für uns bestimmt hat." Er strich ihr die Haare aus der Stirn. „Wir probieren es einfach immer weiter."

„Das klingt ja richtig nach Arbeit." Sie strich mit den Händen über seine Brust. „Ich schätze, es ist an der Zeit, dass du einmal Urlaub nimmst."

Es dauerte ein paar Sekunden, bis er verstand, was sie meinte. Dann begann er zu lachen, riss sie in seine Arme und wirbelte sie herum.

Mama schrie nicht auf wie Granny. „Ich freue mich, wenn du dich freust, May Flower Dawn." Wenn ihre Mutter ihren vollen Namen sagte, dann gingen ihre Gefühle tiefer, als sie sich anmerken ließ.

„Ich bin glücklich, Mama. Ich bin so glücklich, dass ich platzen könnte!"

„Wir hatten überlegt, euch zu besuchen. Wäre euch das recht?"

„Natürlich!"

„Wir fliegen nach Branson, sobald Christopher Ferien hat. Zweite Juniwoche. Es wäre schön, wenn ihr uns dort treffen könntet. Wir bringen euch in einem hübschen Hotel unter, essen auswärts und sehen uns ein paar Shows an. Ihr braucht überhaupt nichts vorzubereiten."

Dawn lachte. „Oh. Ich verstehe. Ihr wollt nicht in einem Gästehaus wohnen."

„Oh, wir kommen natürlich auch für ein paar Tage nach Fort Leonard Wood. Du hast mir geschrieben, wie du das Haus hergerichtet hast. Ich würde es mir gern ansehen. Falls dir das recht ist."

„Mama! Natürlich! Denkst du, ihr könntet Granny mitbringen? Sie wollte so gern mal herkommen, aber sie ist noch nie geflogen." Sie war mittlerweile fast 80 und traute sich nicht, allein zu reisen. „Wir könnten etwas zu ihrem Flugticket beisteuern."

Ein Augenblick Stille. „Nein, das ist schon in Ordnung, Dawn. Wir übernehmen ihr Ticket. Granny würde sicher gern mitkommen. Willst du sie anrufen und es ihr erzählen? Oder soll ich das tun?"

Dawn bemerkte die leichte Veränderung im Tonfall ihrer Mutter, und ihr wurde klar, dass sie ihre Gefühle verletzt hatte. „Das überlasse ich dir, Mama. Entschuldige. Ich hätte nicht fragen sollen."

„Nein, ich hätte selbst daran denken können." Stimmen im Hintergrund. „Christopher möchte mit dir reden." Damit war Mama fort und Dawns kleiner Bruder übernahm den Hörer. Allerdings war er nicht mehr „klein", sondern gerade 15 geworden. Und sicherlich in der Zwischenzeit sehr gewachsen.

Fünf Minuten lang redete er ohne Unterbrechung, voller Begeisterung über Fußball, über den Sommer, über ihren Besuch bei ihr und Jason. „Ich will mir die Indianerhöhlen ansehen …" Mama sagte etwas zu ihm. „Mama will Granny anrufen, sobald wir aufgelegt haben."

Eine Stunde später rief Granny zurück, begeistert, aber auch ein wenig besorgt wegen der Flugreise. Sie konnte es kaum erwarten, Dawn und Jason zu sehen. „Ich hoffe, dass wir ein wenig Zeit für uns haben, Liebes. Ich habe dich so vermisst."

Zeit für uns bedeutete, dass Mama ausgeschlossen wurde.

„Irgendwie schaffe ich es immer, eine von ihnen zu verletzen", sagte Dawn beim Abendessen zu Jason.

„Vermutlich wirst du deine Mutter selten allein haben."

„Ja, vermutlich." Dawn räumte den Tisch ab. Und daran war sie ganz allein schuld.

Granny, Mama, Mitch und Christopher kamen nur für vier Tage zu Besuch. Dawn hatte große Mühe, ihre Zeit zwischen Granny *und* Mama gleichmäßig aufzuteilen. Mitch und Christopher waren kein Problem. Sie zogen los, um sich die Indianerhöhlen anzuschauen oder überredeten Jason zum Bowlen, damit „die Frauen reden konnten".

Granny redete. Mama bekam keine Gelegenheit, sich zu äußern. Jeden Nachmittag unternahm Mama lange Spaziergänge. Wenn sie sich unwohl fühlte, zog sie sich immer zurück. Dawn fragte sich, ob sie das tat, damit Granny Dawn für sich allein hatte. Falls das so war, erwiderte Granny diesen Gefallen nicht. Selbst wenn sie zu dritt zusammensaßen und die Männer unterwegs waren, dominierte Granny das Gespräch, stellte Fragen oder erzählte von Dawn als Baby, Kleinkind, Kind.

Dawn hatte keinen Zweifel daran, dass die beiden einander liebten. Sie konnten nur nicht miteinander reden. Zwischen ihnen gab es eine Menge ungeklärter Dinge. Und sie war ein nicht unerheblicher Teil davon.

Ihr war nicht klar gewesen, wie anstrengend es sein würde, Mama und Granny vier Tage lang zusammen zu Besuch zu haben. Nicht dass es irgendwelche offenen Unstimmigkeiten gegeben hätte. Jason musste früh aufstehen und konnte nach 21:00 Uhr abends kaum noch die Augen offen halten. Mitch schlug dann vor, ins Hotel zurückzukehren. Mama fragte Granny, ob sie bereit wäre zu gehen. Das wurde zu einem Ritual. Die Entscheidung blieb immer Granny überlassen.

Wenn im zweiten Schlafzimmer statt des neuen Kinderbetts ein Gästebett gestanden hätte, hätte Dawn Mama gebeten, über Nacht zu bleiben. Dann hätte sie sich vielleicht ein wenig mit Mama unterhalten können.

Ihre Mutter sagte nie viel, aber was sie sagte, war immer von großer Bedeutung.

Während der folgenden Tage konnte Dawn das Gefühl nicht loswerden, dass etwas nicht stimmte. Granny rief an und dankte ihr für die wundervolle Zeit. Nachdem Granny nun einmal geflogen war, könnte sie das nächste Mal vielleicht auch allein kommen. „Deine Mama kann mich ja dann zum Flughafen bringen."

Mama rief an, sprach aber nicht lange. Christopher redete dafür fast eine halbe Stunde mit Dawn. Die hellen Lichter und die Shows in Branson hatten ihn nicht sonderlich beeindruckt, aber es hatte Spaß gemacht, mit Jason zu reden und mit Papa wandern zu gehen. Sie hatten die Klippen oberhalb des Big Piney erkundet.

Kurz nach dem Abendessen ging Dawn zu Bett. Jason folgte ihr. „Alles in Ordnung, Schatz?"

„Ich bin nur müde." Auf der Seite liegend ging sie ihre Gebetsliste durch. Sie schaffte nicht einmal die Hälfte, bis der Schlaf sie überfiel.

Sie stand knietief in schlammigem Sumpfwasser, umgeben

von Zypressen mit tief hängendem Spanischem Moos. Irgendetwas schwamm vorbei und verursachte Wellen. Ihr Herzschlag beschleunigte sich vor Furcht. Vorsichtig watete sie weiter zu einer Savanne mit festem Boden und Grasland, das wogte wie ein goldenes Meer. Der dicke Schlamm wollte ihre Füße festhalten. Sie schaffte einen weiteren Schritt. Keuchend sank sie tiefer; das dunkle Wasser umspülte jetzt ihren Brustkorb. Ihr Körper war schrecklich schwer. Etwas Schleimiges lief über ihre Beine. Sie klammerte sich an eine Wurzel und trat um sich. Ein großer, diamantförmiger Kopf erschien, schwarze Augen starrten sie an. Die riesige Schlange wand sich um ihre Taille. Sie stöhnte, als der Schmerz stärker wurde. Sie bekam keine Luft mehr.

Eine Hand strich über ihr Gesicht. „Dawn." Jason streichelte ihre Wange. „Wach auf, Liebes. Du hast einen Albtraum."

Sie starrte in die Dunkelheit; ihr Herz klopfte zum Zerspringen. „Halt mich fest, Jason."

Jason zog sie an sich. Sie war jetzt hellwach, doch da war es wieder. Dieses Mal kein Traum. Ihr Unterleib krampfte sich zusammen. Ein sengender Schmerz breitete sich aus. „Jason ..."

Jason schaltete das Licht an. Als er die Decke zurückschlug, schnappte er nach Luft. „Rühr dich nicht! Ich rufe den Rettungswagen."

Dawn erwachte in einem Krankenhauszimmer; ein weißer Vorhang versperrte ihr die Sicht. Ein Infusionsständer stand neben ihrem Bett. Der Monitor piepte. Irgendwo ganz in der Nähe hörte sie Jasons leise Stimme, seinen fragenden Tonfall. Ein Fremder antwortete. „... viel Blut verloren ... noch einige Stunden zum Erholen ... Vorsichtsmaßnahmen ergreifen ... Machen Sie sich keine Sorgen ..."

Jason trat durch den Vorhang ans Bett. Er wirkte ausgezehrt und blass, doch Erleichterung zeigte sich auf seinem Gesicht, als er ihrem Blick begegnete. „Du bist wach. Hast du Schmerzen?"

„Nein." Aber sie war so müde, dass sie nicht glaubte, sich bewegen zu können.

Er nahm ihre Hand und küsste sie. „Du wirst wieder gesund."

Sie wusste, was das bedeutete. Tränen traten ihr in die Augen. „Unser Baby, Jason", schluchzte sie. „Ich habe unser Baby verloren."

Jason legte den Arm um sie und drückte sie an sich. „Beinahe hätte ich *dich* verloren", sagte er mit heiserer Stimme.

Die Schwester kam herein und spritzte etwas in den Infusionsbeutel. „Sie wird jetzt schlafen."

Dawn hielt mühsam die Augen offen. „Du solltest nach Hause gehen, Jason."

„Ich bleibe."

Sie erwachte auf einer fahrbaren Liege, die zwei Pfleger durch den Flur in ein anderes Zimmer schoben. Ganz vorsichtig wurde sie in ein Bett gehoben. Jason trat an ihr Bett und ergriff erneut ihre Hand. Eine Schwester steckte eine warme Decke um sie herum fest, maß ihren Puls und überprüfte die Infusion.

Als sie später erneut erwachte, saß Jason auf einem Stuhl neben ihrem Bett und schlief. Während sie mit der Hand über seine kurz geschnittenen Haare strich, dankte sie Gott, dass sie einen Mann hatte, der sie so sehr liebte, dass er an ihrer Seite blieb. Er erwachte und beugte sich über sie. „Brauchst du etwas?"

„Nein." Nur ihn.

Er ergriff ihre Hand, rieb sie an seiner Wange. Er musste sich dringend rasieren.

„Du hast dich unerlaubt von der Truppe entfernt."

„Ich habe Bescheid gegeben." Jason legte die Hand auf ihre Stirn. „Gut. Kein Fieber." Erleichtert atmete er auf. Im Augenblick wirkte er älter als seine 26 Jahre. „Versuch wieder zu schlafen. Alles wird gut werden."

Alles wird gut werden? Ohne ihr Baby?

Mit 15 hatte sie einmal befürchtet, sie könnte schwanger sein. Jetzt fragte sich Dawn, ob sie und Jason je Kinder haben würden. So Gott wollte, irgendwann. An diese Hoffnung klammerte sie sich.

Alicia kam zu Besuch. Doch bei Lalos Anblick wurde Dawn ihr eigener Verlust umso deutlicher. Sie trauerte noch mehr, wenn sie junge Mütter mit ihren Babys sah. Da sie Jason nicht mit ihrem emotionalen Zustand belasten wollte, rief sie Granny an. Sie beruhigte sie, eine Fehlgeburt sei nicht so ungewöhnlich, und sie solle sich dadurch nicht herunterziehen lassen. Dann redete sie davon, wie wundervoll es sein würde, wenn Dawn erst Kinder hätte, dann würde sie vergessen, wie schmerzlich es gewesen sei, dieses eine verloren zu haben.

Mama hörte ihr zu und ließ sie reden. „Ich habe mich von Gott abgewandt, Dawn, und ich habe meine Lektion gelernt. Ich wandte mich ihm wieder zu, weil er der Einzige war, der mich verstand. Er wurde mein Trost."

Seit einer Woche hatte Dawn ihre Bibel nicht mehr aufgeschlagen. „Warum hast du dich von ihm abgewandt?"

„Ich hatte Angst vor ihm." Dawn hatte gelernt abzuwarten, bis Mama bereit war zu reden. Mama konnte Stille viel besser aushalten als Granny. „Ich glaubte nicht, dass Gott mich liebte. Ich dachte, alles, was mir zugestoßen war, wäre eine Strafe, weil ich seinen Ansprüchen nicht genügt hatte."

„Aber jetzt weißt du, dass das nicht stimmt, oder?"

„Weißt du es denn?"

Dawn begann zu weinen. Seit Wochen hatte sie sich gefragt, was sie falsch gemacht hatte. „Ach, Mama ...", schluchzte sie ins Telefon.

„Ich habe erfahren, dass Gott mich liebt. Auch wenn ich glaubte, ihm nicht zu genügen, May Flower Dawn. Er liebt auch dich. Er wird dir wieder aufhelfen. Streck nur deine Hände aus und gib deinen Kummer an ihn ab."

Kapitel 48

1996

Jason wurde nach Fort Bragg in North Carolina beordert. Dawn fragte sich, warum sie das überraschte. Nach drei Jahren in Fort Leonard Wood hatte sie vergessen, dass Jason jederzeit versetzt werden konnte. Sie hatte gerade Rosen gepflanzt. Wenn sie anfingen zu blühen, würde sie nicht mehr da sein.

Der Inspektionsoffizier besichtigte das Haus. Die Wände müssten wieder weiß gestrichen werden, sagte er. Sie kannte die Regeln, aber der Gedanke, dass die Arbeit, die sie in das Haus investiert hatte, umsonst gewesen war, deprimierte sie.

Jason ließ zwei Gefreite in ihrer Freizeit die Innenwände streichen. Sie waren dankbar für den Nebenverdienst. Die Umzugsleute räumten das Haus aus, und Dawn überwachte ihre Arbeit. Sie hatte alle Kartons beschriftet und bewahrte eine Inventarliste in ihrer Handtasche auf. Als der Umzugswagen fort war, legten Jason und Dawn zwei Koffer in ihren Wagen und machten sich ebenfalls auf den Weg.

Jason hatte noch ein paar Tage Urlaub. Auf der Fahrt wollten sie sich ein wenig vom Land ansehen. Sie übernachteten in St. Louis, Nashville und Chattanooga. Nach der Ebene von Fort Sill und den niedrigen Hügeln von Fort Leonard Wood genoss Dawn die Schönheit der Great Smoky Mountains. Ohne Eile überquerten sie den Blue Ridge Parkway, hielten an Aussichtspunkten an, machten Fotos und übernachteten zwei Tage in einer Frühstückspension. Der Herbst war angebrochen und färbte die Blätter bunt. Vor dem Hintergrund der Nadelbäume in den verschiedenen Grüntönen war das ein atemberaubender Anblick.

Fort Bragg war ganz anders als das kleine Fort Lost in the Woods. Mehr als 170.000 Einwohner lebten dort, es gab Schulen, Kirchen, Krankenhäuser, Golfplätze, Bowlingcenter und Kinos. Sogar ein Einkaufszentrum war vorhanden! Während

Jason in der Kaserne war, machte sich Dawn mit ihrer neuen Umgebung vertraut. Als ihr Wagen mit einem Motorschaden liegen blieb, beschloss Jason, einen neuen Wagen zu kaufen. Dawn entdeckte einen Van, der nützlich sein könnte, wenn sie wieder Garagenverkäufe und Wohnungsauflösungen besuchte. Jason machte eine Testfahrt, ließ ihn von einem Mechaniker überprüfen und kaufte ihn.

Nach ein paar Monaten fand Jason, dass sie beide einen fahrbaren Untersatz bräuchten, und kaufte einen gebrauchten kleinen Jeep.

Ihr neues Haus war doppelt so groß wie das vorherige. Da es ihr an Ideen fehlte, richtete sie ihr Schlafzimmer genauso ein wie das letzte, das andere Zimmer war das Arbeitszimmer und die Tür zum dritten Zimmer blieb geschlossen. Das Wohnzimmer wirkte nackt und uninteressant. Sie musste *irgendwas* finden, das sie inspirierte, darum fuhr sie bis nach Raleigh, hundert Kilometer von ihrem Wohnort entfernt, um sich eine Kunstausstellung anzusehen. Innerhalb der ersten Stunde fand sie ein Bild, das ihre Fantasie beflügelte: Eine Reproduktion von John William Waterhouses *Ritter*. Der gut aussehende junge Mann saß in voller Rüstung auf einer Mauer, sein Schwert stand angelehnt neben ihm. Eine wunderschöne rothaarige Dame kniete zu seinen Füßen und hatte ihre Hand auf seine gelegt. Voller Bewunderung blickte sie zu ihm auf.

„Gefällt es Ihnen?“ Der Verkäufer, ein älterer Mann mit grauen Haaren und nur einem Arm, erzählte, er habe 20 Jahre für ein Museum in New York gearbeitet und Reproduktionen verschiedener Meisterwerke angefertigt.

„Es ist atemberaubend.“ Vor ihrem inneren Auge sah sie es bereits in ihrem Wohnzimmer an der Wand hängen.

300 Dollar sollte das Gemälde kosten. Dawns Herz sank. Genauso gut hätte er eine Million verlangen können. Bedauernd lächelte sie den Mann an, versicherte ihm, dass es viel mehr wert wäre, doch leider könnte sich die Dame eines Ritters das nicht leisten.

Zwei Stunden suchte sie weiter, fand aber nichts, und sie hatte auch keine Zeit mehr, denn sie musste nach Hause, um das Abendessen vorzubereiten.

„Milady“, rief der alte Verkäufer ihr zu, als sie an seinem Stand vorbeikam. „Ich habe es noch, das Bild.“

Verblüfft trat sie näher. „Keine Interessenten?“

„Oh, doch, es waren Interessenten da, aber es war keiner dabei, dem ich es gern überlassen hätte. Für dieses Bild habe ich sehr lange gebraucht. Es ist etwas ganz Besonderes.“ Der alte Mann stellte es hochkant. „Sieht Ihr Mann genauso gut aus wie der Ritter?“ Lächelnd betrachtete Dawn das Gemälde. „So hübsch dieser Ritter auch ist, mein Mann sieht noch besser aus. Vielen Dank, dass ich es mir noch einmal anschauen durfte. Ich weiß, dass Sie den richtigen Käufer finden werden.“ Sie wollte sich entfernen.

„Wo würden Sie es denn aufhängen, wenn Sie es sich leisten könnten?“, rief er ihr hinterher.

Sie drehte sich um und blickte ihn an. „Natürlich im Wohnzimmer, wo jeder es bewundern kann, sobald er das Zimmer betritt. Und ich würde jedem sagen, von wem diese Reproduktion stammt.“

„Na, das ist gut.“ Er deutete mit dem Finger auf sie. „Geben Sie mir, was Sie erübrigen können, bevor ich meine Meinung ändere. Okay, okay, beruhigen Sie sich. Gern geschehen. Ich packe es Ihnen ein.“

Übersprudelnd vor Freude fuhr Dawn nach Hause. Sie konnte es kaum erwarten, mit der Arbeit zu beginnen.

Jasons Blick fiel auf das Bild, sobald er zur Tür hereinkam. Verblüfft starrte er es an. Dawn legte den Arm um ihn. „Romantisch, nicht?“

Er grinste sie an. „Ich bin gespannt, was du sonst noch aus dem Zimmer machst.“

Sie lachte fröhlich. „Das Heim eines Mannes sollte seine Burg sein. Meinst du nicht auch?“

Er zog sie an sich. „Es ist schön, dich wieder lachen zu hören, Dawn.“

Beide wussten, warum das in der Vergangenheit so selten gewesen war.

1997

Sie waren seit sechs Monaten in Fort Bragg stationiert, als Dawn erneut einen Schwangerschaftstest machte. Jason hatte sie ihre morgendliche Übelkeit verschwiegen, um ihm keine Hoffnungen zu machen. Als sie das Testergebnis sah, überfiel sie eine übersprudelnde Freude, doch sofort waren auch die Ängste wieder da. Die entdeckte sie auch in Jasons Augen, als sie ihm die gute Nachricht mitteilte.

Er zog sie an sich. „Wenn du schwanger bist, hörst du auf zu arbeiten. Wir wollen kein Risiko eingehen."

Das war für sie schon beschlossene Sache. Zwei Frauen aus ihrer Bibelgruppe hatten sie gebeten, ihnen gegen Bezahlung bei der Ausstattung ihrer Häuser zu helfen. Sie würden also gut ohne ihr Einkommen leben können.

Jason hielt bei der Ultraschalluntersuchung ihre Hand. Gemeinsam hörten sie den Herzschlag des Babys. Jason runzelte die Stirn. „Es schlägt so schnell." Die Ärztin und Dawn lächelten und versicherten ihm, dass das seine Richtigkeit hätte.

Gleich am Abend wollte Jason ihren Familien Bescheid sagen, doch Dawn bat ihn zu warten. Er fragte nach dem Grund. „Ich weiß nicht, Jason. Ich … ich weiß es einfach nicht." Irgendwie kam sie nicht gegen das Gefühl an, dass noch etwas schiefgehen könnte.

Im fünften Monat bestand Jason darauf. „Dir geht es doch gut. Seit zwei Monaten leidest du nicht mehr unter Übelkeit. Das Baby wächst und dein Bauch wird immer dicker!"

Dawn gab nach.

Georgia und Granny waren außer sich vor Freude. Auch Christopher und Mitch. Als Mama ans Telefon kam, schüttete Dawn ihr ihr Herz aus und sprach über ihre Ängste. Mama hörte ihr aufmerksam zu. „Ich werde für dich beten, May Flower Dawn." Dawn wusste, dass das nicht nur so dahergesagt war.

Im sechsten Monat spürte Dawn, dass etwas nicht stimmte. Die Bewegungen des Babys hatten aufgehört. Sie wartete nicht ihre Routineuntersuchung ab, sondern ließ sich sofort einen Termin bei ihrem Arzt geben. Jason begleitete sie. Das Stethoskop war eiskalt auf ihrem Bauch. Der Arzt setzte es mehrmals an verschiedenen Stellen an und lauschte sehr aufmerksam. Sein Gesichtsausdruck wurde zunehmend grimmig.

Jason streichelte ihre Schultern. „Es wird alles gut werden", versicherte er ihr wieder und wieder, wie eine Gebetslitanei.

Als der Arzt sich aufrichtete, hielt Dawn den Atem an. „Es tut mir sehr leid." Er blickte zuerst Jason, dann Dawn an. „Es ist kein Herzschlag zu hören."

Jasons Hand grub sich in ihre Schulter. Er blickte sie an, voller Schmerz und Zärtlichkeit, und Tränen liefen aus seinen Augen. „Es wird alles gut werden, Dawn."

Sie schluchzte. Beide wussten, dass nichts gut war.

Der Arzt wies Dawn ins Krankenhaus ein und leitete die Wehen ein. Dawn brachte einen voll ausgebildeten kleinen Jungen zur Welt, der knapp zwei Pfund wog.

Dieses Mal würde es länger dauern, den Verlust zu überwinden.

Jason und Dawn flogen über Weihnachten nach Kalifornien. Die ersten beiden Nächte blieben sie bei Georgia, Heiligabend und den ersten Feiertag verbrachten sie bei Mama, Mitch und Christopher, der im ersten Jahr in Stanford studierte.

Granny kam aus Jenner, drängte sie aber, sie noch an der Küste zu besuchen. Sie näherte sich ihrem 81. Geburtstag und war sichtlich gealtert. Ihre Haare waren fast vollkommen ergraut, und erste Anzeichen von Osteoporose waren aufgetreten. Mama, die im vergangenen Frühjahr 50 geworden war, trug immer noch lange, bunt gemusterte Röcke und Tuniken mit Ledergürtel. Ihre Haare waren von grauen Strähnen durchzogen. Noch immer bat sie niemals um Grannys Hilfe, und Granny bot sie nicht mehr an. Dawn hatte das Gefühl, dass sich die Kluft vertieft hatte.

Niemand sprach über das Baby, obwohl Dawn wusste, dass alle an ihren tot geborenen Sohn dachten. Christopher saß neben ihr auf der Couch und hielt ihre Hand. Seit sie ihn das letzte Mal gesehen hatte, war er einige Zentimeter gewachsen. Jetzt nannte er sie seine „kleine Schwester". Er hatte Mitchs dunkelrote Haare und die blauen Augen ihrer Mutter geerbt.

„Du bist so groß geworden, Chris!"

Mitch lachte. „Ständig rufen die Mädchen hier an. Seit er vergangene Woche nach Hause gekommen ist, steht das Telefon nicht mehr still."

Christopher errötete bis unter die Haarwurzeln.

„Wie schön. Du hast schon immer viele Freunde gehabt." Dawn gab sich Mühe, keine Traurigkeit aufkommen zu lassen. Immerhin war Weihnachten. Wenn alles gut gegangen wäre, würde sie jetzt ein Baby in den Armen halten. *Ein Kind ist euch geboren …*

Jason war damit einverstanden, nach Jenner zu fahren. Die letzten vier Tage verbrachten sie also bei Granny. Dawn und Jason gingen jeden Nachmittag am Strand spazieren, setzten sich in den Sand und beobachteten die Wellen. Am letzten Abend ging er vor ihr zu Bett, und Granny sprach das Thema an, das alle anderen gemieden hatten. „Du wirst noch ein gesundes Baby bekommen, Dawn. Ich weiß es. Ich spüre es!"

Dawn weinte und putzte sich die Nase. Sie fühlte sich wie Hannah im Alten Testament, die Gott um ein Kind anflehte. „Das liegt bei Gott, Granny. Ich muss es akzeptieren, falls das nicht sein Wille für mich ist."

„Unsinn. Du hast doch noch viel Zeit, Liebes. Du bist noch so jung. Versuch es weiter."

Dawn wusste, dass es nicht um das Versuchen ging. Es lag in Gottes Händen. Und sie würde ihm vertrauen, egal, wie schwierig die Situation im Augenblick auch war.

Auf dem langen Heimflug träumte Dawn, sie säße am Strand.

Der Wind blies wärmer als gewöhnlich, die Sonne funkelte auf dem türkisgrünen Wasser. Dawn spürte den Wind in ihren Haaren, die Sonne auf ihrem Gesicht. Granny und Mama saßen in der Nähe und unterhielten sich, wie sie sich noch nie unterhalten hatten. Ein kleines Mädchen mit langen blonden Haaren trippelte am Wellenrand entlang. Das Wasser spritzte um die Knie des Kindes. Ab und zu bückte es sich und hob einen Stein auf, ein Stück Treibholz, eine Möwenfeder, dann kam es angerannt, um seine Schätze zu zeigen. Dawn stand auf und ging zu dem Kind; sie tanzte mit ihm in den schaumigen Wellen. Sie war glücklich und fühlte sich frei.

Als Dawn erwachte, war es dunkel. Das Brummen des Flugzeugs hatte eine beruhigende Wirkung auf sie. Jason schlief, die Knie gegen den Vordersitz gedrückt. Durch das Flugzeugfenster schien der Mond, unter sich konnte sie die Lichter einer Stadt erkennen. Zum ersten Mal seit ihrer Fehlgeburt war sie von einem tiefen Frieden erfüllt, und Hoffnung glühte in ihr auf wie ein Sonnenaufgang.

Jason erwachte und ergriff ihre Hand. „Alles in Ordnung?"

„Ja." *Mehr als in Ordnung.* „Ich hatte einen wundervollen Traum, Jason." Sie erzählte ihm davon.

„Das klingt wie ein Versprechen."

„Ich glaube, das war es auch."

1998

Dawn strich das nicht genutzte Zimmer hellrosa und kaufte Möbel dafür: Ein Kinderbett, eine weiße Kommode, einen Schaukelstuhl, einen blassblauen Plüschteppich. An eine Wand hängte sie einen Wandbehang mit aufgesticktem Alphabet, den sie bei einem Garagenverkauft gefunden hatte.

Während die Wochen ins Land gingen, wuchs Jasons Unsicherheit. Er sprach das Thema Adoption an. Sie meinte, das könnten sie durchaus in Betracht ziehen. Irgendwann. Sein

Vorschlag konnte ihre feste Überzeugung nicht ins Wanken bringen: Der Traum würde sich erfüllen. Zu Gottes Zeit – nicht zu ihrer, nicht zu Jasons.

„Du weißt, dass ich jederzeit versetzt werden kann, Dawn, nicht?"

„Ich weiß."

„Du investierst sehr viel Zeit in dieses Zimmer." Schließlich gehörte das Haus ihnen nicht. „Vielleicht müssen wir wieder umziehen. Was dann?"

„Dann nehmen wir die Möbel mit und ich fange noch mal von vorn an."

Jasons sechsjährige Dienstzeit in der Armee neigte sich dem Ende zu. Im nächsten Jahr würde er entscheiden müssen, wie es weitergehen sollte. Sie überlegten, welche Möglichkeiten sich Jason als Zivilist böten.

„Wenn ich in der Armee bleibe, muss ich noch vierzehn Jahre dienen, bevor ich in Pension gehen kann. Danach kann ich noch etwas anderes machen." Sie fragte, ob er das wolle und ob er glaube, dass dies Gottes Wille für ihn sei. Jason sagte Ja.

„Aber wir könnten trotzdem versetzt werden, Dawn. Es gibt keine Garantie, dass wir hierbleiben."

Dawn wusste, was Jason eigentlich beunruhigte, welche Sorge ihn nie losließ. Es war die Sorge, dass sie in Depressionen verfallen würde, wenn sie nicht bald schwanger würde. Sie erwiderte, Gott sei souverän. Gott sei vertrauenswürdig. Was immer auch geschah, sie konnten Gott den Ausgang anvertrauen. Trotzdem blieb die Tür zum Kinderzimmer geschlossen, damit er nicht ständig daran erinnert wurde. Dawn hielt sich an Gottes Versprechen fest.

Selbst nach einem Jahr verlor Dawn nicht die Hoffnung. Als zwei und schließlich drei Jahre vergingen, wuchs der Schmerz, aber der Glaube blieb.

Kapitel 49

2001

Dolores, eine Frau aus Dawns Bibelgruppe, rief eines Morgens unverhofft an. Sie war einer Hysterie nahe. „Hast du das Fernsehgerät eingeschaltet?"

„Nein, warum?"

„Zwei Flugzeuge sind gerade in die Zwillingstürme des *World Trade Center* geflogen!"

Wie erstarrt saß Dawn für den Rest des Tages vor dem Fernsehgerät. Immer wieder sah sie, wie das *World Trade Center* in einer dichten Staubwolke in sich zusammenstürzte. Sie verfolgte die minütlich gesendeten Berichte darüber, dass Terroristen zwei Flugzeuge, die von Boston aus gestartet waren, in ihre Gewalt gebracht hatten. Ein anderes Flugzeug krachte ins Pentagon, und ein viertes stürzte auf einem Feld in Pennsylvania ab, nachdem die Passagiere an Bord per Handy mit ihren Angehörigen telefoniert und erfahren hatten, was mit den anderen Flugzeugen passiert war. Sie leisteten Widerstand und hatten dadurch wohl verhindert, dass größerer Schaden angerichtet wurde. Dieses Flugzeug hätte das Weiße Haus treffen sollen. Bisher wusste noch niemand, wie viele Menschen ums Leben gekommen waren. Im World Trade Center und der näheren Umgebung arbeiteten 50.000 Menschen.

Die Haustür ging auf. Dawn sprang auf. „Jason!" Sie flog in seine Arme.

Er drückte sie fest an sich. „Wie lange verfolgst du schon die Nachrichten?"

„Den ganzen Tag, Jason. Was bedeutet das für uns?"

„Es gibt Krieg. Das bedeutet es."

„Musst du fortgehen?"

„Das kommt darauf an, gegen wen wir kämpfen und wo."

Die Flughäfen wurden geschlossen. Präsident George Bush

flog nach New York und hielt vor den Überresten der Türme eine Ansprache an die Rettungskräfte. Er versicherte ihnen, die Nation läge im Gebet auf den Knien. Bush versprach, diejenigen, die die Gebäude zum Einsturz gebracht hätten, „werden bald von uns allen hören!"

Dawn las jeden Zeitungsbericht über die Helden von New York: Ein Mann war zurückgeblieben, um einem Rollstuhlfahrer zu helfen – beide starben, als die Türme einstürzten; Feuerwehrleute und Polizisten waren unermüdlich auf der Suche nach Überlebenden; Leichenspürhunde und ihre Führer suchten in den Trümmern nach Toten. Die Heilsarmee reagierte mit übermenschlichem Einsatz auf die Tragödie. Die New Yorker rückten zusammen.

Der drohende Krieg schwebte wie ein Damoklesschwert über ihnen, aber gegen welches Land?

Jason wurde nach New York beordert, um die zivilen Ingenieure zu unterstützen. Die Beseitigung der Trümmer war ein riesiges Unterfangen. Jason würde für Monate fort sein, vielleicht noch länger, falls die Terroristen weitere Anschläge verübten. Alle Nachrichtensender spekulierten über mögliche weitere Ziele – ein Giftanschlag auf die Trinkwassersysteme, die Freisetzung eines tödlichen Virus, kleine Atombomben in Rucksackgröße.

Während der ersten Wochen suchten die Menschen in Massen Zuflucht in den Kirchen. Nach drei Monaten ließ der Ansturm nach.

Jason kam über das Wochenende nach Fort Bragg zurück. Er war so erschöpft, dass er 24 Stunden am Stück schlief, sodass ihnen nur noch ein halber Tag blieb, bis er wieder zurückmusste.

„Warum hast du mich denn nicht geweckt?"

Dawn sagte, das nächste Mal würde sie ihn besuchen. Jason bat sie, zu Hause zu bleiben. New York war ihm zu unsicher für sie. Aber eigentlich war ihm auch Fort Bragg zu unsicher. Welches bessere Ziel für die Terroristen gab es als eine der größten Militärbasen der Welt? Er flehte sie an, nach Hause zu fahren.

Sie wollte nicht, und es kam zum Streit. Als er fort war, weinte sie.

Nach dreimonatiger Abwesenheit kehrte Jason nach Fort Bragg zurück, und an Weihnachten flogen er und Dawn wieder nach Hause. Auf dem Flughafen wimmelte es von Menschen.

„Ihr hättet das nach dem Anschlag erleben sollen", sagte Mitch. Chris hatte unzählige Fragen. Jason machte deutlich, dass er nicht über das reden wollte, was er in New York gesehen hatte. Granny hatte Angst, dass es Krieg geben könnte und wie sich das auf Jason auswirken würde. Dawn betete immer noch, dass eine diplomatische Lösung gefunden wurde. Mitch und Jason unterhielten sich hinter verschlossenen Türen. Mama und Dawn tranken Tee und redeten gar nicht.

2002

Als Dawn und Jason nach Fort Bragg zurückkamen, kaufte Jason einen Laptop und dazu ein Sprachprogramm auf Arabisch. „Falls ich fortgeschickt werde, dann in den Mittleren Osten."

Alle wussten, dass es nur noch eine Frage der Zeit war, bis die Armee Truppen entsandte. Amerika konnte den Tod von 3.000 Bürgern nicht hinnehmen, ohne zu reagieren. Es war ein Wunder, dass nicht noch mehr Menschen ums Leben gekommen waren.

Als Jason nach Hause kam und berichtete, er sei nach Fort Dix im Bundesstaat New Jersey beordert worden, war das Warten zu Ende. Dawn packte ihre Sachen und folgte ihm. Sie mieteten einen Bungalow außerhalb der Basis mit zwei Zimmern und einem Bad. Sie vergeudete keine Zeit damit, die Wände zu streichen. Jede Stunde mit Jason war zu kostbar.

Die ersten US-amerikanischen Truppen wurden am 1. Januar in den Persischen Golf verlegt. Am 17. März stellte Präsident Bush Saddam Hussein ein Ultimatum. Innerhalb von 48 Stunden sollte er das Land verlassen, sonst gäbe es Krieg. Am 19. März verstrich das Ultimatum, und die *Operation Freedom* begann. Im April wurde Bagdad eingenommen und die Statue von Saddam Hussein unter den Jubelrufen der Iraker und Amerikaner von ihrem Sockel gestürzt.

Die Suche nach Massenvernichtungswaffen wurde intensiviert. Gegen die Kurden hatte Hussein chemische Waffen eingesetzt. Hatte er in der Wüste vielleicht Bomben und Flugzeuge versteckt? Waren sie an die Nachbarländer verkauft worden? Oder waren das nur Prahlereien eines wahnsinnigen Diktators gewesen?

Der Mai brach an, und Jason erhielt seinen Einsatzbefehl für den Irak. Dawn konnte die Tränen nicht zurückhalten. Sie liebten sich wie in der ersten Zeit ihrer Ehe – hungrig und hemmungslos, und sie sprachen alles aus, was sie einander noch sagen wollten, da sie dachten, dass sie vielleicht nie mehr Gelegenheit dazu haben würden.

„Alles liegt in Gottes Hand.“ Jason drückte sie an sich. „Frieden hat seine Zeit, und Krieg hat seine Zeit. Denk doch an Nehemia. Er befahl dem Volk, während der Arbeit die Waffen griffbereit zu halten. Unsere größte Aufgabe im Irak ist der Wiederaufbau des Landes. Wir wollen dem irakischen Volk den Schutz und die Mittel zur Verfügung stellen, die sie brauchen, um die Freiheit zu bewahren, die sie bisher nicht kannten.“

Jason wollte keinen rührseligen Abschied. Um seinetwillen musste sie tapfer sein und sich zusammenreißen. Er küsste sie. „Schreib mir.“ Seine Stimme klang heiser, mit beiden Händen hielt er ihren Kopf umfangen und küsste sie erneut. „Ich schicke dir E-Mails, wann immer ich kann.“

Sie nahm seine Hand. „Möge der Herr dich segnen und

beschützen, Jason. Er geht vor dir her. Er steht an deiner Seite. Er ist um dich." Und obwohl sie die Tränen in seinen braunen Augen bemerkte, lächelte sie ihn an und sprach weiter. „Dies ist nicht unser Zuhause, Jason. Der Himmel ist unser Zuhause. Und dort kann nichts uns jemals trennen."

Zwei Monate später, Ende Juli, schickte Dawn ihm ihre 16. E-Mail. Es konnte Tage dauern, bis Jason sie las …

Gott ist gut, Jason. Er hält seine Versprechen immer. Unser Baby wird am Valentinstag zur Welt kommen. Erst in einigen Monaten kann der Arzt das Geschlecht des Babys feststellen, aber ich habe ihm gesagt, dass Gott uns ein kleines Mädchen versprochen hat. Sie wird blonde Haare haben, und sie wird am Strand herumlaufen, Steine und Muscheln und Vogelfedern sammeln und am Wasser tanzen …

Jason schrieb zurück, wann immer er Gelegenheit fand.

Hey, zukünftige Mama, ich vermisse dich so sehr, dass es schmerzt. Ich lese jetzt mit drei Männern aus meiner Einheit zusammen in der Bibel. Wir bauen ein Krankenhaus wieder auf. Gemeinsam beschäftigen wir uns mit Nehemia, ich fand das angemessen. Während der Arbeit beten wir sehr viel.

War in einem von Saddam Husseins Palästen. Marmorböden, Mosaike, Säulen, Springbrunnen – alles da. Vermutlich hielt er sich für Nebukadnezar persönlich. Anscheinend hat er das Ende der Geschichte vergessen – der König auf Händen und Knien, der Gras frisst wie ein Tier. Gott sagt, Hochmut kommt vor dem Fall.

Ich wünschte, ich könnte sehen, wie du rund wirst wie ein Kürbis, dick wie ein Haus und 185 Pfund wiegst mit meinem Kind in dir …

Dawn schrieb ihm zusätzlich jeden Tag einen Brief. Jason sollte auch etwas von ihr in der Hand halten können, nicht nur auf seinem Computer haben.

Hallo, mein Liebling,
heute Morgen war ich bei der Routineuntersuchung und hörte den Herzschlag unserer Tochter. Zwar wiege ich noch nicht 185 Pfund, aber alles ist in Ordnung.

Ich gehe jeden Abend drei Kilometer (ja, mein Lieber, bevor es dunkel wird). Da alle zur Arbeit müssen, ist dies der beste Zeitpunkt, um Menschen zu treffen.

Maura Kerwin und LaShaye Abbot sind zum Tee gekommen. Aber sie möchten nicht mit mir zusammen in der Bibel lesen. Mauras Mann (Mick) ist gerade in den Irak abgereist. LaShaye ist zum dritten Mal in vier Jahren schwanger. Sie bezahlen noch immer die Krankenhausrechnung für das letzte Baby ab. Rory sagte, sie solle eine Abtreibung vornehmen lassen. Ich begann zu weinen und erzählte ihnen von den Babys, die wir verloren hatten. Ziemlich betroffen ging LaShaye nach Hause.

Ich erinnere mich immer an das Gebet, das Mama mir vorlas, als wir beide Schluss gemacht hatten. „Gott gebe mir die Gelassenheit, Dinge hinzunehmen, die ich nicht ändern kann, den Mut, Dinge zu ändern, die ich ändern kann, und die Weisheit, das eine vom anderen zu unterscheiden. Dein Wille, nicht meiner geschehe." In der letzten Zeit spreche ich mir das oft vor …

Liebste!
Heute Morgen hat sich ein Selbstmordattentäter mitten auf dem Marktplatz in die Luft gesprengt. Er riss unschuldige Frauen und Kinder mit in den Tod. Und das alles im Namen seines Gottes! Diese Menschen müssten das Evangelium hören, aber uns ist es verboten, von Gott zu erzählen. Vielleicht werde ich gefeuert, aber ich werde nicht schweigen, wenn ich die Gelegenheit bekomme, von

Jesus zu erzählen und wie anders er ist als Allah. Nur er kann Menschen frei machen!

LaShaye ist nicht zum Tee gekommen, darum habe ich sie aufgesucht. Sie konnte mir nicht in die Augen sehen. Ich sagte ihr, ich würde sie lieben und für sie beten. Falls sie reden wolle, meine Tür stände für sie offen. Sie hat ihre geschlossen, und seither habe ich sie nicht mehr gesehen. Maura kam vorbei. Sie und LaShaye sind schon lange miteinander befreundet. Maura hat sie ins Krankenhaus gebracht.

Hier ein Foto von mir. Beachte die kleine Ausbuchtung unter meinem neuen Pullover!

Danke für das Foto! Du siehst wunderschön aus. Aber so dünn! Ich habe den Eindruck, dass du Gewicht verlierst und gar nicht zunimmst. Isst du auch genug? Vielleicht solltest du nicht so viel laufen. …

Ich brauche nicht wie ein Kürbis auszusehen, um gesund zu sein, Jason. Ich esse ununterbrochen. Ich weiß nicht, warum ich kaum etwas zunehme. Liegt vermutlich an meinem Stoffwechsel. Der Arzt sagt, Bewegung sei gut für mich. Mach dir keine Sorgen – ich übertreibe schon nicht.

Gute Neuigkeiten! LaShaye ist vorbeigekommen. Wir haben stundenlang geredet! Sie und Rory haben Probleme. Hier in der Nähe gibt es ein Beratungszentrum für Schwangere. Sie haben eine Gruppe für Frauen, die einen Schwangerschaftsabbruch hinter sich haben. Ich bot ihr an, sie dorthin zu begleiten und bei ihr zu bleiben, falls ihr das helfen würde. Ich bete, dass LaShaye und Rory ihre Probleme überwinden können. Sie erleben auch so schon genug Schweres, auch ohne dass ihre Ehe in die Brüche geht.

Morgen gehe ich wieder zur Vorsorgeuntersuchung. Ich weiß, dass alles in Ordnung ist, Jason. Seit einigen Wochen spüre ich nun schon die Bewegungen unseres kleinen Mädchens. Nur noch vier Monate, bis ich sie persönlich kennenlerne!

Kapitel 50

Dawn unterdrückte die Tränen, als sie von der Vorsorgeuntersuchung nach Hause fuhr. Der Arzt hatte in den vergangenen zwei Wochen eine Reihe von Tests vorgenommen und sie dann zu einem Spezialisten geschickt. An diesem Morgen nun hatte er ihr die Ergebnisse mitgeteilt.

„Es gibt da ein Problem …“ Wie betäubt hatte sie auf ihrem Stuhl gesessen und seiner leisen, grimmigen Stimme zugehört. „Ich rate Ihnen, nicht länger zu warten, Dawn. Ich weiß, das wird schwierig für Sie, vor allem bei Ihrer Geschichte, aber die Alternative ist –“

„Sie brauchen nicht weiterzureden!“ Dawn sprang auf und hängte sich mit zitternden Händen die Tasche über die Schulter.

„Bitte setzen Sie sich wieder, Dawn. Wir müssen uns damit auseinandersetzen. Je länger Sie warten, desto mehr –“

„Ich habe alles verstanden, was Sie gesagt haben, Herr Doktor. Schließlich bin ich Krankenschwester.“ Das kam überhaupt nicht infrage! Lieber würde sie sterben. Entschlossen riss sie die Tür auf und ging.

Zwei andere werdende Mütter saßen im Wartezimmer. Dawn beherrschte sich, bis sie die Praxis verlassen hatte, ehe sie den Tränen nachgab. Sie blieb in ihrem Wagen sitzen, bis sie glaubte, sich so weit unter Kontrolle zu haben, dass sie nach Hause fahren konnte. Doch jetzt verschwamm die Straße vor ihrem Blick. Sie wischte sich die Tränen fort, hielt am Straßenrand an und schaltete die Warnblinkanlage ein. Das Lenkrad umklammernd begann sie zu schreien: „Warum, Herr? Warum? *Ich verstehe es nicht*!“

Autos rasten vorbei. Schluchzend strich Dawn über ihren vorgewölbten Bauch. Ein Polizist klopfte an ihr Fenster. Sie hatte nicht einmal bemerkt, dass der Streifenwagen hinter ihr angehalten hatte. Hastig drehte sie die Scheibe herunter und suchte in ihrer Tasche nach dem Führerschein. Den Fahrzeugschein fand sie im Handschuhfach. Der Beamte warf einen Blick darauf und reichte ihr die Papiere zurück. Prüfend schaute er sie an. „Alles in Ordnung, Madam?“

„Ich habe nur gerade eine sehr schlechte Nachricht bekommen.“ Sie schluckte. „Entschuldigen Sie. Ich dachte, es wäre sicherer für alle, wenn ich kurz stehen bleibe. Ist das in Ordnung?“ Wieder wischte sie sich die Tränen ab.

„Ich habe den Aufkleber von Fort Dix an Ihrem Wagen gesehen.“

„Mein Mann ist im Irak.“

„Bleiben Sie ruhig stehen, bis Sie bereit sind weiterzufahren, Madam.“ Der Polizist kehrte zu seinem Fahrzeug zurück. Sie schaute in den Rückspiegel und sah, wie er in sein Funkgerät sprach. Sie rechnete damit, dass er losfuhr, doch das tat er nicht. Als Dawn sich wieder einigermaßen unter Kontrolle hatte, legte sie den Gang ein, setzte den Blinker und fädelte sich wieder in den Verkehr ein. Der Polizeiwagen blieb hinter ihr, bis sie ihr Haus in der Nähe der Militärbasis erreichte, dort hob der Beamte grüßend die Hand und setzte seine Fahrt fort.

Dawn winkte ihm dankend zu. *Gott stellt seine Engel um uns herum. Manchmal in Uniform.*

Nachdem sie ihre Schlüssel auf den Couchtisch geworfen hatte, sank Dawn auf dem Sofa in sich zusammen. Sie spürte die Bewegungen des Babys und strich mit der Hand über ihren Bauch. „Was soll ich nur deinem Papa sagen, Süße?“ Die Tests hatte sie Jason verschwiegen. Sie wollte ihn nicht unnötig beunruhigen; er durfte sich nicht in Gefahr bringen, weil er abgelenkt war. Und jetzt wagte sie nicht mehr, es ihm zu erzählen.

Herr, hilf mir. Bitte hilf mir.

Jemand klopfte an die Tür. Dawn rührte sich nicht, doch es klopfte erneut. Sie wartete eine Weile, bis sie zur Haustür schlich. Durch den Spion sah sie, dass LaShaye zum Bürgersteig zurückging, wo Maura wartete. Sie unterhielten sich noch eine Weile, dann verabschiedeten sie sich und verschwanden in unterschiedliche Richtungen.

Dawn ging ins Bad und drehte die Dusche an. Während sie darauf wartete, dass das Wasser heiß wurde, zog sie sich aus. Dann stieg sie in die Duschwanne, zog die Glastür zu und stellte sich unter den heißen Wasserstrahl.

Herr, du hast das Universum geschaffen. Du hast die Sterne am Himmel gemacht, die Erde, alles. Nichts ist dir unmöglich! Dein Heiliger Geist lebt in mir. Du hast mir dieses Kind geschenkt. Du hast sie mir im Traum gezeigt. Ich sah meine Tochter am Strand, wie sie tanzte. Sie ist stark. Sie ist voll des Lebens, das du ihr geschenkt hast. Oh Gott, du bist gnädig! Bitte, erbarme dich.

Sie betete weiter, bis das Wasser kalt wurde.

Dawn bereitete sich eine schnelle Mahlzeit zu. Sie musste etwas essen, ob ihr nun danach war oder nicht. Sie und das Baby brauchten Nahrung.

Das Telefon läutete. *Ich bin nicht bereit zu reden, Herr, mit niemandem außer dir.* Der Anrufbeantworter sprang an. „Hier spricht Granny, Liebes. Ich habe gerade an dich gedacht. Du hast mir ja erzählt, dass du in den Chor gehen wolltest. Vermutlich bist du gerade unterwegs. Ruf doch bitte zurück, wenn du eine Minute Zeit hast. Ich hab dich lieb."

Den Chor hatte sie ganz vergessen. Diese netten Damen würden sofort wissen, dass etwas nicht stimmte. Und sie würden ihr alle möglichen guten Tipps geben. Doch ihre Entscheidung war bereits gefallen. Egal was der Arzt sagte, sie würde dieses Baby bekommen. Alles andere würde sich später finden.

Sie musste Jason jetzt dringend eine E-Mail schicken. Wenn er einen Tag lang nichts von ihr hörte, machte er sich Sorgen. Registrierte er auch die Uhrzeit? Es war schon spät. Sie räumte ihren Teller und das Besteck in die Spülmaschine und setzte sich an den Computer.

Was sollte sie ihm schreiben? Dass sie Geheimnisse vor ihrem Mann hatte, behagte ihr nicht, aber was sie heute erfahren hatte, konnte sie ihm einfach nicht sagen.

Mit den Händen über der Tastatur dachte sie fieberhaft nach. Sie rief ihren E-Mail-Account auf; heute keine Nachricht von Jason, dafür aber mehrere andere, auch eine von ihrem Bruder Christopher. Christopher schrieb genau so, wie er sprach. Er arbeitete auf seinen Masterabschluss hin und hatte einen Job in einem trendigen, teuren Restaurant.

Der schwierigste Teil des Jobs ist, die Avancen der Damen auf charmante Art abzuwehren. Scheint zu klappen. Obwohl ich sie abblitzen lasse, geben sie ansehnliche Trinkgelder. Ich werde wohl genügend sparen können, um in diesem Sommer nach London zu fahren.

Dawn rieb sich die Schläfen. *Ich will dir vertrauen, Herr, egal, was passiert. Ich glaube an den Traum von unserem kleinen Mädchen, den du mir auf dem Flug geschenkt hast. Ich glaube, Vater! Hilf meinem Unglauben.*

Dawn klickte Jasons letzte E-Mail an und dann auf „Antworten". Betreff? *Wie sehr ich dich liebe? Lass mich aufzählen, wie sehr.* Die Worte sprudelten nur so aus ihr hervor, während sie sich und ihn daran erinnerte, wie sie Jason das erste Mal im Flur der Schule gesehen hatte und wie Christopher sie dann zur Ferienbibelschule mitgeschleift hatte. Jasons Glaube und seine Hingabe an Gott hatten sie beeindruckt. Und wie sehr sie sich gefreut hatte, als er ihr zum ersten Mal sagte, dass er sie liebte. Als sie dann Schluss gemacht hatten, war ihr ganzes Streben gewesen, so zu werden wie die Frau aus Sprüche 31, eine Frau mit Charakter, Substanz, Glaube und einem Ziel – für Gott. Nie hätte sie sich träumen lassen, dass er ihnen eine zweite Chance geben würde. Sie erinnerte sich an ihre Hochzeit und die überschwängliche Freude, die Jason ihr in ihrer Hochzeitsnacht geschenkt hatte … und seither jedes Mal, wenn sie sich liebten.

Ich vermisse dich so sehr, Jason. Ich wünschte, ich könnte mich jetzt an dich kuscheln, deine Arme um mich spüren. Ich wünschte ...

Weinend stand Dawn auf, ohne ihre Nachricht abzuschicken. Schluchzend und ein Kissen vor ihrem Bauch zerknüllend lief sie ruhelos durch das Haus. Erst nach einer Stunde kehrte sie an den Computer zurück und las noch einmal, was sie geschrieben hatte. Nein – Jason würde sofort merken, dass etwas nicht stimmte. Sie löschte alles und begann noch mal von vorn.

Ich war heute wieder beim Arzt. Unsere Tochter ist stark und gesund. Während ich diese Worte schreibe, spüre ich ihre Bewegungen in mir. Vielleicht winkt sie gerade ihrem Papa zu. Deine Frau und deine Tochter hatten heute einen langen Tag. Ich bin sehr müde. Ich werde es kurz machen und dann in Bett gehen.

Ich liebe dich so sehr, Jason. Ich bete ohne Unterlass, dass Gott seinen Engeln befiehlt, dich zu beschützen. Denk an Elisa und wie er Gehasis Augen auftat, damit er die Feuerwagen sehen konnte. Gott ist bei dir. Er hört unsere Gebete. Ich werde dich immer lieben, Jason.
Immer die deine,
Dawn

Dawn träumte von Granny und Mama. Sie stritten wegen irgendetwas, doch Dawn konnte nicht verstehen, worum es ging. Beide weinten und wandten einander den Rücken zu. Dawn wollte ihnen etwas zurufen, doch sie hatte ihre Stimme verloren.

Die Sonne schien bereits durch das Fenster, als sie erwachte. In der Nacht hatte es geschneit, und eine weiße Decke hatte sich über die Erde gebreitet. Sie setzte sich an den Esstisch, von wo aus sie in den Garten blicken konnte. Granny und Mama gingen ihr nicht aus dem Sinn. Eine tiefe Sehnsucht nach beiden erfüllte sie. Sie war nicht Mose, aber wäre es nicht schön, wenn

Granny ihr den einen und Mama ihren anderen Arm stützte, während Dawn Gott um einen Sieg in der Schlacht anflehte, die ihr jetzt bevorstand? Aber ein anderes Bild kam ihr in den Sinn: Beide zogen an ihr, statt ihr zu helfen. Granny zerrte in die eine, Mama in die andere Richtung.

2004

Dawn erfand einen Vorwand, um über die Feiertage nicht nach Hause fliegen zu müssen. Kurz vor Thanksgiving hatte sie den sechsten Monat ihrer Schwangerschaft hinter sich gebracht und atmete vorsichtig auf. Das Baby hatte jetzt gute Überlebenschancen, selbst wenn es früher auf die Welt käme. Aber Dawn betete immer noch jeden Tag für eine voll ausgetragene Schwangerschaft und eine komplikationslose Geburt.

Mama hatte gesagt, sie würde kurz vor der Geburt zu ihr kommen. Und dann hatte Dawn wie immer gesagt, es wäre schön, wenn auch Granny käme.

Warum musste sie zwischen ihnen wählen?

Weihnachten kam und ging vorbei, und sie stellte fest, dass der Wunsch, zu Hause zu sein, immer stärker wurde. Jetzt brach der Januar an. Bald würde ihr Geburtstag sein. *Was soll ich tun, Herr?* Dawn barg ihr Gesicht in den Händen. *Herr, ich möchte nach Hause fahren!*

Fliegen durfte sie nicht mehr, im achten Monat würde sie keine Fluggesellschaft mehr mitnehmen. Sie könnte vielleicht mit dem Auto fahren. Aber 5.000 Kilometer, allein, im Winter? Jason würde einen Anfall bekommen!

Andererseits brauchte Jason es gar nicht zu erfahren.

Dawn wickelte sich in ihren schweren Parka und machte einen Spaziergang. Es war Vormittag; die schneefreien Flächen auf der Straße zeigten, wo in der Nacht Autos gestanden hatten. Alle waren mittlerweile zur Arbeit gefahren. Maura arbeitete in einer Vorschule. LaShaye verließ eigentlich nie das Haus.

Also gut, Herr, falls ich nach Hause, nach Kalifornien, fahren soll, werden Maura und LaShaye zu Hause sein, und beide werden bereit sein, mit mir zu reden.

Sie war gerade an LaShayes Haus vorbeigegangen, als die Haustür aufging. „Dawn! Warte mal!" LaShaye eilte den Weg hinunter zum Bürgersteig. „Du siehst ja schrecklich aus. Ist mit Jason alles in Ordnung?"

„Ihm geht es gut."

Sie packte Dawn am Arm. „Komm mit rein. Hier draußen ist es so kalt. Ich mache uns einen Tee, und du erzählst mir, was los ist." Als sie das Haus betraten, läutete gerade das Telefon: Maura wollte herüberkommen.

Eine Stunde später saßen alle drei weinend in LaShayes Küche. LaShaye umklammerte Dawns Arm. „Was wirst du tun?"

„Ich fahre nach Kalifornien. Ich will bei meiner Familie sein, und ich werde Mamas und Grannys Hilfe brauchen. Die Schwierigkeit wird sein, sie dazu zu bringen, ihre Probleme miteinander endlich zu klären, damit sie mir helfen können."

Maura fragte: „Was können wir tun?"

„Ich muss mit dem Vermieter reden und dann auf der Basis Bescheid geben, dass unsere Möbel eingelagert werden. Oder zum Teil verkauft. Ich weiß nicht genau."

„Wenn du quer durchs Land fahren willst, muss dein Wagen vorher gewartet werden", erklärte LaShaye. „Rory wird sich darum kümmern."

Gemeinsam sprachen sie alles durch. Dawn streckte die Hände aus. Maura und LaShaye ergriffen sie. „Es war mir ein Vergnügen, meine Damen." Sie blinzelte die Tränen zurück. „Leider kann ich nicht so viel Zeit mit euch verbringen, wie ich gern gewollt hätte."

LaShaye drückte ihre Hand. „Vielleicht sollten wir beten."

Dawn war so dankbar für ihre Freundinnen. „Ja, bitte." Beim Gedanken an die Reise, die vor ihr lag, lief ihr ein Schauer über den Rücken. „Und hört nicht auf damit."

Am folgenden Morgen erledigte Dawn ihre Telefonate. Dass

der Vermieter ihr die Kaution erstatten würde, hatte sie nicht zu hoffen gewagt, doch als sie ihm ihre Gründe erläuterte, brachte er den Scheck noch am selben Nachmittag vorbei. Von dem Geld kaufte sie einen neuen Laptop, damit sie Jason von unterwegs aus Mails schreiben konnte. Im Internet studierte sie die möglichen Routen und entschied sich gegen die direkte Strecke quer durch das Land. Auf keinen Fall wollte sie in Colorado Gefahr laufen, in einen Schneesturm zu kommen. Es war besser, sich etwas mehr südlich zu halten.

Maura half mit, als die Umzugsleute kamen. Ihre Möbel würden eingelagert werden, bis Jason aus dem Irak zurückkehrte.

Die letzte Nacht verbrachte Dawn bei Maura. „Was denkst du, wie lange du brauchen wirst, Dawn?"

„Keine Ahnung. Ich werde einen Tag nach dem anderen in Angriff nehmen." Sie wollte alle ein, zwei Stunden eine Pause einlegen und sich die Beine vertreten, um der Gefahr einer Thrombose oder eines Ödems vorzubeugen. Auf den großen Highways gab es genügend Raststätten.

„Das Wetter im ganzen Land ist übel. Du hättest keine schlechtere Jahreszeit für diese Tour wählen können."

„Mir bleibt keine Wahl. Ich kann nicht mehr warten."

„Du solltest jemanden mitnehmen."

„Das werde ich ja. Jesus wird bei mir sein. Er wird mich nach Hause bringen."

Am nächsten Morgen stand sie früh auf, duschte, zog sich an und hinterließ einen Zettel auf der Küchentheke neben der Kaffeemaschine.

Liebe Maura,
danke für alles. Ich melde mich. Gott segne dich.
In Liebe, Dawn

Zum ersten Mal seit Tagen schneite es nicht.

Kapitel 51

Noch bevor Dawn die kurze Strecke bis nach Baltimore zurückgelegt hatte, war ihr klar, dass diese Fahrt ihr das Äußerste abverlangen würde. Sie konzentrierte sich auf die jeweilige Strecke und verdrängte jeden Gedanken an die vielen Kilometer, die noch vor ihr lagen. Jeden Abend, wenn sie in einem Hotel eingecheckt und etwas gegessen hatte, schloss sie ihren Laptop an.

Sie schrieb regelmäßig E-Mails an Jason, als wäre sie noch in New Jersey. Sie erzählte von dem Baby, kleine Happen guter Neuigkeiten, auf die sie in den Zeitungen in den Hotellobbys gestoßen war, alles, was ihn aufheitern würde, und kein Wort darüber, dass sie allein quer durch das Land unterwegs war, im Januar und im neunten Monat schwanger. Sobald die E-Mail abgeschickt und die anderen beantwortet waren, loggte sie sich aus und packte den Laptop weg, sah sich im Fernsehen noch den Wetterbericht an und ging dann zu Bett.

Nach etwa einer Woche wachte sie eines Nachts schweißgebadet und mit starken Rückenschmerzen auf. Sie blieb in der Dunkelheit liegen und betete, Gott möge ihr Kraft und Ruhe schenken. Ein sehr langer Weg lag noch vor ihr.

Tagsüber hielten sie christliche Radiosender bei Laune. Als sie Oklahoma City erreichte, fühlte sie sich schon etwas mehr zu Hause. Sie dachte an all die Freunde, die Jason und sie dort gefunden hatten und die sich jetzt in alle Winde zerstreut hatten. Einige waren zu anderen Basen gegangen, einige waren in Deutschland stationiert, viele waren in den Irak geschickt worden und ein paar nicht mehr nach Hause gekommen.

Nachdem sie in der Nacht gut geschlafen hatte, fuhr sie weiter bis Amarillo in Texas. Das Baby in ihrem Bauch war sehr lebhaft und erinnerte sie an den Grund für diese Reise. Dawn legte den Arm über ihren vorgewölbten Leib. Sie hätte so gern zu Hause angerufen, doch sie wusste, wenn sie das tat, wären Mama und Mitch außer sich. Sie machten sich auch so schon genug Sorgen. „Sei brav, meine Kleine. Bleib noch ein bisschen da drin! Du musst noch wachsen und stark werden für Mama."

Sie brauchte drei Tage für die Fahrt von Amarillo bis nach Flagstaff in Arizona. Am nächsten Tag erreichte sie Barstow, doch am darauffolgenden Tag kam sie nicht weiter als bis nach Buttonwillow. *Noch einen Tag*, sagte sie sich. *Gott, hilf mir.* Einen Tag noch, dann konnte sie ausruhen.

Dawn träumte, sie stünde auf einem Felsmassiv über einem schwarzen Abgrund. Granny befand sich auf festem Grund auf der einen und Mama auf der anderen Seite. Die Brücke begann unter Dawns Füßen zu zerbröckeln. Granny und Mama streckten beide die Arme nach ihr aus und bekamen sie zu packen. Beide schrien sich gegenseitig an, loszulassen, und Dawn flehte, sie sollten aufhören. *Bitte hört doch auf!* Der Schmerz wurde übermächtig, und sie schrie auf. Ihr Kind rutschte aus ihr heraus und stürzte in die Dunkelheit unter ihr.

Vollkommen erschöpft bog Dawn in den Parkplatz vor Georgia Stewards Wohnwagen und stellte den Wagen ab. Regen trommelte auf das Dach und lief über die Windschutzscheibe. Mrs Edwards spähte wie eh und je durch ihr Wohnzimmerfenster. Dawn brachte kaum die Kraft auf, aus dem Wagen zu steigen. An diesem Tag hatte sie nur wenige Pausen eingelegt; ihre Beine waren geschwollen und steif. Das Baby hatte sich gedreht und drückte jetzt nach unten. Sich mühsam am Geländer hochziehend stieg Dawn die wenigen Stufen hoch und klopfte an die Tür.

„Dawn!" Nachdem sich Georgia gefasst hatte, trat sie vor die Tür und umarmte sie. „Seit Tagen denke ich an dich. Ich habe angerufen, konnte dich aber nicht erreichen. Deine Mama sagte, sie hätte kürzlich mit dir gesprochen, und alles sei in Ordnung."

Dawn stützte sich auf Georgia, als sie hineingingen. Sie hatte darauf geachtet, Mama und Granny wie gewohnt anzurufen. Sie entschuldigte sich, nicht auch Georgia angerufen zu haben. „Es tut mir leid. Ich bin seit Tagen unterwegs …"

„Du bist mit dem Auto *gefahren*?"

„Fliegen konnte ich ja nicht. Ich bin doch schon im neunten Monat." Dankbar ließ sich Dawn auf das Sofa sinken und seufzte erleichtert auf.

„Liebes, du bist so blass wie ein Gespenst." Georgia hob Dawns Beine auf die Couch. „Deine Knöchel sind geschwollen. Leg dich hin." Sie stopfte ein Kissen unter Dawns Füße und breitete eine Decke über sie. „Hast du Hunger? Durst?"

Dawn lächelte schwach. „Beides." Sie hatte noch nicht zu Abend gegessen, weil sie endlich ankommen und sich ausruhen wollte.

Georgia öffnete die Kühlschranktür. „Jetzt weiß ich, warum Gott mich so gedrängt hat, für dich zu beten."

Unter der blauen Wolldecke lauschte Dawn auf den Regen, der auf das Metalldach des Wohnwagens trommelte. Sie konnte die Augen kaum noch offen halten.

Georgia strich ihr über die Stirn. „Ich glaube, du hast leichtes Fieber. Kannst du dich zum Essen aufsetzen?"

Dawn rappelte sich hoch und lachte müde. „Mein Schwerpunkt hat sich verschoben." Das Baby trat kräftig um sich. „Unsere kleine Steward beschwert sich." Dawn ergriff Georgias Hand und legte sie auf die Seite ihres Bauchs. „Ich glaube, das ist ihr Fuß."

Georgia setzte sich neben sie und wartete, bis das Baby sich erneut bewegte. Sie brauchten nicht lange zu warten, und dieses Mal trat das Baby kräftig zu. Georgia lachte. „Sie wird wohl eine Fußballspielerin wie ihre Mama." Sie streichelte über Dawns Bauch. „Wir sollten deine Mutter anrufen und ihr sagen, dass du heil angekommen bist."

„Niemand weiß, dass ich komme."

„Niemand?"

„Ich wollte nicht, dass ihr euch Sorgen macht."

„Was ist mit Jason?"

Dawn schüttelte den Kopf, doch diese Frage erinnerte sie an etwas. „Ich brauche den Laptop aus dem Auto! Ich muss ihm unbedingt noch schreiben, sonst fragt er sich, ob mir etwas zugestoßen ist."

Georgia wirkte besorgt. „Was ist los?"

Dawn kämpfte gegen die Tränen an. Sie schüttelte den Kopf und wandte den Blick ab, kämpfte die aufsteigenden Emotionen nieder. Seit Tagen dachte sie über nichts anderes nach, aber sie hatte nicht die Kraft, darüber zu reden, was los war. Nicht jetzt. Nicht heute Abend. Dawn schluckte die Tränen herunter und blickte Georgia an. „Ruf bitte keinen an. Ich erkläre alles morgen."

Als Dawn die Decke zurückwarf, war sie dankbar zu sehen, dass ihre Knöchel nicht mehr so dick waren. Ihr Magen knurrte. Georgia hatte einen blauen Morgenmantel auf das Fußende des Bettes gelegt. Dawn streifte ihn über und öffnete die Tür. Der Regen hatte aufgehört, und Tageslicht strömte durch das Wohnzimmerfenster.

Georgia legte ihr Buch aus der Hand und stand aus dem Schaukelstuhl auf. „Du siehst besser aus. Wie fühlst du dich?"

„Ausgeruht. Kann ich duschen?"

„Nach dem Abendessen."

„Abendessen?!" Der Tisch war gedeckt.

„Du hast achtzehn Stunden geschlafen." Georgia streifte Topflappen über und nahm einen Auflauf aus dem Ofen. „Ich hoffe, du magst Lasagne."

„Ich liebe Lasagne." Dawn strich sich mit den Fingern durch ihre Haare.

Georgia stellte den Auflauf auf einen Untersetzer auf den Tisch, nahm einen gemischten Salat und ein kleines Kännchen mit Dressing aus dem Kühlschrank. „Milch oder Wasser?"

„Milch." Das Baby brauchte Proteine.

Georgia sprach das Tischgebet, füllte Dawns Salatschüssel und gab ihr eine Portion Lasagne auf den Teller. „Wir sollten euren Hausarzt anrufen und einen Termin für dich ausmachen. Du bist immer noch schrecklich blass. Und so dünn."

„Ich muss zuerst einiges mit Mama und Granny klären."

„Sie werden einen Schock erleiden, wenn sie erfahren, dass du hier bist." Georgia nahm sich selbst eine kleinere Portion. „Wirst du mir jetzt sagen, was los ist?"

Dawn hatte viel Zeit gehabt, sich ihre Worte zurechtzulegen, trotzdem klangen sie gestelzt und zittrig. Georgia sprach kein Wort und aß keinen Bissen. Als Dawn fertig war, war auch ihr der Appetit vergangen, aber sie hatte einen guten Grund, wenigstens die Hälfte dessen aufzuessen, was Georgia ihr auf den Teller getan hatte. Selbst wenn es eine Stunde dauerte.

„Ich fasse es nicht, Dawn." Georgias Lippen bebten. „Das kann Gott dir doch nicht antun!" Sie presste die Lippen zusammen. „Jason sollte Bescheid wissen. Du kannst ihn nicht in Unwissenheit lassen."

„Jason muss wissen, wann er in Deckung gehen muss. Er soll sich nicht auch noch um uns Sorgen machen."

„Du und das Baby, ihr seid doch keine Ablenkung für ihn. Ihr seid seine Familie!"

Georgias Ausbruch erschreckte Dawn. „Georgia, ich bitte dich. Sag es ihm nicht! Er sorgt sich schon genug um mich und das Baby." Ihre Augen füllten sich mit Tränen. Es gab eine Zeit für Nettigkeiten und eine Zeit für Offenheit, auch wenn sie an Grausamkeit grenzte. „Ich will nicht, dass Jason in einem Leichensack nach Hause kommt."

Georgia schloss die Augen.

„Beten. Das sollst du tun, Georgia. Darum bin ich zuerst zu dir gekommen. Ich muss Granny und Mama dazu bringen, mir gemeinsam durch diese Zeit zu helfen. Und sie haben noch nie miteinander reden können. Ich muss dieses Mal die Brücke sein, nicht die Mauer zwischen ihnen."

Dawn rief Mitch in seinem Büro an. Sie erzählte ihm alles und berichtete auch, was sie vorhatte. „Ich muss mit den beiden allein sein. Kannst du mir dabei helfen?“

Er räusperte sich, bevor er antwortete. „Soll deine Großmutter nicht lieber zu uns kommen?“

„Granny fühlt sich sicherer auf ihrem Terrain. Ich werde sie anrufen und sie bitten, Mama zu sich einzuladen. Bitte erzähl Mama noch nichts, ja?“

„Ich bin nicht sicher, wie deine Mama reagieren wird. Ich glaube nicht, dass den beiden so richtig klar ist, wie tief die Kluft zwischen ihnen ist.“

„Gott hat mich nach Hause gebracht, Mitch. Er wird uns auch durch alles andere hindurchhelfen.“

„Was ist mit Chris?“

„Du kannst es ihm sagen, wenn Mama nach Jenner aufgebrochen ist.“ Sie wischte sich die Tränen von den Wangen. „Sag ihm, dass wir uns in ein paar Tagen sehen und dass wir dann reden können. Und …“ Sie schluckte und atmete tief durch, bevor sie weiterreden konnte. „Bitte bete. Bete, so viel du kannst.“

„Das werde ich. Gleich jetzt und von jetzt an jede Minute.“ Er räusperte sich. „Stachelschweinchen?“ Seine Stimme klang heiser. „Ich habe dich immer geliebt, als wärst du mein eigen Fleisch und Blut.“

„Ich weiß, Papa.“

Dawn rief Granny an. „Ich möchte ein paar Tage mit dir und Mama in Jenner verbringen.“

„Wann kommst du nach Hause? Im Frühjahr? Das Baby wird –“

„Ich bin schon hier, Granny.“

„Hier? Wo? In Alexander Valley?“

„Ich bin im Augenblick bei Georgia. Mama weiß noch nicht, dass ich zu Hause bin.“

„Warum bist du denn nicht hergekommen?“

„Ich wollte auch meine Schwiegermutter sehen. Und ich war ziemlich müde, als ich hier eintraf.“

„Nun, dann komm doch jetzt. Wir verbringen ein paar Tage miteinander und rufen dann deine Mama an.“

Sie musste das unbedingt klarstellen. „Ich komme nicht, bevor Mama nicht da ist. Ich möchte ihre Gefühle nicht verletzen.“

„Ich würde doch nie die Gefühle deiner Mutter verletzen.“

„Du würdest sie nie *absichtlich* verletzen, Granny, und ich auch nicht. Aber wir beide tun das ständig, und das muss jetzt endlich aufhören.“

„Was ist denn los, Dawn? Irgendetwas stimmt doch nicht. Sag es mir.“

„Wenn wir drei zusammen sind, Granny, werden wir miteinander reden.“

„Ich rufe deine Mutter an, sobald wir aufgelegt haben.“

„Sag mir Bescheid, wann sie in Jenner eintrifft. Dann komme ich auch.“

Georgia saß wartend auf dem Sofa. Als Dawn sich zu ihr setzte, ergriff Georgia ihre Hand. „Und?“

„Ich weiß gar nicht, wo ich anfangen soll, Georgia. Ich bin keine Psychologin. Keine Ahnung, was in Jenner geschehen wird.“

Georgia nahm sie in die Arme und lehnte sich zurück, sodass Dawns Kopf an ihrer Schulter ruhte. „Gott hat dich nicht nach Hause gebracht, um dich dann im Stich zu lassen, Liebes. Und ich werde für ein Wunder beten.“

Dawn schloss die Augen. „Wir werden eins brauchen.“

Jenner by the Sea

Kapitel 52

Januar 2004

Hildemara nahm das Telefon zur Hand und tippte Carolyns Nummer ein. Ihr Schwiegersohn meldete sich. „Mitch, ich weiß nicht, ob du es schon gehört hast, aber Dawn ist in Kalifornien. Sie ist gerade bei Georgia Steward."

„Ich weiß. Sie hat mich vorhin im Büro angerufen. Ich gebe dir Carolyn." Er schickte sie in die Warteschleife. Seine kurz angebundene Art überraschte sie. Hildie biss sich auf die Lippe. Sie zog sich einen Stuhl heran, setzte sich und starrte auf den Russian River. Er führte Hochwasser, wie immer um diese Jahreszeit. Hildie wickelte sich enger in ihren Morgenmantel.

Der Winter dauerte hier an der Küste immer viel zu lange, doch als Trip noch bei ihr gewesen war, hatte sie das ertragen können. Denn selbst wenn die Straßen verschneit waren und Telefon und Elektrizität ausfielen, war Hildie nicht allein gewesen. Sie und Trip hatten dann immer gescherzt, ohne Licht, Heizung, Fernsehen und Herd auskommen zu müssen wäre wie eine abenteuerliche Reise in die Vergangenheit.

Die Abenteuerlust war mit Trip gestorben. Hildie hatte Trips Tod noch nicht verarbeitet gehabt, da hatte Carolyn vorgeschlagen, sie solle das Haus verkaufen und in die Stadt ziehen. Das war sehr unsensibel von ihr gewesen. Sie sollte das Haus in Jenner aufgeben? Nach all der Arbeit, die Trip hineingesteckt hatte? Fünf Jahre – und mehr Geld, als das Haus gekostet hatte – hatte Trip investiert, um es zu verschönern und auf den neuesten Stand zu bringen. Dies alles fortzuwerfen erschien ihr unloyal. Das hatte sie auch Carolyn erklärt, und ihre Tochter hatte das Thema Umzug nicht mehr erwähnt, bis vor ein paar Monaten, nachdem Hildie einmal gestürzt war.

In diesem Jahr war der Winter ein schwarzes Loch, das Hildie in einen Abgrund der Verzweiflung zu ziehen drohte. Als Carolyn das letzte Mal zu Besuch gekommen war, hatte sie das Thema erneut angesprochen. Hildie hatte Nein gesagt. Als Carolyn nicht locker ließ, hatte Hildie einfach das Fernsehgerät eingeschaltet. Carolyn sagte lange Zeit keinen Ton mehr, und Hildie bekam Schuldgefühle. Das Schweigen behagte ihr nicht, aber sie wusste auch nicht, wie sie sonst ihren Standpunkt klarmachen sollte. Sicher, sie war jetzt fast 87, na und? Sie konnte noch allein leben und brauchte nicht in ein Heim gesteckt zu werden.

„Also gut, Mama", meinte Carolyn nach einer Viertelstunde. „Wie du willst." Sie ließ ihr zwei Broschüren von Pflegediensten da.

Eine innere Unruhe erfüllte Hildemara. Hatte Carolyn Dawn vielleicht überredet, sie bei ihrem Ansinnen zu unterstützen? Was sonst könnte ihre Enkelin veranlassen, im neunten Monat ihrer Schwangerschaft nach Kalifornien zu fliegen und auf diesem Treffen zusammen mit ihrer Mutter zu bestehen? Hildemara spürte, wie Zorn in ihr hochkochte.

„Mama?", keuchte Carolyn atemlos. „Alles in Ordnung?"

„Was sollte nicht in Ordnung sein?"

„Du rufst doch nie an, es sei denn, es ist etwas passiert."

Stimmte das? Wann hatte sie Carolyn das letzte Mal angerufen? Vor zwei Wochen? Einem Monat? „Nein, alles in Ordnung. Es sei denn, du hast Dawn überredet, dir dabei zu helfen, mich in ein Altenheim zu verfrachten. Sie ist nämlich *hier.*"

„In Jenner?" Carolyn wirkte schockiert.

„Nein. Nicht in Jenner. Sie ist bei Georgia. Vor ein paar Minuten hat sie angerufen. Sie möchte, dass du nach Jenner kommst, damit wir drei reden können."

„Ich verstehe nicht. Geht es um das Baby?"

„Sie sagte, mit dem Baby sei alles in Ordnung."

„Es ist doch nicht etwa Jason, oder? Wenn sie bei Georgia ist …"

„Sie klang ganz normal. Sie würde nicht normal klingen, wenn Jason etwas zugestoßen wäre. Pack einfach deine Sachen und komm her. Dawn sagte, sie würde erst nach Jenner kommen, wenn du da bist. Ich habe keine Ahnung, was das alles soll." Hildie hörte, dass Mitch im Hintergrund etwas sagte.

„Die Straßen sind in einem katastrophalen Zustand, Mama. Mitch könnte dich abholen. Ich könnte Dawn abholen."

„Hast du nicht gehört, was ich gesagt habe? Wir müssen uns hier treffen, *in Jenner.*" Hildie war bewusst, dass ihre Stimme ärgerlich und ungeduldig klang, aber Carolyn sollte nicht noch mehr Zeit vergeuden.

„Es geht nicht immer nach deinem Willen."

Hildie hasste diesen Satz. Mama hatte ihn früher zu oft gesagt. „Das ist nicht mein Wunsch, sondern Dawns."

Carolyn seufzte. „Ich fahre in einer halben Stunde los."

„Ich sage Dawn Bescheid." Hildie legte auf, nahm ihr Adressbuch und suchte nach Jasons alter Nummer. Georgia meldete sich und erklärte, Dawn würde gerade schlafen, aber sie würde ihr gern etwas ausrichten. „Sag Dawn, dass ihre Mutter auf dem Weg zu mir ist. Jason geht es doch gut, oder?"

„Alles bestens. Er hat Dawn gestern noch eine Mail geschickt."

„Gott sei Dank." Hildie empfand Erleichterung, doch dann konnte sie die Frage einfach nicht unterdrücken: „Und das Baby?"

„Dawn ist dick wie ein Walross. Oh, warte einen Augenblick. Sie ist gerade aufgewacht." Hildie hörte gedämpfte Stimmen, dann wieder Georgia. „Dawn macht sich in einer Stunde auf den Weg nach Jenner."

„Sag ihr, sie soll vorsichtig fahren. Das Wetter ist unberechenbar."

Als Hildie aufgelegt hatte, öffnete sie die Falttür zu dem kleinen Zimmer hinter der Küche. Sie hatte eine hübsche blau-weiße Laura-Ashley-Decke mit passenden Vorhängen gekauft in der Hoffnung, dass Carolyn dann und wann ein Wochenende hier verbringen würde. Doch dieses Glück war ihr nicht vergönnt gewesen. Dawn sollte nun hier schlafen und die hübschen rosa Handtücher und die hübsche Seife in Muschelform benutzen. Carolyn konnte unten schlafen. Hildie knipste die Lampe an, bevor sie das Zimmer verließ. Der Lichtschein würde durch die Spitzengardinen hindurch von draußen zu sehen sein. Sie fand es schön, wenn ein Haus heimelig beleuchtet war, wie ein Gemälde von Thomas Kinkade.

Sie überlegte, ob sie die Heizung unten anstellen sollte, doch dann entschied sie sich dagegen. Sie würde warten, bis Carolyn eintraf. Wieso nur war sie so müde? Sie hatte doch kaum etwas gemacht. Schwerfällig setzte sie sich in ihren Lehnstuhl und legte die Beine hoch. Ach, um Himmels willen! Sie trug ja immer noch ihre Pantoffeln und den Morgenrock! Vielleicht wurde sie ja langsam wirr im Kopf.

Schnell stand sie aus dem Sessel auf, ging ins Bad und schaltete den Durchlauferhitzer an. Sie setzte eine Plastikhaube auf und duschte schnell. Vor dem Heizlüfter zog sie sich an; ihre weißen Seidenleggings, ein langärmliges T-Shirt und die rote Samthose, die Carolyn ihr zu Weihnachten geschenkt hatte. Danach bürstete sie ihre Haare. Carolyn hatte ihr vor drei Monaten eine Dauerwelle spendiert.

„Pflegeleichte Frisur", so hatte ihre Freundin Marsha das genannt. Sie waren Nachbarn gewesen, bis Marshas Tochter hergeflogen kam, ihre Sachen zusammenpackte und sie nach Colorado Springs mitnahm. Kein Altersheim für Marsha. Ihre Tochter hatte darauf bestanden, dass sie zu ihr zog. Hildie warf die Bürste in die Schublade und knallte sie zu.

Vom Wohnzimmer aus starrte sie auf den Russian River, der von den starken Regenfällen angeschwollen war. Der Regen prasselte wie Kieselsteine gegen die Scheiben. Seit sich Trips Herzkrankheit verschlimmert hatte, war sie nicht mehr am Strand gewesen. „Meine Flügel sind gestutzt", hatte er gesagt. Das waren ihre auch. Sie hatte ihn nicht allein lassen wollen.

Jetzt sah Hildie das Meer nur noch von dem Aussichtspunkt

an der Straße aus, wo sie manchmal ihren Wagen abstellte und mit Trips Fernglas die Seelöwen beobachtete. Ihr größter Ausflug war neuerdings nur noch ein Spaziergang den Berg hinunter zum Postamt von Jenner. Und ihr Einkauf im Supermarkt alle zwei Wochen. Wie lange würde sie das noch schaffen? Wenn die Straße nass und rutschig war, mochte sie diesen Weg nicht auf sich nehmen. Wie lange konnte sie noch Auto fahren?

Es ärgerte sie, dass Carolyn recht hatte. Sie war tatsächlich zu alt, um noch allein zu leben. Bei ihrer letzten Untersuchung hatte Dr. Kirk ihr versichert, ihr Herz sei kräftig, und sie würde vermutlich 100 Jahre alt werden. Angesichts der Tatsache, wie schwer es ihr schon jetzt fiel, im Alltag klarzukommen, hatte diese Aussicht wenig Verlockendes an sich.

Sie nahm die Informationsbroschüre zur Hand, die Carolyn ihr dagelassen hatte, und betrachtete die bunten Bilder. Falls sie in eine dieser Einrichtungen zog, würde sie Carolyn dann häufiger oder noch seltener zu Gesicht bekommen? Seit Trips Tod hatte Carolyn einmal in der Woche angerufen. Pflichtanrufe, wie auch die Lebensmittel, die Carolyn alle zwei Wochen vorbeibrachte, nicht, dass Hildie sie gebraucht hätte. Wenn professionelle Pflegekräfte sie versorgten, bräuchte ihre Tochter nicht mehr nach ihr zu sehen.

Was Hildie brauchte und sich wünschte, war eine Beziehung zu ihrer Tochter. Nach all den Jahren war dies aber nur noch ein ferner Wunschtraum. Sie hatte es nie geschafft, die Kluft zwischen ihr und Carolyn zu überbrücken, wie sie es auch nie geschafft hatte, eine Beziehung zu Mama aufzubauen.

Niedergeschlagen warf Hildie die Broschüre auf den Couchtisch. *So ist es nun mal, Herr. Wenn Carolyn mich wegbringen will, dann werde ich es zulassen.* Vielleicht konnte sie dadurch ihre Tochter endlich glücklich machen.

Carolyn legte den Hörer auf und drehte sich zu Mitch um. Er wich ihrem Blick aus und goss sich eine Tasse Kaffee ein. „Ich kann mich hier um alles kümmern, Carolyn. Du brauchst dir keine Gedanken zu machen."

„Hast du mit Dawn gesprochen?"

„Kurz."

„Was ist los, Mitch?"

„Sie möchte dich in Jenner treffen."

„Warum?"

Er stellte seine Tasse ab und nahm sie in die Arme. „Sie ist jetzt schon so lange von zu Hause fort, Carolyn. Sie möchte einfach mal mit den beiden Frauen zusammen Zeit verbringen, die sie am meisten auf der Welt liebt."

„Aber warum jetzt? Warum dort?" Sie schob ihn von sich und ging hinauf ins Schlafzimmer. Er stellte seinen Kaffeebecher ab und ging ihr nach. Sie spürte seine Blicke auf sich gerichtet, als sie ihre Reisetasche aus dem Schrank nahm und auf das Bett warf. Wann war Dawn eingetroffen? Heute? Gestern? Warum war sie zu Georgia gefahren und nicht nach Hause gekommen? Was war da los? Carolyn packte zwei Pullover und zwei paar Leggins ein, die zu ihrem Stufenrock passten. In Jenner war es kalt. Sie legte noch dicke Socken, Kaschmirschals und einen Flanellschlafanzug dazu. Was brauchte sie sonst noch? Sie ging ins Bad und warf ihre Zahnbürste, Zahnpasta, Bürste und Deodorant in ihre Kulturtasche.

Mitch beobachtete sie vom Türrahmen aus. „Du solltest auch einen Regenmantel und einen Regenschirm mitnehmen. Es regnet." Mehr sagte er nicht, und ihre Unruhe verstärkte sich. Er wirkte so grimmig, die Hände in den Taschen vergraben.

Als sie fertig war, nahm er ihre Reisetasche und begleitete sie zur Garage. „Nimm den Geländewagen." Sie widersprach nicht, nahm den Schlüssel vom Brett und warf ihren Mantel und den Regenschirm auf den Beifahrersitz. Bevor sie einsteigen und losfahren konnte, drehte Mitch sie zu sich herum. „Sie liebt dich, das weißt du."

„Ich weiß, Mitch, aber wenn sie in Not ist, geht sie immer zu anderen."

Mitch hielt sie an den Schultern fest und gestattete ihr nicht, sich umzudrehen. „Zwing sie nicht zu wählen, Carolyn. Liebe sie beide, so wie Jesus dich liebt."

„Das tue ich doch."

„Vielleicht solltest du aufhören, deine wahren Gefühle zu unterdrücken. Sprich endlich mit ihnen."

„Was würde das bringen? Es würde alles nur noch schlimmer machen."

„Das weißt du nicht, bis du es ausprobierst." Mitch lächelte sie zärtlich an. „Kein Kuss?"

Sie schmiegte sich in seine Arme und klammerte sich an ihn. Ganz fest drückte sie ihr Gesicht an seine Schulter, bis sie ihre Gefühle wieder unter Kontrolle hatte.

„Ich liebe dich, Carolyn. Ich würde dich nicht hinfahren lassen, wenn ich nicht glauben würde, dass es wichtig ist. Ruf mich an."

„Vielleicht ist die Telefonverbindung gestört. Du weißt ja, wie das manchmal ist."

„Komm nicht zurück, bis es vorbei ist." Mitch schloss die Tür, nachdem sie sich ans Steuer gesetzt hatte, und hob die Hand, als wolle er sie segnen.

Carolyn hatte aufmerksam die Meldungen verfolgt und wusste, dass sie die East Side Road nicht nehmen konnte. Die Wohler-Brücke stand unter Wasser. Daher fuhr sie nach Süden und dann weiter auf der River Road nach Westen. Der Wind schnitt durch die Eukalyptusbäume und fegte Blätter und Zweige über die Straße. Die Luft war von beißendem Eukalyptusduft erfüllt. Sie bremste ab und lenkte den Wagen vorsichtig durch die Wasserlachen. Der Weg führte sie durch Wälder mit hohen Mammutbäumen, die im Boden fest verwurzelt waren und dem Wind und dem Hochwasser trotzten.

Carolyn steuerte zuerst den Supermarktparkplatz in Guerneville an, warf ihren Regenmantel über und rannte schnell zum

Eingang. Bestimmt hatte Mama es vor dem Sturm nicht mehr geschafft, Lebensmittel einzukaufen, und sie würden zu dritt sein. Eilig legte sie Milch, Gemüse, Fleisch und Kekse in den Einkaufswagen. Die Regale leerten sich schnell. „Alle hamstern Vorräte." Der Verkäufer wog den Brokkoli ab und packte ihn ein. „Das ist wahrscheinlich klug. Wie ich gehört habe, soll heute Nachmittag schon wieder ein neuer Sturm aufziehen."

Mit größter Vorsicht setzte Carolyn ihren Weg fort. An manchen Stellen hatten sich auf der Straße richtige Tümpel gebildet. Mitch hatte recht gehabt – mit ihrem Wagen hätte sie es nie geschafft. Zu ihrer Rechten wütete der Fluss, wirbelte Treibholz und Trümmer herum. Die Häuser entlang des Ufers waren bereits überflutet. Wie lange würde es noch dauern, bis die Straße geschlossen wurde?

Einmal musste sie anhalten und einen großen Ast von einem alten Apfelbaum von der Straße ziehen. Vollkommen durchnässt stieg sie wieder in ihren Wagen und legte die letzten hundert Meter zurück. Der alte Mammutbaum am Rand von Mamas Anwesen hatte unzählige kleinere Äste verloren. Carolyn fuhr um seinen massiven Stamm herum und parkte parallel zum Haus.

Das Tor war verschlossen. Carolyn stellte ihre Reisetasche ab und klingelte, dann rannte sie zum Wagen zurück, um die Lebensmittel auszuladen. Sie stellte die ersten drei Plastiktüten ab und rannte noch einmal zum Wagen, um den Rest zu holen. Zitternd läutete sie erneut. Vielleicht hatte Georgia Dawn bereits abgesetzt, und sie und Mama waren zu sehr in ihr Gespräch vertieft und hörten die Klingel nicht.

„Schon gut! Ich komme ja schon!" Der Riegel klickte, und das schwere Tor schwang auf. Mama hielt einen Regenschirm in der Hand. Ihr Blick blieb an den Lebensmitteltüten hängen. „Ich hatte dich nicht gebeten, für mich einzukaufen."

„Auf dem Weg durch Guerneville habe ich nur noch schnell ein paar Dinge besorgt."

„Du scheinst für eine ganze Woche eingekauft zu haben!"

„Könnten wir das bitte drinnen ausdiskutieren? Ich bin nass bis auf die Haut und friere."

Ihre Mutter nahm zwei Tüten, marschierte zur Hintertür und überließ es Carolyn, alles andere mitzubringen, nachdem sie das Tor wieder verschlossen hatte. „Ist Dawn schon da?"

„Nein." Mama schüttelte an der Hintertür den Regenschirm aus. „Ich weiß nicht, was ich mit diesen ganzen Lebensmitteln soll, Carolyn. Ich habe nicht so einen großen Gefrierschrank wie du."

Carolyns Frustration schwoll an wie eine Flutwelle. Sie ließ sie brechen und sich wieder zurückziehen, während sie die vollen Tüten auf die Küchentheke stellte. Wann würde sie lernen, dass ihre Mutter nichts von ihr annehmen wollte? „Ich kümmere mich dann schon darum." Sie fragte sich, ob ihre Mutter die selbst gekochten Mahlzeiten aß, die sie ihr alle zwei Wochen mitbrachte. Vermutlich nicht.

„Dawn wird im blauen Zimmer schlafen. Bring du deine Sachen nach unten."

Carolyn war noch keine zwei Minuten im Haus und fühlte sich bereits vollkommen unwillkommen. „Ist gut." Sie ging zurück in den kalten Regen. Er fühlte sich wärmer an als die Luft in der Küche.

Unten in der Einliegerwohnung war es eiskalt. Carolyns Atem stand ihr als Dampfwolke vor dem Mund, während sie ihre Tasche auf das Bett warf. Wenigstens gab es eine Heizdecke. Sie hörte ihre Mutter oben in der Küche herumlaufen. Vermutlich räumte sie die Einkäufe ein. Carolyn eilte wieder nach oben.

Mama wirkte verärgert. „Kartoffeln, Möhren, Zwiebeln, Steckrüben, Sellerie, Kohlrabi, Tomaten aus der Dose … Lass mich raten: Du willst eine Suppe kochen."

Carolyn schob sie zur Seite und nahm ein Steak heraus. „An einem kalten, regnerischen Tag wie diesem tut das doch gut, meinst du nicht?"

„Und es ist sehr viel Arbeit, aber fang ruhig gleich an, wenn du unbedingt willst. Was zählt es schon, dass dies *mein* Haus ist und dass ich vielleicht andere Pläne habe."

„Hast du?"

„Darum geht es doch nicht. Ich wollte mir gerade etwas überlegen." Ihre Mutter setzte sich an den Küchentisch. „Nur zu, mach ruhig." Sie blickte zum Fenster hinaus. „Ich bin heute nicht so ganz bei mir."

„Wann wollte Dawn kommen?"

„Sie dürfte jeden Augenblick eintreffen."

Carolyn räumte die Milch, die Eier, den Speck und den Käse in den Kühlschrank. „Was ist eigentlich los, Mama?" Sie kramte in der Schublade nach einem Kartoffelschäler.

„Ich dachte, du wüsstest es."

„Ich?", fragte Carolyn verwirrt. „*Du* warst es doch, die mich angerufen hat."

Ihre Mutter wirkte verstimmt. „Und du hast sie bestimmt nicht überredet, dass sie dir dabei hilft, mich zu einem Umzug zu bewegen?"

„Ich dränge dich nicht. Und nein, ich habe nicht mit Dawn darüber gesprochen."

Carolyn schwieg, während sie die Kartoffeln und Karotten schälte. Wann würde ihre Mutter endlich erkennen, dass sie nicht mehr allein hierbleiben konnte, Kilometer von der nächsten Einkaufsmöglichkeit und von jeder medizinischen Versorgung entfernt? Im vergangenen Winter war fünf Tage lang der Strom ausgefallen! Mitch hatte durchgesetzt, dass sie einen Generator für Notfälle eingebaut bekam. Nicht, dass sie ihm je dafür gedankt hätte.

Carolyn warf die Schalen in den Abfalleimer unter dem Spülbecken. Das Fleisch briet sie in einer Eisenpfanne an, während sie das Gemüse zerkleinerte. Ihre Mutter hatte seit einer halben Stunde keinen Ton gesagt. Carolyn hätte sie so gern zu sich und Mitch geholt. Platz hatten sie ja genug. Mama konnte in der nie genutzten Einliegerwohnung wohnen. In dem Appartement gab es ein Schlafzimmer, ein eigenes Bad, ein kleines Wohnzimmer und eine Küchenzeile. Ihre Mutter bräuchte nicht einmal am selben Tisch mit ihnen zu essen, wenn sie das nicht wollte. Aber Carolyn wusste leider nur zu gut, dass das nie passieren würde. Ihre Mutter würde irgendeine lahme Entschuldigung vorschieben. Ohne May Flower Dawn würde Mama nicht zu ihnen ziehen.

Trotzdem, so ging es nicht mehr weiter. „Ich wollte deine Gefühle nicht verletzen, Mama. Ich mache mir Sorgen, weil du hier so ganz allein wohnst." An den Sturz im Herbst, nach dem sie wochenlang gehumpelt hatte, wollte sie sie gar nicht erinnern.

Ihre Mutter wirkte wie ein kleines Mädchen, das sich verirrt hat. „Wirklich?"

„Ja. Vor allem in dieser Jahreszeit. Wenn der Regen noch länger anhält, werden die Straßen überschwemmt. Was, wenn etwas passiert?"

„Ich bin nicht mehr gestürzt." Hildies Blick wanderte zur Hintertür. „Ich hoffe, Dawn kommt bald."

Dawn. Nur ihr galt Mamas Interesse. Wie immer. Carolyn ließ den Schmerz an sich abperlen wie Wasser vom Gefieder einer Seemöwe und schalt sich selbst dafür, dass sie sich gewünscht hatte, Mama würde in ihrem Herzen ein wenig Raum für sie schaffen. Das Leben verlief eben nicht immer so, wie man es sich wünschte. Wenigstens hatte sie Mitch und Christopher. „Oh! Ich habe vergessen, Mitch anzurufen. Mein Handy hat hier draußen kein Netz. Darf ich dein Telefon benutzen?"

„Nur zu."

Carolyn nahm den Hörer ab. Nichts. Sie überprüfte das Kabel, nur um sicherzugehen, dass es nicht aus Versehen ausgestöpselt war. „Zu spät. Die Telefonleitungen sind unterbrochen."

„Da kommt ein Wagen. Ob das wohl Dawn ist?" Mama ging zur Tür und knipste das Verandalicht an, bevor sie mit ihrem Regenschirm nach draußen ging.

Carolyn schob den Stuhl zurück und folgte ihr. Mama hatte sie fünf Minuten im Regen stehen lassen, doch jetzt öffnete sie das Tor und stand wartend mit dem Regenschirm davor, während May Flower Dawn den Weg entlangkam. Carolyn blieb unter dem Regendach stehen, während ihre Tochter den Wagen abstellte.

Noch bevor Dawn aussteigen konnte, ging Mama zum Wagen, um ihre Enkelin abzuholen, damit sie nicht nass wurde. Carolyn konnte kaum einen Blick auf ihre Tochter werfen, als sie schwerfällig aus dem Auto ausstieg.

„Nun sieh dich nur an!" Mama lachte und sie umarmten sich.

Carolyn zitterte; Wasser tropfte in ihren Nacken. Sie legte die Arme um sich, um die Kälte abzuwehren, und wartete darauf, dass die beiden sich an sie erinnerten.

Es war Dawn, die sich ihr zuerst zuwandte. Sie löste sich aus der Umarmung ihrer Großmutter und kam zu Carolyn. „Ich bin so froh, dass du gekommen bist."

„Warum sollte ich nicht?" Der Anblick ihrer Tochter trieb Carolyn die Tränen in die Augen, aber sie lächelte. „Du siehst … *groß* aus!" Dawn und Jason hatten lange auf dieses Baby warten müssen. Es war Zeit für Freude. Als Dawn die Arme um sie legte, schnappte sie leise nach Luft.

Dawn drückte sie an sich. „Seit Tagen träume ich von diesem Moment."

Carolyn legte zögernd die Hand auf den Rücken ihrer Tochter. Diese Umarmung hatte sie überrascht. Normalerweise kamen sie sich nicht so nah. „Nach Hause nach Jenner zu kommen?"

Dawn löste sich von ihr und lächelte sie unsicher an. „Mit dir und Granny allein zu sein. Ich …" Sie wischte sich den Regen vom Gesicht – oder weinte sie etwa? „Ich bin einfach so *glücklich*!"

„Nun, das ist schön, Liebes, aber du wirst ganz nass." Carolyns Mutter legte den Arm um Dawn und schob sie durch das Tor. „Wir sollten zusehen, dass du ins Warme kommst." Sie warf einen Blick über die Schulter zurück zu ihrer Tochter. „Kommst du?"

Eine herzlichere Einladung würde sie wohl nicht bekommen, nahm Carolyn an.

Es roch ganz wundervoll, als sie in die Küche kam. „Oh, ihr habt Suppe gemacht! Genau das Richtige an so einem Tag!"

Granny lachte leise; ihre braunen Augen strahlten. „Ich hoffe, du bist hungrig. Deine Mutter hat genug für eine ganze Armee gekocht." Sie nahm Dawns Reisetasche. „Du schläfst im blauen Zimmer, Liebes. Die Treppe kann ganz schön rutschig sein. Wir wollen doch keinen Unfall riskieren." Sie stellte die Tasche in das Zimmer und zog Dawn ins Wohnzimmer. „Warum hast du einen Wagen gemietet? Jemand hätte dich doch am Flughafen abholen können." Granny setzte sich in ihren Sessel.

Dawn ließ sich auf dem blassblauen Sofa nieder. „Das ist kein Mietwagen. Das ist meiner."

Mama nahm auf einem der Drehsessel in der Nähe des Kamins Platz. „Du bist her*gefahren*?"

„Ja." Dawn zuckte die Achseln, als wäre es nichts.

„Durch das ganze Land im Winter?" Granny starrte sie an. „In deinem Zustand?"

Dawn spürte Tränen aufsteigen. „Ich wollte nach Hause." Sie senkte den Kopf und strich mit der Hand über ihren vorgewölbten Leib. „Ich weiß, dass es verrückt war, aber ich habe einfach gepackt und bin hergekommen." Sie hob den Kopf und lächelte zuerst ihre Mutter, dann Granny an. „Ich möchte mein Baby hier bekommen."

Granny runzelte die Stirn. „In Jenner?"

Dawn lachte. „Nein, Granny. In Kalifornien, in Healdsburg oder Santa Rosa. Ich möchte bei meiner Familie und meinen Freunden sein." Noch wollte sie nicht über alles reden, nicht fünf Minuten nach ihrem Eintreffen; vielleicht auch nicht heute Abend oder morgen früh. „Ich wollte einfach nicht allein sein."

„Nun, das verstehe ich." Granny lehnte sich zurück. „Wenn

das Baby auf der Welt ist, kannst du gern hierbleiben, bis Jason nach Hause kommt. Dann könnt ihr gemeinsam nach New Jersey zurückfliegen."

Granny übernahm schon wieder das Kommando. Mama widersprach nicht und versuchte zu verbergen, dass sie verletzt war, das spürte Dawn. Sie lächelte sie entschuldigend an. „Ich hoffe, du kannst die Flugtickets zurückgeben, Mama. Ich wollte unbedingt mit euch beiden zusammen sein."

„Aber natürlich." Granny nickte. „Deine Mama versteht das. Schließlich gehörst du doch hierher."

Granny meinte mit „hierher" ihr Haus und Jenner. Dawn spürte, dass auch ihre Mutter das so verstanden hatte. „Ich will nicht mehr dazwischenstehen", sagte sie leise.

Granny runzelte die Stirn. „Was meinst du mit ‚dazwischen'?"

„Zwischen dir und Mama." Dawn sah von einer zur anderen. „Wir drei haben viel zu besprechen."

Grannys Gesicht verdüsterte sich, und sie funkelte Carolyn wütend an. „Ich hätte es wissen müssen. Dawn fährt im Winter durch das ganze Land, und du behauptest, nichts davon zu wissen. Und du willst mir weismachen, dass du ihr nicht erzählt hast, dass ich das Haus verkaufen und umziehen soll?"

„Das habe ich nicht."

„Ich glaube dir kein Wort!"

Mamas Schultern sackten in sich zusammen. Sie wandte den Blick ab und starrte zum Fenster hinaus. Wie oft hatte Dawn das schon erlebt? Wann immer Unstimmigkeiten zwischen ihr und Granny entbrannten, zog Mama sich wie eine Schildkröte in ihren Panzer zurück. Der Einzige, der sie daraus wieder hervorlocken konnte, war Mitch, und er hütete Mamas Geheimnisse.

„Mama hat mir wirklich nichts erzählt, Granny. Ich höre zum ersten Mal davon, dass du Jenner verlassen sollst."

„Du brauchst nicht so zu tun, Dawn." Der Regen prasselte gegen die Scheibe, und der Ausdruck in Grannys Augen passte genau dazu.

„Willst du mir jetzt auch vorwerfen, dass ich lüge?"

„Schon gut, Dawn. Halt dich lieber da raus. Ich sehe mal nach dem Abendessen." Mama stand langsam auf und schloss die Tür hinter sich.

Dawn war traurig. So hatte sie sich das nicht vorgestellt. Betrübt blickte sie Granny an. „Ich würde dich nicht anlügen, und Mama auch nicht." Sie streckte die Hand aus. Granny ergriff sie. „Aber da du das Thema nun mal angeschnitten hast, es wäre vielleicht wirklich an der Zeit, über einen Umzug nachzudenken." Sie drückte Grannys Hand, bevor sie sie wieder losließ und sich hochrappelte. Mama sollte sich nicht in der Küche verstecken.

„Lass sie in Ruhe." Granny seufzte müde. „Sie kommt zurück, wenn sie so weit ist."

„Ich muss zur Toilette." Dawn rieb sich den Rücken. „Ich hoffe, du entschuldigst dich, wenn sie zurückkommt." *Gott, du hast mich durch das ganze Land geführt. Bitte hilf mir auch hier durch!*

Als sie aus dem Bad kam, saß Mama am Küchentisch, das Gesicht in den Händen vergraben. Granny hatte sich nicht aus ihrem Sessel im Wohnzimmer gerührt. Dawn spürte wieder, wie ihr die Tränen kamen; sie war noch keine Viertelstunde hier, und schon stand sie wieder zwischen ihnen.

Granny hob den Kopf, als Dawn auf das Wohnzimmer zuging. „Komm und setz dich zu mir, Dawn."

„Komm doch mit in die Küche, Granny. Ich mache uns Tee."

Granny funkelte beide an. „Ich will nicht über einen Umzug sprechen."

„Warum nicht?"

„Sieh dich doch um." Grannys Schultern sanken ein. „Und ich rede nicht von dem herrlichen Blick. Ich rede über –" Sie winkte mit der Hand wie mit einer weißen Flagge, „alles."

Dawn verstand sie. „Ich muss mich auch jedes Mal überwinden, wenn Jason und ich umziehen. Dann packe ich eben das zusammen, was mir am meisten bedeutet und verkaufe oder verschenke alles andere."

„Nun, *alles* hier bedeutet mir etwas, Liebes. Alles, was sich in diesem Haus befindet, hat eine Geschichte. Du weißt, wie sehr Opa diesen Ort geliebt hat. Dieses Haus war sein letztes großes Projekt." Grannys Augen schimmerten feucht, als sie Mama anblickte. „Dir bedeutet das vielleicht nichts, Carolyn, aber Dawn versteht es."

Mama versuchte gar nicht erst, das richtigzustellen.

„Ich verstehe, Granny, aber Opa würde nicht wollen, dass du hier allein lebst." Sie ließ sich von Grannys verletztem Gesichtsausdruck nicht einschüchtern. „Wenn du zu lange wartest, muss am Ende ein anderer die Entscheidungen treffen, was behalten und was weggeworfen wird."

Granny stand auf. „Nun, das wäre mir nur recht. Wenn ich tot bin, interessiert es mich nicht mehr." Sie goss ihren Tee ins Spülbecken. „Mach, was du willst, Carolyn. Wenn du so darauf bedacht bist, mich aus diesem Haus zu holen, dann geh doch in die Garage und fang schon mal an, auszusortieren." Sie knallte ihren Becher auf die Spüle. „Ich schalte jetzt das Fernsehgerät ein und sehe mir den Wetterbericht an." Granny zog sich ins Wohnzimmer zurück.

Dawn seufzte. „Es tut mir leid, Mama."

Mama zuckte die Achseln. „Das ist doch nicht deine Schuld. Es ist alles zu viel."

Dawn lächelte sie an. „Was hast du früher immer gesagt? Alles der Reihe nach."

„Einen Tag nach dem anderen."

„Granny liebt dich, Mama."

Mama schnaubte zweifelnd, stand auf und stellte vorsichtig ihren Becher auf die Spüle. „Ich denke, ich nutze die Gunst der Stunde." Sie nahm ihre Jacke vom Haken an der Tür und verschwand nach draußen.

Dawn gesellte sich zu Granny ins Wohnzimmer. Granny stellte ihre Sessellehne aufrecht und schaute an ihr vorbei. „Deine Mutter fährt doch nicht nach Hause, oder?"

„Würde es dir denn etwas ausmachen, wenn sie es täte?"

„Natürlich würde es mir etwas ausmachen." Sie machte Anstalten, aus dem Sessel aufzustehen.

„Ist schon gut, Granny. Sie geht nur in die Garage."

„Warum?"

„Du hast ihr doch gesagt, sie soll anfangen, die Garage aufzuräumen, nicht?"

Granny sank in ihren Sessel zurück. „Ich meinte doch nicht sofort." Sie runzelte die Stirn. „Es ist eiskalt draußen. Und außerdem wird es bald dunkel."

„Sie geht nicht weg, Granny. Ich glaube, sie muss nur mal eine Weile allein sein."

„Sie hat schon immer ihre eigene Gesellschaft allen anderen vorgezogen."

Dawn setzte sich auf die Couch. „Ein neuer Sturm zieht heute Nacht auf …", sagte der Nachrichtensprecher. Luftaufnahmen zeigten, dass der Russian River Hochwasser führte. Der Wasserstand des Flusses war so hoch, dass auch der Supermarkt in Guerneville geschlossen werden musste.

Kapitel 53

Zitternd stand Carolyn in der Garage und blickte sich um. Das war ein großes Projekt. Papas weißer Buick nahm noch immer die Hälfte der Garage ein. Mama hatte vergessen, den Schlüssel aus dem Zündschloss zu ziehen. Carolyn fuhr den Wagen aus der Garage und parkte ihn hinter Dawns Wagen.

Die Wände waren mit Regalen vollgestellt. Die eine Seite war gefüllt mit Konserven, Gläsern mit Erdnussbutter, Marmelade und Gelee, Thunfischdosen und Nudeln. Auf einem anderen Regalgestell fanden sich Haushaltsgeräte und so viele Papiertücher und Toilettenpapier, dass es für ein ganzes Jahr reichte. Carolyn stellte eine Petroleumlampe neben die Tür. Vielleicht würden sie sie noch brauchen. Ein großer Schrank stand an der hinteren Wand. Darin fand sie ein ganzes Regalbrett voll Vasen unterschiedlichster Formen und Größen, auf einem anderen lagen Wein- und Whiskeyflaschen, alle vollkommen eingestaubt. *Der Teufel geht umher wie ein brüllender Löwe.* Nach mehr als dreißig Jahren Abstinenz durchzuckte Carolyn erneut der Wunsch, sich mit Alkohol über die innere Anspannung hinwegzutrösten.

Nach wie vor nahm sie an den Sitzungen der Anonymen Alkoholiker teil, aber sie hatte inzwischen auch andere tiefe Freundschaften, die ihr halfen, auf Kurs zu bleiben. Angefangen hatte es mit Pastor Daniels mitfühlender Art bei Papas Tod. Dann hatte Georgia ganz offen von ihrem Leben erzählt, bevor Gott sie gefunden hatte. Zu ihrer Gemeinde gehörten viele Menschen, die ein wildes Leben geführt hatten und Heilung und Erneuerung erfahren hatten. Sie gaben anderen, die noch zu kämpfen hatten, das Gefühl, willkommen zu sein. Carolyn fand Freunde, doch nie ließ sie jemanden so nah an sich heran wie Chel, der sie alle ihre Geheimnisse anvertraut hatte, sogar das eine, das sie nicht einmal Mitch erzählt hatte.

Warum dachte sie jetzt über all das nach?

Carolyn betrachtete Papas Werkzeug, das in Reih und Glied über seinem Arbeitstisch hing. Die Geräte hatten mittlerweile in der feuchten Seeluft Rost angesetzt. Fünf Kartons standen auf den Deckenbalken. Sie stellte die Leiter an, zog ihren Stufenrock hoch, steckte ihn in ihrem Ledergürtel fest, und kletterte hoch. Nacheinander holte sie sie herunter. Als die Kartons nebeneinander auf dem Betonfußboden standen, war ihr warm geworden. Mama hatte alle beschriftet: *Familienfotos, Kleidung, Trip, Porzellan/ZERBRECHLICH* und *Mama.*

Carolyn klappte die Kiste auf, auf der *Mama* stand, und nahm eine gehäkelte Decke heraus. Sie stank nach Feuchtigkeit und Schimmel. Mäuse oder Motten hatten Löcher hineingefressen. Sie steckte sie in den Mülleimer und ärgerte sich, dass Omas Decke, die sie mit so viel Liebe gearbeitet hatte, in einer Kiste verrottet war. Als Nächstes kam ein Schuhkarton. Carolyn stieß einen leisen Schrei aus, als sie Omas in Leder gebundenes Tagebuch auf einem Stapel dünner Luftpostbriefe mit einem Schweizer Stempel fand. Sie nahm das Tagebuch heraus und klappte es vorsichtig auf. Ein Foto flatterte zu Boden: Oma auf einem Stuhl, ein Baby in den Armen, ein kleiner Junge neben ihr, und ein großer, blonder, sehr gut aussehender Mann in einem dunklen Anzug hinter ihnen. Er hielt ein kleines braunhaariges Mädchen auf dem Arm, die andere Hand hatte er auf Omas Schulter gelegt. Carolyn hob das Foto auf und drehte es um. *Winnipeg 1919.*

„Mama?" Dawn stand in der Tür, in einen dicken Mantel gewickelt. „Bitte komm doch wieder rein."

„Ich habe nur gerade ein paar Kartons durchgesehen." Sie steckte das Foto in Omas Tagebuch zurück und sah sich um. „Das wird ein ziemliches Stück Arbeit."

„Aber keines, das du heute Abend erledigen kannst. Granny hat Maisbrot gebacken. Der Tisch ist gedeckt. Wir können ein paar Kartons mit hochnehmen und sie drinnen durchsehen, wenn du möchtest." Sie untersuchte einen von ihnen. „Das macht bestimmt Spaß."

Carolyn legte Omas Tagebuch oben in den Schuhkarton und stellte ihn auf die Kiste mit der Aufschrift *Familienfotos*. May Flower Dawn nahm die Kiste, auf der *Trip* stand. Gemeinsam trugen sie die beiden Kartons ins Haus und stellten sie ins Wohnzimmer.

„Ich brauche nur eine Minute, um die anderen zu holen." Nachdem sie alle Kartons im Wohnzimmer gestapelt hatte, wusch Carolyn sich die Hände am Spülbecken, bevor sie sich zu Dawn und ihrer Mutter setzte, die das Tischgebet sprach.

Carolyn legte sich ihre Serviette auf den Schoß. „Ich habe Omas Tagebuch gefunden."

„Mein Erbe!", schnaubte ihre Mutter, während sie Suppe in die Schalen gab. „Rikka hat sie einen Teil ihres Schmucks geschenkt. Bernie hatte bereits ihren Wagen bekommen. Cloe bezieht ein Gehalt, weil sie den Collegefonds verwaltet, den Mama eingerichtet hat. Ich bekam ihr Rezeptbuch und eine Schachtel mit Briefen auf Deutsch." Sie stellte eine Schale vor Dawn und füllte eine zweite für Carolyn.

Dawn nahm einen Löffel voll Suppe und lächelte. „Lecker." Sie blickte Carolyn an. „Das ist nicht nur eine Sammlung von Rezepten, Granny. Als wir sie besuchten, hat Oma mir das Tagebuch zu lesen geben. Sie hat mir erzählt, dass sie nur Dinge hineingeschrieben hätte, die in ihrem Leben von großer Bedeutung gewesen sind: Tipps zur Führung eines Haushalts, und ja, auch einige Rezepte, aber auch Zitate von Menschen, denen sie begegnet ist, wichtige Daten, zum Beispiel dein Geburtstag und die Umstände, unter denen du zur Welt gekommen bist. Dann wieder Pflanzzeiten, ein lustiges Gedicht, das ein Junge über das Sommerlager geschrieben hat, ihre Gedanken zum Leben. Es ist wundervoll und sagt sehr viel über sie aus. Ich würde es gern noch einmal lesen." Sie blickte Carolyn an. „Nach dem Besuch damals hat sie mir ein Tagebuch geschickt, weißt du noch?"

„Und du hast ihr dieses Diplom geschickt." Carolyn lächelte. Sie freute sich darüber, dass diese Woche May Flower Dawn so viel bedeutet hatte; dass ihre Tochter schöne Erinnerungen an diese wenigen Tage in Merced und an Oma hatte.

„Das Tagebuch, das sie mir geschickt hat, ist in Leder gebunden, und mein Name ist in Gold eingraviert. *May Flower Dawn.* Ich habe es dabei. Wann immer ich es aufschlage, denke ich an Oma. Ich habe Omas Rat befolgt und nicht viel Teenager-Unsinn hineingeschrieben, sondern meine Ziele, meine Lieblingsverse aus der Bibel, wichtige Daten, Orte, an denen Jason und ich gelebt haben, Träume …" Sie lächelte sehnsüchtig. „Ich wünschte, ich hätte Oma besser gekannt. Omas Tagebuch bedeutete ihr viel mehr als Schmuck, ein Auto oder Geld, Granny. Sie hat dir das Beste geschenkt, was sie hatte."

Carolyns Mutter wirkte überrascht – und ein wenig verblüfft.

Das Licht flackerte und erlosch. Schwarze Dunkelheit senkte sich auf sie. „Oh." In der tiefen Dunkelheit klang Dawns Stimme irgendwie lauter. „Ich kann die Hand nicht mehr vor Augen sehen."

Carolyn hasste die Dunkelheit. „Ich habe die Petroleumlampe in der Garage vergessen. Hast du eine Taschenlampe?"

„In einer der Küchenschubladen unter dem Geschirrschrank – in der mittleren, glaube ich. Aber vermutlich sind die Batterien leer."

Carolyn suchte in der Dunkelheit, zog Schubladen auf, tastete sich durch den Inhalt.

„Warte einen Augenblick, Carolyn. Oder hast du vergessen, dass du und Mitch einen Generator eingebaut habt? Da ist er schon." Ein fernes Surren, dann sprang knatternd der Generator an.

Dawn lachte. „Dieses Ding hat wohl keinen Schalldämpfer."

Das Licht ging wieder an. Erleichtert kehrte Carolyn an ihren Platz zurück. Ihre Mutter schwieg, saß mit gefalteten Händen am Tisch. „Ich habe dir noch gar nicht dafür gedankt, nicht?"

„Nein. Hast du nicht. Aber andererseits haben wir dich ja auch nicht um Erlaubnis gefragt." Wenn sie sie schon nicht dazu bringen konnten, umzuziehen, dann hatten sie wenigstens sicherstellen wollen, dass sie Heizung und Elektrizität hatte. 4.000 Dollar, und dazu das Geld, das sie dem Rechtsanwalt gezahlt hatten, der sich mit der Genehmigung auseinandergesetzt hatte, und kein einziges Wort des Dankes … bis jetzt.

Nachdem sie den Tisch abgeräumt und gespült hatte, ging Carolyn zu ihrer Tochter und ihrer Mutter ins Wohnzimmer. Auf der Türschwelle blieb sie stehen. Die beiden saßen auf der Couch. May Flower Dawn hatte Grannys Hand auf ihren Leib gelegt, und sie unterhielten sich flüsternd. Carolyn biss sich auf die Lippe und trat zurück. Sie fühlte sich wie ein Eindringling.

Mama blickte auf und runzelte die Stirn. „Warum stehst du da herum? Komm her und fühl mal, wie sich das Baby bewegt."

Carolyn trat um die Kartons herum und ging vor dem Sofa in die Hocke. Dawn nahm ihre Hand und legte sie auf ihren Bauch. Carolyn spürte nichts, und Dawn seufzte. „Anscheinend ist das kleine Fräulein jetzt wieder eingeschlafen." Carolyn erhob sich und setzte sich auf den gelben Drehhocker.

Ihre Mutter schob sich hoch. „Es ist schön, euch beide hier zu haben."

Dawn grinste. „Drei Mädchen bei einer Pyjamaparty." Sie suchte sich ächzend eine bequemere Sitzposition. Carolyn erinnerte sich noch, dass der letzte Monat der Schwangerschaft, wenn das Baby immer größer und schwerer wurde, besonders unangenehm gewesen war.

Dawn gähnte. Sie sah so müde aus.

„Geh ruhig ins Bett, May Flower Dawn."

„Ich will noch nicht ins Bett gehen." Dawn lächelte beide müde an. „Ich möchte hier sitzen bleiben und mit euch plaudern."

„Dann leg dich doch wenigstens hin." Carolyn stand auf und hob Dawns Beine auf die Couch. „Deine Knöchel sind geschwollen." Dawn murmelte ein erschöpftes Danke und meinte, sie sollten sich keine Sorgen machen. Carolyn stopfte ihr ein Sofakissen unter den Kopf und breitete eine weiche Strickdecke über sie. Liebevoll strich sie ihr eine Haarsträhne aus dem Gesicht. „Hast du Fieber?“

Dawn ergriff ihre Hand. „Entspann dich, Mama. Es ist viel Arbeit, zusätzliche fünfzehn Pfund mit sich herumzuschleppen.“

Carolyn setzte sich wieder und sah zu, wie Dawn wegdöste. Sie schnarchte leise. „Ich glaube, sie ist wirklich sehr müde.“ Nach einigen Minuten wurde sie unruhig auf ihrem Hocker. Die Nacht senkte sich auf sie herab, und nur die Fensterscheibe hielt sie draußen. „Vielleicht könnten wir ja die Kartons durchsehen.“

„Ich will die Kartons nicht durchsehen.“ Ihre Mutter schüttelte den Kopf. „Nicht heute Abend. Außerdem würde Dawn bestimmt gern mitmachen.“ Sie rieb sich ihr Bein, als würde es schmerzen. „Du hast gerade wieder da hinten in der Tür gestanden. Warum machst du das?“

„Was denn?“

„Warum stehst du so oft vor der Tür, spähst um Ecken, hörst zu?“

Diese Worte waren für Carolyn wie eine Ohrfeige. „Wie eine neugierige kleine Maus, meinst du. Als hätte ich vor, ein Stück Käse zu stehlen?“

Mama starrte sie schockiert an. „Nein.“ Sie schüttelte den Kopf. „Als würdest du nicht dazugehören. Als würdest du immer auf eine Einladung warten.“

„Mir wurde gesagt, ich solle draußen bleiben.“

„Wer hat dir das gesagt?“

Warum nicht die Wahrheit sagen? Mama hielt sich doch auch nie zurück. „Du. Du hast mir von klein auf gesagt, du wolltest mich nicht in deiner Nähe haben.“

„Das ist eine Lüge!“ Hildemaras Augen funkelten vor Zorn.

Carolyn presste die Lippen zusammen. Sie hätte es doch besser wissen müssen. Warum hatte sie davon angefangen?

„Vermutlich hat Oma dir das eingeredet!"

Zorn erfasste Carolyn. „Du gibt immer Oma die Schuld an allem, aber ich erinnere mich noch sehr genau, wie du mich immer angeschrien hast: ‚Verschwinde von hier … geh weg von mir.' Das war nicht Oma."

„Wann habe ich so etwas gesagt?"

„Das ist meine früheste und deutlichste Erinnerung."

Mamas Gesichtsausdruck veränderte sich. Sie schien sich zu erinnern. „Als du mir einen Blumenstrauß gebracht hast …"

„Narzissen. Du wolltest sie nicht."

„Du hast sie fallen lassen. Sie waren auf dem ganzen Boden verteilt. Ich habe sie aufgelesen. Oma brachte mir eine Vase."

Sie aufgelesen? In eine Vase gestellt? „Danach habe ich dein Zimmer nie wieder betreten."

Mama wirkte betrübt. „Ich war doch krank, Carolyn. Erinnerst du dich nicht, wie krank ich war?"

Carolyn wollte nicht in diese Zeit zurückgehen. Sie wollte am liebsten diese Falltür schließen, die aufgesprungen war. Auf keinen Fall wollte sie in die Dunkelheit hinabsehen und erkennen, was dort verborgen lag.

„Ich hatte Tuberkulose und war hoch ansteckend. Niemand außer Papa und Oma durften mein Zimmer betreten, und auch sie mussten Vorsichtsmaßnahmen ergreifen. Erinnerst du dich nicht mehr daran?"

„Ist doch egal."

„Es ist nicht egal."

„Das war vor langer Zeit."

„Ich habe dich so geliebt, Carolyn."

Geliebt. Vergangenheit. Welchen Sinn machte es, über die Vergangenheit zu reden? Warum sollte man das Thema überhaupt anschneiden? Chel hatte ihr einmal gesagt, dass man sich nicht unbedingt lieben musste, nur weil man miteinander verwandt war. Chels Vater hatte sie nicht mal gemocht. „Man lebt einfach damit und zieht weiter", hatte Chel gesagt. „Vergeude nicht deine Energie damit, Liebe von ihr bekommen zu wollen."

Chel. Warum dachte sie ausgerechnet jetzt an Rachel Altman? Warum klangen nach all diesen Jahren ihre Worte noch in Carolyn nach? Schon zum zweiten Mal in den vergangenen Stunden.

Carolyn wollte diese Tür zur Vergangenheit schließen, doch die Erinnerungen ließen sich nicht aussperren. Sie erinnerte sich, wie sie im hohen Gras gesessen und die Blütenblätter eines Gänseblümchens abgezupft hatte. *Sie liebt mich, sie liebt mich nicht, sie liebt mich, sie liebt mich nicht …*

Oma hatte sie geliebt. Mama und Papa hatten Charlie geliebt. *Charlie. Ach, Charlie.* Ein scharfer Schmerz durchzuckte sie.

„Worüber denkst du nach, Carolyn?"

„Über Charlie", sagte sie ohne nachzudenken. Schmerzte die Erwähnung ihres Bruders ihre Mutter auch noch immer? „Entschuldige."

Mama wirkte ruhig, nachdenklich. „Was ist mit Charlie?"

„Er erzählte mir mal, du seist nach meiner Geburt krank geworden."

„Nicht sofort. Ich habe mich überfordert. Eigentlich hätte ich es besser wissen müssen. Ich hatte auch vorher schon mal TBC."

„Wann?"

„Als dein Vater und ich verlobt waren. Ich dachte, du wüsstest das."

„Ich glaube, ich weiß gar nichts."

„Ich habe viele Monate im Sanatorium in Arroyo del Valle gelegen. Mir ging es dann wieder besser, aber die Krankheit bleibt immer da, verborgen, lauernd. Als ich nach deiner Geburt wieder krank wurde, dachte ich, ich würde sterben. Oma zog zu uns, damit ich wenigstens nach Hause kommen konnte. Zu Hause sterben, dachte ich. Ich wollte deinem Papa nicht so viele Schulden durch die Krankenhausrechnungen hinterlassen. Darum kam Oma zu uns und … hat alles in die Hand genommen." Sie lächelte traurig. „Vielleicht hat mich das angespornt, wieder gesund zu werden. Ich wollte nicht, dass Oma meine Familie übernimmt."

Der Regen trommelte jetzt stärker auf das Dach, wie Fäuste. „Oma hat mich geliebt, Mama."

„Ja. Und du hast sie geliebt. Ausschließlich. Du bist nie zu mir gekommen. Du bist immer zu Oma gegangen. Darum habe ich sie irgendwann wieder nach Hause geschickt."

„Damit ich niemanden mehr habe?"

Mama blickte sie entsetzt an. „Du warst doch *mein* kleines Mädchen, nicht Omas."

Carolyns Finger klammerten sich um das Sitzkissen. Sie erinnerte sich, wie Papa sie geschüttelt und ihr gesagt hatte, sie solle aufhören zu weinen, sonst … „Ich fühlte mich so allein."

„Du hattest doch *mich*."

Wann war das je wahr gewesen? „Nein. Das stimmt nicht."

„Doch, es stimmt!"

Dieses Mal wollte Carolyn es ihr nicht durchgehen lassen. „Wir zogen hinaus auf das neue Grundstück. Du und Papa, ihr habt die ganze Zeit am Haus und im Garten gearbeitet."

„Nicht die ganze Zeit."

„Du hast mir gesagt, ich solle dir nicht ständig vor den Füßen herlaufen, sondern irgendwo spielen gehen. Ich wartete dann auf Charlie, doch wenn er von der Schule nach Hause kam, schnappte er sich immer sein Fahrrad und radelte davon."

„Du warst doch in meiner Nähe. Du hast Blumen gepflückt, Sandkuchen gebacken. Du hattest dein eigenes kleines Stück im Garten, wo du mit deiner Stoffpuppe gespielt hast."

Carolyn hatte das ganz anders in Erinnerung. Sie wollte Mama nicht erzählen, wie diese Erinnerung aussah. „Ich denke, ich gehe jetzt ins Bett." Sie stand auf.

„Carolyn, bitte. Können wir nicht weiter darüber reden? Ich wusste nicht, dass du –"

„Bis morgen."

„Unten ist es doch so kalt." Mama stand mühsam aus ihrem Sessel auf. „Ich habe die Heizung unten noch nicht angestellt. Bis die Wohnung warm ist, dauert es eine halbe Stunde."

„Spar die Heizkosten. Ich krieche sowieso gleich unter die

Decke." Carolyn streifte ihre Jacke über. Sie musste raus aus diesem Haus, fort von ihrer Mutter, fort von der Vergangenheit, die sich wie ein Dämon aus der Hölle erhob.

Die Kälte traf sie wie ein Faustschlag. Regentropfen prasselten auf sie herunter. Sich am Geländer festhaltend eilte sie die Treppe hinunter. Die Fliegengittertür klemmte, und sie riss zweimal daran, bevor sie nachgab. Mit klopfendem Herzen schaltete sie das Licht ein und blieb im Wohnzimmer stehen. Ein Schwall kalter Luft drang ihr entgegen. Es wurde jedoch schnell warm; Mama hatte oben das Heizventil geöffnet. Carolyn legte die Arme um sich und drehte das Gesicht in die Wärme.

Unterdrückte Stimmen waren von oben zu hören. Anscheinend war Dawn aufgewacht. Carolyn überlegte, ob sie wieder hochgehen sollte, doch dann würde ihr Gespräch vermutlich abrupt verstummen. Mama und Dawn hatten immer gut miteinander reden können. Carolyn vermutete, dass hinter Dawns Fahrt quer durch das Land mehr steckte, als sie herausgelassen hatte. Sie sah gar nicht gut aus. Vielleicht würde sie ihrer Großmutter verraten, was sie ihrer Mutter nicht sagen konnte.

Carolyn schaltete die elektrische Heizdecke ein, bevor sie ins Bad ging. Sie putzte sich die Zähne, dann setzte sie sich auf die Bettkante und bürstete und flocht ihre Haare. In aller Eile zog sie ihren Schlafanzug an, streifte ein Paar von Mitchs Sportsocken über und schlüpfte schnell unter die sich erwärmenden Laken. Heftig zitternd kuschelte sie sich in die Decke und wartete darauf, dass die Wärme sie erreichte, während Mama und Dawn über ihr immer noch redeten.

Carolyn spürte, wie ihre Kehle eng wurde. War es nicht immer so gewesen? Wie konnte es auch anders sein, nachdem ihre Tochter die ersten sechs Jahre ihres Lebens vollkommen von Mama abhängig gewesen war? Carolyn wollte nicht verbittert sein; sie schuldete Mama Dank, dass sie sich um Dawn gekümmert hatte. Wenn ihre Mutter nicht gewesen wäre, wäre sie auf eine gleichgültige Tagesmutter oder eine überfüllte Kindertagesstätte angewiesen gewesen.

Schritte ertönten über ihr, die einen in Richtung Schlafzimmer, die anderen zum Gästezimmer. Danach hörte sie nur noch den Sturm, der an den Fenstern riss.

Carolyn schloss die Augen und lauschte auf die Brandung vom Meer her, den Wind und den Regen. Sie träumte, sie wäre wieder ein Kind und liefe durch eine Wiese voller Butterblumen. Bienen summten um sie herum, aber sie hatte keine Angst vor ihnen. Sie kam an einen Stacheldraht und kletterte hindurch. Ihr Kleid blieb an den Stacheln hängen und zerriss. Sie stand hinter einem weißen Haus und beobachtete einen Mann in einem blauen Overall, der zwischen Kisten auf einem Podest herumlief. Er nahm einen Deckel ab, legte ihn zur Seite und hob ganz vorsichtig einen Holzrahmen mit einer Bienenwabe heraus. Dann brach er ein Stück ab und drehte sich lächelnd zu ihr um. „Komm nur herüber, Honigbiene. Ich werde dir nicht wehtun."

Carolyn fuhr aus dem Schlaf hoch. Ihr Herz klopfte zum Zerspringen. Es dauerte ein paar Minuten, bis die Schockwirkung des Traums nachließ. Zitternd drehte sie die Heizdecke höher und zog sich die Decke über den Kopf.

Kapitel 54

Dawn erwachte, als die Kuckucksuhr 3:00 Uhr schlug. Sie drehte sich auf die Seite und lauschte dem Regen, der auf das Dach trommelte. Sie und Granny hatten sich noch unterhalten, nachdem Mama zu Bett gegangen war. Granny hatte nach Jason gefragt, und sie wollte wissen, wie Dawn ihr neuestes Haus ausgestattet hatte. Aber Dawn wollte lieber über Grannys Zukunft reden. Nach einigem Widerstand gab Granny nach.

„Du weißt ja, deine Mutter wollte schon unmittelbar nach Papas Tod, dass ich umziehe. Aber es war einfach noch zu früh für so große Veränderungen. Und ich kam ja auch allein gut zurecht." Sie ließ die Luft entweichen. „Zumindest bis zum vergangenen Jahr."

„Was ist passiert?"

„Im vergangenen Winter fiel fünf Tage lang der Strom aus. Wenn deine Mama nicht hergekommen wäre, hätte ich angefangen zu packen. Sobald das Wetter besser wurde, haben deine Mama und Mitch alle Hebel in Bewegung gesetzt, um diesen Generator einzubauen. Sie mussten sogar einen Rechtsanwalt einschalten, um ihn genehmigt zu bekommen. Der Himmel weiß, wie viel dieses ganze Projekt gekostet hat. Ich wäre doch undankbar, wenn ich sagen würde: ‚Ach übrigens, ich bin jetzt bereit umzuziehen.' Und außerdem ist es meist ganz schön hier."

Dawn grinste. „Und du hast immer behauptet, Oma sei eigensinnig gewesen."

Granny legte den Kopf zurück. „Ich hatte nicht den Eindruck, eigensinnig zu sein. Aber so hat es wohl ausgesehen. Und nach meinem Sturz vor ein paar Monaten hat deine Mutter das Thema wieder aufgebracht."

„Und jetzt bist du zu einem Umzug bereit?"

„Mehr denn je." Granny funkelte sie an. „Aber ich will mein eigenes Reich, nicht ein Zimmer in einem Altenheim."

„Du willst mit niemandem zusammenleben, Granny?"

„Ich will nicht mit *Fremden* zusammenleben.“

In Grannys Tonfall lag etwas, das Dawn Hoffnung machte. „Und was hältst du davon, zu Mama und Mitch zu ziehen?“

Granny lachte spöttisch. „Das wird wohl nie passieren.“

„Warum nicht?“

„Weil es einfach so ist. Und wage es nicht, deine Mutter darauf anzusprechen. Das bringt sie nur in Verlegenheit.“ Danach hatte Granny das Thema gewechselt.

Ruhelos zog sich Dawn die Decke über die Schultern und kuschelte sich in ihre Flanelllaken. *Herr, sie werden nie miteinander reden, nicht wahr? Sie lieben sich, aber sie erkennen nicht, dass ihre Liebe erwidert wird.*

Dawn streichelte über ihren Bauch. Ihre Tochter würde bald zur Welt kommen. Sie wollte, dass es eine Zeit der Freude war, eine Gelegenheit, zusammenzukommen und zu feiern. Dawn wollte mit niemandem im Zwist liegen, alle Verletzungen und Missverständnisse der Vergangenheit bereinigt haben. Dafür stand zu viel auf dem Spiel.

Du hast uns gesagt, wir sollen einander lieben, Herr. Hilf mir, ihnen zu zeigen, wie sie das tun können.

Hildie erwachte sehr früh. Das Haus ächzte und knackte wie ein Schiff auf rauer See; es regnete immer noch in Strömen. Ihr Wecker zeigte 6:15 Uhr. Trip war immer zuerst aufgestanden und hatte Kaffee gekocht. Ach, wie sie diesen Mann vermisste! Trip war der einzige Mann gewesen, den sie je geliebt hatte.

Wenn sie nicht aufpasste, würde sie angesichts ihrer Verluste in tiefer Verzweiflung versinken. Sie vermisste ihren Sohn Charlie. Sie vermisste auch Carolyn und das, was hätte sein können. Jetzt war es zu spät. Und sie würde nie aufhören, Mama zu vermissen – oder zu wünschen, sie hätten vor ihrem Tod noch irgendwie Frieden schließen können. Dawn war das Licht gewesen, das sie nach Charlies Tod und Carolyns Rückkehr aus der

Dunkelheit gezogen hatte. Sie war gebraucht worden und gern eingesprungen. Dawn war ein Geschenk von Gott gewesen.

Hildie schlug die Decke zurück, steckte ihre Füße in ihre flauschigen Pantoffeln, zog ihren Morgenrock an und ging ins Bad. Nachdem sie ihre Morgentoilette beendet hatte, knipste sie das Licht im Wohnzimmer an und setzte in der Küche Kaffee auf.

Kurz darauf ging die Hintertür auf. „Ich habe gehört, dass du aufgestanden bist." Carolyn kam herein, die Haare zu einem französischen Zopf geflochten. Sie trug einen anderen Pullover über ihrem langen Hippierock und den Leggings, blau dieses Mal, exakt die Farbe ihrer Augen. Trips Augen.

Hildie entschuldigte sich. Sie hatte niemanden aufwecken wollen. Aber eigentlich freute sie sich über die Gesellschaft. „Hast du gut geschlafen?"

„Ganz okay." Sie goss sich eine Tasse Kaffee ein.

„Weißt du eigentlich, wie lange du schon nicht mehr hier übernachtet hast?"

„Weihnachten vor Papas Tod das letzte Mal." Carolyn ließ sich am Tisch nieder.

„Ich möchte in einem Haus leben, Carolyn, nicht in einer Wohnung oder gar nur einem Zimmer."

Carolyn zog verblüfft die Augenbrauen in die Höhe. „Wie das Haus, das Papa für Oma gebaut hat?"

Wäre es nicht schön, ein kleines Haus auf Carolyns und Mitchs Grundstück zu haben? Nah genug, dass sie an ihrem Leben teilhaben konnte, aber nicht so nah, dass sie ihnen im Weg war. Ein Traum für sie – für Carolyn vermutlich ein Albtraum. Sie sollte ihre Tochter lieber beruhigen. „In Windsor gibt es einen hübschen Wohnwagenpark, nur Senioren, ganz in der Nähe der Gemeinde."

Warum runzelte Carolyn die Stirn?

„Nun, wenn du das möchtest, können wir uns dort ja mal umschauen."

„Gefällt dir diese Idee nicht?"

„Ich sehe dich einfach nicht in einem Wohnwagenpark, Mama."

Zweifellos sähe sie ihre Mutter lieber hinter Schloss und Riegel mit Bewachern, die sie im Auge behielten. „Wir haben mit unserem Wohnwagen doch wundervolle Reisen gemacht."

„Ja, ich schätze, das haben wir."

„Du schätzt?"

„Es war ein Reisemobil. Darin konnte man nicht dauerhaft wohnen."

„Nun, ich rede ja nicht davon, in einen Reisewohnwagen zu ziehen. Ich rede von einem dieser großen Wohncontainer."

„Okay. Reg dich nicht auf." Carolyn trank einen Schluck Kaffee. „Hat Dawn dir gesagt, warum sie hergekommen ist?"

„Sie hat es doch uns beiden erzählt."

„Hat sie noch einen anderen Grund genannt, warum sie mitten im Winter quer durch das Land gefahren ist, wo sie kurz vor der Geburt ihres Babys steht?"

„Der Wunsch, bei seiner Familie zu sein, ist nicht so ungewöhnlich, Carolyn. Das ist ein guter Grund, wenn du mich fragst." Sie hatte Gott immer wieder gedankt, dass Carolyn damals nach Hause gekommen war. Sonst hätten sie vielleicht nie erfahren, was ihr widerfahren war, obwohl sie sich manchmal tatsächlich fragte, ob sie überhaupt etwas über ihre Tochter wusste.

„Ich hoffe doch."

„Ich würde mir nicht so viele Sorgen machen." Carolyn war schon immer besonders sensibel gewesen. „Eine Frau möchte ihren Mann oder ihre Mutter in der Nähe haben, wenn die Geburt bevorsteht."

Ein Schatten legte sich auf das Gesicht ihrer Tochter, und ein Stich der Reue durchzuckte Hildie. Sie hatte Carolyn damals zu Boots geschickt. Zwar war ihr diese Entscheidung unendlich schwergefallen, doch sie und Trip hatten gewusst, dass sie Carolyn nur so vor all dem Gerede und Klatsch schützen konnten. Nach ihrer Abreise waren sie sehr traurig gewesen. Charlie hatten sie in Vietnam verloren, und kaum war ihre Tochter zurückgekommen, mussten sie sie wieder fortschicken. Noch mehr hatte der Gedanke geschmerzt, sie könnte ihr erstes Enkelkind zur Adoption freigeben.

Als Boots ihnen mitteilte, Carolyn wolle das Baby behalten, war Hildie überglücklich gewesen. Boots hatte angeboten, Carolyn könne gern bei ihr bleiben, aber Hildie wollte ihre Tochter zurückhaben und ihr Enkelkind in den Armen halten. Gemeinsam mit Trip hatte sie beschlossen, ihren Job aufzugeben. Auf ihren Verdienst konnten sie verzichten, aber Carolyn brauchte ihre Hilfe. Darum setzten sie sich zusammen und entwickelten einen Plan, wie ihre Tochter die verlorenen Jahre in Haight-Ashbury aufholen konnte. Sie würden keine Fragen stellen, sondern die Vergangenheit hinter sich lassen. Und Carolyn hatte sich so gut entwickelt. Sie hatte das College zu Ende gebracht und gute Arbeit im Immobilienbüro geleistet.

Hildie fand ihre Arbeitsteilung gut. Es war ein Schock gewesen, als Carolyn verkündete, sie wolle ausziehen. Hildie hatte etwas in ihren Augen sehen können … ihre Tochter konnte es nicht erwarten, von ihnen fortzukommen. Und dann erst der Schmerz, Dawn aufgeben zu müssen.

„Die Sonne geht auf", bemerkte Carolyn. „Allerdings ist nicht viel von ihr zu sehen."

„Heute und morgen soll es noch mehr regnen." Hildie trank einen Schluck von ihrem mittlerweile lauwarmen Kaffee. „Ich mache mir Sorgen, dass uns das Heizöl ausgeht. Der Tankwagenfahrer will versuchen, am Montag noch einmal zu kommen."

Carolyn stand auf. „*Der Wolken, Luft und Winden gibt Wege, Lauf und Bahn, der wird auch Wege finden, da dein Fuß gehen kann*", zitierte sie ein altes Lied. „Hoffen wir, dass die Straßen am Montag frei sind." Sie nahm die Kaffeekanne von der Maschine. „Soll ich dir noch heißen Kaffee nachgießen?"

„Mehr als eine Tasse vertrage ich nicht mehr."

Carolyn füllte ihre Tasse auf. „Hatte Papa nicht noch Brennholz irgendwo?"

„Es liegt unter der Garage."

„Ich hole welches hoch, nur für den Fall." Sie setzte sich wieder an den Tisch. „Ich sollte sowieso mal nachsehen, was da noch so alles ist."

„Du könntest eine von meinen Hosen anziehen, damit du dir deinen schönen Rock nicht verdirbst. Sieh einfach in meinem Schrank nach."

Während Carolyn nach einer Hose suchte, nahm Hildie Eier und Speck aus dem Kühlschrank. In einer roten Polyesterhose, die ein ganzes Stück oberhalb ihrer Knöchel zu Ende war, kam Carolyn in die Küche zurück. Welchen Unterschied vier Zentimeter in der Größe doch ausmachen konnten.

„Hochwasserhose", lachte Hildie. Carolyn stimmte in ihr Lachen ein.

Dawn schob die Falttür auf. Ihre Haare waren zerzaust. In Sportsocken und einem von Trips alten Frotteebademänteln trat sie in die Küche. Ihre blauen Augen waren immer noch trüb vor Erschöpfung, und sie war unglaublich blass. Carolyn begrüßte sie, bevor sie ihre Jacke nahm und zur Tür ging.

„Wo willst du hin, Mama? Frühstückst du nicht mit uns?"

„Ich sehe mich mal in der Garage um und hole ein paar Holzscheite für ein Feuer."

Hildie wendete den Speck in der Bratpfanne. „Vergiss doch das Holz für den Augenblick, Carolyn. Öffne lieber den Safe unten und bring mit, was drin liegt." Sie nannte ihr die Kombination. „Wenn ich mich sowieso verkleinern muss, dann sollte ich mit dem Schmuck anfangen, den ich dort unten aufbewahre und niemals trage."

Carolyn ging hinaus in den Regen. Dawn ließ sich auf einen Stuhl sinken, stützte ihren Ellbogen auf das Fensterbrett und blickte hinaus auf den Russian River.

Hildie musterte ihre Enkelin. Es war so schön, Dawn wieder unter ihrem Dach zu haben. „Ein wunderschöner Anblick, selbst wenn der Fluss Hochwasser führt, nicht, Liebes?"

Schweigend rieb Dawn über ihren Rücken. „Alles in Ordnung,

Liebes?" Im Morgenlicht bemerkte Hildie noch deutlicher die Anzeichen, dass es ihrer Enkelin nicht gut ging. Abgesehen von ihrem vorgewölbten Leib war das Mädchen nur noch Haut und Knochen. Fraßen ihre Sorgen an ihr? Hatte sie Angst um Jason und das Baby, auf das sie so lange gewartet hatten?

„Hmm? Oh, ja." Dawn lächelte zerstreut. „Nur müde."

„Denkst du an Jason?"

„Ich denke immerzu an Jason, Granny. Ich vermisse ihn so sehr, vor allem jetzt. Aber Gott gebraucht ihn dort. Zwei Männer in seiner Einheit sind Christen geworden."

„Du hast dir einen guten Mann ausgesucht, Dawn."

„Ich kann ihm erst wieder mailen, wenn ich Internetempfang habe. Er wird sich Sorgen machen. Daran hätte ich denken sollen."

„Georgia wird ihm sicher mitteilen, dass es dir gut geht."

„Jason wusste nichts davon, dass ich nach Hause fahre."

Diese Information fand Hildie beunruhigend. „Ich hätte zu dir kommen sollen, statt dass du hierherfährst. In Alexander Valley hätten wir es schön gemütlich gehabt und du hättest mit deinem Mann in Kontakt bleiben können."

„Ich wollte aber hier draußen sein."

„Wenigstens einer außer mir, der diesen Ort liebt."

„Ich wollte nicht gestört werden."

Besorgt musterte Hildie sie, doch bevor sie fragen konnte, was los war, kam Carolyn mit einem Stapel Papiere und einer Schachtel zurück.

„Leg alles dort drüben auf die Arbeitsplatte, Carolyn. Wir sehen uns das nach dem Frühstück an."

Carolyn beobachtete, wie May Flower Dawn an ihrem Frühstück pickte. Das Strahlen in ihren blauen Augen war erloschen, und ihr Gesicht war entsetzlich blass. „Hast du heute Nacht schlecht geschlafen, Dawn?"

„Ich konnte irgendwie nicht richtig zur Ruhe kommen."

Ihre Mutter bot ihr einen Toast an. „Sie denkt an Jason."

„Das ist ja nur zu verständlich." Carolyn nahm eine Scheibe und bestrich sie mit Butter. „Die ganze Gemeinde betet für ihn. Und wir natürlich auch." Carolyn bemerkte, wie Dawn das Gesicht verzog. „Hast du Wehen?"

Dawn rieb ihre Seite. „Sie hat keinen Platz mehr da drin."

Carolyn faltete ihre Hände und musterte ihre Tochter. „Bist du sicher, dass dein Baby ein Mädchen ist?"

„Sie hat doch bestimmt einen Ultraschall gemacht, Carolyn. Natürlich weiß sie es."

„Ich wusste es schon lange vorher, Granny. Ich hatte einen Traum. Meine Tochter rannte am Strand entlang und spielte am Wasser." Sie lächelte Carolyn an. „Und du und Granny, ihr habt zusammen auf dem Sand gesessen und euch wie gute Freundinnen unterhalten."

Ein schöner Traum. Carolyn räumte das Geschirr ab, warf die Reste von Dawns Rührei in den Mülleimer und stellte sich vor, sich so vertraut mit ihrer Mutter zu unterhalten, wie Dawn es gerade beschrieben hatte. Hatte es jemals eine Zeit gegeben, wo sie nicht jedes Wort auf die Goldwaage hatte legen müssen?

Ihre Mutter brachte die Papiere und die Schachtel zum Tisch. „Mal sehen, was wir hier haben."

Während Carolyn das Geschirr spülte, saßen ihre Mutter und Dawn am Tisch und gingen die Papiere durch. „Die Besitzurkunde für das Haus, Lebensversicherungspolice, Autoversicherungspolice, Sozialversicherungskarten, Trau- und Todesscheine, Testament und Beerdigungsverfügungen, eine Liste der Konten …" Sie blätterte die Papiere durch und hielt bei einem Dokument inne. „Omas Einbürgerungsurkunde. Ich habe ganz vergessen, dass ich sie habe. Sie war so stolz, als sie den Test bestand."

Mama legte die Urkunde zur Seite. „Damals sagte sie, jetzt wären wir *richtige* amerikanische Bürger. Die, die es von Geburt an seien, wüssten es nicht zu schätzen. Sie hielt uns alle zum

Lernen an, damit wir, wenn wir den Test machten, auch das Recht bekämen, uns Amerikaner zu nennen. Bis Trip in den Krieg zog und dann Charlie …" Sie nahm einen Brief, der vom Alter vergilbt war. „Der Brief von Charlies Kommandant …" Sie hielt ihn einen Augenblick in der Hand und legte ihn dann ungeöffnet zur Seite.

Carolyn trocknete ihre Hände ab und holte ihn sich. Während ihre Mutter die Schachtel öffnete, nahm Carolyn den Brief aus dem Umschlag und las:

… möchte ich Ihnen mein tiefstes Bedauern zum Tod Ihres Sohnes ausdrücken … herausragender junger Mann … von allen geachtet, die mit ihm gedient haben. … konnte mich immer auf ihn verlassen … tapfer … eine Ehre, ihn zu kennen … werde ihn nie vergessen …

Mama klappte eine schwarze Samtschachtel auf. „Dein Opa hat mir diese Perlen zu unserer Silberhochzeit geschenkt." Sie nahm sie aus dem Etui und reichte sie Dawn.

„Sie sind wunderschön."

„Behalte du sie."

„Das geht nicht. Mama sollte sie bekommen."

Carolyn faltete den Brief zusammen und steckte ihn in den Umschlag zurück. „Granny möchte aber dir die Perlen schenken."

„Du und Mitch, ihr habt mir zu meinem sechzehnten Geburtstag eine Perlenkette geschenkt. Weißt du noch?"

Carolyns Mutter schien sich verletzt zu fühlen. „Ich wollte deine Mutter nicht beleidigen, Dawn. Mitch hat ihr vor zwei Jahren eine Perlenkette mit passendem Armband und Ohrringen zu Weihnachten geschenkt, die viel wertvoller sind als die hier."

Dawn nahm die Kette zur Hand. „Sie ist wunderschön." Ihre Augen wurden feucht. „Heb sie für meine Tochter auf."

Ihre Mutter klappte die Schachtel zu und öffnete eine andere.

In einem mit Spitze umrandeten Taschentuch lag eine goldene Brosche mit einer Perle und einem Jadestein. „Die habe ich Oma zum achtzigsten Geburtstag geschenkt. Du …“ Hildemaras Stimme schwankte. „Du warst … fort. Wie auch immer, Oma würde wollen, dass du sie bekommst.“

Tief gerührt nahm Carolyn die Schachtel entgegen. „Ich erinnere mich nicht, dass Oma sie jemals getragen hätte.“

„Das hat sie auch nicht. Nicht ein einziges Mal. Ich bezweifle, dass sie sie jemals aus der Schachtel genommen hat.“ Mama deutete auf das Schmuckstück. „Die ist echt, kein Modeschmuck. Ich wollte ihr etwas ganz Besonderes schenken, etwas, das sie sich niemals selbst gekauft hätte.“

Carolyn verstand das nur zu gut. „Wie den Kaschmirschal, den ich dir vor ein paar Jahren zu Weihnachten geschenkt habe? Oder den Anhänger zum Muttertag?“

Mamas Augen weiteten sich. „Die sind viel zu kostbar, um sie jeden Tag zu tragen.“

Carolyn musterte ihr Gesicht. „Ich dachte immer, die Sachen würden dir nicht gefallen.“

„Natürlich gefallen sie mir. Das sind die schönsten Geschenke, die ich je bekommen habe.“

Dawn unterbrach sie. „Vielleicht ging es Oma mit der Brosche ganz genauso, Granny.“

Hildemara schüttelte den Kopf. „Ich hoffte, sie würde ihr gefallen, aber sie meinte nur, ich hätte mein Geld vergeudet.“

Als sie Tränen in den Augen ihrer Mutter schimmern sah, nahm Carolyn die Brosche aus der Schachtel. „Sie ist sehr kostbar, Mama. Vielleicht hatte sie einfach Angst, sie zu tragen.“ Sie befestigte das Schmuckstück an ihrem Pullover. „Sie ist wunderschön. Ich werde sie in Ehren halten. Danke.“

Mit feucht schimmernden Augen und zitternden Lippen lächelte Hildemara ihr zu. „Sehr gern geschehen.“

Dawns blaue Augen leuchteten auf. „Perfekt.“ Sie stützte ihr Kinn in die Hände. „Das ist genau das, wofür ich auf der Fahrt quer durch das Land gebetet habe.“

„Was?" Ihre Großmutter blickte sie verständnislos an.

„Dass wir drei einfach zusammensitzen und über Dinge reden, die unser Leben und unsere Beziehungen geprägt haben."

Carolyn hatte die vergangenen Jahre damit zugebracht, Fragen auszuweichen, Erinnerungen zurückzudrängen und in der Gegenwart zu leben. Die Vergangenheit wieder lebendig werden zu lassen war nicht ihre Vorstellung von einer Gebetserhörung. Sie spürte den Blick ihrer Mutter und wich ihm aus.

Dawn erhob sich. „Wie wäre es, wenn wir jetzt die Kartons aus der Garage durchsehen?" Ohne auf ihre Mutter und Großmutter zu warten, verschwand sie im Wohnzimmer. „Bestimmt sind sie voller Erinnerungsstücke."

Hildemara musterte Carolyn. „Du wirkst nicht besonders begeistert." Carolyn hatte sich nicht gerührt. „Du denn?"

Ihre Mutter schob den Stuhl zurück, stand aber nicht auf. „Vielleicht sollten wir wirklich einmal über die Vergangenheit reden, Carolyn. Gott weiß, dass sie seit Jahren auf dir lastet. Und auch auf mir."

So sah sie das also? „Es gibt Dinge, von denen Dawn nichts erfahren sollte."

„Denkst du, irgendetwas könnte Dawns Liebe zu dir schmälern?"

„Was ist mit dir?"

„Mit mir?" Ihre Mama blickte sie eindringlich an und begriff. „Ich bin deine Mutter." Sie schüttelte den Kopf. „Ich frage mich, ob wir uns überhaupt kennen."

„Kommt ihr zwei?", rief Dawn aus dem Wohnzimmer.

Dawn hatte eine Kiste bereits geöffnet und nahm ein dunkelblaues Kleid mit weißen Manschetten, verblichenen roten Knöpfen und einem roten Gürtel heraus. „Wow! Das sieht nach dem alten Hollywood aus, Granny."

„Deine Urgroßtante Cloe hat es entworfen und für mich geschneidert, als ich zur Krankenpflegeschule ging."

„Bei eBay würde man dafür jetzt ein kleines Vermögen bekommen. Clotilde Waltert Rennys erster Entwurf …"

„Wohl kaum der erste."

Carolyn öffnete den Karton mit den Bildern und fand alle Fotos, die früher in Paxtown an der Wand gehangen hatten. Charlie in seinem Footballtrikot, bei der Graduiertenfeier, mit seinen Kameraden in der Armee; sein Porträt mit den Bändern. Ein Dutzend Fotos von Charlie, hübsch gerahmt. Kein einziges von ihr. Carolyn ließ sich zurücksinken.

„Was ist los?" Hildemara blickte zwischen dem Karton und ihr hin und her. „Was hast du gefunden?"

„Fotos von Charlie."

Dawn ließ den Morgenrock sinken, den sie gerade in den Händen hielt. „Alles in Ordnung, Mama?"

Der Schmerz wurde übermächtig, presste ihr Herz zusammen. „Ich hole jetzt mal besser das Holz. Nur für den Fall, dass der Generator ausfällt."

Dawn legte den Morgenrock zur Seite und zog den Karton, den ihre Mutter geöffnet hatte, zu sich heran. „Fotos von Onkel Charlie." Sie nahm das Foto von seiner Graduierungsfeier heraus. „Ich erinnere mich an die. Sie hingen in Paxtown an der Wand." Alle Fotos waren von Charlie, ein paar mit Granny und Papa zusammen.

„Unsere Erinnerungswand."

Granny hatte ihr früher viel von ihrem Onkel erzählt: Dass er ein hervorragender Sportler gewesen war, dass er sehr beliebt gewesen war und gut ausgesehen hatte. Mitch hatte ihr auch von Charlie erzählt, von ihren gemeinsamen Streichen und Unternehmungen, Dinge, von denen Granny und Papa nichts wussten. „Haben er und Mama sich gut verstanden?"

„Sehr gut sogar, Schatz. Sie hat ihn angebetet. Doch sie waren sehr unterschiedlich. Er hat immer auf sie aufgepasst. Charlie war sehr aufgeschlossen, deine Mama eher schüchtern. Er hatte sehr viele Freunde, sie war eine Einzelgängerin. Charlie war wie mein Bruder Bernie; alle waren so von ihm eingenommen, dass sie seine kleine Schwester gar nicht bemerkten."

„Mitch hat mir erzählt, dass er schon in der Highschool in Mama verliebt war. Er wäre gern mit ihr ausgegangen, aber er hat nie den Mut aufgebracht, sie einzuladen, bis sie dann zurückkam." Dawn legte Onkel Charlies Foto auf den Couchtisch. „Hast du Mamas Freundin Rachel Altmann kennengelernt?"

Granny legte den Kopf zur Seite. „Dann hat sie dir also von ihr erzählt."

„Ein bisschen."

„Carolyn hat sie einmal mit nach Hause gebracht, kurz bevor Charlie nach Vietnam ging. Damals studierten sie beide noch in Berkeley. Rachel kam aus einer wohlhabenden Familie. Sie mietete ein Haus und Carolyn zog mit bei ihr ein. Und von da an ging es bergab. Sie gaben ihr Studium auf und verschwanden. Zwei Jahre lang hörten wir nichts von deiner Mutter, und dann, eines Tages, saß sie einfach vor der Haustür, als ich nach Hause kam."

Dawn setzte sich auf die Couch und zog die Beine an. „Warst du böse auf sie?"

„Böse?"

„Sie war so lange fort. Das muss doch schrecklich gewesen sein für dich und Opa."

„Du kannst dir gar nicht vorstellen, wie schrecklich", gestand Granny traurig. „Aber frag sie nicht nach dieser Zeit. Gerade eben in der Küche hat sie noch gesagt, sie habe Angst, dass es deine Gefühle für sie verändern könnte. Sie möchte nicht darüber reden. Wir haben ein paar Mal versucht, das Thema anzusprechen, doch wir mussten schließlich akzeptieren, dass sie nicht darüber reden will."

Dawn war davon nicht überzeugt. „Vielleicht ginge es ihr besser, wenn sie darüber reden würde."

„Sie hat das alles schon so lange hinter sich gelassen und ihr Leben wieder in die Hand genommen."

„Ich würde gern wissen, wer mein Vater war."

Entsetzt schüttelte Granny den Kopf. „Meinst du, dass sie das weiß? Und sie danach zu fragen würde ihre Schuldgefühle noch verstärken."

„Ich liebe sie, Granny. Egal was sie mir erzählt, daran wird sich nichts ändern."

„Genau wie ich. Darum frage ich nicht." Grannys Lippen arbeiteten, als würde sie gegen die Tränen ankämpfen. „Lass das alles einfach ruhen. Ich habe sie einmal verloren, ich will –"

Die Hintertür wurde geöffnet. Carolyn kam mit einer Schachtel Holzscheite herein und stellte sie neben den Kamin. Fragend blickte sie Dawn an. „Stimmt was nicht?"

Dawn schüttelte den Kopf. Sie wusste nicht, was sie sagen sollte. Ihre Mutter blickte von einer zur anderen, drehte sich um und ging zur Hintertür zurück.

Dawn rappelte sich auf. Ein plötzlicher Schmerz durchzuckte sie. Scharf nach Luft schnappend ging sie nach draußen, beugte sich über das Geländer an der Treppe. „Mama, warte."

„Du solltest wieder hineingehen ins Warme, sonst holst du dir noch eine Erkältung." Carolyn stieg die Treppe hinunter und verschwand um die Ecke.

Kapitel 55

Carolyn betrat den Lagerraum unter der Garage und zog an der Schnur, um das Licht anzuknipsen. Sie hob einen zweiten Karton mit Holzscheiten vom Boden auf und stellte ihn neben die Tür. Wenn sie nachher hochging, würde sie ihn mitnehmen. Sie hatte allerdings keine Eile damit, wieder ein intimes Gespräch zwischen Mama und Dawn zu stören.

Im Augenblick würde ihr eine Sitzung bei den Anonymen Alkoholikern guttun. Unter anderen Menschen, die auch im Leben gescheitert waren, fühlte sie sich wohl. Dort spürte sie Jesu Gegenwart. Schließlich war er gekommen, um Sünder zu retten, nicht? Er hatte sie aus dem Schmutz gezogen und ihre Füße auf sicheren Boden gestellt. Manchmal vergaß sie die Vergangenheit ganz, bis etwas oder jemand sie wieder daran erinnerte.

Carolyn atmete langsam und bewusst ein und aus. Es gab anderes zu bedenken … und sie hatte keine Zeit, im Selbstmitleid zu versinken. Das Zeug unter dem Haus müsste zum größten Teil entsorgt werden, zum Beispiel die roten Küchenstühle. Warum hatten Mama und Papa sie die ganzen Jahre aufbewahrt? Die Metallrahmen waren mittlerweile verrostet, und das Vinyl war brüchig geworden. Papas Angelruten, das Netz und die Schachtel mit den Ködern hingen an einer Wand neben seinen Angelstiefeln, zwei Paar Wanderstiefeln und einem alten Rucksack. Ein altes Radio stand zwischen einem ganzen Stapel alter Ausgaben des *National Geographic*, jeweils 12 Hefte zu einem Paket gebunden. Papa hatte immer gemeint, eines Tages wären sie etwas wert. Jetzt allerdings waren sie vom Wasser beschädigt; die ganze Sammlung würde in den Mülleimer wandern. Sie fragte sich, was Papa wohl sagen würde, wenn er wüsste, dass alle Ausgaben mittlerweile digital erhältlich waren.

Unter einer Plane fand Carolyn einen Düngerstreuer und einen Rasenmäher. Aber hier in Jenner gab es gar keinen Rasen. Sie öffnete eine sargähnliche Kiste, und ein atemberaubender

Gestank von verschimmelten Decken und Handtüchern schlug ihr entgegen. Nicht einmal eine Ratte oder Maus würde hier ein Nest bauen. Auch Charlies elektrische Eisenbahn, komplett mit Lok, Waggons, Schienen und Signalen, einem Bahnhof und kleinen Häusern, lagerte hier. Als kleiner Junge hätte Christopher sicher viel Spaß daran gehabt. Hatte Papa sie vergessen oder extra hier versteckt, weil es zu wehtat, an Charlie erinnert zu werden?

In einer anderen Schachtel fand sie Charlies Jahrbücher von der Highschool. Sie setzte sich auf den roten Terrassenstuhl, den sie Papa zum 60. Geburtstag geschenkt hatte, und schlug das Jahrbuch von 1962 auf. Beim Durchblättern fand sie ein Foto von Charlie, die Haare akkurat geschnitten. Auch ein Foto von Mitch war darin. Sein Lächeln war einfach einzigartig. Auch andere Fotos von Mitch und Charlie waren zu sehen: Kniend in der ersten Reihe des Footballteams, die Helme auf den Knien, mit anderen Spielern der Basketballmannschaft zusammen, Charlie mit zurückgelegtem Kopf lachend mit seinen Freunden auf dem Rasen. Überall hatten seine Freunde kleine Notizen dazugekritzelt.

„Ich vermisse dich immer noch, Charlie", flüsterte Carolyn und klappte das Buch zu. Ihr Bruder hatte ein so ansteckendes Lachen gehabt. Wenn er am Leben geblieben wäre, wäre er jetzt sicher verheiratet und hätte erwachsene Kinder, vielleicht auch schon Enkel. Sie legte den Kopf an die Lehne und schloss die Augen. Es tat immer noch weh. Dass sie sich wie das fünfte Rad am Wagen fühlte, verstärkte dieses Gefühl noch. Mama und May Flower Dawn waren sich so nahe. Das war andererseits ja auch gut.

Gott gebe mir die Gelassenheit, die Dinge hinzunehmen, die ich nicht ändern kann. Sie konnte die Vergangenheit nun mal nicht ungeschehen machen. Sie konnte nicht zurückfordern, was ihr nie gehört hatte. *Gott gebe mir den Mut, die Dinge zu ändern, die ich ändern kann.*

Vielleicht war es tatsächlich an der Zeit, über die Vergangenheit zu reden … wenn sie dies in Liebe tun konnte. So gern sie auch gesagt hätte, es sei egal, die Vergangenheit quälte sie noch immer. Hunderte Male war sie zum Strand gegangen und hatte ihre Sünden in den Sand geschrieben, hatte zugesehen, wie sie fortgespült wurden. Aber die Schuld und Scham kamen immer wieder zurück und verfolgten sie.

„Gott wird dich nirgendwo hinführen, wo seine Liebe dich nicht beschützt", hatte Boots zu ihr gesagt. „Durch sie hast du überlebt. Du bist eine Überlebende. Die Vergangenheit hat keine Macht mehr über dich."

Nur die Macht, die sie ihr zugestand. Boots kannte die Umstände ihrer Schwangerschaft. Carolyn hatte ihr von ihrem Leben in Haight-Ashbury und von Rachel Altman erzählt. Sie hatte sogar ihre Beziehung zu Ash gestanden, die schmutzig, missbräuchlich und zerstörerisch gewesen war. Doch den Imker von nebenan und das, was er mit ihr getan hatte, das hatte sie ihr verschwiegen.

Gott, gib mir Weisheit … dein Wille geschehe. Dein Wille, Herr. Nicht Mamas, meiner oder May Flower Dawns. Nachdem sie sich beruhigt hatte, packte sie die Jahrbücher auf die Kiste mit den Holzscheiten und ging wieder nach oben. Mama saß in ihrem Sessel und las eine Zeitschrift. Als Carolyn zur Hintertür hereinkam, blickte sie auf. „Unten muss es doch eiskalt sein."

„Kalt und feucht, aber es geht."

Dawn war auf der Couch eingeschlafen, in die weiße Wolldecke gewickelt. Carolyn stellte die Schachtel mit den Holzscheiten ab und legte die Jahrbücher auf den Couchtisch. „Sie ist so schrecklich blass."

Mama legte die Zeitschrift weg. „Das ist sie wirklich. Und so dünn."

„Hat sie dir erzählt, was sie veranlasst hat, quer durch das Land zu fahren?"

„Nur das, was sie dir auch erzählt hat. Schwangere Frauen hätten eben seltsame Wünsche. Auch der Lachs hat das Bedürfnis, in den Fluss zurückzukehren, in dem er geboren wurde. Vielleicht geht es uns ähnlich."

„Ich habe Charlies Jahrbücher gefunden."

Alter Schmerz trübte Mamas Blick. „Ich habe sie seit Jahren nicht mehr angeschaut. Wenn ich umziehe, habe ich wohl keinen Platz mehr dafür."

Wenn sie umzog, nicht *falls*. „Ich würde sie gern aufbewahren, wenn dir das recht ist."

„Natürlich. Vielleicht willst du ja auch einige von den Fotos aus der Schachtel. Meine Lieblingsbilder hängen im Schlafzimmer. Die nehme ich mit."

Das Licht flackerte. Carolyn wies auf das Brennholz. „Ich muss einige von denen hier klein hacken, damit wir das Feuer in Gang bekommen, und das sollte ich besser tun, bevor der Strom ausfällt."

Hildemara erklärte ihr, wo sie Papas Axt finden konnte und schlug vor, sie solle eine der Lebensmitteltüten mitnehmen, um die Späne hineinzutun. Carolyn hackte zwei Scheite zu kleineren Stücken, stopfte ein paar alte Zeitungen zu ihnen in die Tüte und kehrte wieder ins Haus zurück. In dem Augenblick, wo sie die Tür hinter sich schloss, ging das Licht aus und die Heizung verstummte.

„So, nun ist es so weit", seufzte ihre Mutter. „Wenigstens ist es draußen noch hell, aber jetzt haben wir keine Heizung mehr. Das Zimmer unten wird eiskalt werden. Bring deine Sachen doch nach oben. Dawn kann bei mir schlafen, und du nimmst ihr Zimmer. Wir halten das Feuer in Gang und lassen die Schlafzimmertüren offen."

Carolyn sortierte Schachteln. „Alles der Reihe nach, Mama. Wir haben Brennstoff, jetzt müssen wir uns nur noch überlegen, wie wir etwas kochen können."

„Unter Papas Werkbank steht ein Campingkocher."

Carolyn zog los, um ihn zu holen.

Dawn erwachte vom Regen, der an die Fensterscheiben prasselte. Im Kamin knisterte ein Feuer. Granny saß in ihrem Sessel und las in Omas Tagebuch.

„Wo ist Mama?“ Dawn rappelte sich langsam hoch und rieb sich die Seite.

„Draußen in der Garage.“ Granny legte das Tagebuch zur Seite.

Von Minute zu Minute wurde es dunkler. „Wie lange habe ich geschlafen?“

„Fast zwei Stunden. Du scheinst es gebraucht zu haben.“ Granny musterte sie. „Wie geht es dir jetzt?“

„Zerschlagen. Hungrig.“

„Deine Mama sucht den Campingkocher. Wir werden ihn brauchen, um uns etwas zu kochen. Der Generator ist ausgefallen. Ich habe kein Gas mehr. Kein Licht, keine Heizung, kein Herd.“ Dawn hörte ihre Mutter zur Hintertür hereinkommen und in der Küche herumgehen, bevor sie ins Wohnzimmer kam. Erschöpft ließ sie sich in den Sessel am Feuer sinken. „Ich habe ihn schließlich unter der Garage gefunden. Er stand zwischen Papas Angelruten.“

„Eigentlich logisch.“ Granny nickte. „Hast du da unten auch einen Daunenschlafsack gesehen?“

„Ja, aber er ist verschimmelt.“

„Noch mehr Zeug, das entsorgt werden kann“, murmelte Granny.

„Ich nehme Dawns Bettzeug, Mama.“

Granny verschwand mit der Taschenlampe im Schlafzimmer und kam mit einem Arm voller Kleidungsstücke zurück. Eine Hose und ein dunkelgrünes Sweatshirt ließ sie in Mamas Schoß fallen, und einen marineblauen Jogginganzug legte sie neben Dawn auf die Couch. „Papas Sachen. Ich wollte sie eigentlich Mitch und Christopher anbieten, aber ich habe es immer wieder vergessen. Zieh die schmutzige Hose aus, Carolyn, und die warmen Sachen an. Du bist doch bestimmt vollkommen durchgefroren.“

Mama lachte. „Nachdem ich unzählige Male die Treppe hoch- und runtergelaufen bin, ist mir sogar ziemlich warm."

„Nun, das wird nicht lange so bleiben."

Mama verschwand und zog sich um. Dawn zog die Sachen über. Opas Trainingshose schlabberte um ihre Füße. Sie lachte. Wenigstens passte sie ihr in der Taille. „Na, sehe ich nicht toll aus?"

Granny grinste, ging noch einmal ins Schlafzimmer und kam mit einem Paar dicke Socken zurück. Sie bestand darauf, die Suppe aufzuwärmen. „Dies ist mein Haus, und ich bin die Gastgeberin."

Sie aßen im Wohnzimmer, Mama mit verschränkten Beinen vor dem Kamin, Dawn und Granny in den beiden gelben Drehstühlen neben ihr.

Dawn genoss die Nähe zu diesen beiden Frauen. Dies war ein absolutes Novum – nur sie drei, wie Freundinnen bei einer Pyjamaparty. „Ich bin froh, dass die Straßen gesperrt sind und der Strom ausgefallen ist."

Granny schüttelte den Kopf. „Von der Welt abgeschnitten zu sein ist für eine Frau in deinem Zustand nicht gerade erstrebenswert."

„Das macht doch Spaß, findet ihr nicht? Wir drei sitzen am Feuer und genießen unser Zusammensein." Unter diesen Umständen könnte auch ein Gespräch zustande kommen, das tiefer ging. Doch Dawn wollte nichts forcieren. *Gott, mach du das. Nimm ihnen den inneren Widerstand. Öffne ihre Herzen. Bring sie zum Reden.*

Granny lächelte. „Darum sind Trip und ich hierher gezogen. Wir hofften, dies könnte ein Treffpunkt für die ganze Familie werden. Vielleicht sollte ich das Haus behalten, für dich und Jason und eure Kinder."

Carolyn blickte sie bestürzt an. Sie stellte ihre leere Suppenschale zur Seite, zog ihre Beine an und starrte ins Feuer. Dawn wusste genau, was sie dachte, und fand, es sei an der Zeit, ein paar Dinge klarzustellen. „Jason hat vor, beim Militär zu bleiben, Granny. Er kann jederzeit überallhin versetzt werden."

„War ja nur so ein Gedanke“, seufzte Granny. „Die Dinge entwickeln sich nicht immer so, wie wir es uns erhoffen.“

„Ich habe bemerkt, dass du in Omas Tagebuch liest. War sie jemals hier, Granny?“

„Sie kam einmal her, um sich das Haus anzusehen, blieb zwei Tage und fuhr wieder zurück nach Merced. Wir haben sie eingeladen, bei uns zu wohnen, aber Mama sagte, in Jenner gebe es nichts, was ihr etwas bedeute.“ Sie zupfte sich eine Fluse von der Hose.

Dawn spürte ihren Schmerz, sah aber keinen Grund dafür. „Sie wollte damit bestimmt nicht sagen, dass du und Opa ihr nichts bedeutet habt, Granny.“

„Was sonst hätte sie meinen können?“

Mama blickte sie an. „Oma war gern unter Menschen.“

„Hier leben doch Menschen.“

„Na, du weißt doch, sie war gern unterwegs, hat neue Leute kennengelernt.“

„Ja, aber wenig später musste sie das Fahren aufgeben.“

„Und das hat ihr gar nicht gefallen. Sie fing an, lange Spaziergänge in der Nachbarschaft zu unternehmen, dann nahm sie den Bus. Sie meinte, es hätte eine Weile gedauert, bis sie sich daran gewöhnt hätte, zusammen mit Fremden durch die Stadt zu fahren, aber sie lernte alle Busfahrer kennen und einige der regelmäßigen Fahrgäste. Sie fuhr mit dem Bus zum städtischen College und hat Kurse dort belegt. Als sie starb, war sie noch in einem Kurs für amerikanische Geschichte eingeschrieben.“

Granny lehnte sich zurück. Diese Information musste sie erst einmal verdauen. „Das wusste ich gar nicht. Aber Bildung war für Oma immer sehr wichtig. College für Bernie, Handelsschule für Cloe, Kunstschule für Rikka. Sie war sehr enttäuscht, als ich mich für die Krankenpflegeausbildung entschieden habe.“

„Warum?“ Dawn zog die Beine an und Opas Sweatshirt über ihre Knie.

„Sie hat dienende Tätigkeiten immer verabscheut und wollte lieber, dass ich studiere.“

Carolyn blickte auf. „Ihr Vater hat sie gezwungen, von der Schule abzugehen. Oma hat mir einmal erzählt, sie wäre so gern zur Universität gegangen, und ich solle diese Gelegenheit doch nutzen."

Granny lachte leise. „Sie versprach, meine Ausbildung zu bezahlen, wenn ich ans College ginge. Ich entschied mich trotzdem für die Krankenpflege. Das war das erste Mal, dass ich mich ihrem Willen nicht gefügt habe." Ein trauriges Lächeln umspielte ihre Lippen. „Es macht Sinn, dass sie diesen Fonds eingerichtet hat für Mädchen, die studieren wollen. Und mir ist nie in den Sinn gekommen, dass dies der Grund dafür sein könnte, dass Mama nicht hier leben wollte."

„Hat Oma eigentlich je einen Abschluss gemacht?"

Granny zuckte die Achseln. „Ich weiß es nicht. Aber das hätte sie dir bestimmt erzählt, Carolyn."

Mama lächelte. „Dawn hat ihr das einzige Diplom geschenkt, das sie je bekommen hat. Ich denke, Oma hat es einfach gefallen, Neues zu lernen. Einmal hat sie Kunstgeschichte belegt, damit sie mit Tante Rikki diskutieren konnte."

„Hat sie auch je Biologiekurse besucht?", fragte Granny.

„Als sie noch im Cottage lebte, hat sie Fernkurse in Anatomie, Physik und Biologie gemacht. Als sie nach Merced umzog, hat sie sich auf Chemie verlegt. Sie meinte, dabei hätte sie deine Hilfe gut gebrauchen können."

Granny runzelte die Stirn. „Warum hat sie mir nie davon erzählt?"

„Sie hat es versucht. Jeden Tag hat sie dich zum Tee eingeladen. Du hattest immer anderes zu tun."

Granny saß mit gerunzelter Stirn da. Dawn erinnerte sich, dass Granny nach Omas Tod sehr getrauert hatte. War es deshalb gewesen, weil so vieles zwischen ihnen ungeklärt geblieben war?

Granny verschränkte die Arme. „Ich habe noch mal in ihrem Tagebuch gelesen. Ich hatte gehofft, dass es mir vielleicht etwas über ihre Gefühle verraten würde. Aber es sind nur Rezepte,

Haushaltstipps, die Hausordnung für ihre Pension, Landwirtschaftskalender –"

„Du hast noch nicht alles gelesen, Granny."

„Es ist sicher nicht realistisch anzunehmen, dass sie etwas über mich geschrieben hat, wo sie sich doch nie die Mühe gemacht hat, mit mir zu reden. Oder mir zu sagen, dass sie mich liebt. Das hat sie mir nie gesagt, nicht ein einziges Mal in meinem ganzen Leben."

„Vielleicht haben wir da etwas gemeinsam."

„Wag es nicht, hier zu sitzen und zu behaupten, Oma hätte dir nie gesagt, dass sie dich liebt. Ich habe es immerzu von ihr gehört! Jeden Tag, an dem ich krank im Bett lag, hörte ich, wie sie dich ihrer Liebe versicherte: ‚Ich liebe dich, Carolyn. Ich liebe dich. Ich liebe dich.'" Grannys Stimme brach.

„Ich meinte nicht Oma." Mama wandte ihr Gesicht dem Feuer zu.

Granny zuckte zurück, als hätte Mama ihr eine Ohrfeige gegeben. Mit feuchten Augen starrte sie Mama an.

Dawn hätte am liebsten um beide geweint. „Oma hat dich geliebt, Granny."

Granny hielt den Blick starr auf Mama gerichtet. „Ich würde es ja gern glauben, aber gesagt hat sie es nie. Nicht mir."

„Nicht jeder kann seine Gefühle in Worte fassen, Granny. Manche zeigen sie eher mit Taten als mit Worten. Hat Oma irgendeinem gesagt, dass sie ihn liebt? Onkel Bernie? Tante Cloe?"

„Sie hat das zu keinem gesagt, nicht einmal zu meinem Vater."

Mama runzelte die Stirn. „Sie hat ihn aber doch geliebt, oder?"

„So sehr, dass ich nach seinem Tod Angst hatte, sie würde vor Trauer sterben. Sie ging hinaus in den Obstgarten und schrie und trommelte auf die Erde …" Ihre Augen füllten sich mit Tränen. „Ich habe sie nie verstanden."

„Oma hat in ihr Tagebuch etwas über die Liebe geschrieben, Granny." Dawn stand auf und nahm das zerfledderte Buch vom

Beistelltisch. Sie blätterte darin herum. „Hier. Aus 1. Korinther 13. *Die Liebe ist geduldig und gütig. Die Liebe eifert nicht für den eigenen Standpunkt, sie prahlt nicht und spielt sich nicht auf ...*"

Sie blätterte weiter, bis sie fand, wonach sie suchte. „*Wir versuchen, es ein wenig besser zu machen als die vorhergehende Generation und stellen am Ende fest, dass wir, ohne es zu wollen, genau dieselben Fehler gemacht haben. Anstatt zu lieben, wie Gott uns zuerst geliebt hat, lassen wir uns von Verletzungen und Kümmernissen der Vergangenheit regieren. Unwissenheit ist keine Entschuldigung.*'" Sie blickte auf. „Hier steht es, in ihrer Handschrift."

Dawn setzte sich. „Oma hat mir erklärt, sie hätte nur wichtige Gedanken in ihrem Tagebuch notiert, Dinge, die ihr in ihrem Leben geholfen hätten." Sie blätterte weiter. „Hier steht noch mehr über Liebe. *Ich weiß, wie Abraham sich fühlte, als er Isaak auf den Altar legte. Ich kenne diesen Schmerz. Aber was empfand Isaak, als er gefesselt dort lag und seinen Vater mit dem Messer sah? Hatte er Angst? Fühlte er sich verlassen? Entbehrlich? Oder begriff auch er, dass Gott ihn retten würde? Gott stellte Abraham auf die Probe, und er zeigte Isaak, was es bedeutete, Gott zu vertrauen. Wird mein Isaak jemals verstehen, dass ich das, was ich tue, aus Liebe tue?*"

Dawn blickte Granny bedeutungsvoll an. „Wer, meinst du, war Omas Isaak?"

„Bernie oder Papa vielleicht. Woher soll ich das wissen?"

Mitfühlend blickte Mama Dawn an, doch sie sprach mit Granny. „Ich glaube, das warst du, Mama."

Granny schloss die Augen und schüttelte den Kopf, als wäre ihr diese Vorstellung zu schmerzlich. „Das werden wir jetzt wohl auch nie mehr erfahren, nicht?"

Kapitel 56

Carolyn lag wach auf der Couch, nachdem Hildemara und Dawn zu Bett gegangen waren. Sie stellte sich vor, wie sie sich aneinanderkuschelten, die Wärme unter der Bettdecke teilten. Warum konnte sie bloß nicht warm werden? Sie stand auf, wickelte sich in die Decke und setzte sich näher ans Feuer.

Was Oma da über Abraham und Isaak geschrieben hatte, ließ sie nicht los. Diese Art der Liebe schien ein Geheimnis zu sein. Jakob schien ihr viel näher. Wie Jakob hatte sie hart arbeiten müssen, um sich die Liebe des Menschen zu verdienen, den sie liebte – May Flower Dawn –, und am Ende fühlte sie sich doch betrogen. Sie identifizierte sich auch mit Lea, der weniger Geliebten, der Zweitbesten. Gott ließ alle Dinge zum Besten der Menschen zusammenwirken, die ihn liebten, und sie liebte ihn. Hätte sie wohl jemals gelernt, ihr Leben auf Jesus auszurichten, wenn sie alles bekommen hätte, was sie sich wünschte? Sie hätte all ihre Liebe und Hoffnung auf ihre Tochter konzentriert. Sogar Mitch, die Liebe ihres Lebens, kam erst nach Jesus.

Warum dieser plötzliche, tiefe und unerklärliche Wunsch, ihre Mutter zu verstehen und von ihr verstanden zu werden? Nach all diesen Jahren … Carolyn hatte gelernt, Menschen an sich heranzulassen, wenn auch langsam. Zuerst hatte sie Mitch die Tür ihres Herzens geöffnet und ihm dann freien Zugang zu allen Räumen gewährt. Christopher hatte sowieso nie Probleme damit gehabt.

Sie fragte sich, ob ihre Mutter vielleicht all die Jahre angeklopft hatte und sie zu viel Angst gehabt hatte, auch nur durch den Spion in der Tür zu blicken, geschweige denn die Tür zu öffnen. Oma hatte ihr einmal geraten, keine Zeit für Reue zu vergeuden, sondern die Gelegenheiten zu nutzen, die sich ihr boten. Sie erinnerte sich an noch etwas, das Oma gesagt hatte und das sie damals nicht verstanden hatte. „Deine Mutter wird gut auf May Flower Dawn aufpassen. Sie hatte nie richtig Gelegenheit, sich um dich zu kümmern."

Carolyn blickte auf, als sie eine Bewegung im Dunkeln wahrnahm. In ihrem dicken Bademantel und den rosa Plüschpantoffeln kam ihre Mutter aus ihrem Schlafzimmer. „Ist dir kalt?"

Carolyn zwang ein Lächeln auf ihr Gesicht. „Eigentlich nicht. Du solltest wieder ins Bett gehen. Im Warmen bleiben."

„Vielleicht hast du dir in der Garage eine Erkältung eingefangen. Ich kann dir noch eine Decke aus dem Schrank holen."

„Alles ist gut, Mama, wirklich."

Ihre Mutter setzte sich in den gelben Drehsessel. „Ich habe nachgedacht ..." Sie faltete die Hände in ihrem Schoß. „Wir schaffen es, über Kleinigkeiten zu reden, die uns Kummer bereiten, aber über die Dinge, die uns das Herz brechen und unser Leben verändern, darüber schweigen wir."

„Oh. Charlie." Vielleicht hätte sie die Schachtel mit den Bildern und Jahrbüchern besser in ihrer Kiste gelassen.

„Ich habe nicht an Charlie gedacht, sondern an dich, Carolyn." Hildemara wirkte verunsichert. „Dich Oma zu überlassen ist mir unglaublich schwergefallen. Ich glaube, du hast keine Vorstellung davon, wie sehr ich dich liebe. Wirklich. Schon immer."

Carolyn bekam keine Luft. Als sie endlich wieder atmen konnte, legte sie den Kopf auf die Knie und weinte.

Dawn erwachte, als Oma aus dem Bett aufstand. Sie rührte sich nicht. Im Wohnzimmer hörte Dawn Granny leise reden. Dann begann Mama zu weinen. Leise stand Dawn aus dem Bett auf, zog Opas alten Bademantel an und schlich zur Tür.

Endlich, Herr! Sie drückte die Finger an ihre zitternden Lippen. Mama sagte keinen Ton. *Gott, bitte, hilf ihr zu sprechen. Ich will ja nicht selbstsüchtig sein, aber ich wünsche mir so sehr, dass sie miteinander ins Reine kommen.*

„Carolyn?“, fragte Granny leise, vorsichtig. „Warum weinst du?“

Dawn barg das Gesicht in den Händen und betete.

Carolyn wandte den Kopf und lächelte ihre Mutter unsicher an. „Ich dachte nicht, dass du mich auch nur magst.“

„Kannst du mir sagen, wie du auf diesen Gedanken kamst?“

Ihre Mutter wirkte so betroffen, so besorgt, dass Carolyn beschloss, die Tür aufzuschließen und einen Spalt zu öffnen. „Dafür gibt es viele Gründe.“

„Du sagtest, ich hätte dich angeschrien, dass du dich von mir fernhalten sollst. Ist das der Grund?“

„Ja, aber das verstehe ich jetzt.“ Es war nicht unbedingt das, was ihre Mutter getan hatte, sondern was sie *nicht* getan hatte. „Du hast mir nie gestattet, dicht neben dir zu sitzen. Du hast mich nie auf den Schoß genommen oder mir einen Kuss gegeben.“

„Ich konnte doch nicht, Carolyn. Die TBC.“

„Aber du konntest es gar nicht erwarten, May Flower Dawn in die Hände zu bekommen. Immerzu hast du sie im Arm gehalten und geküsst.“

„Da war ich ja schon lange nicht mehr krank.“

Carolyn lächelte traurig. „Als wir auf das Grundstück zogen, warst du auch nicht mehr krank.“

Mama senkte den Kopf. „Vielleicht war es da schon zur Gewohnheit geworden.“ Sie blickte sie an. „Ich hätte dich so gern in den Arm genommen, Carolyn, aber zu diesem Zeitpunkt durfte niemand außer Oma dich umarmen. Ich schickte sie nach Hause, um dich zurückzugewinnen, doch du hast dich vor mir zurückgezogen. Du schienst mich nicht mehr zu wollen, und du schienst keine Freunde zu wollen. An niemandem hast du Interesse gezeigt, bis du Rachel Altman kennenlerntest.“

Carolyns Herz begann zu klopfen wie bei den Sitzungen der Anonymen Alkoholiker, wenn Gott sie drängte, sich mitzuteilen. Nachdenklich starrte sie ins Feuer. Sie konnte jetzt schweigen und Mama in diesem Glauben lassen, oder sie konnte alles riskieren und die Wahrheit sagen. Die Spannung in ihr baute sich auf, bis sie glaubte, ihr Herz würde explodieren, wenn sie nicht den Mund aufmachte. „Ich hatte einen … Freund."

„Wen?"

„Dock." Sein Name kam über ihre Lippen, bevor sie es sich anders überlegen konnte.

„Dock?"

Ihre Mutter erinnerte sich nicht einmal an ihn. Das erschien Carolyn so seltsam, wo Dock doch ihre ganze Kindheit überschattet hatte. Er hatte einem kleinen Mädchen Käse und Kräcker angeboten und es in seine Höhle gelockt.

Es dauerte eine Weile, bis Hildie in ihrer Erinnerung gekramt hatte, und sofort erstarrte sie. „Du meinst doch nicht Lee Dockery, oder?"

Der Imker von nebenan stand ihr wieder lebhaft vor Augen, sein verschlagenes Lächeln und die Tatsache, dass er einen nie richtig anschauen konnte. Er war immer sehr höflich gewesen, aber irgendetwas an ihm ließ Hildie einen Schauer über den Rücken laufen. Sie hatten den Kindern den Umgang mit ihm verboten.

Sie betrachtete ihre Tochter. Carolyn saß vorgebeugt da, die Arme um die Knie gelegt, das Gesicht abgewandt. Zitterte sie? „Wie hast du ihn kennengelernt?"

„Charlie nahm mich einmal mit zu seinem Haus. Bevor du und Papa uns verboten habt, zu ihm zu gehen."

Hildie presste die Hand auf ihren Bauch und versuchte, die beunruhigenden Gefühle zu ignorieren, die in ihr aufstiegen. Der Mann war auf geheimnisvolle Weise verschwunden. Das war etwa um die Zeit gewesen, als Carolyn Albträume bekam. Hildie hatte befürchtet, dass es einen Zusammenhang geben könnte, aber Trip hatte sie beruhigt. *Nein. Bitte, Gott, nein.* „Bist du wieder zu ihm hingegangen?"

„Ja."

„Oft?"

„Ja." Carolyn drückte die Knie fester an die Brust und hielt den Kopf gesenkt. „Zuerst saß ich nur am Zaun und sah zu, wie er die Waben aus den Bienenstöcken holte. Er redete immer freundlich mit mir. Er erzählte mir von seinen Bienen und schenkte mir Wabenstücke. Einmal tropfte der Honig auf mich, und ich begann zu weinen, weil ich dachte, Papa würde böse werden und mich verprügeln. Dock sagte, ich könnte doch in sein Haus kommen und mich waschen. Er ließ mir ein Bad ein, während er meine Sachen auswusch. Und er erzählte mir, wie einsam er sei."

Hildie presste die Augen zusammen. *Oh Gott, oh Gott! Warum ist mein kleines Mädchen nicht zu mir gekommen?*

„Am nächsten Tag ging ich wieder hin und am darauffolgenden auch. Er gab mir Kräcker und Honig …"

Hildie ballte die Fäuste. Ihre Tochter hatte immer gern gebadet. Sie erinnerte sich, dass sie abends oft zu müde gewesen war und Carolyn nur schnell gewaschen hatte, wie eine Krankenschwester einen Patienten. Nur um die Aufgabe erledigt zu haben. „Trödle nicht herum, Carolyn", hörte sie sich sagen. „Es ist Zeit, ins Bett zu gehen." Hildie war oftmals so erschöpft gewesen und hatte Angst gehabt, wieder krank zu werden.

„Dock setzte sich auf den Toilettendeckel und unterhielt sich mit mir, wenn ich in der Badewanne saß. Er erzählte mir Geschichten." Sie kniff die Augen zusammen. „Später …"

Das Feuer knackte. Der Regen trommelte auf das Dach. Ein Pulsschlag in Hildies Kopf.

„Was geschah später?"

„Er … er wusch mich."

Hildie kämpfte gegen Zorn und Trauer an. Was hatte sie getan, das so wichtig gewesen war, dass ihr die Abwesenheit ihrer Tochter nicht auffiel? Arbeitete sie gerade im Gemüsegarten? Pflanzte sie Walnussbäume? Hängte die Wäsche auf? Beschäftigt, immer mit irgendetwas beschäftigt. Es gab immer so viel

Arbeit. Charlie war mit seinem Fahrrad unterwegs und besuchte Freunde. Hildemara hatte angenommen, ihre stille, schüchterne Tochter sei ganz in der Nähe, pflückte Blumen, backte Sandkuchen oder beobachtete Schmetterlinge. Wie hatte sie so blind sein können?

„Wir spielten Spiele."

Hildie biss sich auf die Lippe. Sie und Trip waren aufs Land gezogen, damit ihre Kinder sicher aufwachsen konnten, damit sie viel frische Luft und Sonne bekamen. Ihr wurde übel, doch sie musste es genau wissen. „Was für Spiele, Carolyn?"

„*Geheime Spiele*, nannte er sie. Berührungsspiele." Carolyn war kaum zu verstehen.

Hildie schluchzte auf und drückte sich die Hände auf den Mund. Carolyns Kopf ruckte hoch, ihre Augen waren weit aufgerissen. Sofort senkte sie den Kopf wieder. „Entschuldige. Ich hätte es dir nicht erzählen sollen. Es tut mir leid." Sie zitterte am ganzen Körper.

Als Carolyn Anstalten machte aufzustehen, streckte Hildie die Arme aus und zog sie an sich, sodass sie an ihren Beinen lehnte. Schluchzend legte sie ihren Kopf auf Carolyns, bis sie wieder sprechen konnte. „Es war doch nicht deine Schuld, Liebes. Sondern meine." Ein Schauder überlief Carolyn, und sie drückte sie noch fester an sich. „Es ist alles meine Schuld, Schatz. Bitte verzeih mir."

Carolyn begann erneut zu weinen, doch ihr Körper entspannte sich, gab nach. Hildie ließ sie nicht los. Sie streichelte ihre Haare und drückte ihr einen Kuss auf den Scheitel. Sie war nicht da gewesen, als ihr kleines Mädchen sie gebraucht hatte, und das konnte sie sich vielleicht niemals verzeihen. Aber sie konnte wenigstens jetzt versuchen, die Frau in ihren Armen zu trösten.

Carolyn fuhr sich mit dem Ärmel über das Gesicht. „Ich wusste ja, dass ich eigentlich nicht hingehen durfte, Mama, aber er war so nett zu mir. Er umarmte mich und küsste mich und sagte mir, dass er mich liebhatte." Sie schluckte ein Schluchzen hinunter. „Ich war so dumm. Ich war so schrecklich dumm!"

„Du warst nicht dumm. Du warst ein *Kind!*"

„Er hat mir nicht wehgetan, bis auf das letzte Mal. Und dann war da Blut, ganz viel Blut, und er weinte. Ich hatte solche Angst und er wollte mich nicht gehen lassen, bis ich versprach ... Er sagte, wir beide bekämen große Schwierigkeiten, wenn ich jemandem von unseren Spielen erzählte. Zuerst sagte er mir, ich solle nicht wiederkommen. Dann kam er in der Nacht an mein Fenster und sagte, er würde mich lieben. Ich solle sein kleines Mädchen sein. Er sagte, er wolle nach einem sicheren Ort für uns suchen. Wenn er ihn gefunden hätte, würde er ein Glas Honig vor die Tür stellen, damit ich Bescheid weiß. Ich glaube nicht, dass ich das alles geträumt habe. Es war so real."

Entsetzen erfüllte Hildie. Dieser Mann hätte Carolyn beinahe entführt. Sie und Trip hätten sie niemals wiedergefunden. *Oh Gott, danke.* Sie hatte nicht auf ihre Tochter aufgepasst. Aber Gott hatte es getan.

„Darum bist du immer in Charlies Zimmer geschlichen und hast bei ihm geschlafen!"

„Ja, und als du mir das verboten hast, habe ich mich in meinem Schrank versteckt." Sie schauderte und rückte ein wenig ab, um ihre Mutter anzusehen. „Ich habe gehört, wie du und Papa über Dock geredet habt. Ich hatte solche Angst, ihr würdet herausfinden, was ich getan hatte, und dann würde ich Ärger bekommen. Aber das habt ihr nie."

Hildie wollte ihre Tochter wieder an sich ziehen. Sie wollte ihr die Haare bürsten, wie sie es getan hatte, als Carolyn noch klein war. Wie sehr schmerzte die verlorene Zeit, wie hasste sie die Krankheit, die der Grund dafür gewesen war, dass sie ihre Tochter von sich gestoßen hatte. Der Gedanke, dass ihr kostbares kleines Mädchen in Angst gelebt hatte, Albträume von dem Ungeheuer nebenan hatte und nur Oma in die Schutzmauer einließ, die sie um sich herum errichtet hatte, schmerzte. Hatte Mama über diese Sache Bescheid gewusst? Bestimmt hätte sie doch dann etwas gesagt!

Hildie sehnte sich danach, Carolyn einfach an sich zu

drücken. Aber es war wichtig, sie ausreden zu lassen, damit alles ans Licht kam. „Lee Dockery kam bei einem Unfall ums Leben, Carolyn."

„Wann?" Carolyn blickte auf, ihr Gesicht war blass und angespannt.

„Ein paar Wochen nachdem deine Albträume einsetzten. Niemand verschwindet einfach so. Papa vermutete, dass ihm etwas zugestoßen sein könnte, deshalb ging er hinüber, um nachzusehen, ob er vielleicht einen Herzinfarkt hatte oder so etwas. Er fand alles ordentlich vor."

Hildie beugte sich vor, der ganze Körper angespannt vor Unsicherheit, wie ihre Tochter das, was sie ihr zu sagen hatte, aufnehmen würde. „Lee Dockerys Haus stand leer, bis die Bank den Besitz in die Zwangsversteigerung gab. Ein Jahr nachdem eine neue Familie eingezogen war, fanden ein paar Jungen Dockerys Wagen in einer Felsspalte im Niles Canyon. Offensichtlich war er von der Straße abgekommen und in den Abgrund gestürzt, wo er von der Straße aus nicht zu sehen war."

„Saß Dock im Wagen?"

„Die Überreste von ihm. Ja. Und auch seine Bienen. Sie hatten in der Fahrerkabine einen Bienenstock gebaut."

Carolyn stieß den Atem aus und schloss die Augen. Ihr Gesicht wirkte fast heiter. „All diese Jahre habe ich immer Angst gehabt, er würde kommen und mich holen."

„Er hätte dich vielleicht auch geholt, Carolyn. Gott hat dich beschützt."

„Ich weiß."

„Wusste Charlie über Dock Bescheid?"

„Nein."

Es tat weh, aber sie musste fragen. „Hast du Oma davon erzählt?"

„Nein. Der einzige Mensch, dem ich je von Dock erzählt habe, war Chel. Und da war ich betrunken."

Dawn zuckte zusammen. Der Schmerz wurde immer stärker. Sie stützte sich auf die Kommode, das half ein wenig. Ihr war warm, dabei war es im Zimmer so kalt, dass ihr Atem zu sehen war. Ihre Tochter trat sie zweimal. Lächelnd strich Dawn mit der Hand über ihren Bauch. „Entschuldige, dass ich dich aufgeweckt habe." Sie legte ein Kissen ans Fußende des Bettes und streckte sich auf der Seite aus, damit sie Mama und Granny zuhören konnte. Langsam strich sie über ihren Bauch. „Sie werden dich lieben, Süße."

Das leise Murmeln ihrer Stimmen erfüllte sie mit Hoffnung für die Zukunft. „Dieses Mal gibt es kein Hin- und Herzerren."

Kapitel 57

„Können wir über das reden, was in Berkeley passiert ist, Carolyn? Bitte?“

Carolyn lehnte sich an den anderen Sessel. Ihre Mutter hatte ihr keine Vorwürfe gemacht wegen dem, was geschehen war. Sie hatte Dock alle Schuld daran gegeben – und sich selbst. Vielleicht war es an der Zeit, alles offenzulegen. Haight-Ashbury und alles andere.

„Ich wollte, dass der Krieg beendet wird, Mama. Ich wollte Charlie retten. Das Studium war mir egal. Es erschien mir sinnlos, irgendwelche Seminare zu besuchen, während mein Bruder jede Minute des Tages sein Leben riskierte. Darum schwänzte ich und nahm an den Protestmärschen teil. Und den Rest der Zeit trank ich, um zu vergessen. Mein einziger Gedanke war, dass ich versuchen musste, Charlie aus Vietnam zurückzuholen. Und das schaffte ich nicht. Als Charlie starb, war ich einfach nur verzweifelt.“

„Du warst doch fort, bevor du von Charlies Tod erfahren hast.“

„Nein.“

„Doch. Das war so. Wir wollten es dir sagen an dem Tag, nachdem wir die Meldung bekommen haben, aber dein Telefon war tot. Wir fuhren dann nach Berkeley. Deine Nachbarn sagten, sie hätten dich schon eine Weile nicht mehr gesehen. Der Vermieter war aber da und sagte, die Wohnung sei total zugemüllt gewesen.“

„Oma rief an, als die Offiziere zu euch kamen. Ich wusste, was das bedeutete, und ich erinnere mich noch, dass ich geschrien habe. Chel gab mir irgendetwas. Und als Nächstes erinnere ich mich daran, dass Chel mit mir über die Bay Bridge fuhr und Janis Joplin im Radio grölte und Chel mitgrölte.“ Sie schloss die Augen, damit sie Mamas Gesicht nicht zu sehen brauchte, als sie weitersprach. „Ich wachte in einem fremden

Haus, in einem fremden Bett auf mit einem Typen, den ich noch nie zuvor gesehen hatte. Danach wurde es noch schlimmer."

Carolyn drückte ihre Handballen gegen ihre Augen. „Ich habe ständig von Charlie geträumt." Sie schluckte die Tränen hinunter. „Ich sah ihn in einem Reisfeld. Ich sah ihn brennen. Ich sah ihn –", sie brach ab, als ihr voller Entsetzen klar wurde, was sie ihrer Mutter da antat. Sie nahm die Hände fort. „Entschuldige."

„Hör nicht auf, Liebes." Ihre Mutter sprach mit leiser, gepresster Stimme. „Erzähle mir alles."

„Ich war ständig high oder betrunken, um nicht über seinen Tod nachdenken zu müssen."

„Du sahst so zerbrechlich aus, als du nach Hause kamst."

Carolyn erinnerte sich nur zu gut daran. Sie hatte sich von Müll ernährt und war langsam verhungert. Und dann schenkte ihr ein junger Kriegsveteran einen Schokoriegel und wärmte sie. Eine junge Frau weckte neue Hoffnung in ihr und kaufte ihr eine Fahrkarte nach Hause. „Ich habe eine Zeit lang im Golden Gate Park gelebt. Wie lange, weiß ich nicht mehr. Ich musste weg aus diesem Haus und fort von Ash."

„Welchem Haus? Und wer war Ash?"

„Wir wohnten in einem großen Haus auf der Clement Street. Ash zog ein, als Chel und ich in Woodstock waren", erklärte sie trocken und fuhr fort: „Sie hatte zu viele Drogen eingeworfen. Erst in Wyoming wurde sie wieder einigermaßen klar. Als wir zurückkamen, saß dieser gut aussehende Fremde im Wohnzimmer. Er trug immer weiße Gewänder wie Jesus und sprach wie ein Dichter. Ein falscher Guru, der Blödsinn redete und alle verführte. Zu der Zeit waren alle high und schliefen mit wem auch immer. Chel hatte das Geld, und Ash übernahm die Führung, sobald sie zur Tür hereinkam, oder er glaubte es zumindest. Chel hatte ihn lange vor mir durchschaut. Als sie seiner überdrüssig wurde, wandte er sich mir zu. Ich sah nur die schöne Maske, nicht den Teufel dahinter, und ich glaubte, ihn zu lieben. Lee Dockery war sehr viel freundlicher als er." Sie bemerkte den Schmerz im Gesicht ihrer Mutter. „Entschuldige, Mama. Vielleicht willst du doch lieber nicht alles hören."

„Ich muss wissen, was meiner Tochter zugestoßen ist. Meinst du nicht, es wäre langsam an der Zeit?"

„Vermutlich." Carolyn rieb sich die Wangen.

„Das hat mich immer beschäftigt, aber ich hatte Angst zu fragen. Hat Chel mit dir im Park gelebt?"

„Nein. Sie starb an einer Überdosis Heroin. Ein paar Wochen vorher hatte sie mir während eines Spaziergangs im Park die Telefonnummer ihres Vaters gegeben und gesagt, falls ihr irgendetwas zustoßen würde, sollte ich ihn anrufen. Das machte mir Angst. Tagelang wich ich nicht von ihrer Seite. An dem einen Tag, an dem ich nicht …" Ihre Stimme brach.

„Das tut mir so leid, Liebes."

„Ich fand sie auf ihrem Bett vor. Ash war außer sich und sagte, ich sollte lügen, falls ich nach ihrem Namen gefragt würde."

„Warum?"

„Was meinst du wohl? Damit ihr Vater auch weiterhin bezahlte. Als der Rettungswagen eintraf, wartete ich draußen. Bevor die Sanitäter ihren Leichnam mitnahmen, nannte ich ihnen ihren Namen. Ich rief auch ihren Vater an. Und dann ging ich einfach fort. Ich schaute nicht zurück. Mir war egal, wohin ich ging oder was aus mir werden würde."

Carolyn fuhr sich mit den Fingern durch die Haare. „Ich habe gebettelt, Mama. Ich ernährte mich aus Abfalleimern und schlief in Mülltonnen. Am liebsten wollte ich sterben, aber ich schaffte es nicht, mich im Meer zu ertränken." Sie lachte spöttisch. „Es war zu kalt."

Seufzend lehnte sie sich wieder an den Drehsessel. „Eines Abends saß ich am Strand und dachte, wie schön es doch wäre, wenn einfach alles vorbei wäre. Und dann hörte ich Gitarrenklänge. Ich ging ihnen nach und traf auf einen jungen Mann in einer Armeejacke. Zuerst dachte ich, es wäre Charlie." Ihre Augen schwammen in Tränen. „Natürlich konnte das nicht sein, aber ich folgte ihm trotzdem. Er hatte im Park ein Lager aufgeschlagen, ein Feuer gemacht und einen alten Schlafsack ausgebreitet. Ich war so hungrig. Er schenkte mir einen Schokoriegel. Er war ein Kriegsveteran und hatte in Vietnam gedient. Ich erzählte ihm von Charlie und er mir von den Freunden, die er im Krieg verloren hatte."

Sie zog erneut die Knie an und legte die Arme darum. „Er teilte seinen Schlafsack mit mir und hielt mich warm. Mitten in der Nacht stand ich auf, weil ich austreten musste, doch dann fand ich den Weg zurück nicht und legte mich einfach irgendwo ins Gras. Im Morgengrauen wachte ich auf." Tränen liefen ihr über die Wangen. „Es war Mai, und kleine weiße Blumen blühten im Gras, als wären Sterne vom Himmel gefallen. Ich spürte, wie jemand mich berührte. Er saß neben mir im Gras."

„Der junge Kriegsveteran?"

„Nein." Sie schüttelte den Kopf und biss sich auf die Lippe, bevor sie den Mut fand, es laut auszusprechen. Das hatte sie bisher noch nie getan. „Ich weiß, dass du mir vermutlich nicht glaubst. Du wirst denken, ich sei betrunken oder high gewesen. Aber seit ich Ash verlassen hatte, hatte ich keine Drogen und keinen Alkohol mehr zu mir genommen."

„Ich glaube dir alles, was du mir erzählst, Carolyn."

Carolyn atmete einmal tief durch und betete, dass es wirklich so sein möge. „Es war Jesus." Sie gab sich der Erinnerung hin. „Er sagte, es sei an der Zeit, nach Hause zu gehen. Ich dachte, er meinte, ich würde jetzt sterben. Aber ich hatte keine Angst. Als ich mich aufrichtete, war er fort." Sie hatte so sehr gebetet, er möge zurückkommen und sie mitnehmen. „Eine junge Frau kam in den Park und breitete eine Picknickdecke für ihre beiden Kinder aus. Der kleine Junge hieß Charlie." Ihre Stimme zitterte.

Ihre Mutter drückte sich die Hand an den Mund.

Carolyn redete weiter. „Es war, als würde ich mir und Charlie beim Spielen zusehen. Sie lud mich ein, mich zu ihr zu setzen und bot mir ein Sandwich an. Ich hatte solchen Hunger. Wir redeten, ich erzählte ihr von Charlie; sie erzählte mir von ihrem

Mann. Er war auch in Vietnam gewesen. Sie rief ihre Kinder zu sich, und gemeinsam fuhren wir zum Busbahnhof. Dort kaufte sie mir eine Fahrkarte nach Hause. Ihr Name war Mary."

Während sie erzählte, wurde die Last immer leichter. „Sie gab mir ihre Telefonnummer und sagte, wenn ich bei euch nicht willkommen sei, würde sie kommen und mich abholen. Doch unterwegs verlor ich den Zettel. Im Laufe der Jahre habe ich Gott tausendmal für sie gedankt, Mama. Als 1973 die Kriegsgefangenen auf der Travis Air Force Basis landeten, betete ich, Marys Mann möge unter ihnen sein. Aber ich habe nie erfahren, ob es so war."

Mama wischte sich die Tränen von den Wangen, sagte aber keinen Ton. Sie schien weder schockiert noch entsetzt. Carolyn fragte sich, ob sie weitermachen sollte, und beschloss, es zu riskieren. „Du hast mich gefragt, warum ich nicht glaubte, dass du mich liebst. Als ich nach Hause kam, habt du und Papa euch meiner geschämt. Ich las es in euren Gesichtern. Meine Schwangerschaft war dann der letzte Tropfen."

„Nein, Carolyn. Es war ein Schock, mehr nicht."

„Ihr habt Pastor Elias auf mich angesetzt. Er sagte mir, ich solle nicht mehr in die Kirche kommen."

„Was?", fragte Mama mit aufgerissenen Augen.

„Er glaubte nicht, dass ich meine Taten bereute. Er sagte mir Dinge, die mich davon überzeugten, dass ich nicht gut genug sei, einen Fuß in eine Kirche zu setzen. Als ich nach Hause kam, fragte mich Papa, ob ich mir alles, was Pastor Elias gesagt hatte, zu Herzen genommen hätte. Das hatte ich. Und dann habt ihr mir mitgeteilt, dass ihr mich nach Los Angeles zu Boots schickt. Ihr konntet es gar nicht erwarten, mich loszuwerden."

„Nein. *Nein!*", rief Mama zornig; Tränen liefen ihr über die Wangen. „Wir haben Pastor Elias gebeten, mit dir zu reden, weil wir dachten, er könnte dir *helfen*. Um Himmels willen, wenn wir gewusst hätten, was er zu dir gesagt hat, hätten wir seine Kirche nie wieder betreten! Warum hat Oma mir nichts davon erzählt?"

„Oma wusste es nicht, Mama. Ich habe mit niemandem darüber gesprochen."

„Dann hat sie es wohl erraten, denn sie hat sich unmittelbar nach deinem Weggang eine andere Gemeinde gesucht."

„Ich dachte, du und Papa, ihr würdet genauso empfinden."

„Natürlich nicht! Wenn dein Vater das gewusst hätte, hätte er diesem Scheinheiligen die Meinung gesagt. Wir haben dich zu Boots geschickt, um dich zu *schützen*, nicht um dich loszuwerden." Sie nahm ein Taschentuch aus ihrer Tasche und putzte sich die Nase. „Boots war meine beste Freundin! Ich wusste, sie würde dich liebhaben und sich gut um dich kümmern." Ihre Lippen zitterten, und noch immer liefen ihr Tränen über die Wangen. „Ich hätte dich niemand anderem anvertraut."

Carolyn hätte ihr gern geglaubt, doch für sie sah das ganz anders aus. „Als ich nach Hause zurückkam, sah ich eine Wand voller Fotos, alle von Charlie."

„Wir wollten sein Andenken ehren."

„Ich sah mich im Haus um, als ihr bei der Arbeit wart. Von mir war kein einziges Foto zu finden, nirgendwo."

Ihre Mutter knüllte das feuchte Taschentuch in ihrem Schoß zusammen und blickte sie an. „Ich hatte sie ein paar Monate nach deinem Verschwinden abgehängt. Wir haben dich so sehr geliebt, Carolyn. Wir haben um dich getrauert. Die Wahrheit ist, wir haben mehr um dich getrauert als um Charlie. Was ihm zugestoßen war, wussten wir. Vergiss nicht, dass dein Vater Polizist war. Er hat viele schlimme Dinge gesehen, die mit jungen Frauen passieren können. Nach deinem Verschwinden litt er unter Albträumen. Ich habe die Fotos von dir weggeräumt, weil er jedes Mal ein kleines Stück mehr innerlich starb, wenn er sie betrachtete. Ich konnte es nicht ertragen, alle Menschen zu verlieren, die ich liebte."

Ein scharfer Schmerz durchzuckte Carolyn. Sie drückte die Hand an die Brust und wollte, dass er verschwand. So viele Jahre hatte sie den Schmerz unterdrückt und nicht hinterfragt, warum die Dinge so waren, wie sie nun einmal waren, aus Angst, die Antworten könnten noch mehr wehtun.

Mamas Blick wurde warm, und sie deutete zu ihrem Schlafzimmer hinüber. „Ich habe Fotos von dir. Dein Hochzeitsbild steht auf meiner Kommode, das Foto von deiner Abschlussfeier hängt an der Wand, sodass ich beide jeden Abend vor dem Einschlafen ansehen kann. Die anderen sind in dem Album drüben im Schrank." Ihre Lippen zitterten. „Ich liebe dich. Wie könnte ich nicht? Du bist doch mein Fleisch und Blut."

Carolyn musterte das Gesicht ihrer Mutter und sah den Schmerz. „Woher sollte ich das wissen? Seit ich drei Jahre alt war, habe ich dein Schlafzimmer nicht mehr betreten." Sie hatte nie einen Schrank geöffnet außer dem in der Küche. Ein zaghaftes Lachen kam über ihre Lippen. „Ach, Mama … wir sind beide recht gut darin, unsere Gefühle zu verstecken."

„Ich habe dir gerade gesagt, dass ich dich liebe, Carolyn. Glaubst du mir?"

Carolyn blickte ihr in die Augen, die dieselbe Farbe hatten wie Omas. „Ja." Alle Anspannung fiel von ihr ab. Sie lächelte. „Und für den Fall, dass du es nicht wusstest, ich liebe dich auch."

Dawn war froh, dass Mama und Granny nicht mehr stritten. Sie verlagerte ihr Gewicht, um eine bequemere Position zu finden. Winzige Arme und Beine streckten sich in ihr. Sie nahm zwei Kissen und die Decke vom Bett, setzte sich neben die Tür, wickelte sich in die Decke und stopfte die Kissen unter ihre Knie. Auf dem harten Boden saß sie bequemer als in dem weichen Bett.

Lass die Worte fließen, Herr. Dawn wusste, dass auch andere für sie beteten. Georgia und die Frauen aus der Gemeinde, Pastor Daniel, Mitch, alle Menschen, die Mama und Granny mochten. Ihre Augen wurden schwer, doch sie zwang sich, wach zu bleiben. Dass die beiden endlich so offen miteinander redeten, erfüllte Dawn mit Freude und Hoffnung. Vermutlich sollte sie nicht lauschen, aber sie hatte schon so lange dafür gebetet, dass sie das Gefühl hatte, es mit eigenen Ohren hören zu müssen, um es glauben zu können.

Ihre Mama sprach wieder. „Ich bekam Angst davor, jemanden zu lieben. Charlie starb. Dann Chel. Oma. Papa. Ich darf mir gar nicht vorstellen, dass ich Mitch verlieren könnte."

„Ja, mit Mitch hast du wirklich ein Juwel bekommen."

„Mitch sagte mir beim ersten Mal, als er zum Abendessen zu mir kam, dass er mich heiraten wolle."

„Und bestimmt nicht wegen deiner Kochkünste", neckte Granny.

Carolyn lachte. „Vielen Dank."

„Wir wussten schon damals, als ihr noch beinahe Kinder wart, dass er etwas für dich übrig hatte. Das war schwer zu übersehen, wo er doch ständig zu uns kam."

„Um Charlie zu besuchen."

„Und dich. Du hast recht, es ist beängstigend, einen Menschen, den man liebt, zu verlieren. Ich habe deinen Papa genauso sehr geliebt, wie du Mitch liebst ... und wie Mama Papa geliebt haben muss. Doch irgendwann sterben wir alle einmal. Eines Tages wirst du auch mich verlieren."

„Ja, aber daran möchte ich lieber noch nicht denken."

„Wenigstens reden wir jetzt miteinander."

Dawn schlug die Hände vors Gesicht und drängte die Tränen zurück. Manches ließ sich nicht mehr in Ordnung bringen. Granny würde vielleicht niemals begreifen, dass Oma sie geliebt hatte.

Granny ergriff das Wort. „Das mit dem Pastor tut mir so leid, Carolyn. Gott möge ihm verzeihen. Und ich bedauere es, dass wir dir nicht richtig erklärt haben, warum wir dich zu Boots schickten."

„Das war das Beste, was mir passieren konnte. Sie erkannte, dass ich trockene Alkoholikerin war, und ging mit mir zu meinem ersten Treffen der Anonymen Alkoholiker. Ihre Freunde dort waren voller Hoffnung und hatten viel Erfahrung und keine Scheu, sich mitzuteilen. Alle waren der Meinung, ich solle mein Baby weggeben. Boots wollte, dass ich May Flower Dawn behalte und bei ihr bleibe."

„Du ahnst gar nicht, wie glücklich Papa und ich waren, als du beschlossen hast, nach Hause zu kommen."

„Ich wusste es nicht, bis ihr diesen Autositz geschickt habt. Und dann erläuterte Papa mir die Regeln und du hast deinen Job aufgegeben, um dich um May Flower Dawn zu kümmern ..."

„Wir wollten dir helfen, wieder auf die Beine zu kommen."

„Ich weiß."

„Und ich wollte nicht, dass du bei Boots bleibst."

Dawn spürte die Anspannung in Grannys Stimme, als könnten schneller gesprochene Worte etwas abwenden, was sie nicht sagen wollte. Aber Mama ließ es ihr dieses Mal nicht durchgehen. Sie sprach mit sanfter Stimme weiter. „Ich habe Boots geliebt, aber ich wollte nicht von ihr abhängig sein. Viel zu lange habe ich mich von Chel aushalten lassen. Doch bei euch wurde alles noch viel schlimmer."

„Ich wollte helfen, Carolyn."

„Ich weiß."

„Du hättest es allein nicht geschafft", verteidigte sich Granny.

„Georgia hat es geschafft."

„Weil sie keine Wahl hatte. Ihre Eltern haben sie rausgeschmissen. Wir wollten helfen."

„Ja. Du hast dir selbst zu May Flower Dawn verholfen."

Dawn setzte sich auf und hielt den Atem an. Seit Jahren war ihr klar, dass sie der Grund für den Zwist zwischen den beiden war. Sie stand immer zwischen ihnen. Granny war eingesprungen, als sie gebraucht wurde, und hatte dann nicht losgelassen. Lange Zeit hatte Dawn Granny dabei geholfen, das Tauziehen zu gewinnen. Erst nachdem sie mit Jason unten in der Einliegerwohnung Sex gehabt hatte, begriff sie, wie sehr Schuld und Scham einen Menschen gefangenhalten können, ihn stumm und distanziert werden lassen. Wie Mama.

Als Georgia Dawn den Spiegel vorgehalten und Jason ihr dann vorgeschlagen hatte, sich für eine Weile nicht mehr zu treffen, war es ihre Mutter gewesen, die in ihr Zimmer gekommen und schweigend mit ihr gelitten hatte. Mamas behutsame Worte hatten den Samen gepflanzt, ihr geholfen loszulassen und Gott wirken zu lassen, Gott zu folgen und nicht ihren eigenen Wünschen. Mama hatte verstanden, was Granny nicht begreifen konnte. Und jetzt war Dawn nach Hause gekommen, um eine Brücke zwischen ihnen zu bauen, die auf Wahrheit und Liebe gründete. Es war so wichtig, dass ihre Beziehung heil wurde. Sie betete fieberhaft, keine von beiden möge die Mauer wieder aufbauen. *Bitte, Gott, nicht jetzt. Nie mehr.*

„Für alles andere nehme ich die Schuld auf mich, Carolyn, aber wage es nicht, mir vorzuwerfen, ich hätte dir deine Tochter gestohlen. Das ist nicht fair!"

„Du hast sie nicht gestohlen", erwiderte Mama ruhig. „Ich habe sie dir in die Arme gelegt."

„Ich wollte doch nur helfen!"

„Ja, aber du hast keinen Platz mehr für mich gelassen."

„Natürlich habe ich das!"

Dawn weinte über Grannys Schmerz und ihren defensiven Tonfall. *Gott, hilf ihr die Wahrheit zu erkennen!*

„Wann denn? Ich kam nach Hause und meine Brust schmerzte, weil ich sie stillen wollte, und du hattest ihr bereits eine Flasche gegeben. Ich durfte sie nicht mal halten. Du hast mir gesagt, sie sei sehr unruhig gewesen; du hättest sie gerade erst hingelegt, und ich sollte sie nicht aufwecken. Samstags habe ich gearbeitet, sonntags bist du mit ihr in die Kirche gegangen. Ich hatte doch nie Zeit mit ihr."

Granny weinte, doch sie beharrte: „Es war doch nicht meine Schuld, dass Dawn eine so enge Beziehung zu mir hatte. Ich war eben immer bei ihr."

„Aber ich wäre auch gern manchmal bei ihr gewesen. Du hast mich herausgedrängt, und du hast sogar ihren Namen geändert."

„Weil die Leute glaubten, sie sei nach einem Auswandererschiff benannt."

„Weil du und Papa fandet, es sei ein Hippie-Name. Dawn hat mir das an den Kopf geworfen. Es war kein passender Name für eine Arundel."

Granny putzte sich die Nase. „Vielleicht habe ich dich wirklich ausgeschlossen."

„Ich sah ja, wie sehr du sie geliebt hast, Mama. Ich war eifersüchtig, aber ich war auch dankbar. Du und Papa, ihr habt mir nicht die Hand entgegengestreckt. Ihr habt mir den erhobenen Zeigefinger gezeigt. Als ich endlich auf eigenen Beinen stehen konnte, versuchte ich, Dawn zurückzugewinnen. Nach meiner Heirat mit Mitch, als wir nach Alexander Valley zogen, dachte ich, dass ich vielleicht eine Chance hätte."

„Oh nein! Und dann sind wir dir gefolgt." Granny schniefte. „Wenn Trip es zugelassen hätte, wäre ich in eure Nachbarschaft gezogen."

„Dawn hat mir gesagt, sie würde mich hassen, weil ich dich zum Weinen bringe. Da gab ich auf. Papa erinnerte mich immer wieder daran, dass du nur helfen wolltest. In der Rückschau denke ich, dass er begriff, wie sehr wir beide litten."

„Meine Mutter ‚half' damals auch nur", meinte Granny traurig, „und ich habe es ihr nie richtig verzeihen können. Es tut noch immer weh. Kannst du mir vergeben?"

Dawn hörte eine Bewegung und drehte sich so, dass sie ins Wohnzimmer blicken konnte. Mama kniete vor Granny. „Ich habe dir schon vor langer Zeit vergeben."

Granny legte die Hand an Mamas Wange. „Aber es tut noch immer weh."

„Ja, doch vielleicht wird es jetzt heilen. Ich sah das früher wie ein Kind, doch jetzt sehe ich durch die Augen einer Frau. Ich bin froh, dass du meine Tochter so gut versorgt hast und dass ich sie nicht zu Fremden in eine Kindertagesstätte geben musste."

Granny nahm Mamas Gesicht in die Hände und küsste sie. „Und ich bin froh, dass es Oma war und nicht Mrs Haversal."

Dawn stand vorsichtig auf. Sie lehnte sich an die Kommode, bis der Schmerz nachließ. Ganz vorsichtig bückte sie sich, hob die Decke und die Kissen vom Boden auf und legte sie auf das Bett zurück. Voller Dankbarkeit schlüpfte sie unter die Decke. Gott hatte ihre Gebete erhört.

Jetzt wusste sie, dass ihr biologischer Vater, wenn sie auch seinen Namen nicht kannte, ein freundlicher junger Kriegsveteran gewesen war, der wie ihre Mutter an posttraumatischem Stresssyndrom gelitten hatte. Sie wusste jetzt, warum Mama sie May Flower Dawn genannt hatte. Und Granny und Mama redeten endlich miteinander. Dieses Mal würde die Liebe siegen.

Kapitel 58

Carolyn stand als Erste auf, fachte das Feuer an und legte noch zwei Holzscheite nach, dann ging sie in die Küche, um den Campingkocher in Gang zu bringen und Wasser für Kaffee aufzusetzen. Plötzlich drang von draußen ein lautes, unheimliches Knacken herein. Das Haus erbebte. Noch ein lauter Knall, und das Haus erzitterte in seinen Fundamenten. Die Scheibe des Küchenfensters bekam einen Sprung. Carolyn wich erschrocken zurück.

„Was ist passiert?" Ihre Mutter kam in die Küche geeilt, die Haare zerzaust, den Bademantel noch nicht ganz angezogen. Schnell band sie den Gürtel zu und öffnete die Hintertür.

„Warte! Mama, geh nicht raus." Carolyn zog sie zurück.

Der Mammutbaum war auf die Garage gestürzt, die langen Äste streckten sich in alle Richtungen. Die Veranda neigte sich zur Seite.

„Mein Auto!"

„Ich habe es gestern auf die Straße gestellt, damit ich mehr Platz hatte, die Sachen in der Garage durchzusehen. Ihm dürfte nichts passiert sein."

„Oh. Gut." Ihre Mutter begann leise zu lachen. „Jetzt werden wir wohl weniger auszusortieren haben."

Carolyn nahm sie am Arm. „Lass uns ins Wohnzimmer gehen."

„Warum? Weil die Küche zur Seite kippen könnte?"

„Die Gefahr besteht nicht. Oder doch?" Carolyns Magen zog sich zusammen, während sie sich schnell in der Küche umsah.

Bevor sie ins Wohnzimmer gingen, warf ihre Mutter noch schnell einen Blick durch die Tür nach draußen. „Wenigstens brauchen wir uns jetzt keine Gedanken mehr um Feuerholz zu machen. Wir haben einen ganzen Berg davon."

Carolyn setzte sich ans Feuer. „Ich kann kaum glauben, dass Dawn das verschlafen hat!"

Mama setzte sich ihr gegenüber. „Zum Glück ist es der einzige Baum vor dem Haus."

„Solange das Haus nicht den Berg hinunterrutscht ..."

„Na, du bist ja wirklich eine Optimistin." Mama warf ihr ein freudloses Lächeln zu. „Papa sagte, dieses Haus sei auf Fels gebaut."

„Meinte er Stein ... oder Jesus?"

„Hoffen wir, dass er beides meinte." In kameradschaftlichem Schweigen blieben sie vor dem Feuer sitzen. „Ich frage mich, was das Holz von diesem Baum wohl wert ist", überlegte Mama. „Vielleicht genug, um eine neue Garage zu bauen." Sie schüttelte den Kopf. „Ich sage dir was, ich bin jetzt bereit, hier auszuziehen."

Carolyn schnaubte. „Das hoffe ich doch."

Mit verquollenen Augen kam Dawn aus dem Schlafzimmer. „Was war denn das für ein Lärm?"

Sie erzählten ihr, was geschehen war, während sie es sich auf der Couch gemütlich machte und sich unter die weiße Wolldecke kuschelte. „Können wir überhaupt noch rausgehen?"

„Ich weiß nicht." Carolyn musterte sie. „Müssen wir?"

Dawn lächelte. „Nein."

Carolyn schob die nagende Sorge beiseite. „Ich werde mich draußen mal umsehen."

Das Tor klemmte, aber nach mehreren Versuchen gelang es ihr, es aufzuschieben. Die Wurzeln des Mammutbaums ragten sicher drei Meter in die Höhe, und sie hatten einen großen Teil der Straße aufgerissen. Ein stetiger Strom von Regenwasser floss den Berg hinunter und unterspülte den aufgerissenen Asphalt. Sie ging wieder hinein. „Unser Wagen hat Allradantrieb. Wir könnten den Berg hochfahren und dann weiter."

„Nein, das geht nicht", erklärte ihre Mutter. „Die Straße ist seit letzter Woche gesperrt. In der Mitte befindet sich ein breiter Riss."

„Hier ist es doch gemütlich, und wir sind zusammen", meinte Dawn ganz ruhig. „Wir sollten uns keine Sorgen machen. Lasst uns einfach reden."

„Granny und ich haben fast die ganze vergangene Nacht geredet."

„Ich weiß. Ich fürchte, ich habe gelauscht. Ich habe alles gehört." Carolyn errötete. Was bedeutete „alles"? Dawn kuschelte sich tiefer in die Decke. „Der junge Kriegsveteran mit der Gitarre war also mein Vater, ja?"

Ihre Tochter hatte also wirklich alles gehört. Carolyn wünschte sich so, Dawn möge es verstehen. „Dein biologischer Vater. Aber ich habe ihn nie als deinen Vater gesehen. Für mich warst du immer ein Geschenk von Gott."

Dawn lächelte. „Ich weiß, Mama, darum hast du mich ja auch May Flower Dawn genannt."

„Oh!" Carolyns Mutter begriff jetzt endlich. „Du sagtest, es sei Mai gewesen, und die Blumen hätten im Gras geblüht, und Jesus sei dir in der Morgendämmerung begegnet." Mamas Augen wurden feucht. „Kein Wunder, dass du so verletzt warst, als ich den Namen einfach verkürzt habe." Ihr Lächeln wurde weicher. „Du hättest keinen besseren Namen aussuchen können."

Dawn grinste. „Du hättest mich Epiphania nennen können."

Carolyn lachte. „Ich habe tatsächlich darüber nachgedacht."

„May … Flower … Dawn", sagte Hildemara mit funkelnden Augen.

Nach dem Frühstück gingen sie die anderen Kartons durch. Dawn fühlte sich seltsam gedrängt. Sie wollte alles geregelt wissen. Sofort. Sie hatte keine Zeit mehr, noch länger zu warten.

„Jetzt, wo du keine Garage mehr hast, Granny, wirst du deinen Wagen nun vor einem Bungalow in Santa Rosa oder einer hübschen Wohnwagenvilla in Windsor parken?" Ihr schwebte noch eine andere Lösung vor, doch das musste von ihrer Mutter kommen. „Windsor ist näher an Alexander Valley."

Dawn blickte ihre Mutter bedeutungsvoll an und zog die Augenbrauen in die Höhe. Carolyn runzelte leicht die Stirn und setzte sich auf ihre Fersen. Dann wandte sie sich an Granny. „Möchtest du bei mir und Mitch wohnen?"

Granny schnappte nach Luft. „Nun, ich dachte immer, ihr wolltet mich nicht in der Nähe haben."

„Wir haben doch eine Einliegerwohnung, die wir nicht benutzen. Sie hat ein Wohnzimmer, ein Schlafzimmer mit Bad und eine kleine Küche."

Granny starrte sie fassungslos an.

„Du brauchst nicht bei uns zu wohnen. Ich dachte nur, dass du vielleicht darüber nachdenken möchtest. Ich wollte dich schon nach Papas Tod fragen, aber du wolltest ja nicht einmal darüber reden. Du hast darauf bestanden, dass du deine Unabhängigkeit behalten möchtest."

„Selbst schuld, wenn du allen Blödsinn glaubst, den ich rede." Granny brach in Tränen aus, aber sie lächelte dabei. „Und ich dachte, nur Marsha hätte so viel Glück!"

Mama sagte, sie könnten die Möbel ausräumen, und Granny könne mitbringen, was sie wollte. „Nur bitte nicht diese alte, zerschlissene Couch. Wir kaufen eine neue."

Ein heftiger Schmerz zuckte durch Dawns Körper, und sie stöhnte unwillkürlich auf.

„Dawn?", fragte Mama. Sie und Granny starrten sie an. „Was ist los?"

„Ich wollte –" Irgendetwas platzte in ihr wie ein Ballon. Sie schnappte nach Luft, als sie spürte, wie sich eine warme Feuchtigkeit unter ihr ausbreitete. „Oh!" Dawn zog scharf die Luft ein und rappelte sich hoch. Die Flüssigkeit lief an ihren Beinen herunter, durchnässte Papas alte Trainingshose und tropfte auf seine dicken Socken. „Oh nein!"

Carolyn versuchte, nicht in Panik zu geraten, als sie Dawn ins Schlafzimmer brachte.

Ihre Mutter gab Anweisungen. Immerhin war sie gelernte

Krankenschwester, und sie hatte gerade ihre Arbeit wieder aufgenommen.

„Komm mal hoch, Liebes. Okay. Carolyn? Hol den Mülleimer." Sie zog Dawn die durchnässte Hose und Unterhose aus und warf sie in den Mülleimer.

Dawn begann zu weinen. „Entschuldige, Granny, ich habe deine Couch verdorben."

„Hast du gerade nicht gehört, dass deine Mutter sagte, ich soll sie ausrangieren?"

„Deine schönen Laken ..."

„Ach, still jetzt!"

Carolyn wollte schreien. Eine Couch? Laken? Sie hatten doch nun wirklich andere Sorgen! Das Baby kam zu früh. Das Telefon funktionierte nicht. Die Straßen waren gesperrt. Ein riesiger Mammutbaum hatte gerade sein umfangreiches Wurzelsystem entblößt und die Garage in einen Trümmerhaufen verwandelt!

„Wieder eine Wehe?" Carolyns Mutter fühlte ihren Puls.

Dawn stöhnte leise und sprach durch zusammengebissene Zähne. „Ich dachte, erste Babys bräuchten lange ..."

„Nicht immer. Atme tief ein und aus. Ruh dich zwischendurch aus, so gut es geht, Liebes."

Die nächste Wehe kam nach einer knappen Minute. Dawn blickte Carolyn an. „Mama, du bist doch mit dem Geländewagen hier."

„Ja, aber Granny sagt, dass wir hier nicht wegkommen."

„Nein." Dawn keuchte. „Aber Mitch hat doch dieses neue OnStar-Kommunikationsgerät eingebaut, nicht? Damit kannst du auf jeden Fall einen Notruf absetzen und vielleicht sogar telefonieren."

„Ja, natürlich!" Carolyn eilte nach draußen, suchte in ihrer Handtasche die Schlüssel und rannte zur Tür.

Hildemara kühlte Dawn die Stirn. Das arme Mädchen glühte. Obwohl Hildie schon lange nicht mehr bei einer Geburt assistiert hatte, erkannte sie eine ernste Situation, wenn sie eine vor sich hatte. „Gibt es noch etwas, das ich über deinen Zustand wissen sollte, Liebling? Du siehst überhaupt nicht gut aus. Willst du mir endlich sagen, was los ist?“

Ihre Blicke trafen sich kurz, dann wandte Dawn den Blick wieder ab. „Ich habe ein Hodgkin-Lymphom. Darum bin ich nach Hause gekommen. Na ja, das war einer der Gründe.“ Dawn nahm ihre Hand. „Wage es nicht zu weinen. Nicht jetzt. Und keinen Ton zu Mama. Bitte, Granny. Ich wollte mit euch beiden gleichzeitig reden, aber mir war wichtig, dass ihr beide zuerst eure Probleme klärt.“ Eine neue Wehe kam, stärker als die vorherige. „Gott wird dieses Baby gesund zur Welt kommen lassen. Ganz bestimmt.“

Hildie strich Dawn die Haare zurück. „Seit wann weißt du es?“

Dawn keuchte. Schweißperlen standen ihr auf dem Gesicht. „Seit Oktober. Der Arzt wollte, dass ich eine Chemotherapie mache.“ Tränen tropften aus ihren Augen in ihre Haare. „Er versprach mir, die Dosis so gering zu halten, dass dem Baby nichts geschieht, aber dieses Risiko wollte ich einfach nicht eingehen. Nicht, nachdem ich so lange auf sie gewartet habe.“

„Warum hast du uns nichts erzählt? Deine Mama und Mitch wären doch zu dir gekommen, um bei dir zu sein – oder dich herzubringen. Wir hätten dir helfen können.“

Die Hintertür wurde geöffnet. „Sag es ihr nicht! Bitte. Noch nicht. Lass mich –“

„Schsch.“ Hildie wischte sich schnell über die Wangen. „Keine Sorge. Konzentrier dich darauf, deine Tochter zur Welt zu bringen.“

Carolyn kam ins Schlafzimmer. „Ich bin durchgekommen. Sie kommen.“ Sie trat um das Bett herum und ergriff Dawns Hand. „Wie geht es dir?“

Dawn lächelte sie zittrig an. „Prima, Mama.“

„Sie schicken einen Rettungshubschrauber, aber es wird eine Weile dauern." Carolyn drückte Dawns Hand. „Vor ein paar Minuten hat es aufgehört zu regnen. Gott ebnet den Weg. Sie können auf der Straße unten beim Jenner Inn landen und den Rest zu Fuß gehen."

Die nächste Wehe kam. Dawn schrie auf. Hildie legte ihre Hand auf Dawns Bauch. „Was ist mit dem Baum? Kommen sie daran vorbei?"

„Ich wünschte, ich hätte eine Kettensäge!" Carolyn wandte den Blick nicht eine Sekunde von Dawn.

Trip hatte eine gehabt, aber Hildie würde Carolyn nicht verraten, wo sie zu finden war. Sie durfte sich nicht einmal vorstellen, welche Verletzungen ihre Tochter sich mit einem solchen Ding zufügen könnte. „Bring den Campingkocher ins Bad. Füll einen großen Topf mit Wasser und bring ihn zum Kochen. In einer der Küchenschubladen müsste auch noch Schnur sein. Und bring mein scharfes Messer mit. Und Zangen."

Dawn lachte leise. „Granny klingt wie mein Mentor in San Luis Obispo. Sehr autoritär!"

Lächelnd eilte Carolyn wieder aus dem Zimmer. Sie bereitete alles vor. „Ich habe einige deiner neuen Handtücher auf einen Küchenstuhl vor das Feuer gehängt. Dann sind sie schön warm für das Baby."

„Hoffentlich nicht zu dicht", murmelte Granny. „Ein Feuer wäre wirklich das Letzte, was wir jetzt noch gebrauchen könnten."

Alle brachen in Gelächter aus.

Fünf Minuten später war klar, dass das Baby nicht auf den Hubschrauber warten würde.

„Wasch dir sorgfältig die Hände, Carolyn, aber beeil dich." Hildie hatte nicht mehr die körperliche Kraft, das zu tun, was vielleicht zu tun war. Dawns Körper bebte. Ihrer Enkelin war nun keine Pause mehr vergönnt, eine Wehe ging unmittelbar in die nächste über.

Jetzt, wo sie wusste, dass nicht nur die Geburt Dawns

zerbrechlichen Körper quälte, musste Hildie um Selbstbeherrschung ringen. Ihr Wissen und ihre Ausbildung drängten sie, tätig zu werden, doch ihre Beine schmerzten so sehr, dass sie kaum noch stehen konnte. „Ich brauche den Hocker, Carolyn."

Carolyn stellte ihn an den angewiesenen Platz.

„Stell dich dorthin. Du wirst deine Enkelin entbinden."

„Was?"

„Ich werde dir sagen, was du tun sollst. Widersprich nicht und sag nicht, du könntest es nicht. Du kannst es."

Carolyn gehorchte wortlos. Hildie legte eine Hand auf Dawns Arm und gab beiden Anweisungen. Sie riet Dawn, der Natur ihren Lauf zu lassen. „Halte dich nicht zurück. Du musst jetzt pressen!" Und sie erklärte Carolyn ganz genau, was sie tun sollte.

Dawns Tochter kam schreiend und mit hochrotem Kopf zur Welt.

Carolyn lachte vor Freude. „Sie ist wunderschön, Dawn. Sie ist vollkommen, genau wie du damals."

„Leg das Baby auf Dawns Bauch. Binde die Nabelschnur ab. Genau so. Jetzt kannst du schneiden. Ich hole die Handtücher."

Über dem Haus war das Surren von Rotorblättern zu hören. Hildie nahm die Handtücher, die über der Stuhllehne vor dem Feuer hingen und brachte sie zu ihren Mädchen. „Zu früh oder nicht, ihre Lungen sind auf jeden Fall voll funktionsfähig." Dawn und Carolyn lachten erleichtert auf. Carolyn wickelte das Baby in die Handtücher und legte es Dawn in die Arme.

Dawn schob das Tuch zurück und blickte in das Gesicht ihrer Tochter. Lächelnd küsste sie sie. „Dein Name ist Faith." Sie schaute zu ihrer Mutter hoch, und Trauer mischte sich in ihrem Blick mit Freude. „Setz dich zu mir, Mama. Du auch, Granny. Ich muss euch etwas sagen."

Hildie wusste bereits, was kommen würde. Als Dawn geendet hatte, war Carolyn weiß wie die Wand. „Nein!" Hildie ergriff ihre Hand und drückte sie, obwohl auch ihr Herz brach.

„Ich wollte es auch nicht wahrhaben, Mama. Aber wir können die Augen nicht vor der Wahrheit verschließen. Du und

Granny, ihr werdet zusammenarbeiten müssen. Du wirst Faiths Vormund sein, Mama. Granny, du wirst sie unterstützen. Wie auch Georgia. Gott wird dir all die Jahre zurückgeben, die die Heuschrecken gefressen haben, Mama."

„May Flower Dawn." Carolyn sank in sich zusammen, den Kopf an Dawns Seite.

Dawn legte ihre Hand auf den Kopf ihrer Mutter, als wollte sie sie segnen. „Du bist stärker als jeder andere Mensch, den ich kenne. Nimm Faith, Mama." Sie lächelte Hildie an. „Und versprich mir, dass du teilen wirst."

Als der Notarzt mit den Sanitätern eintraf, arbeiteten sie schnell und effizient. Nur ein Passagier konnte im Hubschrauber mitfliegen. Beinahe hätte Hildie gesagt, sie würde mitkommen, doch sie hielt sich gerade noch rechtzeitig zurück. „Du fliegst mit." Sie nahm Carolyns Gesicht in ihre Hände. „Du bist ihre Mutter."

„Mitch und ich werden dich holen, sobald es geht."

Hildie küsste Dawn und das Baby. „Wir sehen uns bald." Sie strich eine blonde Haarsträhne aus Dawns Gesicht. „Halte durch, Liebes!"

Als sie abgeflogen waren, ging Hildie ins Haus, setzte sich in ihren Sessel und weinte. Dann betete sie. Und sie betete weiter, bis die Dämmerung einsetzte. Sie vergaß, das Feuer zu schüren, und es ging aus, darum wickelte sie sich in die Decke von der Couch. Sie hatte schon andere Winter ohne Licht und Feuer überstanden. Das würde sie auch überleben. Die Dunkelheit passte zu ihrer inneren Verzweiflung.

Sie erwachte, als jemand ihren Namen rief. Ein Lichtstrahl war zu sehen. Die Hintertür ging auf, und der Strahl fing sie ein und blendete sie. „Wer …?"

„Entschuldige, dass es so lange gedauert hat, Hildie." *Mitch.* „Ich musste einen riesigen Umweg über Sebastopol und Bodega fahren. Das Hochwasser ist jetzt so weit heruntergegangen, dass ich den Fluss von Bridgehaven aus überqueren konnte."

Ihr Schwiegersohn war gekommen, um sie zu retten. Gott hatte ihn bereits vor Jahren geschickt, um ihre Tochter zu retten.

„Willst du ein paar Sachen zusammenpacken?"

„Das sollte ich wohl, meinst du nicht?" Sie trug immer noch ihren Schlafanzug.

Wenig später geleitete Mitch sie um die Baumwurzeln herum und über die aufgerissene Straße zu seinem Auto. Dawn und dem Baby ginge es gut, erzählte er. Das Baby wog knapp sechs Pfund. Hildie fragte ihn, ob er wüsste, warum May Flower Dawn mitten im Winter quer durch das Land gefahren war.

„Ja, ich weiß es. Der Einzige, der noch nichts ahnt, ist Jason. Ich habe ein paar Freunde an höchster Stelle, die Himmel und Hölle in Bewegung setzen werden, ihn nach Hause zu holen."

Erst später erfuhr Hildie, wie viele Menschen für das Wunder der Erneuerung gebetet hatten, das sich in Jenner ereignet hatte – und jetzt dafür beteten, dass Dawn nicht abberufen würde. Noch nicht.

Epilog

Sechs Jahre später

Carolyn verstaute ihre Handtasche und zwei Tragetaschen in dem Gepäckfach über ihrem Sitz in der Boeing 747. Mitch hatte alles arrangiert und wie üblich keine Kosten gescheut, um dafür zu sorgen, dass alles glattlief. Er hatte für sie, Faith und Georgia einen Business-Flug nach Frankfurt gebucht. Faith, die blonden Haare zu einem Pferdeschwanz zusammengebunden, saß mit baumelnden Füßen in dem großen Ledersitz. Ihr Lieblingsstofftier hielt sie fest an sich gedrückt. Sie sah May Flower Dawn so ähnlich, dass es Carolyn durchs Herz ging. Schnell schnallte sie Faith an, noch bevor sie ihren Gurt befestigte, und strich ihrer Enkelin über die samtweiche Wange. „Freust du dich darauf, Papa zu sehen, Schätzchen?“

Faith nickte. Carolyn beugte sich vor und schaute zur anderen Seite. „Und wie geht es Gigi dort drüben?“

Georgia saß auf der anderen Seite des Ganges, mit blassem Gesicht und sehr angespannt. Sie lächelte nervös. „Mir geht es gut.“ Ihr schien es überhaupt nicht gut zu gehen, aber Carolyn verstand das nur zu gut. Die Nachricht, dass Jason in Afghanistan ernstlich verwundet und nach Landstuhl ausgeflogen worden war, hatte sie alle schockiert.

Zwei Wochen zuvor hatten sie die Nachricht von Jasons Verwundung bekommen, aber erst vor ein paar Tagen vom Ausmaß seiner Verletzungen erfahren. Das Ziel war, Jason in die Staaten zu holen, doch wie lange würde es dauern, bis das möglich war? Wochen? Einen Monat? Zwei? Genau so wie damals nach Faiths Geburt hatte Mitch alles nur Menschenmögliche getan, um die Familie während dieser Krise zusammenzuführen.

Fünf Tage nach Faiths Geburt war Jason aus dem Irak nach Hause gekommen. May Flower Dawn blieb nach der Geburt noch eine Woche im Krankenhaus. Tests bestätigten, was sie bereits wusste: Ihr blieb nicht mehr viel Zeit. Der Arzt ordnete Palliativ-Bestrahlung an, um die Schmerzen unter Kontrolle zu halten. Danach kam Dawn nach Hause, und die Sterbebegleitung begann. Christopher nahm ein Urlaubssemester, um möglichst viel Zeit mit seiner großen Schwester zu verbringen.

Alle hatten sich große Sorgen um Jason gemacht. Während Dawns letzten Wochen hatte er sich stark gezeigt, doch nach ihrem Tod brach er zusammen. Er aß nichts mehr, litt unter Schlafstörungen und fraß alles schweigend in sich hinein. Pastor Daniel fuhr für ein paar Tage mit ihm weg, und als sie zurückkehrten, schien es Jason besser zu gehen. Er wirkte weniger verloren und zerbrochen. Die kleine Faith überschüttete er mit Liebe.

Carolyn betrachtete das süße kleine Mädchen auf dem großen Ledersitz neben sich. Wenn dieses wundervolle kleine Mäuschen nicht gewesen wäre, wären sie alle in tiefer Verzweiflung versunken.

„Champagner, Madam?“ Eine hübsche, dunkelhaarige Flugbegleiterin kam mit einem Tablett Sektgläser vorbei. Georgia nahm Orangensaft.

Faith blickte Carolyn begierig an. „Kann ich ein Glas Saft haben, Grammy?“ Carolyn erlaubte es ihr, nahm selbst aber nichts. Sie war ein wenig nervös. Das letzte Mal, dass sie allein eine weite Strecke zurückgelegt hatte, war ihre Fahrt mit Chel von Woodstock nach Kalifornien gewesen, und mit dieser Reise verband sie nicht die besten Erinnerungen. Dawn hätte ihr geraten, sich keine Sorgen zu machen. Gott würde mitfliegen. Sie lächelte, als sie sich Jesus in Uniform im Cockpit sitzend vorstellte.

Faith quietschte vor Begeisterung und breitete die Arme aus. „Gigi, wir fliegen!“ Georgia schloss die Augen und umklammerte die Armlehnen ihres Sitzes.

Nach erstaunlich kurzer Zeit verkündete der Flugkapitän, die Boeing 747 hätte nun ihre Flughöhe erreicht, und die Passagiere könnten sich in der Kabine frei bewegen. Das Abendessen wurde serviert. Carolyn ging mit Faith zur Toilette, dann schnallte sie sie wieder auf ihrem Platz an, legte ihr eine Decke über und las ihr aus ihrem Lieblingsbuch vor. Beim dritten Durchgang schlief sie ein. Georgia hatte die Rückenlehne zurückgestellt und wirkte nun einigermaßen gelassen.

Carolyn nahm ihren Laptop heraus. Während sie darauf wartete, dass er hochfuhr, dachte sie daran, wie oft sie mithilfe des Computers in den vergangenen Jahren Kontakt zu Jason auf der anderen Seite der Welt aufgenommen hatte, Faith auf ihrem Schoß sitzend. Wenn er auf dem Skype-Bildschirm erschien, zeigte sie auf ihn. „Da ist dein Papa. Sag hallo, Süße."

Jason grinste dann. „Wie geht es meinem kleinen Mädchen?" Carolyn war sehr daran gelegen, dass Jason möglichst viel von seiner Tochter mitbekam. Sie hatte Faiths Entwicklungsschritte auf Video festgehalten: wie sie sich das erste Mal umdrehte, aufsetzte, krabbelte. Als er aus dem Irak nach Hause kam, konnte sie bereits laufen. Jason nutzte die wenige Zeit, die er mit seiner Tochter hatte, voll aus. 18 Monate nach seiner Rückkehr aus dem Irak wurde er erneut dorthin geschickt.

Dass Jason zum dritten Mal ins Ausland entsendet wurde, dieses Mal nach Afghanistan, setzte Georgia sehr zu. „Sie werden ihn immer wieder in Krisengebiete schicken", meinte Mitch zu Carolyn. In der Armee herrschte Personalmangel, darum mussten die „Ressourcen" genutzt werden. „Solange der Krieg im Mittleren Osten andauert, wird er immer wieder zum Einsatz kommen." Ein Ende war nicht in Sicht.

Jeden Abend sprach Faith dasselbe Gebet. „Gott, bitte segne Papa und bring ihn bald gesund nach Hause. Hilf Gigi, sich nicht so viele Sorgen zu machen. Segne Grammy Caro, Bumpa Mitch, Granny H und Onkel Chris. In Jesu Namen, Amen."

Dann kam die Nachricht, dass Jason verwundet worden war und in ein Krankenhaus in Deutschland ausgeflogen würde. Wenigstens würde er nun nicht mehr in ein Kriegsgebiet geschickt werden. Seine kriegsbedingten Verletzungen würden ihm eine Auszeichnung einbringen, aber vermutlich auch eine vorzeitige Pensionierung.

Mitch erschien auf dem Bildschirm. „Hallo, Schatz. Ich vermisse euch beide bereits."

„Danke, dass du Business Class für uns gebucht hast, Mitch. Es ist wirklich sehr komfortabel." Sie unterhielten sich ein paar Minuten, dann überließ er Hildemara seinen Platz. Sogar ihre Mutter hatte sich daran gewöhnt, vor einem Computer zu sitzen und ein Gespräch über die Webcam zu führen.

„Wie geht es unserem Zwerg, Liebes? Benimmt sie sich?"

„Im Augenblick schon. Sie schläft, genau wie Georgia. Beide sind gleich nach dem Abendessen eingeschlafen, das übrigens auf weißen Tischtüchern mit Porzellan und Silberbesteck serviert wurde. Ist das zu glauben?"

„Bei uns gab es Pizza auf Pappdeckeln." Mama zwinkerte, und Carolyn wusste, dass sie Mitch nur necken wollte. Carolyn hörte Mitch lachen und im Hintergrund reden. „Ach, sei still." Mama seufzte. „Ich soll dir erzählen, dass ich beinahe mein Gebiss verloren habe. Aber keine Sorge. Dein Mann sorgt gut für mich."

Mitch beugte sich vor, sodass Carolyn sie beide sehen konnte. „Mach dir keine Sorgen um uns. Wir kommen gut miteinander aus. Wenn deine Mutter sich nicht benimmt, schicke ich sie einfach auf ihr Zimmer." Er drückte Mama einen Kuss auf die Wange. „Jetzt bin ich wieder dran." Mitch half Hildemara beim Aufstehen und setzte sich wieder selbst vor den Monitor. „Am Flughafen werdet ihr schon erwartet. Ich habe eine Fahrt zum Bahnhof arrangiert."

Mama beugte sich vor. „Ich habe etwas in deinen Koffer gelegt, Liebes. Wenn du Zeit hast … na, du wirst es verstehen. Drück Jason ganz fest von seiner Schwiegeroma."

„Die ganze Gemeinde betet, Carolyn."

Danach schlief Carolyn ganz beruhigt ein.

Während der Zug in Richtung Landstuhl unterwegs war, spürte Carolyn, wie sich Faith an sie drückte. Ihr Kuscheltier hielt sie nach wie vor im Arm. Im Flugzeug war er ihr im Schlaf heruntergefallen. Nach der Landung waren sie so damit beschäftigt gewesen, ihre Sachen zusammenzusuchen, dass sie ihn vollkommen vergessen hatten. Zum Glück hatte eine der Flugbegleiterinnen das bereits ziemlich mitgenommene, aber heiß und innig geliebte Kuscheltier unter der blauen Decke gefunden und sie noch im Durchgang eingeholt. Faith hatte das Stofftier vor ihr Gesicht gehalten und ihm gesagt, es solle nicht noch einmal davonlaufen.

Carolyn drückte Faith einen Kuss auf den Kopf. „Dein Ururgroßvater kam aus diesem Land, Faith. Er ist irgendwo in der Nähe von Hamburg aufgewachsen." Carolyn stellte sich vor, wie Oma durch Europa nach England gereist war und schließlich mit dem Schiff den Atlantik überquert hatte. Dann hatte sie einen deutschen Pensionsgast geheiratet, der ein Zimmer in ihrer Pension angemietet hatte. Unter anderen Umständen wären sie jetzt vielleicht mit Mama und May Flower Dawn auf einer Reise in die Vergangenheit gewesen.

Sie und Mitch hatten überlegt, ob Mama mitkommen sollte, aber sie wollte nicht. „Nein, nein. Ihr müsst so schnell wie möglich zu Jason, und ich würde euch nur behindern. Wenn ich jünger wäre, vielleicht, aber so nicht."

Und im Grunde genommen war Carolyn erleichtert. Selbst in einem Rollstuhl wäre die Reise viel zu anstrengend für Mama gewesen, die gerade 93 geworden war. Es fiel ihr schon schwer genug, von ihrer kleinen Wohnung ins Esszimmer zu kommen. Carolyn und Faith servierten daher den Tee häufig in Grannys „Salon", damit Granny nicht in die Küche zu kommen brauchte.

Carolyn fürchtete die Zeit, wenn Mama nicht mehr bei ihr sein würde. Die vergangenen sechs Jahre waren für sie sehr wertvoll gewesen, eine Zeit, in der sie sich endlich richtig kennengelernt hatten. Gott hatte ihnen die verlorenen Jahre zurückgegeben, wie Dawn es erbeten hatte.

Als sie im *Schlosshotel* ankamen, checkten sie ein, brachten ihr Gepäck in ihre Zimmer und fuhren sofort mit dem Taxi zum Krankenhaus. Georgia nannte an der Rezeption Jasons vollen Namen, seine Dienstnummer und den Namen des behandelnden Arztes. Die Schwester zeigte ihnen den Weg zur Intensivstation. Es durfte immer nur eine Person das Zimmer betreten.

Carolyn blieb mit Faith im Wartezimmer, während Georgia zu ihrem Sohn ging.

„Werde ich Papa sehen, Grammy?"

„Ich hoffe es, Liebes. Darum haben wir ja den weiten Weg zurückgelegt."

Als Georgia aus dem Zimmer kam, wusste Carolyn, dass es nicht gut um Jason stand. Mit zittrigem Lächeln nahm sie Faith auf den Schoß und erklärte ihr, Papa würde schlafen, und es könnte eine Weile dauern, bis er aufwachte.

Carolyn ging als Nächste hinein. Jason war bleich wie der Tod und an viele Schläuche und Infusionen angeschlossen. Überall waren Maschinen, die piepten und blinkten. Der Kopf war verbunden.

Sein linkes Bein hatte oberhalb des Knies amputiert werden müssen, sein rechtes war eingegipst, der linke Arm war von der Schulter bis zum Handgelenk verbunden.

Carolyn nahm Jasons rechte Hand und beugte sich über ihn. „Ich bin es, Carolyn, Jason. Faith ist hier bei uns. Alle beten für dich. Halte durch, Soldat. Komm bloß wieder zu uns zurück." Sie drückte ihm einen Kuss auf die Stirn. „Denk an Faith, Jason. Sie braucht ihren Papa."

Als Carolyn herauskam, wartete Georgia mit Faith an der Hand vor der Tür. Die Schwester hatte ihr erlaubt, so lange zu bleiben, wie sie wollte, und sie wollte hier im Krankenhaus übernachten. Sie beugte sich vor und gab Faith einen Kuss. „Wartet nicht hier, Carolyn. Sie muss ins Bett. Ich komme schon klar."

Nach einem Abendessen in der Cafeteria des Krankenhauses und nachdem sie noch einmal nach Jason gesehen hatte, fuhr

Carolyn mit Faith ins Hotel zurück. Sie brachte ihre Enkelin zu Bett und las ihr wieder ihr Lieblingsbuch vor.

„Grammy? Wird Papa sterben?"

Carolyn wollte sie nicht anlügen. „Ich hoffe nicht, Liebes."

„Will er immer noch bei Mama sein?"

Kinder bekamen doch wirklich alles mit! „Deine Mama würde wollen, dass er hier bei dir bleibt, bis du groß bist." Sie drückte ihre Enkelin an sich, und gemeinsam baten sie Gott, dass ihr Papa doch bald aufwachen und wieder gesund werden möge.

Am folgenden Morgen fand Carolyn die Briefe von Omas Freundin Rosi Brechtwald unter ihren Sachen.

Als Carolyn und Faith im Krankenhaus eintrafen, kam Georgia gerade aus Jasons Zimmer auf der Intensivstation. Tränen liefen ihr über die Wangen. „Er ist über den Berg!"

Carolyn meldete sich sofort bei Mitch und ihrer Mutter und teilte ihnen die gute Nachricht mit. Mama beugte sich über Mitchs Schulter und fragte nach den medizinischen Einzelheiten. „Vergangene Nacht ist er aus dem Koma aufgewacht. Morgen früh wird er von der Intensivstation auf ein anderes Zimmer verlegt. Mehr weiß ich noch nicht."

„Wie hält sich Georgia?"

„Sie ist erschöpft, aber es geht ihr jetzt viel besser." Carolyn strich mit der Hand über den Kopf ihrer Enkelin. Faith grinste sie an, ohne den Strohhalm aus dem Mund zu nehmen, und trank seelenruhig ihre Milch weiter. „Faith hat Jason heute Morgen sehen können. Er ist noch sehr schwach, aber er hat gelächelt." Sie zwinkerte Faith zu. „Ein strahlendes Lächeln, als er sein kleines Mädchen sah."

Mitch stellte viele Fragen, die Carolyn so gut sie vermochte beantwortete. „Er wird zur Rehabilitation in die Staaten zurückgeschickt. Nach Texas, glaube ich." Carolyn entdeckte Georgia, die in dem Augenblick die Cafeteria betrat, und winkte sie zu sich. „Gerade ist Georgia gekommen. Sie strahlt. Anscheinend gibt es gute Neuigkeiten."

Georgia beugte sich vor und begrüßte Mitch und Hildie, dann fragte sie Faith, ob sie zu Papa gehen wolle. Er hätte nach ihr gefragt. Georgia nahm Faith an der Hand und Carolyn rief ihnen nach, sie würde auch gleich kommen.

„Mitch, ich habe überlegt, ob ich in ein paar Tagen in die Schweiz fahre, sobald wir wissen, dass mit Jason alles in Ordnung ist. Ich würde mir gern Omas Heimatstadt ansehen. Wärst du damit einverstanden?"

Mitch nickte. „Mama hat mir von den Briefen erzählt. Vielleicht kannst du sogar jemanden von der Familie dieser Freundin deiner Großmutter ausfindig machen."

„Ich glaube zwar nicht, dass das *Hotel Edelweiß* noch existiert, aber ich werde mal sehen, was ich herausfinden kann. Georgia wird mit Faith hierbleiben. Wir haben ein paar Spiele, Stifte und ein Malbuch gekauft, mit denen sie sich beschäftigen kann. Sie ist wirklich ein Schatz. Jason sagte, sie würde genauso hübsch werden wie ihre Mama. Er hat ein Foto von May Flower Dawn bei sich, das er kurz nach der Hochzeit von ihr gemacht hat. Faith dachte, sie sei ein Engel mit einem Heiligenschein. Jason hat Faith erzählt, dass ihre Mama immer morgens, wenn die Sonne aufging, in der Bibel gelesen hat. Ich habe Jason gebeten, mir einen Abzug von diesem Bild zu machen. Das ist wirklich ein wundervolles Foto von ihr."

Hildemara beugte sich vor, damit Carolyn sie auf dem Bildschirm sehen konnte. „Mach viele Fotos, Liebes. Ich würde gern sehen, wo Oma aufgewachsen ist."

Carolyn buchte über das Internet eine Übernachtung im *Hotel Schweizerhof* in Zürich. Das prunkvolle alte Hotel war sehr teuer, aber es lag in unmittelbarer Nähe zum Bahnhof. Nachdem sie nun ihre Pläne verwirklichen konnte, war sie aufgeregt wie ein Kind vor dem ersten Schultag. Innerlich lachte sie über sich. Mit nur 23 Jahren war Oma allein um die halbe Welt gereist! Es war doch albern, jeder Herausforderung so zögerlich zu begegnen, wo doch Omas Blut in ihren Adern floss. „Du musst das Leben bei den Hörnern packen", hatte Oma einmal gesagt.

Oma hatte das unbestreitbar getan. Sie hatte ihr von den falschen „Grafen" Saintonge erzählt, die die Haushaltsschule in Bern führten und von Küchenchef Werner Brennholtz im *Hotel Germania* in Interlaken. Sie hatte von Lady Daisy Stockhard und ihrer schwierigen Tochter Miss Millicent erzählt, die immer auf der Suche nach einem passenden Ehemann gewesen war. Carolyn war erstaunt gewesen, dass Mama diese Geschichten gar nicht kannte.

Am nächsten Morgen stand sie früh auf, packte ihre Sachen und gab Faith einen Kuss auf die Stirn. Georgia begleitete sie zur Tür. „Ich weiß nicht, wie ich dir und Mitch danken soll, dass ihr mir den Flug ermöglicht habt, Carolyn."

Carolyn umarmte sie. „Jason ist doch sozusagen auch unser Sohn, jedenfalls fühlt es sich so an. Ich melde mich heute Abend, dann kannst du mir erzählen, wie es unserem Jungen geht."

Sie nahm den Frühzug nach Zürich. Die Landschaft war atemberaubend schön und das *Hotel Schweizerhof* war wirklich sehr luxuriös. Sie checkte ein und erkundigte sich an der Rezeption nach Einkaufsmöglichkeiten. Ihr Mantel war gut und schön für Kalifornien, aber für die Alpen war er einfach zu dünn. Und sie brauchte auch Stiefel.

Sie jagte von Geschäft zu Geschäft, bis sie einen Mantel und Stiefel zu vernünftigen Preisen gefunden hatte. Nach einem späten Mittagessen in der Altstadt kehrte sie zum *Hotel Schweizerhof* zurück. Auf dem Rückweg entdeckte sie das Schweizer Nationalmuseum, aber leider war es zu spät, um es sich anzusehen. Im Hauptbahnhof aß sie in einem Café zu Abend, von dem aus sie die Reisenden beobachten konnte.

Am Abend rief sie Georgia an. „Jason hatte heute große

Schmerzen. Faith und ich haben einen langen Spaziergang gemacht.“ Georgia lachte. „Sie musste sich erst mal austoben, bevor wir zum Krankenhaus zurückkehrten.“ Faith war zu Jason ins Bett gekrochen, während Georgia auf der Toilette war. „Die Schwester fand sie schlafend neben ihrem Vater, ihr Stofftier im Arm. Sie wollte sie aus dem Bett holen, doch Jason sagte, sie solle sie ruhig lassen.“

Bevor sie zu Bett ging, schrieb Carolyn noch eine Mail an Mitch.

Das Hotel Schweizerhof ist ein großartiges altes Hotel in unmittelbarer Nähe des Bahnhofs, wo ich heute zu Abend gegessen habe. Im Augenblick genieße ich mein Dessert – einen Riegel weiße Lindt-Schokolade mit Mandeln. Er lag als Betthupferl in meinem Zimmer. Sag Mama, ich bringe ihr welche mit. Morgen geht es nach Steffisburg.

Carolyn nahm den Morgenzug nach Thun. Das Kinn in die Hand gestützt blickte sie aus dem Fenster und staunte über die weiße Landschaft, die an ihr vorbeiflog. Hier und da hoben sich kleine Farbtupfer von dem Weiß ab. Die Alpen ragten wie mächtige Wächter in die Höhe.

Die zweistündige Fahrt verging wie im Flug, und wieder stand sie in der kalten Winterluft. Der Bahnhofsvorsteher sprach Englisch. Ja, das *Hotel Edelweiß* existiere noch, aber es hätte nicht mehr so viel Kapazität wie früher. Er kannte die Familie sehr gut. „Ilse Bieler und ich sind zusammen zur Schule gegangen.“ Er tätigte zwei Anrufe. Ein Zimmer sei frei und ein Taxi unterwegs, sagte er dann.

Während sie wartete, fiel Schnee vom Himmel wie Federn nach einer Kissenschlacht.

Das Taxi überquerte einen kleinen Fluss und fuhr über die Hauptstraße von Omas Heimatstadt. Sie führte vorbei an einer weißen Kirche mit einem Zwiebelturm. Vor einem an einem Berg gelegenen, zweistöckigen Haus im Berner Baustil hielt der

Wagen an. Ein kleines Schild mit der Aufschrift *Hotel Edelweiß* hing am dunklen Holz des Hauses.

Als Carolyn die Stufen hochstieg, öffnete eine Frau in einer Skihose und einem dicken blau-roten Pullover die Tür. Sie hatte dunkle Haare und braune Augen. Carolyn schätzte sie auf Ende 30. *So alt wäre May Flower Dawn jetzt, wenn sie noch am Leben wäre.* Ein scharfer Schmerz durchzuckte Carolyn. Sie stellte sich der Frau vor. „Ludwig Gasel hat Sie angerufen. Er sagte, Sie hätten ein Zimmer für mich."

„Oh ja. Kommen Sie bitte herein. Ich bin Ilse Bieler. Das Hotel gehört meiner Familie." Die Frau trat zurück und gab den Weg frei.

Carolyn mochte die gemütliche Atmosphäre des Hauses mit den Holzwänden, dem roten Sofa und den Sesseln, dem bunten Teppich und dem knisternden Feuer im Kamin. Ilse Bieler führte sie zu einem Zimmer im ersten Stock mit Blick auf den Kirchturm. „Unten gibt es Kaffee und Kekse", erklärte Ilse ihr und zog die Tür hinter sich ins Schloss, als sie das Zimmer verließ. Carolyn packte schnell ihren Koffer aus und ging nach unten. Schließlich war sie nicht den weiten Weg gekommen, um sich in ihrem Zimmer zu verstecken.

Ilse Bieler bot ihr Kaffee an. „Was führt Sie nach Steffisburg?"

„Meine Großmutter ist hier aufgewachsen. Ich möchte herausfinden, ob noch Familienangehörige am Leben sind. Sie hatte eine besonders enge Freundin, die hier im *Hotel Edelweiß* gelebt hat."

„Wirklich? Wie hieß denn Ihre Großmutter?"

„Schneider."

„Ein sehr gebräuchlicher Name. Haben Sie noch mehr Informationen über sie?"

„Oma sagte, ihr Vater sei Herrenschneider und ihre Mutter Damenschneiderin gewesen. Sie hatte noch einen älteren Bruder, Hermann. Was aus ihm geworden ist, weiß ich nicht. Ihre Mutter ist wohl früh gestorben. Und sie hatte noch eine jüngere Schwester mit Namen Elise."

„Elise." Ilse zuckte die Achseln. „Auch ein häufiger Name."

Das Telefon läutete, und Ilse entschuldigte sich. Sie sprach eine Weile auf Deutsch, dann legte sie auf. „Vielleicht finden Sie in der Kirche Informationen über die Familie Ihrer Großmutter." Ilse gab ihr den Rat, auch im Melderegister der Stadt nachzusehen und erklärte ihr den Weg zum Stadtarchiv. „Später können Sie meine Großmutter fragen. Im Augenblick hält sie gerade Mittagschlaf, aber sie kennt jeden in der Stadt."

In den Kirchenbüchern fand Carolyn das Datum der Trauung ihrer Urgroßeltern sowie das Taufdatum ihrer Großmutter. Im Stadtarchiv stieß sie auf ganze Aktenordner voller Meldedaten, die zurückreichten bis ins 17. Jahrhundert! Von der Fülle überwältigt bedankte sich Carolyn und flüchtete. Vielleicht würde sie einfach einige Fotos machen und dann nach Landstuhl zurückkehren. Entmutigt stieg sie den Berg zum *Hotel Edelweiß* hoch.

Ilse stellte sie ihrer Großmutter Etta vor, einer sehr netten weißhaarigen Frau etwa im Alter von Carolyns Mutter. Problemlos wechselte sie zwischen Englisch und Deutsch hin und her, während Ilse Kohlsuppe, Würstchen, Gemüse, Bratkartoffeln und Zwiebelsalat servierte.

Ilse fragte Carolyn, ob sie in der Kirche oder im Stadtarchiv Informationen über ihre Familie gefunden hätte.

„Ein paar Daten in der Kirche, und das Stadtarchiv habe ich fluchtartig verlassen, als ich die Fülle an Dokumenten sah. Es würde Jahr dauern, das alles durchzusehen." Sie zuckte die Achseln. „Meine Mutter hat mich gebeten, viele Fotos zu machen. Ich denke, das werde ich auch tun."

Etta reichte noch einmal die Platte mit den Würstchen herum. Carolyn sagte, sie schmeckten einfach köstlich.

„Ein altes Familienrezept", gestand Etta lächelnd. Sie legte den Kopf zur Seite und betrachtete Carolyn. „Sie haben erzählt, dass Ihre Großmutter eine Freundin hier im *Hotel Edelweiß* hatte. Kennen sie ihren Namen?"

„Ja. Rosi Brechtwald. Haben Sie von ihr gehört?"

Etta schnappte nach Luft. „Rosi Brechtwald war meine Mutter! Meine Enkelin ist nach ihr benannt – Ilse Rose. Meine Mutter stand im Briefkontakt mit einer Freundin, die nach Amerika gegangen ist, aber sie hieß Waltert. Ist das Ihre Großmutter?“

„Ja! Marta Schneider Waltert. Ich habe die Briefe meiner Mutter bei mir.“ Carolyn ging hoch in ihr Zimmer und kam mit den Briefen zurück.

Etta wirkte hoch erfreut. „Ich bin mit den Geschichten von Ihrer Oma aufgewachsen. Meine Mutter hat uns ihre Briefe immer laut vorgelesen. Sie schrieben sich über fünfzig Jahre lang! Als Mama starb, schrieb ich an Marta, aber der Brief kam zurück. Ich würde gern das Ende der Geschichte hören.“

„Und ich gern den Anfang und die Mitte.“ Carolyn lächelte. „Ich habe hundert Fragen.“

„Hast du Martas Briefe noch, Mama?“ Ilse blickte Carolyn an. „Sie wirft nie etwas weg.“

„Nach dem Abendessen sehe ich in der Familienkiste nach.“

Etta Bieler brachte eine Kiste ins Wohnzimmer und stellte sie auf den Couchtisch vor den Kamin. Ein ganzes Bündel Briefe, mit verblichenen Bändern zusammengebunden, kam zum Vorschein. „Meine Mutter hat von ihrem Vater das Hotelfach gelernt. Als er starb, übernahm sie das Hotel. Sie hat immer großen Wert auf Ordnung gelegt.“ Die Briefe waren in chronologischer Reihenfolge geordnet.

Als Carolyn Omas Briefe durchsah, sank ihr Herz. „Sie sind auf Deutsch.“ Das hätte sie sich ja auch denken können. Auch Rosis Briefe an Oma waren in Deutsch abgefasst.

„Ach, sehen Sie mal unten in der Schachtel nach.“ Carolyn nahm die restlichen Briefe heraus und stieß darunter auf einen Stapel Papiere. Ettas Augen funkelten. „Meine Kinder fanden die Geschichte der Freundin Ihrer Großmutter so faszinierend, dass ich sie ermutigt habe, die Briefe zu übersetzen, als sie in der

Schule Englisch lernten. Ihnen hat die Übung Spaß gemacht, und wir alle haben sie gern noch einmal durchgelesen. Ich erinnere mich noch sehr gut an die ganze Geschichte. Martas Vater zwang sie, die Schule zu verlassen. Er schickte sie nach Bern, wo sie eine Ausbildung zum Dienstmädchen machen sollte." Sie lachte. „Aber Ihre Oma wollte nicht Dienstmädchen sein. Sie hatte eine andere Vorstellung von ihrem Leben. Sie wollte Französisch und Englisch lernen und später einmal ein Hotel wie dieses führen. Mama sagte, was Marta sich in den Kopf gesetzt hatte, das setzte sie auch in die Tat um."

„Ein Hotel hat sie allerdings nie besessen."

„Nein, aber in Montreal führte sie doch eine Pension. Dort hat sie auch ihren Mann kennengelernt. Sie zogen nach Kanada und später nach Kalifornien.

Das steht alles in den Briefen.

Ich glaube, das Einzige, was sie nicht exakt so geplant hatte, war die Begegnung mit Ihrem Opa. Uns hat diese Liebesgeschichte so gut gefallen. Marta hatte nicht damit gerechnet, jemals zu heiraten; doch dann traf sie den gut aussehenden Niclas, einen Einwanderer, der in Berlin studiert hatte. Marta brachte ihm Englisch bei."

Ilse gähnte und sagte, sie müsse jetzt zu Bett gehen, da sie am nächsten Morgen Frühstück für einige Gäste machen musste, die eine Skitour geplant hatten. Carolyn entschuldigte sich, dass sie sie so lange aufgehalten hätte. „Hätten Sie etwas dagegen, wenn ich die Briefe mit nach oben nehme?"

Etta beschäftigte sich bereits mit Rosis Briefen. „Sie gehören Ihnen. Unsere Familie hat sich lange daran gefreut, aber jetzt müssen Sie sie haben. Schließlich sind sie ein Teil Ihrer Familiengeschichte."

„Ich kann es kaum erwarten, sie zu lesen. Ich möchte alles über meine Großeltern wissen. Vielleicht hat sie auch über Ihre Schwester Elise geschrieben. Manchmal hat sie sie mir gegenüber erwähnt – sie sagte mir sogar, ich sähe ihr ähnlich. Aber mehr hat sie mir nie verraten."

Etta wirkte betrübt. „Meine Mutter hat mir die Geschichte erzählt. Sie steht in den frühen Briefen – nur Andeutungen, keine Einzelheiten, aber es ist sehr traurig. Vielleicht wollen Sie sie lieber nicht erfahren.“

„Ich denke, es ist wichtig.“

„Mama sagte, Elise sei sehr schön gewesen. Sie sehen ihr bestimmt sehr ähnlich. Sie war sehr still und schüchtern. Sie blieb zu Hause in der Schneiderwerkstatt, während Marta zur Arbeit geschickt wurde. Mama erzählte nicht viel darüber, was in der Familie Ihrer Großmutter vorging, nur dass Marta kein leichtes Leben gehabt hätte.“

„Ja, aber Mama meinte, Marta hätte ihr Leben einfach selbst in die Hand genommen. Sie ging nach Interlaken.“

„Und arbeitete im *Hotel Germania*.“

„Das war, als ihr Vater Elise nach Thun schickte. Sie sollte für eine wohlhabende Familie arbeiten. Es nahm kein gutes Ende.“ Etta zögerte.

„Wie schlimm?“, fragte Carolyn.

„Der Herr des Hauses und sein Sohn … taten ihr Gewalt an.“ Sie senkte den Blick, und Carolyn verstand. „Marta holte ihre Schwester dort weg und brachte sie nach Hause, aber Elise war bereits schwanger. Noch wusste niemand darüber Bescheid, aber nachdem sie wieder zu Hause war, verließ sie das Haus nicht mehr. Alle nahmen an, sie kümmere sich um ihre Mutter, die an Tuberkulose erkrankt war. Marta vertraute meiner Mutter an, dass sie Angst um Elise hätte. Offensichtlich war das Mädchen sehr abhängig von seiner Mutter, und Marta hatte den Eindruck, dass diese Elise zu sehr verhätschelte. Als ihre Mutter starb, verschwand Elise. Alle machten sich auf die Suche nach ihr. Es war meine Mutter, die Martas Schwester schließlich in der Nähe des Flusses fand. Sie war erfroren. Ihre Schwangerschaft war bereits weit fortgeschritten.“

Carolyn schloss die Augen. Oma hatte viele Geheimnisse bewahrt. Die Vergewaltigung ihrer Schwester, eine daraus entstandene Schwangerschaft, Selbstmord.

Etta erzählte, was sie von ihrer Mutter über Marta erfahren hatte: ein einfaches Mädchen, mit einem Vater, der sie nicht liebte, aber als Einkommensquelle für die Familie missbrauchte, während die Mutter dahinsiechte und ihre ausnehmend hübsche und zarte Schwester im Verborgenen blieb wie Rapunzel in einem Turm. Als Marta in Dienst ging, forderte ihr Vater einen Teil ihres Lohnes ein, und Marta kam den Forderungen nach, bis Rosi Brechtwald ihr die Wahrheit geschrieben hatte. „Mama wusste, dass Marta nach dem Tod ihrer Mutter und ihrer Schwester niemals zurückkommen würde."

Carolyn litt mit Oma.

„Verzeihen Sie. Vielleicht hätte ich es Ihnen nicht erzählen sollen."

„Ich bin froh, dass Sie es getan haben. Es erklärt so vieles." Kein Wunder, dass Oma fest entschlossen gewesen war, dafür zu sorgen, dass ihre Kinder auf eigenen Beinen stehen konnten. Beherrscht von Angst, geschwächt durch die Verhätschelung einer überbehütenden Mutter war Elise nicht vorbereitet gewesen auf die Welt. Am Ende hatte sie ihr Leben kampflos aufgegeben.

Wie oft hatte Carolyn selbst mit diesem Gedanken gespielt? Einmal wäre sie beinahe ins Meer gegangen. Gott hatte einen Mann genutzt, der im Krieg verletzt worden war, um sie zurückzuholen. Er hatte eine unerwartete Schwangerschaft genutzt, um ihr einen Lebenssinn zu schenken, einen Grund, hart zu arbeiten, Konsequenzen und Herausforderungen anzunehmen, die ihr auf dem Weg begegneten. Aber auch sie hatte Leid verschwiegen, hatte den Schmerz in sich verschlossen gehalten und unterdrückt.

„Du siehst aus wie Elise. Sie war meine kleine Schwester und sehr, sehr hübsch, genau wie du", hatte Oma einmal gesagt, aber keine nähere Erklärung dazu abgegeben. Und doch hatte Oma Carolyn nicht so behandelt, wie sie Mama behandelt hatte. Oma hatte sie in den Arm genommen, ihr immer wieder gesagt, dass sie sie liebte, sie ermutigt und unterstützt. Oma hatte

anscheinend gelernt, dass Liebesentzug eine Tochter zwar stark machte, aber auch tiefe Wunden hinterließ. Auf beiden Seiten.

Carolyn las die Briefe, die von Ettas Kindern übersetzt und jeweils an das Original geheftet worden waren. Sie las, bis ihr die Augen wehtaten.

Ich bin in England. Papa schickte mir ein Telegramm, in dem er mir befahl zurückzukommen. Kein Wort über Mama oder Elise, und ich wusste, dass er von mir erwartet, dass ich für den Rest meines Lebens in seiner Schneiderwerkstatt arbeite …

Cousine Felda schrieb, du hättest Elise gefunden. Ich träume jede Nacht von ihr …

Später zog Oma aus London fort und lebte und arbeitete in dem wunderschönen Tudorhaus von Lady Daisy Stockhard, die großen Wert auf ihre Teezeit um 16:00 Uhr legte. Als eines der anderen Dienstmädchen heiratete, stieg Oma auf und wurde Lady Daisys Gesellschafterin.

Sie ist eine ganz ungewöhnliche Lady. Ich kenne keinen Menschen, der sich über so viele interessante Themen unterhalten kann. Sie behandelt ihre Dienstboten nicht wie Sklaven, sondern interessiert sich ernsthaft für unser Leben. Letzten Sonntag durfte ich im Gottesdienst neben ihr sitzen.

Ihre Tochter ist schrecklich unzufrieden mit allem, sogar mit ihrer Mutter. Sie ist mal wieder auf Männerjagd unterwegs, und wenn sie fort ist, atmen alle im Haus auf, sogar Lady Stockhard selbst.

Von der langen Reise nach Kanada erzählte Oma:

Es gab Tage, da wäre ich am liebsten über Bord gesprungen, um meinem Elend ein Ende zu setzen … wenn ich die Treppe zum Deck hätte hochsteigen können.

Sie hatten uns wie Vieh eingepfercht. Die Frau in der Koje neben mir stöhnte Tag und Nacht. Ich konnte nachempfinden, wie es ihr ging, aber manchmal hätte ich ihr am liebsten ein Kissen auf das Gesicht gedrückt … wenn ich ein Kissen gehabt hätte. Jetzt kann ich darüber lachen, nachdem ich wieder auf festem Land stehe.

Und in Kanada fand sie so viel mehr als das, wonach sie gesucht hatte.

Liebe Rosi,
ich bin verheiratet!

Ich hätte nie gedacht, dass sich je ein Mann für mich interessieren würde, und ganz bestimmt kein Mann wie Niclas Bernhard Waltert …

Als ich die Pension kaufte, glaubte ich, nun sei alles gut. Aber noch nie bin ich so durch und durch glücklich gewesen. Manchmal erschreckt mich das …

Carolyn konnte dieses Gefühl, etwas nicht verdient zu haben, nur zu gut nachempfinden.

Sie las weiter. Omas Briefe veränderten sich. Enttäuschung war herauszuspüren, als Niclas seine Stelle bei der Eisenbahn verlor und beschloss, Farmer zu werden. Oma konnte nicht begreifen, wie ein Mann mit seiner Bildung den Wunsch haben könnte, Land zu bestellen.

Liebste Rosi,
Niclas hat mich verlassen und arbeitet jetzt auf einer Farm in Manitoba. Vor drei Wochen ist er fortgegangen, und seither habe ich noch nichts von ihm gehört. Ich begreife allmählich, wie Elise sich gefühlt hat, als sie in den Schnee hinausging …

Ich hätte alles gegeben für eine Ausbildung, aber Papa war der Meinung, ein Mädchen brauche keine Schulbildung, das sei vergeudete Zeit. Und Niclas, der vom Wissen her Professor sein könnte, will alles wegwerfen und draußen mitten im Nichts leben, im Dreck wühlen und Weizen anbauen. Er will, dass ich die Pension verkaufe. Ich soll ihn auf dieses „Abenteuer" begleiten. Ich könnte ihn umbringen, wenn ich ihn nicht so sehr lieben würde …

Opa war allein losgezogen, und Omas Briefe zeigten, wie sehr sie unter dieser Entscheidung gelitten hatte.

Warum muss ich alles aufgeben, für das ich so hart gearbeitet habe, um einem Mann zu folgen, dessen Traum uns in die Armut treiben wird? Aber wie könnte ich das nicht tun? Das Leben ohne Niclas ist so eintönig. Bald wird sein Kind zur Welt kommen …

Carolyn las von dem Leben auf einer Farm viele Kilometer von der nächsten Stadt entfernt, von Wintern, in denen die Temperatur weit unter den Gefrierpunkt sank, von einem Verpächter, der sie ausbeutete und auch noch um ihren hart erarbeiteten Gewinn betrog. Oma schrieb liebevoll von Bernhard, und sie sorgte sich um das neue Baby, das sie erwartete.

Mehrere Monate vergingen, bevor Oma den nächsten Brief schrieb. Darin wurde Hildemara Rose zum ersten Mal erwähnt.

Ich habe Angst um die Kleine. Jetzt verstehe ich, wie Mamas Herz zerfloss, wenn sie Elise im Arm hielt. Auch sie war klein und zart …

Bete für Deine Namensvetterin, Rosi. Ein Atemzug vom Himmel könnte sie umpusten, aber Gott verhüte, dass ich sie zu sehr verhätschele und zulasse, dass sie so schwach wird wie Elise.

Opa und Oma verließen die Farm und gingen nach Winnipeg. Opa arbeitete wieder für die Eisenbahn. Ein weiteres Kind kam.

Unser drittes Kind Clotilde Anna kam einen Monat, nachdem Niclas seine Arbeit aufgenommen hatte, auf die Welt. Sie ist so kräftig wie Bernhard und sogar noch etwas lauter in ihren Forderungen.

Bald begann Opa wieder von der Landwirtschaft zu reden. Dieses Mal war sein Traum Kalifornien.

Dieser Mann wird keine Ruhe geben, bis er seinen Willen hat. Und ich habe es satt, mit ihm zu streiten.

Das Leben in Kalifornien war schwierig. Zuerst lebte die Familie in einem Zelt in der Nähe eines Wassergrabens, dann in einer Unterkunft, die nicht viel besser war, auf der Farm von …

Mrs Miller, die uns herumscheucht wie Dienstboten, während sie und ihre Tochter Miss Charlotte auf ihrem Hintern sitzen und im großen Haus Radio hören. Wind und Regen dringen durch die Ritzen, und sie erwartet, dass wir für „Verbesserungen" zahlen. Die Kinder sind ständig erkältet. Am meisten fürchte ich um Hildemara Rose. Sie hat Mamas körperliche Konstitution geerbt. …

Oma berichtete von den Leistungen von Bernhard und Clotilde und Rikka eher beiläufig, doch ihre älteste Tochter war ein spezieller Fall. Sie schien sich ständig Sorgen um sie zu machen.

Was muss ich tun, damit mein Mädchen stark wird? Niclas sagt mir, ich solle sanft mit ihr umgehen, sie lieben als das Kind, das sie ist. Aber er weiß nicht, was aus einem Kind wird, das nicht für sich einstehen kann. Ich kann nicht nachgeben und wie Mama werden, sie verhätscheln und beschützen. … Lieber nehme ich in Kauf, dass sie mich hasst, als dass sie endet wie Elise.

Und dann kam der Tag, an dem Hildemara den Mut fand, Widerworte zu geben. Carolyn konnte sich die Szene, wie Oma sie beschrieb, kaum vorstellen.

Nach all dieser Zeit widerspricht mein Mädchen mir endlich einmal, und was tue ich? Ich gebe ihr eine Ohrfeige. Ich tat es, ohne überhaupt nachzudenken. Ich hatte Niclas verletzt. Er stand vom Tisch auf, und Hildemara deckte meine Schande auf …

Ich sah den Schmerz in ihren Augen. Ich wollte sie schütteln. Ich wollte ihr sagen, sie hätte jedes Recht, mich anzuschreien. Sie braucht doch nicht dazusitzen und es einfach hinzunehmen! Sie hätte die andere Wange hingehalten, wenn ich meine Hand erneut gegen sie erhoben hätte.

Seit Jahren habe ich nicht mehr so geweint, Rosi. Nicht seit Mamas und Elises Tod.

Carolyn legte sich zurück und schloss die Augen. Nie hat sie Oma weinen sehen, nie auch nur annähernd die Tiefe des Schmerzes erahnt, der sie quälte. Oma hatte dieses Leid mit ins Grab genommen. Carolyn wurde jetzt klar, wie ähnlich sie sich waren, und Mama auch. *Wie viele ungesunde Verhaltensweisen haben wir weitergegeben, Herr? Zeig uns, wie wir Schwerter in Pflugscharen verwandeln können.* Sie wischte ihre Tränen ab und dankte Gott noch einmal für May Flower Dawn. Gott hatte sie und andere Gebetskämpfer benutzt, um die Mauern zwischen den Generationen zum Einsturz zu bringen. *Ich vermisse sie, Herr. Ich hatte nur so wenig Zeit mit ihr.*

Und sie spürte seine Antwort: *Du hast Zeit und Ewigkeit.*

Dann behauptete sich Hildemara auch weiterhin und beschloss gegen Omas Willen, eine Krankenpflegeausbildung zu machen. Und als sie als Klassenbeste ihr Examen ablegte, war Oma stolz wie nie.

Sie ist kein schüchternes Kind mehr. Mein Mädchen kennt seinen Platz in der Welt. Ich bin so stolz auf sie, Rosi.

Opa bekam Krebs.

Ich hatte keine Wahl; ich musste Hildemara bitten, ihr Leben aufzugeben und nach Hause zu kommen. Er braucht eine Krankenschwester. Von Tag zu Tag geht es ihm schlechter, und ich kann es nicht ertragen, ihn so leiden zu sehen. Sie ist uns beiden ein großer Trost.

Nach Opas Tod begann Oma sich wieder um Hildemara Rose zu sorgen. Hildie kehrte nicht ins Merritt Hospital zurück, wo sie gearbeitet hatte, bevor Oma sie bat, nach Hause zu kommen und Papa zu pflegen. Eine Krise zeichnete sich ab, und im nächsten Brief wurde sie auch tatsächlich beschrieben.

Ein junger Mann war bei Niclas' Beerdigung. Ich hatte ihn noch nie gesehen, und Hildemara hatte ihn nie erwähnt. Aber als ich sie zusammen sah, wusste ich sofort, dass sie sich lieben. Sie hatte es sich in den Kopf gesetzt, dass sie bleiben und sich um mich kümmern müsse. Als ob ich nicht selbst für mich sorgen könnte! Gestern konnte ich den Mund nicht halten. Sie packte ihre Sachen und ging. Ich bin dankbar für alles, was sie getan hat, aber genug ist genug.

Ich bot ihr heute Morgen an, sie zur Bushaltestelle zu fahren, in der Hoffnung, ich könnte ihr meine Beweggründe erklären. Aber sie hatte ihren Bruder bereits gebeten, sie hinzufahren.

Sie war verletzt und zornig und hat meine Absichten wieder einmal missverstanden. Wann wird sie endlich begreifen, wie sehr ich sie liebe? Wie leicht wäre es gewesen, sie hierzubehalten und mich von ihr trösten zu lassen! Aber welchen Preis hätte sie dafür bezahlen müssen! Elise war Mamas Trost und musste die Folgen tragen. Und Mama am Ende auch, obwohl sie nicht mit den Konsequenzen leben musste. Egal wie weh es tut, ich muss stark sein für Hildemara Rose.

Als Hildemara Tuberkulose bekam, fürchtete Oma um ihr Leben.

Ich war heute in Arroyo del Valle, um Hildemara Rose zu besuchen. Sie war bleich und hatte dunkle Ringe unter den Augen – wie Mama. Ich konnte keine Spur von Leben darin entdecken. Das hat mir Angst gemacht …

Ich nannte sie feige. Obwohl es mir das Herz gebrochen hat, habe ich sie verspottet und provoziert. Gott sei Dank wurde sie richtig wütend. Ihre Augen sprühten Feuer, und am liebsten hätte ich vor Freude gelacht.

Sie soll mich ruhig eine Weile hassen. Das ist besser, als dass sie aufgibt und früh ins Grab sinkt. Sie wollte aufstehen, als ich davonging …

Carolyn blinzelte die Tränen fort, als sie Omas Beschreibung von Charlies Geburt las. *Oh Charlie, ich vermisse dich immer noch so sehr, dass es schmerzt.* Selbst in dieser Situation sorgte sich Oma um die Kluft zwischen ihr und Mama.

Hildemara Rose und ich kommen miteinander klar, aber es steht eine Mauer zwischen uns. Ich weiß, dass ich sie errichtet habe. Ich bezweifle, dass sie mir meine harten Worte im Sanatorium vergeben hat, aber ich werde mich dafür nicht bei ihr entschuldigen. Vielleicht muss ich sie wieder piesacken. Ich werde tun, was nötig ist, um sie in Gang zu halten. Oh, aber es tut mir so weh, dass ich das sagen muss. Ich frage mich, ob sie mich je verstehen wird.

Nein, Oma, ich glaube nicht, dass sie dich je verstanden hat. Zumindest bis jetzt. Jahre später erzählte Oma von der goldenen Brosche mit dem Jadestein und der Perle. Carolyn betastete sie beim Lesen.

Ich war so perplex und gerührt von Hildemaras Geschenk, dass ich etwas Dummes gesagt habe. Wie verletzt sie war, zeigte sich in ihren Augen. Es ist mir zur schlechten Angewohnheit geworden, verletzende Dinge zu ihr zu sagen. Ich ging auf sie zu, doch sie hatte sich bereits abgewandt, und ich hatte nicht die Worte, um sie zurückzu-

rufen. Ich nehme die Brosche jeden Tag aus der Schachtel und sehe sie mir an. Mein Mädchen hat ein gutes, großzügiges Herz …

In jenen späteren Jahren hatte Oma versucht, auf Mama zuzugehen, doch diese lehnte alle Annäherungsversuche ab. Mama und Oma hatten niemanden gehabt, der sie zusammengebracht hatte, wie May Flower Dawn dies bei Carolyn und Mama getan hatte. Sie hatte eine Brücke gebaut, damit nicht dieselben Fehler in die nächste Generation hineingetragen würden.

Manchmal fielen Samenkörner auf steinigen Boden, trotzdem fanden sie einen Weg zu wachsen, sich der Sonne entgegenzustrecken, sich um jeden Preis an das Leben zu klammern. Oma hatte dies getan. Sie hatte ein Vermächtnis hinterlassen. *Erdulde, was das Leben dir beschert. Lerne, so viel du kannst. Schätze das Gute in deinem Leben. Gib niemals auf. Wachse weiter.*

Eine Woche mit Oma hatte May Flower Dawn verändert. Oma hatte einmal gesagt, ihre Urenkelin habe einen lernfähigen Geist.

Dawn hatte das Beste von allen Frauen in ihrer Familie geerbt. Sie hatte Omas Energie und Ehrgeiz, die Frau zu werden, als die Gott sie gedacht hatte. Sie war Krankenschwester geworden wie ihre Großmutter, hatte andere gepflegt. Carolyn fragte sich oft, welche Macken sie wohl an Dawn weitergegeben hatte, und ihr wurde klar, dass auch ihre Tochter Wunden davongetragen hatte. Aber Gott hatte das geknickte Rohr nicht zerbrochen.

Als Carolyn zum Frühstück herunterkam, waren die anderen Gäste bereits im Aufbruch begriffen. Etta stellte einen Korb frischer Brötchen auf das Frühstücksbüfett. Carolyn goss sich eine Tasse Kaffee ein. „Ich war fast die ganze Nacht wach und habe die Briefe gelesen. Ich habe wirklich viel über meine Großeltern erfahren … und über meine Mutter. Vielen Dank noch mal, dass Sie sie mir überlassen haben."

Etta lächelte. „Ich wuchs mit den Geschichten über Martas Abenteuer auf. Ihre Oma war eine bemerkenswerte Frau. Ich hätte sie gern kennengelernt."

Das Telefon läutete. Etta hielt ihr den Hörer hin. „Es ist für Sie."

Georgia. „Jason wird nach San Antonio verlegt. In wenigen Tagen wird er ausgeflogen. Wir sind bereit für die Rückreise, sobald du alles erledigt hast."

Carolyn skypte mit Mitch und verkündete ihm die frohe Botschaft. Dann fragte sie: „Ist Mama schon im Bett?"

„Nein, sie ist während der Nachrichten auf der Couch eingeschlafen." Er lachte leise. „Ich bin in meinem Büro und kann ihr Schnarchen bis hierher hören."

„Kannst du sie holen? Ich muss ihr etwas Wichtiges sagen."

Es dauerte einige Minuten, bis Mama vor dem Monitor erschien. „Mitch sagte, du wolltest mit mir reden."

„Ich bin im *Hotel Edelweiß* bei Rosi Brechtwalds Tochter. Oma hat dich geliebt, Mama. Sie war sehr stolz auf dich."

„Ich weiß."

„Nein, Mama, das weißt du nicht. Aber ich habe den Beweis, viele Beweise, und zwar in Omas eigenen Worten. Rosi Brechtwald hat Omas Briefe alle aufgehoben. Ihre Tochter hat sie mir gegeben. Du wirst sie selbst lesen können, wenn ich nach Hause komme."

„Hast du Fotos gemacht?" Mamas Stimme zitterte.

„Ja, Mama. Hunderte."

„Wenn du und Faith nach Hause kommt, werden wir Tee trinken und Kekse essen und gemeinsam ein Album daraus machen."

„Klingt wundervoll."

Sie würden über die Dinge sprechen, die sie verborgen hielten, Licht würde auf die Schatten fallen und alle noch verbliebenen Zweifel zerstreuen.

„Ich liebe dich, Mama. Wir sehen uns bald."

„Ich liebe dich auch, Kleines. Immer."

Liebt einander, hatte Jesus gesagt. Manchmal dauerte es ein ganzes Leben, bis man es lernte. Manchmal musste ein Mensch ganz unten angekommen sein, bis er die Arme ausstreckte und sich aus dem Sumpf ziehen und auf festen Boden stellen ließ.

Manchmal musste ein Kind einem zeigen, wie Liebe geht, und ein anderes Kind musste einen daran erinnern, immer einen Fuß vor den anderen zu setzen.

Faith. Wie passend Dawn den Namen für ihr Kind ausgesucht hatte. Wann immer Carolyn ihn aussprach, erinnerte sie sich an May Flower Dawns Traum. Mama ging es auch so. Und Jason. Wie auch jedem anderen Mitglied der Familie. *Haltet am Glauben fest. Gebt ihm Nahrung. Lasst ihn wachsen. Und seht, was geschieht, wenn ihr das tut.*

Gott war das Licht auf ihrem Weg und würde es immer sein.

Eine Anmerkung der Autorin

Liebe Leserin, lieber Leser,
seit ich Gott begegnet bin, drehen sich meine Geschichten um die Kämpfe, die ich selbst in meinem Glauben erlebt habe, oder um die Themen, die ich persönlich noch nicht verarbeitet habe. So begann auch diese zweibändige Serie. Ich wollte herausfinden, was der Grund war für die Kluft zwischen meiner Großmutter und meiner Mutter, die während der letzten Lebensjahre meiner Großmutter so stark spürbar war. Gab es da ein Missverständnis, das sie nie bereinigt hatten? Oder war es etwas, das tiefer reichte und im Laufe der Jahre unüberwindlich geworden war?

Viele Ereignisse dieses Buches sind durch meine Familiengeschichte angeregt und basieren auf Dingen, die ich in den Tagebüchern meiner Mutter fand oder in meinem eigenen Leben erlebt habe. Sie haben vielleicht erraten, dass Carolyn mein Alter Ego ist. Aber nur ein Teil meines Lebens ähnelt ihrem.

Meine Mutter erkrankte tatsächlich an Tuberkulose, als ich ein kleines Mädchen war, und Oma zog bei uns ein, um den Haushalt zu führen, während Mama sich zu Hause erholte. Als es Mama wieder besser ging, zogen wir auf ein Grundstück, auf dem meine Eltern ganz ohne Hilfe ein Haus bauten. Noch immer liebe ich den Geruch von Sägemehl. Aber anders als die Arundels standen wir uns als Familie immer nahe. Wir aßen gemeinsam zu Abend und blieben dann noch lange am Tisch sitzen und unterhielten uns.

In vielerlei Hinsicht war meine Kindheit und Jugendzeit in den 1950er- und frühen 1960er-Jahren in Kalifornien sehr idyllisch, trotz der ernsten Ereignisse im Land – die „rote Gefahr", die Kuba-Krise und Kennedys Ermordung. Mein Papa baute zusammen mit anderen Nachbarn einen Schutzbunker. (Soweit ich weiß, wird er mittlerweile als Weinkeller genutzt.)

Wie Carolyn Mitch kannte ich meinen Mann Rick seit meiner Kindheit. Mein Bruder Everett King war wie Charlie in Vietnam. Er wurde in der Aufklärung eingesetzt und während der Tet-Offensive 1968 verwundet. Doch Gott sei Dank gelang ihm die Flucht. Der Artikel über ihn in unserer Lokalzeitung führte Rick in mein Leben zurück. Rick diente beim Marinekorps und war zur selben Zeit in Vietnam stationiert wie mein Bruder. Ricks Mutter schickte ihm den Zeitungsausschnitt mit dem Artikel über meinen Bruder, und später einen Artikel über seine Flucht. Rick schrieb mir, er freue sich mit mir, dass mein Bruder überlebt habe. Ein reger Briefwechsel entstand, und als er zurückkam, kamen wir uns rasch näher und heirateten ein Jahr nach seiner Heimkehr.

Rick wurde vorzeitig vom Dienst befreit und konnte ans College zurückkehren, wo er amerikanische Geschichte studierte. Doch die Fliegerei lag ihm im Blut, und er gründete ein eigenes Lufttransportgeschäft – *Rivers Aviation Services*. Damals hatten wir bereits drei kleine Kinder, und wir alle hielten uns häufig im Büro auf. Unsere Kinder spielten mit dem Verpackungsmaterial und versteckten sich darin. Als sie größer wurden, packten sie mit an.

Wie Carolyn verlor ich für eine gewisse Zeit den Glauben an Gott aus den Augen und flehte ihn sehr viel später als sie um Hilfe an. Carolyn erlebte mehr Unsicherheiten und Nöte, aber oft müssen wir erst am Boden liegen, bevor wir erkennen, dass wir Gott brauchen. Das Wissen, dass Gott einen Plan und ein Ziel für jeden von uns hat, ist die beste Motivation, die es gibt.

Obwohl es in dieser Familiensaga in erster Linie um die Beziehung zwischen Mutter und Tochter geht, spielen in beiden Bänden auch die Männer eine wichtige Rolle. Meinen Großvater habe ich zwar nie kennengelernt, aber ich stelle mir gern vor, dass er Niclas Waltert ähnelte. Bereits vor meiner Geburt starb er an Leberkrebs. Er war Mamas erster Privatpatient. Mama erzählte mir einmal, beim Arbeiten auf der Obstplantage hätte er immer deutsche Lieder gesungen. Trip erinnert mich an meinen

Vater, der im Zweiten Weltkrieg Sanitäter war. Sein Traum war es, Arzt zu werden, doch er ging dann zur Polizei und wurde schließlich Leichenbeschauer in Alameda County. Vom Krieg hat er niemals erzählt. (Auch Ricks Vater nicht, der dreieinhalb Jahre in Los Banos verbracht hat, einem berüchtigten japanischen Gefangenenlager auf den Philippinen.)

Mitch hat große Ähnlichkeit mit meinem Mann Rick. Er liebt mich trotz all meiner Fehler. Wir sind zusammen aufgewachsen und teilen einen tiefen Glauben an Gott. Er hat mir den Freiraum gegeben, meiner Berufung zu folgen. Immer wieder macht er mir Mut und unterstützt mich in jeder Hinsicht (im wahrsten Sinne des Wortes, denn jahrelang verdiente ich keinen einzigen Cent mit meiner Schriftstellerei).

Und das Vorbild für Jason war unser Schwiegersohn Rich. Er trat in die Armee ein, um unserer Tochter Shannon ein gutes Leben bieten zu können. Nach vier Jahren verließ er die Air Force und arbeitete in der Wirtschaft. Wir freuen uns, dass Rich und Shannon in unserer Stadt wohnen und dass auch unsere Söhne mit ihren Frauen und Kindern alle in der Nähe leben. Rich unterstützt mich bei allem, was mit Technik zu tun hat; Shannon verwaltet meine Website.

Von den drei Jahren, in denen ich an Martas Vermächtnis gearbeitet habe, sind mir wundervolle Erinnerungen und wertvolle Erkenntnisse geblieben, die Oma und Mama sich hart erarbeitet haben und die sie an mich weitergegeben haben. Dafür bin ich dankbar. Beide haben ihr ganzes Leben mit dem Gefühl gelebt, nie genügen zu können, trotzdem haben sie mir immer Mut gemacht. May Flower Dawn ist zu Beginn ein selbstsüchtiges Kind und entwickelt sich später zu einer anmutigen und klugen Frau. Ihre Reise ist eine, die jede Frau bei ihrer Tochter mitzuerleben hofft, so wie es mir vergönnt war.

Unsere Erfahrungen mögen unterschiedlich sein. Die Zeiten, in denen wir aufgewachsen sind, sind vielleicht Welten voneinander entfernt. Doch ich weiß, dass ich dieselben Sehnsüchte habe wie meine Großmutter, Mutter und Tochter. Ich möchte geliebt und so angenommen werden, wie ich bin. Ich möchte ein Ziel im Leben haben. Jetzt, wo ich älter werde und auf mein Leben zurückblicke, möchte ich ein Vermächtnis des Glaubens hinterlassen. Wie Marta wünsche ich mir, dass meine Kinder und Enkel Gott nahe bleiben, egal, was sie erleben. Sie sollen wissen, dass Gott einen Plan für sie hat, hier auf dieser chaotischen Erde voller verlorener Seelen, die sich nach dieser Art der Liebe und Annahme und diesem Sinn sehnen, die sie nur bei Jesus Christus finden können.

Und wie Marta träume ich davon, dass wir alle eines Tages zusammen sein werden, nachdem wir die Unvollkommenheit der menschlichen Natur abgelegt haben und im Himmel beim König der Könige sind.

Sprüche 3,5-6

Francine Rivers